Les flocons de la passion

L'inconnu de l'hiver

Une attraction impossible

JANICE MAYNARD

Les flocons de la passion

Traduction française de
LAURENCE LENGLET

Passions

HARLEQUIN

Collection : PASSIONS

Titre original :
A BILLIONAIRE FOR CHRISTMAS

Ce roman a déjà été publié en 2014.

HARPERCOLLINS FRANCE
83-85, boulevard Vincent-Auriol, 75646 PARIS CEDEX 13
Service Lectrices — Tél. : 01 45 82 47 47

www.harlequin.fr

ISBN 978-2-2804-1900-0 — ISSN 1950-2761

- 1 -

Léo Cavallo avait mal à la tête. En fait, il avait mal partout. Le trajet d'Atlanta aux monts Great Smoky, situés dans le Tennessee, ne semblait pas très long sur la carte, mais il avait sous-estimé la difficulté de conduire sur les petites routes de montagne dans l'obscurité. Et en ce début décembre, la nuit était tombée depuis un bon moment déjà.

Il jeta un œil à l'horloge du tableau de bord et poussa un grognement. *21 heures passées.* Il ne savait même pas s'il était proche ou non de sa destination. Le GPS l'avait lâché vingt kilomètres plus tôt. Le thermomètre de la voiture indiquait à peine 2°, ce qui voulait dire que la pluie qui martelait le pare-brise ne tarderait pas à se changer en neige, et là il serait vraiment coincé. Les Jaguar n'étaient pas faites pour rouler dans des conditions extrêmes.

Sentant une douleur au creux de l'estomac, il prit une pastille antiacide. Sans crier gare, la voix de son frère se fit entendre dans son esprit.

« — Je suis sérieux, Léo. Tu dois faire des changements. Tu viens d'avoir une crise cardiaque, quand même !

— Un simple incident cardiaque, répondait Léo. Arrête de dramatiser. Le médecin a dit que ma condition physique était excellente.

— Peut-être. Mais il a ajouté que tu subissais un niveau de stress largement supérieur à la moyenne. Ce qui est un problème étant donné tes antécédents familiaux. Souviens-toi que notre père est mort à quarante-deux ans. Je n'ai pas envie de t'enterrer prématurément… »

Mâchonnant sa pastille, Léo émit un juron tandis que les pneus de la voiture crissaient sur du gravier. Il venait manifestement de s'engager dans un sentier. Il plissa les yeux, cherchant un signe de vie alentour.

Mais il n'y avait rien à voir, hormis les parois rocheuses qui encadraient le sentier. Le faisceau des phares balaya quelques plants de rhododendrons sur le bas-côté. L'obscurité était totale, créant une atmosphère oppressante dans l'habitacle. Il était habitué aux vives lumières d'Atlanta. Depuis son appartement, il avait une vue dégagée sur l'agglomération. Les néons de la ville et le dynamisme des habitants étaient ce qui le motivait au quotidien. Mais qu'est-ce qui l'avait poussé à s'exiler volontairement dans un lieu si isolé ? se demanda-t-il — une fois de plus.

Cinq minutes plus tard, alors qu'il s'apprêtait à faire demi-tour, il aperçut une lumière dans l'obscurité. Il en fut tellement soulagé que c'en était presque inquiétant. Lorsqu'il s'arrêta enfin devant la maison illuminée comme par miracle, il se rendit compte que tous ses muscles lui faisaient mal. Il n'y avait plus qu'à espérer que quelqu'un l'attende…

Enfilant son blouson de cuir, il sortit de la voiture et frissonna. La pluie avait enfin cessé, mais il faisait un froid de chien. Ne sachant pas où était situé son chalet, il décida de laisser ses bagages dans le coffre, pour le moment.

Il se dirigea vers la porte, sentant ses luxueuses chaussures en cuir s'enfoncer dans la boue. La maison était un petit chalet traditionnel qui semblait sorti tout droit d'un conte de Noël.

Apparemment, il n'y avait pas d'étage. Il avança sur la terrasse couverte qui semblait se prolonger sur le côté du chalet. Il ne trouva pas de sonnette, mais un heurtoir à tête d'ours. Il l'actionna trois fois de suite, peut-être un peu trop fort. Plusieurs lampes s'allumèrent à l'intérieur. Tandis qu'il s'impatientait devant la porte, quelqu'un écarta un rideau. Une jeune femme jeta un œil à l'extérieur puis disparut aussi vite qu'elle était apparue.

— Qui est-ce ? fit une voix étouffée provenant de l'intérieur.

— Léo. Léo Cavallo, lança-t-il, à travers la porte. Est-ce que je peux entrer ? ajouta-t-il d'un ton plus aimable.

Phoebe ouvrit, le cœur battant. Elle savait pourtant qu'elle n'avait rien à craindre de l'homme qui se présentait à sa porte. Elle l'attendait depuis plusieurs heures. Mais elle allait devoir lui dire la vérité.

S'effaçant pour le laisser entrer, elle tressaillit lorsqu'il franchit le seuil. Son intérieur semblait minuscule en présence d'un tel homme. Massif, large d'épaules, il la dominait d'au moins une quinzaine de centimètres. Son regard fut attiré par les beaux cheveux châtains, où le feu de la cheminée projetait des reflets dorés.

Elle profita de ce qu'il ôtait son blouson et se passait la main dans les cheveux pour détailler sa tenue : un chandail bleu foncé et un jean noir. Simple mais élégant. Une agréable odeur d'eau de toilette vint lui picoter les narines. Elle avait beau ne pas être petite, une fois de plus, elle ne put s'empêcher d'être impressionnée par la stature de cet homme.

Elle reprit ses esprits et alluma le plafonnier. Elle se sentit soulagée lorsque la vive lumière se substitua à l'atmosphère trop intime du feu de bois.

— Pourriez-vous enlever vos chaussures, s'il vous plaît, lui demanda-t-elle, en se mordillant les lèvres. J'ai fait le grand ménage ce matin.

Il tiqua, mais s'exécuta. Ce fut au tour du nouveau venu de l'examiner. Son regard la balaya de bas en haut avant de se fixer sur son visage. Une fois de plus, elle fut frappée par l'incroyable virilité qui se dégageait de lui. Ses traits n'en étaient pas moins harmonieux. Elle admira le nez droit, le front haut, le menton volontaire, et tomba en arrêt sur les lèvres pleines qui semblaient faites pour embrasser une femme. Mais Léo Cavallo semblait à cran.

— Ecoutez, je suis épuisé et littéralement mort de faim. Pourriez-vous m'indiquer mon chalet, je vous prie, j'aimerais décharger mes bagages au plus vite, mademoiselle… ?

— Kemper. Phoebe Kemper. Vous pouvez m'appeler Phoebe.

La voix grave, légèrement rocailleuse du nouveau venu lui avait fait l'effet d'une caresse — mais elle n'était pas dénuée d'autorité. Apparemment, il avait l'habitude de se faire obéir.

— J'ai dîné un peu tard, ce soir, reprit-elle, surmontant son trouble. Si vous voulez, je peux vous proposer une assiette de ragoût de bœuf. Il est encore chaud. J'ai aussi du pain de maïs.

Un léger sourire apparut enfin sur le visage fatigué de Léo Cavallo.

— Avec grand plaisir.

— Alors, venez, fit-elle avec un signe de la main. La salle de bains se trouve dans le couloir, première porte à droite. Je vous prépare une assiette.

— J'espère qu'ensuite, vous me montrerez mon chalet.

Elle déglutit avec peine.

— Bien sûr, répondit-elle vivement.

Peut-être n'aurait-elle pas dû insister pour qu'il enlève ses chaussures… Cela créait une ambiance un peu trop décontractée pour une première rencontre. La dernière chose dont elle avait besoin en ce moment était de se sentir attirée par quelqu'un qui, très probablement, allait très mal prendre la mauvaise nouvelle qu'elle avait à lui annoncer.

Il ne s'absenta que très peu de temps, mais la table était prête lorsqu'il fut de retour : un set, des couverts en argent et une assiette de ragoût fumant flanqué d'une tranche de pain de maïs et d'une serviette en vichy jaune et blanc.

— Je ne savais pas ce que vous vouliez boire, dit-elle. J'ai du thé glacé, mais étant donné le temps…

— Je prendrai bien un déca, si vous en avez…

— Bien sûr.

Tandis que Léo attaquait son repas, elle fit couler un

café et lui en versa une tasse. Apparemment, il n'était pas du genre à prendre son café avec un quelconque coulis aromatisé. Comme prévu, il ne toucha à aucun de ceux qu'elle lui présentait, et avala son café noir et sans sucre. On ne plaisantait pas avec ces choses-là.

Phoebe entreprit de ranger la cuisine et de charger le lave-vaisselle. Apparemment, ce que lui avait dit son invité était vrai : il mourait littéralement de faim, car il engloutit tour à tour deux assiettes de ragoût, trois tranches de pain et plusieurs cookies faits maison.

Tandis qu'il finissait son dessert, elle s'excusa.

— Je reviens dans quelques instants, dit-elle en posant la cafetière sur la table. N'hésitez pas à vous resservir.

Léo était de bien meilleure humeur depuis qu'il avait mangé. En réalité, il se réjouissait de n'avoir pas eu à chercher un restaurant. Certes, le frigo de son chalet était censé être plein à son arrivée, mais il n'était pas très bon cuisinier. A Atlanta, il était facile de se nourrir : les restaurants étaient ouverts à toute heure. S'il avait envie de sushis à 3 heures du matin, ce n'était pas un problème. Il n'avait généralement pas plus d'une centaine de mètres à faire.

Lorsqu'il eut avalé les dernières miettes des cookies, il s'essuya les lèvres avec sa serviette et se leva pour s'étirer. Après le long trajet en voiture, il était perclus de courbatures. Il se souvint soudain de l'injonction de son médecin : surtout s'épargner le plus possible. Léo avait beau être d'accord avec lui, ce n'était pas si simple.

Il allait devoir revoir entièrement son hygiène de vie. C'était une certitude, même si lorsqu'il avait eu son malaise, l'inquiétude de son entourage, médecins, proches et collègues, l'avait passablement irrité. Il avait compris maintenant qu'ils avaient réagi sous le coup du choc. Il est vrai qu'il s'était effondré en plein discours devant un parterre d'investisseurs venus des quatre coins du monde.

Léo n'avait qu'un souvenir très flou de ce qui s'était

passé ensuite. Il se souvenait de son incapacité à respirer. Du poids qui semblait peser sur sa poitrine. Mais de pas grand-chose d'autre. Perturbé par cette réminiscence, il se mit à arpenter le salon sur lequel donnait la cuisine ouverte.

En sentant les épais tapis sous ses pieds, il regarda autour de lui : manifestement, Phoebe Kemper s'était créé un petit nid douillet au milieu de nulle part. A l'aide de plusieurs tapis disposés sur le parquet de bois verni, la jeune femme avait créé un espace salon particulièrement accueillant, au-dessus duquel un plafonnier de bois d'élan projetait un cercle de lumière des plus chaleureux. Contre le mur du fond, des étagères chargées de livres encadraient joliment la cheminée de pierre. Il parcourut du regard les ouvrages de Phoebe, et sourit. Il allait enfin avoir tout le temps de lire.

Un léger craquement lui signala que son hôtesse était de retour. Il fit volte-face — et marqua un temps d'arrêt. Il ne l'avait pas vraiment regardé en arrivant, mais elle était d'une beauté à couper le souffle. Elle avait des cheveux magnifiques, d'un noir de jais, rassemblés en une longue natte qui retombait souplement sur son épaule, puis il remarqua le corps mince, élancé, et les longues jambes fuselées. Il n'émanait d'elle aucune fragilité, pourtant il imaginait sans peine les hommes se précipitant vers elle pour lui proposer leur aide, ne serait-ce que pour faire naître un sourire sur ses lèvres rose pâle.

Elle portait un jean délavé et une tunique fluide couleur corail qui semblait exalter son teint et tranchait avec ses yeux d'un noir profond. Elle avait les yeux si sombres qu'il se demanda un instant si elle n'était pas d'origine cherokee. Il se souvint que plusieurs tribus amérindiennes avaient effectivement trouvé refuge dans ces montagnes au XIXe siècle.

— Vous vous sentez mieux ? fit-elle avec un charmant sourire. Je me réjouis de voir que vous avez repris figure humaine.

— Désolé, fit-il, embarrassé. Mais j'ai eu une journée épuisante.

— Malheureusement, fit-elle soudain d'un ton grave,

je crains d'avoir une mauvaise nouvelle à vous annoncer. Il y a un problème avec votre réservation.

— Impossible, répondit-il avec fermeté. Ma belle-sœur s'est occupée de tout. Et elle m'a donné votre mail de confirmation.

— J'ai essayé de l'appeler toute la journée, mais elle n'a pas répondu. Et personne ne m'avait donné votre numéro de portable.

— J'en suis navré. Figurez-vous que ma nièce a fait tomber le téléphone de sa mère dans la baignoire. Ils ont passé toute la journée à essayer de le changer. C'est pourquoi vous n'avez pas pu la joindre. Mais il n'y a pas de problème, puisque je suis là. De plus, ce n'est pas comme si les clients se bousculaient au portillon, remarqua-t-il avec un sourire.

Phoebe ne releva pas la plaisanterie.

— Il y a eu une forte tempête la nuit dernière, reprit-elle. Votre chalet a été endommagé.

— Rassurez-vous, Phoebe, répondit-il d'un ton insouciant. Je ne suis pas un client difficile. Je suis sûr que ça ira très bien.

Elle secoua la tête, sceptique.

— Puisque vous ne me croyez pas, venez, je vais vous montrer. Suivez-moi.

— Dois-je rapprocher ma voiture du chalet ? demanda-t-il en laçant ses chaussures.

Phoebe fourra dans sa poche quelque chose qui ressemblait à un appareil photo numérique.

— Pas la peine, lui répondit-elle, en enfilant un blouson de cuir presque identique à celui de Léo. Allons-y.

Sous la véranda, elle alluma une grosse lampe torche, dont le puissant faisceau vint percer l'obscurité compacte qui régnait alentour.

Le temps ne s'était pas amélioré. Il était heureux que Luc et Hattie aient insisté pour faire ses bagages à sa place. Prévoyante comme elle était, sa belle-sœur avait sans nul doute paré à toute éventualité. Qu'il pleuve, vente ou neige, il serait prêt. Mais pour l'instant, toutes ses affaires étaient enfermées dans le coffre de sa voiture. Et il devrait attendre pour décharger.

Grâce à la lampe torche, ils trouvèrent sans difficulté le sentier de gravier menant au chalet voisin.

Luc évalua la distance. C'était idiot d'y aller à pied alors qu'il aurait pu avancer sa voiture de plusieurs dizaines de mètres. Il marqua une pause.

— Ecoutez, je vais aller chercher la voiture, dit-il. Je suis sûr que je retrouverai mon chemin.

A cet instant précis, Phoebe s'arrêta si brusquement qu'il faillit la percuter.

— Nous y sommes, annonça-t-elle. Et voici ce qui reste du chalet que vous avez loué pour deux mois.

Le puissant faisceau de la lampe ne tarda pas à révéler l'ampleur de la catastrophe causée par la tempête de la veille. Un arbre s'était abattu sur le chalet qui se dressait devant eux, littéralement éventré. De là où ils étaient, il était clair que la structure était ouverte à tous les vents.

— Oh ! bon sang ! lâcha-t-il en lançant un coup d'œil derrière lui, car le chalet de Phoebe aurait pu subir le même sort. Vous avez dû avoir une peur bleue.

— J'ai eu des nuits plus tranquilles, en effet, lui répondit-elle, avec une grimace. Ça s'est produit vers 3 heures du matin. J'ai été réveillée par ce bruit épouvantable. Je ne suis pas sortie sur le coup, bien sûr. J'ai dû attendre le lever du jour pour constater l'étendue des dégâts.

— Vous n'avez pas essayé de couvrir le toit ?

Elle eut un petit rire.

— Vous me prenez pour Superwoman ? Je connais mes limites, monsieur Cavallo. J'ai appelé ma compagnie d'assurances, mais inutile de dire qu'ils ont été submergés d'appels suite à la tempête. Normalement, un agent devrait passer demain après-midi, mais je n'y crois qu'à moitié. La pluie était si violente que l'intérieur du chalet est complètement détrempé. Le mal est fait. Quoi que je fasse, ça n'aurait servi à rien.

Elle n'avait pas tout à fait tort. Mais tout cela ne lui disait pas où il serait hébergé. Malgré les protestations adressées à Luc et Hattie, l'idée de lever le pied ne lui semblait plus aussi désagréable maintenant qu'il était arrivé à destination. Peut-être cela lui ferait-il du bien de passer du temps en pleine nature. Peut-être même en viendrait-il à considérer la vie un peu différemment, maintenant qu'il savait à quel point elle était fragile et précieuse.

Phoebe lui effleura le bras.

— Si vous en avez vu suffisamment, rentrons. Rassurez-vous, je ne vais pas vous demander de reprendre la route par ce temps épouvantable. Si vous voulez, vous pouvez passer la nuit dans mon chalet.

Ils firent demi-tour, et Léo laissa Phoebe passer devant avec la lampe. Ils retournèrent ainsi sans encombre jusqu'à la voiture. La lumière de la véranda brillait toujours dans la nuit, et il se sentit une fois de plus réconforté. Phoebe lui fit signe d'entrer.

— Venez vite vous réchauffer. Votre belle-sœur m'a dit que vous avez été hospitalisé. Si vous voulez, je peux aller chercher vos bagages.

Léo la regarda, scandalisé. *Ah, sa belle-sœur et ses maudits instincts de mère poule !*

— Je n'ai pas besoin d'aide, maugréa-t-il. Mais merci quand même.

La pauvre Phoebe ne pouvait pas savoir que son récent incident de santé était un sujet sensible pour lui. Il n'était pas un vieillard, tout de même ! Etre traité comme un semi-handicapé l'irritait au plus haut point. De plus, sans bien savoir pourquoi, il lui semblait particulièrement important que sa charmante hôtesse voie en lui un homme au sommet de sa forme et non quelqu'un à materner.

Au moment même où cette idée lui traversait l'esprit, les pleurs d'un nourrisson se firent entendre. Il fit volte-face, s'attendant à voir une voiture s'arrêter au bord du sentier. Mais Phoebe et lui étaient seuls dans la nuit.

Une autre idée lui traversa l'esprit. Il avait lu quelque part que le cri du lynx pouvait faire penser à des pleurs d'enfant. Or, cet animal nocturne était assez répandu dans les monts Great Smoky. Il n'eut pas le temps de s'interroger davantage, car le cri résonna une fois de plus dans la nuit.

Phoebe lui fourra la lampe torche entre les mains.

— Prenez ça. Il faut que je rentre tout de suite.

— Alors, comme ça, fit-il avec un petit sourire, vous m'abandonnez en pleine nuit au milieu des bêtes sauvages ?

Elle secoua la tête, interloquée.

— Que voulez-vous dire ?

— N'est-ce pas un lynx qu'on entend là ?

Phoebe émit un petit rire de gorge, dont la sensualité lui fit dresser les poils des bras encore plus nettement que l'étrange cri qu'il venait d'entendre.

— Je vois que vous avez beaucoup d'imagination, répondit-elle, amusée, mais je peux vous assurer que ce n'est pas un lynx.

Elle sortit de sa poche l'appareil électronique qu'il avait remarqué précédemment. Ce n'était pas un appareil photo mais un petit récepteur.

— Les cris que vous venez d'entendre et qui ressemblent à des pleurs de bébé sont *bel et bien* des pleurs de bébé. Et je ferais mieux de rentrer en vitesse avant qu'une nouvelle tempête se déchaîne.

- 2 -

Bouche bée, Léo la regarda s'engouffrer dans la maison et claquer la porte derrière elle. Ce ne fut que lorsqu'il ressentit la morsure du froid sur ses mains qu'il se remit en mouvement. D'un geste vif, il sortit du coffre le plus petit de ses deux sacs. Passant la bandoulière sur son épaule, il récupéra la sacoche contenant son ordinateur et son autre sac de vêtements.

Après avoir verrouillé la voiture, il se dirigea vers le chalet. A peine eut-il franchi le seuil qu'il tomba en arrêt : debout devant la cheminée, Phoebe tapotait doucement le dos d'un nourrisson qui gémissait contre son épaule. Une bouffée d'émotion l'envahit. Sans doute était-ce la lumière du feu qui rendait cette vision aussi touchante. Sa belle-sœur Hattie avait exactement la même expression lorsqu'elle serrait ses deux petits dans ses bras.

Mais la présence d'un bébé impliquait aussi celle d'un père, et Léo avait beau ne connaître cette Madone à l'enfant que depuis quelques heures, il ne put s'empêcher de ressentir un profond sentiment de déception. Phoebe ne portait pas d'alliance, mais la nette ressemblance entre elle et l'enfant en disait long.

Eh bien, il ne lui resterait plus qu'à ignorer cette malencontreuse attirance… Manifestement, Phoebe n'était pas disponible. De plus, il avait beau adorer ses neveux, il n'était pas le genre d'homme à faire sauter un enfant sur ses genoux et à jouer à « Trois petits chats ».

Phoebe lui adressa un sourire.

— Voici Teddy. C'est le diminutif de Théodore, mais ce prénom est un peu trop sérieux pour un enfant de six mois.

Otant une fois de plus ses chaussures, Léo posa ses bagages.

— Il est adorable, dit-il en s'approchant du feu.

— C'est vrai, mais un peu moins quand il me réveille à 3 heures du matin, lui répondit Phoebe, qui malgré ce reproche, semblait littéralement sous le charme.

— Il ne fait pas encore ses nuits ?

Elle tiqua aussitôt à cette infime critique.

— Pour son âge, il dort très bien. N'est-ce pas, mon ange ?

Blotti contre Phoebe, Teddy suçait paisiblement son pouce. Elle resserra son étreinte avec douceur.

— En général, reprit-elle, il s'endort vers 22 heures et se réveille vers 6 ou 7 heures du matin. Mais je crois qu'il commence à faire ses dents.

— Mmm, très douloureux, ça.

— Venez, dit Phoebe, en posant le bébé sur sa hanche, je vais vous montrer la chambre d'amis. Je ne crois pas que nous vous dérangerons, même s'il pleure pendant la nuit.

Il la suivit dans le couloir, où ils passèrent devant la vaste chambre occupée sans aucun doute par Phoebe et le bébé. Le froid le saisit dès qu'il entra dans la chambre d'amis.

— Désolée, fit-elle, mais j'avais coupé les radiateurs. Rassurez-vous, la chambre ne tardera pas à se réchauffer.

— C'est charmant, fit-il en regardant autour de lui avec intérêt, impressionné par le grand lit en rondins qui dominait la pièce. D'épais rideaux vert foncé masquaient la fenêtre, qui devait être une baie vitrée vu sa taille. La salle de bains attenante, dans les tons beige et sable, contenait un Jacuzzi et un grand espace douche. Hormis la salle de bains carrelée, le sol était recouvert du même parquet qu'il avait remarqué dans le reste de la maison, égayé ici et là d'un tapis de couleur vive.

Phoebe marchait de long en large, continuant à bercer le bébé désormais endormi.

— Faites comme chez vous. Si vous souhaitez rester

dans la région, je vous donnerai quelques numéros de téléphone demain matin.

— Mais j'ai déjà réglé la moitié de mon séjour, lui rappela Léo. Je n'ai pas envie de loger ailleurs.

Bien qu'agacée par cette remarque, Phoebe répondit avec calme.

— Je vous rembourserai, bien sûr. Vous avez vu le chalet, il est inhabitable. Même si je touche l'assurance rapidement, ce ne sera pas facile de trouver une entreprise pour réaliser les travaux. En réalité, je crois que ça va prendre un temps fou pour tout remettre sur pied.

Léo songea au voyage éprouvant qui l'avait amené dans ces montagnes reculées. Hier encore, il n'avait aucune envie de ces vacances forcées. Les dégâts causés par la tempête lui offraient une porte de sortie inespérée. La seule chose qui lui restait à faire était d'expliquer à Luc, Hattie et son médecin, que les circonstances s'étaient liguées contre lui. Il pouvait être de retour à Atlanta dès le lendemain soir.

Mais quelque chose en lui — l'obstination peut-être ? — l'empêchait de céder à la facilité.

— Et où est M. Kemper, dans tout ça ? fit-il soudain. Ne devrait-il pas se charger des travaux du chalet ?

Phoebe le dévisagea, stupéfaite.

— M. Kemper ? répéta-t-elle, avant de se mettre à rire. Je ne suis pas mariée, monsieur Cavallo.

— Et le bébé ?

Elle fronça légèrement les sourcils.

— Quelle question ! A moins que vous ne jugiez les femmes incapables d'élever un enfant seules.

— J'ai toujours pensé qu'un enfant avait besoin de deux parents, fit-il avec un haussement d'épaules. Cela dit, je crois aussi que les femmes sont libres de mener leur vie comme elles l'entendent. Mais j'ai du mal à croire qu'une femme comme vous aspire à devenir mère célibataire.

Elle ne put s'empêcher de le foudroyer du regard.

— Que voulez-vous dire, « une femme comme moi » ?

Il s'adossa au mur et croisa les bras sans la quitter du

regard. Maintenant qu'il savait qu'elle était célibataire, tout devenait possible.

— Vous êtes incroyablement belle. Les hommes du coin ne vous l'ont jamais dit ?

Elle pinça les lèvres.

— C'est la remarque la plus stéréotypée que j'aie jamais entendue.

— Peut-être. Vous vivez au milieu de nulle part. Et votre enfant n'a pas de père. Il est normal que je me pose des questions.

Phoebe le dévisagea. Il soutint son regard avec patience. Ils savaient peu de choses l'un de l'autre, finalement, réalisa-t-il soudain. Sans la tempête de la veille, Phoebe se serait sans doute contentée de lui remettre ses clés et ils auraient peut-être échangé quelques plaisanteries et rien d'autre. Au cours des semaines suivantes, ils se seraient à la rigueur croisés dehors de temps à autre et salués de la main.

Mais le destin s'en était mêlé. Issu d'une famille d'origine italienne, Léo croyait à la puissance du destin et de l'amour. Et puisqu'il en était réduit à l'oisiveté, il était déterminé à explorer la fascination naissante que lui inspirait cette mystérieuse jeune femme.

Il ne la quitta pas des yeux lorsqu'elle déposa le bébé au milieu du lit. L'enfant se tourna doucement sur le côté et continua de dormir paisiblement. Mimant l'attitude de Léo, Phoebe alla s'adosser face à lui contre la grande garde-robe.

Elle le dévisagea quelques instants en se mordillant les lèvres.

— Premièrement, fit-elle enfin avec un soupir, vous n'êtes pas au milieu de nulle part. Mais vous avez voyagé de nuit et dans de très mauvaises conditions météo. Il est normal que vous ayez cette impression. Pour votre information, Gatlinburg se trouve à une quinzaine de kilomètres d'ici à peine. Et Pigeon Forge à moins d'une dizaine. Et l'on peut trouver ici tout ce dont on peut avoir besoin : épiceries, stations-service, et bien d'autres choses encore. Pour ma part, je préfère vivre un peu à l'écart des zones les plus habitées. C'est beaucoup plus tranquille.

— Je vous crois sur parole.

— Deuxièmement, poursuivit-elle, Teddy n'est pas mon fils, mais mon neveu.

A ces mots, Léo ressentit un tel soulagement à l'idée que la jeune femme soit finalement libre comme l'air... *Etrange.*

— Ma sœur et son mari John sont partis pour six semaines au Portugal. Ils ont préféré ne pas emmener Teddy car ils ont du rangement et des travaux à faire dans la maison du père de John. J'ai donc proposé de garder Teddy en leur absence.

— Vous devez beaucoup aimer les enfants.

Une ombre passa sur le visage de Phoebe.

— J'adore mon neveu, précisa-t-elle en retrouvant l'éclat qui avait disparu l'espace d'un instant. Mais là n'est pas la question. Je ne peux pas vous louer un chalet endommagé. Vous devez loger ailleurs.

Il mit dans son sourire tout le charme dont il était capable.

— Vous pouvez toujours me louer *cette* chambre-là.

Elle devait bien l'admettre : Léo Cavallo avait de la suite dans les idées. Ses yeux d'un brun profond étaient trompeurs. Une femme pouvait se laisser complètement abuser par leur chaleur, alors qu'ils n'étaient pour lui qu'un instrument pour parvenir à ses fins. Son apparence ne trahissait aucun signe de la maladie évoquée par sa belle-sœur, quelle qu'elle soit. Son teint mat, de même que la consonance italienne de son nom, laissaient penser qu'il avait du sang méditerranéen. Et cette belle génétique conférait à Léo un charme tout bonnement ravageur.

Elle se borna d'autant plus à rester neutre et à répéter :

— Vous n'êtes pas dans une chambre d'hôte. J'ai un chalet que je loue à des vacanciers. Or, ce chalet est actuellement inhabitable. Je ne vois pas ce que je peux faire pour vous.

— Ne prenez pas de décision hâtive, fit-il d'une voix

rauque et charmeuse. Je n'ai pas mon pareil pour changer une ampoule électrique et chasser les insectes nuisibles d'une maison.

— Figurez-vous que je suis assez grande, moi aussi, pour changer une ampoule. Quant aux insectes, j'ai quelqu'un qui passe inspecter les lieux chaque mois.

— Ce n'est pas rien de s'occuper d'un enfant. Peut-être apprécieriez-vous d'avoir un peu d'aide.

— Je ne sais pas pourquoi, mais j'ai l'impression que changer des couches n'est pas trop votre truc.

— Finement observé.

Etaient-ils dans une impasse ? Allait-il renoncer ? Elle regarda Teddy qui dormait si paisiblement. Les bébés étaient une part importante de sa vie, mais elle était aussi une femme et il était clair qu'il y avait bien longtemps qu'elle n'avait pas profité de la compagnie d'un homme.

— Ecoutez, je vais vous faire une proposition, dit-elle lentement, se demandant si elle n'avait pas perdu la tête. Dites-moi pourquoi vous voulez vraiment rester, et j'examinerai votre demande.

Pour la première fois, elle perçut une certaine gêne dans l'expression de Léo. C'était apparemment le genre d'homme qui commandait sa vie comme un capitaine son navire, distribuant les ordres et habitué à se faire obéir. Mais en cet instant, le masque était tombé, révélant une part de vulnérabilité.

— Que vous a dit ma belle-sœur en faisant la réservation ?

Parade classique : répondre à une question par une autre question.

— Elle m'a dit que vous aviez été malade. Rien de plus. Mais pour être honnête, vous n'avez pas l'air d'être à l'article de la mort.

Léo esquissa un sourire teinté d'autodérision.

— Tant mieux.

De plus en plus curieux.

— Maintenant que j'y pense, reprit-elle, essayant de résoudre l'énigme tout en parlant, vous ne m'avez pas l'air non plus d'un homme qui prend un ou deux mois de congé sabbatique sans raison. A moins, bien sûr, que vous soyez artiste ou musicien. Ou romancier peut-être ? Alors, je chauffe ?

Léo fit une moue, évitant son regard.

— J'ai besoin de faire une pause, dit-il. N'est-ce pas une raison suffisante ?

Quelque chose dans sa voix la toucha… une note de découragement ou de détresse. A ce moment précis, elle se sentit proche de Léo Cavallo. N'avait-elle pas choisi de s'exiler dans ces montagnes et fait construire ses deux chalets exactement pour la même raison ? Un jour, elle en avait eu assez de son travail qui ne lui laissait aucun répit, et avait dû surmonter une grave désillusion sur le plan personnel. Son isolement lui avait apporté la paix.

— Très bien, dit-elle, capitulant sans chercher à en savoir davantage. Vous pouvez rester. Mais si vous me tapez sur les nerfs, je n'hésiterai pas à vous mettre dehors.

Il sourit, visiblement soulagé.

— C'est d'accord.

— Et je vous demanderai mille dollars de plus par semaine pour les repas que nous aurons à partager.

Elle prenait un risque en augmentant son tarif de la sorte, elle le savait. Mais Léo se contenta d'un hochement de tête.

— A votre guise, fit-il, le regard brillant. Merci, Phoebe, ajouta-t-il sur un ton plus sérieux. J'apprécie votre hospitalité.

Le nourrisson changea de position, brisant la bulle d'intimité qui semblait envelopper la pièce. Phoebe prit doucement l'enfant dans ses bras, ressentant soudain le besoin de se protéger du charismatique Léo Cavallo.

— Alors je vous souhaite bonne nuit.

Son nouveau pensionnaire acquiesça, fixant de ses paupières lourdes le bébé endormi.

— Dormez bien, dit-il. Et si vous entendez un peu de bruit pendant la nuit, ne vous inquiétez pas. J'ai eu quelques insomnies, dernièrement.

— Si vous voulez, je peux vous préparer un lait chaud.

— Ça ira, merci. A demain.

Léo la regarda quitter la pièce et ressentit comme un pincement de culpabilité d'avoir ainsi envahi son intimité. Mais il n'avait aucune envie de rentrer à Atlanta. Il songea à la façon dont ses collaborateurs l'avaient ménagé dernièrement, comme si le moindre bruit, la moindre contrariété risquait de le faire rechuter. Son frère avait beau faire son possible pour masquer son inquiétude, Léo avait besoin de prendre du recul après ce qui lui était arrivé.

Après son malaise, sa première impulsion avait été de se replonger dans le travail. Mais le médecin n'avait accepté de le laisser sortir de l'hôpital qu'à condition qu'il prenne du repos. Une option que Léo n'avait acceptée que contraint et forcé.

En début de soirée, lorsqu'il avait quitté l'autoroute, il avait appelé son frère pour l'informer qu'il était presque arrivé. Il avait beau avoir besoin d'échapper à l'étouffante sollicitude de son cadet, il était hors de question pour lui de l'inquiéter inutilement. Il aurait fait n'importe quoi pour Luc, et il savait que la réciproque était tout aussi vraie. Les deux frères s'étaient toujours serré les coudes, depuis qu'ils avaient dû s'exiler à l'étranger durant leur adolescence pour s'installer chez leur grand-père.

Léo bâilla et s'étira, soudain épuisé. Peut-être était-il en train de payer toutes ces années durant lesquelles il avait dépensé son énergie sans compter. Tant ses médecins que sa famille lui avaient imposé une guérison totale et l'avaient contraint à se mettre au vert. Et peut-être son récent séjour à l'hôpital l'avait-il affecté beaucoup plus qu'il ne l'imaginait. Quoi qu'il en soit, il se sentait accablé de fatigue et n'aspirait plus qu'à s'étendre dans le grand lit rustique qui serait le sien pour de longues semaines.

Dommage d'en être réduit à dormir seul... Son corps réagit au quart de tour lorsque des visions de Phoebe traversèrent son esprit — ce qui était bon signe, après tout. Il y avait quelque chose d'infiniment séduisant dans le sourire de la jeune femme, qui semblait masquer une exquise sensualité.

Le médecin de Léo ne lui avait interdit ni l'exercice physique ni l'activité sexuelle. Cela dit, ce dernier point était sujet à caution… S'efforçant d'ignorer le désir puissant mais vain qui s'était emparé de son corps, il sortit la trousse de toilette de son sac et se dirigea vers la douche.

Au grand soulagement de Phoebe, le bébé ne se réveilla pas lorsqu'elle le déposa dans son berceau. Elle resta un long moment à son côté, observant ses moindres mouvements jusqu'à ce qu'elle soit sûre qu'il dormait à poings fermés. Elle avait beau savoir que Teddy manquait terriblement à sa sœur, égoïstement, Phoebe se réjouissait de pouvoir passer Noël en compagnie du bébé.

Un léger tiraillement se fit sentir au creux de son ventre à l'idée que Léo serait peut-être là, lui aussi. Mais peut-être rentrerait-il à Atlanta pour les fêtes et reviendrait-il ensuite terminer son séjour ?

Lorsque la belle-sœur de Léo avait fait la réservation, elle avait réalisé quelques recherches sur Google au sujet de la famille Cavallo. Elle avait appris que Léo était riche et célibataire, et qu'il occupait le poste de directeur financier de la grande entreprise textile fondée naguère par son grand-père en Italie. Elle avait également découvert qu'il contribuait à plusieurs causes humanitaires, non seulement financièrement mais comme bénévole. En réalité, Léo aurait pu vivre de ses rentes, car la fortune familiale se comptait en millions de dollars. Mais elle comprenait ce qui le poussait à travailler : un homme comme lui avait besoin de relever des défis, de se confronter à des adversaires, tant dans les affaires que dans la vie.

Phoebe ne prenait pas à proprement parler un risque en acceptant de l'héberger chez elle. C'était de toute évidence un gentleman et, lorsqu'elle y songeait, elle savait bien plus de choses sur lui que sur certains hommes à qui elle avait autrefois accordé ses faveurs. La seule chose qui la gênait, c'était son état de santé et cette sensation qu'il avait besoin d'aide. Il est vrai qu'elle avait déjà son lot de responsabilités.

Elle avait beau ne pas avoir de vraies raisons de s'inquiéter, elle ressentait chez lui une certaine souffrance. Léo semblait avoir perdu ses repères. Cette idée lui serra le cœur. Elle avait elle-même souffert d'une longue dépression et ne souhaitait à personne d'avoir à traverser une telle épreuve. Peut-être au cours de son séjour, pourrait-elle comprendre un peu mieux pourquoi un homme apparemment aussi solide que lui semblait vaciller sur ses bases.

Alors qu'elle s'apprêtait à se mettre au lit, des images de lui ne cessaient de se bousculer dans son esprit. Enfin, elle se blottit sous sa couette et ferma les yeux, mais le visage de Léo resta imprimé dans son esprit tout au long de la nuit.

- 3 -

Léo fut réveillé par un rayon de soleil qui perçait par une ouverture dans les rideaux. Il bâilla puis se passa la main sur le visage avant de se rendre compte, avec plaisir, qu'il avait dormi toute la nuit. A croire que le bon air de la montagne avait ses vertus, après tout.

La plupart de ses vêtements étant encore dans la voiture, il sortit de son sac un jean délavé et son pull en cachemire préféré — de chez Cavallo, bien sûr. Une douce chaleur régnait à présent dans la chambre, mais Léo était pressé de sortir pour voir à quoi ressemblait le paysage à la lumière du jour.

Enfilant le couloir sur la pointe des pieds au cas où le bébé dormirait encore, il s'arrêta sans même y penser devant la chambre de Phoebe. Par la porte entrebâillée, il distingua une forme sous les couvertures en désordre. Pauvre Phoebe. Le bébé n'avait dû lui laisser aucun répit cette nuit.

Résistant à l'envie de s'attarder davantage, il se dirigea vers la cuisine et localisa rapidement la cafetière. Phoebe était quelqu'un d'organisé, et il trouva sans problème ce qu'il cherchait dans l'élément de cuisine situé juste au-dessus. Lorsque le café fut prêt et qu'il s'en fut servi une tasse, il prit une banane sur le comptoir et alla se poster devant la fenêtre du salon.

L'un des objectifs de cette convalescence était d'acquérir l'habitude de prendre un petit déjeuner. En temps normal, il n'avait ni le temps ni l'envie d'avaler quoi que ce soit le matin. Il se rendait à la salle de sport à 6 h 30 et arrivait au bureau avant 8 heures. Après quoi, il travaillait sans interruption jusqu'à 19 heures et parfois plus tard.

Il n'avait jamais songé à son rythme de travail par le passé. Cette façon de vivre lui convenait, et il faisait ainsi tout ce qu'il avait à faire. Pour un homme dans la force de l'âge, l'idée même de prendre le temps ou de profiter de la vie revenait à avouer que l'on était vieux. Maintenant qu'on lui avait ordonné de le faire, il se sentait mécontent et frustré. Et dire qu'il n'avait que trente-six ans ! Le moment était-il déjà venu de jeter l'éponge ?

Ouvrant les rideaux, il découvrit un univers scintillant comme des diamants sous le soleil matinal. Toutes les branches, et jusqu'à la moindre feuille d'arbre, étaient couvertes de givre. A l'évidence, les températures avaient chuté comme prévu, et à présent l'étroite vallée où était niché le chalet de Phoebe ressemblait au pays de la princesse des neiges.

Ce qui compromettait sérieusement ses envies d'exploration. Seul un idiot serait sorti par un temps pareil, au risque de se rompre le cou sur la première plaque de verglas venue. *Patience, Léo. Patience.* Son médecin, qui était aussi son partenaire de squash, lui conseillait sans cesse de se refréner, de prendre son temps, mais Léo doutait d'en être capable un jour. Il venait à peine d'arriver, mais il ne tenait déjà plus en place, rêvant d'un projet dont il aurait à s'occuper, d'un problème à résoudre.

— Vous êtes bien matinal.

Léo sursauta si violemment en entendant la voix de Phoebe qu'il se renversa du café brûlant sur la main. Il poussa un cri de douleur.

L'embarras de la jeune femme sautait aux yeux tandis qu'il se précipitait dans la cuisine pour faire couler de l'eau froide sur sa brûlure.

— Désolée, dit-elle. J'ai cru que vous m'aviez entendue.

Léo était certes perdu dans ses pensées à l'arrivée de Phoebe, mais il avait totalement retrouvé ses esprits, à présent. D'autant que celle-ci portait un pyjama qui moulait ses formes de façon tout à fait exquise, révélant la fermeté de ses seins et de ses fesses, et la finesse de ses jambes.

Mais au-delà de son désir égoïste, il lui apparut très vite que Phoebe était totalement épuisée, comme en témoignaient les cernes qui soulignaient ses yeux.

— Nuit difficile avec le petit ? demanda-t-il.

Elle acquiesça, réprimant un bâillement avant de prendre une tasse dans l'un des éléments de cuisine. Lorsqu'elle tendit le bras, son haut de pyjama se souleva légèrement, révélant une bande de peau soyeuse et dorée. Il détourna le regard, gêné de se trouver en position de voyeur, mais curieusement, la vision persista dans son esprit.

Phoebe se servit une tasse de café et en but une longue gorgée, avant d'aller s'asseoir dans un fauteuil en cuir et de se couvrir d'un plaid.

— Ça n'avait rien à voir avec le bébé, lui expliqua-t-elle. C'était moi. Je pensais à mon chalet détruit, au casse-tête que ça va être, ne serait-ce que de trouver une entreprise désireuse de se charger des travaux.

— Je pourrais m'en charger, dit-il, sans même réfléchir.

Manifestement, les habitudes avaient la vie dure. Mais après tout, aider son prochain n'était-il pas aussi bénéfique que de prendre le temps de vivre, comme on le lui avait recommandé ? Par chance, sa belle-sœur n'était pas là pour le réprimander, elle qui, depuis le problème cardiaque de Léo, passait son temps à lui expliquer que la vie n'était pas seulement faite pour travailler.

Bien sûr, Hattie était mariée avec Luc, qui, par miracle, avait réussi à trouver un équilibre entre sa vie de famille et la direction du Département recherche et développement de l'entreprise familiale. Les innovations de Luc, à la fois en matière de textile et de mode, avaient permis à leur société de rester compétitive dans le monde changeant du XXIe siècle. Les maisons de couture du monde entier demandaient les textiles Cavallo pour leurs collections les plus prestigieuses.

Léo était heureux de répondre à leurs besoins. Mais cela avait bien sûr un prix.

Phoebe poussa un profond soupir.

— Je ne peux pas vous demander une chose pareille, répondit-elle, l'air sombre. C'est à moi de régler ce problème, et de plus, vous êtes en vacances.

— Pas exactement en vacances, corrigea-t-il. Ma famille a décidé qu'elle ne voulait plus de moi au travail pour quelque temps, nuance.

— Léo a été un méchant garçon ? fit-elle avec un sourire.

Cette remarque eut sur lui un effet ravageur. Il rougit et dut réprimer une envie irrépressible de se jeter sur elle et de l'embrasser à perdre haleine. Par chance, comprenant que ce n'était là qu'une plaisanterie, il s'abstint.

— Non, pas méchant, répondit-il, simplement on me reproche de trop travailler, et de ne pas assez m'amuser.

Phoebe passa les deux jambes au-dessus de l'accoudoir du fauteuil, tenant son mug contre son ventre. Pour la première fois, il remarqua qu'elle portait des chaussons Hello Kitty. Il aurait été difficile de trouver un accessoire moins sexy. Pourtant, Léo était fasciné.

— Donc, vous êtes victime d'épuisement professionnel, si je comprends bien ?

Elle était décidément perspicace.

— On peut dire ça, lui répondit-il. Même si ce n'était pas le seul problème. On m'a en quelque sorte envoyé en pénitence dans cette province reculée, pour que je réfléchisse à mes erreurs.

— Et qui vous en a convaincu ? Vous n'êtes apparemment pas le genre d'homme à vous laisser dicter votre conduite.

Il se resservit une tasse de café et alla s'asseoir en face d'elle.

— C'est clair, admit-il. Mais mon petit frère, qui est, lui, très heureux en ménage, pense que j'ai besoin de repos.

— Et vous l'avez écouté ?

— J'ai eu du mal.

Elle étudia son visage avec attention, comme si elle essayait de voir clair à travers ses semi-vérités.

— Et comment envisagiez-vous de vous occuper pendant ces deux mois ?

— Ça reste à voir. J'ai une caisse de romans policiers à l'arrière de ma voiture, une année de grilles de mots croisés en retard à faire sur mon iPad, et une caméra numérique toute neuve que je n'ai même pas encore sortie de son emballage.

— Impressionnant.

— Vous voyez, j'ai largement le temps de rechercher des entreprises pour vos travaux.

— Pourquoi voudriez-vous vous en charger ?

— Je suis quelqu'un d'actif.

Elle le jaugea du regard.

— Justement, vous êtes là pour faire exactement le contraire : ne *pas* être actif. Je n'ai pas envie d'être responsable de votre rechute.

— Croyez-moi, Phoebe, recruter des entreprises et établir un planning de travaux sont des choses que je pourrais faire même dans mon sommeil. Et comme je ne suis pas propriétaire de ce chalet, cela ne générera aucun stress.

Elle eut une moue sceptique :

— Jamais je n'envisagerais une chose pareille s'il n'y avait pas le bébé.

— Je comprends.

— Si vous vous sentez fatigué, promettez-moi de me le dire.

— Parole de scout, lui répondit-il, en serrant l'index et le majeur.

— Dans ce cas, comment puis-je refuser ?

A ces mots, Léo sentit déferler en lui une bouffée d'allégresse totalement disproportionnée. Il comprit alors à quel point l'idée de passer deux mois sans activité définie avait été source de stress pour lui. Il décida sur-le-champ de consacrer ses matinées à la réfection du chalet et envisagea soudain ses deux mois d'exil dans les montagnes d'un œil beaucoup plus optimiste.

Il songea soudain à son frère. Qu'est-ce que ce dernier aurait pensé de ce nouveau développement ? Luc l'imaginait sans doute passant ses journées auprès d'une belle flambée et lisant un roman de John Grisham… Mais Léo avait beau aimer la lecture et en particulier cet auteur de romans policiers, passer toutes ses journées à lire aurait fini par le rendre fou.

Déjà, l'inactivité qui lui avait été imposée depuis l'accident cardiaque avait été difficile à supporter. Son médecin l'avait certes autorisé à faire du sport pendant sa convalescence, mais il n'y avait pas ici le moindre équipement, et la météo était bien trop mauvaise ne serait-ce que pour faire un peu de jogging. Cette idée conforta Léo dans sa décision : la mission qu'il venait de se trouver était bien la seule solution.

Soudain, des pleurs se firent entendre du fin fond du couloir : le bébé était de méchante humeur, à ce qu'il semblait.

Phoebe jaillit de son fauteuil, manquant renverser son café.

— Zut, j'ai oublié de prendre le récepteur, dit-elle, en posant sa tasse dans l'évier avec un bruit sec, avant de se précipiter vers la chambre.

Léo eut à peine le temps de se resservir une tasse de café que Phoebe était de retour, le petit Teddy calé sur la hanche. Le nourrisson avait le visage congestionné par les pleurs. Phoebe écarta avec douceur une mèche de cheveux de son front.

— Pauvre bébé, dit-elle, comme ce doit être difficile pour lui de ne pas voir sa mère et son père quand il se réveille.

— Mais il vous connaît bien, n'est-ce pas ?

— Oui, il me connaît bien, soupira Phoebe. Il n'empêche… Je me fais du souci pour lui jour et nuit. Jamais encore on ne m'avait confié la garde exclusive d'un bébé, et je vous avoue que c'est très angoissant.

— Je trouve que vous vous en sortez à merveille. Cet enfant a l'air en excellente santé et parfaitement heureux.

Phoebe lui lança un regard sceptique, mais les paroles de Léo semblaient l'avoir réconfortée.

— J'espère que vous avez raison.

Sans crier gare, elle lui tendit l'enfant.

— Ça vous ennuierait de lui donner son biberon le temps que je me prépare ?

Léo ne put réprimer un mouvement de recul.

— Ecoutez, Phoebe. J'ai peur que ça ne plaise pas à Teddy. Je n'ai pas votre expérience. De plus, ma stature fait peur aux enfants, en général.

Phoebe le dévisagea, stupéfaite.

— C'est absurde, lança-t-elle en le foudroyant du regard. Hier encore, vous me proposiez de me donner un coup de main pour le bébé en échange de votre hébergement.

Léo haussa les épaules, déterminé à ne pas montrer son embarras.

— C'est vrai, mais je me voyais plutôt jeter les couches à la poubelle ou attraper le récepteur au cas où vous seriez occupée. Je suis trop maladroit pour prendre un bébé dans mes bras.

— Il n'y a pas d'enfants dans votre entourage ?

— Si, mon frère en a deux, un garçon et une fille. Je les vois plusieurs fois par mois, mais je ne fais pas grand-chose hormis leur faire la bise et m'extasier en voyant combien ils ont grandi. J'avoue qu'il m'arrive de les faire sauter sur mes genoux, mais c'est rare. Tout le monde ne peut pas avoir un bon contact avec les enfants.

Le petit Teddy, que Phoebe tenait toujours à bout de bras, agitait frénétiquement ses jambes potelées. Comblant l'espace qui la séparait de Léo, elle lui fourra d'office le nourrisson dans les bras.

— Alors, il est grand temps d'apprendre. N'oubliez pas que ça fait partie de notre accord.

Léo réceptionna l'enfant, resserrant fermement son étreinte. Le petit corps était tout chaud entre ses bras. Le nourrisson sentait la lotion et un parfum indéfinissable de nurserie qui caractérisait les bébés du monde entier.

— Je pensais que devenir votre contremaître allait m'exempter des missions de baby-sitting.

Phoebe croisa les bras, ce qui eut pour résultat de faire pigeonner ses seins sous son haut de pyjama moulant.

— Eh bien, non. Un accord est un accord. Faut-il que je rédige un contrat ?

Léo était vaincu, il le savait. Lui qui avait pris Phoebe pour une sorte de baba-cool facile à vivre, voilà qu'il était soudain confronté à une négociatrice au regard d'acier, qui n'hésiterait pas à le jeter dehors s'il lui donnait la moindre raison de le faire.

— Je lèverais bien les bras pour vous montrer que je capitule, répondit-il en souriant, mais je crains que ça ne plaise pas à votre neveu.

Phoebe émit une sorte de grognement de satisfaction. Tout en souriant intérieurement, Léo alla s'asseoir sur le canapé en compagnie de Teddy et la regarda préparer le biberon.

— Il préfère boire assis, dit-elle en lui tendant le biberon. Faites-lui faire son rot au bout de la moitié.

— A vos ordres.

Phoebe le dévisagea, les mains sur les hanches.

— Ne vous moquez pas de moi. N'oubliez pas que vous n'êtes pas en position de force.

Léo s'efforça de prendre un air contrit — faisant au passage un effort surhumain pour ne pas fixer ses seins. Il s'éclaircit la gorge.

— Allez prendre votre douche, dit-il. Je contrôle la situation, je vous assure.

Phoebe se mordilla les lèvres.

— En cas de problème, entrouvrez la porte de ma chambre et appelez-moi, d'accord ?

A la simple idée d'être autorisé à s'immiscer dans sa chambre, Léo sentit le désir revenir en force. Par chance, il avait un biberon à donner, comme le lui rappelait le petit garçon manifestement affamé.

— Allez-y, répéta Léo, en prenant le biberon. Nous nous en sortons à merveille.

Lorsque Phoebe fut sortie de la pièce, Léo ajusta la position de Teddy, le plaçant au creux de son bras gauche afin de pouvoir lui offrir le biberon de la main droite. Le nourrisson semblait capable de le tenir tout seul, mais s'il le lâchait, il serait impuissant.

Léo se cala confortablement au fond du canapé et posa les pieds sur une ottomane assortie, agréablement surpris par la sensation de l'enfant niché contre lui. Teddy ne semblait pas le moins du monde effarouché par la présence d'un étranger. La seule chose qui comptait sans doute pour lui était de pouvoir téter tout son soûl. Du reste, il sembla mécontent lorsque Léo lui ôta le biberon et le plaça sur son épaule pour lui faire faire son rot.

Malgré tout, le changement de position apporta le résultat souhaité, et Léo lui administra sans problème la deuxième moitié du biberon. Lorsque ce dernier fut vide, Léo le posa et prit l'anneau de dentition posé sur la table basse voisine. Le nourrisson se saisit de l'objet et s'en donna à cœur joie, ce qui permit à Léo d'observer en détail la pièce où il se trouvait.

Il aimait la façon dont Phoebe avait meublé le chalet. Ses choix de décoration donnaient à l'endroit un côté à la fois sophistiqué et moderne. Le mobilier et les lampes semblaient solides et faits pour durer, et devaient donc valoir assez cher. Le parquet était aussi d'excellente qualité.

Côté cuisine, les plans de travail en granit brun clair mettaient en valeur les placards de bois d'érable couleur miel. La personnalité de Phoebe se reflétait dans le choix des objets : la série de boîtes de rangement vert et or, ou encore la photo fixée par un aimant à la porte du réfrigérateur, la montrant, elle et sa sœur, en compagnie de Teddy.

Léo regarda le bébé. Le petit garçon le dévisageait de ses grands yeux bleus, l'air de dire : « A quoi tu joues ? » Léo se mit à rire.

— Tu en as de la chance d'avoir une tante aussi jolie, mon petit bonhomme. Alors, je t'en prie, ne me grille pas avec elle, et nous serons les meilleurs copains du monde.

A ces mots, Teddy se remit à mordiller paisiblement son anneau.

Léo n'était pas le genre d'homme à se laisser facilement divertir. Atlanta lui manquait, le travail lui manquait, il avait, avant toute chose, besoin de sentir qu'il était pleinement aux commandes de son navire. Pourtant, il y avait dans le fait de donner le biberon à un enfant quelque chose qui permettait de goûter l'instant présent et éclipsait toutes les urgences de la vie.

Comme il l'avait dit à Phoebe, il n'était pas tout à fait novice en matière d'enfants. L'année précédente, Luc et Hattie avaient adopté la nièce de celle-ci après leur mariage. La petite fille avait maintenant presque deux ans. Et dernièrement, Hattie avait donné naissance à un petit garçon aux cheveux et aux yeux sombres, un pur Cavallo.

Léo appréciait la compagnie des enfants. Ils représentaient la certitude la plus concrète que la Terre continuerait à tourner. Toutefois, il n'avait jamais eu envie d'être père. Son mode de vie était complexe, très organisé, et surtout il n'avait pas le temps. Or, les enfants devaient pouvoir profiter de leurs parents dans une certaine mesure. En réalité, l'empire Cavallo était l'enfant de Léo. Il suivait chaque jour l'évolution des bénéfices. Dans les moments difficiles, il redistribuait les investissements et remaniait la stratégie commerciale du groupe jusqu'à ce que les pertes se transforment en profits.

Il était parfaitement conscient de passer pour quelqu'un de dur, d'insensible. Mais les dizaines de milliers de salariés qui dépendaient de lui de par le monde justifiaient ses actes. L'idée qu'un autre homme avait pris les commandes en son absence l'agaçait profondément. Mais Luc avait recruté un directeur financier des plus compétents.

Léo ne s'en sentait pas moins mis sur la touche.

Il consulta sa montre. Oh bon sang ! Il n'était que 10 h 30. Comment allait-il supporter de mijoter ainsi pendant deux mois ? Avait-il même la volonté de devenir ce nouvel homme que sa famille appelait de ses vœux ? Cet homme équilibré, décontracté et facile à vivre ?

Il étendit son bras libre sur le dossier du canapé et ferma les yeux, en quête de pensées apaisantes.

Non, il n'avait aucune envie de changer. Il voulait rentrer chez lui. Du moins, jusqu'à sa rencontre avec Phoebe. A présent, il n'en était plus si sûr.

Espérant que le nourrisson ne perçoive pas son état d'esprit négatif, Léo s'efforça de se concentrer sur la seule chose capable de le détourner de ses problèmes : Phoebe. Phoebe et sa silhouette élancée et ses longues jambes. Phoebe, sa chevelure sombre et ses yeux noirs. L'irrésistible Phoebe.

S'il parvenait à la séduire, alors sa convalescence prendrait une tout autre dimension. Du reste, il y avait comme une étincelle entre eux. Il le sentait. Il se trompait rarement sur ce genre de choses. Lorsqu'un homme était riche, puissant, et qu'il n'était pas trop mal de sa personne, les femmes tombaient en règle générale comme des mouches. Ce n'était pas de l'orgueil, mais la simple vérité.

Au cours de leur adolescence en Italie, Luc et lui avaient enchaîné les conquêtes jusqu'au jour où ils avaient compris à quel point il était vain d'être désiré pour des raisons si superficielles. Luc avait finalement rencontré l'âme sœur à l'université. Mais il lui avait fallu des années pour trouver véritablement le bonheur et l'équilibre avec celle qui était désormais sa femme.

Léo, en revanche, n'en était jamais arrivé à ce stade. Il n'avait jamais rencontré la moindre femme qui s'intéresse à lui pour sa personnalité. Les candidates au rôle d'épouse se laissaient généralement abuser par des facteurs extérieurs : la fortune et la position sociale de Léo, et elles ne visaient qu'à se faire passer la bague au doigt.

Phoebe Kemper était-elle, elle aussi, ce genre de femme ? Pour l'instant, il n'en savait strictement rien — mais il était bien décidé à le découvrir.

- 4 -

Phoebe prit tout son temps pour se doucher, se sécher les cheveux et s'habiller. Si Léo n'avait pas l'intention de respecter leur accord, elle voulait le savoir au plus vite. Toutefois, lui confier Teddy pour une demi-heure n'était pas une grosse prise de risque, et cela lui permettait d'échapper quelques instants à ses lourdes responsabilités de maman par intérim. Léo avait eu beau s'en défendre, il savait manifestement gérer les situations difficiles.

Elle avait peine à imaginer qu'il avait été malade. Il semblait si imperméable aux maux qui frappaient les autres mortels… Elle lui enviait sa confiance. La sienne avait été sérieusement ébranlée trois ans plus tôt, et elle n'était toujours pas remise pour de bon. Plus jeune, Phoebe avait pourtant connu une réussite insolente, et à l'époque le doute ne lui effleurait même pas l'esprit.

Mais elle avait payé cher son orgueil. Tout son univers s'était effondré. Elle avait alors décidé de se retirer du monde, et cela faisait quelques mois à peine qu'elle avait commencé à comprendre ce qu'elle attendait vraiment de la vie. La leçon avait été douloureuse, plus qu'il n'était possible de l'exprimer, mais elle sortait petit à petit la tête de l'eau.

Malheureusement, sa prise de conscience s'accompagnait à présent d'un excès de prudence, alors qu'autrefois, elle se serait lancée sans hésiter sur des voies où peu de femmes osaient s'aventurer.

A l'époque, elle aurait considéré un homme comme Léo comme un défi tant au plan professionnel que personnel.

Perspicace et sûre d'elle, elle faisait triomphalement son chemin dans la vie, sans imaginer un seul instant qu'elle pouvait, comme n'importe quel autre être humain, être victime d'un coup du sort. Et pourtant… Sa vie parfaite s'était désintégrée telle une comète stoppée net dans sa course par un obstacle imprévu. Rien ne serait jamais plus comme avant. Mais peut-être la vie lui réserverait-elle encore quelques bonnes choses…

Elle s'habilla avec plus de soin qu'à l'accoutumée. Au lieu de son jean, elle passa un pantalon en velours côtelé crème et un pull décolleté rouge vif qui soulignait ses formes à la perfection. Noël était proche, et un peu de couleur faisait toujours du bien.

Otant l'élastique qui maintenait son chignon, elle décida de se lâcher les cheveux et regarda la masse sombre de sa chevelure cascader sur ses épaules. Il était plus pratique de s'attacher les cheveux lorsqu'on s'occupait d'un bébé, mais elle avait envie d'être à son avantage pour son invité.

Lorsqu'elle retourna dans le salon, Teddy dormait dans les bras de son baby-sitter, lequel semblait aussi somnoler. Elle s'attarda quelques instants sur le seuil pour contempler la touchante vision que formaient cet homme puissant et ce bébé sans défense.

Une douleur se fit aussitôt sentir dans sa poitrine. Elle la massa instinctivement. Combien de temps encore souffrirait-elle de la perte qu'elle avait subie ? L'isolement lui avait apporté une forme de sérénité, mais elle savait que ce n'était qu'une illusion résultant de son choix de se protéger de la vie.

Car vivre faisait mal. Et si Phoebe devait un jour rejoindre les rangs des vivants, elle devrait accepter d'être de nouveau vulnérable. Cette idée la terrifiait. La souffrance était toujours le revers de l'amour et du bonheur. Et elle ne savait pas encore si elle était prête à prendre un tel risque.

Elle s'approcha à pas feutrés du canapé et posa la main sur le bras de Léo. Il ouvrit les yeux à l'instant. A croire qu'il ne dormait pas, finalement. Elle tendit les bras pour lui prendre le bébé, mais Léo fit non de la tête.

— Dites-moi où le poser, chuchota-t-il. Je ne voudrais pas le réveiller.

Ils traversèrent la chambre de Phoebe et la salle de bains attenante puis débouchèrent dans une petite pièce qu'elle utilisait comme débarras avant l'arrivée de Teddy. Lorsqu'elle avait emménagé dans le chalet, elle y avait entreposé une quantité d'objets qu'elle n'avait jamais eu ni l'envie ni le cœur de trier.

C'était presque chose faite à présent. La moitié de la pièce était remplie de grandes boîtes en plastique empilées avec soin, l'autre moitié étant consacrée au coin nurserie, avec un lit à barreaux, un rocking-chair et une table à langer. Quelques éléments de décoration rendaient cet espace douillet et agréable.

Léo se pencha au-dessus du lit et déposa avec douceur l'enfant sur le dos. Le nourrisson se tourna aussitôt sur le côté et se mit à sucer son pouce. Les deux adultes sourirent. Phoebe alluma le récepteur et fit signe à Léo de la suivre.

— A présent, détendez-vous, dit-elle lorsqu'ils furent de retour dans le salon. Faites ce que vous voulez. N'hésitez pas à faire du feu, il y a une quantité de bûches.

— Je vous l'ai dit : je ne suis pas malade.

Bien qu'agacée par cette réponse cassante, Phoebe n'en laissa rien paraître. Il était clair que Léo avait dû subir un grave revers de santé. Un cancer, peut-être. Mais n'étant pas dans la confidence, mieux valait éviter avec soin ce sujet de conversation.

La plupart des hommes étaient des patients épouvantables. Le plus souvent parce que dans leur esprit, leur santé et leur vigueur étaient liées de manière indissociable à leur amour-propre. Manifestement, Léo avait accepté ce séjour parce qu'il avait besoin de repos — mais il n'avait aucune envie d'en discuter avec elle. Très bien, décida Phoebe, elle éviterait donc à l'avenir ce terrain miné. Mais cela ne l'empêcherait pas de surveiller Léo de près, se promit-elle.

Après tout, ce problème de santé, quel qu'il soit, avait été assez sérieux pour nécessiter un arrêt de travail de deux mois.

Phoebe comprenait cet excès de pudeur. Par le passé, elle avait connu beaucoup d'hommes comme Léo. Ils vivaient comme des chefs de meute dans l'univers du travail. Et même lorsqu'ils se mariaient, les relations familiales demeuraient un aspect périphérique de leur existence.

Autrefois, Phoebe avait été habitée du même instinct. Négociatrice impitoyable, elle était devenue accro à ces montées d'adrénaline accompagnant les prises de risque. Plus on réussissait, plus on avait envie de réussir. Approcher quelqu'un comme Léo n'était donc pas sans risque pour elle. Et elle devrait veiller à ne pas être aspirée par ses problématiques et son stress professionnels.

Oui, il lui faudrait se méfier de lui comme de la peste. Et garder en tête qu'elle était heureuse telle qu'elle était. Elle avait assez d'économies pour vivre paisiblement de longues années durant. Mieux valait se contenter de ce mode de vie.

S'approchant de la cheminée, Léo se mit à empiler bûches et petit bois avec la précision d'un scout. Phoebe se dirigea dans la cuisine et se lança dans la préparation du déjeuner, qui serait constitué d'un assortiment de crudités et de sandwichs. Ce fut elle qui rompit le silence.

— Je fais parfois appel à une jeune fille pour garder Teddy lorsque je dois m'absenter. Si vous voulez, je peux l'appeler. Cela nous permettrait d'aller évaluer les dégâts de l'autre chalet.

— Vous me semblez d'une rare efficacité, dites-moi, remarqua-t-il en jetant un coup d'œil par-dessus son épaule.

— Autrefois, je travaillais dans une grande entreprise. Je n'ai pas peur d'affronter les difficultés.

Il jeta une allumette dans les brindilles et recula le temps que le feu prenne. Lorsque ce fut chose faite, il remit le pare-feu en place et frotta ses mains couvertes de suie.

— Et quelle était cette entreprise ?

Elle se mordit la lèvre, regrettant déjà de s'être aventurée sur un terrain qu'elle aurait mieux fait d'éviter.

— Un bureau d'agents de change à Charlotte, en Caroline du Nord.

— Etes-vous venue ici parce qu'il a fait faillite ?

La supposition était logique, mais erronée.

— Le bureau a survécu à la crise économique et il est actuellement florissant.

— Vous ne répondez pas tout à fait à ma question.

— Lorsque nous nous connaîtrons un peu mieux, peut-être vous confierais-je les terribles secrets de mon existence. Mais pas aujourd'hui.

Léo comprenait sa réticence, ou du moins le croyait-il. Après tout, personne n'avait envie de parler de ses échecs. Et rationnel ou pas, il considérait sa crise cardiaque comme un échec. Il n'était pas en surpoids. Il ne fumait pas. Et en toute objectivité, il n'avait que peu de vices, si ce n'est sa personnalité elle-même. Il était l'incarnation même du type A, un hyperactif qui vivait dans un état de stress tel que c'en était devenu une seconde nature. Son médecin lui avait dit que son incapacité à se relaxer était devenue pathologique. Il avait beau se nourrir d'une manière saine et avoir une activité physique régulière, cela n'y changeait rien.

Léo rejoignit son hôtesse dans la cuisine, cherchant un prétexte pour s'approcher d'elle.

— Ça sent bon, dites-moi, fit-il.

Du calme, Léo. Ne t'emballe pas.

La nuit dernière, il avait rêvé de la tresse de Phoebe. Mais aujourd'hui… Qui aurait cru que cette coiffure désuète cachait cette masse soyeuse couleur ébène ?

Phoebe passa ses légumes sous l'eau et fit volte-face.

— Au fait, êtes-vous soumis à des restrictions alimentaires ? Avez-vous des allergies ?

Léo esquissa une moue.

— Je ne vous demande pas de cuisiner pour moi à tous les repas, vous savez. Vous m'avez dit qu'il y avait quelques bourgades aux alentours. Je pourrais vous inviter au restaurant, si vous voulez.

Elle leva les yeux au ciel.

— Avez-vous déjà essayé d'aller au restaurant avec un bébé ? lui fit-elle. Non seulement ces endroits sont terriblement bruyants, mais il y aurait des projections de nourriture dans tous les coins, y compris sur votre joli pull-over.

— Je suis au courant, lui répliqua-t-il.

Par le passé, il avait déjà accompagné Luc, Hattie et leurs jeunes enfants au restaurant. Mais en y réfléchissant à deux fois, il se souvint qu'à l'époque, ils prenaient presque toujours leurs repas à la maison. Ce n'était sans doute pas par hasard.

— Très bien, reprit-il, c'est une mauvaise idée. Mais je pourrais au moins aller nous chercher des pizzas de temps en temps.

Phoebe lui adressa un charmant sourire.

— Ce serait très gentil de votre part, Léo.

L'appréciation de la jeune femme lui donna envie de se rendre encore plus indispensable, et pas seulement sur un plan pratique… Elle avait vraiment un sourire irrésistible. La force de cette soudaine attirance étonnait un peu Léo, mais à bien y réfléchir, c'était somme toute logique. Deux adultes dans la force de l'âge s'apprêtant à passer plusieurs semaines ensemble ne pouvaient éviter le terrain de la séduction.

Il s'éclaircit la gorge et se fourra les mains au fond des poches.

— Avez-vous un petit ami quelque part qui pourrait trouver à redire à ma présence chez vous ?

A cette question, une ombre passa une fois de plus dans les yeux de la jeune femme.

— Non, vous n'avez rien à craindre. Cela dit, ajouta-t-elle d'un air sombre, j'aurais dû vous dire le contraire. Je ne voudrais pas que vous vous fassiez des idées.

— Quelles idées ? fit-il, d'un ton innocent.

Blague à part, il n'était pas tout à fait serein à l'idée de reprendre une activité sexuelle, car il n'avait pas mis une femme dans son lit depuis… Seigneur… Il n'osait même pas prononcer le mot en esprit. *Depuis sa crise cardiaque.*

Voilà, c'était dit. Non, il n'avait pas peur de ces deux mots ridicules.

Son médecin lui avait assuré qu'il n'y avait aucune restriction sur ce plan. Mais il faut dire que ce dernier n'avait pas vu Phoebe Kemper revêtue de ce pull écarlate littéralement affolant. Elle lui rappelait à la fois Wonder Woman et Pocahontas, deux héroïnes qui l'avaient fait beaucoup fantasmer dans son enfance. Comment allait-il pouvoir se contrôler dans ses conditions ?

Elle lui fit signe de s'éloigner.

— Allez ouste, allez défaire vos valises. Et lisez un peu. Nous déjeunerons dans une heure.

Léo appréciait les talents de cuisinière de Phoebe presque autant que son enivrante féminité. S'il pouvait manger aussi bien tous les jours, peut-être cesserait-il de sauter les repas, comme il le faisait habituellement, ou de se précipiter chez le premier traiteur venu. Assis dans sa chaise haute, le petit Teddy jouait avec un trousseau de clés en plastique. Comme ce n'était pas encore l'heure du biberon, le pauvre enfant dut se résoudre à regarder les adultes manger.

A la fin du repas, Allison, la baby-sitter, fit son apparition. La jeune étudiante arrondissait ses fins de mois en gardant de temps à autre le petit Teddy, qu'elle adorait par ailleurs.

Les températures s'étaient réchauffées suffisamment pour faire fondre le verglas. Léo en profita pour sortir sa grosse valise de la voiture. Il y trouva toutes les tenues nécessaires pour affronter les grands froids. Ce genre d'attirail n'était pas nécessaire à Atlanta, où il neigeait rarement.

Lorsqu'il regagna le salon, il trouva Phoebe qui jouait avec Teddy, cachant ses mains dans les manches de sa grosse veste doublée avant de les faire jaillir en s'écriant « coucou ». Malgré l'épaisseur du vêtement, elle était toujours aussi séduisante. Elle fourra un calepin et un stylo dans sa poche.

— N'hésitez pas à me faire remarquer tout ce que vous voyez, précisa-t-elle. La construction n'est pas mon fort.

— Moi non plus. Mais j'ai construit une cabane avec mon frère, autrefois. Ce n'est pas si mal, hein ?

Lorsqu'ils furent dehors, il découvrit un ciel d'un bleu délavé et inspira goulûment une grande bouffée d'air frais. Il faisait encore glacial, malgré le réchauffement des températures et l'humidité ambiante. S'arrêtant un instant pour contempler le paysage, il se sentit curieusement exalté par la vision des pics neigeux et de la forêt de conifères environnante. Seule la propriété de Phoebe, où la plupart des pins avaient été abattus, semblait émerger de cet océan de verdure. Dans le ciel bleu pâle, il distingua une traînée de condensation émise par un avion. Hormis ce détail, rien n'indiquait que l'on était au XXIe siècle.

— Avez-vous fait construire lorsque vous vous êtes installée dans la région ? lui demanda-t-il alors qu'ils s'engageaient côte à côte sur l'étroit sentier conduisant au second chalet.

Resserrant son écharpe, Phoebe offrit son visage à la caresse du soleil.

— Ma grand-mère m'a laissé cette propriété à son décès, il y a une dizaine d'années. A l'époque, je venais de commencer mes études. Pendant des années, je l'ai conservée pour des raisons sentimentales, et puis bien des années plus tard…

— Bien des années plus tard ?

Elle portait des lunettes de soleil, si bien qu'il ne vit pas son regard lorsqu'elle se tourna vers lui.

— Eh bien, j'ai décidé de vivre en ermite, à l'exemple de Thoreau[1].

Léo préféra ne pas la questionner davantage. Après tout,

1. Henry David Thoreau est un écrivain américain du XIXe siècle qui a vécu un temps retiré du monde au beau milieu de la nature.

ils auraient tout le temps d'échanger des confidences. De plus, il n'était guère pressé de révéler ses propres secrets.

A la lumière du jour, les dégâts infligés au chalet étaient bien plus impressionnants qu'il ne l'avait anticipé. Il posa la main sur le bras de Phoebe.

— Laissez-moi y aller le premier. Je crains des effondrements.

Non sans peine, ils entrouvrirent la porte et pénétrèrent dans ce qui restait du salon. Un chêne gigantesque avait littéralement éventré le chalet, dont le sol s'était affaissé sous le poids de l'énorme tronc. La totalité de l'équipement intérieur et du mobilier avait été réduite en miettes.

Otant ses lunettes de soleil, Phoebe leva la tête pour voir ce qu'il restait du toit.

— C'est une véritable catastrophe, commenta-t-elle d'une voix légèrement tremblante. C'est une chance que l'arbre ne soit pas tombé sur mon chalet.

Léo frémit en imaginant que Phoebe et Teddy auraient pu être grièvement blessés, en particulier dans cette zone reculée, où les secours auraient mis un temps fou à arriver. Vivre en ermite était sans doute apaisant, mais ce n'était pas sans risques, surtout pour une femme célibataire, songea-t-il. C'était sans doute une idée rétrograde, mais justifiée dans les circonstances présentes.

Il se garda bien, toutefois, d'en faire part à Phoebe.

Prenant la jeune femme par le bras, ils traversèrent le salon dévasté pour voir ce qu'il restait des pièces situées à l'arrière. Une chambre avait échappé à la dévastation, mais dans les deux autres, seul le mobilier avait survécu. Il ne faudrait pas tarder à récupérer tout ce qui pouvait l'être, avant que l'humidité ou les animaux sauvages fassent leur œuvre.

Phoebe affichait une expression indéchiffrable.

— Peut-être ferais-je mieux de le faire raser, soupira-t-elle.

Elle s'accroupit pour ramasser une fleur de verre qui avait miraculeusement échappé à la destruction.

— Mes amis m'avaient pourtant prévenue de ne pas

acheter du mobilier de qualité. J'aurais dû les écouter, je suppose.

— Vous êtes bien assurée ? lui demanda-t-il.

Il venait de calculer approximativement le montant des réparations et était arrivé à une somme assez ahurissante.

— Je ne me souviens pas précisément de toutes les clauses du contrat, mais mon agent est un bon ami de ma sœur, donc j'imagine qu'il a tout prévu.

Malgré cette réponse optimiste, le découragement de Phoebe était presque palpable.

— Il y a souvent quelque chose de positif dans une catastrophe, dit-il pour la réconforter, même s'il était conscient qu'elle n'avait aucune raison de se reposer sur lui. J'ai besoin d'une occupation pour rester sain d'esprit. Quant à vous, vous avez Teddy. Laissez-moi prendre les choses en mains, lancer les demandes de devis auprès des entreprises. Je vous en prie. Vous me rendriez un fier service.

- 5 -

Phoebe était tentée. Et même plus que cela. Léo lui faisait face, les deux pieds solidement ancrés au sol, comme s'il était là pour toujours. Avec sa grosse veste noire et ses lunettes de soleil masquant son expression, il lui apparut soudain comme une énigme. Par quel miracle un homme aussi vigoureux, aussi remarquablement viril avait-il atterri dans cette région reculée où elle avait élu domicile ?

Pourquoi était-il là ? Pour se soigner ? Pour se reposer ? Il avait à la fois la stature d'un boxeur et l'allure d'un richissime play-boy. Avait-il réellement été malade ? Devait-elle lui confier cette charge ?

— Je ne voudrais pas avoir l'air de profiter de la situation, dit-elle enfin. Mais je dois avouer que je trouve votre proposition terriblement séduisante. Il est clair que j'ai sous-estimé la fatigue que représente la garde de mon neveu. J'aime Teddy, et c'est un enfant facile, mais l'idée d'avoir à gérer tout cela en plus…, fit-elle en tendant le bras vers le chalet en ruines, eh bien, j'en suis accablée d'avance.

— Alors, acceptez mon aide, insista Léo. Rassurez-vous, je ne vous demanderai pas de vous charger vous-même des travaux, ajouta-t-il en ôtant ses lunettes et en lui décochant un sourire ravageur, qui le rendit cent fois plus séduisant encore. J'ai bien conscience que les hommes sont parfois des vantards, mais votre chalet, ou plutôt ce qu'il en reste, entre dans la catégorie des catastrophes. Mieux vaut laisser faire les experts.

Elle tourna la tête, considérant le grand lit encore recouvert de son édredon bordeaux qui trônait parmi les décombres.

— C'était censé être votre chambre. Vous y auriez été confortablement installé, soupira-t-elle en se tournant de nouveau vers lui. Je suis navrée de n'avoir pu honorer la prestation que je vous ai vendue.

Il lui effleura le bras. Son sourire avait disparu, mais son regard était toujours aussi pétillant.

— Je suis parfaitement bien là où je suis, lui répondit-il. Un chalet confortable. Une hôtesse remarquablement séduisante… J'ai plutôt l'impression d'avoir gagné le gros lot.

— Vous essayez de me séduire…, fit-elle, tandis que son souffle s'accélérait.

Il la dévisageait avec intensité, avec sensualité, sans chercher à dissimuler ses intentions.

— On m'a prescrit de prendre le temps de humer le parfum des roses… et vous voilà.

Soudain saisie d'une bouffée de chaleur, Phoebe ôta son manteau et s'adossa au montant de la porte. Etre à l'intérieur du chalet et sentir en même temps la chaleur du soleil créait une sensation déconcertante.

— Peut-être, mais sachez que je ne suis pas dépourvue d'épines. A en croire ma sœur, la vie de recluse m'aurait rendue quelque peu revêche.

Et c'était sans doute vrai. Elle était pourtant naguère ce que l'on aurait pu appeler un animal social, tant dans les cocktails que dans les dîners d'affaires. Mais aujourd'hui, elle préférait la compagnie des écureuils, des piverts et des renards.

Léo écarta du pied un éclat de miroir particulièrement coupant.

— Je prends le risque, lui répondit-il. Je n'ai nulle part où aller et personne à voir. Teddy et vous illuminez d'une manière considérable les perspectives de mon long exil.

— Allez-vous enfin me dire pourquoi vous êtes ici ? demanda-t-elle soudain.

Il haussa les épaules.

— Ce n'est pas une histoire très intéressante, mais peut-être, quand le moment sera venu…

— Et quand viendra-t-il, vous pouvez me dire ?

Sa question effaça d'un coup le sourire de Léo.

— Vous êtes vraiment casse-pieds, vous savez ? grommela-t-il.

— Je vous l'ai dit, je ne suis pas une rose.

Il lui prit le bras et la guida vers la porte d'entrée.

— Alors, faites semblant, marmonna-t-il. C'est possible ?

Leur chamaillerie fut interrompue par l'arrivée de l'agent d'assurance, à qui Phoebe présenta Léo. Durant l'heure qui suivit, ils répondirent à ses questions et prirent des photos des dégâts. Alors que les deux hommes s'apprêtaient à entamer le tour du chalet détruit, elle s'excusa, sachant que sa baby-sitter, Allison, devait rentrer chez elle. Lorsque Phoebe poussa la porte, elle fut accueillie par les éclats rire de Teddy. Elle ressentit un pincement de jalousie, qui s'effaça aussitôt lorsque l'enfant lui fit fête en la reconnaissant.

La sœur de Phoebe avait beaucoup hésité à lui confier Teddy, sachant à quel point elle avait souffert par le passé. Phoebe s'était employée à la rassurer, et au bout du compte, sa sœur et son beau-frère avaient fini par céder. Imposer à Teddy ce long voyage était effectivement une mauvaise idée, d'autant qu'une fois sur place, ils seraient débordés par leurs tâches.

Phoebe savait toutefois que Teddy leur manquait terriblement. Elle leur donnait de temps en temps des nouvelles par webcam ou par texto lorsqu'elle allait en ville avec lui, car Phoebe n'avait pas de connexion internet chez elle, et la couverture téléphonique était loin d'être parfaite dans la région. Les jeunes parents regrettaient sans doute de ne pas avoir emmené leur fils et devaient faire tout leur possible pour rentrer plus vite que prévu.

Une fois Allison partie, Phoebe s'approcha de la fenêtre, Teddy dans les bras. Léo et l'agent d'assurance évaluaient toujours les dégâts. Elle caressa doucement le dos du bébé.

— Je crois que le Père Noël nous a apporté notre cadeau

avec un peu d'avance, mon ange. Ce Léo est une véritable bénédiction. Maintenant, il ne me reste plus qu'à éviter de penser que c'est l'homme le plus séduisant que j'aie vu depuis bien longtemps, et tout ira bien.

Teddy continua de sucer son pouce, sans réagir.

— Merci pour tes conseils, grommela-t-elle gentiment.

Resserrant son étreinte, elle plongea le nez dans le cou du bébé, se demandant avec un pincement au cœur quel genre de père serait Léo si elle devait avoir un enfant avec lui.

L'intéressé poussa soudain la porte, entraînant dans son sillage une bouffée d'air frais.

— Me voilà, chérie ! lança-t-il, manifestement ravi de sa petite plaisanterie.

Phoebe lui rendit son sourire.

— Otez donc vos chaussures, *chéri*.

Oui, elle allait devoir se méfier de lui comme de la peste. Léo Cavallo avait l'art de se faire passer pour quelqu'un d'inoffensif. Ce qui était un pur mensonge. En l'espace de quelques heures, elle avait pu percevoir chez lui un potentiel de séduction absolument hors norme.

Certains hommes étaient des tombeurs-nés. Et Léo en faisait partie.

Ce n'était pas seulement à cause de sa stature impressionnante. Il émanait de lui une virilité brute qui, curieusement, réveillait en elle les désirs charnels les plus enfouis. Elle aurait aimé croire que c'était parce qu'ils se trouvaient seuls dans cet endroit isolé, mais elle savait qu'il lui aurait fait exactement le même effet s'ils s'étaient rencontrés à l'opéra ou sur le pont d'un yacht.

Léo était l'incarnation même de la virilité. Le genre d'homme qui prenait les femmes dans ses filets sans même en avoir conscience. Jusque-là, Phoebe s'était crue immunisée des émissions de phéromones, mais elle avait radicalement changé d'avis depuis que Léo s'était installé chez elle. Sa présence révélait une terrible vérité, à savoir qu'elle était « en manque de sexe ». Or, elle venait de trouver le partenaire idéal pour assouvir ses besoins les plus primaires. Se sentant rougir jusqu'à la racine des cheveux, elle replongea la tête dans le cou du bébé. Léo par chance ne perçut pas son embarras. Otant son manteau, il sortit une feuille de papier de sa poche.

— Tenez. Lisez ça pendant que je prends le petit.

Phoebe n'eut pas le temps de protester. Il lui prit l'enfant des bras et se mit à le faire sauter en l'air. Teddy, qui dormait à moitié quelques instants plus tôt, hurla de joie. Phoebe leva les yeux au ciel : manifestement, les deux hommes de la maisonnée étaient en parfait accord pour ce qui était de ce genre de bêtises. Phoebe se cala au fond de son fauteuil et parcourut rapidement la liste.

— Aïe, fit-elle en prenant une profonde inspiration. Si j'en crois votre liste, je ferais peut-être mieux de faire raser ce chalet, comme je l'ai suggéré tout à l'heure.

— Je ne crois pas, lui répondit Léo. Certes, la somme finale paraît assez élevée, mais ce serait pire de faire reconstruire le chalet. Votre agent estime que vous obtiendrez un remboursement conséquent. Vous aurez simplement besoin d'une bonne dose de patience.

— Pas de chance, fit-elle avec un sourire. Ce n'est pas mon point fort.

Voyant que le T-shirt de l'enfant s'était relevé, Léo planta une bise sonore sur son ventre rebondi.

— Je ferai tout mon possible pour vous épargner les détails du chantier, à moins que vous ne teniez à être mise au courant des moindres évolutions.

— Absolument pas, lui répondit Phoebe avec un haussement d'épaules. Je ne vais pas faire la fine bouche, alors que vous me proposez de prendre en charge la totalité du chantier sans que j'aie à lever le petit doigt.

Entre les bras de Léo, Teddy sombrait lentement dans le sommeil. Une fois de plus, la vision de cet homme massif et du bébé somnolent l'émut plus qu'elle n'aurait su dire. Elle se sentait un peu bête de faire preuve d'une telle sensiblerie, mais elle ne pouvait s'en empêcher. Le simple fait de les voir ensemble l'emplissait à la fois d'envie et de regret. Elle les voulait tous les deux. L'homme. Le bébé. Etait-ce trop demander ?

Léo la considéra — par chance, sans remarquer son regard embué.

— Vous voulez que j'aille le mettre au lit ? lui demanda-t-il.

— Allez-y. Il dormira sans doute pendant moins d'une heure. J'ai remarqué qu'il préférait faire deux courtes siestes, plutôt qu'une longue.

Léo marqua une pause dans le couloir.

— Depuis combien de temps est-il sous votre garde ?

— Deux semaines. Nous avons fini par trouver notre petite routine.

— Jusqu'au moment où je suis arrivé pour tout gâcher.

Elle esquissa une moue moqueuse.

— Vous ne m'extorquerez aucun compliment. Sachez toutefois que vous avez gagné votre hébergement. Et ce en moins de vingt-quatre heures.

Il lui décocha un grand sourire.

— Et encore, vous êtes loin d'avoir tout vu…

Bien qu'assise, elle sentit ses genoux se dérober sous elle.

— Allez donc le mettre au lit et cessez de dire des bêtises.

Avec un sourire, il déposa une bise sur le crane du bébé.

— Je sais, fiston, elle est impitoyable, mais je saurai la faire fondre.

Lorsque Léo disparut dans la chambre, Phoebe expira un grand coup. Elle avait retenu son souffle bien trop longtemps sans même s'en rendre compte. Elle se leva et, d'un pas peu assuré, entreprit de faire le tour de la pièce pour fermer les rideaux. Le soleil se couchait de bonne heure dans ces montagnes, et ce serait bientôt la nuit la plus longue de l'année.

Phoebe avait appris à redouter les mois d'hiver. Non pas seulement à cause du froid et de la glace, mais de la solitude, car elle se souvenait alors que c'était à Noël qu'elle avait tout perdu, quelques années plus tôt. Chaque année, elle ne pouvait s'empêcher de revivre le cauchemar. Mais cette fois, elle avait décidé de réagir. D'autant plus que grâce à Teddy, et à présent Léo, elle n'était pas seule, pour une fois. Peut-être parviendraient-ils ensemble à faire vivre l'esprit de Noël et goûterait-elle de nouveau la joie de faire partie du monde des vivants.

Léo revint dans le salon, son ordinateur portable sous le bras, et s'installa sur le canapé.

— Pourriez-vous me donner votre code wifi ? demanda-t-il, en allumant sa machine.

Elle le dévisagea, embarrassée.

— Il se trouve que je n'ai pas de connexion internet…

Une consternation totale se peignit sur le visage de Léo.

— Comment cela, vous n'avez pas de connexion internet ?

— Eh bien… j'ai décidé de m'en passer.

D'un geste nerveux, il se passa la main dans les cheveux, manifestement sur le point de perdre son sang-froid.

— Mais nous sommes au XXIe siècle, enfin ! dit-il avec le plus de calme possible. Tout le monde a une connexion internet. Hormis les Amish, peut-être… Seriez-vous membre de cette communauté ?

Elle redressa le menton, refusant de justifier une décision qui lui avait semblé absolument nécessaire à l'époque.

— Non. J'ai fait un choix. C'est tout.

— Jamais ma belle-sœur ne m'aurait réservé ce chalet dans ces conditions, insista-t-il.

— Vous avez parfaitement raison, lui répliqua-t-elle. Votre chalet disposait d'une antenne satellite, mais comme vous l'avez sans doute remarqué, elle a été détruite.

La bonne humeur de Léo s'évapora à mesure qu'il évaluait ce qu'impliquait pour lui cette mauvaise nouvelle. Puis tout à coup, il sortit son smartphone de sa poche.

— Je pourrai au moins consulter mes e-mails avec ça, dit-il.

— Vous oubliez que nous sommes en pleine montagne. Seul mon téléphone a accès au réseau. Pour utiliser le vôtre, il faudra aller en ville…

— Je ne crois pas. J'ai un modèle haut de gamme…

En regardant son écran, il dut pourtant se rendre à l'évidence.

— Incroyable. Même les régions les plus reculées d'Afrique sont mieux desservies ! Jamais je ne pourrai séjourner dans un endroit complètement coupé du monde.

Phoebe le dévisagea, atterrée. Elle avait espéré en secret que Léo finirait par apprécier la simplicité de son mode de vie.

— Est-ce vraiment si crucial ? Si oui, sachez que j'ai une ligne fixe. N'hésitez pas à l'utiliser. Je suis prête également à vous prêter mon téléphone. Par ailleurs, j'ai une antenne satellite, mais je ne reçois que la télévision. Si vous voulez faire ajouter l'option internet, faites-le, si c'est si important pour vous.

S'il était incapable de comprendre et d'accepter ses choix de vie, alors autant mettre fin tout de suite à l'attirance qu'ils commençaient à ressentir l'un pour l'autre. Il n'était pas question pour elle de s'exposer à l'agressivité de qui que ce soit.

Léo ferma les yeux.

— Je suis désolé, dit-il enfin. J'ai été surpris, voilà tout. D'habitude, j'ai accès à ma boîte mail vingt-quatre heures sur vingt-quatre.

Elle eut l'impression de toucher du doigt le cœur de son problème. Etait-ce pour cette raison que sa famille lui avait imposé cet exil ? Parce qu'il était trop connecté ? Avait-il fait une dépression ? Cela semblait improbable, mais elle était bien placée pour connaître les ravages que pouvaient produire le stress et la pression professionnelle sur un individu.

Sortant son téléphone de sa poche, elle traversa la pièce pour le lui donner.

— Utilisez le mien pour l'instant. Ce n'est pas un problème.

Leurs doigts se frôlèrent lorsqu'elle lui tendit l'appareil. Léo hésita quelques instants avant de le prendre.

— Merci, grommela-t-il. C'est très gentil de votre part.

Phoebe regagna la cuisine pour le laisser téléphoner tranquillement. Inspectant le frigo, elle se rendit compte qu'il ne contenait rien de bien tentant pour le dîner. Peut-être devrait-elle se procurer des produits un peu plus haut de gamme tant que Léo logerait chez elle. Elle opta au final pour une poêlée de légumes et de poulet.

Elle cuisinait depuis une vingtaine de minutes lorsqu'un juron retentit dans le salon. Elle fit volte-face : Léo était manifestement furieux, comme en témoignait la crispation de ses mâchoires. Ses yeux avaient pris la teinte d'un ciel d'orage.

— Comment ont-ils pu me faire une chose pareille ? s'exclama-t-il, hors-de-lui.

— De quoi parlez-vous, Léo ? Qu'y a-t-il ?

Il se leva d'un bond.

— C'est mon frère ! Ce traître, ce judas de la pire espèce !

Sous les yeux ébahis de Phoebe, il se mit à faire les cent pas sans cesser de tempêter.

— Je vais le tuer ! Empoisonner son café ! Le réduire en bouillie ! Lui broyer les os !

— Mais je croyais qu'il avait une femme et deux enfants, intervint Phoebe, qui ne put se retenir plus longtemps. Vous n'allez tout de même pas trucider votre propre frère, dites-moi ? Qu'a-t-il fait de si impardonnable ?

Léo se laissa tomber dans un fauteuil, les bras ballants.

— Il a bloqué mon accès à l'intranet, et donc à ma boîte mail.

— Apparemment, il vous connaît bien. Car c'est ce que vous tentiez de faire à tout prix, à savoir consulter vos e-mails professionnels, n'est-ce pas ?

Léo la foudroya du regard, oubliant momentanément les crimes abjects de son frère.

— De quel côté êtes-vous donc ? lui lança-t-il. Vous ne connaissez même pas mon frère.

— Quand vous parliez de lui tout à l'heure… et de votre belle-sœur et leurs enfants… j'ai perçu de l'amour dans votre voix, Léo. Et si vous l'aimez, c'est qu'il vous aime, lui aussi. On peut donc en conclure qu'il avait une très bonne raison de faire ce qu'il a fait.

Un silence pesant accueillit cette déclaration. Léo la dévisageait avec une telle hargne que ses poils se dressèrent sur sa nuque. Il était réellement hors de lui. Et en l'absence du frère en question, elle risquait de faire les frais de ses mouvements d'humeur.

Elle prit son courage à deux mains et vint se percher sur un accoudoir, face à lui.

— Pourquoi votre frère cherche-t-il à toutes fins à vous empêcher de contacter le bureau ? Et pourquoi votre belle-sœur vous a-t-elle envoyé ici ? Quelle que soit la réponse à ces questions, vous n'êtes pas prisonnier. Et si le fait de séjourner ici en ma compagnie vous est si pénible, alors faites-nous plaisir à tous les deux : rentrez chez vous.

- 6 -

Léo avait honte. Il s'était comporté comme un enfant gâté. Mais la situation avait de quoi le perturber. D'habitude, il était seul aux commandes de sa vie, tant personnelle que professionnelle. Certes, il faisait pleinement confiance à son frère. D'autant plus qu'il savait, au fond de lui, que le groupe ne souffrirait pas de son absence.

C'était sans doute ce qui le perturbait le plus. Si le groupe auquel il avait consacré toute sa vie pouvait fonctionner sans lui pendant ses deux mois de convalescence, alors quelle était son utilité ? Il s'était toujours nourri de ses succès professionnels. Chaque nouvelle acquisition, chaque augmentation des bénéfices lui procurait une montée d'adrénaline littéralement enivrante. Comment pourrait-il s'en passer ?

L'idée de faire prochainement partie des 500 plus grandes fortunes des Etats-Unis était aussi profondément gratifiante. Avant l'âge de trente ans, il avait gagné plus d'argent que la plupart des gens en l'espace d'une vie. Il était un as de la finance. Même lorsque la conjoncture était mauvaise, il ne faisait pas le moindre faux pas. Son grand-père lui-même portait son génie aux nues. Léo avait tiré une grande fierté de cette marque d'appréciation, car son aïeul avait toujours été plus qu'avare de compliments.

Sauf qu'à présent, il était privé du groupe, de son magnifique bureau high-tech, de ces prises de décisions vertigineuses qu'impliquaient jour après jour ses fonctions… Qui était-il sans cela ? Un homme encore jeune mais dépourvu de toutes perspectives, et rien d'autre. Cette idée était tout bonnement insupportable.

Comme il était insupportable que Phoebe ait assisté à cette crise. Mortifié, il se leva, attrapa son manteau et sortit.

Phoebe prépara le dîner en guettant à la fois le réveil du bébé et le retour de son invité. La voiture de ce dernier étant toujours garée au même endroit, elle savait qu'il était parti à pied. Par chance, il faisait relativement doux, du moins pour une soirée de décembre. Mais il était possible de se perdre dans ces montagnes. Cela arrivait tout le temps.

Une bouffée de soulagement l'envahit, lorsque, enfin, Léo poussa la porte. Son expression était indéchiffrable, mais ses mouvements indiquaient qu'il était plus détendu.

— J'ai eu un petit creux, dit-il comme si de rien n'était, alors je suis rentré.

— C'est presque prêt. Avec un peu de chance, nous aurons le temps de manger avant que Teddy se réveille.

— Il dort encore ?

Elle hocha la tête.

— Décidément, ses rythmes sont imprévisibles. Sans doute parce qu'il est encore trop jeune. Mais puisque je suis flexible, ça ne me dérange pas.

Il l'aida à s'asseoir avant de s'attabler à son tour. Phoebe avait dressé une table magnifique. Sets et serviettes étaient du même vert amande, couleur qui faisait ressortir joliment les assiettes en grès brun et les verres soufflés à la bouche ornés de gracieuses arabesques vert et or, dans lesquels elle versa du pinot.

— Il y a de la bière au frigo, si vous préférez.

Il goûta le vin.

— Non. C'est parfait. Un cru local ?

— Oui. Nous avons plusieurs exploitations viticoles dans le secteur.

Leur conversation était d'une platitude désolante. On se serait cru dans un speed dating. Même si dans leur cas, l'entretien était dépourvu de tout aspect sentimental. Phoebe se contenterait sans doute de lui souhaiter bonne nuit, sans espérer ou craindre quoi que ce soit de sa part.

Ce qui ne l'empêchait pas d'être nerveuse. Léo Cavallo était si séduisant que cela donnait des idées à une femme, inévitablement. Il y avait si longtemps qu'elle n'avait pas embrassé un homme, ni partagé une étreinte passionnée avec un amant. Elle pensait avoir enfoui avec soin ces désirs au fond de son inconscient, mais la présence chez elle d'un partenaire potentiel aussi désirable commençait à éveiller ses instincts.

Tel un membre endormi où la circulation sanguine reprenait soudain son activité, le corps de Phoebe fourmillait de désir. C'était comme si ses sens s'éveillaient l'un après l'autre : la vue lorsque ses yeux se fixaient sur les mouvements de la pomme d'Adam de Léo, l'odorat lorsqu'elle humait son odeur éminemment virile, le toucher lorsqu'elle l'effleurait par inadvertance ou encore l'ouïe, lorsque sa voix traînante faisait naître en elle des visions de corps nus, enchevêtrés au milieu de draps froissés.

Seul le goût n'avait pas été sollicité pour l'instant. En y songeant, une envie foudroyante de l'embrasser s'emparait d'elle, au point que ses mains se mettaient à trembler. Elle fixait alors la courbe de ses lèvres lorsqu'il parlait. Des lèvres pleines bien que viriles, qui ne demandaient qu'à être goûtées.

Lorsqu'elle imaginait le goût de ses lèvres, tous les muscles de son corps se contractaient et elle était alors saisie d'un désir vertigineux. Elle se leva soudain, préférant s'affairer dans la cuisine.

A peine sortie de la pièce, elle sentit sa présence, juste derrière elle.

— Laissez, je vais ranger, dit-il dans un souffle qui lui caressa le cou.

Elle se figea. Percevait-il sa nervosité, son désir ? Elle déglutit avec peine, crispant les doigts sur le bord du comptoir.

— Ce n'est pas la peine, merci. Allez plutôt nous faire une flambée.

Après d'interminables secondes, durant lesquelles la pièce sembla se vider de toute molécule d'oxygène, il s'éloigna.

— Comme vous voudrez, dit-il. Je suis à votre service.

Léo n'était ni naïf ni aveugle. Phoebe était attirée par lui. Il le savait, car il ressentait le même désir irrépressible. Mais il ne la connaissait que depuis vingt-quatre heures… Cela aurait peut-être suffi pour une liaison d'un soir, mais ils avaient *deux mois* à passer ensemble.

Avec une autre femme ou à un autre moment, il aurait profité de la situation. Mais il était dépendant de Phoebe. Au moindre faux pas, elle le mettrait à la porte. Il aurait pu s'installer ailleurs, bien sûr, louer un autre chalet, mais l'idée de passer ces deux mois sans elle lui paraissait déjà inconcevable. Il commençait à voir en elle comme une sorte de talisman, sa seule chance de survivre à ces longues semaines sans perdre la raison.

Le feu prit aussitôt qu'il eut jeté une allumette sur le bois sec. Lorsqu'il se retourna, Phoebe l'observait de ses grands yeux sombres.

— Venez vous asseoir avec moi sur le canapé, proposa-t-il avec un sourire. Nous allons passer pas mal de temps ensemble. Essayons de faire un peu mieux connaissance.

A cet instant, Teddy proclama son mécontentement à grand bruit. Le soulagement qui se peignit sur les traits de Phoebe était presque comique.

— Désolée, je reviens tout de suite.

En son absence, il s'assit au bord de la cheminée, plongeant les pieds dans la peau d'ours posée au sol. C'était sans doute de la fausse fourrure, mais sa douceur ne tarda pas à faire naître dans son esprit un scénario bien trop réel. Phoebe, nue, sa peau chatoyant à la lumière des flammes…

La netteté de la vision ne tarda pas à déclencher une érection. Se levant d'un bond, il se dirigea vers la cuisine et se servit un verre de vin, qu'il se força à boire lentement pour apaiser le feu qui couvait en lui. Peut-être se passerait-il quelque chose avec Phoebe. Peut-être deviendraient-ils amis. Ou amants… Mais il n'était pas bon de précipiter les choses. Il devait prendre le temps de gagner sa confiance.

Au-delà des désirs de Phoebe, et même des siens, la situation exigeait la prudence. Ce qui n'était guère dans son tempérament. Mais s'il voulait avoir une chance de la mettre dans son lit, il devrait se montrer patient.

Le retour de Phoebe l'arracha à ses rêveries.

— Vous voici, enfin, dit-il. Je croyais que Teddy vous avait kidnappée.

— J'ai dû changer sa couche, expliqua-t-elle avec une grimace, en se dirigeant vers la cuisine pour préparer un biberon. Il est affamé, le pauvre chéri.

Léo s'installa sur le canapé et se réjouit de voir que Phoebe suivait son exemple. Elle tenait le bébé comme une barrière entre eux, mais il avait tout son temps. L'enfant n'était pas assez grand pour être réellement un obstacle.

— Alors, dites-moi, commença-t-il. Que faisiez-vous avant l'arrivée de Teddy ?

Posant le bébé sur ses genoux, Phoebe lui donna le biberon.

— Je me suis installée ici il y a trois ans. La décoration et l'ameublement des chalets m'ont beaucoup occupée, au départ. J'ai pris le temps de chercher de belles choses. Pendant ce temps, je me suis fait quelques amis, des femmes rencontrées à la salle de sport, pour l'essentiel.

— Et quand avez-vous mis la touche finale aux chalets ?

Les yeux fixés sur le bébé, elle lui caressa la tête avec un sourire mélancolique. Etait-elle consciente de laisser transparaître à ce point ses sentiments ? Une chose était sûre, en tout cas : elle adorait le petit garçon.

— Je me suis mis en tête de créer un potager, poursuivit-elle. J'ai engagé pour cela un vieux monsieur du nom de Buford, qui habite au bout du sentier, au bord de la route. Un homme charmant. Sa femme m'a appris à faire du pain et des conserves de légumes et de fruits. Je savais déjà faire des confitures. Et je peux même faire du beurre, bien que cela puisse paraître absolument superflu de nos jours.

Il l'observait avec attention, essayant de déchiffrer le message caché entre les lignes.

— Je comprends tout cela, dit-il. Mais il me semble que vous n'êtes pas juste une adepte du retour à la terre... Qu'est-ce qui a pu amener l'agent de change que vous étiez à changer aussi radicalement de vie ?

Il était logique qu'il soit perplexe. Rien de ce qu'elle disait n'expliquait réellement sa situation. Mais était-elle prête à exposer ses secrets les plus intimes à un homme qu'elle connaissait à peine ?

Elle choisit ses mots avec soin pour lui répondre, restant volontairement dans le vague.

— J'ai eu des déceptions tant au plan personnel que professionnel. J'ai été amenée à me demander si j'avais fait les bons choix de vie. Sur le coup, j'étais incapable de répondre à cette question. Alors, j'ai décidé de me mettre au vert. Je me suis installée ici et j'ai décidé de vivre une existence plus simple. De me recentrer sur les choses essentielles de la vie.

— Et quel est votre verdict ? Avez-vous eu la révélation ?

Elle haussa un sourcil.

— Seriez-vous en train de vous moquer de moi ?

— Absolument pas, je vous assure. Au contraire, je vous admire d'avoir su prendre le taureau par les cornes. La plupart des gens se contentent de vivoter sans quitter leur travail parce qu'ils n'ont pas le courage de changer de vie.

— Si seulement les choses avaient été aussi simples... Mais dans mon cas, il faudrait plutôt parler d'une fuite. Je cherchais plutôt à disparaître de la face du monde.

— Pourquoi êtes-vous si dure envers vous-même ?

— J'étais au fond du trou quand je suis arrivée ici.

— Et à présent ?

Elle réfléchit quelques instants. Personne ne lui avait jamais demandé d'une façon si directe si elle était satisfaite de sa nouvelle vie.

— A présent, je commence à comprendre ce que j'attends de l'existence. Et je me suis pardonné mes erreurs. Quant à me relancer dans cette course au succès qui caractérisait ma vie autrefois, il est clair que je n'en ai aucune envie.

— Permettez-moi de poser une question qui vous paraîtra sans doute un peu grossière. De quoi vivez-vous, puisque vous ne travaillez pas ?

— Je suis sûre que des tas de gens se posent la question, lui répondit-elle, en posant le bébé contre son épaule pour lui faire faire son rot. En réalité, Léo, j'ai toujours été très douée pour gagner de l'argent. Ce qui m'a permis de faire pas mal d'économies. Il se trouve aussi que je vis très modestement depuis que je suis arrivée ici. Certes, je ne pourrai pas continuer comme ça toute ma vie, mais pour l'instant j'ai de quoi voir venir.

— Diriez-vous que tout cela en valait la peine ?

— Absolument.

— Alors peut-être y a-t-il un peu d'espoir pour moi aussi.

Heureusement que Teddy était là pour faire office de bouclier, songea Phoebe. Discuter au coin du feu avec Léo était bien trop agréable. Mais lorsque Teddy eut terminé son biberon et fut prêt à jouer, elle dut se résoudre à s'asseoir sur la peau d'ours pour s'amuser avec lui. Le nourrisson était maintenant capable de se retourner sur le ventre.

Elle écarquilla les yeux lorsqu'elle vit Léo s'étendre sur la peau d'ours à leurs côtés et glisser la main sous son menton pour les regarder jouer.

— Quand commencera-t-il à marcher à quatre pattes ?

— Incessamment sous peu. Il est déjà capable de prendre appui sur ses genoux, donc je dirais que c'est une question de semaines.

Léo paraissait totalement détendu. Le cœur de Phoebe, en revanche, battait à tout rompre. En les voyant, un observateur extérieur aurait pu croire qu'ils formaient une famille. Alors qu'en réalité, ils n'étaient que trois individus solitaires que le hasard avait réunis dans un même lieu.

Certes, Teddy était son neveu. Mais sa présence chez elle n'était que provisoire. C'était une joie de le nourrir, de jouer avec lui, de le câliner, mais le soir venu, elle était bien obligée de s'avouer que ce n'était pas son enfant.

Elle ramena ses genoux contre sa poitrine et passa les bras autour de ses jambes. En temps normal, elle se serait allongée à plat ventre pour jouer avec Teddy. Mais la position horizontale n'était pas conseillée en présence d'un homme tel que Léo Cavallo, d'autant qu'elle ne se trouvait qu'à quelques dizaines de centimètres de lui… Pourtant, malgré ses craintes, elle ne pouvait s'empêcher de penser combien il serait agréable de passer une heure en tête à tête avec son invité.

Un peu de musique douce à la radio, une autre bouteille de vin, deux ou trois bûches de plus dans la cheminée. Et après ça…

Le corps de Phoebe réagit aussitôt à ces fantasmes. Le souffle court, elle sentit son rythme cardiaque s'emballer et une bouffée de chaleur envahit de manière irrésistible les zones les plus inavouables de sa personne. Elle gardait les yeux rivés sur Teddy — tout valait mieux que de regarder Léo en cet instant. Pour rien au monde elle n'aurait voulu qu'il croie qu'elle était tellement privée de sexe qu'elle était prête à lui tomber dans les bras.

Alors même que les images d'un scénario sensuel se succédaient follement dans l'esprit de Phoebe, Léo se tourna sur le dos et posa le bras sur ses yeux. Au bout de quelques instants, sa respiration se fit plus régulière. Il dormait.

Epuisé par sa séance de gymnastique, Teddy semblait suivre le même chemin. Il s'endormit, les fesses en l'air et le nez dans la fourrure.

Phoebe les contempla quelques instants, le cœur serré, submergée par un mélange de peur et d'espoir. L'espoir qu'un jour peut-être, elle aurait elle aussi la chance de construire une famille.

Phoebe ne tarda pas à être rattrapée par la fatigue. Installant

Teddy à son côté, elle s'étendit à son tour. L'odeur du feu, mêlée au parfum sucré de Teddy, et celui, plus piquant, de Léo, ne tardèrent pas à la conduire aux portes du sommeil.

Avec un profond soupir, elle ferma les yeux…

- 7 -

Léo se réveilla en pleine nuit, complètement désorienté. Son lit était dur comme de la pierre, et son oreiller semblait avoir disparu. Peu à peu, il finit par se souvenir où il était. Il tourna la tête : Phoebe et Teddy dormaient paisiblement à ses côtés.

Le bébé était l'image même de l'innocence, mais Phoebe... Il inspira profondément. Elle était pelotonnée sur le côté, position qui faisait bayer son décolleté, offrant à Léo une vue plongeante sur ses seins ronds et sa peau soyeuse. Ses cheveux étaient en désordre, donnant l'impression qu'elle venait de se livrer à une étreinte passionnée. En tendant la main, il aurait pu lui caresser le ventre, que découvrait son haut légèrement retroussé.

L'érection fut immédiate et presque douloureuse. Il ne savait pas s'il devait remercier le ciel de la présence de l'enfant ou maudire ce mauvais timing. La force de son désir était aussi surprenante qu'inquiétante. Réagissait-il de la sorte parce qu'il était en exil et qu'elle était la seule femme des environs, ou sa longue période de célibat l'avait-elle prédisposé à la désirer ? Quoi qu'il en soit, le désir qu'elle lui inspirait était suspect. Ç'aurait été le summum de l'égoïsme de la séduire par désœuvrement ou simplement parce qu'il l'avait sous la main. Car il appréciait sa personnalité. Elle était aimante, généreuse et douce, mais pas dénuée de caractère pour autant.

Malgré d'évidentes compétences dans des domaines

non spécifiquement féminins, elle semblait très à l'aise dans les rôles plus traditionnels de femme d'intérieur et même de maman.

Phoebe était mystérieuse, aussi. C'était du reste cet aspect de sa personnalité qui l'attirait le plus. A cet instant, un léger pli de contrariété se forma entre les sourcils de celle-ci. Il aurait tant voulu l'effacer d'un baiser… Les cernes qui se dessinaient sous ses yeux trahissaient son épuisement. Il était assez proche de son frère et de sa belle-sœur pour savoir à quel point s'occuper d'enfants en bas âge pouvait être éreintant.

Mais tous ces sacrifices ne les empêchaient pas d'être infiniment fiers de leurs enfants, un trait qu'il retrouvait chez Phoebe. Même dans son sommeil, ses bras formaient un cercle aimant et protecteur autour du petit Teddy.

Se levant tout doucement pour ne pas les réveiller, il écarta le pare-feu et déposa une bûche sur les braises. Par précaution, il ajouta une poignée de petit bois et se mit à souffler sur les flammes. Il ne lui fallut qu'une petite minute pour ranimer le feu.

Curieusement, cette tâche prosaïque le plongea dans des abîmes de réflexion. Combien de fois lui était-il arrivé de marquer une pause dans son quotidien surchargé, pour prendre le temps d'apprécier une chose aussi élémentaire et magique qu'une bonne flambée ?

Il faisait de plus en plus chaud. Pourtant, comme hypnotisé, il ne parvenait pas à s'écarter du feu, superposant l'image des flammes à celle de Phoebe et du désir brûlant qu'elle lui inspirait.

Jamais aucune femme n'avait produit ce genre d'effet sur lui. A Atlanta, la plupart de ses liaisons avaient été brèves, car il consacrait la majeure partie de son énergie à son travail. Si le sexe était à ses yeux un élément important de son existence, il n'avait jamais été tenté de faire le nécessaire pour conserver une femme dans son lit nuit après nuit.

Il s'agenouilla à côté de Phoebe. Devait-il la réveiller

ou mettre le bébé au lit ? Contrairement à son habitude, Léo ne savait que faire. Au bout du compte, posant un coussin contre le rebord de la cheminée, il s'allongea à côté de la jeune femme et de l'enfant et les regarda dormir.

Lorsque Phoebe se réveilla, elle avait les idées parfaitement claires : elle s'était fourrée dans un joli guêpier ! Lâchement, elle garda les yeux fermés, bien que tout à fait consciente que Léo la regardait. Il n'en fut pas dupe. Il lui toucha la jambe du bout du pied.

— Allons, Phoebe, ouvrez les yeux.

Phoebe savait bien qu'elle était en position de faiblesse. Elle n'avait aucun moyen de se sortir dignement de cette situation. Avec un soupir, elle ouvrit les yeux et le brava du regard. Elle s'allongea ensuite sur le dos, glissant les mains derrière la tête.

— Aurais-je invité un voyeur au sein de mon foyer ? demanda-t-elle d'un ton glacial pour masquer son trouble.

Léo bâilla et s'étira, posant sur elle un regard endormi.

— Ce n'est pas ma faute si vous avez bu trop de vin au dîner.

— C'est absolument faux ! s'exclama-t-elle, indignée. Si je suis fatiguée, c'est parce que le bébé…

— Je vous ai eue ! lança-t-il, avec un regard malicieux.

Se redressant, elle se passa la main dans les cheveux et croisa les jambes en veillant à ne pas heurter Teddy.

— Très drôle. Combien de temps ai-je dormi ?

— Pas très longtemps.

L'intensité de son regard lui faisait comprendre mieux que des mots ce qu'il pensait. Comment avaient-ils pu passer si vite du statut de simples connaissances à celui de… partenaires de sieste ?

Phoebe était, elle aussi, littéralement tenaillée par le désir. C'était à croire qu'ils avaient avalé un philtre d'amour, tant l'attirance qui existait entre eux semblait palpable et irrésistible dans la pénombre.

— Restez ici, si vous le souhaitez, mais n'oubliez pas d'éteindre le feu lorsque vous irez vous coucher.

Il la dévisagea avec intensité tandis qu'elle prenait Teddy dans ses bras et ramassait ses affaires.

— Il faut absolument que nous parlions de ce qu'il s'est passé, dit-il enfin, comme un défi.

Phoebe fit de son mieux pour le regarder posément.

— Je ne vois pas ce que vous voulez dire. Bonne nuit, Léo.

A 2 heures du matin, il se glissa enfin dans son lit. Il était fébrile, et son corps tout entier vibrait encore de désir. Jamais il ne pourrait s'endormir. Il songea à la lecture, mais le roman qu'il venait de commencer l'ennuyait déjà au bout d'un chapitre. Excédé, il se leva et se mit à faire les cent pas. Soudain, les pleurs du bébé se firent entendre de l'autre côté du couloir.

Il ne lui en fallut pas davantage. Après avoir enfilé un fin peignoir de laine au-dessus de son bas de pyjama en satin bleu marine, il se glissa dans le couloir, remerciant mentalement sa belle-sœur d'avoir mis dans sa valise d'épaisses chaussettes de ski. C'était l'accessoire idéal pour se déplacer dans une maison à pas de loup.

Il marqua une pause au milieu du couloir, se demandant où pouvait se trouver son hôtesse. Il y avait un fin rai de lumière sous sa porte, contrairement à celle de Teddy. Le nourrisson se remit à pleurer. Léo toqua à la porte, sans songer aux conséquences.

Quelques instants plus tard, la porte s'ouvrit avec un grincement. Le visage de Phoebe apparut, son expression indéchiffrable dans la pénombre.

— Que se passe-t-il ? Que voulez-vous ?

Pourquoi tenait-elle tant à parler à voix basse alors que Teddy était manifestement réveillé ?

— Je me demandais… Avez-vous besoin d'aide ?

— Ça ira, merci.

Alors qu'elle s'apprêtait à refermer la porte, il glissa

le pied à l'intérieur — et se souvint un peu tard qu'il ne portait pas de chaussures.

Elle la referma avec beaucoup plus d'énergie que prévu, et ses chaussettes, bien qu'épaisses, ne purent amortir le choc. Il poussa un cri de douleur, lâchant une bordée de jurons hauts en couleur.

Phoebe réapparut, consternée.

— Je vous ai fait mal ? Oh mon Dieu ! Tenez, prenez-le, je vais chercher de la glace.

Sans crier gare, elle lui fourra Teddy entre les bras.

— Mais, je…, protesta-t-il faiblement, tandis qu'il la suivait clopin-clopant dans le salon.

De toute évidence, Teddy était de plus méchante humeur encore que lui.

Lorsqu'il arriva dans le salon, Phoebe avait allumé quelques lampes et préparé une poche de glace. Ses doigts s'enroulèrent autour de ses biceps :

— Passez-moi le bébé et asseyez-vous, fit-elle d'un ton qui n'avait rien de sentimental, en le poussant vers le canapé.

— Posez la jambe sur le divan, je vais voir si vous avez quelque chose de cassé.

Mécontent de changer de porteur, Teddy se mit à pleurer pour de bon, s'accrochant désespérément à Léo. Déséquilibré, ce dernier s'affala sur le sofa, heurtant par inadvertance le crâne du bébé avec son menton.

— Nom d'un chien !

Tandis qu'il gisait, étourdi, sur le canapé, Phoebe lui prit Teddy des bras et s'assit à son côté. Avant qu'il puisse objecter quoi que ce soit, elle posa d'office sa jambe sur ses genoux et lui enleva sa chaussette.

Il se sentit soudain de bien meilleure humeur lorsque les doigts frais et agiles de la jeune femme se mirent à lui palper la voûte plantaire. Malgré la douleur, c'était on ne peut plus agréable. Elle appuyait les pouces à divers endroits pour tenter d'évaluer les dégâts.

Léo tressaillit d'une manière bien involontaire lorsqu'elle toucha un point *particulièrement* sensible.

— Désolée. Je vous fais mal ?

Alors qu'elle tournait la tête dans sa direction, elle n'en crut pas ses yeux. Lorsque Léo s'était effondré sur le canapé, son peignoir s'était ouvert. Il était presque torse nu — et surtout, il était impossible de ne pas remarquer le renflement caractéristique qui s'était formé sous le fin tissu de son pantalon de pyjama…

— Mmm, ça fait du bien, murmura-t-il. N'arrêtez pas.

A cet instant précis, Teddy poussa un cri déchirant et se mit à sangloter. Phoebe lâcha le pied de Léo comme si elle venait de mettre la main sur un serpent et se leva en trombe.

— Posez la poche de glace dessus, fit-elle, embarrassée. Je reviens.

Dans la chambre de Teddy, Phoebe se laissa tomber sur le rocking-chair, toute palpitante de désir. Le bébé se nicha contre son épaule tandis qu'elle lui caressait le dos et fredonnait une chanson. Il n'avait pas faim. Il avait pris son biberon moins d'une heure plus tôt. Son inconfort était lié à la poussée dentaire, comme en témoignait la petite pointe qu'elle sentait sous sa gencive.

— Pauvre chéri, murmura-t-elle, en frottant un peu de gel apaisant sur la gencive enflée.

Teddy téta son doigt quelques instants avant de s'assoupir. Elle le berça cinq minutes de plus en guise d'assurance, après quoi elle le déposa dans son lit et sortit de la pièce à pas de loup.

Epuisée, elle passa devant son lit et fut tentée de se recoucher aussitôt. Mais elle avait promis à Léo de revenir. Elle aurait dû jouer la carte de la prudence, elle le savait, mais elle décida malgré tout de tenir sa promesse.

Le salon était plongé dans la pénombre, hormis le faible halo d'une lampe et du feu de cheminée. Il regardait la télévision, mais l'éteignit dès qu'elle apparut. Elle s'attarda à l'entrée, décontenancée par l'attirance que lui inspirait cet homme énigmatique.

— Et ce pied ?

— Voyez par vous-même.

Il cherchait à l'attirer, c'était une évidence. Pourtant ses jambes se mirent en marche, alors même que sa raison tirait le signal d'alarme. Elle ne commettrait pas l'erreur, cette fois, de s'asseoir sur le canapé. Posant un genou à terre, elle ôta la poche de glace et la posa sur la table basse. Un sérieux hématome se formait déjà sur le pied de Léo, où la marque laissée par le coin de la porte était nettement visible.

— Ça fait mal ? demanda-t-elle.

Léo se redressa avec une grimace et remit sa chaussette.

— Je survivrai.

Il s'assit au bord du canapé et, croisant les bras sur ses genoux, plongea son regard dans le sien.

— A moins que vous ayez une objection, commença-t-il, je vais vous embrasser. Maintenant.

Une boucle de cheveux tombait sur son front. En entendant sa voix rauque et grave, des frissons parcoururent la colonne vertébrale de Phoebe. Il était tard, et la nuit semblait s'étirer devant eux à l'infini.

Elle s'humecta les lèvres, tandis que ses mamelons se durcissaient, alors même que le reste de son corps semblait baigner dans un flot de miel.

— Aucune objection, murmura-t-elle.

A croire qu'il lui avait jeté un sort pendant son sommeil.

Lentement, doucement, peut-être pour lui laisser le temps de se dérober, il prit délicatement son visage entre ses mains et, glissant les doigts dans ses cheveux, se mit à lui masser la tête avant de lui effleurer le menton du bout des pouces.

— Tu es si belle, murmura-t-il en appuyant son front contre le sien.

Enivrée par la chaleur qui émanait de lui, elle laissa ses mains errer sur son torse nu et goûter le moindre centimètre carré de peau douce et ferme. Des pectoraux aux abdominaux, elles rejoignirent la fine ligne de duvet qui disparaissait sous le pantalon.

Elle était ivre de désir. Cela faisait si longtemps… Elle avait beau avoir partagé quelques moments intimes avec des hommes au cours des trois dernières années, ce n'était rien comparé à celui qui s'offrait à elle ce soir.

— Que faisons-nous ? fit-elle, le souffle court, prenant soudain conscience qu'elle était sur le point de franchir le point de non-retour.

Plongeant la main dans la masse soyeuse de sa chevelure, il l'attira au creux de ses bras.

— Nous apprenons à nous connaître, lui dit-il dans un souffle.

Marquant une pause, il s'empara doucement mais résolument de ses lèvres. Elle s'offrit à son exploration, avide de satisfaire le désir qui montait en elle d'une manière inexorable.

Lorsque la langue de Léo s'insinua entre ses lèvres, elle y goûta sans la moindre hésitation, lui prodiguant de petits coups de langue qui arrachèrent à celui-ci des grognements de plaisir. Resserrant son étreinte, il lui inclina la tête en arrière, bien décidé à approfondir son exploration. S'agrippant à lui, elle se laissa emporter par son audace.

— On ne t'a jamais dit que tu embrassais comme un dieu ? chuchota-t-elle, hors d'haleine.

— C'est toi qui m'inspires.

Il se laissa glisser à terre et se plaqua contre elle.

— Dis-moi d'arrêter, Phoebe…

Il l'embrassa avec fougue, laissant ses mains errer passionnément le long de son dos et de ses hanches.

Elle portait son pyjama habituel, qui n'avait rien de particulièrement sexy. Mais lorsque les mains massives de Léo franchirent l'élastique du pantalon pour s'emparer de ses fesses, elle eut l'impression d'être la femme la plus désirable au monde. Il y avait si longtemps qu'un homme ne l'avait pas touchée ainsi. Et ce n'était pas n'importe quel homme…

C'était Léo. Grand, fort, qui paraissait pouvoir déplacer des montagnes pour une femme, mais qui, paradoxalement, la touchait avec tant de douceur qu'elle aurait voulu se fondre en lui et ne jamais quitter son étreinte.

— Fais-moi l'amour, Léo. Je t'en prie. J'ai tellement besoin de toi…

L'aidant à se relever, il l'attira près de la cheminée. Debout sur la peau d'ours, il lui ôta son haut de pyjama et se mit à prodiguer un traitement de choix à ses seins, caressant, pétrissant chacun d'eux avec une dévotion qui libérait en elle les instincts les plus torrides.

Sans cesser de lui titiller les mamelons, il déversa une pluie de baisers sur son visage, son nez, ses joues, ses yeux, avec une tendresse enivrante.

— Tu es si désirable…, lui murmura-t-il à l'oreille. J'ai envie de te faire tout un tas de choses, mais je ne sais pas par où commencer…

Elle aurait dû se sentir mal à l'aise, embarrassée. Au lieu de cela, une sorte d'euphorie irrépressible s'empara d'elle et son souffle s'accéléra. Aussi délicieuses que soient ses caresses, ce n'était pas assez. Nouant les bras autour de son cou, elle frotta son bas-ventre contre le sien.

— Par-là, fit-elle. Tout simplement.

- 8 -

Léo était paralysé par le doute. Phoebe était là... dans ses bras... consentante. Mais quelque chose en lui, une parcelle de moralité, l'empêchait d'aller plus loin. Le moment était mal choisi. Ce qu'il faisait n'était pas bien.

Avec un grognement de frustration, il se résigna à stopper le train en marche. Détachant les bras de Phoebe agrippés à son cou, il fit un pas en arrière.

— Nous n'irons pas plus loin, dit-il. Il n'est pas question que je profite de toi.

A peine capable de regarder l'objet de son renoncement, il tendit à Phoebe son haut de pyjama.

— Rhabille-toi.

Bien que furieuse et mortifiée, Phoebe s'exécuta sans protester.

— Je ne suis pas une enfant, Léo. Je prends mes propres décisions.

Il voulut la réconforter, mais il était hors de question de porter la main sur elle de nouveau. Il devrait se contenter de s'expliquer avec des mots. Restait à espérer qu'elle le comprendrait.

— Un de tes chalets a été détruit par un arbre. Tu t'occupes d'un nourrisson qui fait ses dents. Tu en es à ta deuxième nuit blanche. Tu es trop épuisée et stressée pour savoir ce que tu souhaites vraiment. Je n'ai pas envie que tu regrettes tes actes demain matin.

Les bras croisés sur la poitrine, elle lui jeta un regard noir quoique blessé.

— J'ai envie de te frapper, dit-elle, d'une voix tremblante.

A ces mots, le cœur de Léo se serra.

— J'espère que tu ne le feras pas.

Il avait des choses à lui dire avant qu'ils ne deviennent intimes. Et s'il n'était pas prêt à lui avouer la vérité, c'est qu'il n'était pas prêt à lui faire l'amour. Le simple fait de la regarder lui faisait mal. Avec ses cheveux en désordre et sa position défensive, elle semblait beaucoup plus jeune, incroyablement vulnérable.

Elle redressa le menton.

— Sache que cette situation ne se reproduira jamais. Tu feras ce que tu as à faire de ton côté, et moi je me contenterai de respecter ma part du contrat. Bonne nuit, Léo.

Sur ce, elle tourna les talons et disparut.

Le salon lui parut vide et solitaire sans elle. Avait-il commis l'erreur la plus colossale de sa vie ? Il existait entre eux une alchimie incroyable. Sensuelle, sincère, et totalement spontanée, elle était faite pour lui.

Mais malgré sa frustration, il savait qu'il avait pris la bonne décision. Phoebe n'était pas le genre de femme qui se donnait à un homme de manière irréfléchie. Et même si elle avait paru consentante ce soir, il savait qu'elle aurait regretté ses actes après coup.

Ce qu'il attendait d'elle, s'il avait une chance de l'approcher de nouveau, c'était avant tout la confiance. Il avait des secrets à lui confier. Et elle aussi, manifestement. Dans ces conditions, le plaisir charnel pouvait attendre.

Phoebe se mit au lit, versant des larmes de rage. Jamais elle ne s'était sentie autant humiliée. Léo avait beau dire, il l'avait rejetée. Quel genre d'homme était capable de se refréner de la sorte, si près du passage à l'acte ? Sans doute n'avait-il pas réellement envie d'elle.

Peut-être l'avait-elle stimulé sans le vouloir lorsqu'elle lui avait massé les pieds. Et peut-être les quelques heures de sommeil partagé devant la cheminée la veille lui avaient-elles donné des idées. Mais finalement, elle n'était pas son genre de femme.

Mais quand même… Pourquoi était-ce si douloureux ? Après tout, elle ne connaissait Léo que depuis quelques jours. Etait-elle si désespérée ? Si seule ? La débâcle de ce soir révélait tant de douloureuses vérités.

Mais le moment n'était pas encore venu d'y songer, car en dépit de sa détresse, elle pouvait à peine garder les yeux ouverts…

Léo se leva tard, le lendemain matin, non pas intentionnellement, mais parce qu'il avait passé une bonne partie de la nuit à faire les cent pas. Peu avant l'aube, il avait pris une douche et s'était masturbé d'une manière mécanique, espérant ainsi trouver plus facilement le sommeil. Il était 10 heures lorsqu'il fit son entrée dans le salon. C'était une bonne chose que la cuisine ouvre sur le salon, d'ailleurs, cela offrait moins d'endroits à Phoebe pour se cacher.

Mais ce matin, Phoebe n'était pas dans la maison, constata-t-il, stupéfait. Pas plus que Teddy, du reste.

Un sentiment de panique l'envahit jusqu'au moment où il les trouva tous deux sous la galerie, à l'extérieur de la maison. Phoebe bavardait avec un homme venu procéder à l'enlèvement de l'arbre abattu par la tempête. Lorsqu'il les rejoignit, le regard désapprobateur qu'elle lui lança lui rappela qu'il ne s'était ni rasé ni coiffé.

L'ouvrier grisonnant était d'un âge indéfinissable, compris entre cinquante et soixante-dix ans. Il les salua d'un signe de ses doigts tachés de tabac lorsqu'il descendit l'allée en direction de son camion.

— Je suis navré, commença Léo. C'était à moi de m'occuper de ça.

Phoebe esquissa un sourire, mais son regard était glacial.

— Pas de problème. Teddy et moi avons fait le nécessaire. Si tu veux bien m'excuser, je vais aller le coucher, c'est l'heure de sa sieste.

— Mais je…

Sur ce, elle lui claqua la porte au nez, le laissant dehors dans le froid.

Au lieu de lui emboîter le pas, il compta jusqu'à dix, ou peut-être cent, histoire de se calmer. Après quoi, il gagna directement la cuisine pour se composer un rapide petit déjeuner. Sur une assiette, il trouva deux toasts froids, qu'il couvrit de confiture de fraises maison avant de s'attabler. Lorsque Phoebe fut de retour, il avait terminé de manger. Il avait aussi un service à lui demander. Ce n'était pas le moment idéal, mais tant pis.

Elle l'ignora ostensiblement, mais il était déterminé à ne pas se laisser impressionner.

— Pourrais-je utiliser ton téléphone ? demanda-t-il poliment.

— Pourquoi ?

— Je voudrais en commander un chez ton opérateur téléphonique puisque je ne peux pas me servir du mien. J'ai aussi l'intention de demander une connexion à internet. Un abonnement d'un an, que je paierai en totalité. Tu pourras le conserver après mon départ, si tu le souhaites.

— C'est plutôt cher pour une solution à court terme. Ça doit être sympa d'être plein aux as…

Il serra les dents, se souvenant qu'elle lui en voulait toujours de ce qu'il s'était passé la veille.

— Je ne vais tout de même pas m'excuser d'avoir de l'argent, répondit-il avec calme. D'autant que je travaille dur.

— Est-ce si important pour toi, cette connexion ? Ne pourrais-tu pas essayer de t'en passer pendant deux mois ?

Phoebe était plus pâle qu'à l'accoutumée. Et elle le regardait comme si elle était sur le point de le mettre à la porte.

Comment avaient-ils pu en arriver là ? Il la dévisagea jusqu'à ce qu'elle rougisse et détourne le regard.

— Ça ne sert à rien de diaboliser la technologie, remarqua-t-il. Nous sommes au XXIe siècle.

— Sauf que tu es là pour te reposer. Tu y penses ? Je

croyais que tu étais censé décrocher de ton travail le temps de ta convalescence.

— Avoir une connexion à internet n'est pas incompatible avec le repos, que je sache.

Elle fit un pas dans sa direction.

— Ah oui ? Tu crois vraiment ? De mon point de vue, tu ne fais que te comporter comme un enfant gâté, déterminé à obtenir ce qu'il veut par tous les moyens. Tu te fiches bien des conseils donnés par ton médecin ou par ton frère. A croire que tu n'as pas le moindre respect pour eux.

Ce jugement sans concession était un peu trop proche de la vérité.

— J'applique les recommandations de mon médecin, je t'assure. Cela dit, ça ne te regarde absolument pas.

Il s'en voulut aussitôt de son agressivité. Etait-il réellement aussi stupide qu'elle l'avait dit ?

— Fais ce que tu crois bon de faire, lui dit-elle d'un ton résigné en lui tendant son téléphone. Mais je trouve que tu devrais faire beaucoup plus attention aux gens qui t'aiment. Et aux raisons qui les ont poussés à t'envoyer ici.

A cet instant, un camion de livraison se gara devant le chalet. Bien, sa « surprise » était arrivée. Peut-être cela lui permettrait-il de remonter un peu dans l'estime de Phoebe. Et peut-être celle-ci cesserait-elle un moment de le harceler au sujet de sa convalescence.

Elle se dirigea vers la porte en entendant le heurtoir.

— Mais je n'ai rien commandé, protesta-t-elle, lorsque le livreur eut déposé un imposant carton dans le salon.

— Une signature, ma p'tite dame, dit l'homme avec patience.

Lorsque la porte se referma, Phoebe se mit à fixer le carton comme s'il était rempli de dynamite.

— Ouvre-le, insista Léo.

Bien que toujours un peu anxieuse, Phoebe s'exécuta. Apparemment, ce n'était pas un envoi de sa sœur puisque rien n'indiquait qu'il venait de l'étranger. Lorsqu'elle releva les rabats, elle en resta littéralement médusée. Le carton était rempli de denrées diverses : jambon, plats mijotés sous vide, desserts, fruits frais... Il y en avait pléthore.

Elle se retourna pour regarder Léo, qui s'était installé confortablement sur le canapé.

— C'est toi qui as commandé tout ça ?

Il haussa les épaules, étendant les deux bras sur le dossier du canapé.

— Il se trouve qu'hier, quand tu m'as prêté ton téléphone, j'ai décidé de contacter un bon ami à moi, qui est chef dans un grand restaurant d'Atlanta. Comme il me devait un service, je lui ai demandé de nous envoyer quelques bonnes choses. Nous recevrons notre carton une fois par semaine. Je commençais à culpabiliser de t'obliger à cuisiner tous les jours.

Phoebe ne savait que dire. L'intention était certes adorable, mais cela devait coûter les yeux de la tête. La vue de toutes ces victuailles finit pourtant par la réconforter. Léo serait sans aucun doute un charmant compagnon le temps que durerait son séjour... même s'il n'attendait d'elle que de l'amitié. Un peu rassérénée, elle traversa la pièce et lui planta une grosse bise sur la joue. Il la regarda, stupéfait.

— Ne t'inquiète pas, fit-elle, ironique. C'était purement platonique. Simplement une façon de te remercier pour cet adorable cadeau.

Sans lui laisser le temps de s'éloigner, il lui agrippa le poignet, et une onde de chaleur se propagea dans le bras de Phoebe.

— De rien, Phoebe. Cela dit, j'ai bien conscience que je l'ai fait aussi pour moi. Je profiterai moi aussi de toutes ces bonnes choses, dit-il avec un sourire ravageur.

C'était incroyable, songea-t-elle, à quel point les traits de Léo pouvaient paraître austères, voire intimidants, au repos, et à quel point il devenait irrésistible lorsqu'il souriait.

Quoi qu'il en soit, cela marquait sans doute la fin des hostilités, et elle en fut soulagée. Elle lui rendit donc son sourire, non s'en s'être préalablement éloignée du canapé. Elle ne savait que trop bien l'effet que Léo pouvait produire sur elle, et il n'était pas question pour elle de se ridiculiser une seconde fois. Certes, elle n'aurait jamais eu le cœur de le mettre à la porte, et elle n'en avait franchement pas envie. Elle avait beau être ravie de s'occuper de Teddy, elle était heureuse de pouvoir aussi profiter de la compagnie d'un adulte.

Soudain, la question qu'elle voulait poser à Léo avant le fiasco de la veille lui revint à l'esprit.

— Dis-moi, j'ai l'intention de décorer le chalet pour Noël. Tu n'as rien contre ?

— Je ne vois pas pourquoi, lui répondit-il, étonné. Je ne suis pas rabat-joie.

— Ce n'est pas ce que je voulais dire… Mais tu es peut-être d'une autre religion…

— Pas du tout, ne t'inquiète pas, lui répondit-il en riant. Faudra-t-il acheter le nécessaire ?

— Non. J'ai une quantité de décorations au grenier. Quand j'ai emménagé ici, je n'étais pas d'humeur à célébrer Noël. Mais, aujourd'hui, avec Teddy, j'ai envie de bien faire les choses. Je n'ai pas réussi à descendre tous les cartons toute seule. Tu voudrais bien m'aider ? Je te préviens, il y a vraiment beaucoup de choses.

— Un sapin aussi ?

— J'ai un sapin artificiel, oui, mais il n'est pas très beau. Je me suis dit que ça pourrait être amusant d'en trouver un dans la forêt.

— Sérieusement ?

— Sache que je suis propriétaire d'une parcelle de douze hectares. Sans doute pourrons-nous trouver l'arbre qu'il nous faut.

— Nous ? répéta-t-il en haussant un sourcil.

— Absolument. Ne crains rien. Je ne vais pas t'envoyer seul dans le froid abattre un arbre. J'ai un porte-bébé. Teddy et moi t'accompagnerons. De plus, je ne crois pas que les hommes soient les mieux à même de choisir un sapin.

— Tu me vexes, lui répondit-il, portant la main au cœur. J'ai beaucoup de goût.

— Il faut tenir compte de la hauteur de plafond du chalet. Et admets-le, les hommes pensent toujours que plus c'est grand, mieux c'est.

— Les femmes aussi, en règle générale, fit-il le plus sérieusement du monde, mais avec un regard malicieux.

Phoebe, qui avait parfaitement saisi l'allusion, savait qu'elle était devenue rouge pivoine.

— Parlons-nous toujours de sapin de Noël ? lui demanda-t-elle, la gorge sèche comme le Sahara.

— A toi de me le dire.

— Je pense que tu t'es montré on ne peut plus clair, la nuit dernière, lui rétorqua-t-elle.

Il la regarda, décontenancé.

— Je n'aurais jamais dû laisser les choses aller aussi loin. Nous devons avancer à tout petits pas, Phoebe. La proximité forcée favorise une certaine intimité, et je te respecte trop pour profiter de la situation.

— Et si c'était moi qui voulais profiter de la situation ?

Elle fut consternée d'entendre les mots qui sortaient de sa bouche. Manifestement, sa libido était en train de prendre le dessus sur la dignité et la raison.

Léo lui jeta un regard contrarié, croisant les bras sur sa poitrine et plantant les jambes solidement dans le sol. Dans cette position, il semblait soudain beaucoup plus dangereux.

Il portait un vieux jean délavé et un pull marin couleur crème. Pourtant, tout chez lui respirait l'aisance et la richesse. Pourquoi n'était-il pas allé se reposer dans une station balnéaire de luxe ? Un hôtel équipé de courts de tennis et de terrains de golf ?

Il n'avait toujours pas répondu à sa question. Le désir qu'elle sentait monter en elle se figea soudain. Et si c'était le genre d'homme qui prenait une sorte de plaisir sadique à flirter avec les femmes puis à les éconduire ?

— Ce n'est rien, dit-elle enfin. Je comprends.

Il s'approcha brusquement, le visage sombre.

— Non, tu ne comprends strictement rien, lança-t-il.

Sans crier gare, il l'attira contre lui, glissant un bras

derrière son dos et lui prenant le menton de sa main libre pour l'obliger à le regarder.

Ses yeux bruns aux cils épais étincelaient d'un feu qu'elle n'y avait jamais vu jusque-là, comme s'ils avaient le pouvoir de lire dans son âme.

— Ne t'y trompe pas, Phoebe, dit-il. Je te désire. Et une chose est sûre : je te mettrai dans mon lit. Et quand ce jour arrivera, que ce soit d'ailleurs dans un lit ou sur toute autre surface plane, car je ne suis pas sourcilleux, j'ai bien l'intention de te faire l'amour jusqu'à l'épuisement. Mais en attendant, nous allons nous montrer très sages, toi et moi. Compris ?

Le temps s'était arrêté. Comme dans les films. Tous les sens de Phoebe étaient en état d'alerte maximale. Quant à lui, il semblait au comble de l'émotion, comme en témoignait sa respiration rapide. Lorsqu'il l'avait saisie par la taille, elle avait instinctivement tendu le bras pour se protéger. En y songeant, c'était absurde. Comment aurait-elle pu l'empêcher de faire quoi que ce soit ? Il avait beau être en convalescence, il semblait d'une force herculéenne.

Avec sa barbe de deux jours, il ressemblait à un pirate, à un bandit de grand chemin ou à n'importe quel héros renégat des romans historiques que dévorait sa sœur. Serrée contre lui, Phoebe était grisée par l'odeur de sa peau. En cet instant, il lui faisait penser à un lion triomphant. L'emporterait-il dans sa tanière ?

Elle s'humecta les lèvres, tremblant si fort que ses jambes se seraient dérobées sous elle si elle n'avait pas été dans ses bras.

— Que veux-tu dire par sage ? lui murmura-t-elle, en lui embrassant le menton, le poignet, puis en glissant une main sous sa chemise.

Cette fois, en dépit de ses efforts manifestes, il ne put résister à la provocation. Avec un rugissement guttural, il la souleva de terre et, s'emparant de ses lèvres, l'emporta bel et bien dans sa tanière. Elle se laissa griser par sa force masculine, répondant à ses baisers avec passion.

Au diable la sagesse, les convenances, la tendresse et les mots doux. Comme chez les peuplades préhistoriques qui avaient vécu dans ces montagnes des milliers d'années auparavant, seul comptait à présent le désir de s'accoupler sous sa forme la plus crue.

Le moment était venu de laisser libre cours à l'instinct et à la passion. Elle se frotta contre lui, éperdue, cherchant le contact le plus intime possible.

— Léo, marmonna-t-elle, incapable d'articuler le moindre mot, la moindre phrase. Léo…

- 9 -

Il était perdu, paralysé par le doute. Après des mois de célibat et l'accident cardiaque dont il avait été victime, serait-il aussi performant qu'il l'avait toujours été ? *Un seul baiser, un seul baiser*, se répétait-il frénétiquement, sans pour autant se rassurer.

Son corps manifestait quelques signes inquiétants. Son sexe était dur, certes, mais douloureux. Ses poumons s'étaient contractés, réduisant sa capacité respiratoire de moitié, et des papillons noirs dansaient devant ses yeux.

Mais Phoebe, toute en courbes délicieusement féminines, était une bénédiction au creux de ses bras. De plus, elle n'était pas fragile ou timide. Elle l'embrassait sans fausse pudeur, avec une ardeur renversante. Il décela sur sa peau le parfum d'un gel douche parfumé et une odeur de talc. Ce matin, elle s'était tressé les cheveux. Saisissant sa natte, il lui tira la tête en arrière et lui mordilla le cou.

Le gémissement qu'elle émit lui fit l'effet d'un coup de poing à l'estomac. Il la souleva de terre, grognant lorsqu'elle lui enserra la taille de ses jambes. Ils étaient encore entièrement vêtus, mais il lui imprimait de véritables coups de boutoirs, anticipant la pénétration prochaine.

Sans crier gare, Phoebe tenta de s'extraire de son étreinte. Il resserra les bras pour la retenir, tenaillé par le désir de la pénétrer enfin.

Elle le repoussa.

— Léo, j'entends le bébé. Il est réveillé.

L'explication finit par atteindre son cerveau embrumé par

le désir. Il la reposa par terre et recula d'un pas chancelant, le cœur battant à tout rompre.

Effrayé par la force de ses propres émotions, il se dirigea vers la porte, enfila ses chaussures et sortit du chalet sans un regard derrière lui.

Phoebe avait toujours considéré la présence de Teddy dans sa vie comme une bénédiction. Mais peut-être pas *là maintenant*. S'efforçant de reprendre ses esprits, elle entra dans la chambre et le sortit de son berceau.

— Eh bien, c'était une courte sieste, remarqua-t-elle avec un petit rire nerveux.

Avec un gloussement ravi, Teddy agrippa sa tresse. Manifestement, sa couche était sale, comme en témoignait l'odeur caractéristique qui émanait de lui. C'était sans doute ce qui l'avait réveillé.

Elle le changea puis le posa par terre sur une couverture pendant qu'elle rangeait sa chambre. Tout en s'acquittant automatiquement de ces tâches quotidiennes, elle prit conscience que Léo était sorti. Il avait quitté le chalet sans manteau. Par chance, il portait un gros pull et les températures étaient un peu plus clémentes aujourd'hui.

Elle ne pouvait s'empêcher de culpabiliser. Ce qu'il s'était passé était entièrement sa faute. En vrai gentleman, Léo avait fait de son mieux pour garder la tête froide, craignant que ce huis clos n'ait fait qu'exacerber d'une manière artificielle l'attirance qui existait entre eux. Mais Phoebe lui avait littéralement sauté dessus.

La plupart du temps, les hommes étaient incapables de résister aux avances des femmes, surtout lorsqu'elles étaient aussi explicites. Or, elle s'était offerte beaucoup trop facilement.

Et bien sûr, Léo avait réagi. Tout homme normalement constitué, célibataire de surcroît, n'aurait pas fait autre chose. Comment oserait-elle le regarder en face, à présent ?

Et comment allaient-ils gérer cette attirance qui existait malgré tout entre eux ?

Une demi-heure plus tard, Teddy calé sur la hanche, elle se dirigea vers la cuisine et se mit à ranger les produits envoyés par l'ami cuisinier de Léo. C'était pour l'essentiel des plats cuisinés qu'il lui suffirait de réchauffer. Elle n'aurait qu'à se charger des accompagnements.

Une heure passa, puis deux. Elle regarda par la fenêtre pas moins d'une centaine de fois. Et s'il s'était perdu ou blessé ? Et s'il avait eu un malaise ? Son cœur se serra à cette idée.

Léo marcha à travers la forêt et ne s'arrêta que lorsqu'il eut mal aux jambes. Cela lui faisait un bien fou de repousser ses limites physiques et de se rendre compte que son corps réagissait au quart de tour. Toutefois, rien de tout cela ne pouvait effacer son désir pour Phoebe. Au départ, la fascination qu'il avait ressentie pour elle lui avait paru suspecte. Sa vie avait pris récemment un tour difficile, au point que toute idée de relation amoureuse lui était sortie de l'esprit. C'était la raison pour laquelle il avait tout fait pour relativiser son attirance pour elle.

Il savait maintenant que c'était beaucoup plus qu'une simple attirance. Elle imprégnait son sang tel un virus qui pouvait s'avérer aussi dangereux que la crise cardiaque qui l'avait frappé. Dans ce cas, peut-être ferait-il mieux de couper court à toute relation.

Mais son esprit et son corps s'insurgeaient à cette idée. Car sa décision était prise. Phoebe et lui seraient amants. Ce n'était qu'une question de temps et de lieu.

A force de marcher, son esprit finit par s'éclaircir. Il s'était suffisamment dépensé pour rentrer. Il avait suivi le cours d'un ruisseau, afin de ne pas se perdre. Lorsqu'il fit halte, il avait gravi une partie de la montagne. A sa surprise, il aperçut au loin la cheminée fumante du chalet de Phoebe.

Peut-être Luc avait-il raison. Ici, dans un environnement si radicalement différent du sien, il se voyait sous un nouveau jour. Son univers n'était ni meilleur ni pire que celui de Phoebe. Il était simplement différent.

Mais pourquoi celle-ci s'était-elle installée ici ? Pour prendre du recul ? Et dans ce cas, y était-elle parvenue ? Reprendrait-elle un jour son ancienne vie ?

Il s'assit sur un rocher, rassuré d'entendre les battements réguliers de son cœur. Et dire que cette attaque aurait pu lui faire perdre tout ce à quoi il tenait tant… Peut-être était-ce dans la nature humaine de croire que la vie était un dû. Maintenant qu'il avait échappé de justesse à la catastrophe, il se demandait si tout ce qu'il avait gagné méritait réellement d'y laisser la santé et avait envie de trouver un sens à sa vie.

Malgré ces bonnes résolutions, il savait au fond de lui qu'il aspirait à reprendre le travail. Il dirigeait une grande société qui dégageait d'énormes profits, et il la dirigeait bien. Il était Léo Cavallo, directeur financier d'une multinationale spécialisée dans le textile, et tel un drogué, il avait besoin de toutes les stimulations qu'apportaient ses hautes responsabilités.

Oui, il était ce que les gens appelaient de manière péjorative un « accro du boulot », mais pour sa part, il ne voyait absolument pas ce qu'il y avait de mal à se passionner pour son travail et à lui donner le meilleur de soi-même. Du reste, il trouvait cela profondément irritant d'imaginer que les décisions engageant l'avenir de l'entreprise puissent se prendre sans lui, comme c'était le cas actuellement, même s'il savait que le groupe était entre les mains de professionnels extrêmement compétents.

Le problème n'était pas là. Le problème était que Léo faisait littéralement *corps* avec l'entreprise.

En décembre, il commençait à préparer les rapports financiers de fin d'année. Qui se chargeait de ce travail en son absence ? Il fallait parfois vendre une division de l'entreprise ou procéder à un achat afin de bénéficier d'un avantage fiscal.

Sentant tous les muscles de son corps se crisper, il se

força à prendre de profondes inspirations pour se calmer. Tandis qu'il se débattait avec ses démons, un petit écureuil s'approcha de lui et se mit à gratter la terre en quête d'un gland. Sans doute mécontent de voir son territoire envahi par un humain, le petit animal creusait furieusement. Il s'enfuit à toute allure lorsqu'il eut trouvé son trésor.

Léo sourit. Et ce faisant, le poids qu'il portait sembla s'alléger. Une fois de plus, il inspira à fond, emplissant ses poumons d'air pur. En règle générale, il vivait au rythme des bruits incessants de la ville. En dépit du silence, il nota que l'immobilité de la forêt n'était qu'apparente. Avec un peu d'attention, on décelait la présence d'une quantité de petites créatures vaquant sans relâche à leurs affaires.

Elles avaient bien de la chance, songea Léo, de se contenter de faire ce pour quoi elles avaient été créées, sans se poser la moindre question.

Il enviait la simplicité de leur vie, même s'il n'aspirait nullement à devenir un hamster galopant dans sa roue. Dans son enfance, ses professeurs avaient très vite vu en lui un élève doué. Ses parents lui faisaient prendre une quantité de cours particuliers ou l'envoyaient dans des camps de vacances à thème — astrophysique, géologie, ou des choses dans le genre.

S'il avait toujours trouvé cela intéressant, il n'avait pas toujours été très à l'aise au milieu des petits génies qui regardaient d'un œil soupçonneux ce camarade bien bâti qui se distinguait également dans toutes les disciplines sportives.

C'est ainsi que son frère était devenu son meilleur ami, et l'était resté. Comme tous les frères, ils se disputaient et se jalousaient, mais ils étaient profondément attachés l'un à l'autre. Et c'était la raison pour laquelle Léo se retrouvait maintenant bloqué ici, au fin fond de la montagne… C'était Luc qui avait exigé qu'il prenne du repos. Et si Luc le lui avait imposé, c'était qu'il avait probablement raison.

Léo s'étira, prenant conscience qu'il avait froid. Soudain, le visage de Phoebe apparut dans son esprit et il n'eut plus qu'une seule envie : la retrouver. Il aurait voulu pouvoir lui confier ses questions existentielles, mais c'était impossible tant qu'il ne lui aurait pas dit la vérité quant à son état de santé. Mais une chose était sûre : il avait envie d'être avec elle, et pour longtemps.

Pour cela, il devrait cesser de songer sans cesse au calendrier et se concentrer sur le moment présent. C'était ce qu'il ferait, promis, même si ce n'était pas dans ses habitudes. Peut-être y avait-il des ressources cachées en lui. Si c'était le cas, il lui restait deux mois pour le découvrir.

Lorsque Phoebe distingua enfin la large carrure de Léo dans l'encadrement de la porte, elle ne sut comment réagir. D'un côté, elle avait envie de pleurer de soulagement, de l'autre de lui sauter à la gorge pour avoir disparu sans explication. Bien sûr, s'il avait eu son propre chalet, elle n'aurait pas eu son mot à dire. Mais ils étaient colocataires, et cette situation lui conférait certains droits, non ? N'ayant pas le courage de le réprimander, elle se résolut finalement à ravaler sa colère.

— Tu as déjeuné ? fit-il avec un sourire contrit.

— Je t'ai gardé une assiette au chaud, répondit-elle en lui rendant son sourire, mais sans se lever de sa chaise.

Elle n'allait tout de même pas se précipiter vers lui comme une bonne petite épouse inquiète. Après tout, Léo était un grand garçon.

Teddy jouait avec une paille en plastique pendant que Phoebe dégustait sa deuxième tasse de café. Léo les rejoignit à table, où l'attendait son assiette.

— Ton ami est un véritable cordon-bleu. Tu le remercieras de ma part. Même si je risque de prendre quelques kilos.

Léo attaqua son repas avec appétit, ce qui suggérait qu'il revenait d'une longue marche.

— Absolument. J'ai eu l'occasion de lui commander quelques dîners lorsque j'avais des invités chez moi. J'ai eu un succès fou, grâce à lui.

Tandis qu'il terminait son repas, Phoebe s'excusa pour aller mettre Teddy au lit.

— J'ai un appareil à bruits de fond que j'utilise parfois dans sa chambre. Cela nous permettra de descendre les cartons sans le déranger, expliqua-t-elle. Et s'il dort une bonne partie de l'après-midi, nous pourrions en profiter pour décorer le chalet, si tu es toujours partant.

Léo se balança sur sa chaise.

— Tu sais bien que je suis toujours partant, quoi que tu proposes, fit-il avec un sourire entendu.

— Ce n'est pas drôle, lui répliqua-t-elle, furieuse de l'entendre plaisanter au sujet de leur petit moment à deux.

— C'est clair, fit-il, moqueur. Théoriquement, je sais que les jeunes couples avec enfants ont une activité sexuelle. Simplement, je ne comprends pas comment ils arrivent à trouver un créneau.

A la vue de son air de chien battu, elle éclata de rire, faisant tressaillir Teddy, qui s'était presque endormi sur son épaule.

— Quoi qu'il en soit, lui répondit-elle d'un ton faussement sévère, tu n'as plus à t'en soucier. Cet après-midi, il n'y a que deux activités au programme : descente des cartons et décoration du chalet.

C'était la première fois que Léo passait autant de temps en tête à tête avec une femme. Il commençait déjà à connaître les expressions de Phoebe et à les déchiffrer avec une certaine précision.

Lorsqu'elle fut de retour dans le salon, elle semblait tout excitée.

— Pourrais-tu m'aider à installer l'escalier escamotable qui permet d'accéder au grenier ? lui demanda-t-elle. Je tirerai sur la corde et tu réceptionneras les marches, d'accord ?

Il fit ce qu'elle demandait, mais ne put s'empêcher d'avoir un pincement au cœur lorsqu'elle monta sur la chaise et qu'il se retrouva nez à nez avec ses seins.

— Que veux-tu que je descende en premier ? lui demanda-t-il, une fois l'escalier en place.

— Peu importe, répondit-elle. Descends tous les cartons, sauf celui du sapin. Tiens, fit-elle en lui tendant une lampe torche. J'ai failli oublier.

Après avoir écarté quelques toiles d'araignée, Léo émergea dans le grenier armé de sa lampe torche. L'endroit n'avait rien du nid à poussière que l'on aurait pu imaginer, peut-être parce que le chalet était récent ou que Phoebe était particulièrement organisée. Cartons et boîtes plastiques avaient été dûment étiquetés et soigneusement empilés à portée de main autour de la trappe.

Certains d'entre eux s'avérèrent assez lourds. Comment Phoebe avait-elle pu les monter toute seule là-haut ? Celle-ci poussa soudain un cri perçant au bas de l'échelle.

— Que t'arrive-t-il ?

— Une araignée, répondit-elle d'une voix tremblante. Je n'aurais jamais imaginé que ces cartons se saliraient si vite.

— J'arrête ?

— Non, continue. Je prendrai une douche lorsque nous aurons fini.

Il lui passa un carton léger comme une plume, où figurait, au marqueur noir, la mention « Ange à mettre au sommet du sapin ».

— Je pourrais t'aider à vérifier tes vêtements et tes cheveux, après, si tu veux…, fit-il avec un regard malicieux. On ne sait jamais, il pourrait y avoir tout un tas de bestioles.

— Quel humour, décidément ! Ça me rappelle les nuisibles dont tu promettais de me débarrasser, lorsque tu voulais me convaincre de t'héberger dans ce chalet.

— Eh bien, tu vois, j'avais raison ! lui lança-t-il en se remettant à la tâche, ravi de sa plaisanterie.

Il ne s'était jamais beaucoup préoccupé des fêtes de fin d'année. Mais avec Phoebe, toutes les menues tâches liées à la célébration de Noël prenaient une tout autre dimension.

Lorsqu'il eut descendu la dernière boîte et replié l'escalier, il trouva Phoebe le nez plongé dans un carton de décoration. Elle en sortit un petit bonhomme de neige en verre.

— Ma grand-mère me l'a donné quand j'avais huit ans, expliqua-t-elle.

Il s'assit par terre à côté d'elle.

— Est-elle toujours parmi nous ?

— Non, malheureusement.

— Et tes parents ?

Il était si près d'elle qu'il aurait pu lui effleurer la nuque de ses lèvres, mais il s'abstint. S'asseyant en tailleur, Phoebe entreprit de démêler une guirlande lumineuse.

— Mes parents sont morts dans un accident de voiture lorsque j'étais encore au lycée. Le type qui les a percutés était ivre. Ma sœur et moi avons été placées en famille d'accueil, des gens charmants qui se sont occupés de nous jusqu'à la fin de nos études.

— Et depuis ?

— Dana et moi sommes très proches.

— C'est tout ?

Elle esquissa une grimace tandis qu'une boule se formait au creux de son estomac.

— Et toi, Léo, qu'en est-il de ta famille ?

Il la laissa détourner la conversation sans protester.

— Curieusement, toi et moi avons un point commun, commença-t-il. Luc et moi avions dix-sept et dix-huit ans quand nous avons perdu nos parents dans un accident de bateau. Mon père avait une passion pour les hors-bords et la vitesse. C'était en Italie, pendant les vacances de printemps. Mon père avait emmené ma mère et un ami en promenade. Au retour, ils se sont encastrés à pleine vitesse sur un pilier en béton en approchant des docks.

— Oh ! mon Dieu, murmura-t-elle, portant les mains à sa bouche. Quelle horreur !

Il acquiesça. Malgré les années, le souvenir semblait toujours aussi douloureux.

— Mon grand-père a fait pratiquer des autopsies. Ma mère ne portait pas de gilet de sauvetage. Elle s'est noyée lorsqu'elle a été éjectée du bateau. Cela m'a un peu réconforté de savoir qu'elle était inconsciente quand elle est morte, car elle avait une grave blessure à la tête.

— Et ton père ?

Léo déglutit avec peine.

— Il a fait une crise cardiaque. C'est pourquoi il a perdu le contrôle du bateau, expliqua-t-il, accablé une fois de plus de constater la similitude entre l'état de santé de son père à l'époque et le sien aujourd'hui.

— Mais n'était-il pas terriblement jeune ?

— Quarante-deux ans.

— Oh ! Léo. Je suis vraiment navrée…

— Le temps a passé, reprit-il, avec un haussement d'épaules. Après les funérailles, Luc et moi sommes allés vivre chez mon grand-père en Italie. Nous avons fréquenté les meilleures universités de Rome. C'était peut-être une chance de bénéficier d'une telle éducation, mais mon frère et moi avons mis un temps fou à faire notre deuil. D'autant que notre grand-père était plutôt quelqu'un de strict et de renfermé.

Il hésita un instant avant d'ajouter :

— Il est très rare que je raconte cette histoire. Mais tu as vécu la même chose. Alors je sais que tu me comprends.

— Je te comprends très bien. Mes parents étaient des gens merveilleux. Ils nous ont toujours encouragées, ma sœur et moi, à suivre notre voie, quelle qu'elle soit. Notre vie a basculé à jamais quand nous les avons perdus.

Un long silence suivit ces mots. Léo lui tira doucement la tresse.

— Désolé. Je ne pensais pas que cette conversation nous entraînerait si loin.

Elle posa la joue contre la main de Léo.

— C'est difficile de ne pas penser à la famille à cette époque de l'année, en particulier aux proches que nous avons perdus. Je suis heureuse que tu sois là, Léo.

- 10 -

Elle n'aurait su dire qui avait été à l'origine de ce contact intime. Leurs lèvres se rencontrèrent brièvement, tendrement. Il avait le goût d'une pluie d'été chaude et délicieuse. Malgré la force de son désir, elle parvint à se contenir, et comme par consentement tacite, le baiser resta doux et modéré.

Se nichant contre lui, elle se laissa griser par sa force. Il la soutenait de son bras puissant. Il était viril et sexy. Qui aurait pu lui reprocher de le désirer autant ?

— Léo…, murmura-t-elle.

Elle ne faisait que dire son nom, mais elle le sentait frémir chaque fois.

— Qu'y a-t-il ? demanda-t-il d'une voix rauque. Que veux-tu, Phoebe ?

Un million de réponses différentes lui venait aux lèvres. *Déshabille-moi. Caresse-moi. Fais-moi l'amour.* Mais elle parvint à se raisonner.

— Et si je mettais un peu de musique ? Ça nous mettra dans l'ambiance pour décorer le chalet.

— Je suis déjà dans l'ambiance, dit-il avec un sourire, en lui embrassant le bout du nez. Que les choses soient claires entre nous, reprit-il d'un ton grave. Ce soir, je compte bien te mettre dans mon lit. Une fois que le petit sera profondément endormi et que plus rien ne risquera de nous interrompre.

Il la dévorait de ses yeux sombres, gourmands, qui auraient fait fondre n'importe quelle femme. Elle le dévisagea, pesant le pour et le contre. Autrefois, lorsqu'elle travaillait dans la finance et devait faire des placements, elle se basait sur son instinct, et cela s'avérait souvent payant. Mais prendre Léo comme amant était un pari beaucoup plus risqué.

Tout d'abord, parce qu'il n'était que de passage. Si, de son côté, Phoebe avait fait la paix avec ses démons et embrassé un nouveau mode de vie, ce n'était manifestement pas le cas de Léo. Il était pressé de retrouver son univers. Il vivait son séjour dans les montagnes comme une sorte de pénitence, une convalescence qu'il n'avait acceptée que contraint et forcé.

Jamais Léo ne supporterait de stagner. Il avait trop d'énergie, trop de vitalité.

Elle lui effleura la joue, sachant que son assentiment était couru d'avance.

— Tu sais que je suis partante, même si je regrette ce manque de spontanéité. Toute nouvelle relation devrait être totalement passionnée. Comme ce matin, lorsque tu étais sur le point de me prendre contre un mur.

A ce souvenir, un délicieux frémissement lui parcourut la colonne vertébrale et son pouls s'accéléra.

Léo prit son visage au creux de ses grandes mains.

— N'aie crainte, Phoebe, je te donnerai toute la passion dont tu peux rêver.

A la surprise et au ravissement de celle-ci, l'après-midi se transforma en une longue séance préliminaire. Léo empila tellement de bûches dans la cheminée que la chaleur les obligea à passer un T-shirt. Phoebe trouva une station de radio qui diffusait des chants de Noël traditionnels. Elle ne cessa plus de le harceler lorsqu'elle s'aperçut qu'il ne connaissait en général que la première strophe, et que le reste du temps il inventait les paroles.

Au fond d'un carton, ils dénichèrent des bougies parfumées qu'ils allumèrent et disposèrent sur la table basse. Durant l'été, quelques-unes avaient fondu du fait de la chaleur qui régnait dans le grenier et ne ressemblaient absolument plus à des sapins.

— Je devrais peut-être les jeter, remarqua Phoebe en riant.

— Je suis contre. Elles ont du caractère, je trouve.

— Si tu le dis. Pour moi, elles sont surtout complètement fichues.

— Les apparences sont parfois trompeuses.

Une nuance inhabituelle dans sa voix attira l'attention de Phoebe. Il fixait les pauvres bougies comme si toutes les réponses aux grandes questions de la vie étaient enfermées dans la cire verte.

Que savait au juste Léo Cavallo des accidents de la vie ? Pour autant qu'elle puisse en juger, il était au sommet de sa force physique et de son acuité intellectuelle. La fermeté de ses muscles témoignait de sa capacité à prendre une femme dans ses bras… à la protéger. Et en matière d'humour, il était imbattable. Ses yeux brillaient d'intelligence, tout comme ses reparties.

Léo était tout cela à la fois. Et c'est ce qui le rendait si désirable.

La pièce se transformait peu à peu. Avec l'aide de Léo, Phoebe accrocha des guirlandes lumineuses sur la cheminée et autour des portes. Elle aurait aimé ajouter des feuilles de houx et de pin, mais il ne fallait pas trop en demander.

Léo passa plus d'une heure à fixer au plafond des flocons de neige argent, vert et or. Bien plus méticuleux qu'elle ne l'aurait été, il prit des mesures et repositionna plusieurs fois les autocollants scintillants jusqu'à obtenir une disposition parfaite. Elle s'amusa de le voir contempler son œuvre avec une satisfaction toute masculine, mais ne manqua pas de le couvrir de louanges.

Outre les bougies, la table du salon arborait une nappe brodée de rênes. Quant au tapis « Joyeux Noël » qu'elle utilisait autrefois à son domicile de Charlotte, il avait trouvé sa place devant une nouvelle porte.

La table de la salle à manger fut bientôt ornée de sets de table vert forêt et de couverts dorés. En fin d'après-midi, Léo se laissa tomber sur le canapé avec un grognement de soulagement.

— Tu aimes vraiment Noël, dis donc.

Elle le rejoignit, se glissant entre ses bras aussi naturellement que s'ils avaient été de vieux amis.

— J'ai fait l'impasse pendant quelques années, mais pour Teddy, j'ai envie d'en faire un moment vraiment magique.

Elle marqua une pause avant de lui poser la question qui lui brûlait les lèvres.

— Et toi, Léo ? Je sais que tu es ici pour deux mois. Mais je suppose que tu vas rentrer à Atlanta pour les fêtes, n'est-ce pas ?

Jouant paresseusement avec sa tresse, il poussa un soupir.

— Je n'y ai pas encore vraiment pensé. Pendant plusieurs années, Luc et moi avons pris l'habitude de passer les fêtes avec notre grand-père, en Italie. Mais lorsque mon frère a épousé Hattie il y a deux ans, notre grand-père a décidé de faire le voyage dans l'autre sens. Mais il a juré de ne pas le faire tous les ans car c'est trop fatigant pour lui. Maintenant que Luc et Hattie ont deux enfants, je pense qu'ils méritent de passer Noël en famille. Quant à moi, j'aurai bien une ou deux invitations. Et toi, que comptes-tu faire ?

— Eh bien, je pourrais t'inviter, justement.

Ce ne fut que lorsqu'elle eut prononcé ces mots qu'elle comprit à quel point elle brûlait d'envie qu'il accepte.

Il la dévisagea, étonné.

— Tu en es sûre ? Je ne voudrais pas m'imposer.

Parlait-il sérieusement ? Elle était une femme célibataire qui gardait un bébé qui n'était pas le sien dans un chalet perdu au beau milieu des montagnes !

— Eh bien, nous te ferons une petite place, le taquina-t-elle.

Sans réellement penser où pouvait mener son geste, elle lui passa doucement la main dans les cheveux, admirant les reflets dorés qui illuminaient les épaisses mèches châtaines.

Fermant les yeux, Léo inclina la tête et esquissa un sourire peut-être un peu embarrassé.

— Ce serait super…, commença-t-il, marquant une pause comme pour goûter le massage qu'elle lui prodiguait.

Elle posa la tête contre son torse. A travers son fin T-shirt bleu marine, elle entendait le battement régulier de son cœur.

— Attendons peut-être de voir comment les choses vont se passer ce soir, murmura-t-elle. J'aime autant t'avouer que je manque de pratique.

En l'espace d'un instant, il opéra un renversement de situation spectaculaire et elle se retrouva allongée sur le canapé, son corps puissant au-dessus du sien. Tout en lui embrassant le cou, il glissa le genou entre ses jambes, ouvrant la voie à de torrides perspectives.

— N'arrête pas, implora-t-elle, en se cambrant d'instinct sous la pression.

A travers le fin tissu de sa chemise et de son soutien-gorge, il se mit à lui mordiller les mamelons sans relâche, allumant en elle un incendie ravageur.

Tout à coup, Léo fit machine arrière et se mit à jurer en riant.

Folle de désir, elle le dévisagea sans comprendre.

— Que se passe-t-il, Léo ?

— Ecoute, le bébé est réveillé…

Lorsqu'on frappa à la porte quelques minutes plus tard, Léo comprit que Phoebe et lui avaient échappé de justesse à une situation embarrassante. Comme elle était sortie de la pièce pour s'occuper de Teddy, il alla ouvrir.

— Puis-je vous aider ? demanda-t-il avec un sourire au vieil homme vêtu d'une salopette qui se tenait devant la porte.

— Moi, c'est Buford, expliqua l'homme en le regardant de la tête aux pieds. Ma femme envoie ces noix de pécan caramélisées. Comme elle sait que Mlle Phoebe les adore, elle lui en a fait une fournée, en plus de celles qu'elle a préparées pour la kermesse de l'église. Vous voulez bien lui donner ?

— Avec plaisir, répondit Léo en prenant le sac en papier. Elle est en train de donner le biberon au petit, je crois, mais elle n'en a pas pour longtemps. Vous voulez entrer ?

— Pas la peine. Merci. Vous êtes le gars qui devait louer l'autre chalet ?

— Tout à fait.

— N'allez pas vous faire des idées. Ici, on apprécie beaucoup Mlle Phoebe. On fait attention à elle.

— Je comprends.

— J'vous conseille de rentrer du bois. Il va neiger ce soir.

— Vraiment ?

Le soleil de l'après-midi avait pourtant une douceur printanière.

— Le temps change vite dans le coin.

— Merci pour le conseil, Buford.

Avec un signe de tête, l'homme regagna sa vieille camionnette rouillée, fit demi-tour et s'éloigna sur le sentier.

Léo referma la porte et ne put s'empêcher de piquer quelques noix de pécan.

Phoebe le surprit la main dans le sac, dans tous les sens du terme.

— Qu'est-ce que c'est ? fit-elle, tapotant le dos de Teddy pour lui faire faire son rot.

— C'est de la part de Buford, expliqua-t-il, résistant à grand-peine à l'envie de voler une autre poignée de noix. Au fait, quel âge a-t-il ?

— Buford a quatre-vingt-dix-huit ans, et sa femme quatre-vingt-dix-sept. Tous deux sont nés dans les monts Great Smoky avant qu'ils ne deviennent un parc national. Ils habitent toujours dans la maison qu'il a construite de ses mains au début des années 1930, juste avant la Grande Dépression.

— Un chalet en rondin ?

— Oui. Il y a eu quelques extensions anarchiques. Jusqu'au milieu des années 1980, ils ont utilisé des toilettes extérieures. Leurs enfants et leurs petits-enfants ont fini par leur dire qu'ils étaient trop âgés pour se soulager dehors en plein hiver.

— Et alors ?

— Ils leur ont installé la plomberie.

— Ce qui veut dire, reprit Léo, que s'ils se sont mariés au début des années 1930…

— Ils vont célébrer leur quatre-vingtième anniversaire de mariage en mars.

— Ça paraît impossible.

— Elle avait dix-sept ans, Buford un an de plus. On se mariait jeune à l'époque.

— Ce n'est pas leur âge qui m'impressionne, mais le temps qu'ils ont passé ensemble. Comment un mariage peut-il durer si longtemps ?

— Je me suis posé la question, moi aussi. Après tout, chez les parents de mes amis, un mariage dure rarement plus de trente-cinq ans.

Léo regarda Phoebe, essayant d'imaginer ses épaules voûtées par l'âge et sa jolie peau parcourue de rides. Elle serait toujours séduisante à soixante et même à soixante-dix ans. Mais quand elle approcherait d'un siècle ? Comment pouvait-on envisager de passer 85 % de sa vie assis face à la même personne chaque matin devant son café ? Voilà qui le laissait perplexe.

Léo, quant à lui, n'était encore jamais vraiment tombé amoureux. Pour qu'une relation fonctionne, il fallait du temps et de la détermination. Jusqu'à maintenant, il n'avait jamais rencontré une femme qui lui donne envie de penser à long terme.

Mais Phoebe était différente du tout au tout. S'il ne comprenait pas encore pleinement les raisons qui l'avaient poussée à s'installer dans ces montagnes, il envisageait en tout cas de passer le temps qu'il faudrait auprès d'elle pour le découvrir. Elle l'intriguait, l'amusait, le séduisait. Peut-être était-ce dû à leur isolement, mais il avait l'impression qu'un lien particulier s'était établi entre eux et qu'elle avait touché son cœur. Il était encore incapable de se projeter à long terme avec elle, mais le programme de la soirée était en tout cas clair comme de l'eau de roche.

Il désirait Phoebe. C'était une certitude. Aussi passionnément et douloureusement qu'un homme pouvait désirer une femme. Si rien ne venait contrarier leurs plans, cette fois, il la ferait sienne ce soir.

*
* *

Aux yeux de Phoebe, Léo semblait perdu dans ses pensées. Mais elle n'osa pas l'interroger.

— Teddy vient de manger et il est bien reposé. C'est le moment idéal pour aller chercher un sapin, qu'en dis-tu ?

Léo redescendit soudain sur Terre.

— Tu ne crois pas qu'il fait un peu trop froid pour lui ?

— Il a une combinaison très efficace contre le froid. Bien, je vais l'habiller. Pendant ce temps, peux-tu aller chercher la hache dans l'appentis ?

— Tu as une hache ? lui demanda-t-il, étonné.

— Bien sûr. C'est indispensable pour couper les arbres.

— Mais je croyais que tu n'avais pas fait de sapin de Noël depuis que tu t'es installée ici. A quoi peut bien te servir une hache ?

— Eh bien, figure-toi que je coupe mon bois moi-même. Du moins, je le faisais avant l'arrivée de Teddy. A présent, je préfère ne prendre aucun risque. Et je paye un étudiant pour s'en charger à ma place.

— Ce n'est pas raisonnable de vivre dans un tel isolement, tu sais. Que ferais-tu en cas d'urgence ?

— Je pourrais appeler les pompiers. En outre, j'ai une ligne fixe, en plus de mon téléphone portable. Et les voisins n'habitent pas très loin.

— Mais une femme seule est toujours plus vulnérable qu'un homme.

Il n'avait pas tout à fait tort. Elle s'était du reste posé beaucoup de questions lorsqu'elle s'était installée dans le chalet. Elle avait même eu du mal à dormir les premiers mois, imaginant sans cesse que des violeurs ou des assassins se cachaient peut-être dans les bois en attendant de l'attaquer. A la longue, pourtant, elle avait fini par se dire que vivre en ville présentait exactement les mêmes risques.

— Je comprends, répondit-elle. C'est vrai, par moment, il m'est arrivé de regretter ma décision de m'installer ici, comme lors de la récente tempête. Mais j'en suis venue à penser que mon style de vie avait plus d'avantages que d'inconvénients, alors je suis restée.

Léo semblait encore sceptique, mais il ne poursuivit pas la conversation. Finalement, il enfila son manteau et sortit.

Il fallut plus de temps que prévu pour préparer Teddy à affronter les grands froids. C'était d'ailleurs ce qu'il se produisait depuis le début. S'occuper d'un bébé prenait toujours deux fois plus de temps que prévu. Mais elle s'était fait une raison, et déjà, c'était à peine si elle se souvenait de la vie qu'elle menait avant l'arrivée du petit garçon.

- 11 -

C'était une journée idéale pour une balade en forêt. Aujourd'hui, le chalet endommagé était envahi par des ouvriers, qui ramassaient les derniers débris avant de bâcher la structure. Phoebe prit donc la direction opposée. Ils remontèrent le sentier et tournèrent à gauche dans un chemin qui s'enfonçait dans les bois.

Teddy était solidement arrimé dans le porte-bébé. Phoebe avait beau adorer la marche, il lui fallut plusieurs centaines de mètres pour s'habituer au poids de l'enfant confortablement niché contre sa poitrine.

Léo portait la lourde hache comme si elle était légère comme une plume. Il paraissait heureux de prendre l'air et sifflotait tout en marchant.

L'endroit où elle espérait dénicher le sapin de Noël de ses rêves avait abrité autrefois une habitation, dont il ne restait plus aujourd'hui que des ruines. Ils ne tardèrent pas à déboucher dans le petit cimetière familial aux pierres tombales érodées par les intempéries. Certaines inscriptions étaient encore lisibles, dont certaines, à la mémoire d'un bébé, lui serraient le cœur. Les maladies faisaient encore des ravages en ces temps reculés. Ayant connu, elle aussi, son lot de malheurs, elle ne pouvait que s'identifier aux épreuves endurées par cette famille disparue. Léo semblait lui aussi profondément ému.

— Cette parcelle est à toi ? lui demanda-t-il.

Le vent murmurait dans les arbres, comme s'il portait l'écho de rires lointains.

— Oui, si tant est que l'on puisse être propriétaire d'un cimetière. Certes, il se trouve sur ma propriété, mais si des descendants voulaient y accéder, je les laisserais faire, bien sûr. Mais je pense que plus personne ne connaît l'existence de ce lieu.

L'une des inscriptions à la mémoire d'un bébé attira l'attention de Léo.

— Ce doit être terrible de perdre un enfant, remarqua-t-il. Quand je vois l'amour que Luc et Hattie portent aux leurs, et bien que je ne sois pas père, je suis parfois terrifié à l'idée des dangers que recèle ce monde.

— As-tu envie d'avoir des enfants, un jour ? lui demanda-t-elle, le souffle court, tout en prenant conscience de l'importance que revêtirait la réponse qu'il s'apprêtait à lui faire.

Il s'accroupit pour arracher des mauvaises herbes qui avaient élu domicile à la base de la petite pierre tombale couverte de mousse.

— Je n'en sais rien. Je n'ai pas le temps et, franchement, cette idée me terrifie, ajouta-t-il avec un petit sourire.

Malgré cette note de légèreté, elle savait qu'il était absolument sincère.

La déception lui noua l'estomac.

— Tu es encore jeune…

— Je n'ai qu'un seul enfant : l'entreprise. Que Luc se charge de perpétuer la lignée familiale me convient parfaitement.

Comme il n'y avait rien à ajouter, ils laissèrent tomber le sujet. Phoebe y vit toutefois une sérieuse mise en garde. Non que cela ait été intentionnel de la part de Léo. C'était entièrement sa faute à elle. Elle avait eu tort de se projeter dans l'avenir et de se mettre à tirer des plans sur la comète. Mais peut-être cela signifiait-il simplement que son cœur était en voie de guérison et qu'elle commençait à se sentir prête pour une nouvelle vie.

Malheureusement, elle n'avait apparemment pas tiré la

bonne carte avec Léo. Leur relation naissante ressemblait déjà à une impasse.

Elle caressa les cheveux de Teddy, ravie de voir à quel point il semblait curieux de ce nouvel environnement. C'était un enfant joyeux, éveillé. Elle s'était prise de passion pour lui dès sa naissance. Mais maintenant qu'elle avait vécu avec lui, d'abord seule puis en compagnie de Léo, elle avait l'impression qu'il faisait partie de sa vie. Ce serait un crève-cœur de devoir le rendre à ses parents. Elle préféra écarter cette terrible pensée.

Léo se releva et s'étira. Il roula des épaules comme pour s'échauffer, prêt à saisir la hache qu'il tenait à son côté.

— Je suis prêt. Vas-y, choisis un arbre.

— Laisse-moi un peu de temps, tu veux ? Choisir un sapin n'est pas une mince affaire.

— Allons donc, il n'y a que l'embarras du choix. Regarde. Que dirais-tu de celui-ci ? fit-il en désignant un cèdre d'environ un mètre cinquante.

— Trop petit, et en plus ce n'est pas la bonne espèce. Laisse-moi regarder.

Léo la prit par le bras et la guida vers un bosquet de conifères.

— Alors ?

Malgré ses épais vêtements d'hiver, elle eut l'impression de sentir la chaleur de ses doigts sur sa peau. Un siècle plus tôt, Léo aurait travaillé toute la sainte journée pour nourrir sa famille. La nuit venue, il aurait fait l'amour à sa femme sur un confortable édredon en plume étendu devant la cheminée. Elle aurait bien sûr été cette femme et il l'aurait pénétrée avec toute l'ardeur qu'il aurait sentie monter en lui tout au long de la journée.

Cette vision torride lui donna envie de se dépouiller de son manteau, de son écharpe et de ses gants. La vision d'un Léo plus primitif lui semblait si réelle que ses mamelons se durcirent en s'imaginant offerte à ses caresses brutes. Elle était trop couverte, voilà tout. Les températures étaient d'une douceur inhabituelle. Ce qui expliquait sans doute pourquoi ses fantasmes lui avaient donné la fièvre.

Elle s'éclaircit la gorge, espérant qu'il ne remarquerait pas la rougeur qui avait gagné ses joues et son cou.

— Laisse-moi réfléchir, dit-elle, feignant de s'absorber dans la contemplation des conifères tout en se laissant griser par leur parfum caractéristique. Celui-là, dit-elle enfin d'une voix enrouée, en s'agrippant à l'aveugle aux branches d'un imposant sapin de Fraser.

Derrière elle, elle entendit Léo approcher.

— Loin de moi l'idée de te contredire, Phoebe. Mais pour ma part, il me semble un peu gros, lui chuchota-t-il à l'oreille avant de déposer un petit baiser dans son cou. Mais si tu es sûre de ton choix, je m'efforcerai de raccourcir le tronc.

Elle acquiesça, les jambes tremblantes.

La forçant à reculer, il s'empara de la hache.

— Recule encore. Je n'ai pas envie que vous receviez des éclats de bois.

Teddy s'était endormi, adorable avec ses joues rosies par le bon air de la montagne. Elle resserra son étreinte tout en regardant Léo pratiquer une entaille sur le tronc à l'endroit où il voulait frapper.

Avant de se mettre au travail, il se dépouilla de sa parka, ne gardant que sa polaire couleur vert forêt parfaitement assortie à l'environnement.

Phoebe n'avait jamais été le genre de femme à se laisser impressionner par une démonstration de force primaire. Mais lorsque Léo assena un premier coup de hache sur le tronc, elle se sentit presque défaillir.

De son côté, Léo était déterminé à faire plaisir à Phoebe. Mais le tronc du sapin était épais et devrait sans doute être biseauté. Il faudrait aussi trouver un support adapté. Un seau rempli de gravier pourrait faire l'affaire, songea-t-il. Mais avant cela, il faudrait venir à bout de ce tronc et transporter l'arbre jusque chez Phoebe.

Au cinquième coup de hache, il ressentit comme un

tiraillement au creux de la poitrine. La sensation fut si inattendue et si nette qu'il hésita une demi-seconde avant de frapper. La lame manqua sa cible, raccourcissant accidentellement une branche basse.

— Tout va bien ? demanda Phoebe, qui se tenait à une bonne dizaine de mètres derrière lui.

— Très bien, lança-t-il en s'essuyant le front du revers de la main.

Cela dit, jamais il n'aurait imaginé qu'abattre un arbre soit si dur. Sachant qu'elle ne perdait pas une miette du spectacle, il retrouva son rythme et assena quatre coups de suite au bon endroit. La douleur qu'il avait ressentie dans la poitrine avait déjà disparu. Sans doute une simple crampe. Son médecin ne lui avait-il pas répété à maintes reprises qu'il était en parfaite santé ? Mais on avait tendance à devenir un peu nerveux lorsqu'on avait été frappé par un ennemi invisible.

Il marqua une pause avant l'ultime coup de hache, inclinant l'arbre au maximum. Il émanait du sapin un parfum entêtant, piquant, qui raviva dans son esprit des souvenirs effacés depuis bien longtemps.

Soudain, au beau milieu de cette forêt, les mains collant de sève, il sentit une vague de nostalgie monter en lui et se tourna vers Phoebe.

— Je suis ravi que tu m'aies imposé cette mission. Ça me rappelle les Noëls de mon enfance, quand je suppliais mes parents d'acheter un vrai sapin. Mais mon père était allergique. Nos arbres artificiels étaient toujours splendides, car ma mère avait un véritable talent pour la décoration, mais là, tout à coup, il a suffi d'un courant d'air pour faire renaître les souvenirs. C'est le parfum des vacances.

— Si tu es ravi, alors moi aussi, lui répondit-elle avec un sourire radieux.

Debout dans un rayon de soleil, elle était magnifique, avec ses cheveux noirs luisant comme une aile de corbeau et le bébé blotti contre sa poitrine. Il ressentit comme un pincement de jalousie — mais qu'est-ce qu'une telle réaction révélait sur sa propre vie ? se demanda Léo. La main de Phoebe enveloppait la tête de Teddy presque inconsciemment. Chacun de ses gestes témoignait avec éloquence de l'amour qu'elle portait à son neveu.

Phoebe aurait dû avoir des enfants. Et un mari. Cette pensée le frappa comme une révélation, sans qu'il comprenne ce que cela pouvait avoir de si étonnant. A l'âge de Phoebe, bien des femmes s'apprêtaient généralement à fonder une famille. Mais peut-être n'était-elle pas prête, justement. N'avait-elle pas passé ces dernières années recluse dans une tour, telle une princesse de conte de fées ? A ceci près que dans le cas de Phoebe, l'enfermement avait été volontaire.

Qu'est-ce qui avait pu pousser cette femme intelligente et séduisante à s'isoler ainsi du monde ? Depuis combien de temps n'avait-elle pas eu de rendez-vous amoureux ? Rien dans la vie de Phoebe ne semblait logique, surtout depuis qu'elle avait évoqué la brillante carrière qu'elle avait naguère menée dans la finance.

Le ciel s'était couvert et la température commençait à baisser. Il assena le dernier coup de hache et le tronc céda enfin avec un craquement caractéristique.

— Bravo, monsieur le bûcheron ! applaudit Phoebe.

— Tu te moques de moi ? fit-il avec un haussement de sourcil, en enfilant sa parka.

Le rejoignant près de l'arbre, elle se hissa sur la pointe des pieds pour lui déposer une bise sur la joue, le bébé pris en sandwich entre eux.

— Absolument pas. Tu es mon héros. Jamais je n'y serais parvenue toute seule.

— C'est un plaisir de te rendre service, lui répondit-il, réconforté par sa gratitude, mais aussitôt refroidi par la suite du programme.

— Si nous dînons de bonne heure, nous aurons peut-être le temps de le décorer entièrement avant d'aller au lit.

— Tout doux, mon ange. Je te rappelle que nous avons *déjà* des projets pour ce soir, lui murmura-t-il en glissant la main derrière sa nuque et l'attirant vers lui pour lui prodiguer le plus langoureux des baisers.

Courtiser sa belle en présence d'un enfant n'était peut-être pas facile, mais il était motivé.

— Je n'ai pas oublié, lui murmura-t-elle en clignant des yeux et en se nichant dans ses bras.

Non seulement elle lui avait rendu son baiser, mais elle semblait enthousiaste à l'idée de ce qui s'annonçait. Fantastique. Une fois de plus, elle se hissa sur la pointe des pieds et lorsque leurs lèvres furent parfaitement alignées, elle lui prodigua un baiser si sensuel qu'il en frémit de la tête aux pieds.

— Tu veux ma mort ?

— Serait-ce un reproche, monsieur Cavallo ? fit-elle, replaçant de ses doigts fins et déliés une mèche tombée sur le front de Léo.

— Pas du tout. Allons, rentrons.

Au retour, à l'instar de Phoebe, qui portait le bébé depuis un bon moment maintenant, Léo dut porter son propre fardeau. Marchant dans les herbes qui bordaient la route afin de ne pas arracher les branches sur le gravier, il traîna le sapin jusqu'à la maison. Lorsqu'ils arrivèrent à destination, il était à bout de souffle.

— Je suis sûr que ce truc doit peser une bonne cinquantaine de kilos.

Phoebe lui lança un regard malicieux par-dessus son épaule.

— J'ai vu tes biceps, Léo. Ne me dis pas que tu ne peux pas soulever un malheureux sapin, dit-elle en déverrouillant la porte. J'ai fait de la place à côté de la cheminée, ajouta-t-elle en s'effaçant pour le laisser passer. Si tu as besoin d'un coup de main, n'hésite pas.

Il y avait bien longtemps que Phoebe ne s'était pas autant amusée. Léo avait joué le jeu. Abattre un arbre n'était pas chose facile, mais il ne s'était pas plaint. Il avait même semblé plutôt satisfait d'avoir conquis le roi des forêts, comme disait la chanson.

Sans vergogne, Phoebe utilisa Teddy en guise de bouclier jusqu'à la fin de la journée. Ce n'était pas qu'elle fuyait la présence de Léo. Mais il y avait quelque chose d'un peu embarrassant à badiner avec un homme tout en s'occupant d'un bébé.

Les choses auraient sans doute été différentes si cet enfant avait été le leur. Dans ce cas, ils auraient pu échanger des sourires et des regards amoureux au-dessus de la tête de Teddy en se souvenant de la nuit durant laquelle ils avaient conçu leur petit trésor. Mais en l'absence d'un tel scénario, Phoebe préférait cloisonner clairement les deux relations, un peu comme elle l'avait fait lorsqu'elle était étudiante et que son petit ami avait débarqué alors qu'elle faisait du baby-sitting. A l'époque, elle avait préféré se concentrer sur sa mission.

Plus de dix ans s'étaient écoulés depuis lors, mais elle eut exactement la même réaction et préféra se concentrer sur son neveu.

Par chance, le bébé était d'excellente humeur. Pendant que Phoebe préparait le dîner, il joua gentiment sur sa chaise haute. Grâce aux nombreuses victuailles envoyées par le cuisinier-chef ami de Léo, la confection des repas était devenue une véritable partie de plaisir. Elle composa le menu en un tournemain : aiguillettes de poulet à la sauce Alfredo, salade d'épinards et crêpes aux fruits frais en dessert. Mais elle tempéra son enthousiasme : tout comme la présence de Léo, ces repas royaux n'étaient que temporaires.

Pour finir, après force jurons, ce dernier se déclara satisfait de la fixation de leur sapin. De son côté, Phoebe changea le bébé, après quoi elle garnit les assiettes et les posa sur la table.

— Dépêche-toi, avant que ça refroidisse.

Léo s'attabla avec un grognement.

— Chaud ou froid, peu importe. Je meurs de faim.

Elle finit par donner le biberon à Teddy d'une main tout en mangeant de l'autre. A la fin du repas, elle le prit dans ses bras et le tendit à Léo.

— Pourrais-tu jouer avec lui un moment sur le canapé pendant que je range la cuisine ? Nous attaquerons ensuite la décoration de l'arbre.

Une expression de malaise se peignit sur le visage de Léo.

— Je préfère observer les bébés de loin. Je crois qu'ils ne m'apprécient pas particulièrement.

— Ne sois pas ridicule. De plus, c'est toi qui as proposé de t'occuper un peu de Teddy quand tu as demandé à t'installer chez moi. Tu as oublié ?

— Buford a dit qu'il allait neiger ce soir. Il faut que j'aille chercher des bûches sous l'appentis et que je les empile dans la galerie. S'il neige beaucoup, nous aurons besoin de réserves.

Avant que Phoebe ait eu le temps de protester, il enfila sa parka et sortit.

Elle eut l'impression que toute la joie s'était évaporée de la pièce. Elle aurait voulu que Léo aime Teddy autant qu'elle, mais c'était idiot. Léo avait déjà une famille, un frère, une belle-sœur, des neveux et un grand-père. En outre, il ne souhaitait pas particulièrement avoir d'enfants. Les bébés n'étaient pas forcément très attirants aux yeux de tous les adultes.

Elle était pourtant déçue au plus profond d'elle-même. Léo était un homme merveilleux. Ses réticences envers les bébés n'enlevaient rien à ses qualités, mais…

Elle rassit Teddy dans sa chaise.

— Désolée, trésor. Mais c'est corvée de vaisselle, ce soir. Je me dépêche et après ça, je te lirai un livre. Hein, qu'est-ce que tu en dis ?

Attrapant l'extrémité de la bretelle de sécurité, Teddy se mit à la mâchonner tranquillement, se contentant de répondre par quelques adorables babillements.

Ce soir, Phoebe allait franchir une nouvelle étape. Elle était prête. Elle désirait Léo, c'était indiscutable. Mais elle ne pouvait s'empêcher d'envisager l'avenir avec inquiétude. En s'installant dans ces montagnes, elle avait appris à vivre seule. Allait-elle revenir à la case départ en devenant la maîtresse de Léo ? Et comment réagirait-elle à son départ inéluctable ?

Malgré toutes ces questions, l'issue de cette soirée était cousue de fil blanc. Léo serait bel et bien son cadeau de Noël.

- 12 -

Léo s'infligea un gros effort, transportant cinq ou six bûches à la fois. Il prenait l'avertissement de Buford très au sérieux, mais s'il était sorti du chalet, c'était surtout parce que rester avec Phoebe était une vraie torture. C'était une chose de décider d'attendre que le bébé soit endormi. C'en était une autre de devoir constamment se refréner.

Chaque fois qu'elle se penchait pour jouer avec le bébé ou mettre un plat au four, son jean lui moulait les fesses d'une façon tellement affolante que c'en était intolérable. D'autant que des visions de ses seins nus ne cessaient de tourner en boucle dans son esprit.

Un peu plus tôt dans la journée, il avait pris le temps d'appeler Luc pour lui expliquer que le chalet de Phoebe était isolé et qu'il lui donnerait de plus amples nouvelles par la suite. Son nouveau téléphone devait arriver le lendemain, et il aurait enfin internet. Demain matin, au saut du lit, il reprendrait les commandes de sa vie. Quelques jours plus tôt, cette perspective l'aurait réjoui. Mais ce n'était plus vraiment le cas. Maintenant il ne pensait plus qu'à une chose : mettre Phoebe dans son lit.

Lorsqu'il eut empilé suffisamment de bûches à côté de la porte, il sut que le grand moment était proche. Il avait la gorge sèche comme du carton. Et son cœur battait plus vite que ne l'exigeait l'effort qu'il venait de fournir. Mais le pire était l'état d'excitation sexuelle permanent dans laquelle il se trouvait. Le désir que lui inspirait Phoebe était presque devenu une souffrance.

Encore une soirée, une toute petite soirée, et il pourrait enfin assouvir ce désir. Mais son excitation était chargée de stress négatif. Des flots de testostérone semblaient avoir envahi son système nerveux, exacerbant l'instinct plus que la tendresse.

Phoebe était toute à lui. Elle l'avait admis elle-même. Encore quelques heures, et il parviendrait à ses fins.

Phoebe installa le lit parapluie dans le salon près de la cheminée, espérant que le sapin amuserait le bébé pendant un moment. Il était repu, propre, et jouait avec ses anneaux de dentition préférés.

L'estomac de Phoebe se noua dès que Léo poussa la porte. *Garde ton calme*, s'intima-t-elle. Il n'avait pas besoin de savoir combien elle était agitée à la perspective de la soirée qui s'annonçait.

C'était la première fois de sa vie qu'elle s'apprêtait à passer la nuit avec un homme qu'elle connaissait si peu. De même, elle n'avait jamais envisagé le sexe d'un point de vue purement… récréatif. Mais sans doute était-ce le résultat de leur isolement. Ni l'un ni l'autre n'avait du reste osé affirmer qu'il puisse s'agir d'autre chose que cela. Il n'y avait pas eu la moindre déclaration d'amour. Ni d'évocation d'un possible avenir commun.

Ce ne serait que du sexe. Cela dévalorisait-il ce qu'elle ressentait pour lui ? Elle l'observa à la dérobée tandis qu'il ôtait son manteau et ses chaussures. Elle décela dans son regard une lueur de concupiscence, et un frisson lui parcourut la colonne vertébrale. Léo était un homme imposant à tous points de vue. Son charisme la séduisait autant que son incroyable virilité.

— J'ai préparé du chocolat chaud. Tu en veux ? dit-elle enfin.

— Merci, lui répondit-il d'un ton bourru, en se frottant les mains pour se réchauffer.

Léo était aussi nerveux qu'elle à l'idée de ce qui les

attendait, comme elle le comprit alors. C'était rassurant. Elle qui avait craint de paraître gauche ou maladroite... La nervosité de Léo révélait qu'il était aussi déstabilisé qu'elle.

Il se servit un chocolat, mais au lieu de la rejoindre sur le canapé, comme elle l'avait anticipé, il s'attarda dans la cuisine. Elle en profita pour apporter un grand bac en plastique rouge près du sapin.

— Pendant que tu te chargeras des guirlandes électriques, je commencerai à sélectionner les autres décorations. Ça devrait aller assez vite.

— Des guirlandes électriques ? fit-il en déposant sa tasse vide dans l'évier.

Elle lui lança un regard innocent.

— C'est toujours la mission des hommes.

— Et lorsqu'il n'y en a pas ?

— Dans ce cas, les femmes s'en chargent. Mais ce n'est jamais aussi réussi.

Il la rejoignit enfin, apparemment un peu plus détendu.

— Tu prends cela tellement au sérieux, railla-t-il gentiment. Te rends-tu compte que la plupart des gens se contentent d'acheter des sapins à fibre optique, de nos jours ?

— Justement, lui répondit-elle. J'aime être à contre-courant. Pense à la fierté, à la satisfaction que tu ressentiras quand tu contempleras ton œuvre.

Il lui tira la tresse, effleurant délibérément sa nuque.

— Je suis encore très loin d'être satisfait.

Son souffle au parfum de chocolat lui caressa la joue. Si elle tournait la tête ne serait-ce que de quelques centimètres, leurs lèvres se toucheraient. Elle ferma les yeux bien malgré elle, accablée de désir. Léo était parfaitement conscient de l'effet qu'il produisait sur elle en cet instant. Et à en juger par le petit sourire satisfait qu'il affichait lorsqu'elle osa enfin le regarder, il se délectait de sa faiblesse.

— A savoir attendre, il y a tout à gagner, murmura-t-elle.

Ce disant, elle laissa glisser sa main le long de son torse puis de son estomac, stoppant juste au-dessus de la boucle de la ceinture. Léo retint son souffle, et les mains de celui-ci se crispèrent sur ses épaules.

— Phoebe… je croyais que…

Jouant avec le rebord de sa chemise, elle la souleva et caressa sa peau nue du bout des doigts. C'était un plaisir infini que de le torturer ainsi, comme si son côté joueur, enfoui depuis si longtemps, venait de reprendre le dessus. Elle s'approcha, se pressant contre lui, et posa la joue contre sa poitrine. Les battements de son cœur étaient réguliers, bien qu'un peu rapides.

Elle sentait contre son ventre la pression de son membre dressé à tout rompre. Elle s'était si longtemps privée des plaisirs de la vie, de crainte de commettre une nouvelle erreur tragique. A présent, elle avait compris la leçon. Peu importaient les erreurs commises, aussi graves soient-elles, peu importait le temps nécessaire pour s'en relever, le monde continuait à tourner.

Et Léo serait très probablement sa prochaine erreur. Mais au moins, elle était vivante. Elle aimait. Elle désirait. Déjà, l'arrivée de Teddy avait ravivé ses émotions. Et celle de Léo n'avait fait qu'accélérer un processus déjà en marche. Six mois plus tôt, jamais elle n'aurait cédé à son désir.

Alors que les derniers lambeaux de sa souffrance glissaient irrémédiablement dans le royaume du passé, son cœur se gonfla de gratitude en réalisant que la Phoebe Kemper d'autrefois n'était pas morte. La route avait été longue. Mais à présent, il n'était plus question de revenir en arrière.

A présent, elle était prête à aller de l'avant. Avec Léo.

Mais au lieu de répondre à son appel, il la repoussa gentiment.

— Passe-moi ces fichues guirlandes, exigea-t-il.

Léo nageait dans la confusion la plus totale. Des milliers de pensées se bousculaient dans son esprit. Le désir qu'il ressentait était tel qu'il le paralysait. Par chance, Phoebe était quelqu'un de méticuleux. Il n'aurait pas à démêler les guirlandes, puisque c'était déjà fait. Il devinait que ce rituel décoratif revêtait plus d'importance aux yeux de Phoebe qu'elle ne voulait l'admettre, même s'il ne comprenait pas vraiment de quelle façon. C'est pourquoi, malgré sa fébrilité, il avait décidé de se mettre au travail.

Phoebe s'activait à ses côtés, déballant, triant les décorations, et veillant en même temps sur le petit Teddy. Le fond musical rythmait agréablement la soirée. Une chanson attira particulièrement l'attention de Léo : *All I want for Christmas is you*, de Mariah Carey. C'était cependant la première fois qu'il comprenait pleinement toute la justesse des paroles.

La chanson disait vrai. Il n'avait pas besoin d'autre cadeau que Phoebe. Lorsqu'un homme était assez riche pour s'offrir tout ce qu'il voulait, l'échange des cadeaux revêtait une autre signification. Avec son frère, ils avaient pris l'habitude de s'offrir des objets parfois insignifiants, mais pourtant chargés de sens, témoignant ainsi de l'affection qu'ils éprouvaient l'un pour l'autre.

N'était-ce pas, du reste, la signification profonde de Noël, à savoir : témoigner son amour à ses proches ?

Cette pensée le frappa par son côté fleur bleue. Etait-il possible qu'un homme de son âge et de son expérience soit tombé, inconsciemment, dans le panneau de l'amour ? Si c'était le cas, c'était donc ce qu'on appelait le coup de foudre et que sa crise cardiaque l'avait changé. Au sortir de cette épreuve, il s'était rendu compte de la fragilité de son univers, et sa rencontre avec Phoebe avait fait le reste.

Il s'empressa d'écarter ces pensées dérangeantes pour revenir aux fondamentaux : il désirait Phoebe, un point c'est tout. Ce n'était pas le moment de se torturer l'esprit. Lorsqu'il eut terminé d'accrocher les guirlandes, il posa une autre boîte sur la table basse pour en inspecter le contenu. Malgré la taille imposante de leur sapin, il n'y aurait sans doute pas assez de place sur les branches pour accrocher toutes les décorations.

C'est alors qu'il remarqua une petite boîte verte que

personne n'avait encore ouverte. A travers le plastique, il distingua un petit pendentif en argent en forme de cheval à bascule. Il le sortit de la boîte. Une inscription était gravée à la base :

A mon bébé, pour son premier Noël.

Il y avait aussi une date. Ancienne. Un nœud se forma au creux de son estomac.

Lorsqu'il leva les yeux, Phoebe, pâle comme une morte, avait le regard rivé sur le pendentif. Les mâchoires de Léo se crispèrent. Mais pourquoi n'avait-il pas eu la présence d'esprit de cacher l'objet ? C'était trop tard, hélas. Une dizaine d'explications lui vinrent à l'esprit. Mais une seule était possible.

De grosses larmes se formèrent dans les grands yeux douloureux de Phoebe. Il comprit qu'elle pleurait sans même s'en rendre compte. Elle était figée, comme un animal sentant un danger et ne sachant de quel côté fuir.

Il s'approcha pour la prendre dans ses bras.

— Phoebe, s'il te plaît, parle-moi…

Son regard resta inexpressif, même lorsqu'elle se fut essuyée les yeux du revers de la main.

— Laisse-moi le regarder, bredouilla-t-elle, en se dirigeant vers la petite boîte verte.

Il lui barra le passage, prenant son visage entre ses mains.

— Pas question. Tu trembles.

Il l'accueillit avec douceur au creux de ses bras et l'étreignit, s'efforçant d'apaiser les terribles tremblements qui secouaient le corps de Phoebe.

Elle ne s'effondra pas. Droite comme un i entre ses bras, elle semblait insensible à toutes ses tentatives de réconfort. Il avait l'impression de tenir une statue tout contre lui. Reculant d'un pas, il plongea son regard dans le sien :

— Je vais te chercher quelque chose à boire, d'accord ?

— Non, dit-elle en s'essuyant le nez.

Léo sortit un mouchoir de sa poche et le lui tendit. Il ne savait que faire. La questionner ne ferait sans doute qu'aggraver les choses. Alors qu'il s'efforçait de trouver une solution pour sortir du gouffre qui venait de s'ouvrir sous ses pieds, le bébé se mit à pleurer.

Phoebe fit demi-tour comme une toupie.

— Oh ! Teddy, nous t'avions oublié !

Elle se précipita pour le prendre dans ses bras. Mais lorsque ce fut chose faite, elle se remit à pleurer.

— C'est l'heure du dodo, n'est-ce pas, mon ange. Ne t'inquiète pas. Tante Phoebe est là.

Léo tenta de lui prendre le petit garçon.

— Va t'asseoir un peu, Phoebe, dit-il, certain qu'elle était en état de choc.

Elle le repoussa.

— Non. Tu n'aimes pas les bébés. Je peux m'en occuper.

L'agressivité qu'il lut dans son regard le cloua sur place.

— Je n'ai jamais dit ça, lui répondit-il. Laisse-moi t'aider.

Ignorant sa demande, elle sortit de la pièce, Teddy dans les bras. Il les suivit dans le couloir et entra dans la chambre du bébé. Elle posa celui-ci sur la table à langer et s'immobilisa soudain. Elle était dans un état second, comme le comprit Léo.

Tout doucement, il détacha la grenouillère suspendue à un cintre à portée de main. Les couches étaient rangées dans un joli panier jaune sur une étagère du meuble. Ecartant Phoebe d'un léger coup de hanche, il entreprit de défaire une impressionnante quantité de boutons-pressions, après quoi il déshabilla sans peine le petit garçon. Allongé sur la table à langer, le petit se mit à agiter joyeusement ses jambes potelées.

La couche laissa Léo perplexe moins de dix secondes, après quoi il en découvrit toutes les subtilités. Tandis qu'il nettoyait les petites fesses à l'aide d'une lingette, il remercia le ciel d'avoir échappé au pire.

Après avoir jeté la couche, Léo passa à la grenouillère. Il ne voyait pas ce qui distinguait ce vêtement des combinaisons que Teddy portait le jour, mais apparemment il y avait une différence — à commencer par le nombre de boutons-pressions qui couraient ici de haut en bas du vêtement. Il dut s'y reprendre à trois fois pour les fixer correctement.

Phoebe était toujours dans le brouillard. Du moins, en apparence. Soulevant le bébé d'un bras, il la guida hors de la pièce de sa main libre.

— Tu vas devoir m'aider un peu pour le biberon, dit-il d'une voix douce.

A son soulagement, elle hocha la tête.

Après avoir aidé Phoebe à s'asseoir sur une chaise de cuisine, il s'accroupit face à elle, attendant de croiser son regard.

— Peux-tu le tenir un instant ?

Hochant la tête, elle prit l'enfant tandis que quelques larmes s'écrasaient sur la grenouillère.

— Il y a un biberon tout prêt au frigo, dit-elle d'une voix blanche. Fais-le tiédir dans un grand bol d'eau bouillante. Pour vérifier la température, verse une goutte de lait à l'intérieur de ton poignet.

L'ayant vue faire plusieurs fois, il appliqua les consignes sans problème. Une fois le biberon prêt, il se retourna vers Phoebe, qui, bien que tenant toujours fermement le bébé, semblait une fois de plus complètement absente.

Léo posa doucement la main sur son épaule.

— Si tu ne te sens pas d'attaque pour le nourrir, je peux le faire, si tu veux.

Plusieurs secondes s'écoulèrent. Phoebe se leva brusquement et lui tendit le bébé.

— D'accord. Je vais dans ma chambre.

Il la retint avec fermeté par le poignet.

— Il n'en est pas question. Tu vas venir t'asseoir avec nous sur le canapé.

- 13 -

Phoebe n'eut pas l'énergie de s'opposer à lui. Elle le suivit donc dans le salon et se pelotonna sur le canapé. Léo prit place à son côté, Teddy dans les bras. Par chance, le bébé ne trouva rien à redire au changement de baby-sitter et se laissa nourrir comme si de rien n'était.

En dépit des flammes vigoureuses qui crépitaient dans l'âtre grâce aux bons soins de Léo, elle était glacée. Mais elle n'avait pas la force d'aller chercher un plaid.

Essayant d'échapper à ses pensées lugubres, elle étudia Léo du coin de l'œil. Une fois encore, l'image de cet homme massif tenant ce petit bébé dans ses bras l'émut au plus profond d'elle-même. Léo avait beau dire, il s'en sortait merveilleusement bien avec Teddy. Elle suivit les mouvements de ses mains puissantes, qui, de temps à autre, ajustaient avec douceur la position de l'enfant et du biberon.

La table du salon était toujours couverte de décorations. Mais la petite boîte verte avait disparu. Il avait dû la ranger quelque part.

Elle se souvenait précisément du jour où elle avait acheté le petit pendentif. Alors qu'elle sortait de chez son médecin et s'apprêtait à retourner au bureau, elle avait fait une halte dans un centre commercial pour manger un morceau. On n'était encore qu'en septembre, mais une boutique de Noël avait déjà ouvert ses portes. Et elle y avait acheté le pendentif sur un coup de tête.

Pourtant, jusqu'à aujourd'hui, elle avait banni ce souvenir

de sa mémoire. En fait, elle avait oublié jusqu'à l'existence de l'objet.

Léo la prit dans ses bras et l'attira contre lui.

— Pose la tête sur mon épaule.

Elle obéit avec joie, se laissant griser par le parfum de son eau de toilette mêlée à l'odeur virile de sa peau. Peu à peu, bercée par le crépitement du feu et rassurée par la fermeté de son étreinte, elle ferma les yeux. Sa peine était toujours là, mais Phoebe la tenait à distance. Et dire qu'elle s'était crue guérie… Qu'elle avait cru que sa vie en solitaire avait adouci sa peine…

Comme c'était injuste de découvrir qu'elle s'était trompée. Comme c'était terrible de savoir qu'elle était toujours à la merci d'une simple réminiscence. Mais peut-être, suite à cet après-midi et cette soirée si agréables, avait-elle trop baissé sa garde. La chute dans le puits sans fond des souvenirs n'en avait été que plus vertigineuse.

Les yeux de Teddy commencèrent à se fermer dès qu'il eut terminé son biberon. Léo réussit à lui faire faire un petit rot.

— Est-ce que je peux aller le coucher, maintenant ?

— J'y vais, dit-elle d'une voix faible.

Il lui effleura la main.

— Ne bouge pas. Je reviens.

Elle resta de longues minutes à regarder dans le vide, et ne sortit de sa torpeur que lorsque Léo lui tendit un cacao fumant surmonté de chantilly. Serrant étroitement la tasse entre ses doigts glacés, elle se mit à boire à petites gorgées.

— Tu as une moustache, remarqua-t-il, amusé, en se rasseyant à son côté.

Du bout du pouce, il lui essuya la lèvre supérieure. Un sentiment de regret émergea alors dans la conscience de Phoebe. Elle avait gâché leur folle soirée.

Mais Léo ne semblait pas plus perturbé que cela. Les pieds posés sur la table basse, il était confortablement installé, la tasse calée contre son torse.

— Quand tu seras prête, Phoebe, je veux que tu me racontes ton histoire, dit-il en lui jetant un regard en coin.

Elle hocha la tête, les yeux rivés sur les entrelacs blancs que formait la crème sur son chocolat. Il était temps. Plus que temps. Même sa propre sœur ne connaissait pas les détails de l'histoire. Lorsque l'impensable s'était produit, la peine était trop vive. Phoebe avait sombré dans un océan de tristesse et de confusion, ne trouvant rien à quoi se raccrocher.

Au bout du compte, elle s'était laissé porter par les flots déchaînés jusqu'à ce qu'ils se calment enfin. Une forme de paix s'était alors substituée à la peine. Même si l'équilibre si difficilement reconquis s'était avéré bien fragile… A en juger par l'incident qui s'était produit ce soir, il lui restait encore un long chemin à parcourir.

Léo se leva pour activer le feu et monter légèrement le volume de la musique. C'était une chance d'avoir un pensionnaire si agréable. C'était un homme facile à vivre, finalement, qui savait garder le silence quand les circonstances l'exigeaient, et se montrer follement amusant à l'occasion.

Il se rassit sur le canapé, les couvrant tous deux d'un plaid, qu'il palpa avec une moue sceptique.

— On devrait brûler ce truc, remarqua-t-il avec un sourire. C'est un tissu d'importation de bien piètre qualité. Je pourrais t'offrir quelque chose de beaucoup mieux.

— Je mettrai ça sur ma liste de Noël, lui dit-elle avec un petit sourire, espérant que cette note de légèreté le rassurerait sur son état mental. Au fait, désolée de t'avoir fait faux bond, murmura-t-elle.

— Ce sont des choses qui arrivent, dit-il avec une indulgence qui atténua sa gêne.

— Je te dois une explication.

— Tu ne me dois rien du tout, Phoebe. Simplement, parler fait toujours du bien. J'en sais quelque chose. A la mort de mes parents, notre grand-père a eu la bonne idée de nous faire suivre une thérapie. Il savait parfaitement que jamais nous ne nous serions confiés à lui. Car il était alors, et il est toujours d'ailleurs, le plus insupportable des tyrans. Mais il savait malgré tout que nous aurions besoin de parler.

— Ça a marché ?

— A la longue, oui. Nous étions jeunes, encore vulnérables. Ça a été difficile d'admettre que notre univers s'était effondré autour de nous.

Il lui prit la main et lui embrassa les doigts.

— Est-ce aussi ce qu'il t'est arrivé ?

En dépit de son angoisse, elle ne fut pas insensible au contact de ses lèvres sur sa peau. Des larmes brûlantes lui montèrent aux yeux, non pas parce qu'elle était triste, mais parce qu'elle était touchée de l'authentique empathie que Léo lui témoignait.

— On peut dire ça, oui.

— Parle-moi de ton bébé.

Il n'y avait rien à gagner à nier la vérité. Mais il comprendrait mieux si elle remettait l'histoire en contexte.

— Je vais commencer par le début, si tu veux bien.

— Ça me paraît judicieux, dit-il en portant la main à sa joue et en la posant ensuite sur son épaule.

La chaleur qui émanait de lui à travers ses vêtements la réconforta et l'apaisa.

— Comme je te l'ai dit, j'étais agent de change à Charlotte. J'étais très compétente dans mon travail, et la compétition était rude. Courtoise dans l'ensemble, mais inévitable. J'étais douée pour composer des portefeuilles d'actions, et les gens aimaient travailler avec moi parce que je ne leur faisais pas sentir qu'ils étaient ignares en matière de placements. Nous avions quelques clients fortunés qui n'avaient ni le temps ni l'envie de faire fructifier leur argent, alors nous le faisions à leur place.

— J'ai du mal à t'imaginer en financière de haut vol, quand je vois la vie rustique que tu mènes ici.

Elle ne put réprimer un petit rire à cette remarque.

— Je comprends. A l'époque, je ne cherchais qu'à évoluer dans ma carrière. Je voulais absolument réussir et gagner confortablement ma vie.

— Peut-être parce que la perte de tes parents t'avait plongée dans la précarité, y compris au plan émotionnel.

— Tu devrais t'installer comme psychologue, tu sais, dit-elle, impressionnée. Je suis sûre que des gens seraient prêts à payer pour ce genre d'analyse.

— Te moquerais-tu de moi ?

— Pas du tout.

— Je n'en tire aucune gloire, tu sais. Toi et moi avons beaucoup plus en commun que je ne l'avais imaginé. Lorsque l'univers d'un jeune s'effondre alors même qu'il ou elle s'apprête à faire ses premiers pas dans la vie, cela induit souvent une perte de confiance dans le système. C'est normalement le rôle des parents que de faciliter le passage des enfants vers l'âge adulte.

— Et en leur absence, la vie apparaît, au mieux, comme un jeu de hasard effrayant.

— Exactement. Mais ça n'a pas été le seul problème, n'est-ce pas ?

Elle fit non de la tête, sentant déjà une boule d'angoisse se former au creux de son ventre.

— J'étais fiancée..., poursuivit-elle d'une voix altérée. Avec un autre agent de change. Nous étions en concurrence, car nous étions les meilleurs chasseurs d'affaires du cabinet. J'ai longtemps cru que nous formions une équipe, tant au plan professionnel que personnel, mais il s'est avéré que j'avais tort.

— Que s'est-il passé ?

Elle prit une profonde inspiration, et se jeta à l'eau :

— Nous avions prévu de nous marier l'année suivante, mais sans fixer de date. Et puis, au début de l'automne, j'ai découvert que j'étais enceinte.

— Ce n'était pas prévu, j'imagine ?

— Absolument pas. Pour moi, la maternité était loin d'être une priorité à l'époque. Mais Rick et moi — c'était son nom — avons fini par surmonter le choc et nous réjouir à cette idée.

— Avez-vous fixé une date de mariage ?

— Pas tout de suite. Nous avons décidé d'attendre un peu, nous pensions annoncer la chose à nos collègues une fois que nous connaîtrions le sexe de l'enfant. J'étais persuadée que tout allait pour le mieux dans le meilleur des mondes, lorsque Rick a commencé à me suggérer, avec de plus en plus d'insistance, de prendre un congé de maternité.

— Pourquoi ? Ton travail n'était pas particulièrement pénible — physiquement, je veux dire…

— Non, mais à ses yeux, je devais éviter le stress, « protéger notre enfant des ondes négatives du travail ». Mais pour ma part, je ne voyais pas le problème.

— Et y en avait-il un ?

— Oui, mais pas celui dont il me rebattait chaque jour les oreilles. En réalité, Rick savait que mon absence serait pour lui l'occasion ou jamais de se distinguer professionnellement. Et même au retour de mon congé de maternité, il aurait tellement progressé que je ne serais plus en mesure de rivaliser avec lui.

— Aïe.

— Ça a été une sacrée claque, poursuivit-elle avec une grimace. Nous nous sommes violemment disputés. Il disait que mon ambition risquait de me porter préjudice. Je l'ai traité d'infect misogyne. A partir de là, tout a dégénéré…

— Lui as-tu rendu sa bague ?

— C'était impossible. Mon fiancé avait beau m'avoir trahie, il n'en était pas moins le père de mon enfant. Je me suis donc résolue à faire tout mon possible pour que cette relation fonctionne. Mais, en dépit de ma bonne volonté, la situation n'a cessé de s'aggraver.

— Tu as avorté ?

La question de Léo ne comportait pas l'ombre d'un jugement, seulement une profonde compassion. De son point de vue, cette option semblait simplement logique.

Elle déglutit avec difficulté. Les tremblements qu'elle avait réussi à maîtriser reprirent de plus belle.

— Non. Je *voulais* cet enfant, à ce stade. Envers et contre tout. J'étais enceinte de trois mois, et alors…

Sa gorge se serra. La main réconfortante de Léo lui serra l'épaule.

— Que s'est-il passé, Phoebe ?

En fermant les yeux, elle revit l'enchaînement des événements avec une douloureuse clarté.

— J'étais au travail, et tout à coup, j'ai fait une hémorragie. J'ai été hospitalisée d'urgence, mais j'ai perdu le bébé. Quand je me suis retrouvée seule sur ce lit d'hôpital, je me suis dit que j'aurais dû écouter Rick.

— Tu étais jeune et en bonne santé. Tu n'avais aucune raison d'arrêter de travailler.

— C'est ce que m'a dit ma gynécologue, pour me rassurer. Mais je n'étais pas révoltée : j'étais anéantie. On m'a expliqué que le bébé n'était pas viable. Qu'il ne serait jamais arrivé à terme. Un coup de malchance, autrement dit.

Elle ne se remit pas à pleurer. Le souvenir était encore trop douloureux.

Léo prit Phoebe dans ses bras et l'assit sur ses genoux, lui inclinant avec tendresse la tête contre son épaule.

— Je suis tellement navré, Phoebe.

— Perdre un bébé… cela arrive à des quantités de femmes…

— Peut-être, mais pas de perdre un fiancé au même moment. Tu as tout perdu. Et c'est ce qui t'a poussée à t'installer ici.

— Oui. J'ai été lâche. Je n'ai pas eu le courage d'affronter les regards de pitié des gens. De plus, Rick travaillait toujours au cabinet… Mon départ n'a pas fait plaisir à mon patron. Je crois qu'il aurait préféré me garder à la place de Rick. Mais on ne renvoie pas un collaborateur uniquement parce que c'est un salaud.

— Je ne m'en serais pas privé…, répliqua Léo, d'un ton glacial. Ton patron aurait dû te soutenir. Tu étais une remarquable collaboratrice, Phoebe. Si tu avais repris le travail, tu te serais remise de ton deuil beaucoup plus vite. Ça t'aurait stimulée. Et peut-être aidée à t'épanouir d'une autre façon.

Là était le cœur du problème.

— Tout au long de cette épreuve, poursuivit-elle, il m'est

apparu que c'était mon obsession pour le travail qui m'avait menée à cela. C'est déjà terrible lorsqu'un homme se perd dans son travail. Mais les femmes sont traditionnellement les gardiennes du foyer. Ma gynécologue a eu beau me dire que je n'y étais pour rien, j'ai eu le sentiment d'avoir sacrifié mon enfant sur l'autel du travail.

Léo ne put s'empêcher de tressaillir à cette déclaration.

— Mais enfin, Phoebe, c'est parfaitement irrationnel ! Tu étais une femme libre de toute attache, en pleine ascension professionnelle. Les féministes se sont battues des décennies entières pour te permettre d'en arriver là.

— Peut-être. Mais aujourd'hui encore le combat fait rage entre les femmes qui ont choisi d'élever leurs enfants et celles qui travaillent. Comme si l'une de ces options pouvait avoir plus de vertu que l'autre.

— Je te l'accorde. Mais, en réalité, je crois que les femmes travaillent pour une quantité de raisons différentes. Pour l'épanouissement. Pour le plaisir. Et, parfois, simplement pour nourrir leur famille.

— Mais c'est une question d'équilibre, Léo. Et dans mon cas, c'était totalement déséquilibré. Il est faux de dire que les femmes peuvent tout avoir. La vie est une question de choix. Les journées ne comptent que vingt-quatre heures. Et ça ne changera jamais. Donc, tant que dans ma tête je serai incapable de caser le travail dans une boîte de taille raisonnable, mieux vaut me tenir à carreau.

— Et ne jamais retravailler ? lui répliqua Léo. En dépit de tes nombreuses compétences professionnelles ?

— J'aimerais fonder une famille, un jour. Mais surtout, ce qui compte pour moi, à présent, c'est de trouver une forme de paix dans la vie. Est-ce si critiquable ?

— Et comment comptes-tu atteindre cet objectif en te terrant dans ce trou ? Phoebe, tu as fait une croix sur tes talents… et emprunter un bébé à ta sœur ne t'aidera en aucun cas à te réaliser.

— Mais peut-être ne suis-je pas encore prête… C'est peut-être un cliché, mais j'essaye simplement de trouver ma voie. En espérant, à la longue, me construire une vie équilibrée.

— Mais nos vies sont avant tout gouvernées par le principe de réalité. En ce qui me concerne, ce sont les échecs qui m'ont le plus appris.

— Voilà qui n'est guère réjouissant.

— Il faut avoir confiance en soi, c'est tout.

— Et si je me brûle les ailes, une fois de plus ?

— Eh bien, tu te relèveras et tu te lanceras une nouvelle fois dans la mêlée. Tu as beaucoup plus de ressources que tu ne le crois.

- 14 -

Les confidences de Phoebe plongèrent Léo dans un abîme de réflexions. Elle faisait face aux vérités douloureuses avec beaucoup plus de courage que lui. Elle manquait néanmoins de recul sur sa situation. Phoebe avait été par le passé une collaboratrice hors pair, une femme qui évoluait dans son milieu professionnel comme un poisson dans l'eau, en dépit de la compétition — ou peut-être au contraire grâce à elle.

C'était une chance d'avoir pu financer comme elle l'avait fait cette longue retraite dans les montagnes. Mais réaliserait-elle un jour que le moment était venu de partir ? Et si elle décidait de rester ? Elle avait prouvé son indépendance. Et il voyait dans ses yeux qu'elle avait trouvé une forme de paix, ce dont témoignait aussi son intérieur. Cela signifiait-il pour autant qu'elle n'envisageait de trouver le bonheur, et peut-être de fonder une famille, nulle part ailleurs ?

Otant l'élastique qui maintenait la tresse de Phoebe, il regarda ses cheveux se défaire lentement et se répandre en une masse soyeuse sur ses épaules. La tenir ainsi dans ses bras comme une amie et non une amante était difficile, mais pas un instant il n'envisagea de la lâcher.

Phoebe se jugeait lâche, mais c'était loin de la vérité. Bien qu'en pleine ascension professionnelle, elle avait tenu à garder le bébé qui risquait de bouleverser sa vie. Bien que profondément déçue par son fiancé, elle avait tout fait pour reconstruire leur relation et tenté de fonder une famille.

C'était admirable.

Elle avait les yeux fermés et respirait paisiblement. La

journée avait été longue, et particulièrement éprouvante pour elle. Une fois de plus, ils avaient raté le train en marche. Teddy dormait, certes, mais Phoebe n'était absolument pas en état d'avoir la moindre activité sexuelle, en particulier avec un nouveau partenaire. S'ils avaient formé un couple, peut-être Léo aurait-il pu recourir à l'intimité charnelle pour la réconforter et la rassurer. Mais dans la situation actuelle, il devrait se cantonner au rôle de protecteur.

Ce qui était un plaisir avec une femme telle que Phoebe Kemper.

Avec autant de délicatesse que possible, il la souleva dans ses bras pour la conduire dans sa chambre. A cet instant, Phoebe ouvrit de grands yeux magnifiques, bien que marqués par la fatigue.

— Qu'est-ce que tu fais ?

— Tu vas aller te coucher dans ton lit. *Seule*, précisa-t-il, au cas où elle aurait eu le moindre doute sur ses intentions.

Elle fit non de la tête, affichant une expression butée qu'il commençait déjà à bien connaître.

— Je veux dormir ici, à côté du sapin. Je garderai le récepteur à côté de moi. Va te coucher, toi. Je vais bien.

Il inclina la tête vers la sienne, résistant difficilement à l'envie de l'embrasser. Mais elle était trop vulnérable.

— Pas question, lui répondit-il d'une voix rauque. Je reste avec toi.

Il la posa par terre et se dirigea vers sa chambre pour aller chercher des couvertures et des oreillers. Il dormirait sur la peau d'ours, devant la cheminée, ce qui lui permettrait de surveiller facilement le feu. Il se brossa les dents et enfila son pantalon de pyjama ainsi qu'un peignoir.

A son retour dans le salon, il constata que Phoebe s'était changée, elle aussi. Comme il faisait plus froid ce soir, elle avait troqué son pyjama contre une chemise de nuit en flanelle ivoire à col montant, qui la faisait ressembler à une héroïne de *La Petite Maison dans la prairie*.

La coupe particulièrement stricte du vêtement aurait dû neutraliser toute arrière-pensée sexuelle. Mais elle était si délicieuse avec ses longs cheveux soyeux répandus sur ses épaules et ses grands yeux sombres que cela ne fit qu'aiguiser la curiosité de Léo. Que pouvait bien recéler cette forteresse ? Portait-elle une petite culotte, ou pas ?

Si Phoebe avait revêtu cette chemise de nuit dans l'espoir de le décourager, elle connaissait bien mal les hommes. Plus la tour était inaccessible, plus cela décuplait l'ardeur du chevalier.

Se sentant rougir, elle pressa pudiquement un oreiller contre sa poitrine.

— Tu n'es pas obligé de rester avec moi. Je vais beaucoup mieux… Vraiment.

— Et si j'en ai envie ? fit-il d'un ton bourru.

Lorsque les yeux de Phoebe s'écarquillèrent, il remarqua malgré les précautions de celle-ci que ses mamelons s'étaient soudain dressés sous la chemise. Elle s'humecta les lèvres.

— Tu t'es montré réellement adorable avec moi, Léo. Je suis navrée que les choses ne se soient pas passées comme prévu. Mais peut-être est-ce mieux ainsi… Mieux vaut ne pas précipiter les choses…

— Tu n'as pas envie de moi ?

La question avait à peine franchi ses lèvres qu'il regretta sa franchise. Et la façon dont elle trahissait son impatience.

Phoebe ne put masquer son effarement.

— Je ne sais pas. Je veux dire… Si, bien sûr, que j'ai envie de toi. Je pense que ça saute aux yeux. Mais nous ne sommes pas…

— Pas quoi ? répliqua-t-il en lui prenant le coussin des mains et en le jetant sur le canapé.

Lorsqu'il la prit dans ses bras, il lutta de toutes ses forces pour brider ses instincts. Il avait l'impression de la désirer depuis des siècles…

— Seul un idiot t'obligerait à faire l'amour après le traumatisme que tu as subi ce soir. Mais ne t'y trompe pas, Phoebe. L'attente cessera bien un jour. Et ce jour-là, je serai prêt.

Il laissa glisser ses mains le long de son dos et attira ses hanches contre lui. Non, elle ne portait pas de petite culotte.

Eût-il détecté le moindre signe de résistance de sa part, il aurait reculé aussitôt. Mais elle se lova avec sensualité contre lui. Il se félicita d'avoir pris la peine de ceinturer étroitement son peignoir avant de quitter sa chambre.

A son immense surprise, il sentit une petite main s'insinuer entre les fines couches de cachemire. Lorsqu'elle toucha sa peau nue, elle déclencha une érection quasi-immédiate. Il voulut dire quelque chose, mais les mots restèrent coincés au fond de sa gorge.

La main de Phoebe se trouvait au niveau de son cœur, où elle s'attarda, comme pour en compter les battements. Avait-elle senti leur accélération ? Avait-elle senti la crispation de ses muscles ? Il retint son souffle. Une chose était sûre, elle finirait bien par sentir son érection.

Phoebe poussa un profond soupir.

— Tu devrais aller dormir dans ta chambre, murmura-t-elle. C'est dur, par terre.

— Ça ira.

Il s'éloigna, espérant qu'elle n'ait pas perçu, cette fois, sa précipitation. Le dos tourné, il ajouta quelques bûches dans la cheminée et se mit à préparer son lit de fortune. Du coin de l'œil, il vit Phoebe disposer quelques couvertures et un oreiller sur le canapé. Lorsqu'elle leva avec souplesse les jambes pour s'allonger, la chemise en flanelle se souleva l'espace d'une seconde, durant laquelle il entrevit ses cuisses fuselées. Son sang ne fit qu'un tour. Une rasade de whisky aurait été salutaire, mais il n'y avait que de la bière au frigo. Lentement, il fit le tour du salon pour éteindre les lumières, veillant à maintenir un périmètre de sécurité suffisamment large entre lui et la tentation. Bientôt, la pièce ne fut plus que pénombre, outre la lueur des flammes et le clignotement des guirlandes du sapin.

Il vérifia que la porte était bien verrouillée et tira une dernière fois sur un rideau mal fermé.

Lorsqu'il eut épuisé la liste d'activités annexes, il se

tourna vers l'âtre et contempla la vision idyllique que Noël avait inspirée à Phoebe.

Tout, autour de lui, respirait la paix, le confort, le bonheur. Jamais, dans son souvenir, son luxueux appartement d'Atlanta n'avait paru aussi chaleureux.

Les yeux clos, Phoebe affichait un léger sourire. La main glissée sous la joue, elle était l'image même de l'innocence. S'était-elle endormie, ou humait-elle le parfum piquant de conifère qui embaumait la maison, depuis l'arrivée du sapin ? Il n'aurait su le dire. Peut-être se laissait-elle juste bercer par le crépitement des flammes, ce bruit joyeux qui, depuis toujours, réconfortait les humains.

L'épuisement finit par avoir raison de lui et il alla se coucher. Ce n'était certes pas le Ritz-Carlton, mais cette nuit, il n'aurait voulu être ailleurs pour rien au monde. Au bout de cinq minutes, il réalisa qu'il aurait bien trop chaud avec son peignoir devant la cheminée.

Il s'en dépouilla puis se rallongea avec un bâillement. Si, un mois auparavant, on lui avait dit qu'il camperait dans un salon à proximité d'une jeune femme fascinante qu'il désirait désespérément, il aurait éclaté de rire. Bien sûr, il aurait eu exactement la même réaction si on lui avait dit qu'il aurait une crise cardiaque à l'âge de trente-six ans.

Il devait avouer à Phoebe les véritables raisons de sa retraite dans les monts Great Smoky. Elle avait mis son âme à nu devant lui. Peut-être trouverait-il le lendemain l'occasion de lui parler. Cette idée le mettait mal à l'aise. Il détestait admettre ses faiblesses. Depuis toujours. Mais l'orgueil n'avait pas sa place dans une relation avec une femme qu'il en était venu à respecter au moins autant qu'il la désirait. Il s'agita sur son lit de fortune, cherchant une position confortable. Avec Phoebe dans la même pièce, il ne pourrait même pas se mettre à l'aise. Quelques heures parurent s'écouler ainsi, après quoi il s'endormit enfin.

*
* *

Phoebe se réveilla en sursaut, le cœur battant comme après un cauchemar aux contours incertains. Il lui fallut plusieurs secondes pour comprendre où elle se trouvait. L'instant d'après, elle consulta le récepteur : sur le petit écran, Teddy dormait paisiblement dans sa position habituelle.

Avec un soupir tremblant, elle retrouva son calme et jeta un œil à l'horloge. 2 heures du matin. Le feu était toujours aussi vif, ce qui voulait dire que Léo avait dû s'en occuper peu avant. Il régnait dans la pièce une douce chaleur. Malgré ce lit inhabituel et l'heure avancée, elle se sentait calme, presque reposée.

Avec prudence, elle leva la tête pour jeter un œil du côté de Léo. Elle retint son souffle en le découvrant. Etendu sur le dos sur la peau d'ours, il gisait, abandonné, un bras écarté et l'autre replié sur les yeux.

Il était torse nu. A la lueur des flammes, sa peau prenait une nuance dorée. Elle suivit du regard la fine ligne duveteuse qui courait le long de sa cage thoracique. Avec ses muscles bien dessinés, son torse évoquait un buste de statue grecque aux proportions parfaites.

Une bouffée de désir se répandit en elle, balayant les derniers vestiges de tristesse. Déjà, son corps était prêt à le recevoir. Mais, elle le savait, jamais, après les confidences qu'elle lui avait faites, Léo ne tenterait quoi que ce soit ce soir.

Ce qui voulait dire que c'était à elle de prendre l'initiative.

Tenter de se convaincre que toute intimité entre eux était une mauvaise idée était aussi absurde que d'ordonner à la lune de ne pas briller la nuit. Car elle désirait Léo de tout son être. Il y avait des siècles qu'elle n'avait pas ressenti le moindre intérêt pour un homme, plus longtemps encore qu'elle occultait ses désirs sexuels.

Ç'aurait été ridicule de passer à côté d'une occasion qui ne se reproduirait peut-être jamais. Léo n'était pas seulement séduisant physiquement, c'était également un homme complexe et fascinant. Il l'attirait avec une force aussi irrésistible qu'inattendue. Certaines choses dans la vie ne s'expliquaient pas. Souvent, dans son ancienne vie, elle avait procédé à des achats d'actions uniquement sur la foi de son intuition. Neuf fois sur dix, elle ne se trompait pas.

Mais avec Léo, le pari était plus risqué. Tout engagement pouvait se solder par une déception ou une blessure irrémédiable. Mais au vu de la solitude qui était la sienne depuis si longtemps, elle était prête à prendre ce risque.

Sans se laisser le temps de changer d'avis, elle ôta sa chemise de nuit. La caresse de l'air sur sa peau nue lui parut délicieuse. Comme c'était bon de se libérer ainsi. Le moment était venu d'affronter de nouveau la vie avec courage.

Elle s'agenouilla à son côté, s'émerveillant de la beauté de son corps tellement viril. Son pantalon de pyjama tombait bas sur ses hanches, exposant son nombril. Mais les couvertures dissimulaient son sexe. Malgré son humeur audacieuse, elle n'eut pas le courage de les soulever.

La repousserait-il en expliquant que le moment était mal choisi, après ce qu'elle avait vécu ce soir ? Ou la désirait-il autant qu'elle ? La désirait-il suffisamment pour ignorer les avertissements et passer à l'acte sans arrière-pensées ?

Il n'y avait qu'une seule façon de le savoir. Plongeant la main sous les couvertures, elle la laissa glisser sur la soie tiède du pantalon et la posa sur son bas-ventre. A peine eut-elle effleuré le renflement du tissu qu'il doubla de volume.

- 15 -

Léo faisait un rêve des plus étranges. L'une des mains de Phoebe lui prodiguait une caresse intime, tandis que l'autre errait sur son torse, s'attardait sur son nombril ou lui titillait les tétons. Il grogna dans son sommeil, restant immobile de crainte de dissiper l'illusion.

Ses cheveux lui effleurèrent le torse, les épaules et le visage, et il comprit qu'elle se penchait sur lui. Elle s'emparait doucement de sa bouche, lui mordillait la lèvre inférieure. Il frémit, sentant déferler en lui un tsunami de désir qui lui coupa le souffle.

Son cœur se mit à battre de plus en plus vite, évoquant le martèlement des sabots d'un cheval dans la dernière ligne droite. L'espace d'un instant, une angoisse vint tempérer ses ardeurs. Il n'avait pas fait l'amour depuis sa crise cardiaque. Serait-il à la hauteur ? En dépit des paroles rassurantes de son médecin, il avait l'impression d'avancer en terre inconnue.

Mais ce n'était qu'une illusion. Ce n'était pas la peine de s'angoisser. Une fois de plus, il s'abandonna avec délices à son rêve érotique.

Son pantalon glissait le long de ses jambes, et Phoebe s'asseyait sur lui à califourchon. Il empoignait une de ses cuisses, lui faisait relever la jambe et l'attirait jusqu'à sa bouche. Lorsqu'il plongea la langue dans ses replis intimes, il passa du rêve à la torride réalité en une fraction de seconde.

Il lui maintint fermement les fesses, s'efforçant de reconstituer le fil des événements.

— Phoebe ? fit-il d'une voix rauque.

Mais aucun autre mot ne put franchir ses lèvres.

Clignant les yeux pour chasser les dernières brumes du sommeil, il distingua les pièces d'un puzzle intensément érotique dans la pénombre. Des seins nus. Un rideau soyeux de cheveux noirs cascadant sur son torse. Une taille fine. Des hanches aux courbes affolantes.

Le visage de Phoebe apparut dans le tableau. Elle se mordilla les lèvres, l'air inquiet.

— Je ne t'ai pas demandé la permission..., dit-elle d'un ton délicieusement coupable.

— Ce n'est rien, ma chérie. Au contraire. Aucun homme sur Terre n'aurait quoi que ce soit à redire à cela. Mais tu aurais dû me réveiller plus vite. Je n'ai pas envie de manquer quoi que ce soit.

Il était ravi qu'elle ait pris l'initiative, car cela signifiait qu'elle était aussi impliquée que lui dans cette folie. Il se remit à l'ouvrage avec joie, se délectant des gémissements de Phoebe.

Lorsqu'il glissa deux doigts en elle, il mesura toute l'intensité de son désir. Elle était humide à souhait. Prête. Mais au lieu de la pénétrer sans attendre comme le lui commandait son instinct, il se refréna, optant délibérément pour la lenteur. Une jeune femme aussi exquise devait être ménagée, portée délicatement au seuil de l'orgasme.

— Repousse tes cheveux derrière ton dos, ordonna-t-il.

Phoebe s'exécuta sans rien dire.

— Garde les mains derrière le dos.

Une fois de plus, elle obéit. Sa docilité ne faisait qu'aiguiser son désir. Ainsi agenouillée au-dessus de lui, les mains nouées derrière le dos, elle était à sa merci.

Guettant la moindre de ses réactions sur son visage, il poursuivit son exploration, jouant sur l'intensité et la vitesse des caresses intimes qu'il lui prodiguait. Au-dessus de lui, le corps de Phoebe s'ouvrait comme une fleur, exhalant des senteurs épicées qui le rendaient fou de désir. Accentuant la pression sur le clitoris, il inséra trois doigts en elle.

Elle jouit instantanément dans un cri déchirant. Les

palpitations de son sexe autour de ses doigts lui donnèrent envie de la prendre sans plus attendre. Mais une fois encore, il se refréna.

Lorsque les derniers frissons de l'orgasme se furent dissipés, il se redressa et ils se retrouvèrent assis l'un au-dessus de l'autre en tailleur, son sexe dressé contre les fesses de Phoebe.

Il la serra tendrement au creux de ses bras. A cet instant, une émotion totalement inattendue l'étreignit : le regret. Pourquoi ne l'avait-il pas rencontrée avant ? Soudain, il craignit qu'elle ne fasse marche arrière, arguant qu'ils ne se connaissaient que depuis trop peu de temps.

Il attendit aussi longtemps que possible. Lorsque la respiration de Phoebe reprit un rythme normal, il recula pour observer son visage.

— Ne crois surtout pas que nous en avons terminé. Ce n'était qu'un minuscule prélude. Je vais tout faire pour te rendre folle de plaisir.

— Tu sembles bien sûr de toi, dit-elle, avec un sourire.

Léo savait que pour passer à l'étape suivante, il allait devoir se lever. Mais il n'osait pas rompre leur étreinte.

— Puis-je te poser une question importante, Phoebe ?

Elle posa le front sur son épaule.

— Vas-y.

— Si je vais chercher une boîte de préservatifs, changeras-tu d'avis en mon absence ?

Il ressentit sa surprise.

— Non, répondit-elle à voix basse mais avec fermeté.

— Et si Teddy se réveille sans crier gare, t'en serviras-tu comme excuse ? Ou comme un signe du ciel que nous devons arrêter là ?

Elle leva la tête, sondant son regard. Que cherchait-elle ? Un encouragement ? De la sincérité ?

— Si cela se produit, répondit-elle lentement, nous ferons en sorte qu'il se rendorme et reprendrons là où nous en étions.

— Parfait.

Il s'intima de la lâcher. Sans préservatif, il ne pouvait la prendre comme il le voulait. Mais la tenir ainsi lui procurait un bonheur indicible et totalement inattendu, car jamais il n'avait ressenti une chose pareille avec une autre femme. Un tel mélange de désir ravageur et de tendresse irrésistible.

— Veux-tu que j'aille les chercher ? lui demanda Phoebe en souriant.

— Pas la peine. Donne-moi juste une minute.

Dans la cheminée, le feu s'était éteint, et il devait s'occuper de cela aussi.

Alors qu'il était assis là, cherchant désespérément en lui la volonté de se lever, Phoebe glissa la main derrière son dos et, trouvant son membre dressé, le tira doucement. Ce léger contact était plus qu'il n'en pouvait supporter. Son sexe était tendu à tout rompre.

Les doigts de Phoebe s'enroulèrent autour de son membre et se mirent à le masser avec lenteur.

— Je t'en supplie, arrête !

Mais c'était trop tard. L'orgasme le submergea avec une violence presque douloureuse. S'agrippant de toutes ses forces à Phoebe, il se laissa emporter par la sensation rendue plus ravageuse encore par la pression de ses seins contre sa poitrine.

Dans le silence qui suivit, elle eut l'impudence de rire.

— Peut-être devrions-nous arrêter, maintenant que nous sommes à égalité. J'ai bien peur que tu n'arrives jamais à aller chercher ces préservatifs.

Cherchant son souffle, il lui pinça les fesses.

— Tu n'es qu'une vilaine fille.

— Désolée, j'aurais peut-être dû penser aux préservatifs avant de te sauter dessus.

— Il est vrai que tu étais un peu pressée, répliqua-t-il en lui caressant les fesses.

Phoebe se dégagea de son étreinte et s'enveloppa dans une couverture.

— Vas-y, Léo. Dépêche-toi, je commence à avoir froid.

Se levant avec peine, il bâilla et s'étira. Le simple fait

de la regarder ravivait déjà son désir. Il se dirigea vers la cheminée et, ôtant le pare-feu, déposa dans l'âtre deux bûches de bonne taille et attisa les braises.

— Ne bouge surtout pas, ordonna-t-il. Je reviens.

Phoebe le regarda s'éloigner, des étoiles dans les yeux. L'heure était grave. *Très* grave. Nu, Léo était vraiment à couper le souffle. Outre ses atouts évidents, de face, il était tout aussi impressionnant de dos. Elle caressa du regard les épaules larges, la taille mince, les fesses fermes, les cuisses musclées. Tout en lui était sexy, même ses pieds.

En dépit de tout ce qu'ils avaient fait au cours des quarante-cinq dernières minutes, le feu brûlait toujours en elle. Elle n'en revenait toujours pas d'avoir eu le cran de se déshabiller et de le surprendre dans son sommeil. C'était une chose que l'ancienne Phoebe aurait pu faire. Mais seulement avec un homme tel que Léo. Il avait le pouvoir de faire sortir les femmes de leur réserve.

Elle remit leur couche en ordre, comme l'aurait fait une femme des cavernes en attendant que son compagnon revienne de la chasse. Elle eut un sourire amusé en songeant qu'il avait effectivement veillé au ravitaillement du foyer. Même s'il n'avait pas eu pour cela besoin d'assommer le gibier à coups de gourdin…

Songeant à la taille de son sexe, elle se sentit soudain intimidée. Parviendrait-il à la pénétrer ? Ses mamelons se dressèrent à cette pensée.

Il revint avec une poignée de préservatifs. Elle s'humecta les lèvres.

— Un peu trop pour une seule nuit, non ?

S'allongeant à ses côtés, il lui mordilla l'épaule.

— N'en sois pas si sûre, mon ange.

Il lui prit le menton, plongeant son regard dans le sien. La boucle qui tombait sur son front le faisait paraître plus jeune et insouciant.

— La première fois sera sans doute assez rapide et intense. Nous entrerons dans la subtilité ensuite.

Lorsqu'il lui caressa les seins, Phoebe ferma spontanément les yeux. Malgré les allées et venues de Léo dans la maison, sa peau était toujours aussi brûlante.

— Regarde-moi, Phoebe.

Lorsqu'elle rouvrit les yeux, toute trace de légèreté avait disparu de son expression. Les flammes projetaient sur son visage un jeu d'ombres et lumières qui lui donnait la solennité d'un roi. Ses yeux étaient si sombres qu'ils paraissaient presque noirs.

— Je te regarde, dit-elle, effrontément. Que suis-je censée voir ?

Bien qu'intimidée par son intensité, elle ne voulait pas lui montrer combien elle était sensible à ses allures d'homme des cavernes. Pas encore.

Sans crier gare, il la renversa sur le dos. Sa chute fut amortie par l'épaisse couche de couvertures et de coussins. Il n'était plus temps de badiner. S'agenouillant entre ses jambes, il déchira un premier étui avec les dents et en sortit le préservatif. Gardant le regard fixé sur le sien pour s'assurer qu'elle ne ratait rien du spectacle, il le déroula avec lenteur sur sa verge fièrement dressée.

Si cette démonstration ne manqua pas de l'embraser, elle ne put s'empêcher de remarquer l'expression de souffrance qui se peignait sur son visage. Oui, il souffrait. A cause d'elle. Il la désirait avec une telle intensité que ses mains tremblaient. Ce qui voulait dire qu'il était plus vulnérable qu'elle ne l'avait imaginé. Le simple fait de savoir qu'il était aussi anxieux qu'elle lui calma les nerfs.

Manifestement, Léo ne voyait pas en elle une femme comme les autres. En dépit de leurs différences, en termes de mode de vie, d'opinions et même d'expériences sexuelles, ils partageaient un moment unique.

Elle lui agrippa le poignet.

— Dis-moi ce que tu vas me faire, lui chuchota-t-elle, tandis qu'entremêlant ses jambes avec les siennes, il se positionnait pour la pénétrer.

Il affichait une expression de concentration extrême, dont témoignait la tension des muscles de ses mâchoires.

— Je vais te prendre, mon ange. T'envoyer au paradis et plus encore.

Le premier coup de reins laissa Phoebe pantelante. Autour d'eux régnait un silence total. Elle ressentit un tiraillement douloureux, témoignant des efforts que faisait son corps pour s'adapter à l'imposant intrus. Elle avait beau être parfaitement lubrifiée, elle sortait d'une longue période de célibat et Léo était on ne peut plus impressionnant.

Il marqua une pause, le front emperlé de gouttes de sueur.

— Pas trop douloureux ? fit-il d'une voix altérée.

— Non.

Elle s'efforça de se détendre pour lui faciliter le passage.

— Continue. Je veux te sentir tout entier.

Sa déclaration le fit frémir, comme si l'image qu'elle venait de susciter dans son esprit était plus stimulante encore que l'acte lui-même. Lentement, sûrement, il poursuivit sa progression. Phoebe ressentit la pénétration jusqu'aux tréfonds de son être. En cet instant, elle comprit qu'elle ne s'était pas trompée. Léo était beaucoup plus qu'une simple toquade. C'était l'homme qui pouvait la faire revivre. Lorsqu'il fut entièrement en elle, il se retira vivement et la pénétra de nouveau, cette fois avec une force implacable, obligeant Phoebe à s'accrocher aux pieds de la table.

— Je ne veux pas te faire mal.

— Alors, n'arrête surtout pas. Tout ce que tu as à me donner, je suis prête à le recevoir.

- 16 -

Léo avait perdu tout contrôle, il le savait. Mais la façon dont elle se cambrait lorsqu'il plongeait en elle, s'ouvrant chaque fois un peu plus à ses assauts, était littéralement affolante, d'autant plus que ses jambes lui enserraient la taille comme un étau.

Il plongea le visage dans ses cheveux épars pour tenter d'apaiser sa frénésie et retarder l'orgasme monumental qui montait en lui, inexorable. L'espace d'un instant, il se laissa griser par l'odeur de sa chevelure, exquise, indéfinissable, mais reconnaissable entre toutes.

Soudain, les ongles de Phoebe se plantèrent dans son dos, comme pour le rappeler à l'ordre. Le moment n'était pas venu de faiblir. Lorsqu'elle se mit à crier son nom, il la pénétra de plus belle, aiguillonné par la délicieuse morsure de ses ongles sur ses flancs.

Mais rien n'aurait pu le préparer à la sensation que lui procura la jouissance de Phoebe, lorsque, contractant tous ses muscles, elle se laissa finalement submerger par le plaisir. Resserrant son étreinte autour de son corps vibrant, il laissa l'onde de choc se dissiper peu à peu en elle.

C'était le signal qu'il attendait pour perdre la tête à son tour. Plongeant en elle, il partit, résolument cette fois, à la rencontre de son orgasme. Le choc fut d'une intensité telle qu'il le porta au seuil de l'inconscience.

Il jouit deux fois de suite, rapidement, après quoi il resta un instant inerte, le temps de réaliser, incrédule, qu'il la désirait encore.

— Nous devrions peut-être dormir un peu, dit Phoebe en se tournant sur le côté.

Ses paroles lui parvinrent comme à travers un brouillard. Il se ressaisit. Il était hors de question qu'elle s'éloigne, ne serait-ce que d'un centimètre. Il roula sur le côté et se lova contre son dos, logeant ses jambes au creux des siennes. En dépit de ce contact intime, son érection fut mesurée, ce qui n'avait rien d'étonnant après *deux* orgasmes d'une telle intensité. Le désir qu'il ressentait était plus que physique. Mais il n'eut pas le temps de sonder plus avant ses pensées, car il sombra dans le sommeil.

Lorsqu'il se réveilla, il réalisa aussitôt qu'il était seul. A travers les rideaux perçaient les rayons d'un soleil déjà haut dans le ciel. Le feu avait fini par s'éteindre dans la cheminée, mais il régnait encore une douce chaleur dans la pièce.

Avec un grognement, il s'assit sur son séant. Il était perclus de courbatures, signes des excès de la nuit. Son sexe durcit instantanément lorsqu'il se remémora leurs ébats nocturnes. Mais Léo se rembrunit en songeant qu'il lui faudrait maintenant attendre de longues heures avant de remettre ça.

Phoebe avait rangé ses couvertures. Mais il aperçut une cafetière fumante sur le plan de travail de la cuisine. Il se leva avec difficulté, comme après une cuite monumentale. Récupérant son peignoir coincé sur le canapé, il l'enfila et fonça vers la cafetière salvatrice.

Au bout de deux tasses, il était prêt à se lancer à la recherche de Phoebe. Il la trouva pelotonnée sur son lit en train de lire une histoire à Teddy. Elle se redressa en l'apercevant et lui adressa un sourire timide.

— J'espère qu'on ne t'a pas réveillé.

S'accrochant au rebord supérieur de la porte, il s'étira les muscles avec bonheur.

— Je n'ai rien entendu. Il est réveillé depuis longtemps ?

— Une heure, environ. Je lui ai donné son biberon.

Ils conversaient comme des étrangers. Ou peut-être

comme un couple marié n'ayant pas grand-chose à se dire. Il s'assit au bord du lit et lui prit la main.

— Bonjour, Phoebe.

— Bonjour, dit-elle en rougissant.

L'attirant contre lui, il l'embrassa avec passion.

— Je me sens dans une forme olympique, pas toi ?

Elle se mit à rire et il la sentit aussitôt plus détendue.

— Tu as jeté un œil à l'extérieur ? fit-elle.

— Non, pourquoi ? Il a neigé ?

— Plutôt, oui. Environ dix centimètres. Le petit-fils de Buford va venir dégager le sentier dans la matinée. Je sais que tu attends une livraison.

Il la dévisagea avec stupéfaction. Cela faisait des heures et des heures qu'il n'avait pas pensé à consulter ses mails ni même envoyé un texto à son frère. Jamais encore, il n'était resté si longtemps déconnecté. A croire qu'à force de vivre avec Phoebe, il en était arrivé à accepter l'absence de technologie comme une situation normale.

Le mode de vie de celle-ci n'était pourtant pas particulièrement spartiate, car elle avait le téléphone et la télévision. Mais au-delà de cela, bien sûr, elle vivait sans technologie. Il ressentit une légère contrariété à l'idée qu'elle ait pu le convertir en l'espace de si peu de temps. Non, c'était le sexe. Voilà tout. Il avait simplement passé un excellent moment. Cela ne voulait pas dire qu'il avait définitivement changé de mode de vie.

Il sourit pour dissimuler son malaise et la lâcha.

— Je vais prendre une douche. Si tu veux, je garderai ensuite Teddy pour te permettre d'en faire autant.

Phoebe le regarda s'éloigner, perplexe. Quelque chose n'allait pas. Quoi exactement ? Impossible à dire. Peut-être n'était-ce rien d'autre qu'un léger passage à vide après une nuit de folie.

Lorsqu'ils furent tous deux prêts, le bruit d'un tracteur se fit entendre au loin. Une fois l'allée dégagée, plusieurs véhicules firent leur apparition. La camionnette du technicien venu procéder à la connexion internet de Léo. Celle du livreur venu déposer son nouveau téléphone. Et enfin, un camion qu'attendaient les ouvriers travaillant dans le chalet endommagé.

Maintenant que l'arbre avait été dégagé, une petite armée d'ouvriers avait pris possession des lieux pour récupérer et stocker tout ce qui pouvait l'être. Léo ne s'attarda même pas pour prendre un petit déjeuner. Quelques minutes plus tard, il avait rejoint les hommes et pris en main la coordination des opérations. Phoebe ne savait pas ce qu'elle aurait fait sans son aide. Sans la garde de Teddy, elle s'en serait sortie haut la main, elle en était sûre. Mais mener de front ces deux tâches extrêmement prenantes aurait été impossible.

Elle était surprise de constater combien Teddy avait déjà changé au bout de deux semaines. Il grandissait à toute allure, et sa personnalité semblait s'affirmer un peu plus chaque jour. Ce matin, il babillait à n'en plus finir.

Après avoir rangé la cuisine, Phoebe l'emmena dans le salon pour lui montrer le sapin de Noël.

— Tu as vu ce que Léo et moi avons fait, Teddy ? Très joli, tu ne trouves pas ?

Teddy tenta d'attraper une décoration, mais elle l'en empêcha.

— Je sais. Ce n'est pas juste. Toutes ces décorations, alors que tu ne peux même pas jouer avec.

Teddy attrapa une mèche de cheveux qui s'était échappée de sa tresse. Après la douche, pressée par le temps, elle s'était coiffée avec moins de soin qu'à l'accoutumée. Elle commençait à comprendre pourquoi tant de jeunes mamans optaient pour des coiffures simples… S'occuper d'un enfant en bas âge ne laissait pas beaucoup de temps pour s'apprêter.

Encore une demi-heure, et Teddy serait mûr pour sa sieste. Après les excès de la nuit précédente, Phoebe se dit qu'elle piquerait peut-être un somme, elle aussi. Le simple fait de penser à Léo la rendait euphorique, comme une lycéenne de seize ans qui s'apprête à aller au bal de fin d'année avec son petit ami.

Même dans les meilleurs moments, le sexe n'avait jamais

été aussi extraordinaire avec son fiancé. Léo n'avait cherché qu'à lui donner du plaisir, ne cessant de lui prouver qu'elle avait toujours plus à donner et à recevoir. Son corps en était stimulé, vivifié… et avide de nouveaux ébats.

Teddy dans les bras, elle se mit à marcher dans le salon, fredonnant des chants de Noël, plus heureuse qu'elle ne l'avait été depuis bien longtemps.

A sa surprise, on frappa à la porte. Ça ne pouvait pas être Léo, puisque la porte n'était pas verrouillée. Sans qu'elle ait eu le temps de réagir, la porte s'ouvrit et un visage familier apparut.

— Dana ! s'écria Phoebe, dévisageant sa sœur, stupéfaite. Que se passe-t-il ? Que fais-tu ici ?

Léo regagna le chalet, affamé, et surtout pressé de voir Phoebe. Il ne voulait pas lui laisser le temps de trouver la moindre bonne raison pour prendre des distances avec lui. Lorsqu'il poussa la porte, il s'immobilisa, conscient de tomber au beau milieu d'une situation délicate. Il avait aperçu une voiture inconnue à l'extérieur, mais n'y avait pas prêté attention sur le coup, supposant que c'était celle d'un ouvrier.

A l'autre bout de la pièce, les yeux de Phoebe croisèrent les siens. L'espace d'un instant, il lui sembla lire en elle comme dans un livre ouvert. Son angoisse le consuma, mais l'impression s'évanouit, et le visage de Phoebe redevint normal.

— Tu tombes à pic, fit-elle avec un sourire. Ma sœur Dana est arrivée à l'improviste. Dana, je te présente Léo.

Il serra la main à la nouvelle venue et essaya de comprendre les enjeux de la situation. Dana était une version plus petite et plus ronde de sa sœur. Elle semblait épuisée et au bord des larmes.

Phoebe tenait toujours Teddy bien calé sur sa hanche.

— Que fais-tu ici, Dana ? Pourquoi ne m'as-tu pas prévenue

de ton arrivée ? Je serais venue te chercher à l'aéroport. On dirait que tu n'as pas dormi depuis plusieurs jours.

Dana se laissa tomber sur le canapé et éclata en sanglots, cachant son visage entre ses mains.

— J'ai cru que tu me dissuaderais de venir, expliqua-t-elle, accablée. Je sais, c'est ridicule. Le voyage a duré des heures, et je dois reprendre l'avion à 14 heures. Je suis navrée, Phoebe, mais je n'ai pas pu supporter l'idée de passer Noël sans mon bébé.

Léo se figea, comprenant immédiatement ce qu'il se passait. Ravalant ses propres sentiments, Phoebe rejoignit sa sœur sur le canapé.

— C'est tout à fait normal. Et je te comprends. Sèche tes larmes et prends ton fils.

Sur ce, elle passa Teddy à sa mère comme si c'était la chose la plus naturelle au monde. Mais Léo savait qu'elle avait le cœur brisé.

L'expression qui se peignit sur le visage de Dana, lorsqu'elle serra son bébé contre son cœur, aurait fait fondre le cynique le plus endurci.

— Nous avons trouvé une femme au village qui parle un peu notre langue. Elle est d'accord pour le garder en journée, pendant que nous nous occupons de la maison.

Phoebe laissa retomber ses mains sur ses genoux comme si elle ne savait plus quoi en faire.

— Tout se passe bien, là-bas ?

Dana fit la grimace.

— C'est un véritable bazar. Pire que ce que nous imaginions. C'est vraiment stressant. La maison déborde d'objets en tout genre. Nous sommes obligés de tout trier pour repérer les objets de valeur. Je sais que ce n'est pas évident d'amener Teddy là-bas. Mais si je peux le voir le soir et parfois en journée pendant les pauses, je sais que je me sentirai beaucoup mieux.

— Je comprends. C'est tout à fait normal.

— Tu ne peux pas savoir combien nous apprécions ce que tu as fait pour nous. J'ai réservé un autre billet sans date, au cas où tu voudrais nous rejoindre, aujourd'hui ou même plus tard. Je ne voudrais pas que tu passes Noël toute seule, d'autant que c'est à cette période de l'année que tu as perdu…

Elle porta la main à la bouche, horrifiée.

— Seigneur, je suis navrée… Je suis épuisée, je ne sais plus ce que je dis. Excuse-moi.

Phoebe prit sa sœur par les épaules et l'embrassa.

— Calme-toi, Dana. Tout va bien. Je vais bien. Et puisque tu es pressée, allons préparer les affaires de Teddy. Il dormira dans la voiture sur la route de l'aéroport.

Marquant une pause dans le couloir, Phoebe s'adossa contre le mur et ferma les yeux, son sourire à présent figé sur ses lèvres. Léo n'était pas dupe. Il savait qu'elle était bouleversée, mais qu'elle s'efforçait de ne pas faire sentir à Dana qu'elle venait de gâcher ses projets de Noël.

Moins d'une heure plus tard, Dana était repartie avec Teddy, laissant derrière elle un silence aussi pesant que douloureux. Seuls la chaise haute et le lit à barreaux témoignaient encore du séjour du bébé dans la maison. Sans rien demander, Léo prit la chaise haute et alla la ranger dans l'ancienne chambre du petit. Phoebe le regarda faire, le cœur brisé.

Il la prit dans ses bras.

— Je savais bien que ce n'était pas mon bébé…

— Bien sûr que tu le savais.

La compassion silencieuse de Léo ajoutait encore à son émotion.

— Ne sois pas trop gentil avec moi, sinon je vais m'effondrer.

— Je suis très fier de toi, Phoebe.

— Pourquoi ?

— Parce que tu t'es montrée une sœur et une tante exemplaires. Et tu n'as même pas culpabilisé Dana. Tu as fait exactement ce qu'il fallait.

— J'étais si heureuse à l'idée de passer Noël avec vous

deux, murmura-t-elle. Les cadeaux de Teddy sont encore emballés…

— J'ai une idée pour te réconforter, dit-il soudain, en lui étreignant les épaules.

Elle lui jeta un regard étonné.

— Ayant eu dernièrement l'occasion d'apprécier certaines d'entre elles, je suis tout ouïe, fit-elle.

Du bout du pouce, il essuya une larme qui perlait au coin d'un de ses yeux.

— Haut les cœurs, mademoiselle Kemper. Je voudrais te proposer un petit voyage.

— Mais tu viens juste d'arriver…

Posant un doigt sur ses lèvres, il l'attira sur le canapé et la prit dans ses bras.

— Laisse-moi tout t'expliquer avant de trouver quoi que ce soit à redire.

— D'accord.

— Tu m'as demandé quels étaient mes projets pour Noël, et j'étais presque décidé à le passer ici, avec Teddy et toi. Cela dit, une grande fête familiale est prévue ce week-end à Atlanta, chez mon frère, et je crois que mon absence serait mal vécue. J'aimerais que tu m'accompagnes.

Elle ouvrit la bouche pour parler, mais il ne lui en laissa pas le temps.

— Ecoute-moi d'abord, reprit-il. Il se trouve qu'un vieil ami pourrait s'occuper des travaux de rénovation du chalet en notre absence. C'est un ancien employé de chez Cavallo, en qui j'ai une totale confiance. Il fait des petits boulots pour moi de temps à autre. Il pourrait loger dans ma chambre, si bien sûr tu es d'accord. Qu'est-ce que tu en dis ?

— Suis-je autorisée à parler ? fit-elle, en lui assenant un léger coup de poing dans les côtes.

— Maintenant, oui.

— Et moi, où logerai-je ?

— A Atlanta, tu veux dire ?

— Oui.

— J'imaginais que ce serait chez moi. Mais je peux te réserver un hôtel si tu préfères.

Elle s'assit sur ses genoux, posant les mains sur ses épaules et plongeant le regard dans le sien.

— Et mon arbre de Noël ? Que va-t-il devenir ?

Il eut une moue.

— Nous pourrions recréer le même genre d'ambiance chez moi, si tu veux. Je sais que tu adores décorer. Mais nous pourrions aussi revenir ici pour le réveillon. Rien que toi et moi. Je sais que ce ne serait pas la même chose sans Teddy, donc si tu trouves que c'est une mauvaise idée, tu peux toujours refuser.

- 17 -

Léo retenait son souffle, attendant sa réponse. Le fait qu'elle soit assise sur ses genoux le rassurait, car cela démontrait qu'elle était à l'aise avec lui. L'intimité de la nuit précédente semblait avoir modifié leur relation, et il se sentait, curieusement, beaucoup plus connecté à elle.

C'était sans doute la raison pour laquelle il avait ressenti autant d'empathie, lorsque sa sœur était venue récupérer Teddy sans crier gare. Pourtant, malgré le choc, Phoebe s'était montrée héroïque. Pas un instant, elle n'avait fait sentir à Dana combien elle était déçue, alors qu'elle se faisait une joie de passer Noël avec son neveu.

Mais si le coup avait été rude, il savait qu'elle finirait par s'en remettre.

Comme pour lui donner raison, Phoebe lui ébouriffa soudain les cheveux.

— Dois-je me décider tout de suite ?

— Pour le réveillon, tu veux dire ?

— Oui.

— Ça, ça peut attendre. Mais pour Atlanta ?

— Dans ce cas, il me faudra une robe de soirée…, dit-elle en lui titillant les oreilles avec sensualité.

— Absolument. C'est un problème ?

La tenir aussi serrée était une délicieuse torture. Mais le moment était mal choisi pour tenter quoi que ce soit. Il y avait trop de monde à l'extérieur, et il ne voulait pas risquer d'être interrompu. Il frémit lorsqu'elle insinua la main dans l'échancrure de sa chemise.

— Pas du tout, répondit-elle joyeusement, défaisant les deux premiers boutons de sa chemise. Ma garde-robe est remplie de très belles choses achetées à l'époque où j'étais salariée.

— Que veux-tu dire exactement par « de très belles choses » ?

Elle l'embrassa avec tendresse, glissant la langue entre ses lèvres.

— Une robe à dos nu…, lui susurra-t-elle. Très décolletée devant. Et avec une fente sur le côté. Qu'en dis-tu ?

— Dieu du ciel, murmura-t-il, ne sachant plus ce qui l'affolait à ce point, la vision de Phoebe dans cette robe ou la caresse de ses doigts sur la peau. Phoebe, reprit-il d'un ton qu'il espérait plus raisonnable que désespéré, cela veut-il dire que tu es d'accord pour m'accompagner ?

Prenant son visage entre ses mains, elle plongea un regard vibrant de tendresse dans le sien.

— Merci, Léo. Tu me sauves la mise. Hormis Teddy, tu es le seul autre homme avec qui j'ai envie de fêter Noël. Alors, oui, je suis d'accord pour t'accompagner à Atlanta.

Léo réussit ensuite à la convaincre de partir l'après-midi même. Déjà, il se réjouissait à l'idée de lui faire l'amour dans son lit géant. Leurs ébats de la veille avaient été extraordinaires, mais un peu de confort et de luxe ne serait pas de refus. Sans parler du fait qu'il brûlait de sortir avec elle et de lui montrer tous les bons côtés de la grande ville.

Lorsqu'elle sortit enfin de sa chambre, il se leva, stupéfait. Phoebe s'avança vers lui, poussant devant elle pas moins de trois valises.

— Tu as bien compris que nous ne partons que pour quelques jours ? lui fit-il, les mains sur les hanches.

En sueur après ce tour de force, Phoebe lui lança un regard furibond, déposant ses bagages aux pieds de Léo.

— Je dois pouvoir parer à toute éventualité, se contenta-t-elle de répondre.

— Même les astronautes de la NASA n'emportent pas autant d'affaires, railla-t-il, bien qu'enchanté de voir à quel point elle se prenait au jeu. Tu prévois d'autres bagages ? Parce que je conduis une Jaguar, pas un camion…

— Nous pourrions prendre mon pick-up, suggéra-t-elle avec un charmant sourire.

Il fit mine de frémir.

— Figure-toi que j'ai une réputation à tenir, moi. Alors, non merci.

Pendant que Phoebe faisait le tour du chalet pour éteindre les lumières et tirer les rideaux, Léo examina son nouveau téléphone. Inutile de l'emporter. Il n'en aurait besoin que s'il revenait ici. Il n'avait du reste aucune raison d'en douter puisque sa réservation courait jusqu'à la mi-janvier, avec une possibilité de prolongation de deux semaines.

Ce n'était pas parce qu'il allait faire un saut à Atlanta en compagnie de Phoebe que son médecin et son frère allaient l'autoriser à écourter sa convalescence. A cette pensée, il réalisa avec embarras qu'il n'avait toujours pas avoué à Phoebe les véritables raisons de son séjour chez elle.

Seul l'orgueil pouvait expliquer son silence. Il ne voulait pas qu'elle le voie comme un homme diminué ou brisé. Changerait-elle d'avis à son sujet lorsqu'elle connaîtrait la vérité sur son état de santé ?

Une fois la voiture chargée et les clés déposées chez Buford, Léo se rendit compte qu'il était affamé. Il bénit Phoebe d'avoir, malgré ses railleries, pensé à préparer un pique-nique.

— Si tu veux, nous pouvons prendre la route touristique à travers les montagnes… C'est un peu plus long, mais magnifique.

— D'accord pour les petites routes, puisque nous voyageons de jour…

Phoebe monta dans la voiture en riant.

— Tu étais tellement grognon, ce soir-là…

— J'ai bien cru ne jamais arriver à destination. Entre la pluie, le brouillard et l'obscurité, j'ai eu de la chance de ne pas finir au fond d'un ravin.

— Tu exagères…

Il secoua la tête, sûr de son fait. Mais cette fois, le trajet se déroula sans l'ombre d'un problème. Il faisait beau, presque chaud. Et la route nationale, bien que sinueuse, n'était que modérément escarpée. Quant aux vues, elles étaient tout bonnement superbes. Elles rappelèrent à Léo quelques souvenirs datant d'une lointaine époque où il avait passé des vacances dans la région.

Le temps passa à toute allure. Tantôt, ils discutaient, tantôt ils écoutaient de la musique, évoquant leurs artistes préférés et comparant les mérites respectifs de la country et de la pop. Et dire qu'il y avait peu encore, il considérait ce séjour comme une pénitence… Aujourd'hui, il se sentait infiniment heureux de vivre.

Son euphorie s'accrut lorsqu'ils approchèrent d'Atlanta. *Sa* ville. Là où Luc et lui avaient construit de belles et grandes choses. Mais que ferait-il si son univers ne plaisait pas à Phoebe ? Etait-ce trop tôt pour se poser la question ?

Tout au long de la journée, il avait développé une sorte d'hypersensibilité à celle-ci, se délectant de sa façon de sourire, de son parfum fleuri, de ses gestes quand elle exprimait un point de vue… et la désirant de plus en plus. Mais, maintenant qu'ils étaient presque arrivés à destination, il se sentait curieusement nerveux. Et si Phoebe n'aimait pas son appartement ?

Elle se tut lorsqu'ils entrèrent dans le parking situé sous son immeuble.

— Bonjour, Jérôme, fit Léo en s'arrêtant devant le poste de garde, où apparut, tout sourire, un homme dégarni aux épaules voûtées. Pourriez-vous demander à l'un des jeunes de décharger la voiture et de monter nos bagages ?

— Bien sûr, monsieur Cavallo. On s'en occupe.

Prenant Phoebe par le bras, il la guida vers l'ascenseur, où il glissa une carte d'accès dans un lecteur avant d'appuyer sur le bouton du dernier étage.

La main agrippée à son sac, Phoebe affichait une expression insondable. L'ascenseur étant sous surveillance audio et vidéo, Léo s'abstint de tout bavardage personnel.

Lorsqu'ils arrivèrent au dernier étage, Phoebe considéra avec intérêt le luxueux décor et l'atmosphère tamisée du couloir. Une fois dans l'appartement, il jeta ses clés sur une console et lui tendit la main.

— Je te fais visiter ?

Phoebe avait l'impression d'être Alice au pays des merveilles. Passer de son modeste quoique confortable chalet à ce niveau de luxe en l'espace de quelques heures avait de quoi laisser pantois. C'était une chose de savoir que Léo était fortuné, c'en était une autre de se rendre compte qu'il l'était à ce point.

Le sol du vaste appartement-terrasse était couvert de marbre couleur crème veiné d'or, que venaient rehausser d'épais tapis orientaux aux tons cannelle et bleu turquoise. Les murs étaient ornés d'œuvres d'art, sans aucun doute d'authentiques toiles de maître, supposa Phoebe. Les immenses baies vitrées du salon offraient une vue panoramique littéralement époustouflante sur la ville et ses environs. Une ribambelle de fauteuils et de canapés de style classique, recouverts de tissu doré ou de cuir écru et parsemés de coussins multicolores, invitaient le visiteur à la détente. Au plafond, un lustre moderne diffusait une agréable lumière dans toute la pièce.

Sans aucun doute, tous les tissus d'ameublement étaient de chez Cavallo. Phoebe, qui avait toujours adoré les couleurs vives et les mélanges de style, tomba immédiatement sous le charme de l'intérieur de Léo.

— Je suis bouche bée, déclara-t-elle enfin. Ai-je le droit d'enlever mes chaussures ?

Posant les mains sur ses épaules, il l'attira contre lui et écarta ses cheveux pour l'embrasser derrière l'oreille.

— C'est avant tout un lieu de vie. J'aimerais que tu saches à quel point je suis heureux de t'accueillir chez moi.

Elle se retourna pour lui faire face, dévisageant cet homme qu'elle avait cru jusque-là connaître au moins un peu. Elle avait certes mené une existence confortable à l'époque où elle était agent de change. Mais, clairement, ça n'avait rien de comparable avec le train de vie que menait Léo. Comment pourrait-il être sûr qu'elle ne s'intéresse pas à lui pour son argent ? Ecartant cette pensée dérangeante, elle noua les bras autour de son cou.

— Et moi, je te remercie de m'avoir invitée.

Elle lui effleura la lèvre inférieure du bout du pouce.

— Et si tu me faisais visiter les chambres ?

Une lueur apparut dans les yeux de Léo.

— C'est que je… je ne voulais pas te presser.

Elle laissa errer la main sur son entrejambe.

— Pourtant, j'ai cru comprendre que tu avais une jolie surprise pour moi…

A travers le tissu de son pantalon, le frôlement de ses doigts minces lui fit l'effet d'une décharge électrique.

— Donc, je pense qu'il est tout à fait naturel que je…

Léo lui décocha un sourire ravageur.

— Pendant que tu cherches le mot juste, mon ange, fit-il en la soulevant dans ses bras, permets-moi de te montrer mes estampes japonaises.

— Elles ne sont pas ici, je suppose ? fit-elle en lui mordillant le menton.

— Plutôt par-là, lui chuchota-t-il en se dirigeant vers un couloir, l'emportant comme une plume entre ses bras musclés.

C'était follement excitant d'être traitée comme Scarlett O'Hara, songea-t-elle, aussi troublée par la force physique de Léo que par le souvenir de leurs jeux érotiques de la veille.

— Le canapé est plus près…, lui glissa-t-elle à l'oreille, effleurant de la joue sa barbe naissante.

— J'aime ta façon de penser, répondit-il en faisant demi-tour.

— Tu n'as prévenu personne que tu rentrais, n'est-ce pas ?

— Non, personne.

— Et tu n'as pas de voisins à cet étage, n'est-ce pas ?

Il fit non de la tête en la déposant au milieu des coussins moelleux.

— Non. Aucun.

— Donc, je peux crier aussi fort qu'il me plaira ?

Il la dévisagea, presque horrifié.

— Dieu du ciel, lâcha-t-il en rougissant jusqu'à la racine des cheveux. Et dire que je croyais avoir affaire à une fragile petite chose quand je t'ai rencontrée. Apparemment, je me trompais…

— Comme j'ai déjà eu l'occasion de te le dire, les apparences sont parfois trompeuses, monsieur Cavallo, susurra-t-elle en se dépouillant de son chandail. Au fait, j'espère qu'il te reste quelques préservatifs…

Les yeux rivés sur ses seins pigeonnants et son soutien-gorge en dentelle, Léo mit un certain temps à réaliser.

— Oh non ! lança-t-il, désespéré.

— Que se passe-t-il ?

— Tous nos bagages sont en bas…

— Tu as peut-être des préservatifs dans la salle de bains ?

— Sans doute, mais la personne qui monte nos bagages va arriver d'un moment à l'autre…

— Oh ! Léo…, gémit-elle. Appelle-les, dis-leur que nous sommes sous la douche.

— Ensemble ?

Il jeta un coup d'œil à la porte puis à Phoebe. A en juger par l'impressionnante érection qui tendait le tissu de son pantalon, elle n'était pas la seule à être au comble de la frustration.

— Ecoute, je n'en ai pas pour longtemps. Quinze minutes, maximum.

Phoebe était beaucoup trop excitée pour attendre ne serait-ce que cinq minutes. Elle avait envie de lui, tout de suite.

Par chance, un élégant carillon se fit entendre. Léo se dirigea vers la porte en lui lançant un regard insistant.

— Tu as l'intention de rester comme ça ?

Elle le dévisagea, bouche bée, réalisant qu'elle était à demi nue alors qu'il s'apprêtait à ouvrir la porte. Avec un petit cri, elle attrapa son chandail et courut se cacher derrière un mur dissimulant la cuisine. Sans un regard aux magnifiques plans de travail en marbre et aux appareils électro-ménager dernier cri, elle écouta, le souffle court, Léo échanger quelques mots avec le jeune homme qui apportait leurs bagages. Enfin, elle entendit la porte se refermer et des pas s'éloigner dans le couloir.

Il la retrouva dans la cuisine tapissée de casseroles en cuivre et d'une impressionnante collection d'épices.

— Il est parti.

Il déposa sur le plan de travail une pleine poignée de préservatifs.

— C'est bien ce que tu voulais, n'est-ce pas ?

- 18 -

Léo n'avait jamais considéré sa cuisine comme un endroit particulièrement érotique. Il n'y passait du reste que fort peu de temps. Mais en y trouvant Phoebe à demi nue, telle une nymphe égarée, il commença soudain à entrevoir environ un million de possibilités.

Il s'appuya contre le plan de travail.

— Enlève le reste de tes vêtements, ordonna-t-il.

S'exécuterait-elle, ou y était-il allé trop fort ?

Lorsqu'elle se mordit la lèvre inférieure, il ne sut que penser : voulait-elle le provoquer, ou l'avait-il rendue timide ? En guise de réponse, elle se dépouilla de ses bottes et de son fuseau noir, ne gardant que sa petite culotte fuchsia assortie à son soutien-gorge.

— Mmm, c'est froid, par terre, gémit-elle en repoussant ses vêtements d'un coup de pied.

Les mains de Léo se crispèrent sur le rebord du plan de travail. Décidément, elle était aussi casse-pieds qu'irrésistible.

— Et ce n'est pas terminé…

Phoebe esquissa une moue boudeuse.

— Pourquoi es-tu si désagréable, tout à coup ?

— Parce que tu aimes ça.

Une lueur d'excitation apparut dans les grands yeux de Phoebe, après quoi elle dégrafa son soutien-gorge, qui tomba par terre en virevoltant comme une plume. Après un instant d'hésitation, elle se dépouilla de sa petite culotte. Ramassant alors le sous-vêtement, elle le fit tournoyer au bout de son doigt avec toute l'effronterie d'une strip-teaseuse chevronnée.

— Attrape-moi si tu peux !

Le sang de Léo ne fit qu'un tour. Littéralement électrisé, il passa en revue toutes les possibilités qui s'offraient à lui. Un cuisiniste génial avait pensé à installer un plan de travail supplémentaire à côté du réfrigérateur. Un peu plus bas que les autres, il était absolument parfait pour ce qu'il avait en tête.

Au diable, canapés, lits et autres fauteuils, c'était *ici* qu'il allait la prendre.

Elle était tellement sexy qu'il pouvait à peine la regarder. A la fois mince et voluptueuse, elle était l'incarnation même de la féminité. Ses cheveux noirs retombaient sur une épaule, caressant à chacun de ses mouvements un téton couleur framboise.

— C'est incroyable ce que tu peux être belle…

La gravité avec laquelle il fit cet aveu marquait la fin de leurs petits jeux. Elle rosit de plaisir.

— Merci de le penser, dit-elle avant de s'humecter les lèvres. Tu as l'intention de rester là-bas encore longtemps ?

— Je ne sais pas, dit-il le plus sérieusement du monde. Je suis tellement excité que j'ai peur de te prendre comme un forcené.

— Et, fit-elle avec un petit sourire, ce serait vraiment si grave ?

— A toi de me le dire.

N'y tenant plus, il la prit par la taille et l'assit sur le plan de travail. Phoebe poussa un petit cri lorsque ses fesses touchèrent le marbre glacé.

Baissant la fermeture Eclair de son pantalon, il sortit son sexe, qui était aussi dur que le marbre qui les entourait, mais bien plus chaud. Il s'avança entre ses cuisses.

— Pose les pieds sur la table et soulève légèrement les fesses.

Phoebe s'exécuta, ce qui ne l'empêcha pas d'écarquiller les yeux quand elle comprit ce qu'il s'apprêtait à faire.

Lorsqu'ils furent parfaitement alignés, il la pénétra d'un coup de reins. Les mains sous ses fesses en guise de leviers, il se mit à aller et venir lentement en elle, tandis qu'elle s'agrippait à son cou. Mais ses pieds glissèrent, et elle passa les jambes autour de sa taille.

La sensation fut renversante. Et les jambes de Léo se mirent à flageoler et son cœur à battre à tout rompre. Cela n'avait heureusement strictement rien à voir avec son récent malaise. Phoebe avait le don de lui faire oublier tout ce qui lui semblait important et le forçait à se concentrer sur leur relation. Ce n'était pas par calcul, simplement elle le captivait par son charme et son humour.

Alors même qu'il allait et venait en elle et se demandait déjà où ils feraient l'amour la prochaine fois, une vague de chaleur monstrueuse, irrésistible, monta soudain dans son bas-ventre.

— Je vais jouir, marmonna-t-il.

Elle n'avait pratiquement pas émis un son. Soudain inquiet, il recula un peu pour voir son visage.

— Parle-moi, Phoebe.

En guise de stimulation, il lui caressa doucement le clitoris. A cet instant, Phoebe se cambra et jouit dans un cri perçant, exerçant une pression si délicieuse sur son membre tendu qu'il faillit perdre la tête.

Les muscles crispés à tout rompre, il retarda de quelques secondes sa propre jouissance pour goûter pleinement les ultimes tremblements de Phoebe. Lorsqu'elle retomba inerte entre ses bras, il accéléra son va-et-vient et jouit à son tour de toutes ses forces. Au moment où il lui assenait un dernier coup de reins, son front vint heurter le coin du placard fixé au-dessus leurs têtes. Il vacilla sous le choc.

— Merde…, fit-il avec un mouvement de recul, butant contre l'îlot central de la cuisine, étourdi.

Phoebe se remit sur pied.

— Oh ! Léo, tu saignes…

A peine eut-elle prononcé ces mots qu'elle éclata d'un

rire nerveux, incontrôlable. Ulcéré, il porta la main à son front et tressaillit en voyant ses doigts tachés de sang.

— Tu voudrais bien te rhabiller, s'il te plaît ? dit-il, s'efforçant d'ignorer la façon dont ses seins s'agitaient de manière affolante lorsqu'elle riait.

Phoebe leva les yeux au ciel.

— Déshabille-toi. Rhabille-toi. Décidément, tu n'es jamais satisfait.

Il regarda son sexe, qui manifestait déjà de nouveaux signes de vigueur.

— Apparemment non.

Lorsqu'elle se pencha pour ramasser ses sous-vêtements, il eut toutes les peines du monde à résister à la tentation.

Seule la douleur qu'il ressentait à la tête le retint. Lorsqu'elle fut rhabillée, il fit la grimace.

— Nous sommes invités demain soir. Comment vais-je expliquer cela ?

Lui prenant la main, Phoebe l'entraîna vers les chambres.

— Laquelle est la tienne ? lui demanda-t-elle.

Il la lui indiqua, mais elle poursuivit son chemin jusqu'à la salle de bains.

— Tu mettras de la pommade antibiotique jusqu'à demain soir. Si ça ne suffit pas, il reste toujours le maquillage.

— Génial. Vraiment génial.

Elle trouva le nécessaire dans un tiroir qu'il lui indiqua.

— Assieds-toi sur ce tabouret.

Il remit son pantalon, plus pour éviter la tentation que par nécessité.

— Ça va faire mal ?

— Probablement.

C'est effectivement ce qu'il se produisit lorsqu'elle tamponna la blessure avec un coton imbibé d'antiseptique. Serrant les dents, il jeta un œil dans le miroir. La plaie, ou plutôt la profonde éraflure, mesurait environ cinq centimètres. Pendant une dizaine de jours, il serait obligé de repenser au torride épisode de la cuisine chaque fois qu'il se regarderait dans la glace.

Elle appliqua un peu de pommade puis deux fines sutures adhésives pour fermer la plaie. Maintenant, il ressemblait à la créature de Frankenstein. Leurs regards se croisèrent dans le grand miroir au cadre d'acajou. Phoebe porta la main à sa bouche.

— Désolée, pouffa-t-elle.

— C'est une chance que tu ne sois pas devenue infirmière, rétorqua-t-il.

Il se leva et, remplissant un verre d'eau, avala un comprimé d'ibuprofène.

— Tu as faim ? lui demanda-t-il.

Après l'épisode de la cuisine, il était littéralement affamé.

— C'est vrai que nous n'avons rien avalé depuis notre pique-nique dans la voiture.

— Dans ce cas, laisse-moi te montrer ta chambre, où tu pourras te préparer tranquillement. Le restaurant où je compte t'emmener est plutôt informel, donc tu n'es pas obligée d'être tirée à quatre épingles si tu n'en as pas le courage. Cela dit, je vais t'apporter tes innombrables valises au cas où.

Phoebe ne savait que penser de la luxueuse suite qui serait apparemment la sienne pour la durée du séjour. Elle était absolument magnifique, bien sûr, avec sa moquette blanche et ses meubles rustiques de bois vieilli dans les tons crème. Elle tomba en arrêt devant le superbe édredon brodé de fleurs sauvages puis sur l'incroyable salle de bains, qui n'avait rien à envier à celle de Léo. Malgré cet étalage de bon goût, elle regretta de ne pas partager la chambre de Léo.

Lorsque celui-ci eut disparu, elle se dépêcha toutefois de se préparer. Elle prit une douche rapide, veillant à ne pas se mouiller les cheveux. Ils avaient tellement poussé en l'espace de trois ans… Et leur longueur rendait le séchage particulièrement pénible. Après un brossage énergique, elle se les attacha avec une pince en argent.

Elle opta pour une tenue sobre : jupe évasée, collants et ballerines noirs, le tout rehaussé d'une chemise de soie rose fuchsia au-dessus de laquelle elle enfila un cardigan assorti à la jupe.

Elle avait presque oublié à quel point c'était agréable de se préparer pour sortir. En guise de touche finale, elle accrocha un pendentif en argent, marqué à son initiale, autour de son cou. C'était un cadeau de sa mère, qui portait elle aussi la lettre P en pendentif. Et si plus tard son bébé était une fille, Phoebe avait décidé de l'appeler Polly, un prénom un peu désuet mais qu'elle adorait.

Aurait-elle un jour la chance de retomber enceinte ? Passerait-elle neuf mois à craindre le pire ? Le médecin lui avait assuré qu'il n'y avait aucune raison qu'une autre grossesse se passe mal. Mais cela ne l'empêchait pas d'avoir peur.

Toutefois, ce n'était absolument pas d'actualité. Hormis Léo, il n'y avait aucun d'homme dans sa vie. Et ils ne se connaissaient que depuis trop peu de temps. Et même si leur relation devenait sérieuse, ce qui n'était pas le cas pour l'instant, Léo ne souhaitait pas avoir d'enfants.

Il avait beau aimer ses neveux et s'être montré formidable avec Teddy, il n'avait manifestement pas la fibre paternelle. Le groupe Cavallo accaparait la majeure partie de son énergie. Sans doute ne se sentait-il pas prêt à mener de front une vie professionnelle aussi dense et une vie de famille accaparante.

Son frère Luc semblait pourtant avoir réussi à combiner les deux. Mais sans doute était-il moins individualiste que son aîné…

Une fois satisfaite de son apparence, elle retourna dans le salon. Debout devant la baie vitrée, Léo contemplait la vue, les mains nouées derrière le dos. Il se retourna en l'entendant arriver.

— Tu as fait vite, dis-moi, remarqua-t-il en la caressant du regard. Je crois que tous les hommes seront jaloux de moi, ce soir.

En souriant, elle traversa la pièce et effleura sa blessure.

— Ça va ?

— J'ai encore un peu mal à la tête, mais je survivrai. Tu es prête ?

Elle acquiesça.

— Nous devrions peut-être nous arrêter à une pharmacie pour acheter des pansements un peu plus grands. Il ne faudrait pas que tu terrorises les enfants.

— Tu n'es qu'une petite peste.

— Mais je ne plaisante pas.

— Moi non plus…

- 19 -

Après un bref arrêt à la pharmacie, ils arrivèrent dans un petit bistrot niché au cœur du centre-ville d'Atlanta. Le maître d'hôtel reconnut Léo et les escorta jusqu'à une table tranquille.

— Monsieur Cavallo, dit-il. Quel plaisir de vous revoir en pleine forme.

Une étrange lueur passa dans le regard de Léo.

— Merci. Mais ne dites à personne que vous m'avez vu. Je compte faire la surprise à mon frère demain.

— A la grande fête de Noël, je suppose, fit le petit homme avec un fort accent italien et un sourire entendu. Mon neveu travaille pour vous, au bureau du courrier. Il se réjouit de cette soirée.

— Dites-lui de venir se présenter, à l'occasion, lui répondit Léo.

Après avoir aidé Phoebe à s'asseoir, Léo s'attabla en face d'elle et lui tendit le menu.

— Je sais déjà ce que je vais commander, mais toi, prends ton temps. Ils ne cuisinent que des produits frais, à la demande. Tu verras, c'est délicieux.

Lorsqu'ils eurent passé commande, Phoebe inclina la tête et le regarda en souriant.

— Tout le monde à Atlanta sait qui tu es ?

— Quand même pas. Simplement, pas mal de gens travaillent pour moi.

— Mmm, quelle modestie... C'en serait presque suspect.

— C'est vrai, insista-t-il. Je ne suis pas une sorte d'animal social, si c'est ce que tu insinues.

— Et tu n'as pas dans une de tes poches ce fameux petit calepin noir rempli de noms et de numéros de téléphone ?

— Je n'ai qu'un téléphone. Noir, effectivement. Et certains de mes contacts sont des femmes.

— Ce n'est pas une réponse.

— Puis-je invoquer mon droit de retrait ?

Phoebe apprécia infiniment le dîner. Léo portait un élégant blazer dans les tons gris et bleu marine et un pantalon noir. Malgré sa blessure de guerre, il était de loin l'homme le plus séduisant du restaurant. Et malgré son gabarit impressionnant, il tenait délicatement la tige de son verre à vin du bout des doigts.

Le simple fait de penser à ce qu'il pouvait faire avec ses doigts la fit rougir jusqu'à la racine des cheveux. Elle se précipita sur son verre d'eau pour recouvrer ses esprits.

— J'ignore à quoi tu pensais, mais tu es rouge pivoine…, remarqua-t-il avec un sourire.

— Je te rappelle que tu portes sur le front la marque de ta dépravation…

— J'en conviens.

Il pinça les lèvres, se promettant de lui faire payer cher ce refus de satisfaire sa curiosité.

Sur le chemin du retour, il se mit à pleuvoir. Bercée par le bruissement des essuie-glaces, Phoebe admirait les vitrines de Noël dont les couleurs paraissaient brouillées à travers les gouttes. Soudain, Léo tourna dans une rue et se gara le long d'un trottoir, restant quelques instants immobile, les mains crispées sur le volant.

— Un problème ? fit-elle.

Il lui jeta un regard embarrassé.

— Non, aucun. Simplement, j'aimerais monter au bureau, si tu le permets.

Elle regarda à l'extérieur, apercevant pour la première fois le nom de Cavallo sur la façade de l'immeuble situé de l'autre côté de la rue.

— Oh ! bien sûr, fit-elle, trouvant décidément son comportement bien étrange.

Léo sortit de la voiture et, ouvrant un parapluie, s'approcha pour lui tenir la porte. Ils traversèrent la rue au pas de course, zigzaguant entre les flaques d'eau.

Elle frissonna tandis qu'il sortait un trousseau de clés de sa poche et ouvrait la porte vitrée, qui se referma sans bruit sur leur passage.

— Par ici, dit Léo.

A l'aide d'une deuxième clé, il ouvrit un ascenseur aux parois vernies.

Souvent, dans les films, les amants profitaient d'un bref passage dans un ascenseur pour s'embrasser avec passion. Léo n'avait sans doute jamais prêté attention à ce détail, car tout au long de la montée, il resta adossé contre la paroi, regardant les boutons s'allumer les uns après les autres. Le groupe Cavallo occupait les douze derniers étages.

Lorsqu'ils arrivèrent à destination, Phoebe découvrit sans surprise une réception aux lignes épurées, dûment décorée pour Noël, des enfilades de box et bureaux destinés aux secrétaires et aux cadres, et au bout d'un couloir, une double porte arborant une plaque en cuivre gravée au nom de Léo, qu'il ouvrit à l'aide d'une troisième clé.

Ils traversèrent le bureau d'une assistante de direction et poussèrent une dernière porte.

Léo s'arrêta si brusquement qu'elle faillit le percuter. Il semblait avoir complétement oublié sa présence. Entrant avec une lenteur délibérée dans la pièce, il s'immobilisa pour effleurer de la main ce qui, de toute évidence, devait être son bureau. Impeccablement ciré, le plateau de bois était vide de tout accessoire ou dossier.

Léo se retourna d'un coup, une expression de consternation sur le visage.

— Mets-toi à l'aise, dit-il en désignant la baie vitrée, devant laquelle se trouvait un fauteuil en cuir et une ottomane. C'est là que je m'installe, en général, quand j'ai des dossiers à lire. Je n'en ai pas pour longtemps.

Elle suivit son conseil, remarquant qu'à l'instar de son luxueux appartement, son bureau, sans aucun doute l'épicentre de sa vie, était équipé d'une impressionnante baie vitrée. Elle en profita pour admirer le paysage nocturne, tapissé d'un million de points lumineux témoignant d'une activité urbaine trépidante.

Elle prit place dans l'imposant fauteuil dont le cuir semblait avoir pris l'odeur de l'eau de toilette de Léo. Une bouffée de nostalgie la submergea soudain. Les longues heures passées au creux de ses bras devant la cheminée lui manquaient.

De son côté, Léo rôdait autour de son bureau, ouvrant des tiroirs, feuilletant nerveusement des dossiers, effleurant les feuilles des plantes disséminées ici et là sur les meubles. Il semblait perdu. Ou tout du moins confus.

Espérant lui donner un semblant d'intimité, elle ouvrit un traité d'économie qu'elle s'empressa de reposer sur la table basse. Trop compliqué.

En haut de la pile se trouvait un magazine d'information. Mais il datait du mois précédent et elle en connaissait déjà tous les sujets. Elle finit par tomber sur une collection de quotidiens locaux où son regard fut aussitôt attiré par une photo. C'était Léo.

Son cœur se serra à mesure qu'elle parcourait l'article. *Non.* Ce devait être une erreur.

Elle se leva, le journal à la main, et le regarda sans comprendre.

— Tu as eu une crise cardiaque ?

Léo se figea puis se retourna pour lui faire face, manifestement sur la défensive.

— Qui t'a dit cela ?

Elle lui fourra le journal sous le nez.

— C'est écrit là-dedans. Ecoute : « Le directeur financier du groupe Cavallo, Léo Cavallo, 36 ans, victime d'une crise cardiaque ». Mais enfin, Léo, pourquoi ne m'as-tu rien dit ?

Il voulut ouvrir la bouche, mais elle l'interrompit.

— Et moi, pendant ce temps-là, je te faisais porter du

bois, abattre un arbre, déménager des cartons ! Nom de Dieu, Léo, comment as-tu pu ne rien me dire ?

— Bah, ce n'était pas si grave, lâcha-t-il d'un ton neutre, mais les yeux brillant d'une émotion insondable.

Elle frémit, happée dans un tourbillon de pensées douloureuses. Il aurait pu *mourir*. Il aurait pu disparaître, et avec lui son humour, son immense gentillesse, son extraordinaire personnalité, son prodigieux sex-appeal. Oui, elle aurait pu ne jamais le connaître.

— Pas si grave ? répéta-t-elle lentement. Crois-moi, quand un homme de moins de quarante ans fait une crise cardiaque, c'est *toujours* extrêmement grave.

Il se fourra les mains dans les poches, les lèvres figées en un rictus sinistre.

— C'était sans conséquence. Une obstruction mineure d'une seule artère. C'est héréditaire. Je suis en pleine santé. Je n'ai aucun traitement. Je dois juste faire des examens de temps en temps.

En songeant aux jours qu'ils avaient passés ensemble, Phoebe se remémorait à présent une quantité de détails.

— Ton père, murmura-t-elle. Tu m'as dit qu'il avait fait une crise cardiaque. Et qu'elle avait causé son accident de hors-bord.

— C'est vrai.

— C'est tout ce que tu as à dire ? Pendant qu'on faisait l'amour, t'est-il venu à l'esprit une seule seconde que je pourrais avoir envie de le savoir ? Comment as-tu pu écouter mes confidences alors que, de ton côté, tu me cachais un problème d'une telle gravité ?

Elle avait conscience de s'être mise à crier, mais elle était incapable de s'arrêter. Son cœur battait à tout rompre dans sa poitrine.

— Je n'aime pas te voir en colère comme ça, maugréa-t-il.

— Eh bien, c'est fort dommage ! lui lança-t-elle, avant de se taire, sentant qu'elle était au bord de l'hyperventilation.

Elle reprit d'un ton plus calme :

— Donc, c'est pour ça que tu es venu en convalescence

chez moi, n'est-ce pas ? Moi qui croyais que tu avais eu une mauvaise grippe, une pneumonie, voire une sorte de dépression nerveuse. Mais une crise cardiaque…

Sentant qu'elle vacillait sur ses jambes, elle se laissa tomber dans le fauteuil, déçue, furieuse et, surtout, terriblement inquiète pour lui.

— Pourquoi ne m'as-tu rien dit, Léo ? Tu ne me faisais pas confiance ? Ou, alors…

C'est alors qu'elle comprit. S'il n'avait pas pris la peine de l'informer de sa maladie, c'était parce qu'elle ne comptait pas à ses yeux… Une boule d'amertume se forma au creux de son estomac. Si Léo avait jugé bon de garder ses secrets, c'est qu'au bout du compte, elle n'était rien d'autre qu'une passade. Qu'il n'envisageait aucun avenir avec elle. Le seul projet qu'il caressait était de reprendre sa vie exactement là où il l'avait laissée. Avec la bénédiction de son médecin.

S'avançant vers elle, il s'assit sur l'ottomane et posa la main sur sa jambe.

— C'est une chose dont j'ai beaucoup de mal à parler, Phoebe. Mets-toi à ma place. Je suis un homme jeune, encore. J'étais dans une pièce, en train de faire mon travail, quand tout à coup, ma respiration s'est bloquée. J'ai vu des gens courir en tous sens et on m'a conduit à toute vitesse à l'hôpital. Ça a été une expérience atroce. Je voulais l'oublier.

— Et tu ne voulais pas de cette convalescence dans les montagnes…

— Non, c'est vrai. Mais mon médecin, qui se trouve être un ami proche, et mon frère, que je considère comme mon meilleur ami, ne m'ont pas laissé le choix. J'étais censé apprendre à contrôler mes niveaux de stress.

Elle déglutit avec peine. Elle aurait préféré qu'il ne la touche pas. La chaleur de sa main sur sa jambe menaçait de rompre la prise fragile qu'elle avait sur ses émotions.

— Nous avons fait l'amour, Léo. Désolé, mais pour moi, c'est une chose plutôt intime. Sauf que, rétrospectivement, je comprends que je n'étais qu'un élément de ton plan de convalescence, même s'il n'avait pas été prescrit par ton ami médecin.

Voyant qu'il hésitait, elle comprit qu'elle avait touché juste.

Il se passa la main dans les cheveux, trahissant sa nervosité sans même s'en rendre compte.

— Quand c'est arrivé, je n'avais pas fait l'amour depuis ma crise cardiaque. Et pour être honnête, depuis plusieurs mois avant cela. Tu veux vraiment que je te dise que j'étais mort de peur ? Tu te sentiras mieux en le sachant ?

Elle savait qu'il était dans la nature des hommes de craindre la faiblesse. Et surtout de craindre que quelqu'un en soit témoin. Elle comprenait donc sa colère, dans une certaine mesure. Mais cela ne la réconforta pas pour autant.

— Tu n'as pris rien de tout ça au sérieux, n'est-ce pas, Léo ? Tu penses que tu es invincible et que ton exil dans le Tennessee n'était qu'un mauvais moment à passer. Souhaites-tu même changer ta façon de vivre ?

Le simple fait de venir ce soir au bureau répondait mieux que des mots à cette question.

— Ce n'est pas si facile.

— Les choses importantes ne le sont jamais, murmura-t-elle, la gorge serrée.

Elle se leva et s'approcha de la vitre, refoulant ses larmes. S'il était incapable d'admettre qu'il avait besoin d'une vie en dehors du travail, et s'il était incapable d'être honnête ni avec lui-même ni avec elle, alors c'est qu'il n'était pas prêt pour le genre de relation à laquelle elle aspirait.

Elle comprit à cet instant que les minces espoirs qu'elle avait nourris à l'égard de Léo étaient parfaitement vains.

— On peut y aller, maintenant ? demanda-t-elle, accablée. Je suis fatiguée. La journée a été longue.

- 20 -

Léo savait qu'il avait blessé Phoebe. Profondément. Et il ne voyait absolument pas comment arranger les choses. A leur retour du bureau, elle disparut aussitôt dans sa chambre. Le lendemain, c'est à peine s'ils échangèrent quelques mots. Il surfa sur internet et regarda les nouvelles économiques sur différentes chaînes de télévision.

La visite à son bureau l'avait déstabilisé. La pièce lui avait paru froide, d'une propreté presque clinique, comme si le précédent occupant était mort et que l'on en attendait un nouveau.

Il avait cru que le simple fait de retrouver son ancien repaire agirait sur lui comme une révélation. Qu'il comprendrait enfin ce qu'il attendait de la vie.

S'ils étaient rentrés directement chez lui après le restaurant, Phoebe et lui auraient sans nul doute passé une folle nuit d'amour. Au lieu de cela, il l'avait emmenée au bureau et avait tout gâché.

Elle avait raison de lui en vouloir. Mais s'il avait dû réécrire l'histoire, il ne lui aurait pas parlé non plus de sa crise cardiaque. Ce n'était pas le genre de choses qu'un homme avait envie de partager avec une femme qu'il désirait impressionner.

Car là était la question. Il voulait impressionner Phoebe. Par son intelligence. Sa réussite professionnelle. Sa vie en général. Comme si la comparaison allait permettre à celle-ci de faire plus facilement une croix sur sa vie d'ermite. De comprendre qu'elle devait évoluer.

Alors qu'il se remémorait son bref séjour dans les montagnes magiques de Phoebe, les pièces du puzzle se mirent soudain en place. Si son bureau lui avait paru si stérile, si vide, ce n'était pas parce qu'il s'était absenté plusieurs semaines. Le malaise qui l'avait envahi n'avait été que l'expression du décalage qu'il ressentait entre son univers professionnel et le chaleureux foyer au sein duquel il avait vécu au côté de Phoebe.

Elle aussi avait été frappée par le sort. Elle n'en était pas devenue pour autant une femme amère. Au contraire, elle avait déployé ses ailes. Elle avait eu le courage de prendre du recul, de croire qu'elle trouverait un jour les réponses dont elle avait besoin. Et elle avait cherché à partager sa sagesse avec Léo. Mais il avait été trop arrogant pour admettre que son expérience puisse en quoi que ce soit l'aider dans sa propre vie.

Comment avait-il pu être aussi stupide ? Non seulement il lui avait menti par omission, mais il s'était cru autorisé à lui faire la leçon sur son existence rustique ! Au lieu de chercher à toute force à préserver son ego, il aurait plutôt dû la supplier de l'aider à prendre un nouveau départ dans la vie.

Il avait absolument besoin de trouver un équilibre. Son frère Luc y était arrivé. Alors pourquoi pas lui ? Et même au-delà de ça, il avait besoin de Phoebe. Beaucoup plus qu'il n'aurait pu le croire. Mais il l'avait perdue, par égoïsme. Peut-être pour toujours. Il lui faudrait un coup de génie pour regagner sa confiance.

L'ampleur de son échec était une véritable leçon d'humilité. Mais tant qu'il y avait de la vie, il y avait aussi de l'espoir, non ?

A sa demande, elle avait consenti à rester pour la soirée du réveillon. Il savait qu'elle avait réservé un vol pour le lendemain matin, car il l'avait espionnée sans vergogne alors qu'elle était au téléphone.

Lorsque, à 18 h 45, elle fit son apparition dans le hall de l'immeuble, il crut que son cœur allait s'arrêter de battre. Mais il savait faire la différence, à présent, entre un infarctus et la passion irrésistible ou tout simplement le désir foudroyant qu'elle lui inspirait.

Elle portait une robe rouge écarlate que bien peu de femmes auraient pu se permettre de porter. Et Phoebe n'avait pas exagéré lorsqu'elle la lui avait décrite. Longue derrière et plus courte devant, elle semblait avoir été créée exactement pour le corps de celle-ci.

Avec ses escarpins noirs à talons hauts, elle était presque aussi grande que lui.

Elle était merveilleusement coiffée, aussi. Elle avait tressé deux fines mèches sur le devant, qu'elle avait ensuite fixées derrière la tête, laissant le reste de ses cheveux cascader dans son dos.

— Tu es absolument sublime.

— Merci, dit-elle d'un ton froid, digne de cette reine égyptienne à laquelle elle ressemblait.

Il avait espéré renforcer ses liens avec elle en lui montrant une part importante de sa vie, lors de cette soirée. Sa famille. Ses salariés. Les valeurs de confiance et d'intégrité que prônait l'entreprise. Mais depuis, ils avaient atteint le point de non-retour.

Il détestait cette froideur qui s'était installée entre eux, mais il était prêt à jouer sur leur attirance physique pour la séduire de nouveau, s'il le fallait. Elle l'avait accusé de ne pas prendre sa guérison au sérieux, mais il était déterminé, à présent. Son avenir en dépendait. Tout ce pourquoi il avait travaillé jusque-là lui semblait dérisoire. Sans l'amour et la confiance de Phoebe, il n'avait rien.

Bien que située dans un quartier chic d'Atlanta, la maison de Luc et Hattie n'avait rien de guindé. C'était un lieu chaleureux et accueillant, avec un grand jardin qui semblait fait pour accueillir les enfants.

Léo tendit les clés de sa jaguar au placier et aida Phoebe à sortir de la voiture. Le jeune étudiant ouvrit de grands yeux en apercevant les longues jambes dorées de celle-ci. Foudroyant le garçon du regard, Léo enveloppa Phoebe dans son étole en fausse fourrure et l'entraîna vers la maison.

Tous les arbres et arbustes de la propriété avaient été ornés de petites lumières blanches ; les réverbères et grilles, de guirlandes et de nœuds couleur or.

Phoebe marqua une pause sur les marches, admirant la vue.

— J'adore cet endroit, dit-elle simplement.

— Luc et Hattie accueilleront sans doute leurs hôtes à l'entrée, mais j'espère que nous pourrons un peu plus discuter avec eux après.

Malheureusement, c'était un peu tard. Phoebe s'envolait pour le Tennessee dès le lendemain matin, et leur relation était sans doute terminée, mais elle avait quand même envie de rencontrer le frère de Léo.

Il avait vu juste. En l'apercevant, son frère se fraya un chemin jusqu'à lui et l'étreignit un long moment, ce qui fit monter les larmes aux yeux de Phoebe. La belle-sœur de Léo affichait la même émotion en regardant les deux hommes. Avec leurs smokings, les deux frères étaient aussi élégants et séduisants l'un que l'autre.

Luc serra ensuite la main de Phoebe.

— Je ne savais pas que Léo allait revenir pour les fêtes, ou même si c'était une bonne idée qu'il le fasse. Mais je suis heureux de voir qu'une femme aussi charmante prend soin de lui.

A ces mots, Léo contracta légèrement les mâchoires, sans cesser de sourire.

— Phoebe est ma compagne, pas mon infirmière.

Luc tressaillit, conscient d'avoir fait une bourde. D'autres invités se pressaient derrière eux, mais Léo s'attarda encore quelques instants.

— On peut voir les enfants ?

Hattie lui effleura gentiment la joue.

— Ils dorment dans leurs chambres, sous la surveillance d'une baby-sitter, mais tu peux aller jeter un œil, si tu veux.

Adressant un sourire à Phoebe, elle poursuivit :

— Léo est fou de son neveu et de sa nièce. Je n'ose pas

imaginer quel père il sera un jour. C'est l'homme le plus adorable que je connaisse.

— Hé ! fit Luc, feignant l'indignation. N'oublie pas que je suis là.

— Ne t'inquiète pas, mon chéri, lui répondit Hattie. Tu seras toujours mon préféré.

Léo et Phoebe entrèrent enfin dans la maison, où la soirée battait déjà son plein. Léo était un homme apprécié de tous, comme il apparut bientôt à Phoebe. Malgré sa réputation de négociateur inflexible, tous les invités le traitaient non seulement avec respect, mais avec affection.

Au bout d'une heure, elle sentit toutefois qu'il commençait à se lasser. Sans doute lui posait-on trop de questions sur sa santé. Quoi qu'il en soit, sa nervosité était bien réelle. Et la froideur qui existait entre eux de plus en plus marquée. Elle avait beau lui en vouloir, cette situation lui semblait intolérable et elle ne pouvait s'empêcher de vouloir l'aider. Sans doute ne seraient-ils jamais ensemble, mais elle ne voulait que son bonheur.

Profitant d'une accalmie dans les conversations, elle lui effleura le bras.

— Tu veux monter voir tes neveux ?

Il acquiesça, soulagé.

Bien que très différente de l'appartement de Léo, la maison de Luc et Hattie était tout aussi remarquable. Phoebe ressentait presque un peu de jalousie envers ce couple qui avait réussi à créer un environnement familial si chaleureux. La chambre de la petite fille, dans les tons pêche, recréait un univers féerique. Celle du petit garçon était ornée d'animaux.

Léo caressa le dos de son neveu et lui murmura quelques mots à l'oreille, mais il resta plus longtemps dans la chambre de sa nièce, posant un regard ému sur la fillette endormie.

— Ce n'est pas leur fille biologique, tu sais. Lorsque Hattie a perdu sa sœur, elle a élevé sa fille, et après le mariage, Luc et elle l'ont adoptée.

— Ils sont mariés depuis longtemps ?

— Un peu moins de deux ans. Hattie et lui se sont connus à l'université. Leur relation n'a pas duré à l'époque, mais par la suite, ils ont eu la chance de se retrouver.

Phoebe ne pouvait s'empêcher d'être touchée par la scène qui se déroulait devant elle. Assis délicatement au bord du lit, Léo tenait la main de sa nièce dans la sienne. C'est alors qu'il s'inclina et porta les petits doigts à ses lèvres. Phoebe ne put s'empêcher d'être émue par ce témoignage de tendresse. Léo aimait ses neveux autant qu'elle aimait Teddy, cela sautait aux yeux.

Soudain, il tourna la tête et surprit son regard ému.

— On va faire un tour ?

— Bien sûr.

De fins flocons de neige les accueillirent lorsqu'ils débouchèrent sur la terrasse à l'arrière de la maison. Malgré son étole, Phoebe frissonna. Par chance, Hattie et Luc avaient fait installer un brasero, qui diffusait une agréable chaleur. Hormis l'homme chargé d'entretenir le feu, Léo et elle étaient seuls.

Phoebe se sentit soudain submergée par la tristesse. Si seulement Léo et elle s'étaient rencontrés dans d'autres circonstances… Leur relation aurait été tout autre sans le poids des épreuves qu'ils avaient traversées l'un comme l'autre. Libres comme l'air, ils auraient pu se laisser emporter par l'extraordinaire attirance qui existait entre eux. Et qui sait, leur incroyable alchimie sexuelle aurait pu se transformer en une relation solide…

A présent, il ne leur restait plus que vingt-quatre heures à passer ensemble, mais quoi qu'il arrive, Léo laisserait une marque indélébile dans sa vie. Les échos de leurs disputes résonnaient toujours dans son esprit. Elle l'avait accusé de ne pas vouloir changer, mais n'était-elle pas tout aussi lâche que lui, au fond ? Elle était passée d'un extrême à l'autre, délaissant une vie professionnelle trépidante pour vivre en ermite au fin fond des montagnes. C'était bien loin de la vie équilibrée à laquelle elle aspirait tant.

Ce soir, elle avait vu sur les visages des invités beaucoup

plus qu'une joie de circonstance. Elle avait vu un attachement, une confiance, nés d'un travail commun. C'était à cela qu'elle avait renoncé, et elle comprenait à présent combien cela lui manquait. Les défis professionnels, les sympathiques soirées entre collègues, la satisfaction du travail bien fait.

Perdue dans ses pensées, elle tressaillit lorsque Léo, la prenant par les épaules, la fit pivoter vers lui. Comme devant sa cheminée, les flammes du brasero projetaient un kaléidoscope d'ombres et de lumières sur ses traits. Son regard était sombre, insondable.

— J'ai une proposition à te faire, Phoebe. Alors, je te demande de m'écouter avant de dire quoi que ce soit.

— Très bien, dit-elle, en resserrant son étole autour de ses épaules.

Un petit caillou s'était glissé dans sa chaussure. Et le froid était de plus en plus mordant. Mais même le blizzard n'aurait pu la chasser de la terrasse en cet instant.

Il la lâcha comme si le moindre contact entre eux risquait de compromettre ce qu'il avait à dire.

— Tout d'abord, commença-t-il dans un souffle, je suis désolé d'avoir passé sous silence ma crise cardiaque. C'était une question d'orgueil. Je ne voulais pas que tu me voies comme quelqu'un d'amoindri.

— Mais je…

Elle se mordit la lèvre, sans poursuivre, déterminée à écouter ce qu'il avait à dire, comme il le lui avait demandé.

Il lui effleura doucement la nuque.

— Quand je t'ai rencontrée, j'étais amer, déboussolé. J'avais passé une semaine à l'hôpital, une autre chez Luc, et pour couronner le tout, on venait de m'exiler dans le Tennessee.

— C'est un endroit charmant, ne put-elle s'empêcher de lui faire remarquer.

Léo esquissa un léger sourire.

— Certes, mais là n'est pas la question. Je t'ai donc rencontrée et j'ai vu en toi une femme infiniment désirable. Tu avais tes propres problèmes. Nous en avons tous. Mais je ne voulais pas que tu voies trop clairement les miens. Je voulais que tu voies en moi un homme solide, fiable et compétent.

— C'est exactement ce que j'ai fait.

— Mais reconnais qu'hier soir, Phoebe, dans mon bureau, tu as porté un tout autre regard sur moi…

Le dépit qu'elle entendit dans sa voix lui serra le cœur.

— Tu ne comprends pas, lui répliqua-t-elle. Ce n'est pas le problème. J'étais en colère, c'est vrai. J'étais consternée de découvrir la gravité de ce que tu as eu. Et j'étais furieuse que tu n'aies pas jugé bon de m'en parler. Mais en aucun cas, ça n'a changé le regard que je porte sur toi. Si c'est ce que tu as cru, alors tu t'es trompé.

Il se mit à faire les cent pas. Pendant de longues minutes, elle se demanda s'il la croyait. Il s'immobilisa enfin, chassant d'un geste de la main les flocons de neige qui virevoltaient, de plus en plus drus, autour d'eux.

— Il me semble que nous brûlons les étapes, déclara-t-il. J'avais autre chose à te dire.

A ces mots, elle ne put s'empêcher de frémir.

— Alors, ça y est ? fit-elle, atterrée. Il ne nous reste plus qu'à déplorer de ne pas nous être croisés à un meilleur moment et à repartir chacun de notre côté ?

— C'est ce que tu veux ?

Elle considéra cet homme fier, majestueux, mais si seul, qui se tenait devant elle.

— Non. Ce n'est absolument pas ce que je veux ! lui répliqua-t-elle, déterminée à jouer la carte de la franchise à un moment où tant de choses étaient en jeu. Donc, si tu as un plan, je t'écoute.

Il expira bruyamment, comme s'il avait longtemps retenu son souffle.

— Très bien. Le voici. Je propose que nous retournions chez toi pour passer le réveillon ensemble. Je resterai avec toi jusqu'à la fin de mon séjour officiel et je m'efforcerai d'apprendre à ne plus être obsédé par mon travail.

— En es-tu au moins capable ?

— Je l'espère de tout cœur. Parce que j'ai vraiment besoin de toi, Phoebe. Et parce que tu mérites un homme qui non seulement te fera une place dans sa vie, mais qui te fera passer avant tout le reste.

Une larme brûlante roula sur la joue de Phoebe.

— Quoi d'autre ?

— La suite risque de te faire un peu peur. Mais écoute-moi. A la fin janvier, à supposer que nous ne nous soyons pas entretués ou lassés l'un de l'autre entre-temps, je veux que tu m'accompagnes à Atlanta et que tu t'installes chez moi… comme ma fiancée. Oh ! pas tout de suite, s'empressa-t-il d'ajouter. Jusque-là, nous nous contenterons d'entretenir la flamme qui existe entre nous.

— « L'incendie », tu veux dire, ajouta Phoebe, pleine d'espoir.

Elle fit un pas vers lui, mais il leva la main.

— Pas encore. Laisse-moi terminer.

La détermination et le sérieux dont il faisait preuve laissaient penser qu'il était en train de prendre un grand tournant dans sa vie. Mais elle devait en avoir le cœur net.

— Continue.

— Je ne voudrais pas te critiquer, Phoebe, mais tu mènes toi aussi, reconnais-le, une existence plutôt déséquilibrée. Le travail est une part essentielle de la vie. Mais quand tu as quitté Charlotte, tu t'es complètement coupée de cet aspect de toi-même.

Elle eut une grimace, soudain gênée d'avoir osé juger Léo si durement sans s'être jugée elle-même.

Elle soupira.

— Tu as complètement raison. Mais le problème, c'est que je ne sais plus comment faire machine arrière.

Léo esquissa un petit sourire.

— Quand nous serons de retour à Atlanta, je veux que tu travailles chez Cavallo. Ton expérience dans la finance me serait très utile, j'en suis sûr. De plus, je serais ravi de pouvoir partager aussi ma vie professionnelle avec toi. Je comprends ce qui t'a poussée à t'isoler dans les montagnes. Vraiment.

Mais je soupçonne qu'étant donné ton tempérament et le mien, nous aurons besoin de nous réfugier régulièrement dans ton chalet si le travail devient trop prenant.

— J'ai peur, Léo, lui avoua-t-elle, soudain inquiète malgré l'espoir qu'il faisait naître en elle. Je suis déjà tombée de très haut une première fois.

— Ce ne sera pas pareil. La première fois, tu étais mal entourée et tu as perdu ton bébé. Mais il est temps de recommencer à vivre. C'est valable pour toi comme pour moi. Etre passionné par son travail est une bonne chose, à condition de ne pas dépasser les bornes. Or travailler ensemble nous permettra de veiller l'un sur l'autre et de trouver l'équilibre dont nous avons besoin.

Il marqua une pause.

— J'ai encore quelque chose à te dire.

Elle frémit. Léo était si sûr de lui. Aurait-elle le courage de se jeter à l'eau ?

— Quoi donc ?

Enfin, il la prit dans ses bras, son corps massif réchauffant le sien. Prenant son visage entre ses mains, il plongea dans son regard.

— Je veux un enfant de toi, Phoebe. Longtemps, j'ai cru mener la vie parfaite. Et puis un jour, j'ai eu cette crise cardiaque et je t'ai rencontrée. J'ai commencé à me poser des questions et à changer. J'ai été touché en voyant la façon dont tu t'occupais de Teddy. A présent, tout est très clair dans mon esprit. Ce sera toi et moi pour la vie, l'alliance et les enfants aussi. Tu avais tort sur ce point, mon ange. Je sais maintenant que je suis un père en puissance. Et avec la bonne personne, la vie te donnera ce à quoi tu aspires.

Inclinant la tête, il s'empara de ses lèvres, imprimant à ce baiser autant de passion que de tendresse.

— Veux-tu devenir ma quasi-fiancée ? dit-il dans un souffle, resserrant son étreinte et enfouissant le visage au creux de son cou.

Phoebe était prise dans un tourbillon d'émotions. Elle avait souffert pendant si longtemps. Trop longtemps, en fait. La peur d'un nouvel échec l'avait paralysée, enfermée, tout comme cela avait rendu Léo complètement dépendant de son travail.

Le vieil homme qui s'occupait du feu était rentré, sans doute pour se réchauffer. Phoebe retint son souffle lorsque Léo, glissant la main dans la fente de sa robe, s'approcha dangereusement de son entrejambe. Approfondissant ses caresses sans vergogne, il lui mordilla l'oreille et le cou.

— J'ai besoin d'une réponse, mon ange. Je t'en prie.

Une vague de chaleur se répandit en elle, en dépit du froid. Elle se sentait vivante, tellement vivante. Léo la serrait étroitement dans ses bras, comme s'il craignait qu'elle ne s'échappe. Mais c'était absurde. Car il n'y avait aucun autre endroit sur terre où elle aurait voulu être.

Elle s'accorda un instant pour faire ses adieux à cet enfant qu'elle ne connaîtrait jamais. Tant d'espoirs et de rêves lui avaient déjà été arrachés. Mais les montagnes lui avaient donné cette part de sérénité qui allait lui permettre de saisir l'extraordinaire seconde chance qui s'offrait à elle aujourd'hui. La chance non seulement de survivre, mais de vivre pleinement au côté de cet homme remarquable.

Posant la joue contre la chemise blanche de Léo, elle écouta un instant le battement régulier de son cœur et hocha doucement la tête.

— Oui, Léo Cavallo. Je le veux.

Épilogue

De plus en plus nerveux, Léo arpentait le sol en marbre de son appartement.

— Dépêche-toi, Phoebe. Ils seront là d'un instant à l'autre.

Il avait prévu une surprise, et si Phoebe continuait à traîner ainsi, tout risquait de tomber à l'eau. Il parcourut l'appartement du regard, notant l'ajout cette année d'un gigantesque sapin de Noël aux branches chargées de décorations. Phoebe avait également accroché au lustre plusieurs bouquets de gui à l'aide de rubans en velours rouge.

Il songea avec délices à la façon dont ils avaient honoré la tradition en faisant l'amour sur le tapis, juste sous le gui. En réalité, il avait fait exactement la même chose un peu partout dans l'appartement… Y compris la cuisine, où ils avaient plusieurs fois rejoué ce qu'ils appelaient entre eux « la grande scène du plan de travail ».

Il desserra un peu son nœud papillon, soudain submergé par une bouffée de chaleur.

Enfin, sa chère épouse daigna apparaître, visiblement contrariée.

— J'ai l'air d'une tomate géante avec cette robe, maugréa-t-elle.

Il l'attira dans ses bras et l'embrassa, passant la main sur son ventre rebondi.

— Le rouge est ma couleur préférée. De plus, c'est Noël.

Les larmes lui montèrent aux yeux en songeant au petit être qui grandissait en elle. Tant de miracles s'étaient produits dans sa vie en l'espace d'un an.

Elle lui rendit son baiser avec passion. Au fil des mois, l'attirance qu'ils éprouvaient l'un pour l'autre n'avait jamais faibli. Bien au contraire.

Mais ce soir, ils avaient prévu un restaurant avec Luc et Hattie, et le dîner serait suivi d'une représentation de *Casse-Noisette*.

— J'espère que j'arriverai à m'asseoir dans le fauteuil, à l'opéra, remarqua Phoebe en se massant les reins.

— Arrête la pêche aux compliments, tu veux ? fit-il avec un grand sourire. Tu sais très bien que tu es la femme enceinte la plus sexy du pays. Mais assieds-toi, mon ange. J'ai quelque chose à te donner avant qu'ils arrivent.

Phoebe s'installa dans un fauteuil.

— Noël n'est que dans cinq jours, remarqua-t-elle.

— Alors disons que c'est un cadeau anticipé.

Il sortit de la poche de sa veste un petit écrin de velours rouge, qu'il ouvrit et lui présenta.

— Je l'ai fait fabriquer spécialement pour toi.

Prenant délicatement l'écrin, Phoebe écarquilla les yeux. Au creux d'un lit de satin noir était niché le plus exquis des colliers, composé d'une trentaine de diamants en forme de flocons de neige suspendus à une fine chaîne en platine. Incapable de parler, elle le dévisagea, les larmes aux yeux.

S'agenouillant à ses pieds dans un geste solennel, il ôta le collier de l'écrin et le lui attacha autour du cou.

Elle y porta la main et regarda le beau visage viril de son mari, illuminé en cet instant par l'amour sans borne qu'il lui portait.

— Merci de ta générosité, mon amour.

Il plongea la main dans ses cheveux avec tendresse.

— J'aurais pu attendre notre premier anniversaire de mariage. Mais aujourd'hui est un jour très spécial pour moi. Souviens-toi, il y a exactement un an, nous étions toi et moi sous la neige, et ce jour-là, tu m'as offert une nouvelle vie. Une vie merveilleuse.

Glissant la main derrière son cou, elle attira ses lèvres vers les siennes.

— Essaierais-tu de concurrencer James Stewart dans *La vie est belle* ? lui fit-elle, le cœur débordant d'amour.

Posant la main sur son ventre rebondi, il ne put réprimer un sourire en sentant l'énergique coup de pied que venait d'assener leur fils.

— Pas du tout, ma douce. Je ne fais qu'exprimer tout ce qu'il y a de beau et bon dans ma vie. Et à mes yeux, tu entreras toujours dans ces deux catégories.

KATE LITTLE

L'inconnu de l'hiver

Traduction française de
ALICE MARCHAND

Passions

HARLEQUIN

Titre original :
BABY ON THE RUN

Ce roman a déjà été publié en 2008.

- 1 -

Carey Mooreland serrait le volant si fort entre ses mains gantées qu'elle en avait mal aux doigts. Il neigeait depuis plusieurs heures et les gros flocons duveteux recouvraient le pare-brise si vite que les essuie-glaces n'arrivaient plus à les chasser.

Le système de dégivrage de sa vieille voiture ne marchant plus très bien, Carey essuya tant bien que mal la vitre embuée avec la main. C'était sa troisième voiture cette année. Chacune avait eu plus de problèmes et de kilomètres au compteur que la précédente, mais traquée d'un Etat à l'autre, elle était obligée de changer de véhicule souvent pour pouvoir brouiller sa piste.

Quand la tempête s'était déclarée, elle avait dû acheter des pneus neige. C'était une dépense imprévue, mais elle était bien contente de l'avoir faite. Elle devait penser à Lindsay, son bébé. La petite fille de six mois qui dormait paisiblement dans son siège auto, si bien couverte qu'on ne voyait que son petit nez et un morceau de joue.

Carey aurait bien aimé dormir, elle aussi. Elle avait envie de faire demi-tour et de retourner à Blue Lake. Elle avait envie de pleurer en repensant à cette idyllique petite ville du Vermont. Mais, comme si souvent depuis quelques mois, elle avait dû partir. Pour assurer la sécurité de son bébé. C'était la seule chose qui comptait, pour le moment.

Afin de noyer le grincement incessant des essuie-glaces, elle alluma la radio. Un joyeux chant de Noël s'éleva dans le silence. On était le 24 décembre, elle l'avait presque oublié dans sa fuite éperdue.

L'autoroute ne comptait plus qu'une seule voie, couverte d'une épaisse couche de neige, et il y avait peu de voitures en vue. Elle distingua un camion échoué en travers du bas-côté dont les feux de détresse clignotaient. Elle dut faire un effort pour détourner le regard.

Malgré ses pneus neufs, la petite voiture fit une embardée. C'était le signe qu'il fallait qu'elle s'arrête, ne serait-ce qu'un moment. La voiture avait besoin d'essence et elle, de caféine. Concentrée sur la conduite, elle en avait oublié de regarder où elle était. Elle savait que c'était quelque part sur la côte du Maine. Entre Blue Lake, dans le Vermont, d'où elle venait, et Bar Harbor, où elle espérait prendre un ferry pour la Nouvelle-Ecosse. De là, elle comptait se rendre sur l'île canadienne du Prince-Edouard.

Le Canada était un pays immense. Il serait facile de s'y cacher. Aussi obsessionnel qu'il puisse être, Quinn finirait par se lasser de la poursuivre. Du moins l'espérait-elle. Et s'il allait en prison, il ne pourrait plus la tourmenter. A moins qu'il n'ordonne à ses hommes de main de rester à ses trousses ? Elle savait comment il était quand il avait des griefs contre quelqu'un. Ce n'était pas impossible.

Elle suivit la rampe de sortie et s'arrêta à un stop planté à l'entrée d'une route sans lumière. Un panneau indiquait :

« Greenbriar, 7 km ».

Elle n'avait guère d'autre option. Elle ne pouvait pas conduire toute la nuit par ce temps. Il fallait qu'elle trouve une chambre. Elle pourrait repartir le lendemain matin. Avec un peu de chance, la tempête de neige se serait calmée.

S'il y avait des maisons au bord de la route, elle ne les vit pas. Elle ne distinguait que des arbres et des buissons recouverts de neige. Pas une seule voiture. Personne n'était assez fou pour rester sur les routes par ce temps. Et puis tout le monde avait dû rentrer chez soi pour fêter Noël.

Normalement, Lindsay et elle auraient dû passer le réveillon à Blue Lake, chez ses amis Rachel et Jack qui avaient un petit garçon, Charlie. Elle leur avait laissé des cadeaux avec une lettre expliquant qu'elle avait dû partir brusquement pour s'occuper d'un parent malade en Virginie. Elle avait promis de donner des nouvelles au bout de quelques jours.

Ils avaient dû trouver sa lettre, à présent. Elle tenta d'imaginer leur réaction. Elle avait horreur de mentir, surtout à ces gens qui lui faisaient confiance et l'avaient aidée à son arrivée à Blue Lake. Mais elle n'avait pas eu le choix. Elle avait appris que le détective privé de Quinn avait retrouvé sa trace et elle ne voulait pas que ses amis puissent lui indiquer la véritable direction qu'elle avait prise. Un jour, elle leur expliquerait tout, se promit-elle. Si cela devenait enfin possible…

A la radio, le chant de Noël se termina et l'animateur se mit à parler du Père Noël. Lindsay était encore trop petite pour s'y intéresser, mais ce mythe charmant rappela à Carey les réveillons de son enfance, à l'époque où elle était une petite fille heureuse, entourée d'amour par ses parents. A présent, ils étaient morts tous les deux. Ainsi que son mari, Tom, tué dans un accident sur l'un des chantiers de construction de Quinn l'année précédente.

Elle était seule au monde, avec Lindsay. Elle portait son secret comme une muraille qui clôturait son cœur, et qui l'empêchait de se rapprocher d'autrui et de former des amitiés durables. Certains auraient peut-être trouvé cela supportable, ou même préférable, mais elle n'en pouvait plus.

Ce soir, elle se sentait vraiment au bout du rouleau. Si la fuite au Canada ne résolvait pas ses problèmes, elle ne savait pas ce qu'elle allait devenir. Elle lutta pour refouler les larmes qui lui brouillaient la vue.

Toute à ses sombres pensées, elle vit soudain un animal jaillir de la forêt et se retrouver juste devant ses phares, au milieu de la route. Il paraissait immense, avec sa belle ramure et ses longues pattes effilées, et pourtant il se déplaçait avec une grâce fluide, comme au ralenti.

Effarée, elle freina de toutes ses forces. Sa ceinture de

sécurité se resserra brutalement. Elle aurait voulu crier, mais n'en eut pas le temps. C'était trop tard, l'animal arrivait tout près, trop près…

Elle tourna vivement le volant et entendit un sabot heurter le capot. La voiture dévia sur le bas-côté et s'engagea dans la pente enneigée. Elle freinait toujours. Elle tira même le frein à main, sans aucun résultat. Enfin, elle se protégea le visage de ses bras, après un regard en arrière vers le bébé qui dormait toujours, miraculeusement.

La voiture s'arrêta enfin quand l'avant du capot rencontra un tronc d'arbre. L'impact fut assez violent pour la projeter vers l'avant et pour écraser le pare-chocs, mais pas assez pour que l'airbag se déploie.

Elle se retourna aussitôt, complètement bouleversée.

— Lindsay ? Ma chérie ?

La petite fille ouvrit de grands yeux et se mit à pleurer. Son siège était bien conçu et n'avait pas bougé d'un pouce. Tout en remerciant le ciel de les avoir épargnées, elle défit vite sa ceinture et sortit de la voiture.

Elle se retrouva dans la neige jusqu'aux genoux. Elle ouvrit la portière arrière et se pencha à l'intérieur pour récupérer sa fille et la réconforter. Dans les bras de sa mère, Lindsay arrêta vite de pleurer et se détendit. Carey tremblait, encore sous le choc, mais sentir le petit corps de son bébé contre elle lui fit du bien.

Elle inspira à fond en essayant de se rappeler ce qu'il convenait de faire dans un cas pareil. Elle tendit le bras pour allumer les feux de détresse, puis se demanda s'il y avait la moindre chance que quelqu'un les voie là où elles se trouvaient, en contrebas de la route.

— Je dois appeler les secours, dit-elle au bébé. Il faut que quelqu'un vienne nous sortir de là… Mais je ne sais pas où nous sommes…

Elle ramassa son portable sur le siège avant et composa le numéro des secours. On lui répondit immédiatement.

— J'ai eu un accident, commença-t-elle. Ma voiture a

quitté la route et percuté un arbre. Je suis seule avec un bébé. J'ai besoin d'aide… très vite…

Elle s'efforçait de rester calme, mais le simple fait de raconter ce qui venait de lui arriver la bouleversait.

— Quel âge a l'enfant, madame ?

— Six mois. C'est une petite fille.

— Quelqu'un est blessé ? Vous voyez du sang ?

— Non, nous n'avons rien. Mais je vous en prie, envoyez-nous vite quelqu'un. J'ai peur qu'elle n'attrape des engelures.

— Nous envoyons les secours tout de suite. Où êtes-vous exactement ?

— Je ne sais pas très bien… En sortant de l'autoroute, j'ai tourné en direction de Greenwood… ou Greenbriar… Je ne suis pas d'ici, ajouta Carey en soupirant. J'étais perdue et je cherchais une station d'essence…

— D'accord, madame, je vois où vous êtes. Vous vous dirigiez vers le nord ou vers le sud ?

— Je ne sais pas…, gémit Carey, essayant de rester calme. J'ai tourné à droite au stop… je crois…

— La voiture est visible de la route ?

La liaison était de plus en plus mauvaise. Carey se hâta de répondre :

— Je ne sais pas… Je…

Le téléphone s'éteignit.

Elle regarda l'écran. Plus de batterie. Elle ne s'était pas rendu compte que l'appareil avait besoin d'être rechargé. Elle le secoua, tout en sachant que cela ne servirait à rien. Elle avait envie de hurler. *Non, ce n'est pas possible !*

Avait-elle donné suffisamment d'indications pour qu'on la retrouve ? Elle en doutait un peu. Il neigeait tant que les vitres de la voiture à demi ensevelie étaient déjà recouvertes d'un épais manteau blanc.

C'était un jour férié, dans une toute petite ville. Il ne devait pas y avoir beaucoup de monde dans l'équipe de policiers ou de pompiers de garde. On mettrait peut-être très longtemps à la trouver… Que faire si elle restait coincée des heures durant dans cette tempête avec Lindsay ? Elle ne pouvait pas partir à pied dans la neige. De toute façon, elle ne savait pas dans quelle direction aller. Elle n'avait pas aperçu une seule maison depuis qu'elle avait quitté l'autoroute.

Laisser Lindsay seule ici lui paraissait inacceptable, mais c'était la seule chose à faire. Il fallait qu'elle aille accrocher une écharpe ou un signal de détresse quelconque à un arbre au bord de la route.

Carey s'efforça de ne pas céder à la panique. Elle rattacha Lindsay dans son siège auto, ferma les portières et entreprit de remonter la pente raide que sa voiture avait dévalée. C'était un vrai miracle que Lindsay et elle soient indemnes. Elle avait au moins eu cette chance.

Elle dut se hisser à l'aide de branchages pour rejoindre la route. Ses fines bottes à talons en cuir n'étaient pas idéales pour faire de l'escalade dans la neige, mais elle parvint enfin sur l'accotement.

Elle tâchait de reprendre son souffle, quand elle sursauta : un homme se dirigeait vers elle au pas de course. Il paraissait grand, très grand, avec de larges épaules et de longues jambes. Il portait un blouson avec la capuche rabattue sur les yeux et de grosses bottes de neige qui montaient jusqu'aux genoux. Comme il était éclairé à contre-jour par les phares d'une voiture arrêtée sur le bas-côté, elle ne pouvait pas distinguer son visage.

Terrifiée, elle resta figée sur place. Espérant juste que cet étranger apportait de l'aide et non des ennuis supplémentaires.

Quand il arriva plus près, elle vit les insignes de la police sur son blouson et poussa un soupir de soulagement.

— Oh, comme vous avez fait vite ! Je ne pensais pas que l'opératrice qui m'a répondu allait pouvoir déterminer où j'étais. Et mon téléphone n'avait plus de batterie…

Il la regarda, surpris.

— On ne m'a pas envoyé vous chercher. Je rentrais chez moi quand j'ai vu vos feux de détresse.

Il rentrait fêter Noël en famille, songea-t-elle.

— Je vous remercie de vous être arrêté.

— Il n'y a pas de quoi. Vous n'êtes pas blessée ?

Sa voix grave et tranquille avait quelque chose de réconfortant. Il fit un pas vers elle et l'examina de plus près.

— Qu'est-ce qui s'est passé avec votre voiture ? Vous avez dérapé ?

— Un animal a déboulé juste devant mes roues. Un cerf, je crois. J'ai donné un coup de volant pour l'éviter.

— Vous êtes seule ?

Question logique. Pourtant, devant la douceur de sa voix et sa façon de la regarder, elle eut la gorge serrée. Elle se sentait soudain terriblement solitaire.

— J'ai mon bébé avec moi. Ma petite fille. Elle est restée dans la voiture, elle va bien. Je l'ai laissée une minute pour aller mettre un signal de détresse sur la route.

A peine avait-elle prononcé le mot « bébé » que le policier était déjà en train de dévaler la pente. Il se déplaçait sans effort dans ses bottes de neige et il atteignit la voiture en quelques grandes enjambées. Il ouvrit la portière.

Elle s'élança à sa suite, mais elle ne put négocier la pente avec autant de facilité et la descendit sur les fesses.

Quand elle le rejoignit à la voiture, il lui tendit Lindsay, qu'il avait déjà détachée de son siège.

— Elle a l'air en forme. Vous l'aviez bien enveloppée.

Il récupéra la couverture sur la banquette et l'enroula autour du bébé. Carey en fut étonnée. Ce geste attentionné était surprenant de la part d'un étranger.

Lindsay pleurait, mais cela n'avait pas l'air de le gêner. Il semblait serein, imperturbable. Contrairement à elle, qui était au bord de la crise de nerfs.

— Vous avez besoin de prendre quelque chose dans le coffre ? demanda-t-il.

— Ce sac bleu, là, c'est celui du bébé, indiqua-t-elle. Et aussi le sac marin, ainsi que le siège auto, je pense.

Il prit les deux gros sacs et passa les bandoulières sur ses épaules comme s'ils ne pesaient rien, avant de prendre le siège. Puis il ferma la voiture à clé et se dirigea vers la pente, suivi de Carey.

Arrivé au pied du talus, il se tourna vers elle.

— Laissons les sacs en bas, je reviendrai les chercher. Je vais porter le bébé, si vous voulez.

Elle hésita un instant. Mais, en se rappelant ses difficultés pour monter la première fois, elle acquiesça.

— Très bien.

En tendant le bébé à l'inconnu, elle ressentit un léger pincement d'inquiétude, mais il s'évanouit dès qu'elle vit le soin protecteur avec lequel il installait l'enfant contre sa poitrine. Lindsay était bien plus en sécurité dans ses bras à lui.

Il s'écarta pour la laisser passer la première. Quand elle commença à glisser en arrière, il bondit à ses côtés avant qu'elle tombe et lui passa un bras autour de la taille pour la retenir, tout en portant le bébé de l'autre bras. Il était tout près, mais elle ne pouvait voir que ses yeux. Des yeux bleus comme un ciel de printemps.

Elle mit toute son énergie à remonter la pente, un pas après l'autre. Elle dérapait, repartait. Elle avait du mal à ignorer l'homme qui la soutenait, si proche qu'elle sentait son souffle chaud sur ses joues. Elle se détourna pour regarder devant elle. Jamais, depuis la mort de Tom, un an plus tôt, elle n'avait connu de contact physique aussi rapproché avec quelqu'un.

— N'ayez pas peur, je vous tiens. Attention. Allez-y tout doucement.

— Je vais y arriver.

Elle s'efforça de restée concentrée. Sentir son bras autour de sa taille et son corps musclé si près du sien lui donnait de l'énergie, mais c'était si troublant…

Quand ils arrivèrent en haut, elle poussa un soupir. Il dut croire qu'elle était soulagée d'avoir terminé l'ascension.

Il lui tendit le bébé avec précaution et redescendit chercher les sacs. Elle se demanda comment il allait pouvoir porter ses lourds bagages en plus du siège auto, mais il réapparut très vite avec son chargement. Il n'avait même pas l'air essoufflé.

Elle le suivit jusqu'au 4x4 vert foncé qui attendait au bord de la route. Il jeta les sacs à l'arrière et attacha le siège auto. Elle y installa Lindsay et lui mit sa ceinture avant de lui déposer un baiser sur le front. Elle savait que le bébé avait faim et besoin d'être changé.

— Pauvre chérie. Encore un peu de patience, je vais très vite pouvoir m'occuper de toi, promit-elle.

Elle monta à l'avant et le conducteur mit la voiture en marche. Il avait ôté sa capuche. Enfin, elle put voir son visage.

Il était séduisant. Très séduisant. Elle avait déjà remarqué ses yeux, magnifiques. Mais il était encore plus beau qu'elle n'avait pu l'imaginer.

Ses cheveux bruns étaient coupés court, mais pas en brosse. Les mèches de devant étaient mouillées à cause de la neige et il les avait repoussées vers l'arrière, ce qui dégageait son front haut, ses joues creuses et les traits ciselés de son visage. Avec une expression sérieuse, il sortit du bas-côté et fit demi-tour en douceur.

Ils roulèrent vers la ville qu'elle essayait de rejoindre un peu plus tôt, avant de déraper dans le fossé. Elle retira sa capuche à son tour et passa une main dans ses longs cheveux blonds, que l'humidité avait fait boucler encore plus que d'habitude.

Elle tendit les mains vers le chauffage et s'aperçut qu'il l'observait. Son regard la mit un peu mal à l'aise.

Il la détaillait avec intérêt. Il avait l'air de la trouver à son goût. Elle avait jeté exactement le même regard sur lui un peu plus tôt. Seulement elle croyait bien l'avoir fait à son insu.

— Vous avez froid ? Je peux monter le chauffage.

Elle réprima un sourire. S'il avait pu lire dans ses pensées, il aurait su qu'elle ne risquait guère d'avoir froid, vu les idées torrides qui lui traversaient la tête…

— Je vous remercie, mais cela va très bien.

Elle retira ses gants trempés et les fourra dans sa poche.

— Je ne crois pas que vous m'ayez dit votre nom, monsieur l'agent.

— Ben Martin. Pas « monsieur l'agent », je ne suis pas en service. Je n'ai pas saisi votre nom, moi non plus.

— Oh, pardon. Je m'appelle Carey Mooreland. Et voici Lindsay, ajouta-t-elle en désignant le bébé à l'arrière.

— Elle est adorable. Je suis si content qu'elle n'ait pas été blessée. Vous avez eu de la chance, d'une certaine façon. La neige a considérablement ralenti la descente de la voiture. Sans cela, vous auriez souffert beaucoup plus quand vous avez percuté cet arbre.

— C'est vrai, cela aurait pu être plus grave, admit-elle.

Il fallait reconnaître qu'elle avait échappé au pire. Cela n'empêchait pas que sans, cette tempête de neige, elle serait arrivée au but de son voyage, au Canada, à l'heure qu'il était. Cet homme n'avait pas la moindre idée de sa situation.

— Y a-t-il quelqu'un que vous souhaitez appeler ?

Il devait penser qu'elle avait un mari ou un compagnon. Les questions personnelles la rendaient nerveuse. Surtout celle-là.

— Non, pas de souci. Je n'ai personne à prévenir.

Il lui jeta un bref coup d'œil avant de reporter son attention sur la route. Elle sentit qu'elle avait éveillé sa curiosité, même s'il ne lui posa pas d'autre question.

— J'allais à Portland pour voir une amie, précisa-t-elle.

C'était l'histoire qu'elle avait concoctée à l'avance pour expliquer son départ, au cas où quelqu'un lui poserait des questions. Portland se trouvait quelque part vers le sud. Elle ne savait pas exactement où.

Il hocha la tête sans commentaire. Son silence la déstabilisa. Ne l'avait-il pas crue ? Peut-être se concentrait-il juste sur la route enneigée. La conduite n'était pas facile dans ces conditions.

— J'ai l'impression que vous êtes coincée ici. Au moins pour cette nuit.

— J'imagine. Qu'est-ce que je peux faire pour ma voiture ? Pensez-vous que je puisse trouver quelqu'un pour la remorquer ?

— Je vais demander au commissariat d'appeler le garage,

mais je ne sais pas si on pourra s'occuper de votre voiture ce soir. Tous les dépanneurs à trente kilomètres à la ronde doivent être submergés d'appels à l'heure qu'il est.

Même si l'idée de perdre du temps lui était insupportable, elle savait qu'il n'était pas raisonnable d'espérer qu'on la remorque en pleine tempête de neige… le soir de Noël, qui plus est.

— Où vont-ils l'amener ?

— Le garage le plus proche est celui d'Anderson, à Greenbriar. C'est un type honnête, il ne cherchera pas à vous escroquer. Mais je suis certain qu'il sera fermé demain. Vous allez devoir attendre le vingt-six pour qu'on répare votre voiture.

Le cœur de Carey se serra. Elle allait être immobilisée là deux jours, sans compter le temps nécessaire pour les réparations. Cela pourrait prendre longtemps. Et chaque minute était précieuse pour échapper à ses poursuivants.

— Il n'y a pas d'autre garage, à part celui-là ?

— Il y en a quelques-uns sur l'autoroute, mais ils vous feront payer le remorquage beaucoup plus cher. Et je ne peux pas vous garantir la qualité de leurs services.

Un émetteur de radio était fixé au tableau de bord. Il le décrocha et demanda à quelqu'un, à l'autre bout, d'appeler un dépanneur. Il indiqua l'endroit où se trouvait la voiture.

Elle accepta que l'on transporte sa voiture au garage de Greenbriar. Cela semblait être la solution la plus facile.

— Vous pouvez nous déposer où vous voulez, dans un motel ou quelque chose de ce genre, dit-elle.

Mais y en avait-il seulement un ? Jusqu'à présent, tout ce qu'elle avait aperçu par la vitre de la voiture, c'était de la neige à perte de vue.

— Il y a un hôtel en ville, mais il est complet. Une foule de parents venus pour les fêtes, expliqua-t-il.

— Je devrais peut-être appeler pour vérifier. Ils ont pu avoir une annulation de dernière minute.

Il secoua la tête.

— Croyez-moi, ils n'ont pas une seule chambre libre ce soir.

Une ombre de sourire apparut au coin de sa bouche. Sans bien savoir pourquoi, elle croyait deviner que ce n'était pas le genre d'homme à sourire très souvent. Il avait un côté si sérieux.

Cela valait peut-être mieux, d'ailleurs. Il était encore plus séduisant lorsqu'il souriait.

— Je suis bien renseigné : c'est ma famille qui tient l'hôtel. Ma mère et ma sœur, ajouta-t-il.

Elle avait du mal à concevoir que cet homme viril puisse avoir une mère, mais il en avait une, évidemment, ainsi qu'une femme et des enfants qui l'attendaient pour fêter Noël, avec toute leur famille et nombre d'amis.

Ses mains étaient couvertes par de gros gants ; elle ne voyait pas s'il portait une alliance. Elle sursauta : ses pensées suivaient un cours pour le moins bizarre. Quelle importance cela pouvait-il avoir qu'il soit marié ou non ?

— Il doit bien y avoir un lieu d'hébergement, reprit-elle, se forçant à revenir à la réalité. Cela n'a pas besoin d'être chic. Tout ce que je souhaite, c'est que ce soit propre, et chauffé.

— Il y a bien quelques chambres d'hôtes, mais elles sont toutes occupées ce soir. Et il y a un motel plus loin vers le nord, mais l'autoroute est fermée et je ne veux pas prendre le risque d'y aller par les petites routes. De toute façon, ce sera complet aussi, surtout avec ce temps.

Elle réfléchit un instant. Inutile de discuter, il avait certainement raison. Tous ceux qui étaient doués d'un peu de bon sens allaient quitter la route et s'arrêter au premier hôtel venu.

— Et à l'hôpital, on ne pourrait pas trouver un lit pour la nuit ?

— L'hôpital est encore plus loin.

Avant qu'elle ait eu le temps de répliquer, il ajouta :

— La procédure habituelle pour l'hébergement d'urgence, c'est de mettre les gens dans la cellule, au poste de police.

Voyant son air inquiet, il reprit aussitôt :

— Ne vous inquiétez pas. Je ne vais pas vous abandonner dans une cellule de prison le soir de Noël !

Il la regarda un instant avant de reporter son attention sur la route. Elle se sentit soudain très troublée, comme si quelque chose de fort passait entre eux.

— Alors ? Que devrions-nous faire, d'après vous ?

Il ne dit rien pendant un long moment. Elle se demanda quelle solution il allait trouver.

— J'ai toute la place qu'il faut chez moi. Nous y sommes presque. Et honnêtement, je ne vois pas d'autre solution.

Elle fut surprise par cette proposition.

— Vous croyez ? Je veux dire : il n'y a vraiment pas d'autre endroit ?

— Demain, il y aura de la place partout. Mais ce soir, avec la neige, je ne vois vraiment pas où vous emmener d'autre. Vous avez dit que vous ne souhaitiez rien de plus qu'une chambre propre et chauffée. Cela, je peux vous l'offrir.

— Et votre famille ? Je ne voudrais pas déranger…

Elle avait formulé sa question le plus subtilement possible.

— Eh bien, évidemment, il y a Dixie… ma chienne, précisa-t-il. Mais elle adore avoir de la visite.

Pourquoi cette réponse lui faisait-elle si plaisir ? Sans doute parce que s'il avait eu une femme et des enfants, elle aurait eu l'impression de s'imposer, voilà tout.

— Je me rends compte que ma proposition est un peu déconcertante. Je veux dire que vous auriez raison d'hésiter. Je vais appeler le poste de police, vous pourrez parler à mon chef et vérifier que je suis bien celui que je prétends être. Est-ce que cela pourra vous rassurer assez pour accepter ?

— D'accord. Je suppose que ce serait avisé, en effet.

Il prit l'émetteur radio et un instant plus tard, elle écoutait son chef en faire un panégyrique complet, en soulignant toutes ses extraordinaires qualités d'homme et de policier. Il ne pouvait subsister le moindre doute quant à sa bonne foi. Elle n'en avait d'ailleurs pas douté une seconde.

— Merci, monsieur. Vous m'avez beaucoup aidée, dit-elle pour la deuxième ou troisième fois.

Ben Martin lui prit la radio des mains.

— Tu me fais passer pour un mélange de scout et de héros de film d'action !

— J'ai oublié Sherlock Holmes, lança son interlocuteur en riant. Joyeux Noël, mon vieux ! Je te verrai après les fêtes.

— Merci, joyeux Noël à toi aussi, répondit Ben avant de couper la communication.

Gardant les yeux fixés sur la route, il secoua la tête. Les compliments avaient dû l'embarrasser. Cette légère rougeur qu'elle voyait sur ses joues, était-ce parce qu'il était gêné ou parce qu'il avait froid ?

— Satisfaite ? demanda-t-il après un silence.

— On dirait que vous êtes la vedette de la police locale.

— C'est possible… Cela dit, nous ne sommes que cinq !

Un sourire fugace passa sur son visage anguleux et il lui jeta un bref coup d'œil. Elle se sentit soudain à l'étroit dans la pénombre de la voiture, tout près de lui… Elle inspira profondément et se tourna vers la fenêtre.

— Votre maison est encore loin ?

— Nous sommes presque arrivés, répondit-il calmement.

C'était une bonne nouvelle. Elle avait envie de mettre un peu de distance entre elle et son séduisant sauveur.

Quelques instants plus tard, il quitta la route et tourna dans un petit chemin. Les branches des arbres qui le bordaient penchaient sous le poids de la neige, créant une sorte de tunnel blanc.

La voiture avançait péniblement, mais Ben n'avait pas l'air de s'en rendre compte. Il ne craignait manifestement pas de caler ni de rester enlisé.

Finalement, ils arrivèrent devant une petite maison en rondins, au toit couvert de neige. Il y avait une cheminée en pierre et des volets de bois aux fenêtres. Tout autour, de grands pins scintillaient sous les flocons. Elle eut l'impression de se trouver dans une illustration de conte de Noël. Dans la nuit, la blancheur produisait un effet magique.

— Elle est vraiment en rondins ? demanda-t-elle quand la voiture s'arrêta enfin.

— Oui. Je l'ai construite moi-même. Avec l'aide de quelques amis, ajouta-t-il.

— C'est une vraie prouesse ! Je suis surprise que votre chef ne m'en ait pas parlé, s'exclama-t-elle avec malice.

Il répondit par un sourire ravageur qui la fit frissonner.

— C'est vrai ? Je vais le lui rappeler. Entrons nous réchauffer.

Il sauta dehors le premier et sortit du coffre les sacs de Carey. Elle descendit et se pencha pour prendre Lindsay.

Elle se dirigeait avec précaution vers l'entrée, le bébé dans les bras, quand elle sentit la main ferme de Ben sur son bras. Elle lui jeta un coup d'œil, mais il ne dit rien, se contentant de la guider jusqu'à ce qu'elle soit arrivée en sécurité sous le porche.

Il posa les sacs pour ouvrir la porte et alluma l'électricité. Un gros chien descendit l'escalier en aboyant bruyamment. Elle se réjouit intérieurement d'avoir été prévenue.

— Voilà Dixie, je présume ? demanda-t-elle en faisant renifler sa main au chien.

— Comment avez-vous deviné ?

Il ne riait pas mais il avait les yeux brillants, et elle sentit son cœur battre un peu plus fort.

— Dixie ! Au pied ! Où sont tes bonnes manières ?

La chienne s'assit immédiatement, observant son maître de ses yeux bruns pleins d'adoration.

« Il sait s'y prendre avec la gent féminine… J'espère que je ne le regarde pas comme sa chienne ! », pensa-t-elle.

Ben retint Dixie par le collier pendant qu'elle flairait Carey. Elle lui caressa la tête. Elle aimait bien les chiens, et celui-ci paraissait gentil.

— Bonsoir, Dixie, tu vas bien ? Je suis désolée de t'avoir réveillée, dit-elle doucement. Elle est mignonne, ajouta-t-elle à l'intention de Ben.

— C'est une grande sentimentale, dès qu'on la connaît

un peu. Elle doit se demander ce que vous faites ici. Je ne reçois pas beaucoup de visites.

Vraiment ? Pourtant un homme comme lui devait avoir une foule de femmes qui faisaient la queue devant sa porte. C'était peut-être le genre à passer la nuit chez l'autre, de façon à pouvoir s'esquiver discrètement le lendemain matin ?

Il ouvrit la porte et la chienne bondit dehors.

— Installez-vous, je vous en prie. Je reviens tout de suite. Dixie a besoin d'exercice.

Il sortit, fermant la porte délicatement derrière lui. Elle se retrouva soudain seule, ce qui n'était pas plus mal. Elle devait s'occuper du bébé. Lindsay avait besoin d'une nouvelle couche et d'un biberon.

Elle regarda autour d'elle, un peu désorientée. Ce grand salon était garni d'une cheminée en pierre. Près du foyer, il y avait un long canapé accueillant avec des coussins en kilim et deux gros fauteuils. Le parquet en pin, d'un ton chaud, était ciré et émaillé de tapis en laine, et on avait placé près de la fenêtre un bureau en pin couvert de livres et de papiers. Un ordinateur portable était posé dessus.

A côté du salon, la salle à manger, pourvue d'une table en pin et de chaises à hauts dossiers, était séparée de la cuisine par un bar. Au plafond, on avait laissé les poutres apparentes, ce qui contribuait à l'aspect rustique de l'ensemble.

C'était un décor très masculin, à la fois un peu bohème et confortable.

Elle changea sa fille et la prit avec elle dans la cuisine pour préparer un biberon et le réchauffer dans le four à micro-ondes.

Quand Lindsay eut fini de boire. Carey lui fit faire un rot, puis la berça doucement contre son épaule.

Les yeux de l'enfant, lourds de sommeil, se fermaient tout seuls. Elle semblait parfaitement heureuse. Carey s'émerveilla de la facilité avec laquelle les bébés s'adaptaient à tout, en toute inconscience. La petite fille ne savait rien des dangers auxquels elles avaient échappé ce soir.

Peut-être qu'un jour Carey pourrait lui raconter ce qu'elles avaient vécu toutes les deux durant la première année de sa vie. Quand elle serait grande et qu'elle pourrait comprendre.

Elle se couvrit les épaules d'une couverture qui était posée sur le dossier d'un fauteuil. Cette maison était confortable et bien chauffée, mais elle frissonnait, glacée jusqu'à l'os. Ce devait être le contrecoup, pensa-t-elle. Elle venait de vivre plusieurs heures de panique totale, en fuyant le Vermont d'abord, puis à cause de l'accident. Maintenant que la poussée d'adrénaline était passée, elle se sentait à bout de forces.

Elle eut un nouveau frisson. Ben Martin avait raison, elles avaient eu de la chance, toutes les deux. Cette tempête de neige avait peut-être été une bonne chose, après tout — l'une de ces choses qui semblent être des obstacles, à première vue, mais qui sont en réalité des bienfaits déguisés…

Les paupières de Carey se fermaient toutes seules. Elle revit le bras de Ben qui la retenait tandis qu'ils grimpaient la pente enneigée, côte à côte. Il n'avait fait que son travail en aidant la victime d'un accident de la route ; il n'avait sans doute rien remarqué. Mais, bien qu'elle répugne à l'admettre, elle avait été troublée par ce geste presque intime. Avec cet homme près d'elle, elle s'était sentie capable d'escalader des montagnes, et en même temps protégée et sereine. Sentiments qu'elle éprouvait très rarement maintenant.

Cette sensation de bien-être, elle la ressentait encore. Elle savait bien que ce n'était qu'une illusion fugitive, mais c'était merveilleux de pouvoir se détendre et baisser la garde, ne serait-ce que pour quelques heures.

Juste le temps de se reposer un peu et de reprendre des forces, se dit-elle. Avant de repartir avec Lindsay.

- 2 -

Il faisait nuit. Carey marchait dans une rue sombre, toute seule. Quelqu'un la suivait. Elle se retourna, mais ne vit personne. Elle se mit à marcher plus vite, puis à courir. Soudain, son agresseur surgit devant elle, et elle sentit une poigne glacée la saisir. Elle se défendit en hurlant…

— Réveillez-vous ! C'est juste un cauchemar. Tout va bien.

Elle ouvrit les yeux. Ben était penché sur elle, une main sur son épaule. Son visage était tout près du sien.

Comprenant qu'il l'avait secouée pour la réveiller, elle se redressa brusquement dans son fauteuil, gênée. Il se leva.

— Je n'aurais pas dû vous laisser dormir dans le fauteuil. Ce n'est pas confortable.

— Ce n'est pas à cause du fauteuil, assura-t-elle.

Il la regarda sans rien dire, puis gagna la cheminée et remit une bûche dans l'âtre. Les flammes bondirent, éclairant soudain toute la pièce de leur éclat doré.

— J'ai couché Lindsay dans son siège auto, j'espère que j'ai bien fait ? J'avais peur qu'elle glisse de vos bras et je ne voulais pas vous réveiller.

Elle sursauta. Elle n'avait plus son bébé dans les bras et elle ne s'en était même pas aperçue !

— Ne vous inquiétez pas. Elle n'est pas loin, dit Ben.

Elle regarda à ses pieds et vit Lindsay qui dormait sous une couverture toute douce, bien calée dans son siège qui avait été incliné vers l'arrière.

— Merci. Elle a l'air très confortablement installée.

Il sourit, visiblement heureux du compliment.

— Vous avez faim ? J'ai préparé un petit en-cas. Ce n'est pas grand-chose, juste ce que j'ai trouvé dans le frigo.

— Je pourrais manger n'importe quoi, avoua-t-elle.

Elle n'avait rien avalé depuis le petit déjeuner. Elle le suivit dans la cuisine. Un instant plus tard, elle était attablée en face de Ben et savourait une épaisse soupe de nouilles au bœuf tout en admirant du coin de l'œil le croque-monsieur qu'il avait posé à côté de son bol. Carey s'efforça de manger lentement au lieu d'engloutir son dîner comme elle en mourait d'envie.

— Cette soupe est délicieuse, dit-elle entre deux cuillerées. Elle est faite maison ?

— Mon congélateur est rempli de plats tout prêts qui viennent des cuisines de l'hôtel. Je suis sûrement le célibataire le mieux nourri de toute la ville.

« Et sans doute aussi le plus recherché des femmes », pensa-t-elle. Son congélateur bien garni expliquait peut-être qu'aucune d'entre elles n'avait encore réussi à lui mettre le grappin dessus. Elle voyait mal quelles autres raisons il pouvait y avoir.

— En revanche, c'est moi qui ai fait le croque-monsieur. N'y regardez pas de trop près, ajouta-t-il.

Elle y jeta tout de même un coup d'œil curieux. Il était bien doré d'un côté, et complètement carbonisé de l'autre.

— Aucun problème, j'ai si faim que je mangerais n'importe quoi !

— Vous n'êtes pas très difficile à satisfaire, vous…

Elle baissa la tête. Elle avait ses raisons de ne pas être difficile. Cela dit, elle n'avait jamais été exigeante ni pointilleuse. Ce n'était pas dans sa nature.

— Cela rend la vie plus facile, admit-elle en se forçant à sourire.

— C'est vrai, mais tout le monde n'en est pas persuadé.

Il n'en dit pas plus. Une ombre passa sur son visage, éteignant pour un instant l'éclat de ses yeux bruns. Quel souvenir lui passait par la tête ? Une autre femme, assise à la place où elle se tenait maintenant ? Une femme qu'il avait été difficile de satisfaire ?

Consciente de se poser des questions qui ne la regardaient pas, elle mordit dans son croque-monsieur. Il n'était pas mauvais du tout, en fait. Ben se leva, emportant les bols vides.

— Voulez-vous du café ?

— Très volontiers. Noir et sans sucre, s'il vous plaît.

— Pas de fioritures. J'aurais pu m'en douter.

Ben avait parlé d'un ton pince-sans-rire, mais elle remarqua une étincelle d'humour dans ses yeux bleus. Il servit deux tasses de café et les porta dans le salon pour qu'elle puisse le boire en surveillant le bébé. Lindsay dormait toujours tranquillement dans son petit lit de fortune.

Carey s'assit par terre près d'elle. Ben ajouta une bûche. Il s'allongea à côté de la jeune femme et but son café à petites gorgées en contemplant les flammes.

De son côté, elle ne pouvait s'empêcher de trouver son hôte plus agréable à regarder que le feu. Il était grand et mince, à l'aise et tellement... tellement sexy, il fallait l'avouer. Elle but son café pour se changer les idées.

— Il y a longtemps que vous habitez ici ? demanda-t-elle d'une voix étrangement rauque.

Ce n'était pas une entrée en matière follement spirituelle, mais elle avait besoin de rompre le silence dangereux qui s'était établi entre eux.

— J'ai vécu ici presque toute ma vie. Après deux ans dans la marine, je suis allé faire mes études en Caroline du Nord. J'y suis resté un moment, mais, finalement, je suis revenu ici.

— Vous en aviez assez de leurs hivers trop doux ?

Un demi-sourire ourla le coin de ses lèvres et une fossette creusa sa joue. Cela lui allait si bien de sourire...

— C'est en partie cela, oui. Il n'y avait pas assez de défis à relever, là-bas. Et Noël ne ressemblait pas vraiment à Noël.

Elle avait eu le même sentiment lorsqu'elle avait passé les fêtes dans les Caraïbes, une année. C'était Tom, son mari qui avait eu l'idée.

— Je suis revenu il y a trois ans. Mon père était malade, à l'époque, et ma famille avait besoin de moi.

Elle ne fut pas surprise. Il semblait être le genre dévoué.

— Quand avez-vous perdu votre père ? demanda-t-elle doucement.

— Il est mort un an après mon retour, à peu près.

Elle perçut de la douleur dans sa voix. C'était une chose qu'elle comprenait très bien. Ils avaient cela en commun.

— Et vous êtes resté.

Il haussa les épaules.

— C'est une petite ville, mais je crois que cela me convient bien. Pour le moment, en tout cas.

Maintenant que son père n'était plus là, peut-être que sa mère et sa sœur dépendaient de lui. Mais elle sentait qu'il était trop discret, et trop modeste, pour l'admettre.

— Alors voilà, je suis devenu la vedette de la police de Greenbriar, conclut-il.

L'étincelle de gaieté qui pétillait dans ses yeux était revenue.

— Je l'ai entendu dire, répondit-elle.

Elle le regarda en souriant. Elle n'avait pas l'intention de flirter, mais c'était pourtant ce qu'elle était en train de faire.

— Et vous, qui êtes-vous ? s'enquit-il, curieux.

Ce moment de bavardage et de légèreté s'évapora aussitôt. Elle se recroquevilla dans sa coquille.

— Vous avez dit que vous alliez à Portland. Mais d'où venez-vous ? reprit-il.

Elle ne pouvait pas trop s'éloigner de la vérité. Sa voiture était immatriculée dans le Vermont, il l'avait certainement remarqué. Après tout, il était policier. Pourtant, elle devait se protéger, au cas où ses poursuivants trouvent un jour cet homme et le questionnent.

— De Burlington.

Elle avait donné le nom d'une ville qui se trouvait aussi dans le Vermont, mais à l'opposé de Blue Lake. Toutefois, elle se souvint que si elle venait de Burlington, la route pour Portland ne passait pas par là. Il fallait trouver autre chose.

— Je suis passée par Freeport pour voir une parente. Une… grand-tante. Elle voulait voir le bébé.

Gênée, elle fit un sourire et glissa une mèche derrière son oreille pour se donner contenance.

— Et votre amie de Portland, elle vous attendait pour Noël ?

Carey haussa les épaules.

— Pas vraiment. En réalité, j'y vais pour y travailler. Mon amie m'a proposé un job dans sa boutique. Elle a besoin de l'aide d'une personne de confiance, ajouta-t-elle.

Avait-elle vraiment besoin de broder autant ? « Reste simple, se dit-elle sévèrement, c'est le seul moyen de rester crédible. »

Ben savourait son café à petites gorgées. Elle espéra de tout son cœur qu'il n'allait pas la questionner davantage. En temps normal, elle aurait été flattée qu'un homme aussi séduisant s'intéresse à elle. Mais, dans sa situation, c'était juste éprouvant.

— Quel genre de travail faites-vous ?

Elle haussa les épaules.

— J'ai fait un peu tous les métiers. J'ai été serveuse, chauffeur de taxi, réceptionniste, promeneuse de chiens, vendeuse dans un grand magasin… J'ai aussi été fleuriste, j'adorais cela, mais j'ai dû arrêter à cause de mes allergies. J'ai aussi distribué des échantillons gratuits dans les supermarchés. Un jour, j'ai dû m'habiller en cookie géant dans un centre commercial… Vous voulez vraiment connaître la suite ?

— Il y a une suite ?

Il souriait d'un air agréablement impressionné.

— Trop longue à mon goût.

Elle fit une pause, le temps de se demander jusqu'où elle pouvait et souhaitait aller dans ses confidences.

— J'ai multiplié les petits boulots pour me payer l'université. J'ai fait des études de lettres, mais je voulais devenir actrice. Je suis allée à New York pendant quelque temps et j'ai passé toutes les auditions imaginables. Cela n'a pas marché, alors je suis rentrée chez moi.

— Pourtant, pour ce qui est du physique, vous aviez tout ce qu'il faut.

Il plongea les yeux dans les siens. Gênée, elle se détourna et fixa de nouveau son attention sur la cheminée.

— C'est gentil.

— C'est la vérité.

Sa façon de la regarder la fit rougir. Pourvu qu'il mette cela sur le compte du feu.

— Bref, vous êtes rentrée chez vous. Et c'est où ? demanda-t-il.

Elle faillit dire « Cleveland », mais se retint à temps.

— Scranton, en Pennsylvanie. Enfin, à la périphérie de Scranton, en réalité, se crut-elle obligée d'ajouter. Dans une petite ville qui s'appelle Wilkes Barre.

— C'est là que vous avez grandi ?

Elle hocha la tête et se força à sourire. Son cœur battait si fort qu'elle était persuadée qu'il pouvait l'entendre. Il était policier. N'était-il pas parfaitement capable de voir qu'elle ne lui avait raconté que des mensonges ? Enfin, pas seulement, mais presque.

Cette vie devenait insupportable. Sa rancœur à l'égard de l'homme qui l'avait obligée à en arriver là n'en fut que plus forte. Elle tombait aussi bas que lui, à mentir ainsi. Quinn était un vrai monstre.

Elle jeta un coup d'œil vers Ben. Il avait l'air sérieux, gentil, intéressé. Elle fut soudain prise d'une folle envie de tout lui confier. C'était de la démence, mais elle avait besoin de raconter son histoire. Elle avait été si seule et vulnérable, après la mort de Tom… A cause de sa naïveté, elle s'était laissée prendre au piège et, maintenant, elle vivait un cauchemar sans fin.

Ben la comprendrait-il ? Saurait-il l'aider, ou bien allait-il la dénoncer ?

— Vous avez l'air… un peu déstabilisée. Est-ce que je

vous ai posé trop de questions ? Je suis désolé, ajouta-t-il. Déformation professionnelle…

Elle faillit céder au besoin de se confier, mais elle se ressaisit brusquement.

— Ce n'est rien… Je suis simplement fatiguée. Mon mari est mort il y a peu de temps. Les fêtes représentent un moment difficile pour moi.

Voilà au moins une chose qui était vraie. Pourtant, même s'il n'avait pas péri dans cet accident, Tom et elle n'auraient sans doute plus été ensemble à l'heure qu'il était. Il lui avait fait une cour effrénée et ils s'étaient mariés très vite, mais ils n'avaient jamais été heureux et ils étaient sur le point de se séparer quand elle s'était aperçue qu'elle était enceinte. Ils avaient alors pris la décision de se donner une dernière chance. Puis Tom était mort et elle s'était retrouvée veuve à trois mois de grossesse.

— C'est dur. Je suis navré, dit-il avec sincérité. Cela a été soudain ?

Carey hocha la tête.

— Un accident sur un chantier de construction.

Tom était contremaître dans l'entreprise de bâtiment de Quinn. Il était tombé d'un échafaudage et il avait été tué sur le coup. L'autopsie avait révélé un taux d'alcool important, et des témoins avaient confirmé qu'il avait bu au déjeuner. En conséquence, l'assurance n'avait rien versé à sa veuve, hormis la prime minimale.

Elle ne s'était pas inquiétée pour elle, mais elle devait penser au bébé à naître. C'est alors, Quinn était intervenu. Elle l'avait pris pour un homme bon, au début. Seule au monde, elle avait accepté l'aide qu'il lui proposait si généreusement. Assez d'argent pour vivre jusqu'à ce qu'elle puisse se remettre à travailler, et un bon poste ensuite, comme comptable dans les bureaux de son entreprise. Sans doute craignait-il qu'elle ne le poursuive en justice pour sa responsabilité dans l'accident, mais elle n'en aurait jamais été capable ; ce n'était pas son genre. De toute façon, elle n'avait pas les moyens de payer un avocat.

Elle n'avait plus de famille. Son père était mort quand elle était petite, et sa mère peu de temps après la fin de ses études, dans un accident de voiture. Ce deuil avait été terrible pour la jeune femme.

Elle voyait à présent que c'était en partie pour cette raison qu'elle s'était mariée si précipitamment. Tom l'avait étourdie par ses promesses d'amour et entraînée dans un tourbillon. Mais, dès qu'ils avaient été mariés, il avait très vite eu l'air de s'ennuyer et d'avoir envie de changer d'air.

Avec le recul, elle voyait qu'elle s'était laissée prendre au piège, par Tom d'abord, puis par Quinn, qui était plus âgé. Il avait d'ailleurs un peu agi comme un père, mais comme un père trop possessif, qui s'intéressait de trop près à sa vie privée et tentait d'en garder le contrôle absolu.

Quand elle avait commencé à travailler pour lui, après la naissance de Lindsay, il l'avait installée dans un bureau juste à côté du sien. Il lui avait offert un bon salaire et des horaires flexibles… et même permis d'emmener Lindsay au bureau quand c'était nécessaire. Cela ne le dérangeait pas. Il adorait la petite fille et la couvrait de cadeaux. Il semblait toujours heureux de la voir. Carey voyait en lui une sorte d'oncle affectueux, voire une figure paternelle. Elle avait été aveugle et stupide de ne pas comprendre quel rôle Quinn voulait jouer dans sa vie : celui de beau-père pour Lindsay.

Elle avait fini par lui expliquer, avec toute la douceur et la diplomatie possibles, qu'elle n'était pas intéressée par ce genre de relation. Elle avait dû le répéter à de nombreuses reprises, mais il avait gardé espoir, déclarant obstinément qu'elle changerait d'avis lorsqu'elle aurait fait le deuil de Tom.

La seule chose que Carey souhaitait changer, c'était sa situation. Effrayée par l'intérêt obsessionnel que Quinn lui portait, elle se sentait prisonnière sous son regard vigilant. Mais elle redoutait sa réaction si elle démissionnait. Les représailles qu'il était capable d'exercer à l'encontre des concurrents qui l'avaient « contrarié » étaient inquiétantes.

Elle avait essayé d'aborder le sujet, un jour, et sa réaction avait été vraiment terrifiante. Certes, un peu plus tard, il l'avait suppliée de lui pardonner, en laissant un gros bouquet de roses sur son bureau, ainsi que des peluches et une combinaison d'hiver pour Lindsay. Il aurait vraiment fallu qu'il se fasse soigner, ses terribles crises de rage étaient pathologiques. Sachant très bien qu'elle ne pourrait pas se contenter d'annoncer à Quinn qu'elle quittait la ville, elle avait économisé un peu d'argent sur son salaire, mais pas assez pour s'échapper.

Finalement, Quinn était allé trop loin. Elle avait découvert qu'il falsifiait ses comptes et ses déclarations fiscales. Elle avait beau craindre sa réaction, elle avait rassemblé tout son courage pour lui demander des explications. Sa conscience l'exigeait.

Comme elle s'y attendait, il s'était mis dans une colère folle et avait affirmé qu'elle était aussi coupable que lui. Elle gérait sa comptabilité, n'est-ce pas ? Si elle le quittait, il lui ferait porter le chapeau.

Elle avait fait mine de céder à ses menaces et de s'en remettre à lui, avançant qu'il savait ce qui était nécessaire pour la bonne marche de l'entreprise. Mais, à la première occasion, elle avait rassemblé le peu d'argent dont elle disposait et, avec l'aide d'un couple d'amis, Paul et Nora Newton, elle avait fui Cleveland, et même l'Ohio.

Elle était d'abord allée à Chicago, pensant disparaître facilement dans une grande ville. Un de ses amis d'université l'avait aidée à trouver du travail et à s'établir sous une fausse identité. Sa vie avait repris un cours presque normal.

Paul, l'ami qui l'avait aidée à quitter l'Ohio, travaillait comme contremaître sur les chantiers de Quinn ; il était donc bien placé pour la tenir au courant de ses activités. Il l'avait prévenue que Quinn avait engagé un détective privé pour la retrouver. Quelques mois plus tard, il lui avait appris que Quinn faisait l'objet d'une enquête : il était soupçonné de faire partie d'un réseau qui avait volé plusieurs millions de dollars à des banques grâce à des emprunts fictifs. Ayant été sa comptable, elle était recherchée aussi. Le bureau du procureur avait besoin de son témoignage pour inculper Quinn ; peut-être même la croyait-on complice.

Mais elle redoutait les représailles si elle trouvait le courage de sortir de l'ombre et d'aller proclamer son innocence en témoignant contre son ancien patron. D'une façon ou d'une autre, Quinn se vengerait, sur elle et sur Lindsay. Sa conscience lui disait d'aller témoigner, mais son instinct maternel avait été le plus fort. Son premier devoir était de protéger sa fille, et elle ne pouvait pas compromettre sa sécurité.

Elle n'avait pas suffisamment confiance en la justice pour être sûre qu'on allait la croire et la protéger. Et si Quinn était déclaré non coupable ? Il n'était pas seulement obsessionnel, il était fou, tout simplement. S'il n'écopait pas d'une longue peine de prison, il la traquerait partout où elle irait. Elle ne pouvait pas courir ce risque. Mais, maintenant, elle avait à ses trousses à la fois la police et les hommes de Quinn.

Si elle y pensait trop, elle aurait du mal à trouver le courage de continuer… de faire ce qu'il fallait pour s'en sortir, pour survivre…

La voix de Ben interrompit le cours de ses pensées. D'après son expression compatissante, elle devina qu'il l'avait crue perdue dans ses souvenirs de son mari disparu.

— Les fêtes sont pénibles quand on est seul. Où que l'on soit, tout le monde a l'air heureux. Si on ne l'est pas soi-même, on a l'impression d'être en tort, d'être complètement… déconnecté.

C'était exactement ce qu'elle ressentait, même si son cas était encore plus compliqué. Il avait l'air de comprendre et de partager ses sentiments. Elle se demanda s'il avait des plans pour le jour de Noël, ou s'il avait prévu d'esquiver les festivités en allant travailler. Mais elle n'avait pas envie de lui poser la question.

— Vous voulez un autre café ?

Elle se redressa. C'était bon d'être assise près de lui, à bavarder devant le feu. Elle avait peur, si elle restait plus longtemps avec lui, de baisser la garde et de lui livrer tous ses secrets.

— Non, merci. Je ferais mieux d'aller me coucher, avant de m'effondrer encore une fois dans votre salon.

— Vous pouvez dormir où vous voulez, cela ne me dérange pas, mais j'ai porté vos affaires dans la chambre d'amis et j'ai fait le lit avec des draps propres. Vous y serez bien, je pense.

Il se leva d'un bond agile et lui tendit les mains.

— Venez, je vais vous montrer.

Elle voulut ignorer son geste, mais elle finit par céder et mettre une main dans les siennes. Elle avait besoin d'aide pour se mettre debout : elle était à bout de forces après ses aventures de la journée et se sentait à peine capable de marcher.

Elle se leva et se retrouva soudain face à lui, si près qu'elle sentit son souffle dans ses cheveux. Il plongea ses yeux dans les siens, détaillant les traits de son visage. Elle essaya d'éviter son regard, mais c'était impossible.

Ben toucha les boucles blondes de Carey pour les repousser derrière son oreille. Sa main s'attarda sur la joue de la jeune femme, qui sentit qu'il était sur le point de l'embrasser. Elle aurait dû reculer, mais ses pieds refusaient de lui obéir. Elle garda les yeux rivés sur Ben, qui se pencha vers elle.

Elle entrouvrit les lèvres et ferma les paupières.

Rompant le silence, le bébé se mit à gémir. Ils reculèrent tous les deux et regardèrent le petit lit. Lindsay avait dormi si paisiblement jusque-là qu'on en aurait oublié sa présence.

Carey s'agenouilla précipitamment pour vérifier sa couche, qui était sèche, et murmura des paroles apaisantes en caressant doucement le dos de la petite fille. Elle ne tarda pas à se rendormir.

Ben se pencha vers elle pour murmurer :

— Je vais la porter jusqu'à la chambre. Il ne faut pas la réveiller.

— Bonne idée, chuchota-t-elle à son tour.

Ben souleva facilement le bébé dans son siège et se dirigea vers l'escalier, avec Carey sur les talons.

Arrivé en haut, il tourna à gauche et la conduisit jusqu'à une petite chambre au bout du couloir. Posée sur une table près du lit, une lampe d'opaline baignait la pièce d'une lumière douce. Le lit était grand et, quoique repoussé contre le mur du fond, prenait presque toute la place. Il était recouvert d'une courtepointe en patchwork. Une couverture en laine à rayures était soigneusement pliée au pied, et les oreillers en duvet invitaient au sommeil.

A part le lit, il n'y avait qu'une petite armoire peinte en blanc et un fauteuil à bascule pour tout mobilier. Le plafond mansardé composait une atmosphère intime dans la pièce.

Elle vit que Ben avait porté ses deux sacs dans la chambre et les avait laissés au pied du lit.

— Eh bien voilà... vous êtes chez vous. La salle de bains est à côté, sur la droite. Ma chambre est à l'autre bout du couloir. Si vous avez besoin de quoi que ce soit, vous n'avez qu'à m'appeler.

Tout en parlant, il reculait vers la porte. Il paraissait un peu nerveux, brusquement, et elle pouvait deviner pourquoi. La vue de ce grand lit vide lui faisait prendre conscience à elle aussi qu'ils étaient attirés l'un vers l'autre. Ben avait failli l'embrasser... Et maintenant, ils allaient passer la nuit seuls tous les deux dans cette maison...

Elle s'imagina avec lui dans une folle étreinte, roulant sur ce lit large et confortable... Puis elle cligna des yeux pour dissiper cette image et revenir à la réalité.

Il était en train de dire quelque chose, mais elle ne savait pas quoi.

— ... Bon, bonne nuit. A demain matin.

Il restait dans l'embrasure de la porte, les deux mains dans les poches de son jean.

Elle fit un pas vers lui, mais décida à temps qu'il valait mieux lui dire au revoir de loin, et s'arrêta net.

— Encore merci de votre aide. Je ne sais vraiment pas ce que je serais devenue si vous ne nous aviez pas trouvées.

Il secoua la tête, gêné par sa gratitude.

— Je suis content que Lindsay et vous n'ayez pas été blessées. Bonne nuit.

Il y avait dans sa voix grave et douce un soupçon de regret, une toute petite note qui toucha profondément Carey.

— Bonne nuit, Ben.

Elle croisa son regard un instant, juste avant qu'il referme la porte.

- 3 -

Elle s’assit sur le lit. Elle écouta les pas de Ben qui s’éloignait dans le couloir, suivi de Dixie. Une porte s’ouvrit et se referma.

Mais qu’avait-elle donc, ce soir ? Elle ne connaissait pas cet homme, et voilà qu’elle était prête à perdre tout contrôle d’elle-même, pour peu qu’il la prenne dans ses bras.

Ce devait être à cause de l’accident. Il l’avait sauvée et elle se sentait protégée, avec lui. C’était peut-être aussi le charme opéré par cette jolie maison confortable, avec son feu de cheminée. Cela faisait longtemps qu’elle se défendait seule, elle était épuisée et vulnérable, en particulier ce soir.

Mais elle ne pouvait pas se laisser aller. Même pas avec un homme comme Ben. *Surtout pas* avec un homme comme lui, si honnête et si sincère.

Elle fouilla dans son sac à main pour en extraire son téléphone portable, puis sortit le chargeur de son sac de voyage et le brancha dans une prise près du lit. Elle ouvrit le téléphone en train de se recharger et vit qu’elle avait un message de Paul et Nora Newton. Elle écouta le répondeur.

— Carey, c’est Paul. Je voulais avoir de tes nouvelles, savoir où tu es. Nora t’embrasse. Nous savons que ce n’est pas le meilleur Noël de ta vie, mais nous pensons fort à toi. Fais un bisou au bébé et appelle-nous dès que tu peux. J’espère que tu es en sécurité et que tu n’as pas froid.

Cette voix affectueuse la réconforta, mais elle ne put s’empêcher de se demander si Paul avait en réalité autre chose à lui dire. Avait-il des nouvelles de Quinn ?

Elle l'appellerait demain et lui raconterait qu'elle était immobilisée dans le Maine pour plusieurs jours. Elle espérait que ce contretemps n'allait pas permettre aux détectives de Quinn de retrouver sa trace.

Lindsay dormait dans son siège auto, posé sur le lit, contre le mur. Elle se pencha et caressa doucement sa petite joue ronde.

Elles étaient au chaud et en sécurité dans la maison de Ben Martin. Au moins pour cette nuit.

Carey s'éveilla lentement du profond sommeil dans lequel elle avait sombré. Elle ne savait plus où elle était. Puis elle se souvint de l'accident, de Ben Martin. Et des moments qu'ils avaient passés assis dans la cuisine, puis devant le feu. Il avait failli l'embrasser… Elle se le rappelait très bien, maintenant.

Elle regarda le bébé, qui dormait toujours à côté d'elle dans son siège auto. Lindsay avait l'air d'un petit ange. Son berceau de fortune devait être confortable.

La chambre était éclairée par la douce lumière du matin, qui se réfléchissait sur la neige. Elle se leva et ouvrit les rideaux. La tempête avait cessé pendant la nuit et le ciel était d'un bleu éclatant, sans l'ombre d'un nuage. Chaque centimètre du paysage était blanc.

On voyait surtout des pins alentour. Devant la maison, le gros 4x4 vert avait été débarrassé de sa neige. Ben avait aussi dégagé un passage pour rejoindre le chemin privé. Elle redouta que la neige ne les bloque ici.

Lindsay commençait à se réveiller. Elle la prit avec elle dans la salle de bains et entreprit de faire leur toilette à toutes deux. Quand tout fut fini, elle enfila un jean et un pull bleu pastel.

Ses longs cheveux bouclés étaient dans un état impossible, mais elle ne voulait pas prendre le temps de les laver. Elle se contenta de les rassembler en chignon flou derrière sa tête. Elle n'avait pas de maquillage à portée de main, mais elle trouva un tube de brillant à lèvres au fond de sa trousse de toilette et en appliqua rapidement une touche.

Elle aurait voulu se faire belle pour s'asseoir à la table du petit déjeuner. Mais quelle différence cela aurait-il fait ? Les regards et les rares sourires de Ben flattaient son ego, certes, mais elle ne pouvait rien attendre de lui. Dans un jour ou deux, elle allait partir, et elle ne le verrait plus jamais. Il ne fallait pas l'oublier, même si, chaque fois qu'elle croisait son regard bleu, elle avait l'impression de plonger la tête la première dans un puits sans fond.

Elle descendit l'escalier avec Lindsay dans son siège. Une odeur de café et de nourriture l'attira vers la cuisine.

Ben, debout devant le fourneau, lui tournait le dos. La maille souple de son polo bleu foncé mettait en valeur son torse d'athlète et ses larges épaules, et son jean usé moulait ses hanches minces et ses longues jambes. Il semblait sorti d'une couverture de magazine.

Il se retourna et l'observa de la tête aux pieds. Elle avait bien fait de mettre du gloss.

— Joyeux Noël.

Il avait une voix grave et douce, presque solennelle.

— Joyeux Noël, Ben… J'ai failli oublier ! avoua-t-elle.

— Je n'ai pas eu le temps de te chercher un cadeau, alors je t'ai fait des crêpes et du bacon grillé.

Il retourna une crêpe d'un coup de spatule, puis lui jeta un coup d'œil par-dessus l'épaule.

— Les cadeaux faits maison sont toujours les plus réussis, surtout s'ils sont comestibles. Je peux t'aider ?

Ils étaient passés au tutoiement sans même s'en apercevoir.

— Je ne pense pas. Il y a du café dans cette boîte. Les crêpes sont presque prêtes. Comment va Lindsay, ce matin ? Elle a bien dormi ?

— Oui, elle a dormi toute la nuit d'une traite. Et elle s'est réveillée plus tard que d'habitude.

« Moi aussi », pensa-t-elle en jetant un coup d'œil coupable à l'horloge. Elle était gênée de descendre si tard, alors que Ben avait déjà eu le temps de pelleter la neige et de faire des crêpes.

Elle prépara un biberon qu'elle fit réchauffer au micro-ondes, et donna une compote de pêches au bébé pour son petit déjeuner. Lindsay venait de finir la dernière cuillerée quand Ben posa les assiettes remplies sur la table.

Elle commença à manger en tenant le bébé en équilibre sur un genou.

— Miam ! C'est bon. Comment fais-tu pour qu'elles soient si fines ?

— Les grands chefs ne révèlent jamais leurs secrets, répondit Ben en souriant.

Il s'appuya contre le dossier de sa chaise et but une gorgée de café.

— Je te devais une revanche pour les croque-monsieur carbonisés, ajouta-t-il.

— Les croque-monsieur étaient très bien, mais ceci, c'est… encore meilleur.

Elle trempa une bouchée de crêpe dans le sirop d'érable. C'était vraiment les meilleures qu'elle avait mangées depuis bien longtemps. Elle insisterait pour l'aider à tout ranger après le repas. Ensuite, elle s'en irait.

Il l'avait accueillie très gentiment chez lui et il avait fait tout ce qu'il pouvait pour la mettre à l'aise, mais elle n'avait pas envie de le déranger plus longtemps. Il avait sa vie, ses obligations, ses projets pour les fêtes. Et, bien qu'il n'ait mentionné que sa mère et sa sœur, elle était sûre qu'une femme devait l'attendre quelque part.

— Je ferais bien d'appeler les hôtels, ce matin, et de voir si je peux trouver une chambre, dit-elle brusquement.

Elle lui jeta un coup d'œil, mais il n'eut pas de réaction.

— Je peux te conduire à l'hôtel de Greenbriar, en ville.

— C'est celui que tient ta famille ?

— Oui, confirma-t-il en s'essuyant la bouche avec une serviette en papier. J'ai téléphoné à ma mère, tout à l'heure, et je lui ai parlé de toi. Beaucoup de ses clients s'en vont aujourd'hui. Elle aura une chambre pour toi et ton bébé.

Il avait vraiment pensé à tout…

— J'apprécie ton aide, Ben, dit Carey, interloquée. Merci. Encore une fois.

— Ce n'est rien. Un simple coup de fil.

— J'espère que cela ne te fera pas faire un détour de m'y emmener ? Je pourrais appeler un taxi…

Il se renversa sur sa chaise en riant franchement.

— Il n'y a que deux taxis en ville, Carey, et aucun des deux n'est tracté par des rennes. Je pense que tu n'as pas d'autre choix que de venir en ville avec moi. Certaines routes ne seront même pas déblayées, mais nous y arriverons quand même. Je dois passer à l'hôtel de toute façon, et cela ne me dérange pas de t'emmener.

— Je pensais que tu devrais peut-être aller travailler aujourd'hui.

— J'ai une journée de congé. Pas d'excuse pour rater le Noël en famille…

Il afficha un demi-sourire. Elle sentit que, s'il en avait eu la possibilité, il aurait très volontiers échappé à la grande réunion familiale.

— Vous serez nombreux ?

— Assez, oui. Il y aura mes oncles, mes tantes, mes cousins… Nous avons une famille nombreuse des deux côtés, et tout le monde s'imagine que, puisque ma mère est à la tête d'un hôtel-restaurant pourvu d'une immense salle à manger, c'est à elle de recevoir pour les fêtes. Elle se plaint, mais je ne crois pas qu'elle accepterait de faire autrement, même si quelqu'un se proposait pour prendre la relève.

Manifestement, ce serait une très grande réception. Ce n'était pas étonnant que Ben ne soit pas enthousiasmé à cette idée : il n'avait pas l'air d'être le genre d'homme à apprécier les foules. Elle le connaissait déjà assez pour le savoir.

— Et toi ? Ta famille aussi fait une grosse fête pour Noël ?

Elle fit non de la tête.

— Mes parents sont morts tous les deux. Mon père quand j'étais au lycée, et ma mère il y a quelques années seulement. Ils recevaient quelques proches et des amis pour Noël, mais en général c'était assez intime. J'ai de bons souvenirs de cette époque, ajouta-t-elle avec regret. Les cadeaux, les gâteaux que l'on préparait, ma mère et moi, les chants de Noël…

Elle n'avait jamais confié cela à personne, pensa-t-elle soudain, même pas à Tom. Mais personne ne lui avait posé la question.

Ben avait une expression pensive.

— Tu es à peu près seule au monde, alors ?

Elle haussa les épaules pour dédramatiser la situation.

— Oh, non ! J'ai Lindsay.

Elle jeta un regard tendre au bébé qui dormait à ses pieds. Lindsay était le bonheur de sa vie. Elle aurait fait n'importe quoi pour elle.

— J'ai Lindsay et elle m'a, moi. Cela suffit. Nous sommes très indépendantes, toutes les deux.

— Je vois cela, répondit Ben gravement.

La conversation devenait trop sérieuse. Cela la mettait mal à l'aise.

— A quelle heure veux-tu partir ? s'enquit-elle sans transition.

— D'ici une heure, à peu près.

Il jeta un coup d'œil à sa montre.

— Même avec la neige, cela devrait nous permettre d'arriver à temps.

Elle se leva et ramassa les assiettes.

— Je peux m'en charger, intervint Ben.

— Désolée. C'est mon tour. Tu as fait le petit déjeuner, lui rappela-t-elle. Ce sera mon cadeau de Noël pour toi !

Elle vit l'un de ses rares sourires éclairer son visage. Il l'observa, les bras croisés sur son large torse, pendant qu'elle travaillait.

— C'était cela ou une cravate, mais tu ne m'as pas paru du genre à en porter très souvent !

Il sourit de plus belle.

— Bien vu. Je n'en porte jamais.

Elle termina rapidement la vaisselle. Il la regarda faire encore un moment avant de prendre un torchon pour essuyer. Elle ne protesta pas, même si le fait de le sentir si près d'elle dans cette petite cuisine lui donnait un peu le vertige. Elle fut soulagée quand ils eurent terminé et qu'elle put emmener Lindsay à l'étage pour la préparer au départ.

Son court séjour dans cette cabane perdue au fond des bois lui avait fait un bien fou. Elle se sentait aussi détendue que si elle était partie pour un long week-end. Elle avait bien dormi, mangé avec appétit, et ses soucis les plus pressants lui semblaient maintenant très lointains. Son hôte si séduisant accaparait toute son attention.

Mais, lorsqu'ils furent en route vers la ville, tous ses ennuis lui revinrent brusquement à l'esprit. Pourtant, c'était Noël, se dit-elle. Même si elle n'avait aucune intention de faire la fête, elle pouvait au moins s'offrir une journée libre de soucis, non ?

Elle regarda défiler le paysage enneigé. A la lumière du jour, tout était différent. Elle voyait maintenant que la route qu'elle avait suivie la veille était bordée de quelques maisons. On apercevait du moins les boîtes aux lettres à l'entrée des allées étroites qui menaient aux rares habitations. Il y avait donc de la vie dans ces forêts. Au fur et à mesure, les maisons se firent plus rapprochées, et elle comprit qu'ils arrivaient en ville.

Greenbriar était à peine un point sur la carte, mais, sur place, on se rendait vite compte que c'était une jolie petite ville très animée avec des magasins, des restaurants, un bureau de poste, un cinéma et un hôtel de ville. Tout cela ressemblait beaucoup à Blue Lake, la ville qu'elle venait de quitter, dans le Vermont. Encore que Greenbriar parût plus grand, pensa-t-elle. Il y avait des décorations de Noël partout sur les façades et des guirlandes au-dessus de la rue.

Ben se gara en face d'une immense demeure du XIXe siècle

située juste en face du parc municipal. Un panneau de bois annonçait en lettres dorées :

« GREENBRIAR INN ».

La maison avait deux étages et un crépi vieux rose rehaussé de bordures vert forêt, bordeaux et jaune d'or.

Un porche à colonnades encadrait le rez-de-chaussée et se terminait en terrasse pour les pièces de l'étage. Toutes les fenêtres étaient décorées de branches de pin et de guirlandes ornées de nœuds de satin jaune. Une immense couronne garnissait la grande porte en ogive à deux battants.

De sa vie, elle ne se souvenait pas d'avoir jamais vu un si bel édifice ancien.

— Nous sommes arrivés, annonça Ben en coupant le contact.

— Waouh, c'est fabuleux ! Est-ce que tu as grandi dans cette maison ?

Il hocha lentement la tête.

— Oui, et j'ai toujours rêvé de vivre dans une « vraie » maison. Même si le fait d'habiter dans un hôtel m'a donné des occasions de faire des bêtises que les autres enfants n'avaient pas.

— Je ne te vois vraiment pas comme quelqu'un du genre à faire des bêtises, Ben, répondit-elle sincèrement.

Il sourit en mettant ses clés dans sa poche.

— C'est sans doute parce que tu ne me connais pas encore très bien.

Il y avait une promesse dans cette phrase. Ou était-ce un défi, peut-être ? Elle aurait bien aimé le relever, dans ce cas. Elle avait vraiment envie de mieux le connaître. Mais cela n'arriverait jamais. Elle soupira et rassembla ses bagages.

Il faudrait sans doute qu'elle reste en ville quelques jours à cause de sa voiture, mais il vaudrait mieux qu'elle évite de revoir Ben. Elle savait déjà qu'il l'attirait beaucoup trop et qu'elle pourrait facilement en tomber amoureuse. Très facilement, pensa-t-elle.

Ben déchargea la voiture. Il y avait des sacs contenant

des cadeaux pour sa famille, et aussi les bagages de Carey, qu'ils portèrent sous le porche puis dans l'entrée de l'hôtel. Carey, éberluée, regarda autour d'elle pendant que Ben se chargeait de transporter le plus lourd.

Le hall d'entrée n'était pas immense, mais comportait plusieurs recoins pourvus de fauteuils et de canapés. Un comptoir d'accueil était installé contre le mur du fond, sur lequel s'ouvrait une porte qui menait à un petit bureau. Une femme en sortit en trombe et se précipita à leur rencontre.

Son visage s'illumina quand elle découvrit Carey et Lindsay. Carey comprit tout de suite que c'était la mère de Ben, parce qu'elle avait exactement les mêmes yeux bleus. Ses cheveux bruns illuminés de fils blancs étaient joliment attachés sur le haut de la tête. Elle portait un pull crème à col cheminée, des boucles d'oreilles en perles et une jupe en velours noir qui lui arrivait à mi-mollets. Elle contourna le bureau avec un grand sourire.

— Joyeux Noël ! Vous devez être Carey et Lindsay.

Carey le confirma d'un hochement de tête.

— C'est bien nous.

— Je suis Thea, la maman de Ben, reprit la nouvelle venue en tendant la main. Ben m'a parlé de votre accident. Vous avez dû avoir très peur. Quelle chance que vous n'ayez pas été blessées, la petite et vous !

— Oui, c'est vrai, nous avons eu beaucoup de chance.

Ben revenait avec la dernière cargaison de cadeaux.

— Joyeux Noël, maman, dit-il en se penchant pour lui déposer un baiser sur la joue.

— Joyeux Noël, Ben.

— Je vois que tu as fait la connaissance de Carey. Je peux monter ses bagages dans sa chambre, si elle est déjà prête ?

— Ce serait très gentil. Nous manquons de personnel aujourd'hui, puisque j'ai donné la journée à tout le monde pour Noël, naturellement.

Elle se dirigea vers l'escalier, et Carey la suivit. Ben ramassa les sacs et en fit autant.

— Je vous ai installée dans une jolie chambre au second

étage. C'est une chambre double, où vous aurez de la place pour le bébé. Et vous avez une jolie vue sur le parc.

Ils gravirent les deux étages et arrivèrent dans un large couloir. Thea les conduisit vers une porte qu'elle tenta d'ouvrir avec la clé qu'elle avait dans sa poche, mais la serrure refusa de bouger. Thea fit jouer la poignée, en vain.

— Oh là là ! Ben, je crois qu'il va falloir que tu répares ceci à ta prochaine visite, ajouta-t-elle avec un coup d'œil désolé vers son fils quand la porte finit par s'ouvrir.

— Mets-le sur la liste, répondit Ben d'un ton résigné.

Carey n'avait pas pensé qu'il aidait à l'hôtel, mais cela lui paraissait évident, maintenant qu'elle y réfléchissait.

Ben s'écarta pour laisser passer Carey et sa mère devant lui, et la serrure coincée fut vite oubliée.

La pièce était grande et décorée avec goût. Les rideaux à rayures bleu et blanc recouvrant des voilages étaient assortis au couvre-lit en satin. Un coin salon avec fauteuils et canapé en faisait presque une suite. Thea ouvrit une grande armoire en pin qui cachait une télévision et un petit réfrigérateur.

— Cette chambre est très jolie, dit Carey.

Elle alla ouvrir les rideaux. Les hautes portes-fenêtres donnaient sur un balcon, encadrant la vue sur le parc enneigé.

— Elle est agréable. J'ai toujours aimé cette vue, renchérit Ben en posant les bagages.

Thea lui sourit, amusée.

— Je suis contente que tu approuves.

Elle se tourna vers Carey.

— J'ai trouvé un petit lit de voyage pour le bébé. Il est en bas, dans le bureau, Ben pourra vous l'apporter dans un moment. Descendez nous rejoindre dans la salle à manger quand vous serez prête. Ben vous gardera une place.

La salle à manger ? Là où devait se réunir toute la famille pour fêter Noël ? Carey n'avait absolument pas prévu de se joindre à eux. Pour commencer, elle ne voulait pas les déranger. Elle avait causé bien assez de complications comme cela. Enfin, elle préférait de loin rester seule, pour ne pas être assaillie d'une foule de questions indiscrètes…

auxquelles elle serait une fois de plus obligée de répondre par des mensonges.

La mère de Ben sembla lire dans ses pensées. Carey était-elle donc si transparente ? Thea fit un pas vers elle et lui posa délicatement la main sur l'épaule.

— Mais si, bien sûr que vous devez vous joindre à nous. On ne sert pas au restaurant et tout est fermé en ville, aujourd'hui. Il faut que vous veniez partager notre repas. Et cela nous fera très plaisir que vous soyez là : c'est là tout le sens de Noël !

Peu convaincue, Carey lui sourit et jeta un coup d'œil implorant en direction de Ben.

— Je me sens toujours un peu mal à l'aise dans ces grandes réunions, tu pourrais me tenir compagnie, insista-t-il en la fixant de ses yeux bleus.

Son regard semblait avoir le pouvoir de faire fondre toutes ses résolutions.

Il s'était changé après avoir pelleté la neige et fait la cuisine. Il était maintenant très élégant, dans un pull noir qui lui moulait le torse et une veste gris foncé.

— Ma mère essaie de te faire peur en te disant qu'il n'y a rien à manger nulle part. Si vraiment tu n'as pas envie de descendre, je pourrai te monter quelque chose.

Il valait mieux se noyer dans la foule, pensa Carey. Elle n'osait pas penser à ce qui risquait de se passer si elle restait ici et que Ben décidait de se charger du service en chambre.

— Bien sûr que je vais venir. Merci pour l'invitation, madame Martin.

— Oh, appelez-moi Thea ! Et vous êtes la bienvenue.

Elle lui fit un sourire et regarda Ben.

— Nous n'en sommes qu'à l'apéritif, ne vous pressez pas. Je vous retrouve en bas tous les deux.

Thea s'en alla et referma la porte derrière elle. Ben resta.

— Tu ne dois pas descendre voir ta famille ? demanda Carey. Je n'en ai pas pour longtemps.

— Cela peut attendre. Si je te laisse ici, j'ai peur que tu sois tentée de rester cachée toute la journée.

Ses soupçons étaient fondés. Elle sourit de se voir ainsi percée à jour.

— C'est une loi officielle, ici ? Personne n'a le droit de rester seul à Noël ?

— Cela se pourrait, et je suis sûr que tu ne tiens pas à finir la journée en cellule… alors que tu as un endroit aussi confortable que celui-là où t'installer !

— Tu as raison, ce ne serait pas très malin.

Elle ouvrit son sac et en sortit quelques vêtements qu'elle rangea dans un tiroir.

— Ta mère est très gentille. Elle a un tel sens de l'hospitalité !

— Elle a un don pour mettre les gens à l'aise. C'est d'ailleurs probablement ce qui permet à cet hôtel de continuer tant bien que mal à fonctionner.

— Il y a des soucis ?

Ben haussa les épaules. Il ramassa une peluche et l'agita devant Lindsay, qui était couchée sur le lit.

— L'hôtel ne marche plus comme avant depuis la mort de mon père. Ma mère a été obligée de se passer d'une bonne partie du personnel. C'est dur pour elle. J'essaie de l'aider quand je peux en me chargeant de l'entretien extérieur et des réparations, et ma sœur travaille ici. Elle dirige le restaurant. Malgré tout, cet hôtel est une énorme responsabilité pour une personne seule. Quelquefois, maman parle de vendre, mais je serais très malheureux qu'elle le fasse, conclut-il avec franchise.

Elle ne sut pas quoi dire. Elle avait entendu raconter qu'il était toujours compliqué de gérer une entreprise familiale. Des tensions surgissaient toujours. La famille de Ben, pourtant si sympathique, ne devait pas y échapper non plus.

Mais le moment était mal choisi pour parler d'affaires privées, et elle ne voulait pas que Ben la trouve exagérément curieuse. Lindsay s'était désintéressée de sa peluche et Ben la prit dans ses bras en lui parlant tout bas. L'enfant lui tapota la tête avec ses petites mains.

Carey aimait sa façon de se comporter avec le bébé. Sa

douceur et ses gestes sûrs lui allaient droit au cœur. C'était exactement ainsi qu'elle imaginait le beau-père idéal pour sa petite fille. Si jamais elle trouvait le temps de le chercher un jour…

Elle trouva un rouge à lèvres et se maquilla la bouche, arrangea un peu sa coiffure et mit les boucles d'oreilles en argent qu'elle gardait dans sa trousse de maquillage.

Elle n'était vraiment pas habillée pour une réception. Ce matin, elle avait enfilé un sweat-shirt à capuche en velours bleu sur un caraco crème, un jean et des bottes. Elle hésita un instant, se demandant s'il ne convenait pas de mettre au moins un chemisier habillé et quelques bijoux.

Ben était à la porte et la regardait.

— Ne t'en fais pas, Carey. Tu es… parfaite.

Elle lui jeta un coup d'œil avant de détourner les yeux.

— Non, je ne le suis pas, mais… merci, conclut-elle avec un sourire.

« Parfaite » ? C'était une façon de parler, rien de plus. Une chose qui ne signifiait rien. Pourtant, il y avait une telle électricité entre eux… Le ton de sa voix, son regard sur elle produisaient en elle une véritable tempête.

— Allons-y. Je ne veux pas faire attendre ta famille.

Elle prit son sac, soudain pressée de descendre rejoindre tout le monde. Ce n'était vraiment pas une bonne idée de rester dans une chambre d'hôtel avec cet homme. Lindsay n'était pas un chaperon suffisant.

- 4 -

La réunion de famille était exactement telle que Ben l'avait décrite. Tout le monde parlait à la fois, tout en mangeant et en buvant en même temps.

Carey savait que si elle n'avait pas senti la pression discrète de la main de Ben dans son dos pour la guider dans la salle à manger, elle aurait bafouillé n'importe quelle excuse et couru se réfugier dans sa chambre.

Les invités de Thea étaient installés autour d'une très longue table qui s'étirait d'un bout à l'autre de la pièce. La décoration de Noël était ravissante, avec des bouquets de roses blanches et rouges mêlés de lierre et de houx, des quantités de bougies blanches de toutes les tailles illuminant la scène, et un grand sapin à une extrémité de la pièce, garni de piles de cadeaux.

Des bandes d'enfants, trop excités pour manger, se poursuivaient autour de la table. Ils avaient clairement été habillés pour la fête, mais les pans de chemise étaient maintenant flottants, les ceintures et nœuds de satin des robes traînaient par terre et les jolies coiffures s'étaient détachées.

Ils semblaient beaucoup s'amuser. Elle pensa avec un peu de regret qu'avant peu le bébé qu'elle tenait dans les bras allait courir avec le reste de la troupe, bien qu'à vrai dire elle ait peu de chances de connaître d'aussi grandes réunions familiales.

Thea avait gardé des places pour Carey et Ben, et prévu une chaise haute pour le bébé. Ils s'assirent, et Ben présenta

Carey à ses voisins, des cousins et des tantes avec leurs conjoints, dont elle s'efforça de retenir les noms, sans succès.

Tout le monde était accueillant et parlait avec animation de la tempête de neige, des itinéraires suivis pour arriver à Greenbriar, et bien sûr du dîner qui arrivait petit à petit de la cuisine. Chaque plat était plus délicieux que le précédent.

Apparemment, c'était la sœur de Ben, Luanne, qui avait préparé le repas tout entier et qui s'activait dans la cuisine.

Le menu était pantagruélique : salades, oie rôtie, jambon au four et filet de bœuf accompagnés de toutes sortes de légumes et garnitures, purées, patates douces et farce au pain de maïs, asperges, champignons farcis, haricots verts aux amandes…

Carey espérait que le chef finirait par sortir de sa cuisine, car elle tenait à rencontrer la femme de talent qui avait su concocter un aussi splendide repas de fête. Elle vit surtout la mère de Ben, Thea, aller et venir entre les portes battantes, les bras toujours chargés de plats débordants.

Elle ne se sentit pas obligée de faire la conversation et se contenta de regarder autour d'elle en écoutant ses voisins. C'était une réunion animée et chaleureuse. Ben avait vraiment de la chance d'avoir une pareille grande famille. Cela lui avait manqué dans son enfance, et continuait à lui manquer maintenant.

Il était assis à sa gauche et parlait avec un cousin de son âge nommé Jeff, placé face à lui. Jeff était avocat et vivait dans le Connecticut. Il semblait bien s'entendre avec Ben.

Elle avait face à elle l'épouse de Jeff, Alice, une blonde chaleureuse d'une trentaine d'années. Occupée à surveiller ses trois enfants, elle ne lui posa pas de questions personnelles gênantes ; l'histoire que Carey avait inventée pour Ben suffit à la satisfaire.

Jusqu'au moment où, en passant un plat de rôti d'oie, Alice demanda innocemment :

— Et depuis combien de temps êtes-vous ensemble, Ben et toi ?

Carey avala son pain de maïs de travers, cligna des yeux et réussit à sourire.

— Mais nous ne sommes pas ensemble. J'ai rencontré Ben hier soir, sur la route. J'ai eu un accident de voiture et il s'est arrêté pour m'aider.

Elle omit soigneusement de mentionner qu'elle avait passé la nuit chez lui, pour éviter de lui donner de fausses impressions.

— Oh, comme c'est dommage ! Que vous ayez eu un accident, je veux dire, ajouta Alice avec un regard compatissant.

Elle n'avait pas l'air totalement persuadée qu'il n'y avait rien entre Ben et elle.

Carey ne pouvait pas lui en vouloir. Elle se rendait bien compte que, pour les invités, ils étaient arrivés comme un couple ; en plus, ils étaient restés l'un à côté de l'autre. Le bras de Ben était nonchalamment passé sur le dossier de la chaise de Carey, et il avait même pris Lindsay sur ses genoux pour que sa mère puisse finir de déjeuner.

Le regard d'Alice semblait dire que, même si Carey n'en avait pas conscience, il se passait bien quelque chose entre Ben et elle…

L'un de ses petits garçons accourut pour poser une question, et la conversation s'interrompit. Carey fut soulagée, mais elle était soudain un peu gênée. Est-ce que tout le monde pensait qu'elle était la petite amie de Ben ?

Elle fut prise de l'envie de faire tinter son verre avec son couteau, de se lever et de faire une annonce : « Bonjour, tout le monde ! Vous savez, Ben et moi ne sommes *pas* ensemble ! Nous nous sommes simplement rencontrés hier soir, sur les lieux d'un accident de la route ! »

Mais elle se sentit stupide. Ce que la famille de Ben s'imaginait n'avait d'importance que pour lui. Elle, elle allait bientôt partir. Quant à lui, il ne reverrait sans doute pas ces gens de l'année, et il se souciait probablement bien peu de ce qu'ils pensaient de lui et de sa vie sentimentale.

Mais, au fond d'elle-même, elle savait aussi qu'elle contribuait à créer l'illusion.

Comme ce serait facile de se glisser dans le rôle de la petite amie de Ben ! C'était Noël. Ils étaient célibataires tous les deux. Jouer ce rôle pour la journée serait peut-être simplement, pour eux deux, une manière bien innocente de rendre les fêtes supportables…

Enfin, la sœur de Ben, Luanne, sortit de sa cuisine, vêtue d'une veste de chef blanche et d'un pantalon assorti. Grande et toute en rondeurs, elle était un peu plus jeune que Ben. Elle avait sa beauté et ses yeux bleus. Ses longs cheveux bruns étaient relevés en chignon.

Elle salua tout le monde à la cantonade avant de faire le tour de la table pour embrasser ses convives enfin repus.

— Joyeux Noël. Je suis désolée de ne pas avoir pu me joindre à vous plus tôt…

Elle arriva à la hauteur de Ben et lui déposa un baiser sur la joue.

— Quel repas formidable, Luanne, ma ceinture est sur le point de craquer !

Luanne tapota le ventre plat de son frère.

— Je vois que tu es prêt pour le costume de Père Noël. Tu n'auras pas besoin de mettre un oreiller sous la veste !

Ben s'esclaffa. Il se tourna vers Carey, sans cesser de rire, et la présenta.

— Ravie de vous connaître, Carey. Je suis désolée pour votre accident. J'ai entendu dire que vous alliez sans doute rester avec nous quelques jours ?

Les nouvelles allaient vite. Tout le monde paraissait connaître son histoire. Il ne lui restait plus qu'à faire son plus beau sourire.

— Oui, c'est cela. La chambre est si jolie… Et ce déjeuner ! Spectaculaire !

— C'est le mot, l'approuva Ben. Une prouesse pour gourmets.

Luanne lui lança un regard malicieux.

— Je crois que tante Greta n'a pas trop aimé le fromage

de chèvre dans ses betteraves rôties, ni l'ail dans la purée, mais, à part cela, personne ne s'est plaint.

Elle sourit et continua son tour de table. Quand elle fut hors de portée, Ben chuchota :

— Ma sœur est un chef de première catégorie. Elle a fait ses études au Culinary Institute et dans une grande école de Paris.

Carey s'en était doutée. Les plats étaient d'un grand raffinement, pas du tout le genre de cuisine qu'on s'attendrait à trouver dans un petit hôtel de campagne. Elle se demanda si Luanne travaillait là toute l'année ou s'était juste déplacée pour le repas de Noël.

Un homme d'un certain âge, qui était assis à côté de Thea, leva son verre. Vêtu d'un costume bleu marine et d'une cravate de soie rouge, il avait beaucoup d'allure avec ses abondants cheveux gris et son visage anguleux qu'éclairaient des yeux marron au regard doux. Grand et mince, il dominait la table.

— Je propose de porter un toast au chef, Luanne Martin, qui a travaillé si dur pour préparer ce magnifique repas... et à sa mère, notre charmante hôtesse. Merci à toutes les deux pour cette merveilleuse fête de Noël.

Tout le monde l'approuva en chœur.

— Excellent toast, Walter ! Joyeux Noël ! Quel sublime déjeuner !

Carey remarqua que Ben levait son verre avec les autres, mais sans piper mot. Le regard qu'il lança à l'homme que tout le monde appelait Walter n'avait rien d'aimable.

Elle avait noté la manière dont Thea et Walter se parlaient. Ils étaient assis tout près l'un de l'autre, et il était parfaitement clair qu'ils formaient un couple, ou qu'ils étaient très proches. Walter se sentait assez à l'aise au sein du cercle familial pour y porter un toast. Cela aussi était révélateur.

Thea se leva et lui posa une main sur l'épaule.

— Merci, Walter, c'était vraiment gentil à toi. Et merci à tous d'être là aujourd'hui. Les intempéries vous ont rendu la route difficile, mais, nous autres habitants du Maine, nous n'avons pas peur du froid. Et puis c'est si bon de se retrouver en famille pour Noël ! Il y a encore les desserts et les cadeaux, alors détendez-vous et profitez bien de cette journée.

Les desserts et le café étant servis au buffet, l'assemblée se dispersa. Certains restèrent à table pendant que d'autres allaient s'installer dans le hall et le jardin d'hiver.

Thea demanda à Ben de l'aider à distribuer les cadeaux, et Carey en profita pour s'éclipser. Le bébé avait besoin d'une sieste et, bien qu'elle-même ait pris grand plaisir au repas et à la fête, plus qu'elle ne s'y attendait d'ailleurs, elle en avait assez d'être au milieu de la foule et d'éluder les questions qu'on lui posait.

En traversant le hall, elle croisa deux femmes âgées qui se reposaient sur un canapé.

— Tiens, n'est-ce pas la nouvelle petite amie de Ben ? demanda l'une. Elle est mignonne, regarde ses cheveux... J'avais les mêmes à son âge...

— Il est grand temps qu'il recommence à fréquenter des femmes... Cela fait combien de temps qu'il est divorcé, maintenant ?

Carey n'entendit pas la réponse. En serrant Lindsay dans ses bras, elle fit comme si elle n'avait rien saisi de cet échange et s'engagea dans l'escalier.

Il y avait donc un divorce dans le passé de Ben. Cela expliquait pourquoi il n'avait personne dans sa vie. Mais pourquoi était-il resté célibataire ? Il était tellement séduisant... N'importe quelle femme saine d'esprit aurait envie de sortir avec lui.

C'était un mystère, et cela en resterait un, décida-t-elle. Elle ne faisait que passer, ces questions ne la concernaient pas... Du moins essayait-elle de s'en convaincre.

Elle entra dans sa chambre et referma la porte derrière elle. Les bruits de la fête s'éloignèrent, et le calme lui fit du bien. Elle changea Lindsay et lui donna le biberon qu'elle avait préparé à l'avance.

La fillette s'endormit très vite après son repas. Comme

on ne lui avait pas encore apporté le petit lit de voyage, Carey étala une grande serviette blanche au milieu du lit et y déposa doucement le bébé.

Puis elle prit son téléphone et composa le numéro de Paul Newton.

Nora, la femme de Paul, répondit à la deuxième sonnerie. Elle parut soulagée et heureuse d'entendre la voix de Carey.

— Tout va bien, ma chérie ? Nous n'avions plus de nouvelles, alors nous étions inquiets.

— Tout va très bien, Nora, j'ai juste eu un petit problème avec la voiture.

Carey expliqua brièvement la situation.

— La voiture va sans doute rester quelques jours au garage, alors je ne pourrai pas arriver au Canada aussi vite que prévu.

— Eh bien, du moment que tu vas bien, et Lindsay aussi... Attends, je te passe Paul, il tient absolument à te parler.

— Carey ? Qu'est-ce que c'est que cette histoire d'accident de voiture ?

Carey le rassura.

— Cela va juste me retarder de quelques jours, et puis nous avons rencontré quelqu'un de très gentil, Ben Martin, qui nous a secourues et emmenées chez lui. Maintenant, je suis dans un hôtel tenu par sa famille en ville, le Greenbriar Inn. Ils m'ont invitée à leur repas de Noël, j'en reviens à l'instant.

— Je suis ravi que tu n'aies pas passé la journée toute seule ! J'ai des nouvelles pour toi. J'ai entendu quelque chose au bureau vendredi soir, juste avant de partir. J'ai traîné autant que j'ai pu et je l'ai entendu appeler son enquêteur. Je crois que le type a perdu ta trace quelque part dans le Vermont. Il a rebroussé chemin et il te cherche de nouveau à New York.

Carey poussa un soupir.

— C'est une bonne nouvelle, Paul. Merci.

— Je pense que tu es en sûreté pour le moment. Si

j'entends quelque chose, je te rappellerai, naturellement. Et toi, préviens-nous quand tu reprends la route, d'accord ?

— Oui, tu peux compter sur moi. Bonne soirée, Paul, et joyeux Noël.

— Joyeux Noël, Carey, prends soin de toi, répondit Paul.

Elle le remercia et raccrocha. Au même instant, on frappa doucement à la porte. Elle alla ouvrir.

Elle vit Ben chargé du petit lit de voyage et de tout ce qu'il fallait pour le garnir.

— Oh, le berceau ! Entre… Lindsay dort déjà.

— Ne t'inquiète pas. Je ne ferai pas de bruit.

Ben monta très vite le lit et elle l'aida à installer le matelas et les draps. Quand tout fut prêt, elle prit soigneusement le bébé pour l'y coucher. Lindsay s'agita un peu, puis se rendormit sans ouvrir les yeux.

Ben, près du berceau, la regardait.

— Elle a été le clou de la journée.

Carey sourit.

— Oui, elle brille en société. Mais toute cette animation l'a fatiguée.

— Et toi ? demanda Ben en lui posant une main sur l'épaule.

Carey fut si émue par son geste qu'elle eut du mal à répondre.

— C'était très sympathique. Je suis contente d'être venue, finalement. Mais je suis un peu fatiguée, moi aussi.

— Tu en as assez que tout le monde te prenne pour ma petite amie ?

Cette question la prit au dépourvu. Malgré son air sérieux, elle vit une lueur de gaieté dans ses yeux. Visiblement, il avait entendu les réflexions d'Alice, la femme de son cousin, et d'autres encore.

Que répondre ? Elle secoua lentement la tête.

— En réalité… Non, cela ne m'embête pas du tout, avoua-t-elle.

Il fit un grand sourire qui lui dessina des fossettes dans

les joues. Puis, sans lui laisser le temps de réagir, il se pencha pour l'embrasser. Ce fut un baiser ardent, passionné.

Il l'attira contre lui et elle se sentit fondre entre ses bras vigoureux. Il l'embrassait comme s'il n'avait pensé qu'à cela toute la journée. De sa bouche avide, il explorait la sienne avec délectation.

Elle éprouvait la même chose que lui. Elle aussi, elle avait eu envie toute la journée de se blottir ainsi dans ses bras. Leur baiser de la veille n'avait été qu'une ébauche, un avant-goût. Celui-ci, c'était autre chose. Il les emportait dans un tourbillon de désir brûlant.

Les mains de Ben se glissèrent sous son sweat-shirt et caressèrent son léger caraco de soie. Enhardie, elle passa les mains sous son polo pour sentir son dos musclé.

La bouche brûlante de Ben s'attarda dans son cou.

— Tu es si belle, Carey… Je ne peux pas m'empêcher de passer mon temps à te regarder…

Il parlait d'une voix haletante, en la tenant toujours serrée contre lui. Elle sentit qu'il était excité, prêt à lui faire l'amour. Avec un soupir, et sans jamais se détacher de lui, elle fit un pas vers le lit. Leurs lèvres se rencontrèrent encore dans un baiser langoureux qui la fit vibrer tout entière. Les mains de Ben étaient partout, effleurant ses seins, son ventre, ses hanches…

Elle ne se souvenait pas d'avoir jamais été ainsi troublée et enflammée par un simple baiser. « Mais il n'est pas si simple », pensa-t-elle confusément. Ben l'embrassait avec tant de passion et d'assurance qu'il la subjuguait, lui faisant oublier d'un coup toutes ses réserves.

Elle n'aurait su dire combien de temps ils restèrent ainsi à s'embrasser et à se caresser. Mais soudain, au moment où ils allaient s'allonger sur le lit, on entendit la sonnerie d'un téléphone. C'était le portable de Ben.

Il posa un instant la tête contre l'épaule de Carey. Elle ne savait pas s'il riait ou pleurait. Avec un soupir, il fit un pas en arrière, un sourire gêné sur le visage.

— Il faut que je réponde, murmura-t-il. Je suis désolé… C'est peut-être important.

Elle hocha la tête et s'éloigna.

Elle avait un peu envie de pleurer, elle aussi. Ou au moins de crier de frustration. Elle n'avait pas été aussi proche d'un homme depuis un an, et voilà qu'elle avait pris feu en dix secondes.

Elle gagna l'armoire en se battant avec sa fermeture Eclair, prise de vertige. Elle se passa une main dans les cheveux. Les caresses de Ben les avaient complètement emmêlés.

Elle s'examina dans la glace, notant ses yeux voilés, sa bouche gonflée. On voyait bien qu'elle sortait d'une étreinte effrénée. Dire qu'elle avait failli succomber tout à fait… Elle poussa un nouveau soupir, ne sachant s'il fallait regretter l'interruption ou s'en réjouir.

Ben raccrocha et prit le temps de redresser son polo et de se passer une main dans les cheveux. Il la regarda avec une expression pleine de désir.

— C'était mon copain Harry, du garage. C'était gentil de sa part de me rappeler le jour de Noël… mais il aurait pu mieux choisir son moment. Il dit qu'il va examiner ta voiture dès demain matin et faire un devis. Je travaille, demain, mais je peux t'y retrouver, si tu veux.

Elle réfléchit un instant. Elle était sûre de pouvoir se débrouiller avec le garagiste, mais cela pourrait s'avérer très utile d'avoir Ben à ses côtés.

« Et comme cela, tu serais sûre de le voir demain », lui susurra une voix dans sa tête.

Ce qui n'était pourtant pas une très bonne idée…

Ben semblait regretter leur dérapage, tout à coup. Mais peut-être se trompait-elle… Il restait près de la porte, l'air grave.

Cette soudaine explosion de passion devait l'avoir surpris autant qu'elle. Pourtant, beau comme il était, il devait avoir l'habitude de ce genre de scène.

— Je crois que je ferais mieux de redescendre dans

la salle à manger. Les gens vont bientôt partir, il faut que j'aille dire au revoir.

— Oui, bien sûr. Et, s'il te plaît, remercie encore ta maman pour moi. Je n'ai pas eu l'occasion de le faire avant de m'en aller.

— Je n'y manquerai pas. A demain, alors. Bonne nuit, Carey.

— Bonne nuit, Ben, répondit-elle doucement.

Elle le regarda ouvrir la porte et s'éloigner dans le couloir. Puis elle s'assit sur son lit et soupira.

Il lui plaisait. Il lui plaisait énormément. Plus qu'aucun homme qu'elle ait rencontré depuis des lustres. Pourquoi avait-il fallu qu'elle le rencontre maintenant, alors que sa vie était en ruines ? Et qu'elle ne pouvait même pas lui confier son vrai nom ?

Ce n'était pas juste.

Mais rien n'était juste, ces temps-ci.

Elle se laissa tomber à la renverse sur le lit et se mit à contempler le plafond, les mains croisées sous la tête.

Ce baiser... avait été fabuleux. Elle en était encore toute bouleversée. Mais cela n'irait sans doute jamais plus loin.

Ce serait bête, irresponsable et pas très gentil de commencer une relation avec un homme tel que Ben. Elle ne pourrait que le décevoir, le blesser, au bout du compte. Elle allait devoir lutter contre elle-même pendant quelques jours, mais il fallait qu'elle le maintienne à distance.

- 5 -

Lorsque Carey descendit avec Lindsay, le lendemain matin, elle trouva Thea installée à son bureau, le téléphone à l'oreille. Celle-ci couvrit l'écouteur d'une main pour lui sourire et la saluer d'un geste.

— Le petit déjeuner est servi dans le jardin d'hiver. Si vous avez besoin de quelque chose pour le bébé, n'hésitez pas à me le dire.

Carey lui répondit d'un sourire et se dirigea vers le jardin d'hiver, à côté du hall. Une rangée de petites tables étaient dressées près des baies vitrées, et un certain nombre de gens y étaient déjà installés pour manger ou lire le journal.

Elle trouva une table libre et après avoir attaché Lindsay dans sa chaise haute, elle alla voir ce qu'offrait le buffet. Une grande variété de plats chauds et froids l'attendait, mais elle ne prit qu'un café et une brioche, ainsi qu'une banane et un yaourt pour le bébé. Elle n'avait pas très faim, mais le café sentait bon.

Elle avait appelé le garage dès son réveil. Comme c'était le seul en ville, elle n'avait pas eu de mal à se procurer le numéro. Il lui promit d'examiner sa voiture dès que possible.

A présent, elle ne pouvait rien faire d'autre qu'attendre, en espérant que ce ne serait pas trop long. Ce que Paul Newton lui avait annoncé la veille au soir l'avait soulagée, mais les enquêteurs ne la chercheraient pas éternellement dans la mauvaise direction.

Elle donnait son yaourt à Lindsay quand Thea entra.

— Il y a eu un appel pour vous, Carey. De Harry

Anderson, qui voudrait que vous le rappeliez. Il dit qu'il a jeté un coup d'œil sur votre voiture.

Elle posa sur la table un papier rose sur lequel était inscrit le numéro du garage. Il avait vraiment fait vite.

— Cela vous ennuie si je m'assieds une minute ? demanda Thea.

Carey sourit.

— Mais non, bien sûr !

Thea s'assit et prit la cafetière en argent que le garçon avait posée sur la table pour se servir un café.

Lindsay lui sourit en agitant les bras. Thea lui donna une cuillère que le bébé saisit immédiatement.

— Elle est adorable. Et elle vous ressemble tellement !

On le lui disait souvent, mais cette remarque lui procurait toujours le même plaisir.

— Merci. Je trouve que Ben vous ressemble beaucoup aussi.

— Il a mes yeux… mais il tient plutôt de son père. Il a le même caractère : calme, intelligent, têtu…

— Je n'ai pas remarqué que Ben était têtu, dit Carey avec sincérité.

Thea eut l'air surprise.

— Peut-être que vous faites ressortir uniquement ses meilleurs côtés.

Son côté le plus sensuel, en tout cas.

— Je ne vois pas comment ce serait possible, nous nous connaissons à peine, marmonna-t-elle.

— Cela ne change pas grand-chose, ma chère, fit remarquer Thea avec un sourire de connivence. Comment avez-vous trouvé la chambre ? Vous êtes bien installée ?

— Très bien, c'est parfait.

Cette suite devait être l'une des meilleures chambres de l'hôtel. Combien pouvait-elle coûter ? Dans l'agitation des fêtes, Thea n'en avait pas parlé la veille, et personne n'avait fait signer de registre à Carey.

Cela l'arrangeait d'autant plus qu'elle voyageait sous un

nom d'emprunt, avec des faux papiers que Paul l'avait aidée à se procurer. Elle préférait les montrer le moins possible.

Toutefois, elle n'était pas certaine d'avoir les moyens de s'offrir cette chambre d'hôtel. Elle avait de maigres économies et Paul et Nora lui avaient prêté un peu d'argent, mais elle devait faire très attention à ses dépenses.

— La vue est magnifique, reprit-elle. Ce doit être l'une de vos plus belles chambres, et aussi l'une des plus chères ?

Thea buvait son café en l'observant par-dessus le bord de sa tasse.

— Ne vous inquiétez pas. Si nous avons besoin de cette suite pour une raison ou une autre, nous vous ferons déménager. Mais nous n'avons pas beaucoup de monde entre Noël et le nouvel an. La chambre serait vide si vous n'y étiez pas.

Thea était-elle en train de lui offrir la chambre gratuitement ?

— Mais je ne peux pas l'occuper sans rien payer…

— Bien sûr que si, affirma Thea avec un grand sourire. Tout le monde le fait, nos amis et toute la famille. Par ailleurs, cela va coûter cher de faire réparer votre voiture, d'après ce que Ben m'a dit. Vous avez bien assez de soucis comme cela. Je me sentirais coupable si je vous faisais payer votre chambre dans de pareilles circonstances. Vraiment.

Ben avait dû parler d'elle à sa mère et lui rapporter tout ce qu'il savait : qu'elle était veuve, qu'elle cherchait du travail et ne roulait pas sur l'or, a priori.

— Est-ce Ben qui vous a demandé de faire cela pour moi ?

Thea sourit et haussa le menton.

— Il vaudra mieux lui poser la question à lui. Disons simplement qu'après avoir appris votre situation je n'ai pas eu envie de faire autrement.

— Merci, dit Carey avec sincérité. C'est vraiment très gentil à vous. Vous ne me connaissez même pas…

Sa voix s'éteignit. Elle ne savait plus quoi ajouter.

— Je sais ce que c'est de perdre son mari. En plus, vous êtes si jeune…

Thea se pencha pour caresser la main de Carey.

— Il faut que j'aille travailler. Si vous avez besoin de quoi que ce soit, dites-le-moi.

Carey la regarda s'éloigner, remettant de l'ordre sur les tables et réarrangeant le buffet en passant.

Ces derniers temps, alors qu'elle fuyait Quinn, Carey avait été confrontée au côté sombre de la nature humaine. L'exemple de Thea lui montrait que la bonté et la générosité existaient aussi. Il allait falloir qu'elle trouve un moyen de la remercier pour sa gentillesse, ainsi que Ben. Elle était sûre que c'était lui qui avait tout comploté. Mais comment le remercier ? Elle éprouvait pour lui davantage que de la gratitude. Quelque chose qu'elle n'osait pas encourager.

Lindsay avait l'air contente sur sa chaise haute ; elle jouait avec la cuillère que Thea lui avait donnée, la préférant aux jouets en plastique que Carey avait sortis de son sac.

La jeune femme prit son portable et composa le numéro du garage. Harry Anderson répondit dès la première sonnerie.

— Allô, ici Carey Mooreland. J'ai eu un message disant que vous aviez vu ma voiture.

— Ah, oui… madame Mooreland. Ecoutez, je sais que vous êtes pressée d'avoir le devis et j'ai promis à Ben de vous le faire très vite. Mais j'ai évalué rapidement les dégâts et il faut que vous sachiez que nous allons avoir du mal à trouver certaines des pièces nécessaires. C'est une vieille voiture et, dans les environs, il n'y a qu'un seul vendeur qui pourrait encore avoir ce genre de pièces, ou seulement savoir où les trouver. Quelquefois, j'ai de la chance et, en un ou deux coups de fil, je tombe sur des pièces d'occasion en bon état. Cela vous coûterait moins cher. Mais il va me falloir du temps pour chercher tout cela pour vous.

Elle sentit aussitôt le désespoir l'envahir. Elle s'était attendue à de meilleures nouvelles.

— Combien de temps pensez-vous que tout cela va prendre ?

— Eh bien, c'est difficile à dire. Au moins jusqu'à ce soir, et peut-être jusqu'à demain.

— Je vois.

Elle soupira, déçue.

— Très bien, je pense que je n'ai pas le choix. Je vais attendre de vos nouvelles, monsieur Anderson.

Elle lui donna son numéro de téléphone portable pour qu'il puisse la tenir au courant et raccrocha.

Ce n'était pas bon signe. S'il lui fallait deux jours rien que pour établir un devis, combien de temps cela lui prendrait-il pour réparer la voiture ?

Mais elle ne pouvait lui en vouloir. Ce n'était pas sa faute. Sa voiture était vieille, si vieille qu'elle était surprise qu'il ne lui ait pas suggéré de la porter à la casse. C'est ce qu'auraient fait la plupart des garagistes.

Ne ferait-elle pas mieux de laisser la voiture où elle était et de poursuivre sa route vers le Canada — en louant une voiture, peut-être ? Ou bien il existait peut-être un car qui pouvait la conduire jusque-là ?

Mais, une fois sur place, elle aurait besoin d'une voiture. Et Paul lui avait dit qu'elle était en sûreté dans le Maine.

Pour le moment, du moins.

Elle repoussa la vague de panique qui menaçait de la submerger. Elle ne savait pas trop comment occuper son temps pendant qu'elle attendait des nouvelles du garage. Si elle se contentait de traîner dans l'hôtel toute la journée, elle allait perpétuellement ressasser ses peurs de voir arriver les hommes qui la recherchaient… et se demander quand elle reverrait Ben.

Aucune de ces préoccupations n'était très productive.

Elle se leva, prit Lindsay dans sa chaise et ramassa le sac qui contenait ses affaires. Le soleil entrait à flots par les hautes fenêtres. Une petite promenade en ville pourrait lui faire du bien. Elle avait besoin de prendre l'air, et il lui fallait des couches, du lait et des petits pots.

Lindsay adorait être dans son porte-bébé, et une sortie dans le froid l'aiderait à s'endormir pour sa sieste du matin.

Quand elle traversa l'entrée, Carey vit Thea qui lui faisait signe depuis le bureau.

— Vous partez en promenade ?

Carey hocha la tête.

— J'ai besoin de deux ou trois choses pour Lindsay.

— Il y a un drugstore qui fait de bons prix sur Willow Street. N'allez pas au premier, près de la banque. Les prix sont excessifs.

Carey fut ravie de l'information.

— Entendu, merci.

— Pourriez-vous me rendre un petit service par la même occasion ?

Thea se pencha vers elle et lui tendit une cartouche d'encre pour imprimante.

— Je dois envoyer une série de nouvelles brochures publicitaires et l'imprimante n'a plus d'encre. Il y a une papeterie en ville qui vend des cartouches. Sur Main Street, juste en face du restaurant. Nous y avons un compte, vous n'avez qu'à dire que vous venez de l'hôtel…

— Bien sûr, aucun problème, dit Carey en prenant la cartouche.

Elle était emballée dans un sac plastique et portait une étiquette avec la marque et le modèle de l'imprimante.

— Avez-vous besoin d'autre chose ?

Thea hésita.

— Eh bien… si cela ne vous ennuie pas, il nous manque encore une ou deux choses pour le bureau.

Elle fit une liste et la donna à Carey.

— Mais ne vous chargez pas trop et faites bien attention en marchant dans la neige. Vous êtes sûre que le bébé est assez couvert ?

Carey sourit de la voir si attentionnée.

— Elle est très bien, elle adore se promener dans son porte-bébé.

— Elle est bien mignonne dedans.

Thea chatouilla Lindsay sous le menton, et la petite fille agita les bras et les jambes comme si elle voulait voler.

Thea riait, prête à jouer encore, quand deux voyants rouges s'allumèrent simultanément sur le vieux téléphone.

— Il faut que je réponde. Merci encore, chère petite.

Elle se précipita sur le téléphone et appuya sur un bouton.

— Hôtel de Greenbriar. Que puis-je faire pour vous ?

Carey était contente d'avoir quelque chose à faire. Elle allait bien trouver une autre manière d'aider Thea pendant son séjour forcé à l'hôtel. Ben lui avait dit qu'ils avaient dû réduire la quantité de personnel. Manifestement, personne ne travaillait à la réception avec sa mère, et elle semblait avoir besoin d'aide pour faire face aux appels.

Il faisait froid, dehors, mais il n'y avait pas de vent et le soleil brillait sur la neige fraîchement tombée. Elle longea le parc et tourna dans la rue principale. La plupart des boutiques étaient ouvertes et elle prit le temps de faire du lèche-vitrines. On avait débarrassé les trottoirs de la neige qui les encombrait.

Les maisons anciennes et bien entretenues lui rappelaient Blue Lake, dans le Vermont, où elle avait connu le bonheur et la paix pendant si peu de temps. Elle mourait d'envie d'appeler ses amies Rachel et Julia pour leur dire qu'elle allait bien.

Mais ce n'était pas raisonnable. Elle ne pouvait pas se permettre de laisser ses amies deviner où elle se trouvait. Peut-être le pourrait-elle plus tard, quand elle serait en sécurité au Canada.

Elle déambula dans Main Street, s'arrêtant dans un café pour prendre un chocolat chaud, et passa un moment au drugstore pour acheter ce dont elle avait besoin pour Lindsay.

Elle reprit sa route et, un peu plus loin, après l'hôtel de ville, passa devant un bâtiment qui portait l'inscription :

« POLICE ».

Est-ce que Ben était là ? Elle avait du mal à l'imaginer travaillant assis à un bureau, même pour un court moment. Elle le voyait plutôt au volant de son véhicule, en train d'empêcher les conducteurs de faire des excès de vitesse ou de sauver des gens pris dans les tempêtes de neige… Elle se demanda à quelle heure finissait sa journée de travail et s'il passerait par l'hôtel en rentrant chez lui.

De toute la matinée, il n'avait jamais été bien loin de ses pensées. Elle n'avait pas éprouvé autant d'intérêt pour un homme depuis très longtemps. C'était à la fois excitant et dérangeant.

Elle ne put s'empêcher de penser à la manière dont il l'avait embrassée, caressée. Et à celle dont elle avait répondu. Ce moment avait été si sincère, si dénué d'inhibition pour eux deux…

Peut-être avait-il été effrayé par la force de leur désir ? Certains hommes réagissaient ainsi. Ils étaient tout feu tout flamme au début, puis prenaient peur. Mais elle aussi était effarée.

S'il s'était refroidi à son égard, c'était peut-être aussi bien.

Elle remonta la rue de l'autre côté et trouva la papeterie. Un vendeur très aimable l'aida à choisir les bonnes cartouches d'encre et les autres objets que Thea avait mis sur sa liste. Ses achats n'étaient pas très lourds, mais Carey commençait à sentir le poids du bébé qui tirait sur ses épaules. Elle se dirigea vers l'hôtel.

Un coup de Klaxon la fit sursauter. En se retournant, elle vit une voiture de police et son cœur se serra. Quelqu'un l'avait-il finalement retrouvée ?

Enfin, elle s'aperçut que c'était Ben. Elle n'osa montrer à quel point elle était heureuse de le revoir.

Il baissa sa vitre côté passager et demanda :

— Je pensais bien que c'était toi. Tu visites la ville ?

— J'avais besoin de certaines choses pour Lindsay, et Thea m'a chargée de faire des courses à la papeterie.

— Monte, je vais te déposer. J'ai le siège de Lindsay dans la voiture. Je l'ai laissé dans mon 4x4, hier, et je m'apprêtais à le laisser à l'hôtel.

Sans attendre sa réponse, il descendit de la voiture pour l'aider à mettre ses sacs dans le coffre et à installer le bébé dans son siège.

Elle s'installa à l'avant, à côté de lui. Elle se sentait à l'abri dans la voiture, comme la veille lorsqu'ils se dirigeaient vers l'hôtel sous la neige.

— Alors, qu'est-ce que tu penses de Greenbriar ?

— C'est très joli. Cela ne m'étonne pas que tu sois revenu y vivre.

— Vraiment ?

Il lui jeta un coup d'œil interrogateur, suivi d'un sourire plein d'ironie.

— Pourtant, quelquefois, cela m'étonne moi-même.

Elle ne répondit pas tout de suite. Elle regardait les maisons défiler par la fenêtre.

— J'ai parlé à Harry Anderson ce matin. Cela va prendre plus longtemps que d'habitude de faire un devis pour les réparations. Il a dit que certaines pièces sont difficiles à trouver, étant donné que c'est une vieille voiture.

Ben hocha la tête.

— Je sais déjà tout cela. Je suis passé le voir il y a cinq minutes.

Elle se tourna pour lui faire face.

— Mais ce n'était pas nécessaire. Je pouvais m'en occuper toute seule.

Ben haussa les épaules.

— J'en suis certain. Je voulais simplement t'aider. Greenbriar est une petite ville, et Harry est un ami. Cela aide, par ici, de connaître des gens.

— J'imagine, reconnut-elle d'un ton réticent.

Il la regarda.

— A mon avis, cela fait si longtemps que tu t'occupes seule de ta fille et de toi-même que tu as du mal à laisser quelqu'un t'aider.

Elle lui jeta un coup d'œil sans répondre. Elle savait qu'il avait raison. Mais… il n'était pas le premier venu. Plus il l'aiderait, plus elle lui serait reconnaissante… et plus elle se sentirait coupable de lui mentir. Sans parler du fait qu'elle s'attacherait encore plus à lui.

Elle ne voulait pas s'attacher à lui. S'attacher *encore plus* à lui, rectifia-t-elle mentalement.

— C'est vrai, je n'en ai pas l'habitude. Même Tom, quand il était encore en vie, n'était pas… ce genre-là.

Fuyant son regard, elle fixa la route droit devant elle.

— Vraiment ? Quel genre d'homme était-ce ?

Ben avait posé sa question sur un ton dégagé, mais elle perçut son intérêt.

— Tom était… un charmeur. Très sociable, il aimait s'amuser, voir ses amis. Il n'aimait pas se soucier de ce qu'il appelait « ce qui est écrit en tout petits caractères en bas du contrat de la vie ».

— Des choses comme payer les factures, par exemple ? demanda Ben.

Elle hocha la tête.

— Il me laissait régler les détails ennuyeux.

Elle avait l'habitude de tout faire elle-même. Même une fois mariée, elle avait continué à payer les factures et à se charger des réparations nécessaires.

— Je vois le genre, dit Ben.

Il avait l'air presque furieux.

— Tom n'était pas méchant, reprit-elle. Il était juste un peu… immature. Nous nous sommes mariés sur un coup de tête et nous n'avons pas été vraiment heureux. Quand je suis tombée enceinte, nous avons décidé de rester ensemble et d'essayer de repartir à zéro. Mais je crois que notre mariage n'aurait pas duré, si… Je ne suis pas sûre que nous serions restés ensemble.

Ils étaient arrivés à l'hôtel. Ben se gara et se tourna vers elle.

— Je suis désolé d'avoir parlé trop vite à propos de ton mari. Je n'avais aucun droit de le faire.

Ben semblait se soucier d'elle. Cela lui donnait peut-être des droits ? Elle estimait que oui, mais n'osa pas le lui dire.

— Pas de problème, mais je n'aime pas beaucoup parler du passé.

— Moi non plus.

Il sortit les bagages du coffre pendant qu'elle détachait Lindsay. Elle aurait aimé qu'il lui parle de son mariage à lui, mais il ne l'avait pas mentionné et sa dernière remarque semblait chercher à la décourager de lui poser des questions.

Au moment où ils arrivèrent dans l'entrée de l'hôtel, Thea descendait l'escalier, les bras chargés de serviettes pliées. Elle les posa sur le bureau et s'approcha de Carey.

— Laissez-moi vous aider avec tous ces sacs.

— Ben m'a vue dans la rue et m'a conduite jusqu'ici, expliqua Carey.

— Tiens, quelle coïncidence !

Le ton moqueur de Thea et son demi-sourire ne passèrent pas inaperçus : Carey, gênée, vit que Ben se mettait à rougir.

— Je venais rapporter le siège auto du bébé. Je vais aller le chercher avant de l'oublier une fois de plus.

— Bonne idée.

Thea inspecta le contenu du sac de papeterie.

— Vous avez trouvé les bonnes cartouches, parfait. C'est si compliqué de les changer que je crois que je ferais mieux d'attendre ce soir, quand j'aurai du temps. Ou peut-être pourrais-je appeler Walter…

Elle était obligée de faire appel à son ami Walter pour changer une cartouche d'encre ? Pauvre Thea, elle n'était vraiment pas douée en techniques modernes !

— Je peux le faire, si vous voulez, proposa Carey.

— Oh… Ne vous inquiétez pas. Je ne veux pas vous ennuyer plus longtemps. Je demanderai à Walter lors de sa prochaine visite.

— Mais non, vraiment, je vous en prie. Cela ne prendra qu'une minute.

Thea hésitait.

— Je ne veux pas vous retenir loin du bébé, Carey. Lindsay doit avoir besoin d'un biberon, ou d'une sieste.

— Elle n'a besoin de rien à la minute. Vous pouvez la prendre un instant ? Dites-moi où est l'imprimante. Là-dedans ?

Elle savait que Thea refusait sa proposition par politesse, ne voulant pas que Carey se sente obligée de l'aider sous prétexte qu'elle bénéficiait d'une chambre gratuite. Mais la jeune femme était déterminée à la payer de retour de cette façon, aussi modeste soit-elle.

Carey passa derrière le comptoir pour entrer dans le petit bureau, Thea sur ses talons.

— L'imprimante est sur la table près de la fenêtre. J'ai eu du mal à centrer mes prospectus dans la page, avoua-t-elle. Vous pourriez peut-être me montrer ce que je fais de travers ?

Quelques minutes plus tard, la cartouche était changée, et Carey, assise au bureau, mettait les dernières touches au prospectus.

Thea avait fait une bonne esquisse, mais il était évident qu'avec quelques petites modifications la page deviendrait plus facile à lire et mieux présentée.

— C'est formidable ! Bien mieux qu'avant ! s'écria Thea quand elle jeta un coup d'œil par-dessus l'épaule de Carey.

Ben passa la tête par la porte.

— Qu'est-ce que tu fais ici ? Je croyais que tu étais remontée à ta chambre.

— Je donne juste un coup de main pour la nouvelle brochure.

— C'est gentil à toi. Ma mère n'est pas la reine de l'informatique, commenta-t-il avec peu de diplomatie.

Thea lui jeta un regard vexé.

— Si j'étais parfaite en tous points, je serais bien ennuyeuse !

— Oui, maman. Tu nous le dis souvent… Il faut que j'aille travailler. J'ai laissé le siège auto à la réception.

— Oh, apporte-le ici, veux-tu ? demanda Carey. On peut le mettre en position lit, et Lindsay pourra y dormir pendant que je travaille.

— Très bonne idée, l'approuva Thea. Non que je sois fatiguée de la tenir dans mes bras, mais je pense qu'elle y sera mieux installée.

Le bébé était en effet appuyé sur son épaule, les yeux lourds de sommeil. Carey était étonnée. Sa fille n'aimait pas rester dans les bras d'une personne étrangère, surtout si sa mère était en vue. Thea devait avoir un talent particulier avec les enfants. Et surtout cet enfant-là.

— Tu crois qu'elle aura assez chaud ? demanda Ben, tandis que Carey installait sa fille dans le siège. Je peux aller chercher une autre couverture.

Carey regarda le bébé.

— Elle sera très bien, elle est chaudement vêtue.

— Si tu le dis. Bien, il va falloir que je m'en aille.

Il se tourna vers elle. Jusque-là, elle ne s'était pas rendu compte qu'ils se tenaient si près l'un de l'autre. Son épaule frôlait le bras de Ben.

Ils se retrouvèrent les yeux dans les yeux. Le regard de Ben dériva vers sa bouche. Elle ne put s'empêcher de penser à leur baiser. Avait-il eu la même pensée qu'elle ?

Avait-il envie de l'embrasser, à présent ?

Il inspira profondément et fit un pas vers la porte.

— A bientôt, dit-il doucement.

« J'espère », avait-elle envie de répondre. Mais elle se contenta de hocher la tête et de murmurer :

— Merci de m'avoir raccompagnée.

— J'ai pris l'habitude de te conduire, maintenant. Je devrais peut-être quitter mon poste et devenir ton chauffeur particulier. Comme cela, tu n'aurais plus besoin de faire réparer ta voiture.

Elle sourit sans répondre. Si seulement c'était possible ! Malheureusement, elle avait besoin de sa voiture pour s'enfuir. Loin de lui.

Quand il eut enfin disparu, elle reporta son attention sur l'écran de l'ordinateur. Mais elle ne put s'empêcher d'entendre la conversation de Ben avec Thea, de l'autre côté de la porte.

— Tu veux revenir dîner ce soir ? lui demandait sa mère. Nous t'attendrons.

— Je ne peux pas me libérer avant 22 heures, aujourd'hui.

Carey fut déçue. Elle avait espéré le revoir dans la journée. Elle soupira, contrariée par sa propre faiblesse. Il valait mieux qu'il ne revienne pas.

A chaque minute passée en sa compagnie, ses sentiments pour lui devenaient plus profonds. Et sa vie, plus difficile et compliquée. Comme si elle ne l'était déjà pas assez !

Lindsay dormit comme un ange pendant que Carey travaillait sur la brochure. Elle était contente d'avoir une occasion de remercier Thea pour sa générosité.

Celle-ci était occupée à la réception. A la fin, Carey imprima un exemplaire pour montrer à Thea les modifications.

Quand elle lui présenta le résultat, Carey lut sur son visage qu'elle était contente et impressionnée.

— C'est formidable. Vous êtes une professionnelle de ce genre de choses ?

Carey secoua la tête en se retenant de rire.

— C'est très simple, en réalité. J'ai repris le dessin de la maison à partir de votre papier à en-tête et je l'ai scanné pour le mettre en haut de la page, puis j'ai un peu modifié les caractères et la mise en page. J'ai longtemps travaillé dans un bureau et j'ai appris sur le tas.

— Vous êtes trop modeste, ma chère. Vous me permettez de vous tutoyer ? J'en ai vraiment assez de ce « vous » !

— Mais bien sûr !

— Tu as fait un travail vraiment artistique. J'aurais payé quelqu'un très cher pour ce résultat.

— Mais tu avais déjà fait l'essentiel, répliqua sincèrement Carey. Combien d'exemplaires te faut-il ? Lindsay dort. Je peux les imprimer tout de suite.

— Tu ferais ça ? Chaque fois que je m'approche de cette satanée machine, elle se met à clignoter et à envoyer des messages d'alerte auxquels je ne comprends rien. Je n'arrive jamais à la faire marcher correctement.

Les deux femmes décidèrent de commencer par imprimer deux cents copies. Thea regarda Carey remplir la réserve de papier spécial et lancer l'impression.

— Comment vas-tu les envoyer ? Tu as une liste d'adresses ? demanda Carey.

Thea parut surprise.

— Bien sûr. J'ai celle des gens qui sont venus à l'hôtel, ou qui ont appelé pour avoir des renseignements.

— Mais dans l'ordinateur, je veux dire ? Pour imprimer les enveloppes ?

Thea ouvrit des yeux ronds.

— L'ordinateur peut faire cela ?

Carey s'efforça de réprimer son envie de rire.

— S'il y a une liste de noms et d'adresses en mémoire, oui.

— Ah, fit Thea. La plupart des adresses sont là, quelque part…

Elle jeta un coup d'œil implorant vers Carey.

— Est-ce que ce serait abuser si je te demandais de me montrer comment faire ? Pas maintenant ; demain, peut-être. Si tu as du temps libre ?

— Tout mon temps est libre, Thea, jusqu'à ce que ma voiture soit prête.

Thea retrouva le sourire.

— Je sais que c'est très égoïste de ma part, mais j'espère qu'Harry va mettre longtemps à trouver les pièces nécessaires pour la réparation… Et pas seulement parce que tu es un as de l'ordinateur…

Elle tapota l'épaule de Carey avant de se diriger vers la réception.

Carey était touchée par ce compliment. Une petite voix insistante lui disait pourtant de garder ses distances. Non seulement par rapport à Ben, mais aussi par rapport à Thea et à tous ceux qu'elle rencontrait à l'hôtel.

Mais il lui était bien difficile de rester froide à l'égard de gens qui la traitaient aussi chaleureusement. Rien ne l'empêchait d'aider un peu Thea pendant quelques jours. C'était la moindre des choses.

Même si cela lui donnait dangereusement envie de s'investir dans cet endroit.

- 6 -

— Madame Mooreland ? Harry Anderson, du garage.

— Ah, bonjour, monsieur Anderson.

Carey cala le téléphone entre sa joue et son épaule. Elle venait de se lever et était en train de changer la couche de Lindsay.

— Vous avez du nouveau au sujet de ma voiture ?

Harry Anderson avait de mauvaises nouvelles : la réparation serait coûteuse. Il énuméra tout ce qui avait besoin d'être réparé ou remplacé. Elle ne comprenait pas la moitié de ce qu'il racontait. Elle se contentait de marmonner « oui, ah oui », chaque fois qu'elle en avait l'occasion.

— Combien de temps pensez-vous que cela va prendre ? demanda-t-elle.

— Voyons… Aujourd'hui, nous sommes jeudi. Si je peux obtenir toutes les pièces pour samedi, nous aurons peut-être terminé lundi soir. Mais mardi, c'est le nouvel an, alors si nous n'avons pas fini, il faudra attendre mercredi deux. Je peux redresser le capot en quelques coups de marteau, mais il y a aussi la peinture à refaire et le pare-chocs fendu à remplacer.

— L'aspect de la voiture, je m'en moque, déclara-t-elle. J'ai juste besoin de pouvoir reprendre la route.

— Je comprends. Nous allons nous en occuper aussi rapidement que nous pouvons, promit-il.

Elle raccrocha, anxieuse. Elle ne pouvait pas être sûre qu'elle serait en sécurité à Greenbriar quatre jours de plus. Elle décida d'appeler Paul pour savoir s'il avait entendu quelque chose au sujet du détective que Quinn avait engagé, ou à propos de l'enquête de la police.

— Bonjour, Sunny, où es-tu ?

Au ton de sa voix, et parce qu'il avait utilisé son surnom, elle comprit que Paul était dans son bureau et qu'il n'était pas seul. Il ne pouvait pas lui parler librement.

— Je suis toujours à Greenbriar. Je viens d'apprendre que ma voiture ne sera prête que lundi au plus tôt.

— Ce n'est pas grave. Ecoute, tes amis de New York, tu sais ? Ils vont prolonger leur séjour, apparemment. Ils n'ont pas fini de visiter la ville.

— Le détective de Quinn me cherche toujours à New York ?

Elle voulait être certaine d'avoir bien compris ce qu'il lui disait.

— Tout à fait. Je l'ai entendu dire ce matin même. C'est une grande ville. Ils ont envie de l'explorer encore un peu.

— Et la police ? Ils pensent toujours que j'ai aidé Quinn ? Ils me cherchent toujours, eux aussi ?

— Difficile à dire. Je vais essayer d'en savoir plus.

On frappa à la porte. Elle sursauta.

— Excuse-moi une minute, on frappe.

Elle alla ouvrir en gardant son téléphone à la main. C'était Ben. Le cœur de Carey se mit à battre la chamade. Il portait un jean et un pull gris à col en V sur un T-shirt blanc. Visiblement, il sortait de la douche : il avait les cheveux mouillés et les joues fraîchement rasées.

— Ben ! Qu'est-ce que tu fais là ?

— Bonjour à toi aussi, Carey.

Il la regarda des pieds à la tête, l'air troublé, ce qui lui rappela qu'elle était encore en chemise de nuit. Elle referma le haut de son peignoir sur sa gorge.

— Je te dérange ? Je peux revenir plus tard.

Depuis combien de temps Ben se trouvait-il à sa porte ? Avait-il surpris une partie de sa conversation ? Il n'avait sans doute pas voulu l'espionner, mais il avait pu entendre quelque chose sans l'avoir cherché.

Elle porta le téléphone à son oreille.

— Paul ? Je suis désolée, quelqu'un vient d'arriver, il faut que j'y aille.

— Très bien, ma grande. Cela m'a fait plaisir d'entendre ta voix. Je te tiens au courant si j'ai du nouveau.

— Merci, moi aussi, répondit-elle avant de raccrocher.

Elle sentait le regard de Ben. Il avait l'air intrigué.

— J'échangeais des nouvelles avec un ami, dit-elle. Rien d'important.

— Un ami de Portland ?

Portland ? Elle mit un moment à se rappeler pourquoi il en parlait.

Cela devenait de plus en plus difficile de garder le fil de ses mensonges. Ou peut-être était-ce qu'elle avait plus de mal à mentir à Ben qu'aux autres ?

— Euh… Non, d'ailleurs, répondit-elle vivement.

— J'ai besoin de réparer certaines choses dans cette chambre aujourd'hui, annonça Ben.

Il lui montra une longue liste inscrite sur du papier jaune :

« Chambre 23 — la porte coince, réparer l'interrupteur du placard, la poignée de la porte-fenêtre du balcon ne tient pas… »

— Est-ce que je peux jeter un coup d'œil à l'interrupteur pour voir quelle pièce il me faut ? reprit-il.

— Bien sûr, entre. Lindsay est réveillée. Elle est en train de jouer dans son berceau.

Il la suivit à l'intérieur.

Carey se sentit soudain très dénudée dans sa chemise de nuit à peine recouverte. Le lit lui parut immense au milieu de la pièce, et les draps et couvertures en bataille trop visibles.

Et Ben était très séduisant, ce matin. Il se tenait si près d'elle qu'elle sentait l'odeur du savon sur sa peau, mêlée à l'arôme épicé de sa lotion après-rasage. Son beau corps musclé était mis en valeur par son jean et son pull foncé.

Il avait retiré le cache-prise à l'intérieur du placard et

examinait l'installation avec une lampe de poche. Il retroussa ses manches, révélant des bras vigoureux.

Elle aurait dû arrêter de le regarder, mais elle en était incapable. Troublée par sa présence, elle n'arrivait pas à mettre de l'ordre dans ses pensées.

— Alors… c'est ton jour de congé ? demanda-t-elle, cherchant désespérément un sujet de conversation.

— C'est mon jour de congé au poste de police, mais pas ici, où il y a toujours quelque chose à faire.

« Tant mieux, pensa-t-elle. Cela signifie qu'il va passer la journée ici. »

— C'est une grande maison, dit-elle.

— Et vieille aussi, elle a besoin d'être entièrement rénovée, ajouta-t-il.

Il avait pris un petit tournevis et il était en train de retirer quelque chose à l'intérieur de la prise.

Elle s'appuya au mur pour le regarder travailler.

— J'imagine que cela coûterait très cher.

— Une fortune. Et les affaires ne vont pas si bien que cela. Mais naturellement, si l'on ne fait pas les rénovations, cela ira de mal en pis. C'est un cercle vicieux.

— Oui, je comprends.

D'après le peu qu'elle avait vu la veille dans le bureau de Thea, gérer un hôtel était plus compliqué qu'elle ne l'aurait imaginé.

Il la déshabilla du regard. Gênée d'être si peu couverte, elle resserra la ceinture de son peignoir de soie et croisa les bras sur sa poitrine.

— Tu as des nouvelles de ta voiture ?

— Je viens de parler à Harry Anderson. Il pense que les réparations peuvent être finies lundi.

— Pour le nouvel an ?

— Exactement.

— Dans ce cas, tu partirais dans… quatre jours.

— Probablement, oui.

Elle essaya de deviner quel effet cela produisait sur lui.

Son visage ne trahissait rien et il avait les yeux fixés sur l'interrupteur.

— Ce n'est pas beaucoup, dit-il finalement.

— En effet. Cela va passer vite...

Elle avait peut-être eu l'air heureuse de partir, mais, en réalité, elle était en proie à des sentiments contradictoires. D'un côté, elle aurait voulu faire ses bagages et s'en aller sur-le-champ ; mais en même temps elle voulait rester. En regardant Ben replacer soigneusement le cache-prise, elle se sentit submergée par un sentiment de nostalgie. Il allait lui manquer terriblement.

Elle entendit quelque chose tomber et rouler sur le tapis — un morceau de matériel électrique, peut-être. C'était une vis qui vint rouler à ses pieds. Elle se baissa pour la ramasser.

Quand elle se redressa, elle se retrouva nez à nez avec Ben. Il la dévisagea un moment, puis son regard dévia vers ses épaules, sa poitrine et sa taille. Elle sentit une bouffée de chaleur l'envahir. Elle avait la bouche sèche, et elle se passa la langue sur les lèvres. Un geste qui visiblement troubla Ben.

— Je crois que tu as perdu quelque chose.

Il ne répondit pas. Il se contenta de la regarder. Elle sentait son souffle sur sa peau nue et la chaleur de son corps si près du sien.

Il avait l'air aussi perdu et aussi rongé de désir qu'elle l'était elle-même, plus encore peut-être.

— Tu n'as pas besoin de cela ? C'est tombé, reprit-elle en lui tendant la vis.

— Hein ? Ah, oui, bien sûr.

Elle la déposa dans sa main ouverte. Il lui fit un signe de tête et recula comme s'il était au bord d'une falaise et craignait de tomber.

— Je crois que, toi aussi, tu as oublié quelque chose, dit-il finalement.

Elle le regarda avec curiosité. Avant qu'elle ait pu lui demander ce qu'il voulait dire, il ajouta :

— Je crois que tu devrais te couvrir un peu, Carey.

Elle avala sa salive. Il était temps qu'elle se prépare. Avant de s'habiller, une douche froide lui ferait du bien.

Quatre jours encore. Serait-elle capable de garder ses distances avec lui pendant si longtemps ?

La matinée se déroula comme celle de la veille. Carey prit son petit déjeuner dans le jardin d'hiver et décida qu'elle avait besoin de prendre l'air avec Lindsay.

Elle flâna sans se presser, entra dans des boutiques qu'elle n'avait pas encore explorées et passa même un moment à la bibliothèque. Dans la salle des périodiques, elle trouva un exemplaire récent du *Cleveland Tribune*, qu'elle feuilleta avec une bouffée de nostalgie pour sa ville d'origine. A la page des affaires, elle trouva un article à propos de Quinn :

> *« Fraude dans le bâtiment : une entreprise détourne plusieurs millions. La police élargit son champ d'investigation. »*

Elle s'assit brusquement, le cœur battant. Elle essaya de lire l'article, mais sa vue se brouillait et elle avait l'impression qu'elle allait s'évanouir. Elle se força à respirer lentement et calmement, puis regarda autour d'elle. Personne ne semblait avoir rien remarqué, sauf la bibliothécaire, assise à son bureau en face d'elle.

Elle examina Carey par-dessus ses lunettes de lecture.

— Tout va bien, madame ?

Carey se força à sourire.

— Très bien ; il fait un peu chaud ici, peut-être.

Elle défit son écharpe et ouvrit son blouson.

La bibliothécaire parut satisfaite et se replongea dans son travail.

Carey reprit son journal et lut rapidement l'article qui l'intéressait. L'entreprise de Quinn, Peerless Construction, était mentionnée au deuxième paragraphe. Quinn lui-même était nommé un peu plus loin.

Manifestement, les preuves étaient insuffisantes pour l'inculper. Elle le savait intelligent et assez habile pour couvrir ses traces. Mais elle savait aussi que sa cupidité n'avait pas de limites et qu'il avait commis des erreurs. Un jour ou l'autre, il sera pris, pensa-t-elle. Et plus vite ce serait, mieux cela vaudrait pour elle.

Vers la fin de l'article, une ligne retint son attention :

« L'enquête est en cours. De nouveaux suspects devraient bientôt être mis en examen et convoqués au tribunal pour être entendus si l'affaire devait être portée en justice. »

Les « nouveaux suspects », c'était elle.

Eh bien, on ne pourrait pas la convoquer si on n'arrivait pas à la trouver. L'instruction allait devoir commencer sans elle, voilà tout, pensa-t-elle en ravalant la boule de panique qui lui était montée à la gorge.

Elle rangea le journal dans son casier, et sortit précipitamment de la bibliothèque.

Quand elle arriva à l'hôtel, elle trouva Thea dans le hall. Occupée à trier le courrier, celle-ci leva la tête et sourit.

— Bonne promenade ?

— Très bonne. Je crois que le grand air a donné sommeil à Lindsay. Je peux me remettre au travail sur ces brochures, si tu veux, dès qu'elle dormira.

Thea lui jeta un regard hésitant.

— J'apprécie ton aide, Carey, mais je ne veux vraiment pas que tu te sentes obligée de faire quoi que ce soit.

— Je ne m'y sens pas obligée. C'est plutôt que je ne supporte pas de rester sans rien faire. Je n'ai pas envie de regarder le paysage ni même de lire. J'ai l'habitude d'être active. L'oisiveté me rend folle.

— Folle, hein ? Eh bien, tu t'intégrerais parfaitement à la famille ! marmonna Thea.

Elle glissa un élastique autour d'une liasse d'enveloppes et la rangea dans un tiroir.

— Si tu as vraiment envie de faire quelque chose, j'ai une demande spéciale pour aujourd'hui. La brochure peut attendre. Viens par ici.

Les deux femmes traversèrent la salle à manger et poussèrent les portes battantes de la cuisine.

Carey avait travaillé dans la restauration ; elle avait déjà vu une cuisine professionnelle, mais elle trouvait toujours cela intéressant.

La cuisine de l'hôtel était de taille moyenne, équipée de matériel ancien mais impeccablement propre. Il y avait du carrelage blanc sur les murs et rouge au sol. Un long plan de travail chromé installé au milieu divisait la pièce en deux. Un fourneau en fonte, des fours muraux et un gril, flanqués par un grand évier en zinc, occupaient presque tout l'espace. Il y avait aussi des étagères chargées de verres et de plats, et un énorme réfrigérateur avec porte vitrée coulissante.

Il n'y avait qu'une seule personne dans la cuisine, un jeune homme en habit blanc de cuisinier, occupé à remuer une pâte dans un grand saladier en aluminium. Carey aperçut ensuite Luanne à l'autre bout de la pièce. Elle examinait le contenu d'une boîte en carton ; quand Thea et Carey arrivèrent à sa hauteur, elle en sortit un grand ananas.

— Regardez cela, c'est magnifique, n'est-ce pas ? Pas mal pour fin décembre, non ? Je savais que ce nouveau fournisseur en valait la peine.

— Je suis sûre que cela coûtait cher, fit remarquer Thea.

— Ce n'était pas bon marché… mais j'en ai besoin pour un sorbet.

Luanne remit soigneusement l'ananas dans le carton et s'essuya les mains sur son tablier.

— On peut se débrouiller avec des boîtes de conserve, mais il faut avoir un fruit frais pour la décoration.

Thea se tourna vers Carey.

— Ma fille est une experte de la présentation. Elle

pourrait mettre n'importe quoi sur une assiette et le rendre appétissant, même un vieille chaussure !

— J'ai amélioré les plats du menu, répliqua Luanne. Nous ne servons pratiquement plus jamais de vieilles chaussures.

Son ton pince-sans-rire amusa beaucoup Carey.

— En parlant d'améliorer nos plats, reprit Thea, je voulais montrer notre nouveau menu à Carey. Elle a fait des miracles avec la plaquette de présentation, hier, alors je suis sûre qu'elle pourrait nous aider à retravailler la mise en page du menu.

Luanne jeta à Carey un regard plein de curiosité.

— Très bien, voyons ce que tu en penses.

La jeune cuisinière l'entraîna vers un bureau métallique installé dans une alcôve. Elle déplaça quelques papiers et prit une grande enveloppe en papier kraft. Carey cala Lindsay sur sa hanche gauche pour étudier les feuillets que Luanne lui tendait.

Elle les regarda longuement, gênée. Elle ne voulait pas blesser quelqu'un par ses remarques.

— Je n'ai pas beaucoup d'expérience en termes de mise en page et d'illustration. Je ne connais que les bases…

— Elle est modeste, dit Thea à Luanne. En réalité, elle est super professionnelle.

Elle se tourna vers Carey.

— Nous essayons de transformer la salle à manger de l'hôtel en restaurant. Pas seulement pour les clients qui logent ici. Il faudra faire de la publicité et peut-être changer de nom…

— Oui, nous voudrions donner une image moins guindée et vieux jeu, renchérit Luanne. Pour le moment, cela fait un peu « Aux bonnes pommes de terre rôties de mamie ».

Carey remarqua que Thea semblait un peu froissée par cette plaisanterie, mais elle ne put s'empêcher de sourire.

— Cela tombe bien, dit-elle. Je pense que l'on pourrait choisir une police plus simple et moins… Enfin, quelque chose de plus moderne. Ces caractères cursifs sont un peu difficiles à lire.

Luanne jeta un coup d'œil à sa mère.

— Très bien, c'est entendu.

— C'était l'idée de Walter, signala Thea. Moi aussi, je pensais que cela ressemblait trop à l'ancien menu.

— As-tu d'autres choses à en dire ? demanda Luanne à Carey.

Celle-ci prit une grande inspiration.

— Eh bien… Il y a beaucoup d'informations sur les plats. Cela fait beaucoup de choses à lire. Sans doute trop. Il est utile d'en donner quelques-unes, mais j'ai l'impression d'avoir déjà mangé un repas complet rien qu'à lire la liste des entrées.

Cette fois, ce fut Thea qui l'approuva, en jetant un coup d'œil à sa fille.

— Je suis d'accord. Ce n'est pas nécessaire de donner toute la recette, il suffit d'indiquer les points principaux.

Luanne croisa les bras et fronça les sourcils.

— Très bien. Assez parlé. Peux-tu réviser le menu pour nous ?

Carey haussa les épaules.

— D'accord. Tu as une minute ? J'irai plus vite si nous travaillons ensemble. Je ne voudrais pas négliger quelque chose d'important.

— A Dieu ne plaise que nous oubliions un champignon shiitake ici ou là ! railla Thea.

Luanne lança à sa mère un regard assassin. Carey s'esclaffa, mais elle fut distraite par Lindsay qui commençait à s'agiter. Thea commenta :

— Je crois qu'elle est prête pour un biberon et une sieste.

— C'est merveilleux d'avoir un bébé à la maison, murmura Thea avec un soupir pendant que Lindsay buvait. Les bébés sont tellement adorables, ils sèment le bonheur partout.

Elle jeta un coup d'œil en direction de sa fille.

— J'aimerais bien que ton frère et toi, vous vous mettiez enfin en devoir de me donner quelques petits-enfants. Je ne rajeunis pas. J'aimerais bien qu'il me reste de l'énergie pour jouer et faire toutes sortes de choses avec eux.

Luanne grimaça.

— Ce n'est pas l'énergie qui te manque, maman, là n'est pas le problème !

— Ah ? Parce qu'il y a un problème ? demanda Thea en écarquillant les yeux.

Le rot sonore de Lindsay vint à point nommé.

— Oh qu'il était beau, celui-là ! s'exclama Luanne.

— Je peux la prendre, maintenant ? demanda Thea.

Carey lui tendit le bébé.

— Bien sûr…

Thea installa Lindsay sur son épaule et se mit à valser dans la pièce. Carey savait que le bébé allait s'endormir tout de suite.

Elle et Luanne purent s'attaquer aux menus. La liste des entrées fut vite faite. Ensuite, elles s'attaquèrent aux plats et aux salades. L'une d'elles comprenait du fromage bleu, du poulet grillé, des noix de pécan et des airelles séchées. La recette fit venir l'eau à la bouche de Carey.

— Miam ! Cela a l'air bon ! s'écria-t-elle.

— Tu as faim ? Tu pourrais aussi faire le goûteur, cela me rendrait service. En plus, c'est l'heure du déjeuner.

Il était 13 heures passées et, en effet, Carey avait faim. Elle continua de revoir les textes pendant que Luanne leur préparait une salade. Quand elles s'installèrent à table toutes les deux, plus de la moitié du menu était réécrit.

— Pause-déjeuner ! annonça Luanne. Tu veux plus de sauce ?

— Non merci, c'est parfait, répondit Carey.

— J'espère que ma mère ne te fait pas trop tourner en bourrique, reprit Luanne entre deux bouchées. Elle est parfois assez… prenante.

Carey s'en rendait compte, mais elle trouvait Thea profondément sympathique.

— C'était très généreux de sa part de me loger gracieusement. Je tiens à lui rendre service à mon tour.

— Ne t'inquiète pas, elle est enchantée de t'avoir ici. Elle est sérieuse quand elle dit qu'elle veut des petits-enfants. Elle nous rend fous, Ben et moi. Elle était très déçue quand il a divorcé. Ce n'est pas qu'elle aimait beaucoup son ex, mais c'était sa meilleure chance d'avoir des bébés dans la famille.

— Ben ne m'a pas dit qu'il avait été marié, mais je l'ai entendu dire pendant le repas de Noël.

Luanne allait peut-être lui en dire plus, mais elle ne voulait pas paraître indiscrète en posant des questions.

— Il n'aime pas en parler. Ils vivaient en Caroline du Nord. C'est là qu'ils se sont rencontrés, à l'université… Eva était… difficile. Je n'ai jamais pu m'entendre avec elle, admit Luanne. C'était une fille impossible à satisfaire, rien n'était jamais assez bien pour elle.

Carey s'en était un peu doutée, mais ces précisions l'intéressaient au plus haut point.

— Elle n'aimait pas que Ben travaille dans la police, et c'était le problème numéro un, ajouta Luanne.

— Elle se faisait du souci pour lui ? Elle avait peur qu'il soit blessé ?

Elle aussi serait inquiète si l'homme qu'elle aimait travaillait dans la police. Leur jolie petite ville semblait plutôt sûre, mais elle savait qu'il existait des gens dangereux partout.

— Je ne crois pas, non, répondit Luanne avec un petit sourire. Elle n'a jamais rien dit de tel. Ce dont elle avait peur, c'est que Ben ne gagne pas assez d'argent. Il avait un métier qu'il aimait et ils vivaient très confortablement, mais cela n'a pas suffi.

Luanne fit une pause pour beurrer une tartine de pain bis.

— C'est pour cette raison qu'elle l'a quitté, je crois. Elle a rencontré quelqu'un d'autre — un avocat, il me semble. Elle a eu une liaison avec lui pendant que mon frère était ici, pour veiller sur notre père malade. Cela a été un coup terrible pour Ben. Outre la blessure d'orgueil, il est devenu incapable de se lier intimement à quelqu'un d'autre. Il l'aimait vraiment et il lui faisait totalement confiance.

Carey hocha la tête, le cœur serré.

— Je comprends.

Elle souffrait pour Ben et elle s'en voulait de le tromper,

elle aussi. Cette histoire lui rappela que rien n'était possible avec cet homme, qui avait déjà été blessé par les mensonges d'une femme. S'ils devenaient plus proches, Carey serait obligée de lui mentir, elle aussi. D'ailleurs, elle avait déjà commencé, pensa-t-elle avec chagrin.

— Depuis, il n'a rencontré personne qui lui plaise vraiment ; à notre connaissance, en tout cas, ajouta Luanne en haussant les épaules. Ne lui dis pas que je t'en ai parlé, d'accord ? Il ne me le pardonnerait jamais.

— Promis.

Carey reprit de la salade. Elle mourait d'envie d'en savoir plus, mais il lui parut plus sage de changer de sujet.

— Et toi, Luanne ? Comment est-ce d'être une jeune célibataire dans ces parages ?

Luanne s'esclaffa.

— C'est l'enfer, version glacée. Je remercie le ciel tous les jours de m'avoir envoyé un petit ami. Il est à Portland, il travaille dans un nouveau restaurant sur le port, qui est devenu un quartier très à la mode. Nous ne nous voyons pas beaucoup, mais quand nous sommes ensemble, c'est… merveilleux.

Elle sourit, et Carey vit à la façon dont son visage s'illumina qu'elle était vraiment amoureuse.

Elle sentit un pincement de jalousie. Luanne avait de la chance. Elle avait trouvé quelqu'un à aimer, au bon moment. Mais elle méritait d'être heureuse, se dit vivement Carey.

— Comment s'appelle-t-il ? Où vous êtes-vous rencontrés ? Depuis combien de temps êtes-vous ensemble ? Je veux tous les détails, s'il te plaît !

Luanne soupira.

— Nous nous sommes connus à l'école de cuisine. Nous nous plaisions, mais nous ne sommes pas sortis ensemble tout de suite. Nous avions certains cours en commun et nous aimions bien nous retrouver pour cuisiner. Le diplôme en poche, nous sommes partis chacun de notre côté. Je suis revenue ici ; lui, il a obtenu assez vite son poste à Portland.

C'est alors qu'il m'a appelée, juste pour dire bonjour. Nous avons pris rendez-vous, et voilà.

Elle sourit.

— Au dessert, que nous avons partagé, nous savions que nous étions faits l'un pour l'autre !

— Quelle belle histoire, commenta Carey.

Cela lui redonnait espoir de voir qu'il pouvait aussi arriver de bonnes choses.

— Comme c'est romantique, fit la voix moqueuse de Ben derrière elles. Quand ils ont commandé leur mousse au chocolat... à moins que ce ne soit de la crème brûlée ?...

— Tu es jaloux, c'est tout ! Parce que personne ne veut partager de crème brûlée avec toi, répliqua Luanne.

Ben était entré à leur insu. Pourvu qu'il ne les ait pas entendues parler de son mariage raté.

Il s'approcha de la table et regarda les assiettes vides.

— Vous êtes en train de déjeuner ? Pourquoi personne ne m'a appelé ?

Carey croisa son regard amusé et comprit que sa sœur et lui avaient l'habitude de se taquiner.

— Je crois que je vais prendre la voiture et aller commander quelque chose au snack, en ville... Ils font des choses délicieuses... Par exemple, des sandwichs avec des morceaux de poulet frit, dit-il à Carey avec un clin d'œil.

Luanne se leva et le toisa.

— Qu'est-ce que tu veux ? Un sandwich ? Je vais t'en faire un. Rosbif et brie, ça te va ? J'ai du pain bis tout frais.

— Je peux avoir des frites avec mon sandwich ?

Carey s'esclaffa.

— Ben, arrête de la tourmenter ! Tu vas rater un déjeuner de gourmet.

— Oui, c'est vrai, admit-il, je n'aurais pas la même chose dans un snack.

Pendant que Luanne préparait son déjeuner, Ben s'assit en face de Carey à la table chromée.

— Qu'est-ce que tu fais dans la cuisine, toi ? Tu apprends des recettes ?

« Même les recettes de Luanne ne pourraient pas m'aider », songea Carey. Elle était absolument nulle en cuisine. Mais il était inutile de le révéler à Ben.

— J'aide Luanne à peaufiner son menu. Tout a l'air fantastique. Je pense que vous allez être submergés de demandes de réservation.

— Ce serait un vrai miracle, dit Luanne.

— Ma sœur est un chef exceptionnel. Mais elle n'a pas encore conquis les cœurs et les palais des gens du coin avec ses recettes raffinées, malheureusement.

Carey haussa les épaules.

— Tout le monde aime la bonne cuisine. Vous avez peut-être besoin de quelques bons articles dans la presse et d'un peu de publicité pour vous faire connaître.

Luanne apporta son sandwich à Ben et le posa devant lui.

— C'est ce que nous espérons faire lorsque nous aurons notre nouveau menu, dit-elle. Nous allons contacter les journaux et les radios locales, et inviter quelques journalistes à une grande soirée de lancement. Nous changerons peut-être même le nom de la salle à manger, histoire de lui faire un vrai lifting.

— C'est une bonne idée, l'approuva Carey.

Ben garda le silence. Soudain grave, il mordit dans son sandwich. Luanne l'avait remarqué aussi.

— Ben n'est pas d'accord avec l'idée de faire de la publicité. Il trouve cela vulgaire.

— Je n'ai jamais dit cela.

Luanne l'ignora et poursuivit :

— Papa n'a jamais fait de publicité. Il disait toujours que si le produit est bon, les gens viendront l'acheter. Il estimait que la publicité était une mauvaise manière de dépenser son argent et que cela dépréciait un lieu. Mais notre mère a un autre avis.

Ben reposa son sandwich à demi mangé.

— C'est l'avis de Walter, Luanne. Tu le sais et moi aussi. Il a convaincu maman de tout changer : nouveau menu, tarifs plus élevés, rénovation…

— Et alors ? Où est le problème ? Cet endroit a besoin d'être mieux exploité, Ben. Si nous ne faisons pas quelque chose, nous allons vite être obligés de mettre la clé sous la porte.

— Je ne dis pas le contraire. C'est juste que je n'ai pas envie de voir la maison changer au point de ressembler aux nouveaux motels qui poussent en série sur l'autoroute. Et d'où viendraient les fonds pour financer tout cela ? D'un prêt, sans doute, et un prêt important, j'imagine...

— Cela ne te regarde pas, Benjamin. Je te l'ai déjà dit.

Thea se tenait au bout de la longue table et faisait face à son fils.

— Quand tu seras prêt à travailler ici à temps plein, vingt-quatre heures sur vingt-quatre et sept jours sur sept comme je le fais, c'est toi qui prendras toutes les décisions. Je serais très contente de passer la main.

Ben ne répondit pas. Il s'appuya contre le dossier de sa chaise et toisa sa mère, les bras croisés.

— Maman, ce n'est ni le moment ni le lieu pour cette discussion. Une fois de plus.

— Je dois commencer à préparer le dîner, annonça Luanne. Allez donc continuer votre conversation ailleurs, d'accord ?

Carey vit que deux aides de cuisine venaient d'arriver et accrochaient leur manteau près de la porte du fond. Gênée de se trouver prise au milieu d'une dispute familiale, elle fit rapidement le tour des visages assemblés autour de la table.

Lindsay était en train de se réveiller et Carey la prit dans ses bras. Cette diversion tombait à pic.

Thea soupira. Manifestement résignée, elle changea de sujet. Elle se dirigea vers Carey et le bébé.

— Oh, nous avons dû la réveiller en parlant trop fort. Je suis vraiment désolée...

— Elle a suffisamment dormi. Elle fera une autre sieste en fin d'après-midi, dit Carey. Il faut juste que je monte un instant pour la changer, et je reviens t'aider à terminer le mailing.

— Quand tu pourras. Et Lindsay ? Maintenant qu'elle est réveillée, je suis sûre qu'elle va avoir envie de jouer.

Justement, Lindsay avait attrapé l'une des boucles d'oreilles de sa mère et tirait dessus.

Carey se tourna vers Ben.

— Ben pourra peut-être porter le petit lit de voyage dans le bureau, pour qu'elle puisse rester avec nous pendant que je travaille sur l'ordinateur ?

— Bonne idée. Je pourrai m'en occuper un moment, l'approuva Thea.

Ben se leva et mit son assiette dans l'évier.

— Il y a un autre lit pliant dans la réserve. Je vais l'installer dans le bureau.

— Merci.

Carey le suivit des yeux tandis qu'il quittait la cuisine, mais il ne la regarda pas. Est-ce qu'il l'ignorait, ou bien était-ce son imagination ?

Elle avait vaguement l'impression qu'il n'était pas content qu'elle aide sa mère et sa sœur. Elle aurait cru qu'il serait content de voir qu'elle essayait de leur témoigner sa gratitude pour leur générosité. Elle n'avait pas pensé qu'il serait en colère.

Croyait-il qu'elle prenait le parti de sa sœur et de sa mère contre lui ? Ce serait vraiment absurde. Elle n'avait aucune opinion à faire valoir sur la manière dont l'hôtel devait être géré ou rénové. Elle essayait tout simplement de se rendre utile, pour les quelques jours qu'elle allait encore passer avec cette famille. Rien de tout cela n'aurait dû avoir la moindre importance pour Ben.

Ni pour elle, d'ailleurs, se dit-elle.

Carey passa le reste de la journée dans le bureau de l'hôtel, à envoyer les nouvelles brochures et même à répondre au téléphone lorsque Thea s'absentait ou était occupée à jouer avec le bébé.

L'après-midi passa vite, et elle adorait toutes les tâches

qu'elle avait à effectuer. La vie d'un hôtel, c'était comme un petit théâtre.

Thea était d'une nature chaleureuse et énergique. Elle jouait son rôle d'hôtesse à merveille.

Carey ne put s'empêcher de se demander comment avait été le père de Ben, James. Il y avait sa photo dans le bureau ; Ben lui ressemblait beaucoup. Thea avait dit que son mari avait été un homme têtu, mais la photo montrait aussi un côté plein d'humour qui, là encore, rappelait son fils.

Walter fit son entrée à la fin de l'après-midi. Carey, installée devant l'ordinateur, ajoutait des noms et des adresses au fichier clients. Thea s'était installée dans son fauteuil avec Lindsay sur les genoux et jouait à cache-cache avec un grand chapeau de feutre.

Walter entrait dans le bureau comme s'il y travaillait, lui aussi. Thea l'accueillit avec un grand sourire et il se pencha pour l'embrasser sur la joue.

— Walter ! Je ne t'attendais pas si tôt, s'exclama-t-elle d'un air surpris.

Il regarda sa montre à son poignet.

— Je crois que j'avais dit que je serais là à 17 heures, et il est déjà le quart. Tu dois avoir été très occupée, aujourd'hui ; tu n'as pas vu le temps passer.

— Je n'ai pas été si occupée, mais nous nous sommes bien amusées, dit Thea en souriant. Carey m'a aidée à revoir la brochure ; nous avons presque fini, on pourra bientôt l'envoyer. Regarde nos modifications : c'est beaucoup mieux, à présent !

Elle lui montra un exemplaire. Walter parut impressionné.

— Beau travail. C'est très chic ; exactement ce que nous recherchions. Merci beaucoup, Carey.

— Ce n'est pas grand-chose, dit-elle, tout en se demandant pourquoi Walter la remerciait.

Il avait l'air de jouer un rôle important dans la maison. Pourtant, d'après ce qu'elle avait entendu dans la cuisine, il n'était guère en droit d'intervenir, hormis en tant que compagnon de Thea, et Ben réprouvait son influence.

Carey n'avait vu le couple que brièvement lors du repas de Noël, mais elle se rendait compte que leur relation était sérieuse. Mais, manifestement, Ben n'approuvait pas le choix de sa mère. Etait-ce parce qu'à ses yeux personne n'était capable de remplacer son père ?

Walter était très élégant, cette fois encore, avec son costume gris et sa chemise bleu clair ornée d'une cravate jaune. Quoique un peu plus vieux que Thea, il était encore très séduisant. D'après ce que Carey avait conclu de la photo qu'elle avait vue et des commentaires entendus ici et là à propos de James, Walter semblait très différent du premier mari de Thea.

Il avait l'air d'apprécier le bébé ; il le prit sur ses genoux à son tour. Lindsay n'avait pas l'habitude de bénéficier de tant d'attention et elle semblait beaucoup s'en réjouir. « On dirait qu'elle ne remarque même plus ma présence », pensa Carey. Cela devait se passer ainsi quand un enfant était avec ses grands-parents. Lindsay n'avait pas eu beaucoup de chance de ce côté.

— J'ai les catalogues de mobilier que nous avions commandés, Thea, annonça Walter. Et le fournisseur nous a envoyé quelques échantillons de tissu, mais je n'ai guère été impressionné par leur qualité. Il faudra voir ce que tu en penses. Oh, elle a attrapé ma cravate ! Mais c'est un vrai petit tigre !

En riant, il implora Thea de le délivrer.

— Attends ! J'ai quelque chose pour elle… Laisse-moi le temps de le trouver.

Thea fourragea un moment dans un placard et en sortit une petite bouteille de liquide savonneux.

— Est-ce que tu lui as déjà montré des bulles, Carey ? Les bébés de cet âge adorent ça.

Carey leva les yeux de son écran d'ordinateur. Elle était presque arrivée en bas de la liste. Thea et Walter avaient mieux à faire que d'amuser Lindsay, mais il valait mieux qu'elle continue jusqu'à ce qu'elle ait terminé.

— Non… Je ne crois pas, sauf peut-être dans son bain.

— Regarde !

Thea plongea l'anneau dans la bouteille et souffla. Une nuée de bulles se mit à flotter vers Lindsay, qui les regarda avec des yeux ronds. Sur les genoux de Walter, elle tendit les bras et remua les mains pour les attraper.

Quand les bulles éclatèrent, Lindsay, surexcitée, poussa des petits cris. Puis elle regarda Thea d'un air plein d'espoir.

— Elle est intelligente, commenta celle-ci. Tu en veux encore, mon petit chat ?

Thea trempa de nouveau l'anneau magique et Lindsay, fascinée, la regarda faire.

— Elle essaie de comprendre le monde. Comme nous, fit remarquer Walter avec philosophie.

— C'est très vrai, Walter, intervint Ben qui entrait dans le bureau. J'ai presque trente-cinq ans et je n'y comprends toujours rien.

Il regardait sa mère et Walter jouer avec l'enfant.

Carey cessa de taper et leurs regards se croisèrent. L'expression de Ben ne révélait rien, mais quelque chose sembla s'éclairer sur son visage quand il la vit.

— Tu as fini pour aujourd'hui, Ben ? lui demanda sa mère. Nous allons bientôt dîner. Luanne va nous servir quelques nouvelles recettes du menu en avant-première, ce soir. Elle veut avoir notre avis. Carey… Veux-tu te joindre à nous ? Nous pourrions dîner tous ensemble…

Mais avant que Carey puisse répondre, Ben prit la parole.

— J'allais partir pour Highland. J'ai besoin de faire un saut au magasin de bricolage près du centre commercial.

— Ah.

Thea avait l'air déçue. Elle échangea un regard avec son compagnon, et Carey devina ce qu'ils pensaient tous les deux : Ben évitait la compagnie de Walter.

— Ne pourrais-tu pas y aller plus tard dans la semaine ? Ce n'est pas une urgence, si ?

— La semaine prochaine, il y aura encore autre chose à réparer, répliqua Ben.

Personne ne pouvait dire le contraire. Ben se tourna vers Carey.

— Veux-tu venir avec moi, Carey ? J'ai l'impression que tu as besoin que quelqu'un te sorte de ce bureau.

Thea retrouva instantanément le sourire.

— Bonne idée ! Pauvre Carey ! Elle a été enfermée ici tout l'après-midi. Allez donc à Highland faire des courses, et profitez-en pour dîner dehors. Lindsay peut rester ici, nous nous en occuperons. N'est-ce pas, Walter ?

Thea ne lui avait pas donné de coup de pied dans le tibia, mais Carey nota qu'il réagissait exactement comme si cela avait été le cas.

— Absolument. Cela ne nous dérange pas du tout. C'est une enfant adorable, répondit-il mécaniquement.

— Très bien, alors d'accord.

Ben avait l'air content, même si son sourire restait réservé. Ils convinrent de se retrouver dans le hall un quart d'heure plus tard. Carey devait donner des instructions à Thea concernant Lindsay, et puis elle avait besoin de quelques minutes pour se préparer avant cette sortie inattendue… Comment fallait-il s'habiller pour un rendez-vous amoureux dans un magasin de bricolage ? Elle n'en avait pas la moindre idée…

- 7 -

Il faisait déjà nuit quand Ben et Carey quittèrent l'hôtel. Ils longèrent la rue principale, dont les réverbères brillaient dans la pénombre hivernale. Les magasins fermaient.

Elle regardait défiler les façades par la vitre côté passager. Tandis que Ben tournait en direction de l'autoroute, il s'enquit :

— Tu es bien silencieuse. Quelque chose te tracasse ?

— Je me détends, c'est tout. Cela me fait drôle de sortir sans Lindsay. Je ne la quitte jamais, d'habitude.

— Elle sera très bien, ne t'inquiète pas. Ma mère est parfaite avec les bébés.

— J'ai vu cela.

Ils n'avaient pas fait beaucoup de chemin et n'étaient même pas encore arrivés sur l'autoroute lorsque Ben tourna pour se garer dans un vaste parking. Carey vit devant elle la façade d'un restaurant à l'allure rustique. Il y avait beaucoup de monde, ce qui indiquait que l'endroit était réputé.

Ben n'avait jamais eu l'intention de l'emmener au magasin de bricolage, à Highland ou ailleurs.

Ils sortirent du 4x4, et il lui passa un bras sur l'épaule d'un geste protecteur qui la fit frémir de bonheur.

— J'adore la cuisine de ma sœur. Mais, parfois, un homme a juste envie d'un steak frites. Sans fromage de chèvre. Sans asperges miniature. Sans… sauce béarnaise. Tu comprends ?

Elle s'esclaffa.

— Je comprends très bien. Alors cette course indispensable au magasin de bricolage, c'était juste un alibi ?

— Je ne voulais blesser personne. Et il fallait que je trouve un moyen de te faire sortir de l'hôtel et de t'emmener loin de ma famille.

Pour passer du temps seul à seule, pensa-t-elle, ravie.

Dans le restaurant, ils furent accueillis par une hôtesse qui les conduisit vers une table tranquille. Il l'aida à retirer sa veste et lui avança une chaise.

L'éclairage tamisé de la pièce mettait en valeur les nappes blanches empesées, les assiettes en porcelaine et les verres fins. Les bougies et le plafond bas à poutres apparentes composaient une atmosphère intime.

— C'est un restaurant de viande, j'imagine ? demanda Carey en ouvrant son menu.

— On y sert le meilleur steak à cent kilomètres à la ronde, promit Ben. Tu as faim ?

— Oui, très.

— Parfait. Nous pouvons partager un chateaubriand… et une bouteille de cabernet.

— N'oublie pas les pommes de terre !

— Pas de danger. Et peut-être quelques beignets d'oignon…

Elle lui jeta un coup d'œil par-dessus son menu et le vit sourire d'un air facétieux.

— Ne dis surtout pas à Luanne que je t'ai emmenée ici. Elle ne me le pardonnerait jamais. Pour elle, cet endroit est presque aussi mauvais qu'un fast-food.

— Ne t'inquiète pas, je ne trahirai pas ton secret.

Cela ne ferait jamais qu'un secret de plus à garder. Elle commençait à les collectionner.

Une serveuse prit la commande et revint rapidement avec le vin et leur servit deux verres.

— Ma mère t'a fait travailler dur ces derniers jours, à ce que je vois. Elle n'est pas très douée pour les tâches administratives. Tu lui as rendu un grand service.

— Cela ne me dérange pas. Je n'ai rien d'autre à faire et, ainsi, le temps passe plus vite.

— C'est quand même bien gentil à toi de l'aider. Et

Luanne aussi. Elles ont de grands projets pour transformer l'hôtel. Je ne suis pas certain que ce soit une bonne idée…

Ben parlait d'un ton décontracté, il avait l'air grave et Carey devina qu'il s'inquiétait vraiment.

— Depuis combien de temps ta famille est-elle propriétaire de cet hôtel ? Est-ce ton père qui l'a créé ?

— Il l'avait hérité de son père à lui. Cette maison est dans la famille depuis quatre générations. C'était une filature, autrefois. Mon arrière-arrière-grand-père l'a achetée juste après la guerre de Sécession.

— Je comprends pourquoi tu y tiens tant.

Elle fit une pause, hésitant à poser la question qui lui brûlait les lèvres.

— As-tu jamais pensé à prendre la suite ? Ta mère en serait heureuse, d'après ce que j'ai cru comprendre.

Il eut l'air surpris mais, après un instant, il secoua la tête en souriant à demi.

— C'est ce qu'elle prétend. En particulier pendant qu'on se dispute. Mais j'aimerais bien la voir abandonner si facilement l'hôtel !

Il soupira et s'appuya contre le dossier de sa chaise.

— Bien sûr, j'y ai réfléchi, surtout après la mort de mon père. Mais j'aime beaucoup mon métier et je ne suis pas prêt à quitter la police. J'adore l'hôtel… mais je ne sais pas si cela me plairait de le diriger. Pas seul, en tout cas.

Il la regarda un instant avant de détourner les yeux.

— J'ai été marié quelques années, dit-il soudain. Cela n'a pas marché.

— J'ai entendu dire que tu étais divorcé, quelqu'un l'a mentionné à Noël. Pourquoi est-ce que cela n'a pas marché ? demanda-t-elle.

Elle avait envie d'entendre sa version des faits.

Ben haussa les épaules.

— Nous nous étions rencontrés à l'université. Nous nous sommes sans doute mariés trop tôt. Ses projets ne correspondaient pas du tout à ce que je voulais faire de ma vie, et vice versa. Le pire, c'est le mensonge, ajouta-t-il d'un air dur. Elle aurait dû être honnête avec moi. Cela aurait rendu les choses plus faciles pour tout le monde.

Percevant l'amertume dans sa voix, elle eut un nœud au ventre. Elle était heureuse que Ben lui ait parlé de son passé, mais cela la peinait de l'entendre ainsi parler des mensonges de sa femme, sachant qu'elle aussi elle lui avait menti. « C'est parfois difficile d'être honnête. Voire impossible... », avait-elle envie de répondre.

Si elle avait eu une conscience ou un semblant de morale, elle serait partie, sortie de sa vie pour toujours.

Mais naturellement, elle n'en fit rien. Elle ne pouvait pas.

Elle leva la tête et rencontra ses yeux bleus. Elle se pencha un peu pour saisir sa main de l'autre côté de la table, et entremêla ses doigts aux siens.

— Je suis désolée, Ben.

Elle ne parlait pas seulement de son mariage raté.

Il parut surpris par son geste. Sans mot dire, il se pencha à son tour et l'embrassa. Un baiser tendre qu'il prolongea pour savourer la douceur de sa bouche.

— Carey, quand tu me regardes de cette façon, j'oublie qu'il a pu m'arriver quoi que ce soit de triste. Je peux à peine me rappeler mon nom ! ajouta-t-il avec un sourire ravageur.

Elle comprenait ce qu'il voulait dire. Elle avait la même impression auprès de lui.

Il se penchait pour l'embrasser encore quand la serveuse réapparut avec les plats. « Sauvée par le chateaubriand ! pensa Carey. Pour le moment, en tout cas. »

Pendant le dîner, elle lui posa mille questions sur son travail et sur ses collègues. Ben lui raconta des anecdotes amusantes à propos de son quotidien de policier dans une petite ville isolée, mais elle savait qu'il courait aussi parfois de vrais dangers.

Elle n'avait plus faim pour un dessert, ni même pour un café. Ben paya la note et ils sortirent en se serrant l'un contre l'autre pour se protéger du froid.

En arrivant à la voiture, Ben lui donna un rapide baiser avant de lui ouvrir la porte.

— Il vaut mieux monter, ou on nous retrouvera demain matin comme deux statues de glace.

Elle s'esclaffa et se glissa à l'intérieur.

— Nous avons encore le temps d'aller au magasin de bricolage, dit-il en souriant. Il reste ouvert jusqu'à minuit.

— Oh, je ne sais pas. Je me fais un peu vieille pour sortir dans ce genre de boîte à la mode.

— Je comprends.

Amusé, il lui prit la main dans le noir.

— J'ai une autre idée. Ce n'est pas loin d'ici.

Ils roulèrent un moment jusqu'à ce que Ben tourne dans une petite route, qui se transforma en sentier au milieu des bois.

Les yeux de Carey s'habituaient lentement à l'obscurité. Une lune presque pleine illuminait le ciel d'un bleu d'encre. Ils étaient entourés d'arbres à perte de vue.

— Tu sais où nous sommes ? demanda-t-elle posément.

Il se mit à rire.

— N'aie pas peur. Je viens ici tout le temps, c'est mon endroit préféré. Je voulais te le montrer.

Elle resta assise tranquillement, en se demandant de quoi il pouvait bien s'agir.

Enfin, le sentier s'élargit, les arbres se firent plus rares. La voiture s'arrêta et elle vit qu'ils étaient arrivés au sommet d'une montagne, devant une vue magnifique. Un grand lac gelé s'étendait à leurs pieds, entouré de pins couverts de neige qui étincelait sous la lune.

Ben arrêta le moteur et éteignit les phares. Tout était sombre et très silencieux. Plus elle s'habituait à l'obscurité, plus elle discernait les détails du paysage magique qui les entourait. Le ciel était constellé de millions d'étoiles. Elle n'en avait jamais vu autant.

— C'est merveilleux… On dirait que l'endroit est enchanté…

— N'est-ce pas ?

Il passa un bras autour de ses épaules et elle posa la tête contre sa poitrine.

— Je viens ici quelquefois, pour réfléchir.

— A quoi ?

— Au passé. Aux erreurs que j'ai faites. Aux choses que j'aurais dû faire différemment. Je pense aussi à l'avenir…

Elle entendait l'écho de ses paroles résonner dans sa poitrine, et aussi le battement régulier de son cœur.

— Et qu'est-ce que tu espères, Ben ?

Il ne répondit pas tout de suite. Il n'avait peut-être pas envie de se confier à elle. Posait-elle trop de questions à son tour ?

— Oh… Des tas de choses, dit-il enfin. J'aimerais rencontrer quelqu'un avec qui je pourrais être heureux. Avec qui je pourrais être moi-même.

Il se tourna vers elle.

— Quelqu'un comme toi, Carey.

Il l'attira encore plus près de lui. Leurs regards se croisèrent avant que leurs bouches se rencontrent pour un long baiser brûlant. Elle ne perçut aucune hésitation, aucune question ni aucun doute chez Ben. Il s'était lancé, la tête la première. Elle suivit, avec le sentiment de plonger dans la nuit d'encre qui les entourait.

Ils s'embrassèrent avec fougue, en luttant pour se rapprocher encore. Leurs gros blousons les encombraient ; ils s'en débarrassèrent, tout simplement. Ils retombèrent aussitôt dans les bras l'un de l'autre, de plus en plus serrés, de plus en plus brûlants, s'embrassant et se caressant avec fièvre.

— Tu as froid ? murmura-t-il dans son oreille.

Elle sentit ses mains se glisser sous son pull, caresser sa peau nue.

— Pas du tout. Je me sens… parfaitement bien.

Elle soupira, la bouche contre sa bouche, et frémit quand elle sentit sa main glisser sur son sein et en caresser le bout, provoquant un frisson de désir presque douloureux. Balayée par une vague de chaleur, elle inspira profondément.

Elle mourait d'envie de le toucher, elle aussi. Elle déboutonna le haut de sa chemise et passa une main dessous pour caresser son dos musclé et son ventre ferme comme le roc, pressant ses lèvres sur son cou tiède.

Il frémit, la tête renversée, avant de faire passer le pull de Carey par-dessus sa tête.

Un instant, l'air froid la saisit, jusqu'à ce qu'il plaque son corps contre le sien et qu'elle sente sa chaleur. Il déposa sur sa peau douce une nuée de baisers. Repoussant les bretelles de son soutien-gorge, il lui suça les seins jusqu'à ce qu'elle gémisse de plaisir et de désir mêlés.

Elle passa les mains sur ses longues cuisses et sentit alors toute la force de son désir. Il était prêt à lui faire l'amour. Elle l'entendit gémir et, sous ses caresses, sa respiration se fit plus saccadée. Mais il prit sa main et la porta à ses lèvres.

— J'ai désespérément envie de te faire l'amour, mais je ne veux pas que cela se passe sur la banquette arrière d'une voiture.

Il lui caressa tendrement les cheveux et la joue.

— Nous pourrions rentrer chez moi... Je n'habite pas très loin.

Cette question resta un moment en suspens entre eux. Elle sentit son cœur s'emballer. Elle savait ce qu'il lui demandait, ce qu'elle s'apprêtait à accepter. Elle eut brusquement la bouche sèche.

Elle avait envie de lui. Terriblement envie de lui. Etre près de lui, pour une heure volée ou deux...

C'était difficile de dire non. Et même de dire quoi que ce soit.

Enfin, elle se redressa et commença à se rhabiller. Elle ne le regardait plus.

— J'en meurs d'envie... Mais je crois que ce ne serait pas une bonne idée. Je vais partir dans quelques jours. Si nous commençons à tisser de vrais liens, cela ne fera que rendre les choses plus difficiles.

Il regarda droit devant lui sans répondre. Elle pensa tout de suite qu'il était en colère, avant de comprendre qu'il était surpris, tout simplement. Et blessé, peut-être.

— Je croyais que nous avions déjà tissé des liens, dit-il

enfin. Je sais que nous venons de nous rencontrer. Mais je ne peux pas m'empêcher d'éprouver des sentiments pour toi, et je crois que tu ressens la même chose, n'est-ce pas ?

Elle soupira. Il était impossible de le nier. Elle s'était attachée à lui très vite, et profondément. Comme s'ils étaient faits l'un pour l'autre, prédestinés… à vivre ensemble pour toujours.

Mais elle ne pouvait simplement pas se permettre ce genre de rêveries.

— Ce n'est pas si simple, pour moi. Je ne peux pas faire l'amour avec toi… et partir.

— Portland n'est pas si loin. Ce ne sera pas forcément la fin quand tu t'en iras, objecta-t-il avec douceur.

— Je ne crois pas que cela pourrait marcher. Les amours à distance, je n'y crois pas. Je ne resterai sans doute pas toujours à Portland. Je ne sais même pas où j'irai, au bout du compte.

Sur ce point, au moins, elle disait la vérité.

— Y a-t-il une chose que tu ne me dis pas, Carey ?

Son cœur fit une embardée. Avait-il compris qu'elle n'était pas celle qu'elle prétendait être ?

— De quoi parles-tu ?

— Y a-t-il quelqu'un d'autre ? Un autre homme ?

— Non. Il n'y a personne. Ce n'est pas cela.

— Et Paul ? L'ami à qui tu parlais tout à l'heure ?

Elle secoua la tête, si soulagée qu'elle avait envie de rire tout haut.

— C'est un ami, rien de plus. Lui et sa femme, Nora. Il travaillait avec Tom et ils m'ont aidée tous les deux après la naissance de Lindsay. Ce sont comme des parents pour moi. Ils me manquent.

— Je vois. Je crois que je me suis trompé. J'ai eu une autre impression quand je t'ai entendue lui parler.

Il avait surpris une partie de la conversation, mais il avait cru qu'elle parlait à un amoureux. Il n'avait pas d'autres soupçons.

— Ce n'est pas grave, dit-elle en lui posant une main sur l'épaule.

Elle adorait le toucher, sentir son corps solide et musclé sous ses doigts. Elle aurait aimé le caresser toute la nuit, si les choses avaient été différentes…

Mais ce ne serait pas honnête de céder à son désir. Chaque baiser, chaque caresse échangée serait un leurre, un mensonge de plus.

« J'ai suffisamment trahi ta confiance, Ben, aurait-elle voulu dire. Crois-moi, cela vaut mieux ainsi. »

Au lieu de quoi, elle murmura :

— Je suis désolée. Ce n'est pas le bon moment. Ma vie est dans une période de grande… confusion. Je voudrais tellement que ce soit différent, Ben… Vraiment.

Il soupira en regardant droit devant lui, et prit soudain une expression résignée.

— Je comprends. Tu n'as pas besoin d'en dire plus. Nous ferions mieux de rentrer. Il se fait tard.

Elle venait de rejeter l'homme le plus séduisant, le plus aimant, le plus sexy, le plus merveilleux qu'elle ait rencontré depuis très longtemps.

Peut-être de toute sa vie.

Et elle l'avait tout simplement repoussé. Comme s'il ne comptait pas.

Un homme qui la rendait heureuse. Qui la comprenait sans effort, tout naturellement. Qui savait la fasciner par un regard ou un sourire.

Quelqu'un qu'elle pouvait vraiment aimer.

L'aimait-elle déjà ? Peut-être, pensa-t-elle. Ces choses-là pouvaient arriver. Mais pas à elle.

Elle se sentit brusquement très seule, devant un vide absolu. Elle était triste, perdue. Elle serra les poings en s'efforçant de ne pas pleurer.

Elle ne voulait pas que Ben la voie ainsi. Jamais il ne comprendrait à quel point tout cela était dur pour elle.

A quel point elle était blessée, elle aussi.

*
* *

Les deux jours suivants passèrent sans que Ben se manifeste. Carey ne pouvait s'empêcher de le guetter : il allait sans doute passer pour réparer quelque chose dans la maison, ou simplement pour dire bonjour à sa famille. Mais il ne vint pas. Elle écoutait les conversations, à l'affût de son nom, mais c'était à peine si elle l'entendait mentionner par sa mère ou sa sœur.

En se promenant chaque jour dans le village, elle cherchait sa voiture de patrouille. C'était plus fort qu'elle. Une fois, elle eut l'impression de repérer son véhicule dans Main Street, mais il tourna dans une petite rue et elle le perdit de vue très vite.

Elle s'occupait en aidant Thea, qui avait toujours un nouveau projet en cours ou besoin de son avis sur une question urgente.

Elle l'aida à mettre ses comptes mensuels en ordre, et découvrit sans surprise qu'ils étaient terriblement embrouillés. Elle s'y connaissait bien en comptabilité et montra à Thea comment utiliser un logiciel, qu'elle possédait déjà sans savoir s'en servir, pour tenir ses registres à jour.

— Je dois avoir l'air d'une idiote, dit Thea, mais c'est mon mari qui s'occupait de la comptabilité. Il payait les factures, remplissait les fiches de paie, établissait le planning des employés. J'essaie de faire tout cela toute seule depuis que j'ai été obligée de me séparer d'une partie du personnel, mais je crains d'avoir tout fait de travers.

— Vous pourriez peut-être engager un comptable, ne serait-ce que quelques heures par semaine ? suggéra Carey.

Thea soupira.

— J'y ai pensé. Peut-être quand les travaux seront terminés.

Elle sourit.

— Bien sûr, si jamais tu changes d'avis sur le poste que t'a proposé ton amie, je t'embaucherais dans la minute, Carey. Est-ce que tu pourrais envisager de rester travailler ici ?

Carey fut étonnée par l'offre de Thea. Elle ne savait pas quoi répondre. Quelle jolie fin ce serait pour son histoire : travailler à l'hôtel, rester à Greenbriar... vivre une relation amoureuse avec Ben...

Mais, bien sûr, c'était impossible. Elle vivait ici quelques instants volés, craignant à tout moment d'être démasquée. Si elle restait avec les Martin, ils finiraient par découvrir qu'elle leur avait menti, qu'elle avait déguisé son identité et qu'elle était même recherchée dans le cadre d'une enquête criminelle. La bulle de bonheur qu'elle avait imaginée éclata, tout comme les bulles de savon qui avaient fasciné sa fille.

— C'est très flatteur, Thea, je te remercie... Mais j'ai promis à mon amie de venir l'aider. Elle compte sur moi.

— Naturellement, je comprends. Mais si jamais cela n'allait pas là-bas, rappelle-toi que tu pourras toujours revenir chez nous.

Elle fut réconfortée de sentir que quelqu'un avait envie de la garder, même si cela la rendait aussi infiniment triste.

Quand elle eut terminé la tâche ardue de mettre de l'ordre dans ses comptes, Thea eut envie de passer à des activités plus créatives. Elle sortit une pile de catalogues de fabricants de meubles et de tissus, et des dizaines d'échantillons de papiers peints et de tentures.

— Tu veux bien les regarder avec moi et me dire ce que tu en penses ? demanda-t-elle.

Elle ouvrit les volumes sur une grande table. De nombreuses pages étaient déjà marquées par des carrés de papier jaune : les échantillons avaient été étudiés avec soin.

— Walter essaie de m'aider, mais ce n'est pas très utile. Tout ce qu'il me montre est vert foncé ou marron. Il faut croire que les hommes aiment ce genre de couleurs... Ils doivent être un peu daltoniens !

Elle montra à Carey ses idées de styles et de tons pour la rénovation des chambres.

— Il ne faut pas être trop contemporain et perdre le charme historique de la maison, mais nous devons aérer et alléger l'ensemble, qui est trop vieillot et guindé. Certaines pièces n'ont pas changé depuis la guerre de Sécession, bon sang !

Carey donna son avis et aida Thea à établir un budget.

— Certains décorateurs sont spécialisés dans les hôtels, mais je n'ai pas les moyens d'en engager un, du moins pour le moment, dit Thea.

— Je crois que tu n'as pas à te faire de souci, Thea, tu as d'excellentes idées et un goût parfait.

Thea eut l'air heureuse du compliment.

— Je ne suis pas très douée pour la gestion financière, mais s'il y a une chose que je sais faire, c'est décorer une chambre.

Le dimanche après-midi, l'hôtel était presque vide. Tous les clients étaient partis après le petit déjeuner. Thea et Walter sortirent rendre visite à sa fille, qui vivait à Kennebunkport.

Carey lui proposa de s'occuper de la réception, au moins jusqu'à 17 heures. Le lit pliant était toujours dans le bureau et Lindsay y était très confortablement installée.

Etre de garde dans le bureau ou rester dans sa chambre, cela ne faisait guère de différence : elle lisait, interrompue de temps en temps seulement par le téléphone et par quelques allées et venues à la réception, qui lui faisaient oublier Ben pour un moment.

Sa voiture serait prête le lendemain. Harry Anderson avait tenu sa promesse. Elle pourrait partir dans l'après-midi. Elle ne savait pas si elle reverrait Ben avant son départ. Peut-être devrait-elle l'appeler… Mais il n'avait probablement pas envie du moindre contact avec elle, après la manière sinistre dont s'était terminée leur soirée au restaurant. Elle savait qu'elle ne supporterait pas qu'il la traite avec froideur ou amertume.

Elle était sur le point de monter dans sa chambre pour faire ses bagages quand le téléphone sonna. Elle décrocha.

— Hôtel Greenbriar, bonsoir. Puis-je vous aider ?

— Carey… C'est toi ?

C'était Ben. Elle sursauta et son cœur se mit à battre la chamade.

— Oui, c'est moi, répondit-elle, légèrement hésitante. C'est… Ben ?

— Bien sûr que c'est moi ! Tu ne me reconnais même plus ?

— Je n'étais pas sûre, cela fait longtemps…

— Je croyais que tu avais quitté la ville. Ta voiture n'est pas prête ?

— Elle sera prête demain. Harry Anderson ne te l'a pas dit ?

— Je ne lui ai rien demandé.

— Ah. Non, bien sûr, fit-elle sèchement.

— Ma mère est là ? Je dois lui parler, s'il te plaît.

— Elle est sortie pour la soirée. Veux-tu laisser un message ?

Le ton de Carey était poli et professionnel. Elle espérait de tout cœur que cela allait terriblement l'agacer.

— Non, merci. Je la rappellerai demain.

— Veux-tu que je la prévienne ?

— Très bien, si cela te fait tellement plaisir, ne t'en prive surtout pas.

Elle commençait à l'énerver, elle le sentait.

Il avait quand même du toupet de l'embrasser avec une telle fougue, de lui faire presque l'amour dans la voiture, de lui proposer de venir chez lui, et…

Et ensuite, plus un mot. Pendant trois jours. Quel culot !

— Rien d'autre ? demanda-t-elle par défi.

Il y eut un long silence. Elle se demanda s'il était toujours au téléphone.

— Sois prudente sur la route, Carey. Essaie de ne pas rencontrer d'élan, cette fois-ci.

— Je vais tâcher de m'en souvenir. Merci pour le conseil, répliqua-t-elle d'un ton acide.

Les larmes lui montaient aux yeux. Elle s'efforça de ne pas pleurer.

— Bon… Alors au revoir.

La voix de Ben était étouffée et à peine plus audible qu'un murmure.

— Au revoir, Ben.

Elle raccrocha rapidement.

Voilà, c'était fini.

Il aurait pu en être tout autrement. Mais elle ne pouvait pas s'autoriser à imaginer ce qui aurait pu être.

- 8 -

Thea avait décidé de fermer l'hôtel pour la soirée et la journée du nouvel an. D'habitude, avait-elle raconté à Carey, elle donnait un grand dîner en musique avec soirée dansante, champagne, confettis et cotillons après minuit. Le soir du réveillon, l'hôtel était plein à craquer et les clients passaient la nuit sur place. Mais, cette année, elle n'avait pas eu assez de réservations pour organiser une soirée.

— Ce devait être une sacrée fête, commenta Carey.

Elle avait rejoint Thea et Luanne avec le bébé pour le petit déjeuner et elles étaient installées à la longue table chromée de la cuisine.

— Oh, oui ! s'exclama Thea d'une voix nostalgique, on savait *vraiment* s'amuser à l'époque. Ce n'était pas une petite sauterie bien sage.

Carey savait que Thea pensait à la soirée de nouvel an où elle était invitée avec Walter, chez son ancien associé désormais en retraite. Comme il habitait assez loin, Thea et Walter avaient prévu de passer la nuit sur place. Mais la soirée se terminerait tôt et ne promettait pas d'être échevelée.

— Ce soir, ce ne sera qu'une petite réunion entre amis, avoua Thea non sans regret. Nous jouerons au bridge et, à minuit, nous porterons un toast. Je ne suis pas très bonne au bridge, mais Walter me supporte, ajouta-t-elle en soupirant.

Luanne aussi avait des projets pour la soirée. Elle allait voir son petit ami, Nick, à Portland et elle passerait ses congés avec lui, même si lui ne pouvait pas prendre de vacances. Son patron ne voyait aucun inconvénient à avoir un cuisinier supplémentaire en cette période d'affluence.

Son sac, tout prêt, attendait près de la porte, et elle s'était faite bien belle pour le voyage : pantalon cigarette noir et veste en velours bleu saphir. Ses cheveux brillants tombaient librement sur ses épaules, et une légère touche de maquillage faisait ressortir ses beaux yeux bleus et son teint de porcelaine. Carey l'avait rarement vue sans son uniforme blanc, et le contraste était frappant.

« Je n'ai personne pour qui me faire belle ce soir, ni aucun autre soir à venir », pensa-t-elle. Elle faisait de gros efforts pour ne pas penser à Ben. En vain. Il savait certainement que sa mère et sa sœur s'absentaient et n'avait donc aucune excuse pour passer à l'hôtel.

— Tu vas me manquer, Carey, dit soudain Luanne en l'embrassant. Tu pourras peut-être venir nous rendre visite cet été ? J'espère que ton amie te donnera des vacances.

Carey hocha la tête sans répondre. Elle ne supportait pas l'idée de mentir encore à ces deux femmes adorables.

— Amuse-toi bien à Portland, dit-elle, esquivant sa question. J'ai été heureuse de faire ta connaissance. J'espère que cette nouvelle année sera magnifique pour vous tous.

— Et pour toi aussi. Donne des nouvelles, d'accord ?

Cette fois encore, elle fut bien en peine de répondre. Mais Luanne n'attendit pas : elle était très pressée de partir et d'aller retrouver Nick.

Après son départ, la grande cuisine parut soudain très silencieuse. Thea jeta un coup d'œil à sa montre.

— Je ferais bien de me dépêcher un peu, moi aussi. A quelle heure ta voiture sera prête ? Harry te l'a dit ?

— Dans l'après-midi.

— Oh ! J'espérais que ce serait plus tôt, Walter veut partir à midi. Il a peur qu'il y ait des embouteillages. Je ne serai pas là pour t'aider à aller la récupérer.

— Ce n'est pas un problème. Je peux aller au garage à pied avec Lindsay et revenir chercher les bagages avec la voiture.

Il allait falloir qu'elle porte le siège auto jusqu'au garage, et ce ne serait pas facile, pensa-t-elle. Mais elle ne voulait pas abuser de la gentillesse de Thea.

— Tu m'as vraiment assez aidée, Thea…, conclut-elle.

— Ce n'était rien, répondit Thea en lui posant une main sur le bras. J'étais très contente que tu sois là. Tu vas me manquer, Carey.

De retour dans sa chambre, Carey entreprit de faire ses bagages. Son téléphone portable se mit à sonner. Ce devait être Harry qui lui annonçait que la voiture était prête plus tôt que prévu.

C'était Paul. Elle fut heureuse de l'entendre. Elle avait eu l'intention de l'appeler dans la journée, quand elle serait prête à partir.

— Bonjour, Paul ! Je suis contente que tu m'appelles. Ma voiture est enfin réparée, je vais bientôt m'en aller.

— Alors c'est une chance que j'aie pu te joindre à temps. Il vaudrait mieux que tu restes où tu es, Carey. Les hommes de Quinn ont quitté New York. Je ne sais pas où ils te cherchent, à présent, mais je pense que tu es dans un bon endroit pour rester cachée. Au moins jusqu'à ce que j'en sache un peu plus.

— Je vois…

Elle se laissa tomber lourdement sur le lit, anxieuse et fébrile. Rien ne tournait jamais comme elle l'avait prévu.

— Ecoute, j'en ai parlé avec Nora. Tu devrais peut-être revenir à Cleveland et passer chez le procureur. Il serait sans doute plus indulgent avec toi si tu allais le voir de toi-même. Tant que tu es en fuite, ils pensent que tu es coupable. Mais quand ils entendront ta version des faits, ils verront bien que tu n'es pour rien dans les malversations de Quinn. Et moi aussi, je pourrai témoigner en ta faveur.

— Mais je suis sûre que Quinn va soutenir le contraire, Paul. Il va leur faire croire que c'est moi qui ai tout manigancé, pour se venger parce que je suis partie et que je reviens témoigner contre lui. Tu sais comment il est…

— Oui, Carey, je sais, mais je t'en prie, réfléchis… Je

ne pense pas que tu puisses utiliser tes faux papiers pour quitter le pays. Plus maintenant. A mon avis, la police des frontières verra que ce sont des faux.

— J'ai peur, Paul. Pas seulement pour moi, mais aussi pour Lindsay. Si le procureur ne me croit pas, je risque d'aller en prison, et alors que deviendra-t-elle ? Et si Quinn n'est pas condamné, ou ne récolte qu'une peine légère, qui nous protégera contre lui ? Je suis obligée de me cacher.

— Je ne peux pas argumenter avec toi ; je comprends bien, je sais que le choix est difficile. C'est une situation impossible… Mais nous sommes inquiets pour toi, Carey. Je ne sais pas combien de temps tu seras en sécurité là où tu es. Si tu ne peux pas passer au Canada, où tout cela va-t-il finir ?

Elle ne répondit pas. Elle n'en savait rien. Elle ne pouvait qu'espérer parvenir un jour à émigrer au Canada. A moins d'aller vers le sud et de gagner le Mexique. Ou de filer ailleurs encore, loin au-delà de l'océan…

— Pour le moment, promets-moi de rester où tu es, reprit Paul. D'accord ?

Elle soupira.

— D'accord, si tu me le conseilles. Je crois que je peux me débrouiller pour rester un peu plus.

— C'est bien.

Paul semblait rassuré. Après un silence, il reprit :

— Et tous mes vœux pour la nouvelle année, Carey. J'espère sincèrement que tes ennuis s'arrangeront très vite.

Ils savaient l'un comme l'autre qu'il aurait fallu un miracle pour cela. Mais elle le chargea de souhaiter une bonne année à Nora et lui dit au revoir.

Soudain très lasse, elle se laissa retomber sur le lit. Comment allait-elle gérer ce revirement ? Thea lui avait proposé un travail et lui avait dit qu'elle serait heureuse de la garder. Mais si elle restait, elle finirait par revoir Ben un jour ou l'autre.

Il avait peut-être déjà tourné la page, se raisonna-t-elle. Il n'avait donné aucun signe de vie depuis leur dernière rencontre, plusieurs jours plus tôt. Cela lui était peut-être complètement égal qu'elle reste ou non.

Elle était loin d'une telle indifférence... Mais elle ne pouvait pas s'inquiéter de Ben ; sa vie, sa sécurité était en jeu et, plus important encore, celle de Lindsay. S'il était plus sage de rester à Greenbriar, comme le lui assurait Paul, c'est ce qu'elle allait faire.

Elle prit le bébé dans son lit et descendit voir Thea. Il n'était pas encore midi et elle ne serait sans doute pas partie sans lui dire au revoir.

Carey vit une valise près du comptoir de la réception et trouva Thea dans le jardin d'hiver, occupée à arroser ses plantes. Elle paraissait un peu abattue, mais elle sourit en voyant Carey.

— Je suis contente que tu sois descendue. Je veux te montrer comment tout fermer à clé avant de partir.

— Thea... Je viens de recevoir un coup de fil. Il y a eu un changement dans mon programme, commença prudemment Carey.

Elle détestait tant mentir à Thea. Cela avait toujours été difficile, mais à présent... elle devait vraiment se forcer pour inventer de nouvelles histoires. Le cours d'art dramatique qu'elle avait suivi autrefois se révélait bien utile.

— C'est à cause de ta voiture ? La réparation est retardée ?

Carey s'efforçait de paraître calme et naturelle, mais elle avait le plus grand mal à regarder Thea dans les yeux. Elle espérait que celle-ci ne sentirait pas que quelque chose clochait dans son histoire.

— Oh, non, ce n'est pas à cause de la voiture. C'était mon amie de Portland. Elle me dit que le poste est pourvu. Elle ne pouvait pas m'attendre, et elle pense qu'il vaut mieux que je ne vienne pas.

Un air de compassion passa sur le visage de Thea.

— Oh, quel dommage, tu comptais tellement dessus ! Tu dois être déçue...

Puis son visage s'illumina.

— Mais alors, cela veut dire que tu es libre de rester ici… si tu le souhaites, bien sûr…

— Oui, j'aimerais beaucoup, dit sincèrement Carey. Tu maintiendrais ta proposition ?

Thea acquiesça si vite que ses boucles d'oreilles se mirent à tinter.

— Absolument. Je serais si soulagée de t'avoir ici. Tu es tellement organisée, Carey, tellement prévoyante…

« Quand on pratique le mensonge et la dissimulation autant que moi, il vaut mieux être organisé et prévoyant… », pensa Carey avec amertume.

— Je serais heureuse d'essayer, dit-elle, mais je ne peux pas m'engager pour une durée précise, je ne sais pas combien de temps je pourrai rester.

— Ce n'est pas grave, je comprends bien que ta vie est un peu sens dessus dessous en ce moment. Tu verras bien si cela te plaît. Je te propose que nous discutions des conditions et de ton salaire à mon retour. Est-ce que cela te convient ?

Elle accepta tout de suite. Elle était sûre que Thea serait trop généreuse et elle n'aurait pu rêver travailler pour un employeur plus compréhensif et flexible.

— Luanne va être heureuse d'apprendre que tu restes, reprit Thea. Et Ben aussi.

« Je n'en crois rien », songea Carey.

Elles entendirent la porte d'entrée s'ouvrir. Quelqu'un approcha. Carey eut un pincement au cœur, pensant que c'était Ben…

Mais ce fut la voix de Walter qu'on entendit appeler depuis la réception :

— Oh hé ! Il y a quelqu'un ?

— Je suis là, Walter ! s'écria Thea.

Il apparut sur le seuil.

— Tu es prête ?

— Dans une minute. J'ai d'excellentes nouvelles : Carey va rester avec nous. Elle est engagée et elle va m'aider pour le travail administratif.

Thea posa une main légère sur l'épaule de Carey, dans un geste affectueux.

Walter eut l'air content d'apprendre la nouvelle, au grand soulagement de Carey. Elle savait que son jugement comptait pour Thea.

— Eh bien, c'est une surprise ! J'ai vu que vous aviez beaucoup aidé Thea toute la semaine dernière. Une bonne nouvelle pour une bonne année ! ajouta-t-il.

— Oui, une très bonne nouvelle, renchérit Thea en vidant l'arrosoir dans une grande fougère en pot. C'est vraiment… un coup de chance.

« C'est surtout moi qui ai eu de la chance », pensa Carey.

Quelques minutes plus tard, elle était dans le hall avec Lindsay pour souhaiter bon voyage à Thea et Walter.

— Maintenant, je me désole de te laisser toute seule ici, dit soudain Thea. Je devrais peut-être appeler Luanne et lui demander de revenir ?

— Oh, non, je t'en prie, Luanne se faisait une telle joie de voir son fiancé ! Nous serons très bien ici, Lindsay et moi, assura Carey. Ne t'inquiète pas, Thea.

— Entendu, dit Thea, gardant un air soucieux. Nous reviendrons tôt demain matin. Appelle-nous si tu as le moindre souci. Et tu peux aussi appeler Ben, bien que je crois qu'il fasse le double de ses horaires habituels, aujourd'hui. Je ne pense pas qu'il termine avant 23 heures ce soir.

Ben ? C'était la dernière personne qu'elle pouvait appeler en cas d'urgence.

Thea et Walter finirent par s'en aller, non sans lui laisser des instructions de dernière minute sur l'hôtel. Elle referma la lourde porte derrière eux et s'enferma à double tour, conformément à la demande de Thea.

Elle n'était pas du tout inquiète de rester seule dans l'hôtel vide. Du moins, pas au début. Elle fut occupée toute la journée, d'abord à aller chercher sa voiture et à veiller sur le bébé, puis à travailler dans le bureau pendant que Lindsay faisait la sieste. Elle classa une boîte d'archives et enregistra des données dans un logiciel de gestion qu'elle avait installé sur l'ordinateur.

Elle ne savait pas combien de temps elle pourrait rester à Greenbriar, mais elle voyait qu'il y avait assez de travail à l'hôtel pour l'occuper un bon moment. Elle avait la nette impression que Thea avait vraiment besoin de son aide, et qu'elle ne l'avait pas embauchée uniquement par gentillesse. Elle était contente à l'idée d'avoir un salaire, car toutes ses économies étaient passées dans la réparation de sa voiture et, tant qu'elle travaillerait à l'hôtel, elle n'aurait pas à se préoccuper de payer un loyer.

Cet emploi inattendu comportait de nombreux avantages. Et quelques inconvénients aussi…

Lorsque la nuit tomba, elle n'avait plus grand-chose à faire et elle se mit à ressentir sa solitude avec plus d'acuité, d'autant qu'on était le trente et un décembre. Elle ne se souvenait pas d'avoir jamais eu à passer cette soirée seule. Il valait mieux prétendre qu'il s'agissait d'un jour comme les autres.

Elle donna un bain à Lindsay en jouant avec elle plus longuement que d'habitude. Mais sa fille était fatiguée et elle dut la coucher. Une fois seule, elle se fit un sandwich et s'installa sur son lit devant la télévision. Elle passa rapidement d'une chaîne à l'autre, déprimée de ne voir que des images de couples heureux en train de s'embrasser.

Elle préféra éteindre le poste et prit un livre qu'elle avait commencé. C'était un gros roman historique dans lequel elle aimait se plonger, le soir, parce qu'il lui faisait oublier ses soucis. Quand elle releva les yeux au bout de plusieurs chapitres, fatiguée et prête à dormir, elle vit à la petite horloge posée sur sa table de nuit qu'il était près de 23 h 30.

Elle se mit en chemise de nuit, enfila son peignoir de soie et décida qu'elle avait envie d'une tasse de thé. Quelle folle soirée de nouvel an ! Elle n'avait aucune raison de rester debout jusqu'à minuit et n'attendrait sans doute pas pour se coucher. Elle n'avait rien à fêter.

Elle alla voir Lindsay, qui dormait profondément, et descendit dans la cuisine. Les couloirs et la réception, plongés dans l'ombre, évoquaient un de ces films d'horreur qui se déroulent dans un vieil hôtel… habité par des vampires…

Elle pensa au cauchemar qu'elle faisait si souvent, où elle était poursuivie par un inconnu masqué qui finissait par la saisir…

« Tu es complètement idiote », se dit-elle.

Pourtant, ce vieux bâtiment magnifique avait tout d'un manoir hanté, la nuit. Au pied de l'escalier, elle alluma une petite lampe et vit qu'elle avait oublié d'éteindre la lumière dans le bureau. Cela attendrait le matin, pensa-t-elle. Thea lui avait dit de laisser quelques lumières allumées en bas, et cela paraissait sensé.

Le jardin d'hiver était obscur, hormis les rayons de lune qui passaient par les baies vitrées, illuminant son chemin tandis qu'elle se dirigeait vers la porte de la cuisine.

Elle n'avait fait que quelques pas quand elle entendit du bruit derrière une plante en pot. Une silhouette imposante surgit devant elle, lui barrant le passage, et une voix grave ordonna :

— Ne bougez plus !

Elle fit un bond en arrière. Elle ne saurait jamais si elle avait crié.

Une torche électrique s'alluma et l'éblouit. Elle se cacha les yeux d'un bras.

— Ben ?

Elle entendit un long soupir d'exaspération et le vit rengainer son revolver.

— Bon Dieu ! C'est toi ? Je croyais que c'était un cambrioleur !

— Qu'est-ce qui t'a fait croire ça ? Tu allais me tirer dessus ?

Il éteignit sa torche et alluma une lampe qui répandit une lumière dorée. Puis il la regarda de la tête aux pieds, depuis ses boucles défaites jusqu'à sa chemise de nuit et son peignoir ouvert.

— Pas si tu n'opposais pas de résistance.

Elle resserra la ceinture de son peignoir, consciente du fait que le décolleté en V était très plongeant. Ben paraissait l'avoir remarqué aussi.

— Comment es-tu entré ?

— J'ai la clé de la porte de derrière. J'ai vu de la lumière dans le bureau. C'est le premier endroit que visiterait un cambrioleur, et ma mère ne laisse jamais cette pièce allumée. En revanche, elle laisse toujours de la lumière dans l'entrée et sous le porche. Bref, cela paraissait très louche.

— Elle m'avait donné ses instructions pour les lampes, mais j'ai oublié, avoua Carey.

— Je croyais que tu étais partie pour Portland. Harry m'a dit que ta voiture était prête.

Ainsi, il avait questionné le garagiste. Cette idée la réconforta.

— J'ai eu un appel de mon amie. Le poste qu'elle me réservait a été donné à quelqu'un d'autre. Elle ne pouvait pas m'attendre et elle voulait me prévenir que ce n'est plus la peine que je vienne.

— Ah. Pas de chance.

Il avait un ton compatissant, mais il n'avait pas l'air malheureux, au contraire. Il paraissait même très content. Il la regarda en croisant les bras.

— Alors ? Qu'est-ce que tu vas faire, maintenant ?

Elle eut soudain la bouche sèche et sentit une boule se former dans sa gorge. Cela ne devrait pas être difficile de le lui dire. Pourtant, elle avait le plus grand mal à le faire.

— Thea m'a proposé de travailler ici, à l'hôtel. Je vais rester, au moins un moment, et nous verrons bien…

Elle s'interrompit brusquement, pétrifiée par son regard ardent. Elle ne pouvait même plus respirer.

Il avança lentement vers elle et ils se trouvèrent soudain à quelques centimètres l'un de l'autre. Elle leva la tête pour le regarder dans les yeux.

L'horloge posée sur la cheminée se mit à tinter, brisant le silence de ses notes cristallines. Elle jeta un coup d'œil vers le cadran. Les deux aiguilles s'étaient rejointes sur le douze. Elle s'entendit murmurer d'une voix enrouée :

— Bonne année, Ben.

Il ne répondit pas.

Avec un soupir, il posa les mains sur les hanches de Carey et l'attira contre lui, puis sa bouche s'écrasa contre la sienne dans une explosion de désir.

Elle eut l'impression que chaque nerf de son corps s'électrisait. Il fit glisser ses mains sur sa taille et tira sur la ceinture de son peignoir de soie, qui tomba à leurs pieds. Il prenait possession de sa bouche dans un long baiser fougueux, tout en suivant d'une main fiévreuse ses courbes féminines.

« C'est comme cela que tu gardes tes distances ? Bravo, Carey ! », lui glissa la voix de sa conscience.

Elle soupira et s'enjoignit de reculer, pendant qu'il était encore temps…

— Carey… J'ai envie de toi…

La voix rauque de Ben, douce comme du velours, la rendit fébrile. Incapable de répondre, elle laissa tomber un instant sa tête contre la poitrine de Ben et gémit.

Il s'empara de nouveau de sa bouche et leur baiser fut comme un coup de tonnerre dans le ciel de la nuit.

Elle s'y abandonna, subjuguée par les lèvres brûlantes de Ben sur les siennes, par le contact de son corps musclé contre le sien. Sa bouche s'ouvrit telle une fleur et leurs langues se mêlèrent en une danse lente.

Elle ne savait plus où elle était, ni qui elle était. Son corps entier répondait à l'appel, ses mains vagabondaient sur le dos musclé, les épaules larges de Ben. Elle désirait de tout son être ne plus faire qu'un avec lui.

« C'est la fin », lui souffla la petite voix dans sa tête.

Comme possédés, ils se livraient à une danse primitive, source de toute création. Ils étaient à des années-lumière de toute logique et de toute raison, déconnectés. Rien d'autre ne comptait, n'existait que cet instant.

Il laissa retomber sa tête sur l'épaule de Carey et murmura

son nom contre sa peau nue, en enveloppant son sein d'une main et en chatouillant le mamelon. Une décharge électrique parcourut les membres tremblants de Carey. Elle le regarda un instant dans les yeux avant de le prendre par la main pour le conduire jusqu'au divan, quelques mètres plus loin.

Leurs corps ne se détachèrent qu'un instant. Repoussant les bretelles de la chemise de nuit de Carey, il posa sa bouche brûlante sur un sein, puis sur l'autre. Les mamelons s'étaient durcis au point d'être douloureux, et chaque effleurement provoquait des ondes de plaisir qui la faisaient vibrer de la tête aux pieds. Elle s'agrippa aux épaules de Ben. Elle en voulait davantage.

— Dieu, que tu es belle ! Tellement belle ! murmura-t-il.

Il s'assit sur le divan et l'attira contre lui pour l'embrasser avec violence. La chemise de nuit n'était plus qu'un petit tas soyeux sur le sol.

Elle sentait l'air frais de la nuit sur sa peau nue alors qu'il couvrait son corps de baisers et de lentes caresses, qui remontaient avec sensualité le long de ses cuisses, de son dos, entre ses jambes.

Elle s'attaqua aux boutons de la chemise de Ben et découvrit son torse musclé, y pressant ses lèvres. Sa bouche effleura un mamelon masculin et elle sentit Ben frémir entre ses bras. Elle poursuivit cette exquise torture tout en défaisant sa ceinture.

Elle s'agenouilla un instant pour tirer sur le pantalon de Ben et caressa ses longues jambes, s'attardant avidement sur les cuisses, le ventre plat, la virilité superbe.

Elle voulait tant lui donner du plaisir, autant de plaisir qu'il lui en donnait à elle. Elle le prit dans sa bouche et l'amena au bord de l'extase, jusqu'à ce qu'elle sente trembler les mains qui caressaient ses cheveux. Elle connut un rare sentiment de pouvoir en l'entendant gémir et s'abandonner complètement à elle.

Puis il l'attira vers lui et l'allongea sur le divan, en faisant courir ses mains de ses épaules à ses cuisses fuselées, plongeant ses doigts dans le creux brûlant de sa féminité.

Il gémit encore contre sa bouche avant de l'embrasser profondément, tout en continuant à la caresser jusqu'à ce que des vagues de jouissance la submergent.

Hors d'haleine, folle de désir, elle était au bord de l'implosion. Elle n'en pouvait plus d'attendre. Elle se saisit fermement des hanches de Ben pour l'allonger sur elle. Plus que tout au monde, elle voulait le sentir en elle. C'était même un besoin presque douloureux.

Elle le sentit peser sur elle et l'enfoncer dans les coussins du divan. Puis il enfila un préservatif d'un geste rapide et s'installa entre ses cuisses ouvertes en couvrant son visage de baisers. Pendant une seconde merveilleuse, leurs regards se croisèrent et, enfin, ils ne firent plus qu'un.

Il plongea lentement en elle tandis qu'elle se cambrait pour aller à sa rencontre. Il bougeait lentement. Elle sentait qu'il ne se laissait pas aller à la violence de son désir, mais qu'il savait augmenter le rythme progressivement.

L'effet était… indescriptible.

Jamais, lors d'une étreinte amoureuse, elle n'avait éprouvé un tel sentiment de perfection. Elle avait l'impression d'avoir accédé à un niveau supérieur de désir et de plaisir.

Leurs corps s'accordaient en une harmonie unique et se mouvaient ensemble sans effort. C'était comme faire l'amour en rêve, même si le rêve était bien réel.

Elle sentit une vague de chaleur torride monter en elle, et une explosion de plaisir électrisant la laissa tremblante et frissonnante, criant le nom de Ben.

Sa tête retomba lourdement sur l'oreiller. La bouche de Ben descendit vers son sein et il lécha le mamelon ultrasensible en murmurant :

— Ce n'est pas fini… Ne m'abandonne pas, Carey…

Et il se remit à bouger en elle, tentateur.

Elle ferma les yeux et enroula ses jambes, minces lianes

autour de la taille de son amant, en s'adaptant au rythme de chacun de ses mouvements.

Plus haut, toujours plus haut.

S'élevant vers une extase encore plus phénoménale.

Jusqu'à en perdre le souffle…

Elle s'accrocha à ses épaules en gémissant, et sentit tout son corps voler en éclats, telles les étoiles de lumière multicolores qui retombent dans la nuit après un feu d'artifice.

Au même instant, elle entendit Ben haleter et sentit qu'il s'immobilisait à la limite de l'orgasme. Après une dernière poussée vigoureuse, il trembla de tout son corps et s'écroula enfin dans ses bras.

Ils restèrent allongés en silence. Elle écoutait sa respiration et les battements réguliers de son cœur contre le sien. La joue moite de Ben reposait sur son épaule et un début de barbe lui piquait la peau. Elle adorait cette sensation.

Elle lui caressa doucement les cheveux, le dos. Finalement, il leva la tête pour la regarder. Il repoussa une boucle blonde qui lui courait sur la joue et sourit.

— Réussie, ta soirée. Mais tu as oublié le champagne.

— Je comptais sur toi pour l'apporter…, répliqua-t-elle avec malice.

Les yeux bleus de Ben étincelèrent dans l'ombre et deux fossettes creusèrent ses joues.

— Je sais où en trouver, si tu veux.

Jamais de sa vie elle n'avait vu un homme aussi beau, aussi viril et séduisant. Elle le repoussa avec délicatesse pour se lever et remettre sa chemise de nuit.

— Prends aussi deux verres, pendant que tu y es, et viens me rejoindre dans ma chambre.

Il s'assit et la regarda enfiler son peignoir avec des yeux de loup.

— C'est une vraie perte de temps de remettre tout ça, tu sais ?

Elle se dirigea vers la porte en lui jetant un regard par-dessus son épaule.

— Mais j'adore que tu me les enlèves. Cela fait partie du plaisir.

— Ma chérie, murmura-t-il, crois-moi, tu n'as encore rien vu.

- 9 -

Carey ouvrit lentement les yeux. Elle avait la bouche sèche et les yeux brûlants. La première chose qu'elle eut dans son champ de vision, ce fut une bouteille de champagne vide flottant dans son seau d'argent, la tête en bas.

Elle aussi avait la tête à l'envers.

Tout lui revint d'un coup à la mémoire.

Elle avait fait l'amour avec Ben dans le jardin d'hiver. Et encore dans sa chambre. Ils avaient bu du champagne ; ils avaient parlé et ri, et refait l'amour…

Elle tourna la tête. Ben dormait à côté d'elle, la tête dans l'oreiller. Le drap était descendu jusqu'à ses hanches minces. Sur son visage flottait l'ombre d'un sourire.

Ses cheveux étaient emmêlés, il avait besoin de se raser et il avait l'air aussi éreinté qu'elle. Jamais de sa vie elle n'avait vu un aussi beau spécimen de virilité. Un café, une douche chaude… et elle retournerait volontiers le rejoindre au lit.

Aucune hésitation.

Mais était-ce juste ?

En étouffant un soupir, elle se glissa hors du lit sans le réveiller et se drapa dans son peignoir, qu'elle ferma soigneusement. Dans la petite pièce où dormait Lindsay, on n'entendait pas un bruit. En un coup d'œil, elle s'assura que le bébé dormait toujours profondément.

Elle descendit dans la cuisine préparer un café bien fort pour s'éclaircir les idées. Elle avait la migraine, mais c'était le moindre de ses maux. Elle avait vraiment perdu l'habitude de l'amour et, la veille, elle avait mis à contribution des muscles dont elle avait oublié l'existence. Cette pensée la fit rougir.

Ben était un partenaire à la fois tendre et exigeant. Il était incroyablement doué au lit. Au fond d'elle-même, elle en avait toujours eu l'intuition. Mais l'expérience réelle dépassait ses fantasmes les plus fous, et avait été tout simplement… une révélation.

Elle aurait dû s'en douter dès l'instant où elle avait posé les yeux sur lui. Rétrospectivement, la suite lui paraissait inévitable. Elle s'était toujours cru maîtresse de sa vie et de ses choix, bons ou mauvais. Mais faire l'amour avec Ben… Cette décision avait semblé lui échapper. Lui résister aurait été comme essayer d'arrêter un train en marche.

Que faire, maintenant ?

Cette nuit de bonheur, toute prédestinée fut-elle, était inévitablement suivie d'un lendemain matin.

Juste avant de s'endormir dans ses bras, la veille, elle avait essayé de réfléchir à ce que tout cela impliquait pour l'avenir ou, du moins, pour la durée de son séjour.

Pouvait-elle prendre le risque de rester si proche de lui sans trahir ses secrets ? Sans se couper une seule fois dans ses mensonges, ni éveiller sa méfiance en laissant échapper un indice sur sa véritable identité ?

Il était policier, bon sang. Et en plus, il n'était pas idiot.

Passer une nuit avec lui avait été… splendide. Mais continuer… ce serait jouer avec des allumettes en étant perchée sur un tas de dynamite.

Elle était si absorbée par ses sombres pensées qu'elle ne l'entendit pas arriver. Il se glissa derrière elle et lui passa un bras autour de la taille. Elle sentit sa bouche se poser sur sa nuque et son long corps se presser contre elle.

— Bonjour. Depuis combien de temps es-tu debout ?

Elle ressentit un besoin presque irrépressible de se tourner vers lui pour lui parler en face, les lèvres à quelques centimètres des siennes… mais elle se força à résister et se coula hors de son étreinte.

— Juste le temps de faire du café. Tu en veux ?

Elle lui servit une grande tasse et en prit une pour elle.

Enfin, elle le regarda. Torse nu, vêtu d'un jean usé qui descendait bas sur la taille, il lui sourit, et elle sentit fondre sa résistance.

— J'ai été voir Lindsay. Elle dort encore.

— Merci. Je lui ai préparé son biberon. Il faut que j'aille la chercher dans une minute, il se fait tard.

— Je ne savais pas que tu la voulais en bas ; je serais venu avec elle, dit Ben en s'asseyant.

Il commença à boire son café.

— Ce n'est pas la peine, je peux y aller.

« Après notre petite conversation », pensa-t-elle.

Elle sentit son estomac se crisper. Cela n'allait pas être facile.

Elle avait trouvé des comprimés contre la migraine. Elle en avala deux avec une gorgée de café.

— Tu as mal à la tête ?

L'expression de Ben était pleine de compassion.

— J'ai mal partout, avoua-t-elle en souriant malgré elle.

Il s'adossa à sa chaise avec un air très satisfait. Elle savait parfaitement à quoi il pensait... et cela lui fit monter le rouge aux joues.

— Je ne peux pas croire que nous ayons dormi si tard ! dit-elle.

— Il y avait de bonnes raisons, répliqua-t-il, les yeux luisants.

— Ta mère et Walter ne vont pas tarder... J'aimerais mieux qu'ils ne nous trouvent pas ici... comme ça...

— Comme quoi ? demanda-t-il innocemment.

— Comme si... tu avais passé la nuit ici. Avec moi.

— Tu es gênée ?

Elle ne répondit pas. Il ajouta :

— Ma mère est une femme très moderne, tu sais. Je crois même que cela lui ferait plaisir. J'ai l'impression qu'elle a cherché à nous réunir.

Elle pensait exactement la même chose, mais elle n'en souffla mot.

— Je me sens… mal à l'aise, c'est tout. C'est la première fois que je passe la nuit seule ici et, quand elle rentre, je suis avec un homme. Son fils, en plus.

Réfléchissant à son point de vue, il eut l'air pensif.

— Je vois ce que tu veux dire. Mais, crois-moi, il n'y a pas de raison d'être gênée. Si je m'habillais, que je sortais acheter du pain et des gâteaux… et que je revenais comme si je venais juste d'arriver pour dire bonjour, tu te sentirais mieux ?

Elle soupira en tortillant une mèche de cheveux entre ses doigts, nerveuse.

— Il faut que nous parlions, Ben. Maintenant.

Il s'assit bien droit, soudain sérieux, comme si un rideau était tombé.

— Très bien. C'est vrai que, dans mon souvenir, nous n'avons pas beaucoup parlé hier soir, dit-il sans ménagement.

— Le problème…, commença prudemment Carey, choisissant chaque mot avec soin, c'est que nous sommes terriblement attirés l'un vers l'autre. Et c'est… bien.

Il hocha la tête en signe d'assentiment et croisa les bras.

— Je crois que nous savions tous les deux qu'une chose de ce genre allait fatalement arriver. Cela paraissait…

— Inévitable.

— Exactement.

Elle hocha la tête à son tour, encouragée. Il semblait suivre sa pensée. Elle se pencha vers lui, mais n'osa pas le regarder. C'était si dur. Comment pouvait-elle faire cela ?

Et pourquoi le faisait-elle ?

Si elle avait été seule à fuir Quinn, elle aurait pris le risque de rester avec Ben. Mais elle devait penser à Lindsay, la chose la plus précieuse de sa vie. Elle ne pouvait pas se faire arrêter et la laisser orpheline. Sa fille avait besoin d'elle.

— Ben… J'éprouve des sentiments très forts pour toi. Vraiment. Mais j'ai réfléchi et… même si la nuit dernière a été merveilleuse, je ne peux pas m'engager dans une histoire avec toi. Il vaut mieux se quitter maintenant. Avant de nous faire du mal.

Il avait l'air de ne pas la prendre au sérieux. Il plissa les yeux et la scruta comme s'il cherchait une indication : elle lui faisait une farce, non ? Une farce bien cruelle, dans ce cas.

— Je ne comprends pas. Tu vas rester ici, tu n'es plus obligée de partir. Nous venons de passer une nuit de rêve… Où est le problème ?

Elle se mordit la lèvre. C'était difficile de le convaincre d'une chose à laquelle elle ne croyait pas elle-même.

— Je… Je vais rester, au moins un moment. Mais pas pour toujours. Ma vie est dans une impasse, Ben, je ne peux pas m'engager en ce moment. Avec personne, pas même avec toi. Je t'en prie, essaie de comprendre…

Il se leva et alla vers le comptoir.

— Est-ce à cause de ton mari ? Tu n'en as pas encore fait le deuil ?

Elle soupira. C'était un alibi facile qu'il lui offrait là. Ce serait si simple d'acquiescer. Mais elle lui avait déjà tant menti.

— Non… Pas vraiment. Ce n'est pas pour cela.

Elle soupira.

— La dernière fois, tu m'as dit que tu cherchais quelqu'un avec qui tu pourrais être heureux, quelqu'un avec qui construire ta vie. Eh bien… Je ne suis pas cette personne. Je ne suis pas celle que tu crois. Je te rends service, en réalité, Ben, essaie de me croire…

Elle s'interrompit. Elle lui en disait plus que prévu, plus qu'il n'était sage de le faire. Il avait l'air si stupéfait, si perdu. Elle avait envie de le réconforter, de le prendre dans ses bras.

Elle aurait voulu tout lui avouer : les hommes lancés à sa poursuite, le désastre qu'était sa vie. Elle imagina qu'il la prenait dans ses bras et lui promettait de la protéger, de l'aider.

Mais… et s'il n'en faisait rien ? Si le policier en lui reprenait le dessus, il voudrait la ramener à Cleveland pour témoigner au procès de Quinn. Plus grave encore, n'allait-il pas croire qu'elle était complice des malversations ?

Elle ne pouvait pas courir ce risque.

Il la regardait sans répondre. Elle vit quelque chose changer dans son regard, qui devint froid et détaché, comme s'il abandonnait la discussion, ayant perdu espoir de la convaincre.

— Tu m'as bien mené en bateau. Après ta façon d'agir la nuit dernière… je ne peux pas dire que je m'y attendais.

Blessée par sa remarque, elle détourna les yeux. Il semblait sous-entendre qu'elle avait profité de lui ou qu'elle avait joué la comédie, alors qu'en réalité c'était tout le contraire. La nuit dernière, elle avait été plus sincère qu'elle ne l'avait jamais été, avec aucun homme.

Mais à quoi bon le lui dire ? Il ne la croirait jamais.

Ben se passa une main sur la nuque. Hochant la tête, il prit sa chemise qui traînait sur une chaise.

— Si c'est ce que tu veux, parfait. Le temps de récupérer mes affaires et je vais débarrasser le plancher.

Les yeux de Carey s'embuèrent. Elle se leva et le regarda quitter la pièce à grands pas furieux.

— Ben ! S'il te plaît… Ne sois pas si fâché.

Il l'ignora, se contentant de pousser les portes battantes et de disparaître.

Elle aurait voulu le suivre, mais pour quoi faire ? Il n'y avait rien à ajouter. Et elle n'avait aucun moyen de réparer ce qui venait d'être détruit. Jamais il ne pourrait comprendre son point de vue.

Ils n'avaient eu qu'une seule nuit pour eux. Cette nuit magique. « Je n'en mérite pas tant, pensa-t-elle. C'est un souvenir que je garderai ma vie durant, précieusement. »

Avec la nouvelle année, la vie de Carey s'installa dans une confortable routine. Elle avait accepté de travailler vingt-cinq heures par semaine et d'être payée en partie en salaire et en partie par sa pension complète à l'hôtel. Elle venait au bureau quand Lindsay faisait la sieste, et parfois le soir. Elle n'avait guère de mal à faire les heures requises chaque jour.

A la différence des bureaux dans lesquels elle avait travaillé précédemment, l'hôtel bénéficiait d'une ambiance décontractée et chaleureuse. Elle avait l'impression d'être sans arrêt en train d'apprendre quelque chose de nouveau et d'utile. Il y avait des gens intéressants à rencontrer, des problèmes inédits à résoudre. Elle aimait beaucoup travailler avec Luanne et Thea. Toutes deux étaient devenues ses amies, ainsi que Walter.

Cela paraissait ironique, mais le seul membre de la famille avec qui elle ne s'entendait pas était Ben.

Elle savait qu'il appelait sa mère de temps en temps. Thea lui en parlait et, parfois, elle entendait des bribes de conversation. Mais une semaine entière s'écoula sans qu'il vienne leur rendre visite. Elle le soupçonnait d'éviter l'hôtel à cause d'elle, et cette idée la rendait malheureuse. Jamais elle n'avait eu l'intention de le faire souffrir. Bien au contraire.

Et dire qu'elle s'était demandé comment garder ses distances tout en restant à l'hôtel ! Elle n'avait jamais envisagé la situation inverse. Il l'évitait délibérément, à tel point qu'elle aurait tout donné pour entendre sa voix ou l'entrevoir de loin.

Au bout de dix jours, elle trouva enfin le courage de demander des nouvelles de Ben à Thea, qui venait de lui parler au téléphone. Occupée à saisir dans le logiciel de gestion des factures de fournisseurs de viandes et légumes, Carey ne quitta pas l'écran des yeux quand elle posa la question qui lui brûlait les lèvres.

— Au fait, comment va Ben ? Il doit être très occupé, il n'est pas venu depuis plusieurs jours.

Thea était installée à son bureau ; elle releva la tête.

— Oh, Ben ne vient presque jamais ici. Il vit sa vie ; de temps à autre, il passe réparer quelque chose, si j'insiste assez longtemps. Il venait uniquement pour te voir, tu ne le savais pas ?

L'honnêteté de cette réponse rendit Carey encore plus triste.

— Non… Je ne le savais pas.

Thea s'enfonça dans le dossier de son fauteuil et la regarda par-dessus ses lunettes de lecture.

— Ben a été terriblement blessé par son ex-femme, il t'en a peut-être parlé ?

— Oui.

— Il n'a pas eu d'histoire sérieuse depuis. Mais quand je vous ai vus, tous les deux, le jour de Noël, quand il t'a ramenée ici… Et même avant cela, la façon dont il m'a parlé de toi au téléphone ce matin-là… Je dois avouer que j'ai commencé à espérer. Je suis sa mère. Je voudrais qu'il soit heureux.

Carey avait la gorge serrée.

— Je… Je comprends.

— Pardonne-moi, Carey, je sais que je suis indiscrète, mais j'avais l'impression que vous vous plaisiez, Ben et toi. Je croyais que les choses… allaient évoluer. Mais, maintenant, il s'est enfui une fois de plus.

Thea secoua la tête.

— Je t'en prie, sois patiente avec lui. C'est un homme bien, mais il peut être difficile.

Thea avait placé les torts du côté de Ben, alors que c'était elle la responsable de leur échec. Tout était sa faute en réalité.

— Je voudrais tant qu'il retombe amoureux, qu'il s'installe avec une femme bien et qu'il recommence à vivre, reprit Thea. Il comprendra peut-être un jour qu'on peut trouver l'amour plusieurs fois dans sa vie. Peut-être qu'alors il accepterait mieux Walter et cesserait de m'en vouloir d'être heureuse.

— Je comprends, mais je vous en prie, ne blâmez pas Ben. Nous avons des sentiments l'un pour l'autre, avoua doucement Carey, mais c'est moi qui ai rompu. Je ne peux pas lui donner ce qu'il recherche, ni ce qu'il mérite. Ma vie est sens dessus dessous… et très instable. Je ne veux vraiment pas m'engager avec quelqu'un en ce moment.

Thea eut l'air surprise.

— Je n'avais pas la moindre idée… Je pensais que c'était sa faute… Pardonne-moi. J'apprécie ton honnêteté, Carey. Je sais que tu tiens à Ben, je le vois bien. Mais si ce n'est pas le bon moment pour toi, tu as bien fait de rompre. Je veux que tu saches que je ne t'ai pas proposé cet emploi à cause de lui. Tu as une situation assurée ici aussi longtemps que tu le désireras.

Carey fut touchée de la voir aussi compréhensive. Thea reprit :

— La raison pour laquelle je parlais à Ben, c'est que j'ai organisé une petite réunion familiale pour demain soir. Je fête mon anniversaire. J'espère que tu viendras avec Lindsay. Cela me ferait très plaisir que vous soyez là toutes les deux.

Son désir était si sincère que Carey ne se sentit pas en droit de refuser, même si cette soirée l'obligerait à voir Ben.

— Bien sûr que je viendrai. Merci de nous avoir invitées, Thea.

En voyant son sourire, Carey sut qu'elle avait bien fait. Elle n'aurait qu'à se composer une façade devant Ben, un nouveau rôle. Comme si elle ne jouait déjà pas assez la comédie…

Leur première rencontre après la rupture serait la plus difficile. Ensuite, les choses s'arrangeraient, pensa-t-elle sans trop y croire toutefois.

Le vendredi soir arriva très vite. Le dîner était organisé dans l'appartement de Thea, au premier étage, à l'arrière du bâtiment. Carey ne le connaissait pas et elle était curieuse de découvrir l'endroit où Ben avait grandi. Luanne avait mitonné le repas préféré de sa mère et avait laissé sa cuisinière terminer les préparatifs en cuisine pour pouvoir faire le service et rester avec les hôtes.

Carey frappa à 19 heures précises. Elle avait choisi sa tenue avec soin en pensant à Ben, et elle avait aussi habillé Lindsay pour plaire à Thea, qui l'adorait. Elle apportait deux cadeaux, un de sa part et un de la part de l'enfant.

Elle entendit une voix d'homme qui s'adressait à Thea et

des pas lourds dans la pièce. Le souffle coupé, elle attendit devant la porte.

Mais ce fut Walter qui lui ouvrit et l'accueillit, tout souriant.

— Carey, pile à l'heure ! Entre donc, entre donc !

Elle entra et regarda autour d'elle. L'appartement était spacieux, avec sa vaste entrée qui ouvrait sur une salle à manger et un salon. Au-delà se trouvait la cuisine. On apercevait des portes vitrées qui donnaient sur une cour intérieure pavée suivie d'un jardin et, au fond, un long couloir qui devait mener aux chambres.

La décoration rappelait celle de l'hôtel, chaleureuse et traditionnelle, avec des meubles anciens qui alternaient avec des objets rares et des curiosités.

Walter la conduisit dans le salon et lui offrit un siège.

Une bouteille de champagne était mise à rafraîchir dans un seau en argent. Walter l'en retira et attaqua le bouchon.

— Nous allons porter un toast, dès que Ben sera là.

Elle sourit sans rien dire, assaillie par de troublants souvenirs.

Elle avait versé les dernières gouttes sur le torse nu de Ben et les avait léchées partout où elles menaient. Ce n'était pas son style d'agir de façon aussi exubérante et libertine, mais, ce soir-là, faire l'amour avec Ben lui avait révélé un côté de sa personnalité qu'elle ne connaissait pas.

Plus tard, il avait fait la même chose avec elle…

Thea sortit de la cuisine avec un plateau d'argent chargé de verres en cristal. Luanne la suivait, les hors-d'œuvre dans les mains.

Carey se leva pour embrasser Thea et lui souhaiter un bon anniversaire et toutes deux la saluèrent avec affection.

— Merci, Carey. Je sais que certains commencent à ignorer leur anniversaire, à mon âge. Ils ont honte de vieillir, mais pas moi ! Je suis fière de mes rides, s'exclama Thea.

En vérité, elle en avait si peu que Carey n'arrivait pas à les discerner.

— Je les ai bien gagnées, toutes autant qu'elles sont, et je suis heureuse de tout ce que j'ai vécu, le bon comme le mauvais, poursuivit Thea. On ne peut apprécier la douceur de vivre sans en connaître l'amertume.

— Bien dit, conclut Walter en lui posant un bras sur les épaules.

Il se pencha pour l'embrasser.

— Ma douce est philosophe, tu savais cela, Carey ?

— Je m'en suis toujours doutée, répondit la jeune femme avec un sourire.

Elle trouvait adorable qu'il appelle Thea « ma douce ». C'était charmant de les voir si amoureux l'un de l'autre.

On frappa à la porte. Cela ne pouvait être que Ben, songea-t-elle. Il apparaissait quand elle pensait à lui, comme au théâtre.

Thea alla ouvrir et Carey entendit la voix grave de Ben.

— Te voilà ! s'écria sa mère, ravie. Entre, entre, nous t'attendions…

Carey baissa la tête et se concentra sur Lindsay, occupée à jouer par terre avec des cubes en mousse. Elle ne voulait pas que Ben surprenne son regard insistant.

Il entra, salua Walter et Luanne. Finalement, Carey leva les yeux et affronta son regard.

— Bonsoir, Carey, dit-il tranquillement.

— Bonsoir, Ben. Je suis contente de te voir, répondit-elle poliment.

Elle ne le regarda qu'un instant et se détourna aussitôt vers le bébé, en luttant pour cacher sa réaction.

Il portait une veste bleu marine, une chemise bleu clair et un pantalon en flanelle grise. Il était tout simplement superbe. Elle avait du mal à en détacher les yeux. Il avait peigné ses cheveux en arrière, dégageant les traits énergiques de son visage. A voir ses joues fraîchement rasées, elle mourait d'envie de passer une main sur sa peau douce.

Tout à coup, elle n'était plus très sûre de pouvoir supporter cette soirée très longtemps.

Affolée, elle pensa un instant prétendre qu'elle avait un malaise, ou peut-être que Lindsay avait l'air malade. Mais elle savait qu'elle n'avait pas le droit de décevoir son hôtesse. Thea avait été si gentille avec elle, ces dernières semaines. Elle lui devait de rester. Il suffisait qu'elle se concentre sur l'objet de cette soirée et qu'elle oublie Ben. Si c'était possible…

Walter fit tourner la bouteille de champagne dans son seau à glace ; cela produisit un craquement qui attira l'attention de tous.

Carey vit Ben changer d'expression lorsqu'il vit la bouteille, et elle comprit qu'il pensait à la même chose qu'elle. Manifestement, il se souvenait de la dernière fois qu'il avait bu du champagne, où, et en quelle compagnie.

— C'est l'heure de trinquer. A la reine de la fête !

Walter avait déjà enlevé le capuchon d'aluminium et le muselet et il appuyait sur le bouchon, qui jaillit au plafond avec un bruit retentissant. Tout le monde sursauta en criant de surprise.

— Oh là là ! Quelle bouteille énergique ! dit Thea.

Walter essuya la mousse et versa le champagne dans les flûtes posées sur le plateau.

— C'est un signe, ma chérie. L'année va être bonne.

Carey jeta un coup d'œil vers Ben, qui restait debout, les mains crispées l'une sur l'autre, avec un petit sourire forcé. Elle savait qu'il était mal à l'aise ; la situation était doublement pénible pour lui, ce soir.

Quand elle eut un verre en main, Carey prit Lindsay dans ses bras et la cala sur sa hanche.

— A Thea, la femme la plus merveilleuse du monde, la plus chaleureuse, pleine de sagesse et d'esprit. Tu es la lumière de ma vie et je te souhaite une excellente santé et beaucoup de bonheur.

— Bravo ! s'écria Luanne en trinquant avec lui. Bien dit, Walter. Bon anniversaire, maman.

Tout le monde trinqua. Carey se tourna vers Ben en dernier et il s'exécuta, mais ils évitèrent soigneusement de se regarder dans les yeux.

— Merci à tous. Je suis persuadée que cette année va être formidable, je le sens.

Thea se tourna vers Walter, qui lui posa une main sur l'épaule. Carey les vit échanger un regard, communiquant en silence. Thea s'éclaircit la gorge.

— Walter et moi avons quelque chose à vous annoncer. Le soir du nouvel an, Walter m'a demandé de l'épouser et j'ai accepté. Nous allons nous marier.

Thea ne dit pas pourquoi ils avaient attendu pour annoncer la nouvelle, mais Carey suivit son regard en direction de Ben et devina qu'elle avait dû redouter sa réaction. Il avait l'air d'avoir été frappé par la foudre.

— C'est merveilleux, maman ! s'écria Luanne.

Elle semblait surprise, mais elle rejoignit sa mère sans attendre pour la serrer dans ses bras avant d'aller embrasser Walter.

— Félicitations, dit enfin Ben avec raideur. J'espère que vous serez très heureux ensemble.

— Merci, Ben, répondirent ensemble Walter et Thea.

Il ne fit pas un geste pour embrasser sa mère ni pour serrer la main tendue de Walter.

— Je suis désolé, je dois m'en aller…

— T'en aller ? répéta Thea, stupéfaite. Mais qu'est-ce que ça veut dire ? Nous allons dîner dans un instant…

— Désolé, maman, j'avais oublié de te prévenir, mais quelqu'un est malade dans l'équipe. Je dois aller travailler. Je n'ai pu m'arrêter que le temps de dire bonsoir… et de te souhaiter un bon anniversaire.

Il posa son verre sur la table, eut un sourire forcé qui ressemblait plutôt à une grimace et se dirigea vers la porte.

Thea fit un pas pour le rattraper, mais Walter lui posa une main sur le bras.

— Je connais le chemin, maman. Je t'appellerai demain, garde-moi une part de gâteau.

Tout le monde resta pétrifié tandis qu'il refermait la porte derrière lui.

Il était parti.

Thea poussa un soupir excédé.

— Je savais qu'il n'allait pas sauter de joie, mais je ne m'attendais pas à ce qu'il s'en aille de cette façon !

— Quelqu'un devrait peut-être aller le chercher. Il avait l'air bouleversé, dit Luanne.

Mais elle ne bougea pas pour courir après son frère. Elle regarda Carey. Toutes les têtes se tournèrent vers elle.

Elle mourait d'envie d'aller le retrouver, de le réconforter, de l'aider à passer ce moment difficile. Mais elle n'en avait pas le courage.

Voyant qu'elle ne bougeait toujours pas, Luanne défit son tablier.

— J'y vais, dit-elle.

— Non, je vais y aller, annonça Carey.

Elle tendit Lindsay à Thea, dont les bras se tendaient déjà pour prendre le bébé, courut vers la porte et se précipita dans l'hôtel. Ben avait dû se garer devant, il serait sans doute trop tard pour le rattraper.

Elle traversa le hall, les yeux fixés sur la porte d'entrée. Mais, en passant devant le bureau, elle vit Ben. Il n'était pas parti. Et même, il n'avait pas l'air pressé du tout. Les mains dans les poches, il regardait un cadre rempli de vieilles photos qui était accroché près de la porte.

Elle s'approcha lentement. Elle savait ce qu'il contemplait : des photos de son père, de son grand-père… et jusqu'à son arrière-arrière-grand-père, qui avait fondé l'hôtel.

Elle resta près de lui, un peu en retrait, en attendant qu'il réagisse à sa présence.

Enfin, il tourna la tête et son regard sombre rencontra celui de Carey.

— Ils t'ont envoyée me chercher ? demanda-il d'un ton moqueur.

L'idée semblait l'amuser au plus haut point. Elle en fut blessée, mais fit un effort pour ne rien en montrer.

— Tu peux y retourner. Ce n'est pas comme si je ne m'attendais pas à recevoir cette joyeuse nouvelle un jour ou l'autre.

Elle releva le menton, essayant de le regarder de haut.

— Quel est le problème, alors ? Tu n'aimes pas Walter ? Tu ne penses pas que ce soit quelqu'un de bien ?

Ben haussa les épaules en regardant par terre.

— Quelle importance, ce que j'en pense ? La décision revient à ma mère. C'est sa vie. Si elle veut épouser un homme qu'elle connaît à peine, et qui la pousse à s'endetter et à risquer de perdre tout ce qu'elle a… Qu'est-ce que je peux y faire ?

Sans lui laisser le temps de répondre, il se tourna vers les photos accrochées au mur et ajouta :

— Voilà mon père. Tu veux savoir comment il était ? Ce n'était pas un beau parleur. Il ne passait pas sa vie à lever son verre pour porter des toasts. Il n'avait pas la folie des grandeurs et ce n'était pas une baudruche gonflée par l'idée de sa propre importance. Walter mène ma mère par le bout du nez. Elle sauterait d'un pont s'il le lui demandait.

Carey s'assit sur le rebord d'un fauteuil sans le quitter des yeux.

— Je pense que c'est ta mère qui le mène par le bout du nez. Je sais qu'ils ne se connaissent pas depuis longtemps, mais je ne suis pas sûre que cela fasse une grande différence. Je pense qu'ils sont amoureux.

Ben secoua la tête et ferma les yeux un instant, comme si ce mot lui donnait la nausée.

— Si j'avais touché un centime chaque fois que quelqu'un s'est cru follement amoureux avant de se rendre compte qu'il s'était lourdement trompé, je serais riche, Carey. Bon sang, je serais millionnaire !

Il se tourna vers elle avec une rage grandissante.

— Et en quoi tout ceci te regarde-t-il, de toute façon ? Je croyais que ta vie était dans une impasse. Je croyais que tu n'allais pas rester ici. N'est-ce pas ce que tu m'as dit ? Alors pourquoi as-tu couru me retrouver ? Comme si tout cela… mais tout cela ne te concerne pas !

Elle resta interdite. Il citait ses propres paroles pour la prendre en faute. Pour la blesser. La seule réponse qui lui venait à l'esprit l'aurait fait ricaner : « Je suis venue te retrouver parce que je tiens à toi. »

« Parce que je suis en train de tomber amoureuse de toi. »

« Parce que… je suis amoureuse de toi, Ben. »

Elle ne pouvait plus le nier. Cette découverte sidérante la rendit très triste… et lui fit perdre tout espoir. Il était là, tout près d'elle. Elle aurait pu facilement tendre le bras et le toucher, l'attirer contre elle.

Mais il était aussi loin que s'il y avait eu un épais mur de verre entre eux. La frustration de le savoir si proche et si inaccessible à la fois lui donnait envie de hurler. Ou de fondre en larmes, tout simplement.

Il secoua la tête, comme pour mettre de l'ordre dans ses pensées.

— Il faut que j'y aille. Retourne avec les autres, dis-leur que tout va bien.

Ses beaux yeux bleus semblaient tristes et blessés, mais ils exprimaient aussi autre chose : du désir pour elle. Il resta immobile un long moment, la dévisageant avec tant de nostalgie qu'elle se mit à trembler. Mais il se ressaisit et fit un pas en arrière. Brusquement, il lui tourna le dos et s'éloigna vers la porte.

Il ne lui dit pas au revoir et elle ne le rappela pas.

Elle savait qu'il n'aurait pas répondu.

- 10 -

Après l'incident à l'anniversaire de Thea, Carey ne s'attendait plus à voir Ben passer à l'hôtel, ni même téléphoner. Plusieurs jours passèrent sans que Luanne ou sa mère ne le mentionnent.

Un matin, une semaine après la soirée, elle admirait un bracelet d'argent que Thea portait au poignet, quand celle-ci souffla :

— C'est Ben qui me l'a offert. Pour mon anniversaire.

Elle l'avait dit avec calme et naturel, comme s'il n'y avait pas la moindre brouille avec son fils.

— Il a bon goût, tu ne trouves pas ?

Elle se contenta de hocher la tête.

Thea eut l'air discrètement amusé.

— Ne t'inquiète pas. Il s'y fera. Walter et moi avons prévu de longues fiançailles exprès : nous voulons lui laisser le temps de l'accepter. Cela ira peut-être mieux… vers le printemps.

Le *printemps* ? Carey espérait qu'il ne mettrait pas si longtemps. En tout cas, elle serait partie d'ici là.

— Un jour, quand il était petit, il a retenu sa respiration jusqu'à devenir tout bleu ! raconta Thea en riant. Tu imagines ?

Elle l'imaginait sans mal, en effet. Elle n'avait jamais connu personne d'aussi entêté, capable de rester campé indéfiniment sur ses positions.

Un peu plus tard ce jour-là, Carey vit Thea dresser une liste de réparations à faire dans l'hôtel, et elle ne put s'empêcher d'éprouver un sursaut d'espoir. Cette liste était pour Ben. Elle allait bientôt le revoir…

Mais, dans l'après-midi, elle entendit Thea parler de sa liste au téléphone avec Walter et, le lendemain, celui-ci arriva en tenue de bricolage. Carey le croisa en sortant avec Lindsay pour leur promenade quotidienne. Comme elle n'avait jamais vu Walter autrement qu'en costume bien coupé ou en veste de sport, elle eut du mal à le reconnaître. Elle n'aurait jamais imaginé qu'il puisse savoir déboucher un tuyau ou réparer un interrupteur.

Manifestement, Ben avait été remplacé.

Au village, elle s'installa dans un café devant un cappuccino pour appeler Paul depuis son portable. Elle restait en contact régulier avec lui, et son conseil ne variait pas : « Reste où tu es. Pour l'instant, c'est le plus sûr. »

— Bonjour, Paul, dit-elle. C'est moi, Carey.

— Salut, Sunny, répondit-il, lui indiquant ainsi qu'il n'était pas seul. Tout va bien à Greenland ? Il fait toujours aussi bon et chaud, j'espère ?

« Greenland » était le nom qu'il avait trouvé pour Greenbriar.

— Tout va bien, mais je m'inquiète : cela fait presque un mois que je suis là, maintenant, c'est trop. Si je reste trop longtemps au même endroit, quelqu'un va me retrouver…

— A ta place, je ne me ferais pas de souci à propos de notre ami, dit Paul, parlant de Quinn. Il est bien occupé, en ce moment. Tu te souviens de ses chiens de chasse ? Eh bien, je crois qu'il a dû s'en séparer. Ils devaient lui demander trop de temps, ou trop d'argent… Et puis il n'en était pas satisfait.

Quinn était visiblement trop préoccupé par ses problèmes avec la justice pour s'inquiéter de la poursuivre. C'était une bonne nouvelle.

— Il a renvoyé ses détectives privés ? vérifia-t-elle.

— Oui, à ce qu'il paraît. Mais je ne sais pas s'il a encore ses autres chiens ; tu sais, les chiens policiers…

Le bureau du procureur poursuivait l'enquête pour pouvoir mettre Quinn en accusation.

— Alors il vaut mieux que je reste ici, tu crois ?

— J'ai l'impression que Greenland n'est pas dans le collimateur. Tu sais que je t'appellerai avant toute chose si j'ai du nouveau. La fête devra peut-être commencer sans toi, Sunny.

Il parlait du procès. Les enquêteurs disposeraient peut-être bientôt d'assez d'éléments pour instruire le procès de Quinn sans avoir besoin du témoignage de Carey. Ce serait un miracle, pensa la jeune femme. Si Quinn était jugé et condamné à une peine de prison, elle serait libre…

Libre de dire la vérité à Ben à propos de sa vie, à propos de tout.

Libre de vivre avec lui, s'il voulait encore d'elle.

Elle ne pouvait même pas se permettre de l'imaginer, pour l'instant.

— A-t-on fixé une date pour le procès ?

— Mars ou avril, d'après ce que j'ai entendu. Notre ami demande des délais supplémentaires pour préparer la fête.

Mars ou avril ? Dans trois mois ? Elle ne pourrait pas rester à Greenbriar jusque-là !

— Paul, j'ai peur. C'est trop long. Je ne peux pas attendre si longtemps, je dois continuer ma route, rejoindre le Canada comme prévu.

— Tu ne passeras pas la frontière avec les papiers que tu as, chuchota Paul. Reste où tu es et tiens bon, jour après jour. Pense à Lindsay.

Elle soupira. Au moins, elle avait Lindsay. Son bonheur, sa raison de vivre. Et Paul avait raison. Elle ne pouvait pas courir le moindre risque de se faire prendre et d'être séparée de son bébé.

Elle retourna à l'hôtel, anxieuse et troublée. Quand elle entra dans le hall, un débordement d'activités lui fit oublier ses sombres pensées. Outre les réparations mineures, Walter et Thea avaient entrepris une grande rénovation, et ils étaient en train de porter des échelles et des matériaux à l'étage. Ils avaient fermé une aile entière de l'hôtel pour pouvoir refaire la décoration des chambres.

C'était excitant et légèrement inquiétant. En aidant Thea à choisir ses tissus d'ameublement, ses nouveaux rideaux et tapis, Carey avait vu le devis des travaux. Tout lui avait paru extrêmement cher. Les doutes de Ben concernant la capacité de sa mère et de son fiancé à faire marcher l'hôtel n'étaient pas sans fondement, et ne venaient pas seulement de sa mauvaise opinion de Walter.

Carey ne savait pas avec quel argent Thea allait payer toutes ces rénovations. Elle espérait de tout son cœur que son projet ambitieux était solide et qu'elle pourrait le mener à bien.

Mais elle ne serait pas là pour le dernier acte.

Une semaine plus tôt, Carey avait installé un petit récepteur dans sa chambre pour pouvoir entendre Lindsay si elle se réveillait, pendant qu'elle travaillait au bureau. Elle coucha le bébé dans son berceau et descendit.

— Regarde la machine que Walter a louée ! s'écria Thea.

Elle lui montra un énorme engin qui occupait tout l'espace libre entre les deux bureaux.

— On vient de la livrer. Elle produit de la vapeur qui permet de décoller les papiers peints en un clin d'œil. Evidemment, il faut quelqu'un pour la faire marcher ; elle ne travaille pas toute seule, malheureusement.

— Elle est… impressionnante. Vous avez engagé quelqu'un pour l'utiliser ?

— Walter sait la faire marcher. Il est très doué pour ce genre de choses. Il va s'en charger lui-même, ce sera plus économique.

Cela semblait être une tâche fatigante et pénible. Walter était vraiment gentil de s'y atteler, pensa Carey.

— Et son travail ? Il va prendre des vacances ?

— C'est une période creuse en ce moment dans l'immobilier. Il pourra presque tout gérer par téléphone. C'est l'avantage d'être son propre patron.

Walter était véritablement dévoué de s'investir autant pour aider Thea dans son projet. Ils avaient beau être fiancés, cela ne lui donnait aucune obligation. Carey ne pensait pas que Ben soit au courant de cet aspect de l'histoire.

L'aide qu'elle apportait à la réception et au bureau était toujours aussi nécessaire. Thea aussi travaillait beaucoup, mais les rénovations l'accaparaient énormément. En même temps, elle s'efforçait de développer sa clientèle hivernale. Greenbriar n'était proche d'aucune station de sports d'hiver et n'attirait guère les adeptes du ski alpin.

— Il faut transformer ce handicap en atout…, avait déclaré Walter. Nous n'attirons pas les skieurs ? Cela nous laisse les personnes sensées qui ont horreur d'attendre les remontées mécaniques dans le froid, les amateurs d'antiquités, les connaisseurs en bons vins et tous ceux qui ont envie de lire un bon roman policier devant le feu !

Thea avait demandé à Carey de créer des cartes postales à envoyer aux clients potentiels pour annoncer des week-ends à thème. Dégustation de grands vins, week-end spécial romans policiers, route des brocanteurs…

Carey trouvait leurs projets ambitieux mais créatifs, et elle était contente que Ben ne soit pas là pour les critiquer. Quant à elle, elle en voyait les bons et les mauvais côtés. Elle pensait que les idées de Walter valaient la peine d'être tentées, même si elle n'avait pas plus envie que Ben de voir disparaître l'atmosphère traditionnelle du lieu sous des opérations publicitaires.

Cette semaine, Thea avait décidé d'envoyer à tous les gens de son carnet d'adresses une offre promotionnelle pour la Saint-Valentin : deux nuits avec dîner gastronomique et petit déjeuner, servi dans la chambre à la demande, des roses, une boîte de chocolats, une visite au centre de thalassothérapie le plus proche et une promenade en traîneau.

Carey trouvait très romantique cette dernière attraction. En travaillant sur la description, elle pouvait s'imaginer blottie auprès de Ben sous une épaisse couverture, glissant sous la lune dans la forêt enneigée. Elle entendait presque le son argentin des clochettes et elle voyait d'ici les étoiles scintiller au-dessus de sa tête.

Après la promenade, ils retourneraient chez Ben ; ils s'assiéraient près d'un bon feu de cheminée et ils…

Le téléphone sonna, interrompant brusquement sa rêverie.

— Hôtel de Greenbriar, que puis-je faire pour vous ?

— Tu dois aussi répondre au téléphone, maintenant ?

C'était Ben. Au son de sa voix, son cœur fit un bond dans sa poitrine et elle rougit. Heureusement qu'il ne pouvait pas la voir.

— Qui est à l'appareil, je vous prie ? demanda-t-elle d'un ton distant et professionnel, pour le taquiner.

— Tu sais très bien qui je suis. Ma mère est là ?

— Pas en ce moment. Puis-je prendre un message ?

— Dis-lui que j'ai enfin trouvé quelqu'un qui sait réparer les gouttières en cuivre. Il passera demain pour établir un devis.

— Très bien. Mais je crois que Walter s'en occupe.

Carey avait entendu Walter et Thea en parler la veille. Ce problème était sur la liste que Thea donnait habituellement à Ben.

— Walter va le faire lui-même ? Cette gouttière est inaccessible sans une échelle double et un échafaudage… Et le cuivre doit être réparé avec une lampe à souder.

— Je suis à peu près sûre qu'il a prévu de s'en charger, mais je vais dire à ta mère que tu as trouvé quelqu'un.

Elle l'entendit soupirer.

— S'il te plaît, oui. Merci.

Il avait pris un ton aussi sérieux et impersonnel que Carey.

A les entendre, personne n'aurait pu soupçonner qu'ils avaient eu des rapports d'une grande intimité.

— Tu deviens douée pour ce métier, continua Ben. C'est dommage que tu ne restes pas ; ma mère va sûrement te regretter.

— Moi aussi, je vais la regretter…

« Et toi, je te regrette déjà », ajouta-t-elle mentalement.

— … mais je ne pars pas tout de suite.

— Peut-être, mais ce n'est qu'une question de temps, n'est-ce pas ?

Elle avala péniblement sa salive.

— C'est vrai. Mes projets n'ont pas changé.

Cela lui faisait mal de l'avouer. De tout son cœur, elle aurait voulu que les choses puissent être différentes. Ben paraissait en colère et blessé, mais elle sentait qu'il n'avait pas entièrement renoncé à tout espoir.

— Bon, eh bien bonne journée ! lança-t-il, faussement enjoué. Je dois y aller.

— Au revoir, Ben.

Elle avait été incapable de cacher la tristesse qui transparaissait dans sa voix, mais il avait déjà raccroché. Il n'avait rien remarqué.

La grande chambre qu'elle avait occupée jusqu'à présent était l'une de celles que Thea voulait rénover en premier. Estimant comme Walter que c'était l'une des plus romantiques de l'hôtel, elle espérait la finir pour le week-end de la Saint-Valentin, dans moins d'un mois. Elle avait proposé à Carey une chambre confortable mais plus petite au premier, non loin de son appartement. Carey était contente. Elle avait souvent suggéré de quitter cette chambre trop grande, mais, jusque-là, Thea n'avait rien voulu entendre.

Elle espérait que le fait de dormir dans un lit nouveau, qu'elle n'avait pas partagé avec Ben, l'aiderait à cesser de penser à lui chaque nuit. Elle dormait mal, tournant et se retournant sans cesse. Mais son déménagement n'y changea rien. Rien du tout.

Au cours de la deuxième nuit dans sa nouvelle chambre, elle avait fini par sombrer dans un sommeil agité quand elle se réveilla soudain, en proie à un cauchemar. Ce n'était pas inhabituel en soi, mais le contenu du rêve était différent. Au lieu de se voir poursuivie par des ennemis sans visage, elle avait rêvé de Ben. Il criait de douleur, il l'appelait. Il avait besoin d'elle, et elle ne pouvait pas le rejoindre.

Elle se réveilla en sursaut, le cœur battant. Ce rêve était tellement réaliste ! Elle consulta le réveil posé sur la table de nuit. Il était 2 h 30. Ben devait être au lit, profondément endormi dans sa cabane au fond des bois, Dixie roulée en boule à ses pieds.

Ou peut-être avait-il un autre genre de compagnie ? « Il y a beaucoup de jolies femmes dans le monde, pensa Carey, je suis loin d'être la seule. » Ben n'allait pas rester seul très longtemps. Un pincement de jalousie lui serra le cœur.

Elle se leva, alla voir si Lindsay dormait et envisagea de descendre se faire une tasse de thé avant de décider de se recoucher. Son rêve l'avait secouée. Elle sombrait lentement dans le sommeil quand elle entendit le téléphone sonner dans l'appartement d'à côté.

Quelques minutes plus tard, elle entendit frapper à la porte. Elle courut ouvrir.

Thea se tenait dans le couloir, pâle comme un linge. Elle était habillée, mais un peu n'importe comment. Elle n'était ni coiffée ni maquillée, et elle pouvait à peine parler.

— Thea ? Qu'est-ce qui ne va pas ?

— C'est Ben. On lui a tiré dessus. Il est à l'hôpital. J'y vais maintenant, avec Luanne. J'ai pensé que tu voudrais le savoir.

Carey eut l'impression que le ciel lui tombait sur la tête. Elle resta un instant sans voix, le souffle coupé, les genoux tremblants. Ses yeux s'embuèrent.

— Il est conscient ? Cela va aller ?

— Une balle a effleuré l'épaule et l'autre est allée se loger dans sa jambe. Il est au bloc opératoire. Ils disent qu'il va s'en sortir et que l'opération sera bientôt terminée.

Carey ravala ses larmes.

— Laissez-moi venir avec vous. S'il vous plaît.

Elle ne supportait pas l'idée d'avoir à attendre toute seule que quelqu'un lui donne des nouvelles. Naturellement, elle n'était pas de la famille, mais elle espérait que Thea la comprendrait.

— Bien sûr, Carey. Habille-toi, nous t'attendons.

Thea lui toucha légèrement le bras.

— Cela va aller, ne t'inquiète pas.

Carey hocha la tête. « C'est moi qui devrais réconforter

la mère de Ben et pas l'inverse », pensa-t-elle. Mais Thea semblait deviner ses sentiments pour Ben… et les encourager.

Elle se prépara très vite, et jeta toutes sortes de choses pour Lindsay dans un sac en espérant qu'elle emportait ce qu'il fallait. Il était impossible de savoir combien de temps elle devrait attendre à l'hôpital.

Dehors, il faisait nuit noire et tout était d'un calme impressionnant. Quand Carey porta Lindsay dans la voiture de Thea, Luanne était déjà au volant. Elle avait allumé le moteur et installé le siège du bébé à l'arrière.

D'habitude, les trois femmes ne manquaient jamais de sujets de conversation, mais, cette fois, le trajet se fit en silence. Chacune resta plongée dans ses pensées.

Pour sa part, Carey savait qu'elle aurait tout donné, ou presque, pour qu'il soit sauvé. Rien d'autre ne l'intéressait. Tant pis s'il ne voulait plus jamais la voir ni lui parler. Elle le supporterait très bien, pourvu qu'il guérisse.

A l'hôpital, Luanne alla se renseigner au service des admissions. Ben était sorti du bloc opératoire et se trouvait dans la salle de réveil, au troisième étage.

Il n'avait droit qu'à un visiteur à la fois, et seulement de sa famille proche, mais l'infirmière responsable autorisa Luanne et Thea à aller le voir ensemble.

— Cinq minutes seulement, s'il vous plaît. Pas plus. Il est toujours sous sédatifs. Je pense qu'il ne se rendra même pas compte que vous êtes là.

— Cela ne fait rien. J'ai juste besoin de le voir, dit Thea.

C'était aussi le sentiment de Carey, mais elle resta dans la salle d'attente. Au moins, elle aurait bientôt des nouvelles.

Tandis qu'elle patientait, assise sur une chaise en plastique inconfortable, un jeune homme en uniforme de policier arriva. Elle reconnut le badge de la police de Greenbriar.

— Vous êtes là pour voir Ben Martin ? demanda-t-elle.

— Comment va-t-il ? Vous savez quelque chose ?

— Il est sorti du bloc, mais il n'est pas encore réveillé. Sa mère et sa sœur sont avec lui. Seule la famille proche est autorisée à le voir.

— Je vais attendre. En général, ils laissent aussi entrer un collègue. J'ai entendu mentionner la fusillade sur mon poste de radio et je suis venu dès que j'ai terminé mon service. Ben a eu de la chance. Il aurait pu être tué.

— Que s'est-il passé, exactement ? Qui lui a tiré dessus ?

L'aspect dangereux de la profession de Ben lui faisait peur et, d'habitude, elle refusait d'y penser. Mais, à présent, elle avait besoin de connaître tous les détails, de se représenter la scène.

L'ami de Ben lui raconta toute l'histoire. Ben avait entendu un appel au sujet d'une attaque à main armée dans une petite épicerie.

— Il n'était même plus en service, il rentrait chez lui. Il n'avait pas besoin d'y aller. Il n'était même pas en uniforme !

Elle soupira. Ben semblait apprécier les heures supplémentaires.

L'agent lui raconta que deux hommes armés avaient menacé un adolescent qui travaillait dans le magasin, ainsi qu'un client.

— Il est arrivé le premier sur les lieux et il n'a pas attendu de renforts pour intervenir.

Ben était entré dans le magasin par une issue de secours et avait réussi à désarmer l'un des assaillants. Le deuxième avait fait feu sur le jeune vendeur, mais Ben avait écarté l'adolescent et lui avait fait un rempart de son corps. L'agresseur l'avait raté de peu, la balle lui ayant éraflé l'épaule.

— L'individu a pris la fuite et Ben l'a poursuivi à pied. C'est là qu'il a reçu la deuxième balle. Mais il a tiré alors qu'il était à terre et il l'a arrêté net.

Ben avait-il tué le voleur ? L'agent ne le dit pas et elle ne posa pas la question. Peut-être qu'un jour Ben lui raconterait la suite.

On apprit assez vite que les malfaiteurs étaient connus des services de police et déjà recherchés pour le cambriolage de plusieurs bijouteries.

— Ben Martin a toujours un sang-froid incroyable. Ce type a un sacré cran… C'est un héros, déclara son collègue.

Elle hocha la tête, la gorge serrée. Cette affaire la bouleversait. Ben aurait pu facilement être tué. Tout à l'heure, Thea aurait très bien pu la réveiller pour lui dire que Ben était mort.

Elle soupira et se passa une main sur le front, prête à défaillir.

— Hé, ça va ? Voulez-vous que j'aille vous chercher de l'eau ou autre chose, madame ?

— Tout va bien, merci.

Elle se força à se redresser et à chasser sa peur.

— Vous devez être sa femme. Je ne savais pas que Ben était marié.

— Il n'est pas… Enfin, je veux dire, non, je ne suis pas sa femme, bafouilla-t-elle, déstabilisée.

Elle aurait tant aimé l'être…

Thea et Luanne apparurent. Carey se précipita vers elles.

— Il dort encore, annonça Luanne. Je ne sais pas quand l'effet de l'anesthésie passera. Il va souffrir. Mais il a bonne mine et il a l'air d'avoir très bien supporté l'opération.

Carey manqua s'effondrer, tant elle était soulagée.

— L'infirmière dit que son médecin est ici, quelque part à l'étage, dans son bureau. Je ferais mieux d'aller le voir avant qu'il s'en aille, ajouta Thea.

— Je viens avec toi, dit Luanne.

Avant de suivre sa mère, elle se tourna vers Carey.

— Tu peux entrer le voir, si tu veux, Carey.

— Oh, merci…

Carey se leva et cala le bébé sur sa hanche.

— Donne-la-moi un moment. Je ne suis pas sûre que les bébés soient admis dans les chambres.

Reconnaissante, Carey tendit sa fille à Luanne et se dirigea vers la chambre de Ben.

La pièce était à peine éclairée, et Ben était relié par des tubes à différentes machines. Il gisait, les yeux clos, la tête et l'épaule bandées. Il avait des hématomes partout, mais elle n'avait jamais vu personne d'aussi beau.

Elle se pencha vers lui et lui posa doucement la main

sur le bras, mourant d'envie de sentir le contact de sa peau tiède. Pour se rassurer sur le fait qu'il était bien vivant.

Elle resta ainsi un long moment, en pensant à mille choses : leur première rencontre, les jours qui s'étaient écoulés depuis. La nuit magique qu'ils avaient passée ensemble. Elle ne vit pas qu'il ouvrait les yeux.

Quand elle s'en aperçut enfin, il avait le regard fixé sur elle et l'air stupéfait. Il passa la langue sur ses lèvres desséchées et souffla d'une voix rauque :

— Carey ?

Elle lui prit la main et s'approcha de son visage.

— Oui, je suis là.

— Dieu soit loué.

Il ferma les yeux et reposa la tête sur l'oreiller. Quand il les rouvrit, elle y lut une grande tendresse. Il ne l'avait pas regardée ainsi depuis longtemps.

Ben lui prit la main à son tour, visiblement animé du besoin de lui dire quelque chose d'important.

— Carey… J'ai été stupide… J'ai été si dur avec toi… Pourras-tu me pardonner ?

— Bien sûr ! Moi aussi, j'ai mal agi. Mais nous n'avons pas besoin d'en parler maintenant. La seule chose qui compte, c'est que tu ailles bien.

Il inspira avec peine.

— Non… Ecoute. Il faut que je te parle. A toi et aux autres. Quand ce type m'a tiré dessus, je me suis dit que j'allais mourir. Et que j'avais été un imbécile. La vie est trop courte, Carey ! Trop courte pour qu'on ait le temps d'en vouloir aux gens qu'on aime, de les repousser, d'être en colère…

L'aimait-il ? Etait-ce bien cela qu'il était en train de lui dire ? Cette possibilité lui coupait le souffle. Elle avait la gorge si serrée qu'elle pouvait à peine parler.

— Oui, Ben, tu as raison.

— Je ne veux pas savoir combien de temps tu vas rester ici, ni si tu pars demain, après-demain ou l'année prochaine. Je ne veux pas savoir si ta vie est compliquée. J'ai besoin d'être avec toi, Carey. De la façon que tu choisiras. Tout ce que nous avons, c'est l'instant présent.

Elle abandonna toute résistance. Sentant les larmes couler sur ses joues, elle les essuya d'un revers de main.

— Moi aussi, Ben, je veux être avec toi. Depuis le début… C'est juste que je voudrais ne jamais te faire de mal. Voilà pourquoi j'ai dit que cela ne marcherait pas entre nous.

— Je sais. Mais rien ne pourrait me faire plus de mal que ma vie sans toi en ce moment. J'ai besoin de toi, Carey. Pour le temps que cela durera.

Elle le regarda. Elle le trouvait si beau, avec ses yeux bleus rivés sur les siens. Il leva son bras intact et la fit approcher. Elle déposa un baiser sur sa bouche, doucement d'abord, par peur de le faire souffrir, mais il ne semblait pas souffrir et il l'embrassa plus fort, en l'attirant sur lui. Leur baiser se fit fougueux, passionné.

C'était si bon de sentir son corps contre le sien, de poser la tête sur le même oreiller, pensa Carey. Elle avait eu si peur de ne jamais le revoir vivant.

— J'imagine que cela veut dire oui ? demanda-t-il quand leurs lèvres se séparèrent.

Elle hocha la tête et faillit dire : « Je t'aime. »

Mais ses yeux se remplirent de larmes qu'elle ne pouvait plus retenir. Elle posa la tête sur son épaule, tandis qu'il lui caressait doucement les cheveux.

— Hé, ne pleure pas. Le pire est passé. A partir de maintenant, tout ira bien. Je te le promets.

Si seulement c'était vrai. Si seulement…

Elle soupira et l'embrassa de nouveau.

Il avait raison. Tout pouvait arriver. Ils devaient profiter du moment présent. Ce qui venait de se passer ne le démontrait-il pas suffisamment ? Elle se devait d'être avec lui, quoi qu'il arrive.

Carey entendit quelqu'un entrer dans la pièce. Elle recula vivement, pensant voir une infirmière qui allait la chasser.

Mais c'étaient Thea et Luanne. Elle remarqua qu'aucune

des deux ne paraissait surprise de la trouver dans les bras de Ben. Sa mère s'approcha du lit.

— Ben… Dieu merci, tu vas bien… Quand ils m'ont appelée, cette nuit, j'ai cru…

Sans terminer sa phrase, elle posa une main sur le front de son fils.

— Il y a un policier, dehors, qui attend pour te voir. Il dit que tu as agi en héros. Que tu as sauvé la vie de quelqu'un.

— C'est mon travail. N'importe quel membre de l'équipe aurait fait la même chose.

Il détourna les yeux, l'air sombre. La fusillade avait dû être traumatisante pour lui, même s'il essayait de ne pas le montrer.

— Nous avons parlé au médecin, dit Luanne en souriant à son frère. Il pense pouvoir te renvoyer à la maison dans deux ou trois jours. C'est formidable, non ?

— Mais tu vas mettre longtemps à récupérer, le prévint Thea. J'aimerais que tu restes à l'hôtel, pour que je puisse m'occuper de toi.

— Je peux rentrer chez moi. Je m'en sortirai très bien.

— Oui, mais pas avant un certain temps. En attendant, tu as reçu plusieurs balles, n'est-ce pas ? intervint Luanne.

— C'est vrai, Ben, insista Thea. Tu auras besoin d'aide, même pour les choses les plus simples… comme prendre une douche, par exemple.

Ben eut un léger rictus. Ce n'était pas tout à fait un sourire, mais cela y ressemblait assez pour que Carey devine à quoi il pensait. Elle voulait bien se porter volontaire pour l'aider à prendre sa douche…

— Très bien. Je vais y réfléchir. Attendons d'abord que je sorte d'ici.

Thea parut satisfaite. Elle posa une main sur la sienne.

— Nous ne t'avons pas beaucoup vu ces dernières semaines, Ben. Nous allons pouvoir rattraper le temps perdu.

Carey croisa le regard de Ben. Eux aussi, ils avaient du temps perdu à rattraper.

- 11 -

Ben dut rester à l'hôpital plus longtemps que les médecins ne l'avaient prévu. Ses blessures étaient graves et douloureuses, mais il aurait préféré mourir plutôt que de l'admettre.

Après plusieurs discussions avec Thea, qui multiplia les arguments et les suppliques, il avait fini par accepter de venir s'installer à l'hôtel pendant sa convalescence.

— Juste quelques jours, avait-il dit.

Mais Carey était persuadée qu'il aurait besoin d'être aidé beaucoup plus longtemps.

A l'hôtel, on prépara son retour comme s'il revenait de la guerre. En un sens, c'était un peu vrai. Tout le monde était follement soulagé qu'il revienne vivant. Thea alla jusqu'à fabriquer une banderole qu'elle accrocha à la façade de l'hôtel et qui disait :

« Bienvenue à la maison, Ben ! »

Luanne avait préparé un repas spécial pour l'occasion, avec le menu préféré de Ben. La télévision locale et le journal régional s'étaient même déplacés pour couvrir son retour.

Ben aurait sans doute préféré se passer de toute cette attention, mais Thea ne lui demanda pas son avis. Elle accepta tout de suite la venue des journalistes : elle ne pouvait pas refuser une si belle publicité gratuite pour l'hôtel !

— De toute façon, Ben a toujours été trop modeste, affirma-t-elle.

Elle s'activait à préparer la maison pour le retour de Ben et l'arrivée de la presse, tout en s'occupant des clients. La veille du retour de son fils, elle demanda à Carey si elle voulait bien se charger d'aller le chercher.

— Tu peux prendre ma voiture, naturellement. Luanne et moi sommes bloquées à l'hôtel, et je préfère ne pas demander à Walter.

Il y avait des raisons évidentes à cela, même si Ben semblait avoir oublié ses réserves à propos de leur mariage. « On dirait qu'il a fait la paix avec le monde et avec lui-même », pensa Carey, émerveillée qu'un incident d'une telle violence ait pu avoir un dénouement aussi positif.

Bien sûr, Carey fut heureuse qu'on lui demande d'aller le chercher. Ainsi, elle verrait Ben en privé sur la route jusqu'à la maison.

— Je peux surveiller le bébé, proposa Thea.

— Ce n'est pas nécessaire, Thea, répondit Carey, surprise. Je peux l'emmener, elle ne nous dérangera pas.

— Oh, je sais, c'est un ange. Mais il y a un autre bébé, beaucoup plus grand, qui va réclamer toute ton attention. Il vaut mieux que tu sois libre de te consacrer entièrement à lui.

Carey sourit, en se retenant d'éclater de rire. Thea adorait son fils, mais elle nourrissait peu d'illusions à son sujet.

Quand Carey arriva dans sa chambre d'hôpital, Ben l'attendait impatiemment, les yeux fixés sur la porte.

— Te voilà enfin ! Viens ici une seconde, ajouta-t-il avec douceur.

Avant qu'elle ait pu répondre, il la tira à lui de son bras valide. Elle s'assit sur le lit à son côté.

— Ben… ton bras… ta jambe… Je ne voudrais pas te faire mal.

— Je n'ai mal nulle part. En fait, je ne me suis jamais senti aussi bien. Tout fonctionne…

Il ferma les rideaux qui entouraient le lit, puis l'embrassa longuement, fiévreusement, en lui soutenant la nuque d'une main.

Elle se sentit fondre et gémit tout bas contre sa bouche.

Dans ses bras, elle oublia complètement où elle était. Ce qu'il lui avait dit après la fusillade avait bouleversé sa vie. Pourtant, au fur et à mesure que les jours passaient, elle s'était mise à douter. Peut-être avait-il simplement dit cela en réaction au choc, après avoir frôlé la mort…

Quand elle était entrée dans sa chambre d'hôpital, quelques minutes plus tôt, elle se posait encore la question. Mais, à présent, elle savait qu'il était sérieux.

Elle rêvait de ce moment depuis des jours, et même des semaines. Etre avec lui, le tenir, le toucher, respirer le parfum unique et délicieux de sa peau.

Ils étaient enfin ensemble, de nouveau. Rien n'était plus doux au monde…

Le rideau fut brutalement écarté. Au bruit des anneaux sur la tringle, ils se séparèrent brusquement et s'assirent. Carey remit sa jupe en place et arrangea vivement son pull.

Une infirmière aux cheveux gris les regardait avec sévérité.

— Pris en flagrant délit ! marmonna Ben entre ses dents.

— Ce lit est réservé aux malades, dit l'infirmière. Trouvez-vous un hôtel.

Carey se racla la gorge et baissa les yeux, gênée comme une adolescente que sa mère vient de surprendre sur le canapé du salon en compagnie d'un petit ami.

Les joues de Ben avaient viré au rouge foncé, mais il ne perdit rien de son calme.

— Oui, madame. Nous serons partis d'ici deux minutes. Nous terminions juste de ranger mes affaires.

L'infirmière lui tendit des papiers.

— Lisez ces formulaires et signez-les, s'il vous plaît. Et vous allez devoir partir en fauteuil roulant, c'est obligatoire pour l'assurance.

Ben se passa une main sur la joue. Carey savait que l'idée lui déplaisait souverainement.

— Oui, je sais.

Pendant qu'il signait les papiers, Carey se leva et termina de faire sa valise. L'infirmière les laissa enfin seuls.

— A suivre…, murmura Ben.

L'éclat de ses yeux bleus lui donna la chair de poule.

— J'ai déjà réservé la chambre d'hôtel. Mais je n'allais pas le lui dire… Vieille bique, de quoi se mêle-t-elle ?

Carey s'esclaffa.

Ils rirent et plaisantèrent beaucoup sur le chemin du retour, et le trajet leur parut court. Même s'il prétendait le contraire et refusait de l'admettre, Ben était heureux de passer du temps dans sa famille.

Ils se garèrent en face de l'hôtel et Ben secoua la tête d'un air consterné en voyant la banderole et les ballons qui décoraient la façade.

— Mais qu'est-ce qui lui a pris ? Je ne reviens pas d'un voyage sur la Lune !

— C'est moi qui ai proposé les ballons…, admit Carey.

Elle s'éclaircit la gorge, jugeant le moment venu de lui confier la suite.

— La presse et la télévision locales sont là aussi. Ils veulent t'interviewer.

Il la regarda d'un air incrédule.

— M'interviewer ? Pourquoi ? L'affaire est déjà dans les journaux.

— Ce n'est pas l'affaire qu'ils veulent, c'est toi. Comment tu as sauvé la vie de ce jeune homme… Comment tu te sens maintenant que tu rentres chez toi… Tu sais bien.

— Non, je ne sais pas. Et je ne veux rien en savoir. Je n'ai fait que mon travail, je n'ai rien à dire de spécial.

Il ouvrit la portière et saisit sa canne sur la banquette arrière avant qu'elle ait eu le temps de l'aider. Mais il glissa et tomba lourdement par terre avec un grognement de douleur.

Trois journalistes et un caméraman se précipitèrent. Carey n'avait pas remarqué qu'ils s'étaient postés sur le perron pour les attendre, et Ben non plus, de toute évidence.

— Oh, non…

Ben se tourna vers elle comme pour l'appeler au secours, mais elle ne pouvait plus rien pour lui. Il était pris au piège. Ben était une célébrité locale, il allait devoir en prendre son parti.

— Ne t'en fais pas, lui chuchota Carey. Andy Warhol a dit que tout le monde sera célèbre une fois dans sa vie, pendant un quart d'heure. Ce sera bientôt fini.

Les journalistes s'attroupèrent autour de Ben un moment, avant de laisser Carey l'aider à monter les marches. Luanne, Walter et Thea attendaient dans le grand hall, ainsi que la plupart des clients de l'hôtel, qui restaient cependant à distance polie.

Thea tenait Lindsay dans les bras. Elle lui avait mis ses plus jolis vêtements et avait même réussi à accrocher un nœud dans ses petits cheveux de bébé.

Quand Ben entra, tout le monde applaudit. Il s'arrêta, étonné, avant de baisser la tête, gêné d'être au centre de l'attention générale.

Carey comprit alors qu'il était véritablement modeste, et que son refus des hommages n'était pas une comédie.

On était allé chercher Dixie la nuit où Ben avait été blessé. Depuis, elle avait pris pension à l'hôtel. Carey s'en était personnellement occupée. La chienne dormait même dans sa chambre. Mais Ben lui avait manqué ; elle lui sauta dessus, manquant le renverser, et lui lécha la figure.

— Au pied, Dixie ! Je sais que je t'ai manqué !

Il rit et lui gratta la tête. Des flashes crépitèrent. C'était l'image idéale pour les journalistes. Carey s'approcha pour aider Ben à calmer son chien.

Résigné, puisqu'il n'avait pas le choix, Ben s'assit sur un canapé pour répondre aux questions de la presse, entouré de Thea, Walter et Luanne.

Carey, elle, préféra s'éloigner. Elle regarda la scène de loin, son bébé dans les bras. A la fin, les photographes demandèrent une dernière photo, avec toute la famille.

Ben lui fit signe.

— Viens par ici, Carey, assieds-toi à côté de moi. Il faut que tu sois sur la photo !

Il se poussa pour lui faire de la place, mais Carey secoua la tête.

— Vous pouvez faire la photo sans moi.

Mais Ben n'était pas prêt à la laisser tranquille.

— Allez ! Rien qu'une photo ! S'il te plaît...

— Carey, viens poser avec nous. Ce n'est pas juste que tu ne sois pas là, insista Thea.

Quand elle refusa encore, Ben se leva avec difficulté du canapé. La douleur de l'effort se lisait sur son visage. Il prit sa canne et s'avança vers elle en boitillant. Enfin, il lui passa un bras autour des épaules.

— Tu n'acceptes pas qu'on te refuse quoi que ce soit, n'est-ce pas ? lui chuchota-t-elle à l'oreille.

— J'aime bien être près de toi. Tu ne l'avais pas remarqué ?

Carey avait pourtant de bonnes raisons d'éviter d'être prise en photo. Elle tourna la tête et ferma les yeux, espérant qu'on ne reconnaîtrait pas son visage, si par malchance l'un de ceux qui la recherchaient voyait l'article dans le journal.

Mais il y avait peu de chances. Et puis les journalistes avaient pris tant de photos qu'ils n'allaient pas forcément publier celle-là.

Ils s'en allèrent enfin. La réception parut soudain très calme. Thea s'approcha de son fils et le serra dans ses bras.

— Oh, Ben, comme c'est bon de te voir de retour ici !

— C'est bon d'être de retour ici, admit-il.

Il était fatigué et il devait prendre ses médicaments. Carey l'aida à monter dans sa chambre, accompagnée de Thea et de Walter, qui portait son sac. On l'avait installé au premier, à quelques portes de la sienne.

Elle le regarda faire quelques pas à l'intérieur, écarter les rideaux pour jeter un coup d'œil sur la vue, puis s'effondrer sur le lit avec un grand soupir.

Elle sortit ses médicaments de son sac et les aligna sur la table de nuit.

— Tu dois en prendre maintenant ? lui demanda-t-elle.

— L'une des pilules bleues, s'il te plaît.

Elle lut les étiquettes et vit qu'il s'agissait d'un antidouleur. Elle supportait mal de le voir souffrir, et il était clair, à voir ses traits tirés, que ses blessures étaient encore très douloureuses.

— Que penses-tu de la chambre ? lança Thea. Elle te plaît ? J'ai pensé qu'il te fallait un appartement au premier, près de moi. Et de Carey, ajouta-t-elle.

— C'est parfait, maman. Cette chambre est superbe, merci.

— Walter et moi, nous avons commencé les travaux à l'étage au-dessus, en commençant par les plus grandes chambres.

— Oui, je sais, Carey m'a dit cela dans la voiture. C'est très bien.

Carey vit le soulagement se peindre sur le visage de Thea. Elle avait vraiment envie que son fils approuve ses décisions.

— J'espère que le bruit ne te dérangera pas, Ben, ajouta Walter. Si cela te gêne, dis-le-moi.

— Ne vous en faites pas pour moi. Je suis capable de dormir au milieu d'une tornade.

Thea se tourna vers Walter avec un sourire.

— C'est la vérité. Il n'exagère pas.

Elle tapota la jambe de Ben.

— Nous allons devoir redescendre travailler, maintenant. Luanne est dans la cuisine, elle te prépare ton plat favori pour le déjeuner.

Carey devina qu'il y aurait du steak et des pommes de terre au menu.

— C'est adorable, mais je n'ai pas faim pour l'instant. J'ai surtout besoin de me reposer.

— Très bien, repose-toi. Je viendrai te voir plus tard.

Thea se pencha pour déposer un baiser sur la joue de son fils et s'en alla avec Walter.

Carey lui tendit le médicament et un verre d'eau. Quand elle voulut s'éloigner, il lui prit la main.

— Viens près de moi une minute.

Elle s'assit sur le lit et lui tint la main. Il avait les yeux mi-clos et respirait profondément.

— Tu as très mal ? demanda-t-elle doucement.

— Pas quand je te regarde. Je ne sens plus rien quand tu es là.

Un sourire illumina son beau visage. Elle sourit à son tour.

— Ma question était sérieuse.

— Et j'ai répondu sérieusement, répliqua-t-il.

Elle vit dans ses yeux qu'il luttait contre le sommeil, mais le sédatif qu'il avait pris faisait rapidement son effet. Il n'allait pas tarder à sombrer.

Elle se pencha pour lui déposer un tendre baiser sur les lèvres.

— Aaah, soupira-t-il. Si tu pouvais mettre ce baiser en bouteille, Carey, nous ferions fortune.

Elle posa sa joue sur la poitrine de Ben, et il lui caressa les cheveux. Qui avait besoin d'argent ? Elle avait déjà tout ce dont elle avait rêvé toute sa vie.

Carey divisa son temps entre son travail au bureau et à la réception, et les soins à Lindsay et à Ben. Elle abattait moins de besogne au bureau depuis que Ben était de retour, mais Thea n'avait pas l'air de lui en vouloir. Au contraire, elle semblait l'encourager à s'occuper de son fils.

Ben avait commencé des séances de rééducation avec un kinésithérapeute, qui passait plusieurs heures par jour avec lui tous les matins. Il avait besoin d'aide pour retrouver toute la force de son bras et de sa jambe. Les séances étaient pénibles et souvent éprouvantes.

Bien qu'affaibli, Ben l'aidait à s'occuper de sa fille. Il aimait sa compagnie et adorait jouer avec elle, ou simplement regarder Carey s'en occuper.

Une petite routine s'établit. Ben et Dixie accompagnaient Carey et le bébé pour leur promenade quotidienne au village. Ils devaient former un drôle de trio, songea Carey en regardant Dixie courir autour de la poussette et Ben marcher lentement, appuyé sur sa canne. Le kinésithérapeute avait dit que la marche lui ferait du bien, et Ben s'en était réjoui. De toute évidence, il ne supporterait pas longtemps d'être convalescent et ferait tout pour retourner au travail le plus vite possible.

De temps en temps, le commissariat devenait le but de la promenade. Ben voulait voir ses collègues et elle le laissait en leur compagnie pendant qu'elle faisait ses courses.

Au retour, Lindsay faisait la sieste et Ben retrouvait son masseur. Carey relayait Thea à la réception et au bureau. L'après-midi, elle allait rendre visite à Ben, ou le laissait déambuler dans l'hôtel pour inspecter les progrès des travaux de rénovation.

— Je n'arrive pas à croire que Walter fasse tant de choses lui-même, dit-il un jour à Carey. Je crois que j'ai été remplacé.

— Je le crois aussi, admit Carey, même s'ils ont dû engager deux ouvriers pour l'aider. Je sais que, lorsque tu seras remis, il sera heureux de t'avoir dans l'équipe.

— Mais j'aurai été rétrogradé. Je ne serai plus le chef de chantier.

— Cela t'ennuie tant que cela ?

Il inspira profondément et secoua la tête.

— Non, au fond, pas vraiment. Il n'est pas impossible qu'un jour j'aie envie de quitter la police et de reprendre l'hôtel. Mais je ne suis pas encore prêt. Il ne faudrait pas que je leur complique la vie alors qu'ils se démènent pour le rénover et le rendre plus rentable.

A ce propos, Carey avait quelque chose à lui dire. Elle s'occupait de la comptabilité de l'hôtel depuis des semaines et elle savait tout des arrangements financiers.

— Je ne suis pas sûre que ce soit à moi de te le dire, mais je crois que tu devrais être au courant. Je sais que tu te faisais du souci à propos du coût des travaux et de la façon dont Thea allait pouvoir les financer.

Elle fit une pause et nota une lueur d'intérêt dans ses yeux.

— Elle n'a pas fait d'emprunt. C'est Walter qui paie.

— Walter ? Il lui prête l'argent ?

— Non… Ce n'est pas un prêt. Il paie les travaux, voilà

tout. Simplement parce que… parce qu'il l'aime et qu'il sait à quel point cette maison est importante pour elle.

Ben resta interdit. Elle devina à son air grave et réfléchi qu'il voyait à quel point il avait mal jugé la situation.

— Je n'ai jamais imaginé cette possibilité…, admit-il. Je crois que je dois des excuses à ma mère. Il va falloir que j'aie une petite conversation avec elle.

— Je suis persuadée qu'elle aimerait en parler avec toi, dit Carey.

— Je suis content pour elle que Walter la soutienne. Et qu'il l'aime, admit-il enfin.

Elle fut heureuse de le voir arriver à cette conclusion, et bien plus tôt que sa mère ne l'avait prédit.

Il lui passa tendrement une main sur la joue.

— Tout le monde devrait avoir quelqu'un à aimer, ajouta-t-il doucement. C'est la plus belle chose qui puisse arriver. Je n'ai pas le droit de les empêcher d'être heureux, tous les deux, ce serait très mal de ma part.

Sans répondre, elle déposa un baiser dans le creux de sa main. Maintenant que Ben acceptait ce qu'il ressentait pour elle, il acceptait aussi l'idée que sa mère se marie. Il s'était radouci.

La nuit, Ben la rejoignait subrepticement dans sa chambre. Elle l'accueillait dans son lit, heureuse de pouvoir le toucher, de sentir son corps contre le sien. Ils ne pouvaient pas encore faire l'amour, mais leurs baisers et leurs caresses la transportaient déjà au septième ciel. Le simple fait d'être près de lui, blottie dans ses bras, la comblait.

Ils passaient ensemble chaque minute de leur temps libre et se rapprochaient de jour en jour. Elle était tentée de se confier à lui. Elle y pensait en permanence, essayant de rassembler son courage, de préparer les mots justes, de trouver le bon moment.

Mais le bon moment n'arrivait jamais. Soit ils étaient interrompus, soit elle renonçait à la dernière minute. Son plus grand souhait, à présent, était que Quinn soit emprisonné. Ainsi, elle pourrait rester à Greenbriar pour de bon et n'aurait plus besoin de tout avouer à Ben si elle n'en avait pas envie.

Moins de deux semaines après son arrivée à l'hôtel, Ben annonça qu'il allait rentrer chez lui. Il avait beaucoup apprécié que tout le monde soit aux petits soins pour lui, mais sa maison dans les bois l'attendait. Lorsque Carey lui demanda pourquoi il était si pressé de partir, il lui répondit que sa retraite solitaire lui manquait. Il adorait sa famille, mais il avait besoin d'espace.

— Je sais qu'ils n'ont que de bonnes intentions, mais je ne m'entends plus penser ! lui confia-t-il.

Elle ne le comprenait que trop bien. Elle aussi appréciait la famille de Ben, mais, le soir venu, elle était heureuse de retrouver son intimité, seule avec Lindsay.

Contrairement à la plupart des gens qu'elle connaissait, elle aimait le silence. Avec tous ses soucis, une heure de tranquillité était toujours la bienvenue pour faire le point et prendre du recul. Elle avait pu observer que Ben et elle avaient ce goût en commun.

Un soir, ils étaient tous deux allongés sur son lit, prêts à s'endormir. La lumière argentée de la lune filtrait à travers les rideaux.

— J'aimerais que tu viennes avec moi, annonça Ben.

Son profil était à peine visible contre l'oreiller. Elle devina qu'il avait les yeux grands ouverts, dans l'attente de sa réponse.

— Chez toi, dans ta maison ?

Il hocha la tête.

— Pour t'aider à te remettre en forme ? Bien sûr que je vais venir m'occuper de toi, ajouta-t-elle.

— Je veux *vivre* avec toi, Carey… Avec toi et Lindsay.

Elle n'en crut pas ses oreilles.

— Alors ? Tu veux bien ?

Sa voix douce lui rappela qu'elle n'avait pas répondu.

— Oui, oh que oui ! Quand tu as dit que tu voulais

partir, je n'ai pensé qu'une seule chose, c'est que tu allais cruellement me manquer…

Il l'attira contre lui et posa ses lèvres dans ses cheveux.

— A moi aussi. Je ne veux pas me séparer de toi. C'est une idée insupportable.

Elle ressentait exactement la même chose, bien qu'elle soit trop bouleversée pour le dire. Elle savait qu'elle l'aimait de tout son cœur. Elle ne le lui avait pas encore dit. Chaque fois qu'elle en avait envie, elle était retenue par l'impression que toutes ses cachotteries, tous ses mensonges se dressaient entre eux. Elle ne se sentait pas libre de lui avouer son amour avant de lui avoir dit toute la vérité sur elle-même.

Ils firent leurs bagages le matin suivant. Personne ne parut surpris de voir qu'elle partait avec lui.

— Walter passera tout à l'heure vous apporter un berceau et un parc pour Lindsay, ainsi qu'une chaise haute, dit Thea, ravie. Vous aurez besoin de tout le nécessaire ici aussi, pour les jours où elle viendra en visite. Et Walter vous apportera un dîner tout prêt. Vous n'aurez pas le temps de faire la cuisine, avec le déménagement et les bagages…

Carey lui était reconnaissante pour son aide. Thea avait accepté sans hésitation d'aménager ses horaires de travail à l'hôtel. Elle faisait preuve d'une grande souplesse, comme toujours, et Carey savait que le bonheur de son fils était l'une de ses priorités.

Quand ils arrivèrent dans la forêt, la maison lui parut encore plus magique que dans son souvenir.

Tout heureux d'être chez lui, Ben ouvrit la porte pendant que Dixie aboyait frénétiquement en bondissant. Carey le suivit à l'intérieur avec Lindsay. Une fois dans la maison, Ben lui passa un bras autour des épaules et l'attira contre lui.

— C'est drôle. J'ai toujours adoré revenir ici et retrouver ma solitude. Pourtant, j'aurais été très malheureux de franchir le seuil sans toi, aujourd'hui. J'aurais eu l'impression qu'il me manquait une part de moi-même.

Elle éprouvait la même chose. Comment pourrait-elle

jamais quitter cette maison ? Le quitter, lui ? Cela lui paraissait impossible, désormais.

— Nous voilà chez nous, maintenant, Carey.

Elle le regarda dans les yeux. Elle avait bel et bien le sentiment d'être chez elle. Elle n'avait plus éprouvé cela depuis l'enfance. Elle se haussa sur la pointe des pieds pour l'embrasser. C'était la seule réponse qu'elle était en mesure de lui donner.

Entre l'arrivée de Walter, qui apportait tout l'équipement pour le bébé ainsi qu'un énorme carton de plats préparés par Luanne, et la visite du kinésithérapeute, les deux amoureux n'eurent pas une minute à eux avant le soir.

Carey coucha Lindsay et rejoignit Ben dans le salon, où il avait fait du feu. Le dîner était en train de réchauffer au four et il avait mis le couvert pour deux sur la table basse, face à la cheminée. Il avait ouvert une bouteille de vin.

Elle s'assit sur les gros coussins posés sur le sol. Ben servit deux verres et lui en tendit un.

— Au risque de devenir comme Walter… Je voudrais proposer un toast. A notre premier jour chez nous. Le premier, mais pas le dernier… Et à tous les suivants.

Elle fit tinter son verre contre celui de Ben. Il avait l'air si sûr de lui, si optimiste. Elle essaya de partager ses convictions. Elle pouvait rester cachée ici pour toujours. Elle y serait en sécurité, pensa-t-elle, même si, au fond de son cœur, elle n'en était pas tout à fait persuadée.

— Alors ? Que penses-tu de la vie ici ? Jusque-là, je veux dire, demanda Ben en grignotant une olive.

— Eh bien, je ne me suis pas encore habituée aux voisins, plaisanta-t-elle, mais à part ça tout va très bien. C'est parfait.

— J'ai toujours trouvé cette maison parfaite. Pour moi, s'entend. Mais, à présent, je vois qu'il manquait quelque chose. Toi… Et Lindsay. Maintenant, j'ai tout ce qu'il me faut. Je ne pourrais rien souhaiter de plus.

Il avait parlé d'un ton léger, mais son regard était sérieux. Elle ne put détacher les yeux des siens, même quand il se pencha pour la prendre dans ses bras.

— Tu es vraiment heureux ? demanda-t-elle doucement.

— Tu ne me crois pas ?

Il déposa une pluie de petits baisers sur ses joues, son menton, ses paupières et son nez.

— Laisse-moi te le montrer, Carey… Plus un mot…

Il plaqua la bouche sur la sienne avec fougue. Elle sentit son corps s'éveiller instantanément et n'eut plus une pensée pour le dîner.

Tout en lui dévorant les lèvres, il déboutonna son chemisier et plongea le visage entre ses seins, caressant les pointes sensibles avec les mains d'abord, puis avec la bouche, à travers la dentelle du soutien-gorge.

Quand sa gorge fut enfin nue, elle se sentit fondre complètement. Les caresses et les baisers de Ben sur sa poitrine la rendaient folle. Son corps entier semblait électrisé. Elle se renversa sur les coussins, savourant le poids délicieux de Ben sur elle. Sa cuisse musclée entre ses jambes lui donnait des sensations encore plus divines.

Elle tira sur les pans de sa chemise pour faire sauter les boutons-pressions et glissa les mains contre sa peau tiède et douce. Quand elle passa la langue sur son torse musclé, elle le sentit frémir.

Il gémit, mais ne se dégagea pas. Au contraire, il se soumit à la délicieuse torture qu'elle lui imposait. Tout en le caressant d'une bouche habile, elle continua à le déshabiller, ouvrit la fermeture Eclair de son pantalon et y glissa la main pour le sentir chaud et rigide. Elle le caressa et le sentit frissonner de plaisir.

Leur excitation grandit de concert jusqu'à devenir insupportable. Elle n'en pouvait plus, elle voulait le sentir en elle. Elle se pressait contre lui, s'appuyant sur son genou. Percevant son besoin, il glissa une main dans son jean, sous la culotte de soie, pour la caresser jusqu'à la rendre folle de désir.

Quand il cessa brusquement, elle gémit de frustration. Ouvrant les yeux, elle le vit se débarrasser de son pantalon en un seul mouvement et mettre un préservatif.

Elle s'assit, surprise. Il ne lui avait pas dit que le médecin l'avait autorisé à « reprendre une vie normale ».

— On peut faire l'amour ? Tu en es sûr ?

— Ma chérie, je n'ai jamais été aussi certain de quelque chose dans ma vie. Je te montrerai mon certificat médical après, d'accord ?

Avant qu'elle ait pu répondre, il lui ôta son jean et le jeta dans la pièce. Elle se renversa sur les coussins et il vint immédiatement s'allonger sur elle, entièrement nu. Elle noua ses jambes autour de sa taille mince, éperdument impatiente de le sentir enfin s'enfoncer en elle.

Il n'avait pas besoin qu'on l'y incite. L'émotion qu'elle ressentit alors lui coupa le souffle.

Elle se mit à bouger à son rythme, s'adaptant à ses gestes puissants et maîtrisés, plus délicieux et tentateur que le précédent.

Elle cessa de réfléchir. Complètement. Plus rien n'existait pour elle que les sensations purement physiques. C'était comme si elle avait plongé dans un océan de plaisir.

Cela devenait presque insoutenable, et, pourtant, elle aurait voulu que cela n'ait jamais de fin. Il la serra encore plus fort contre lui. Le visage entre son épaule et son cou, elle sentait sa peau chaude et moite. Elle fit courir ses mains dans son dos et les pressa contre ses hanches pour l'inciter à aller plus vite, plus loin, comme si toute frontière entre eux était abolie. Ils avaient fusionné en un seul corps et un seul esprit, un désir unique qui les englobait tous les deux.

Enfin, elle atteignit le paroxysme du plaisir, et son corps se raidit, incandescent. Elle se mit à trembler, pendant qu'un feu d'artifice explosait sous ses paupières.

Ben donna une dernière poussée, jusqu'à l'extase finale. Il se cambra en poussant un soupir, et frissonna. Lorsqu'il retomba sur elle, elle couvrit son visage de baisers, heureuse de sentir son poids.

Elle aurait voulu ne plus jamais bouger. « Si seulement ce moment pouvait durer toujours », pensa-t-elle, rêvant d'une baguette magique capable de figer l'instant pour l'éternité, comme une photographie fixe les images.

Elle avait tout ce qu'elle pouvait désirer. Elle n'aurait pas pu être plus heureuse et, même si elle savait que leur histoire ne pourrait pas durer toujours, elle savait maintenant à quoi ressemblait le bonheur véritable.

- 12 -

Les jours et les nuits de Carey en compagnie de Ben dans la maison en rondins passèrent dans un nuage de bonheur idyllique. Quand elle partait travailler à l'hôtel, Ben s'occupait de Lindsay. Il se rétablissait vite et retrouvait sa mobilité, comme le démontraient leurs nuits passionnées.

Elle avait du mal à les laisser à la maison, même pour quelques heures. Mais elle s'était engagée envers Thea et ne pouvait pas revenir sur sa parole. Il y avait beaucoup de travail à l'hôtel. Les nouvelles promotions attiraient du monde, et ils affichaient déjà complet pour le week-end de la Saint-Valentin, qui approchait rapidement.

Elle n'avait pas le temps de s'ennuyer et recevait chaque jour de nouvelles responsabilités. Au fond, c'était assez agréable de sortir un peu de la maison ; cela lui permettait d'y revenir. Chaque fois qu'elle arrivait sur le petit chemin qui menait chez eux, son cœur se gonflait d'une joie sereine.

Elle restait toujours un moment dans la voiture avant d'entrer. La petite maison était si bien cachée au fond des bois qu'elle était pratiquement invisible, comme enchantée par un coup de baguette magique. Personne ne pourrait la retrouver ici. Elle s'y sentait à l'abri.

De même que dans les bras de Ben. Pour la première fois de sa vie, elle se sentait vraiment aimée.

Un soir, elle trouva un mot de Ben en rentrant de l'hôtel. Il était allé faire des courses avec Lindsay au magasin de bricolage et n'allait pas tarder.

Elle était contente qu'il soit sorti avec le bébé, parce

qu'elle avait rapporté de quoi préparer un dîner spécial. Un dîner de fête pour lui. Dans quelques jours, le maire allait lui remettre une médaille pour sa bravoure. Il y aurait une cérémonie à l'hôtel de ville. Thea avait déjà prévu un grand dîner de famille en son honneur, mais Carey voulait en préparer un rien que pour eux deux.

Si Ben n'était pas intervenu au cours du hold-up et n'avait pas été blessé, jamais ils n'auraient pu se retrouver. Ils n'auraient pas su à quel point ils s'aimaient. C'était incroyable que tant de bonnes choses aient pu découler d'une tragédie.

Elle n'était pas très bonne cuisinière et, jusque-là, ils s'étaient surtout nourris de repas préparés à l'hôtel et d'omelettes au jambon et au fromage, son unique spécialité. Par chance, le plat préféré de Ben n'était pas compliqué à préparer : grillade de viande rouge, pommes de terre et salade. Pour y mettre une touche d'extravagance, elle y avait ajouté des haricots verts et des champignons. Elle avait dépensé une petite fortune en côtes d'agneau, et avait longuement écouté les conseils du boucher sur l'art et la manière de les préparer.

« Je peux y arriver », se dit-elle. Ce n'était vraiment pas difficile, le dîner pourrait être tout prêt pour son retour.

Elle commença par les pommes de terre, qu'elle avait l'intention de présenter en purée. Elle les coupa et les mit à bouillir, avant de laver les haricots. Elle savait qu'il fallait couper la pointe, mais ne se rappelait plus de quel côté. A la fin, elle décida de couper les deux, et se retrouva avec de tout petits haricots.

Pendant que les légumes cuisaient, elle s'attaqua aux côtelettes. Elle n'avait pas l'habitude d'utiliser le gril et elle se demanda à quelle distance du feu il convenait de mettre la viande. Ces flammes lui paraissaient un peu inquiétantes : n'allaient-elle pas brûler ses côtelettes ? Mais après tout, Ben aimait ce goût de grillade…

Peu après, elle se retrouva en train d'ouvrir toutes les fenêtres et courir en tout sens dans la petite cuisine, affolée.

Ses préparatifs viraient au désastre : l'eau des pommes de terre avait débordé et une mousse blanche s'échappait de la casserole, comme la lave d'un volcan. En revanche, comme elle ne l'avait pas assez rempli, il ne restait pas une seule goutte de liquide dans le faitout des haricots verts, qui avaient attaché au fond et répandaient une odeur âcre.

Ben entra sur ces entrefaites, l'air inquiet.

— Carey ? Qu'est-ce que c'est que cette odeur ?

Elle le regarda sans répondre. Elle savait qu'elle était affreuse à voir, et regretta amèrement de ne pas avoir eu le temps de faire un peu de toilette avant qu'il arrive.

Son maquillage avait coulé, elle était couverte de taches de graisse et ses cheveux étaient emmêlés, avec des mèches collées à son front moite. Elle venait d'ouvrir le four pour vérifier l'état des côtelettes. Des flammes et des jets de fumée noire lui avaient sauté au visage. En poussant un hurlement, elle avait claqué la porte.

L'alarme anti-incendie se déclencha et, dans la pièce voisine, Lindsay se mit à pleurer. Carey courut la consoler.

Ben se hâta de prendre l'extincteur fixé au mur près de la cuisinière. Quand elle réapparut avec le bébé dans les bras, il avait réussi à éteindre le feu.

Il y avait de la mousse blanche partout, sur les côtelettes et sur ce qui restait de son dîner de fête.

Ben inspira profondément avant de se tourner vers Carey.

— Que s'est-il passé ici, bon sang ? On dirait un champ de bataille !

Elle regarda autour d'elle. Elle aurait pu répondre sur le même ton, mais elle devait convenir qu'il avait raison. Une grosse boule lui nouait la gorge. Elle fondit en larmes.

— Je voulais juste préparer un dîner… pour toi ! En l'honneur de ta médaille, dit-elle entre deux sanglots. Combien de temps vas-tu te contenter d'omelettes jambon-fromage ?

Il rit doucement et s'approcha pour les serrer tendrement dans ses bras, le bébé et elle.

— Je peux en manger beaucoup, dit-il en l'embrassant

doucement sur la joue, puis sur les paupières. Je peux en manger des millions, si c'est toi qui me les prépares.

Elle renifla, et ses larmes cédèrent la place à un sourire.

— Un million ? Impossible. Tu te lasseras bien avant.

— Jamais !

Il reprit d'un ton solennel :

— Je ne peux plus m'en passer. J'ai besoin d'en manger jusqu'à la fin de mes jours…

Elle le regarda dans les yeux et y lut tout l'amour qu'il éprouvait pour elle.

— Veux-tu m'épouser, Carey ? Je t'aime de toute mon âme, de tout mon cœur. Tu as dû t'en rendre compte. Je ne veux plus jamais être séparé de toi… et de tes omelettes, que tu mettes le feu à ma cuisine ou que tu illumines ma vie de ton beau sourire. Accepterais-tu d'être ma femme ?

Elle était stupéfaite. S'il ne l'avait pas maintenue, elle serait tombée à la renverse. En voyant sa réaction, il se mit à rire et s'assit brusquement, en l'entraînant avec lui pour l'installer sur ses genoux, avec le bébé qu'elle avait toujours dans les bras.

— Je suis désolé… Je t'ai surprise ?

Elle inspira profondément.

— Je suppose…

Elle le regarda. Il avait l'air tellement heureux, avec ses yeux brillants. Et il était si beau… C'était l'homme qu'elle aimait.

Mille pensées tourbillonnaient dans sa tête. Sa première impulsion fut de se jeter à son cou et d'accepter sa proposition. Que pouvait-elle rêver de mieux que de vivre avec Ben toute sa vie, de devenir sa femme, de porter ses enfants et de construire son avenir avec lui ?

Mais les ombres qui tournaient autour d'elle se rapprochaient de jour en jour. Elle ne pouvait pas l'épouser. Jamais. A moins de tout lui avouer, absolument tout. Et même alors…

— Carey ? Ça va ?

Elle se leva lentement, alla installer Lindsay dans sa

chaise haute, puis commença à remettre de l'ordre dans la cuisine.

— Tu m'as prise au dépourvu, c'est tout, souffla-t-elle.

Il la considéra avec de grands yeux.

— C'est tout ce que tu as à dire ? Tu ne réponds pas vraiment à ma question.

Elle se retourna pour le regarder. Pourquoi fallait-il qu'elle l'aime tant ? Au point que c'en était parfois douloureux.

Elle fit un pas vers lui.

— C'était une très belle question et elle mérite une réponse. Pardonne-moi.

Elle inspira profondément et parla en évitant son regard.

— Moi aussi, je t'aime. Je t'aime comme je n'aurais jamais cru pouvoir aimer quelqu'un. A part Lindsay.

Elle soupira, la tête baissée, les yeux fixés sur le plancher.

— Je voudrais accepter ta proposition… Tu ne peux pas savoir à quel point… Mais je ne peux pas. Pas maintenant.

Ben lui agrippa les épaules pour la forcer à le regarder en face.

— Pourquoi, Carey ? Dis-le-moi. N'es-tu pas heureuse ici ? Tu as l'air de l'être. Tu ne peux plus te contenter de me dire que tu pourrais t'en aller un jour et que tu ne veux pas me faire de mal. Cela ne prend plus. Je ne veux plus l'entendre.

Carey garda d'abord le silence un moment.

— Je ne peux pas te dire pourquoi, avoua-t-elle enfin. Je voudrais le faire, mais c'est très compliqué.

« Et puis j'ai peur que tu ne me croies pas. Que tu me dénonces à la police », ajouta-t-elle mentalement.

Elle essaya de se libérer de son étreinte, mais il ne la lâchait pas.

— Carey, qu'y a-t-il ? Il y a quelque chose que tu ne me dis pas, je le sais. Parle-moi franchement. Je peux t'aider…

— Non, tu ne peux pas. A mon grand regret.

— Carey, est-ce une chose qui s'est passée autrefois ? Une chose que tu as faite ? Je peux l'assumer, fais-moi confiance.

Elle affronta son regard un instant.

— Je n'ai rien fait de mal. Sauf peut-être accorder ma confiance à des gens qui ne la méritaient pas…

— Nous avons tous commis cette erreur au moins une fois dans notre vie. Ce n'est pas forcément insurmontable. C'est le fait de t'avoir rencontrée qui me l'a appris.

Elle cessa de se débattre et le regarda dans les yeux.

— Et moi, le fait de t'avoir rencontré m'a appris que je pouvais trouver quelqu'un à aimer qui soit fort et bon, généreux, courageux et tout simplement merveilleux…

Elle ne put continuer. Faisant une pause, elle se passa la langue sur les lèvres. Elle avait la bouche sèche à l'idée de lui raconter son histoire. De lui avouer la vérité sur toutes les erreurs qui l'avaient poussée à prendre la fuite.

Il attendait qu'elle continue avec une expression pleine de tendresse, de douceur et de patience.

Mais elle en était incapable. Elle perdit courage et laissa passer sa chance.

Au lieu de parler, elle s'approcha de lui, glissa les bras autour de son cou et l'embrassa comme si c'était la dernière fois.

Il lui enserra la taille et la souleva de terre en répondant à son baiser. Ensuite, il la garda contre lui, le menton posé sur ses boucles blondes.

— Promets-moi que tu vas réfléchir. A l'idée de me confier ton problème, quel qu'il soit, et à celle de devenir ma femme.

— Je te le promets, Ben, souffla-t-elle, les larmes aux yeux.

Elle y réfléchissait déjà jour et nuit, même quand elle n'en avait pas vraiment envie, mais elle était incapable d'arriver à une conclusion. Comment défaire les nœuds qui entravaient jusqu'à son cœur ? Comment réparer les erreurs qui lui avaient volé son avenir et sa seule chance de bonheur ?

*
* *

Le lendemain matin, Ben avait rendez-vous chez le médecin et devait partir de bonne heure, avant le départ de Carey pour l'hôtel. Quand elle arriva dans la cuisine avec Lindsay, elle le trouva douché et habillé, assis à la table avec son café dans une main et le journal dans l'autre. Elle prépara rapidement un petit déjeuner pour le bébé, qu'elle avait prévu d'emmener avec elle pour la journée.

Ben posa sa tasse dans l'évier et l'embrassa sur la bouche, avec une langueur qui réveilla les désirs de la nuit. Puis il déposa un baiser sur la tête duveteuse de Lindsay.

— Il faut que j'y aille, sinon je vais être en retard.

— C'est aujourd'hui que le médecin va te dire si tu peux retourner travailler ?

— Je l'espère. Le kiné dit que je suis prêt. Je n'en peux plus, il faut que je reprenne le boulot, quitte à rester derrière un bureau. J'ai besoin de m'occuper. J'ai besoin de quelque chose pour me distraire… à part toi.

Il lui sourit, l'œil luisant.

Peu après, elle entendit la porte claquer et la voiture démarrer devant la maison.

Elle se sentit seule, brusquement ; il allait lui manquer toute la journée. C'était un sentiment qui lui était devenu habituel. Mais elle était aussi soulagée qu'il n'ait pas réitéré sa demande en mariage, ce matin.

Elle n'était toujours pas prête à lui donner sa réponse.

Le téléphone sonna. C'était Thea. Elle paraissait tendue et parlait avec précipitation.

— Bonjour, Carey. Je suis contente de te trouver avant que tu sois partie.

— Bonjour, Thea, comment vas-tu ?

— Eh bien, un monsieur vient de passer. Il te cherchait. Il m'a laissé sa carte, il s'appelle… Ray Paysen. Tu le connais ?

Carey, soudain glacée, eut brusquement la chair de poule.

— Euh… non, je ne crois pas. A-t-il dit d'où il venait ? Ce qu'il fait comme métier ?

Elle s'en doutait, mais elle se raccrochait à l'espoir qu'elle était peut-être en train de paniquer pour rien.

— Il ne l'a pas précisé. Il a dit qu'il repasserait plus tard.

— Ah… Très bien, répondit Carey.

Elle s'était forcée à prendre un ton normal et détendu, mais, si Thea n'avait eu avec cet homme que cet échange banal, pourquoi avait-elle pris la peine de lui téléphoner ?

— Je sais que tu dois venir ici, mais j'ai tenu à t'appeler parce que je l'ai trouvé bizarre, reprit Thea. Il y a quelque chose qui clochait dans ce qu'il a dit…

— De quoi s'agit-il ? Qu'est-ce qu'il a dit, au juste ?

— Il avait découpé la photo du journal, tu sais, dans l'article à propos du retour de Ben. Il me l'a montrée et m'a demandé si je te connaissais. Bien sûr, j'ai répondu que oui. Et là, il t'a désignée sous un autre nom.

— Un autre nom ?

Carey avait fait un effort pour paraître surprise et même intriguée, mais elle savait très bien ce qui allait suivre.

— Oui, il t'a appelée Katherine. Katherine Judson. C'est curieux, non ? Il a dû te prendre pour quelqu'un d'autre. Cette photo n'est pas très nette. Tu pourras voir cela avec lui tout à l'heure.

— Oui, bien sûr, répondit Carey très vite.

Elle fut prise de sueurs froides. Si cet homme était ressorti de l'hôtel, il pouvait être n'importe où en ce moment.

Il pouvait être à la porte, en train de l'épier.

Et s'il avait vu Ben partir, il savait qu'elle était seule.

— Thea ? Il faut que j'y aille. Lindsay est en train de faire une bêtise et nous ne sommes pas encore habillées. J'arrive dès que possible, promit-elle.

— Ne t'en fais pas, Carey. Je sais que c'est difficile de partir, le matin, surtout avec un bébé. Prends ton temps, et fais bien attention sur la route. Tout va bien ici.

— Très bien, merci…

Carey fit une pause, le temps de reprendre son souffle, avant d'ajouter d'une voix tremblante :

— Au revoir, Thea.

Elle n'arrivait pas à cacher son trouble, mais Thea ne parut rien remarquer.

— A tout à l'heure, Carey, répondit-elle joyeusement.

Et elle raccrocha.

Carey était au bord des larmes. Thea avait tant fait pour elle. Elle s'était montrée aussi bonne et généreuse qu'une seconde mère. Elle allait lui faire beaucoup de mal en disparaissant sans un remerciement. Elle pouvait peut-être lui écrire un mot, ainsi qu'à Ben ?

Non, elle n'en avait pas le temps. Il fallait qu'elle s'en aille le plus vite possible.

Elle fit le tour de la maison au pas de course en vérifiant que toutes les portes et fenêtres étaient bien fermées. Puis elle sortit Lindsay de sa chaise haute et courut dans la chambre. Cachée derrière les rideaux, elle inspecta le jardin et le chemin, longuement. Elle ne vit pas de voiture ni de traces de pneus dans la neige. Personne, ni aucun signe de présence récente.

Le soleil brillait, éclatant, comme pour se moquer d'elle. Rien de mal ne pouvait arriver par une si belle journée, semblait-il dire. Il n'y avait rien, absolument rien à craindre.

Mais elle savait qu'elle ne pouvait pas se fier aux apparences. Elle n'avait pas le droit d'espérer une fin heureuse.

Elle trouva son sac de voyage au fond d'un placard et entreprit d'y jeter n'importe comment ses affaires et celles de Lindsay. Les vêtements, les chaussures, le maquillage, les biberons et les jouets, elle empila tout ce qu'elle trouvait et en laissa la moitié sur place.

Elle se passa un peu d'eau sur le visage et se changea rapidement, puis, sans prendre le temps d'habiller Lindsay, elle lui enfila sa combinaison par-dessus son pyjama. Enfin, elle mit son manteau et prit son sac à main.

Elle réussit à descendre le bébé et le sac de voyage en une seule fois, et resta un moment dans l'entrée, pour rassembler son courage. Entrouvrant la porte avec précaution, elle risqua un œil dehors. Sa voiture était garée juste devant. Une fois de plus, elle examina les bois alentour en plissant les yeux, éblouie par le soleil qui se réfléchissait sur la neige. Pas une empreinte de pas, pas une branche cassée.

Elle regarda Dixie, qui l'observait calmement, la tête sur les pattes avant, depuis son coussin au milieu de la cuisine. Au bout d'un moment, la chienne reprit sa sieste.

S'il y avait eu quelqu'un, elle aurait aboyé. Cette idée rassura Carey. Elle se dit qu'elle pouvait s'aventurer dehors et s'installer très vite dans la voiture sans trop de risque.

Les yeux brouillés de larmes, elle suivit lentement le chemin étroit qui menait à la route.

Elle repensa à la nuit où Ben l'avait amenée chez lui pour la première fois, à l'attirance immédiate qu'elle avait éprouvée pour lui. Jamais elle n'aurait imaginé rester si longtemps avec lui, ni en tomber si amoureuse.

Elle avait toujours su qu'elle devrait partir un jour. Mais elle ne savait pas que cela lui ferait l'effet de laisser son cœur et son âme derrière elle.

Ben se gara au hasard devant l'hôtel et courut vers l'entrée. A chaque pas, une douleur lancinante venait lui vriller la jambe, mais cela ne l'empêcha pas de monter les marches deux par deux. Sa mère l'attendait sur le perron. Il l'avait vue sortir dès qu'il s'était arrêté, et il se doutait qu'elle l'avait guetté depuis le jardin d'hiver. Elle avait l'air nerveuse et effrayée.

— Ben, Dieu merci te voilà ! Je ne voulais pas t'alarmer, mais je ne savais pas quoi faire…

— Du calme, maman. Raconte-moi tout, tranquillement, en commençant par le commencement.

Il la suivit dans son bureau, où ils pourraient parler sans être entendus par les clients de l'hôtel. Walter était assis devant l'ordinateur. Il salua Ben d'un signe de tête et reporta son attention sur l'écran.

Thea inspira à fond et se lança dans son récit. Elle parla de l'homme qui était passé le matin même et lui avait montré la photo parue dans le journal local. Elle expliqua qu'il avait donné un autre nom à Carey : Katherine Judson.

Ben eut l'impression qu'on venait de lui donner un coup de poing dans l'estomac, mais il la pressa de continuer.

— Alors j'ai appelé Carey. Elle était encore chez toi, en train de se préparer pour venir ici. Je lui ai raconté que cet homme l'avait prise pour quelqu'un d'autre. Enfin c'est ce que je pensais, à ce moment-là.

— Et qu'est-ce qu'elle a dit ? demanda-t-il.

Thea réfléchit un instant.

— Rien. Rien du tout. Elle a dit qu'elle arrivait, et elle a raccroché.

Malgré le calme dont elle avait fait preuve jusque-là, Thea céda soudain à la panique.

— Il y a des heures de cela. Je l'ai appelée sur son portable des dizaines de fois. Le répondeur ne s'enclenche même pas. Je suis si inquiète, Ben. Pour elle et pour le bébé, conclut-elle d'une voix tremblante.

Walter se leva et vint poser une main sur son épaule.

— Cet homme est revenu, Ben, ajouta-t-il. Il nous a dit qu'il était détective privé. Il n'a pas voulu dire pour qui il travaillait, mais il a affirmé que Carey… ou Katherine Judson, était impliquée dans une affaire criminelle et qu'elle était recherchée par la police pour être interrogée. Il l'a suivie à la trace d'un Etat à l'autre. Il nous a montré une photo ; pas celle du journal, une plus ancienne. Elle n'avait pas du tout la même allure. Autre coiffure, autre style…

— Cela ne prouve rien, affirma Ben tranquillement.

Mais, derrière son calme apparent, il était bouleversé et stupéfait. Il avait l'impression de vivre un cauchemar.

— A-t-il précisé où elle était recherchée ? Dans quelle ville, quel Etat ?

Thea, l'air interloqué, échangea un regard avec Walter.

— S'il l'a précisé, je ne m'en souviens pas, répondit-elle. J'étais complètement chamboulée par tout ce qu'il racontait.

— Il a dit que c'était une arnaqueuse, ajouta Walter. Qu'elle était bien connue pour escroquer les gens en profitant de leur naïveté. Apparemment, elle fraude surtout les entreprises. Il a été engagé par un homme qui lui a fait confiance et à qui elle a volé beaucoup d'argent…

Il regarda Thea et n'ajouta rien.

Tous trois savaient bien ce que Walter ne disait pas. Thea était la naïveté même et elle faisait facilement confiance aux gens. Carey avait eu à sa disposition tous les comptes de l'hôtel et avait mis la main à sa gestion financière. Thea lui avait tout confié allègrement, les factures, les relevés bancaires, les déclarations fiscales, contente d'être débarrassée de tâches qui l'ennuyaient et ravie à l'idée que Carey informatise toute leur comptabilité.

C'était du moins ce qu'elle avait promis de faire.

Ben avait les nerfs à vif. Etait-ce possible ? Etait-ce là le secret qu'elle lui avait caché pendant tout ce temps ?

Il avait imaginé toutes sortes de possibilités, mais jamais celle-là. Une voleuse. Une « arnaqueuse ». Recherchée par la police, d'après le détective.

Ben sentit quelque chose se briser en lui.

Il regarda Walter bien en face.

— Tu as trouvé quelque chose ? Elle a volé de l'argent ici ?

Walter soupira.

— Jusqu'ici, je n'ai rien trouvé de bizarre dans les comptes… mais cela ne veut rien dire. Elle a pu se montrer maligne et, dans ce cas, il nous faudra des semaines pour tout vérifier.

— Oh, Ben… Je suis tellement désolée, gémit Thea, les yeux pleins de larmes.

Ben lui caressa la main.

— Ce n'est pas ta faute, maman. Comment aurais-tu pu te douter d'une chose pareille ?

— Elle paraissait si gentille. Et j'avais l'impression qu'elle te rendait heureux. Je l'ai encouragée à rester. J'ai pensé que c'était ce qu'il fallait faire…

— Thea, tu n'as rien à te reprocher, intervint Walter en lui passant un bras autour des épaules. Nous l'aimions tous beaucoup. Elle a su se faire aimer. Elle a su nous rouler. C'est ainsi que ces gens-là opèrent.

Ces gens-là. Walter l'avait déjà rangée parmi la lie de la société. Ben poussa un long soupir. Il sentait la colère monter en lui et il ne voulait pas la passer sur Walter, ni sur sa mère.

— Où est cet homme ? Il a laissé un numéro de téléphone ?

— Il nous a donné sa carte.

Thea la sortit de sa poche et la lui tendit.

— Son numéro de portable est là.

Ben empocha la carte. Il avait besoin de sortir, maintenant.

— Très bien. Je file au poste, voir ce que je peux faire. Si Carey appelle…

— Nous te préviendrons tout de suite, ne t'inquiète pas, promit Thea.

Walter suivit Ben jusque dans le hall de la réception.

— C'est pour toi que c'est le plus pénible, Ben, je sais bien. Tu l'aimais.

Ben remarqua qu'il parlait déjà d'elle au passé.

— Je l'aime toujours, Walter. Cela ne peut pas s'arrêter aussi facilement qu'un robinet que l'on ferme.

— Non, bien sûr, tu as raison. Je suis désolé. Nous savons très bien qu'elle est peut-être innocente.

— Oui, c'est possible, l'approuva Ben.

Walter lui posa une main sur le bras, dans un geste de sympathie.

— Qu'est-ce que tu vas faire maintenant ? Essayer de la retrouver ?

Ben acquiesça.

— Oui, je crois. Mais je ne sais pas par où commencer, avoua-t-il franchement.

— Tu veux que je vienne avec toi ? Je peux t'aider ?

Ben fut surpris par l'offre de Walter ; surpris et touché. Il secoua la tête.

— Je te remercie… mais cela va aller. Je préférerais être seul, en ce moment.

— Oui, bien sûr, je comprends. Appelle-nous quand tu pourras, dis-nous où tu en es.

— C'est promis.

Ben se détourna, sortit et se dirigea vers sa voiture. Il n'avait pas la moindre idée de la direction qu'avait pu prendre Carey. Il ne savait pas du tout où la chercher.

Il démarra et tourna hors de vue de l'hôtel, pour aller se garer dans une petite rue mal éclairée, loin des rares lampadaires.

Là, il se prit la tête dans les mains et se mit à pleurer. Secoué de sanglots déchirants, il tremblait de tout son corps et avait peine à respirer. Il n'avait pas pleuré ainsi depuis la mort de son père.

Il s'était laissé avoir comme un imbécile. Il avait vraiment été aveugle et stupide, et elle s'était bien moquée de lui. Il ne pouvait même pas dire qu'elle ne l'avait pas prévenu. Elle l'avait repoussé tant de fois… Mais cela faisait partie de son plan. Ce n'était qu'un de ses stratagèmes, un acte de la comédie qu'elle lui avait jouée.

Et il avait marché.

Il s'essuya les yeux du revers de la main et secoua la tête pour s'éclaircir les idées.

S'il était humainement possible de la retrouver, il la retrouverait. Il tenait à entendre de sa bouche qui elle était vraiment, ce qu'elle avait fait et pourquoi. Il refusait de la laisser disparaître et lui briser le cœur sans un mot d'explication. Il ne la laisserait pas s'enfuir aussi facilement.

Il redémarra et se mit à rouler autour de Greenbriar. Il s'arrêta à tous les motels, toutes les épiceries et stations-service, en décrivant Carey et Lindsay ainsi que leur vieille voiture. Il s'efforçait de deviner comment elles étaient habillées et de quoi elles avaient l'air.

Personne ne les avait vues. Il rédigea un avis de recherche pour le commissariat et obtint de son supérieur l'autorisation de le faire diffuser dans tout l'Etat. Carey était devenue une femme recherchée, une véritable fuyarde. Elle n'irait pas loin, se disait-il. Et il s'efforçait de le croire.

Enfin, il appela le détective, Ray Paysen. Il redoutait ce coup de fil et avait mis des heures à trouver le courage de le passer, mais il était curieux de savoir si cet individu avait trouvé quelque chose.

— Paysen, répondit l'inconnu.

— Ici Ben Martin. Vous avez vu ma mère aujourd'hui, au sujet de Carey Mooreland, à l'hôtel.

— Ah, Martin ! Bien sûr. Avez-vous des nouvelles d'elle ?

— Pas la moindre. Et vous ?

— Rien encore.

Il y avait quelque chose qui déplut à Ben dans le ton de cet homme. Habituellement, son instinct ne le trompait pas. C'était même ce qui lui avait permis de rester en vie en quinze ans de carrière dans la police.

— Monsieur Paysen, je voudrais vous poser quelques questions. Vous dites que Carey Mooreland est recherchée pour escroquerie ?

— Exact. C'est une arnaqueuse bien connue. Elle est très forte, même.

Ben savait mentir quand il le fallait.

— Et pour qui travaillez-vous ? Ma mère ne savait plus très bien ce que vous lui aviez dit.

— Le bureau du procureur. Elle est recherchée pour être entendue dans une grosse affaire.

La mère de Ben n'avait rien dit de tel. Avait-elle mal compris ? L'avait-elle oublié ? C'était très possible. Les révélations de cet homme l'avaient bouleversée.

— Le procureur ? Il y en a beaucoup, vous savez, lança-t-il d'un ton badin. Celui de quel tribunal ?

Paysen ne répondit pas tout de suite.

— Vous êtes avocat, ou quelque chose de ce genre ?

— Je suis policier. Commissariat de Greenbriar.

— Ah. Je vois.

Ben ne savait pas trop comment interpréter sa réaction. Son interlocuteur était-il en train de se dire qu'il ne pourrait pas le déstabiliser et l'induire en erreur aussi facilement que sa mère et Walter ?

— Vous pourriez peut-être passer au commissariat demain matin, monsieur Paysen ? Pour que nous puissions échanger nos informations ?

Paysen sembla hésiter.

— Euh... Bien sûr. Bonne idée. Mais je ne suis pas sûr de pouvoir vous donner une heure précise. Puis-je vous rappeler demain ?

Ben devina que l'homme n'avait aucune intention de le rappeler. Le fait qu'il ne veuille pas le rencontrer éveilla ses soupçons.

— Bien sûr. Vous avez mon numéro sur votre portable, maintenant ?

— Exact. Je vais l'enregistrer. Et écoutez, si vous avez des nouvelles, appelez-moi. C'est une affaire importante, et ce serait excellent pour vos chances de promotion si vous nous aidiez à mettre la main sur cette fille.

— Je comprends.

Comme s'il avait besoin de cet homme pour faire évoluer sa carrière !

Une fois qu'il eut raccroché, Ben repartit. L'autoroute s'étirait comme un interminable ruban noir qui s'enfonçait dans la nuit. Sombre et vide, comme lui-même.

Ce Paysen prétendait être un détective privé. Mais avait-il jamais montré sa carte ? Et s'il l'avait fait, sa mère ou Walter auraient-il su voir si elle était véritable ?

Ce matin, à l'hôtel, il avait déclaré être employé par un client privé, à qui Carey avait volé de l'argent. Maintenant, il prétendait travailler pour un procureur. Mais il n'avait toujours pas dit lequel, ni où.

Cet homme était louche, il le sentait. Quelque chose lui disait qu'il devait retrouver Carey avant lui.

Quoi qu'elle ait pu faire, quelle que soit sa véritable identité, il ne pouvait ignorer la seule réalité qui émergeait de ce chaos : il l'aimait. Il l'aimait encore, et l'aimerait toujours. Il ferait tout ce qu'il pourrait pour la protéger, pour l’aider à s’en sortir, même si elle s’était mise dans une situation compliquée.

Jusqu’à ce qu’il ait entendu de sa bouche ses explications, il n’allait pas croire la parole d’un étranger plutôt que la sienne. Il ne l’abandonnerait pas.

- 13 -

Ben conduisit toute la nuit, jusqu'au lever du soleil. Il fit tout le tour de l'Etat, ou du moins il en eut l'impression. Mais il ne trouva rien.

L'idée de regagner sa petite maison dans les bois lui était insupportable, mais il savait que Dixie l'attendait et il ne pouvait pas l'abandonner. Finalement, il s'allongea sur le canapé, tout habillé, une couverture sur les épaules. Il ne supportait pas l'idée de dormir dans le lit qu'il avait partagé avec Carey.

Ou Katherine.

Quel que soit son vrai nom…

C'était une chance qu'il soit épuisé. Dès qu'il eut posé la tête sur le coussin, il lui sembla qu'un rideau noir se refermait sur lui et effaçait toute conscience. Il fut débarrassé de tous ses soucis… de toutes ses images d'elle.

Il se réveilla au matin, endolori, avec des douleurs très vives dans sa jambe et son bras blessés. Mais ce n'était rien comparé à la douleur qui lui tenaillait le cœur.

Malgré tout, il n'avait pas le choix : il fallait continuer. Il s'assit et prit son téléphone portable. Il avait reçu un appel de l'étrange détective.

« Martin ? Ici Paysen. Désolé, mon vieux, mais je ne pourrai pas venir vous voir aujourd'hui. Restons en contact. Prévenez-moi si vous apprenez quelque chose. A bientôt. »

Il ne fut pas étonné. Ce message ne faisait que confirmer ses soupçons. Il imagina un instant ce que ressentait Carey, poursuivie par cet homme. Comme elle devait avoir peur ! Elle était totalement seule, aux abois. Il lui paraissait encore plus urgent de la retrouver, à présent.

Il prit une douche, mit des vêtements propres et but une grande tasse de café. Il passa la matinée au commissariat, devant son ordinateur et au téléphone. Toute l'équipe, qui comptait cinq policiers en tout, sut vite sur quel cas il travaillait et quel intérêt personnel il y prenait. Les recherches s'étendirent comme une traînée de poudre aux commissariats des villes voisines.

Ben était un homme discret et réservé. Il avait du mal à parler de cette crise personnelle, d'autant plus qu'elle le faisait apparaître comme quelqu'un de crédule et de facile à rouler. Un homme capable de perdre la tête pour n'importe quelle fille. Il trouvait cela humiliant, surtout devant ses collègues.

Mais cela ne l'empêcha pas de faire ce qu'il fallait.

Travailler avec les polices des autres Etats n'était pas facile, car les dossiers et informations détenus par les uns n'étaient pas nécessairement accessibles aux autres.

Il travailla avec une secrétaire du commissariat qui savait comment naviguer dans les différents services pour rechercher des informations. Mais il n'avait ni les empreintes digitales de Carey ni son numéro de sécurité sociale, vrai ou faux. Cela rendait les recherches plus difficiles.

A chaque heure qui passait sans que Carey Mooreland, ou Katherine Judson, apparaisse sur une liste de criminels recherchés, il se sentait secrètement rasséréné. Pourtant, il savait que la procédure pouvait prendre plusieurs jours, et que c'était stupide d'être optimiste.

Stupide de la croire innocente.

Au bout de trois jours d'enquête — à faire des rondes en voiture dans tout l'Etat, poser des questions et montrer des photos, et contacter tous ceux qui lui devaient une faveur —, il était à bout de forces. Il avait perdu espoir.

Elle pouvait très bien être arrivée au Canada, maintenant. Ou au Mexique. Si elle était une criminelle endurcie, elle savait changer d'apparence, d'identité, de personnalité. Elle aurait de nouveaux papiers. Elle pouvait très bien s'évaporer dans la nature, et il ne la reverrait jamais.

Cette idée le rendait profondément malheureux.

En ville, tout le monde savait ce qui lui était arrivé. Sa mère avait dit à toutes ses connaissances que Ben et Carey, la jeune et jolie veuve qu'il avait sauvée le soir de Noël, formaient un couple. C'est ainsi qu'elle avait raconté l'histoire, en prédisant un mariage pour bientôt. Peut-être même aurait-il lieu avant le sien.

Elle avait failli avoir raison, pensa Ben.

Qui aurait pu prévoir que ce conte de fées finirait ainsi ?

Il s'attendait à voir le nom de Carey dans les journaux d'un jour à l'autre. « *Le héros de la police de Greenbriar roulé par une arnaqueuse* ! » Il l'aurait bien mérité. Qu'est-ce qu'il avait, pour tomber amoureux de femmes qui finissaient invariablement par le trahir et le blesser ?

Eva l'avait trompé, mais la souffrance d'alors n'était rien par rapport à ce qu'il endurait à présent. Avec Carey, ce n'était pas la même chose. Son amour pour elle était bien plus fort, et maintenant il le payait très cher…

Il ne pouvait rien faire d'autre que rester assis à son bureau du commissariat, pour téléphoner et attendre des appels, en espérant qu'une piste finirait par émerger.

Ray Paysen ne l'avait jamais recontacté alors qu'il l'appelait tous les jours pour essayer de savoir où il en était. Il espérait que Paysen le conduirait à Carey, et Paysen espérait la même chose de lui.

Ben s'apprêtait à rentrer chez lui, le soir venu, lorsque le standard reçut un appel pour lui. Il décrocha et reconnut la voix d'Harry Anderson.

— Harry ? Que puis-je faire pour toi ?

Sa voiture n'avait pas besoin de réparations et Carey avait intégralement payé sa facture… non ?

— Désolé de te déranger, Ben, mais j'ai entendu dire

que Carey s'était enfuie… et je viens de recevoir un appel. J'ai pensé qu'il fallait que je t'en parle, même si cela ne mène nulle part.

Harry avait éveillé l'intérêt de Ben.

— Je t'écoute. De quoi s'agit-il ?

— Un de mes amis est propriétaire d'un garage à Bar Harbor. Il m'a appelé pour me demander si j'avais une pièce de rechange. Un essieu pour une vieille voiture étrangère, dix ans d'âge.

— Oui, et alors ?

Où Harry voulait-il en venir, et quel rapport cela pouvait-il bien avoir avec Carey ?

— C'est le modèle que conduit Carey, expliqua Harry. Il a décrit la voiture : carrosserie grise, défoncée à l'avant. Il a dit que c'était une femme avec un bébé qui la lui avait amenée. L'essieu a dû se casser lors de l'accident, et je ne m'en suis pas rendu compte. Il a dû lâcher pendant qu'elle était sur la route…

— Tant mieux, Harry. C'est une chance que tu ne l'aies pas vu. Tu as le nom et le numéro de ton ami ?

Harry lui donna les informations et Ben les nota. Il raccrocha très vite et sortit immédiatement. Il fonça dans son véhicule de police et conduisit aussi vite qu'il le pouvait, écartant les voitures de son chemin sur l'autoroute grâce à sa sirène. Malgré tout, la route de Greenbriar à Bar Harbor était longue et lui prendrait plusieurs heures.

En appelant de la voiture, il put joindre le garagiste avant la fermeture. Celui-ci décrivit Carey et Lindsay avec précision, même si, à l'en croire, Carey était désormais brune. Il rapporta qu'elle lui avait amené la voiture l'avant-veille au soir et donna à Ben le nom du motel où elle habitait.

Tout en conduisant, il priait pour qu'elle y soit encore et n'ait pas déménagé pour couvrir ses traces. Bar Harbor était une station balnéaire, et tenter de l'y retrouver serait un peu comme chercher une aiguille dans une botte de foin.

Il y avait un ferry pour la Nouvelle-Ecosse à Bar Harbor. Sans doute avait-elle prévu de le prendre avant de tomber en panne. Il espérait qu'elle n'avait pas décidé de laisser sa voiture là et de partir à pied.

En arrivant en ville, il se dirigea droit vers le motel.

Il était situé dans une petite rue à l'écart du centre. Un panneau indiquait « HARBOR VIEW », même si on n'y avait vue que sur la laverie d'en face.

Il se rendit à la réception, montra son badge et demanda le numéro de la chambre de Carey. L'employé lui signala qu'il venait de la voir rentrer.

Ben alla frapper à sa porte. A travers le mince panneau de bois, il entendit des pas à l'intérieur, puis un cri de surprise quand elle le vit par le judas.

— Carey… Ouvre.

Il attendit, mais n'obtint pas de réponse.

— Si tu ne m'ouvres pas, je vais chercher la clé.

— Va-t'en, Ben. Tu n'aurais pas dû me suivre.

— Si tu n'ouvres pas immédiatement, j'enfonce la porte.

Cela fit son effet. Il entendit la chaîne cliqueter et la serrure s'ouvrir. Elle apparut sur le seuil et s'effaça pour le laisser entrer.

Elle avait les cheveux bruns. C'était étrange, mais pas laid. En fait, cette nuance sombre mettait en valeur son teint clair et ses yeux marron.

Elle paraissait mal à l'aise, honteuse. La tête basse, elle refusait de le regarder.

— Pourquoi es-tu venu ? Tu vas m'arrêter ?

— Cela dépend, dit-il franchement. J'ai besoin de réponses. Il me faut la vérité, cette fois. Tu crois que tu es capable de me dire la vérité ?

Il avait parlé plus durement qu'il n'en avait eu l'intention, mais il ne pouvait pas s'en empêcher. Il s'aperçut qu'il lui faisait peur. Elle recula, et il eut mal pour elle. Mais il ne fit rien pour la rassurer.

— Comment m'as-tu retrouvée ? demanda-t-elle.

Elle s'éloigna et s'assit dans un fauteuil.

— Cela n'a pas d'importance.

Il attendit, mais elle ne dit rien de plus.

— Alors ? Tu vas parler ? Qui est Katherine Judson ?

— C'est moi. C'est mon vrai nom.

Cela lui fit mal. Ainsi, cette partie-là était vraie.

— Pourquoi Carey Mooreland ? Qui est-ce ?

— Carey est le surnom que me donnaient mes parents. Mooreland est le nom de jeune fille de ma mère.

Elle inspira profondément.

— Je voulais tout te dire, Ben, mais j'avais peur. Je pensais que tu ne me croirais pas.

— Dis-moi tout maintenant et nous verrons. J'ai entendu dire beaucoup de choses sur toi… Katherine. Je veux connaître ta version. Tu me dois bien cela, non ?

Elle acquiesça.

— Oui, c'est vrai, Ben.

Elle le considéra un instant, mais détourna vite les yeux. Elle lui raconta tout en regardant droit devant elle.

Elle lui parla de la mort de son mari, Tom, et du fait que Quinn l'avait aidée financièrement et lui avait proposé un emploi dans son entreprise après la naissance du bébé. Elle avait accepté ce qu'il lui offrait sans se rendre compte de ses sentiments pour elle. De ses illusions.

Elle ajouta que Quinn trafiquait sa comptabilité et ses déclarations d'impôts à son insu et que, lorsqu'elle s'en était rendu compte et lui avait demandé des explications, il l'avait menacée de la dénoncer comme complice si elle allait voir la police. Il lui serait facile de convaincre les autorités de sa culpabilité, étant donné qu'elle était sa comptable et que tout était passé entre ses mains. Ce serait la parole de Quinn contre la sienne.

Elle décrivit les crises de colère de Quinn, quand elle parlait de s'en aller et de chercher du travail ailleurs. Sa rage la terrifiait. Il était fou. Elle avait fini par avoir très peur de lui et elle s'était enfuie, avec l'aide de ses amis Paul et Nora.

D'abord, elle était allée à Chicago, ce qui avait marché un moment. Mais Quinn avait lancé des enquêteurs à ses trousses et elle leur avait échappé de justesse en quittant l'Etat. Elle s'était installée dans le Vermont, à Blue Lake, une petite ville qui ressemblait à Greenbriar. Elle y avait vécu assez heureuse et s'était fait quelques amis. Mais la veille de Noël, au matin, elle avait appris qu'on l'avait retrouvée.

En outre, Quinn avait été mis en examen, ce qui aggravait les choses. On avait découvert qu'il faisait partie d'une bande d'escrocs qui volait des millions de dollars aux banques grâce à des emprunts fictifs. Elle avait cru que ses problèmes juridiques l'occuperaient trop pour continuer à la harceler et qu'il la laisserait en paix.

— Mais les enquêteurs chargés de l'affaire ont pensé que je faisais partie de la bande, ou du moins que j'aurais des informations précieuses au sujet de Quinn, conclut-elle.

— Alors ils te recherchent, eux aussi.

— Exactement.

— Et tu n'as rien fait de mal ? Tu n'as jamais arnaqué personne ou trafiqué les comptes d'une entreprise ?

Carey secoua lentement la tête.

— C'est cela que tu as entendu dire sur moi ?

Ben ne répondit pas. Il en était incapable ; il avait le tournis. Lui disait-elle la vérité... cette fois-ci ? Pouvait-il la croire ?

— Je peux comprendre pourquoi tu ne voulais rien me dire, mais pourquoi n'en as-tu pas parlé à... quelqu'un ? Pourquoi n'as-tu pas pris contact avec le procureur pour lui raconter ta version de l'histoire ?

— Je pensais qu'il ne me croirait pas. Et que, même s'il me croyait, il aurait besoin de mon témoignage contre Quinn. J'ai entendu dire qu'il n'y avait pas de preuves suffisantes contre lui pour l'inculper, sans mon intervention. Et s'il ressortait libre du tribunal, au bout du compte, qu'est-ce que j'allais devenir ? Il m'aurait retrouvée plus vite que toi, où que je me cache.

Elle se prit le visage dans les mains, puis se redressa et le regarda. Elle avait les yeux rouges et gonflés, comme si elle avait beaucoup pleuré. Au moins autant que lui.

— Il fallait que je pense à Lindsay. La protéger, c'était la seule chose qui comptait pour moi. S'il m'arrivait quelque chose, qui allait s'en occuper ? Qui allait l'élever ? Je savais que c'était mal de refuser de coopérer avec la police pour le faire arrêter, mais je ne pouvais pas courir ce risque. J'avais trop à perdre. Il fallait que je continue à me cacher.

— Où allais-tu quand je t'ai trouvée, après ton accident ? Tu n'allais pas à Portland comme tu le prétendais ?

— Non. Je n'avais pas d'amie ni de travail qui m'attendaient là-bas.

Elle poussa un profond soupir.

— J'étais en route pour le Canada. Je pensais pouvoir fuir tous mes problèmes de cette façon.

— Mais les choses ne se sont pas passées comme prévu.

— Non, les choses ne se sont pas passées comme prévu...

Elle leva la tête vers lui.

— A la place, je t'ai trouvé, Ben.

— C'est moi qui t'ai trouvée, rectifia-t-il avec douceur.

— Oui, et tu viens de me trouver une fois de plus.

Elle attendit un instant avant de poursuivre.

— Qu'est-ce que tu vas faire de moi cette fois-ci ? Est-ce que tu me crois ?

Il poussa un long soupir tremblant.

— Je suis peut-être le plus idiot de l'histoire des idiots... mais oui, je te crois. Je veux t'aider, Carey.

Il ne pouvait s'empêcher de l'appeler ainsi. Pour lui, ce serait toujours son nom.

— Tu vas me laisser t'aider ? demanda-t-il.

Elle hocha la tête.

— J'ai besoin de ton aide, Ben. J'ai besoin de toi, tout court.

— Moi aussi, j'ai besoin de toi. Quoi qu'il arrive, je le sais, à présent.

Elle se mit debout et lui fit face. Il la prit dans ses bras, et il la sentit trembler quand elle lui passa les bras autour de la taille pour se serrer contre lui.

Elle pleurait, le visage enfoui dans son épaule. Il lui caressa les cheveux, puis lui souleva le menton pour lui embrasser tendrement les lèvres. Ses larmes avaient un goût salé.

Enfin, il recula un peu pour la contempler.

— Tu as d'autres questions ? demanda-t-elle doucement.

— Est-ce que tu as pensé à ma demande en mariage ? Tu ne m'as jamais répondu à ce sujet.

Elle le regarda fixement, l'air presque aussi surpris que la première fois.

— Tu parles sérieusement ?

— Je n'ai jamais été plus sérieux de ma vie.

Elle attendit si longtemps avant de lui répondre qu'il serra les dents, prêt à essuyer un nouveau refus.

— Rien au monde ne me rendrait plus heureuse que d'être ta femme, dit-elle enfin dans un souffle.

A ces mots, il sentit son cœur endolori se gonfler de joie.

— Je t'aime tant, Ben… Je te demande pardon, je te demande pardon pour tout ce que je t'ai fait subir. Pourras-tu me pardonner ?

— Tu m'as fait subir un enfer, répondit-il, mais j'ai déjà tout oublié. On dirait un mauvais rêve, rien de plus.

C'était vrai. Dès l'instant où il avait tenu Carey dans ses bras, toute la souffrance des jours précédents s'était volatilisée.

Dire qu'il avait failli l'abandonner. Il avait failli croire qu'elle n'était pas celle qu'il croyait et dont il était tombé amoureux.

Ils rassemblèrent les bagages de Carey très vite et couvrirent Lindsay de vêtements chauds en prévision du long voyage de retour.

Ils étaient prêts à quitter la chambre quand Ben lui dit d'attendre un peu. Soulevant à peine le rideau, il regarda dehors. Puis il passa un coup de téléphone depuis son portable.

— Oui, il est là. Une conduite intérieure couleur bronze, avec des plaques de l'Ohio. Il est garé tout au bout du parking, près des poubelles. Très bien, j'attends. Appelez-moi quand c'est terminé.

Il raccrocha.

— Il faut que nous attendions quelques minutes avant de partir.

— Pourquoi ? Qu'est-ce qui se passe ?

Elle sentit son pouls s'accélérer une fois de plus sous l'effet de la panique. Les trois derniers jours l'avaient totalement épuisée. Avait-elle eu tort de croire que, cette fois, l'épreuve était terminée ?

— Un homme te suivait. Il prétendait travailler pour le procureur, mais il a dit aussi qu'il était détective privé. Il a dit beaucoup de choses, ajouta Ben. J'avais l'impression qu'il m'avait filé jusqu'ici. La police de Bar Harbor est en train de l'arrêter. Nous ne l'aurons plus dans les pattes pour un bon moment.

Carey poussa un soupir de soulagement.

— Tu es un bon policier, hein ?

— La star de mon équipe… même si nous ne sommes que cinq.

Elle se mit à rire en se rappelant la plaisanterie qu'il avait faite le soir de leur rencontre. Et elle lui passa les bras autour du cou.

— Je crois que vous êtes trop modeste, monsieur Martin… Je crois que vous êtes trop merveilleux pour être vrai.

— J'ai pensé la même chose de toi. Tu vois comme je me trompais ? Tu es juste aussi merveilleuse que je le croyais, Carey…

Il l'attira tout contre lui et l'embrassa comme s'il ne voulait plus jamais la lâcher.

Quelques minutes plus tard, son téléphone portable sonna pour leur indiquer que la voie était libre.

Ils ne l'entendirent même pas.

Épilogue

Carey était assise sur un banc en marbre froid, dans le hall du tribunal. Il était 17 heures passées et le bâtiment était presque vide. Cela lui permettait de souffler après la longue journée qu'elle avait passée. Elle jeta un coup d'œil à Ben. Il parlait avec son avocat et avec le procureur adjoint qui était venu de Cleveland pour l'interroger. Elle était si lasse qu'elle n'avait pas le courage d'aller les rejoindre.

Elle étudia l'anneau d'or qui brillait à sa main gauche. Ben et elle étaient mariés depuis un peu plus d'une semaine et elle s'étonnait toujours à la vue de son alliance. Elle n'en revenait pas que les choses aient pu si bien tourner entre eux. Elle avait eu tellement de chance !

Leur mariage avait été célébré dans l'intimité, le lendemain de leur retour. Luanne avait composé un dîner spécial et toute la famille avait partagé le bonheur du couple.

Au départ, elle avait été mal à l'aise en retrouvant les Martin. Elle regrettait beaucoup de les avoir trompés et se demandait s'ils pourraient le lui pardonner un jour. Mais Thea, Walter et Luanne l'avaient accueillie avec une chaleur inattendue. Ils étaient désolés d'avoir douté d'elle et ne ressentaient que de la compassion pour tout ce qu'elle avait dû affronter seule. Elle ne leur en voulait pas d'avoir cru les mensonges du détective qui la traquait. Leur générosité et leur droiture faisaient d'eux des cibles privilégiées pour un prédateur dans son genre.

Le procureur l'aurait-il traitée différemment si elle n'avait pas été l'épouse d'un officier de police ? Elle ne le saurait jamais, mais elle était heureuse de ne pas le savoir. Ce dont elle pouvait être sûre, c'est qu'elle n'aurait pas pu endurer l'épreuve de venir témoigner à la barre sans le soutien aimant de Ben.

Et puis, grâce à ses relations, Ben lui avait trouvé un bon avocat, habitué à négocier des faveurs auprès du procureur pour les témoins réticents. Il avait aussi pris contact avec l'un des policiers qui enquêtaient sur Quinn à Cleveland et l'avait convaincu de prêter l'oreille aux préoccupations de Carey.

L'enquête avait progressé et son innocence avait été établie. Finalement, elle avait accepté de venir témoigner au tribunal lors du procès.

C'est là qu'elle se trouvait maintenant. Son interrogatoire avait duré toute la journée. Ben n'avait pas eu le droit d'y assister, mais elle avait eu son avocat avec elle pour la défendre. L'expérience avait été extrêmement éprouvante, notamment parce que les questions l'obligeaient à revivre une période de sa vie qu'elle avait tout fait pour oublier.

Lorsque l'épreuve avait été terminée, elle était sortie presque en courant pour se jeter dans les bras de Ben, qui l'attendait, et s'était mise à pleurer sans pouvoir s'arrêter.

Elle regarda son mari de loin, consciente du lien invisible qui les unissait. Rétrospectivement, elle trouvait évident qu'ils avaient toujours été faits l'un pour l'autre, depuis leur première rencontre jusqu'au jour où ils avaient échangé leurs vœux de mariage. Ils étaient les deux moitiés d'un tout.

Elle regarda les trois hommes se serrer la main, et Ben vint enfin vers elle, les yeux brillants, avec un grand sourire. Il avait un air très digne dans son costume bleu marine, sa chemise blanche et sa cravate de soie. Elle songea avec amusement qu'il ne s'était pas habillé avec autant de recherche pour leur propre mariage.

Arrivé près d'elle, il lui passa un bras autour des épaules et l'attira à lui.

— Comment te sens-tu ? Tu dois être épuisée.

— Je ne sais plus si je dois rire ou pleurer, tellement je suis soulagée.

Elle le regarda.

— C'était ce qu'il fallait faire, Ben, mais je n'aurais jamais pu le faire sans toi. Merci, souffla-t-elle.

— Carey... Ne me remercie pas. Tu es tout pour moi. Toi et Lindsay. Je déplacerais des montagnes pour vous deux !

Elle lui sourit. Il venait de l'aider à déplacer une énorme montagne qui lui barrait le chemin depuis très longtemps. A présent, elle se sentait si légère qu'elle aurait pu s'envoler s'il ne l'avait pas retenue fermement.

— Qu'est-ce que tu aimerais faire maintenant ? Veux-tu aller dîner ? Ou te dégourdir les jambes ? Il y a un parc en face.

Elle soupira et entremêla ses doigts aux siens.

— Rentrons à la maison, répondit-elle.

Il hocha la tête avec un de ces sourires qui lui faisaient toujours battre le cœur.

— D'accord. J'ai toujours eu envie de t'emmener à la maison depuis la minute où je t'ai vue pour la première fois.

Elle était très heureuse qu'il l'ait fait, justement.

Quand il ouvrit la lourde porte du tribunal devant elle pour la laisser passer, elle sentit qu'une nouvelle vie s'ouvrait à elle. Une vie qu'ils allaient vivre ensemble pour toujours.

SARA ORWIG

Une attraction impossible

Traduction française de
FLORENCE MOREAU

Passions

HARLEQUIN

Titre original :
MIDNIGHT UNDER THE MISTLETOE

Ce roman a déjà été publié en 2013.

- 1 -

Posté derrière la fenêtre de son bureau, Zach Delaney regardait la voiture approcher, agacé à l'idée de recevoir une nouvelle secrétaire pour un entretien.

Cette candidate n'avait mis que peu de temps à regagner son ranch, situé dans l'ouest du Texas. D'elle, il savait qu'elle vivait à Dallas, qu'elle était célibataire et âgée de vingt-quatre ans. Et à la façon dont elle avait insisté pour disposer de ses week-ends afin de pouvoir rentrer chez elle, il en avait déduit qu'elle était une redoutable casanière. Elle souhaitait également une semaine de congés avant Noël et deux jours après. Dans la mesure où elle pourrait malgré tout remplir sa mission, cela ne lui posait pas de problème. Il ne la connaissait pas personnellement, mais elle avait travaillé pendant deux ans dans ses bureaux de Dallas, ceux qui abritaient ses entreprises de démolition et de transports ainsi que son cabinet d'architecture. Elle avait rapidement gravi les échelons dans son domaine, et ses collaborateurs la lui avaient recommandée.

Il repensa aux autres secrétaires qu'il avait reçues, tout comme à sa conversation avec son frère Will, qui était passé chez lui, une heure plus tôt.

Il se rappela le rire de son frère, lorsque celui-ci avait déclaré :

— Je te connais… Tu vas finir par mourir d'ennui, ici.

— Bien vu ! J'ai l'impression d'être prisonnier, c'est comme si le temps s'était arrêté, avait-il répondu, en passant une main fébrile dans ses boucles brunes.

Will avait hoché la tête.

— Pourtant, n'oublie pas que tu dois rester vigilant !

— Et c'est ce que je fais la plupart du temps, avait-il renchéri. Tu peux me croire, j'ai envie que tout rentre dans l'ordre le plus vite possible.

Will lui avait souri.

— Tu aurais dû rester à Dallas, après le mariage de Sophia.

Leur sœur s'était en effet mariée là-bas, au début du mois. Will avait alors ajouté :

— Tu n'es pas resté enfermé comme ça depuis tes cinq ans, quand tu avais les oreillons.

— Ah, je t'en prie ! Ne me rappelle pas des souvenirs aussi douloureux !

— Cela remonte tout de même à vingt-sept ans, tu as dû digérer l'épreuve depuis, non ? avait répliqué Will dans un rire sonore. D'ailleurs, je me demande comment tu as fait jusqu'ici pour ne pas te blesser, sur les chantiers que tu visites.

— J'ai sans doute eu de la chance, et puis je suis prudent.

— Ecoute, si à la fin de cette journée, tu n'as pas trouvé la candidate idéale, je t'enverrai quelqu'un. D'ailleurs, si j'avais su que tu rencontrerais autant de difficultés à trouver une secrétaire compétente, je m'en serais déjà chargé pour toi.

— Merci, avait-il répondu. Une secrétaire a tenu quelques jours avant de m'annoncer que le ranch était trop isolé. Et j'en ai renvoyé une autre qui parlait sans arrêt.

Il avait alors vu une lueur d'amusement briller dans les yeux de Will.

— L'une d'entre elles a voulu jouer les infirmières et me dire comment prendre soin de moi. Tu sais, au fond, je me demande si, au lieu d'employer une secrétaire pour nous aider à faire le tri dans les affaires de papa, il ne vaudrait pas mieux tout jeter à la poubelle. Il y a presque un an qu'il est mort et personne n'a touché à rien. Ces boîtes ne contiennent aucun objet de valeur, leur seul intérêt est d'ordre sentimental et, avec le temps, elles en auront de moins en moins.

— Nous ne savons pas vraiment ce qu'elles contiennent, et contrairement à ce que tu crois, il y a peut-être des choses de valeur à l'intérieur, avait argué Will.

Il avait hoché la tête.

— C'est vrai, tu as raison. Connaissant notre père, je crois tout à fait possible qu'il ait caché des papiers importants dans ces boîtes, ou encore de l'argent ou bien des objets sans prix, juste pour que nous soyons obligés de les trier.

— Tu t'es porté volontaire pour t'en occuper parce que tu étais immobilisé à cause de ton pied, mais rien ne t'y contraint si tu n'en as pas envie, lui avait alors rappelé Will.

— Si, si, je vais m'en charger ! Enfin plus exactement la secrétaire s'occupera des lettres et des souvenirs pendant que je travaillerai à distance pour mes entreprises en gardant un œil sur elle. Ce n'est pas à toi de le faire ! Tu es déjà le tuteur de Caroline, et c'est également toi qui as entrepris la plupart des démarches pour inclure notre demi-sœur dans la famille. Quant à Ryan, il est bien trop affairé entre la construction de sa nouvelle écurie et son travail à Houston pour se pencher sur la question. Il n'arrête pas de faire des allers et retours. Moi, j'ai tout mon temps pendant que je récupère. Je me demande quand même pourquoi papa a gardé toutes ces boîtes. Même s'il avait vécu plus longtemps, il n'aurait jamais écrit l'histoire de notre famille.

— Difficile d'en être sûr à cent pour cent, avec lui, avait rétorqué Will. Il était souvent imprévisible, la seule certitude qu'on pouvait avoir à son sujet, c'était qu'il était doué pour engranger de l'argent. Pour ma part, je suis tout prêt à croire qu'il avait l'intention d'écrire l'histoire de notre famille car, en vieillissant, il est devenu nostalgique.

Sur ces mots, Will avait hoché la tête et, tout en se dirigeant vers la porte, avait ajouté :

— Tu ne veux toujours pas passer Thanksgiving avec nous ? J'enverrai quelqu'un te chercher, si tu ne peux pas conduire.

Touché par l'attention de son frère, Zach avait toutefois répondu :

— Merci, c'est gentil, mais ce n'est pas la peine. Passe du bon temps avec la famille d'Ava et ne t'inquiète pas pour moi ! Quant à Ryan, il sera en compagnie de la dernière femme de sa vie dont, soit dit en passant, je ne me rappelle pas le nom : avec lui, je n'arrive pas toujours à suivre. En tout cas, ne t'inquiète pas pour moi, je serai très bien ici, tout seul.

— Si tu changes d'avis, appelle-moi. A propos, Noël, c'est dans six semaines et nous allons dans le Colorado pour les vacances. Est-ce que tu veux nous accompagner ? Nous serions tellement heureux que tu te joignes à nous.

— Merci, avait-il répondu en souriant. Mais je pense que je vais me rendre en Italie, dans la maison que je possède là-bas. Ce sera très beau, et tu sais bien que je déteste les fêtes de Noël.

— Et qui est la très belle Italienne qui t'attend là-bas ? Car je suis certaine qu'il y en a une…

— Peut-être plus d'une, avait-il répliqué avec un petit sourire mystérieux. D'ailleurs, je te rappelle qu'avant d'adopter Caroline, toi non plus, tu ne fêtais pas Noël. Maintenant, bien sûr, c'est différent, tu ne peux plus te soustraire à cette institution.

— Tu as raison, mais avec Caroline, je t'assure que c'est amusant. Viens donc passer Noël avec nous, Zach !

— J'adore la petite Caroline, mais le docteur m'a bien recommandé de rester tranquille, et je pense que les montagnes enneigées du Colorado ne sont pas vraiment conseillées au convalescent que je suis.

— Tu n'es pas obligé de skier.

Il avait secoué la tête.

— Non, Will, je t'assure, je ferai ce que j'ai prévu. Merci du fond du cœur d'être passé.

— Bon, tiens-moi au courant au sujet de ta secrétaire ! Si tu ne trouves pas chaussure à ton pied, je t'en enverrai une irréprochable.

— Le congé maternité de Margo, c'est pour bientôt, il va donc falloir que j'embauche une nouvelle secrétaire pour mon entreprise de Dallas. Mais je préfère ne pas y penser pour l'instant…

Revenant au présent, Zach regarda son pied, se rappelant l'instant précis où les gravats avaient cédé et où il était tombé, se cassant la cheville tout en s'entaillant profondément le pied. Ne pas pouvoir marcher était un véritable cauchemar. Il n'aimait pas rester toute la journée au bureau, mais le docteur lui avait formellement interdit de visiter ses différents chantiers ou de voyager.

Il soupira tandis que la voiture ralentissait devant sa propriété. Quelques instants plus tard, Emma Hillman descendait de son véhicule et remontait l'allée qui menait à la maison.

Il fut si surpris par la jeune femme qu'il en oublia un instant la raison de sa venue : c'était une grande rousse aux longues jambes, qui aurait fait tourner la tête à n'importe quel homme ! Avec une telle allure, sa place était dans les défilés de mode, pas dans un ranch isolé. Même si elle portait un simple tailleur vert foncé sous son manteau noir déboutonné, elle était d'une élégance à couper le souffle.

Le vent du Texas souleva soudain sa chevelure et il eut la sensation qu'il mettait son visage à nu. Elle ne ressemblait à aucune des secrétaires avec qui il avait travaillé jusque-là, pas plus qu'elle n'avait l'air de la casanière qu'il imaginait. Tout cela était bien suspect ! Les recommandations qu'on lui avait faites devaient résulter de son apparence, pas de ses compétences. Il sentit son moral fléchir d'un coup : il allait devoir recourir à son frère pour trouver une secrétaire. Il lui fallait en effet une personne « ordinaire » qui resterait sagement au ranch pour travailler avec lui, pas d'un top-model qui l'empêcherait de se concentrer. D'ailleurs, il ne voyait vraiment pas comment une telle beauté pouvait être efficace en tant que secrétaire. Il lui infligerait une telle quantité de travail qu'au bout de deux jours, elle suivrait l'exemple de celles qui l'avaient précédée.

La sonnette retentit et il entendit Nigel aller ouvrir. Se détachant de la fenêtre, il s'avança au centre de la pièce pour l'accueillir, bien résolu à obtenir son numéro de téléphone avant de la renvoyer. Et tout à coup, il eut très envie de faire sa connaissance. La perspective de cette rencontre avait d'un coup dissipé l'ennui qui le tenaillait depuis qu'il était arrivé au ranch.

Alors qu'elle appuyait sur le bouton de la sonnette, Emma Hillman examina la vaste véranda. Le ranch ne ressemblait absolument pas à l'idée qu'elle s'en était faite ! Elle s'était attendue à une grande maison rustique, pas à cette demeure qui rappelait un palais. Quand la porte s'ouvrit, elle se retrouva face à un homme aux cheveux grisonnants.

— Bienvenue, lui dit-il. Mademoiselle Hillman ?

— Elle-même, répondit-elle tandis qu'il s'effaçait pour la laisser passer.

— Je suis Nigel Smith, l'informa-t-il alors. Suivez-moi, je vous prie, M. Delaney vous attend.

Lui emboîtant le pas, elle en profita pour inspecter le spacieux vestibule. On avait vraisemblablement appliqué un traitement spécial au parquet foncé pour lui donner l'aspect patiné qui évoquait les grandes demeures bourgeoises.

D'un geste machinal, elle arrangea ses cheveux et replaça une boucle dans l'une des pinces qui les retenaient de chaque côté de son visage. On l'avait mise en garde contre le caractère de Zach Delaney : c'était un homme difficile à contenter, cassant et obnubilé par les affaires. En réalité, elle avait entendu des informations contradictoires sur lui, car d'aucuns affirmaient également qu'il possédait un énorme charisme. Toutefois, force était de constater que les secrétaires qui l'avaient précédée n'avaient pas tenu plus d'un jour ou deux.

Mais au fond, elle s'en fichait, car il s'agissait là d'une formidable opportunité de promotion dans la société et le salaire assez élevé lui convenait tout à fait en cette période de Noël. Même si Dallas et sa famille allaient lui manquer, elle était déterminée à coopérer avec Zach Delaney et à être la secrétaire qui soutiendrait le choc.

Nigel la fit entrer dans une grande pièce dont deux pans de mur étaient recouverts de livres, le troisième montrait une énorme cheminée tandis que le quatrième était entièrement vitré. Elle ne fit toutefois qu'entrevoir l'environnement, car son regard fut tout de suite happé par l'homme de haute taille qui était planté au milieu de la pièce.

Ses pommettes hautes et sa mâchoire carrée étaient adoucies par la masse de sa chevelure bouclée et le bleu profond de ses yeux. Sa chemise noire cintrée et son jean moulant laissaient deviner un corps musclé et athlétique. Il émanait de sa personne une indéniable autorité.

Elle entendit vaguement Nigel la présenter et elle le remercia quand il sortit de la pièce, sans pour autant lâcher du regard Zach Delaney. Elle sentit alors sa respiration et les battements de son cœur s'accélérer, ses paumes devenir moites... En proie à un trouble inattendu, elle était incapable de détourner les yeux de lui, comme hypnotisée. Pendant quelques instants, ni l'un ni l'autre ne prononcèrent un mot, et tout à coup, s'armant de courage, elle lui tendit la main.

— Je suis ravie de vous rencontrer, monsieur Delaney, lui dit-elle d'une voix qui résonnait de façon bien trop douce à ses propres oreilles.

S'avançant vers elle, il lui serra la main, et la sensation de ses doigts chauds se refermant sur les siens brisa paradoxalement le sortilège qui s'était abattu sur elle pour la ramener à la réalité.

— Bienvenue au ranch Delaney, Emma ! répondit-il. Je suis moi aussi enchanté de faire votre connaissance et comme nous allons travailler en étroite collaboration, je vous prie de m'appeler Zach. Pas de « monsieur Delaney » entre nous.

Sa voix était profonde et sensuelle : une voix qui aurait fait un malheur à la radio.

— Asseyez-vous, ajouta-t-il.

Elle ne se le fit pas dire deux fois, en colère contre elle-même de ne pas être capable de contrôler ses pulsions. Il s'installa alors dans un fauteuil en cuir juste en face d'elle.

— J'ai pris connaissance de vos références qui sont excellentes, déclara-t-il. Comme vous le savez sans doute, si vous souhaitez obtenir ce travail, vous devrez vous installer au ranch pendant la durée du contrat, c'est-à-dire cinq ou six semaines. Vous serez libre le week-end à partir du vendredi après-midi jusqu'au lundi matin, 9 heures.

— Cela me convient tout à fait, répondit-elle, tout en maudissant son entourage de ne pas l'avoir mise davantage en garde contre la séduction exercée par son employeur.

Comme il était rarement à Dallas et que son bureau se trouvait par ailleurs au dernier étage — celui des cadres supérieurs — où elle ne se rendait jamais, elle n'avait pas eu l'occasion de croiser son chemin. Elle était loin de se douter qu'il la troublerait autant.

— J'espère que le travail sera terminé à Noël ou peu après, lorsque ma cheville sera complètement rétablie, dit-il. Vous pourrez alors reprendre votre travail à Dallas, et moi le chemin des chantiers.

— Parfait, répliqua-t-elle se concentrant à grand-peine sur ce qu'il lui disait, tant elle se sentait aspirée par ses grands yeux bleus.

La conversation avait beau être d'ordre pratique et professionnel, le regard suggérait des choses bien différentes. De ses profondeurs azurées, il la sondait, l'examinait, lui envoyait des signaux sensuels qui trouvaient malheureusement un écho en elle.

— Comme je vous l'ai indiqué au téléphone, j'aimerais prendre une semaine avant Noël, et deux jours après, si tant est que ma mission ne soit pas terminée d'ici là, précisa-t-elle.

— Entendu. En ce qui concerne votre tâche, elle consistera à m'aider dans le tri de la correspondance familiale, et éventuellement d'autres documents. Mon père avait l'intention de rédiger l'histoire de notre famille. Il possédait des lettres et des souvenirs qui se sont transmis de génération en génération. Je me suis porté volontaire pour m'en occuper, puisque je suis momentanément immobilisé dans mon ranch.

Sur ces mots, il lui désigna de grands cartons.

— Ce doit être fascinant, ces souvenirs, déclara-t-elle alors. Mais si vos aïeux ont écrit ces lettres et les ont envoyées, comment se fait-il que vous soyez toujours en leur possession ?

— En réalité, ils écrivaient à leur famille, leurs sœurs, leurs frères, et chacun a conservé ces écrits. Il y a également des lettres dans ces boîtes qui n'ont pas été écrites par des Delaney, mais qui leur ont été adressées. J'imagine toutefois que toutes n'ont pas été conservées.

— Sans doute, répondit-elle. Cela dit, vous avez visiblement des ancêtres prolifiques.

Elle jeta alors un coup d'œil évocateur aux nombreuses boîtes qui allaient l'occuper pendant les semaines à venir.

— Si j'étais le seul Delaney de ma génération, je les aurais tout simplement jetées à la poubelle, avoua-t-il. Certaines lettres datent du XIXe siècle.

Horrifiée à l'idée qu'une telle impulsion lui ait traversé l'esprit, elle le scruta avec de grands yeux.

— Du XIXe siècle ? répéta-t-elle. Mais ce doit être absolument captivant.

Elle se rendit alors compte qu'elle s'adressait à son chef et que ses propos pouvaient sonner comme un reproche.

Toutefois, ce fut avec un sourire aux lèvres qu'il lui répondit :

— Je suis ravi que vous voyiez les choses sous cet angle, parce que vous allez lire une bonne partie de ces lettres. C'est essentiellement pour effectuer cette tâche que je loue vos services. Est-ce que la mission vous semble réalisable ?

— Certainement. Et je suis impatiente de m'y atteler.

— Parfait. N'hésitez pas à me poser toutes les questions qui vous tracassent. Je vais par ailleurs demander à Nigel de veiller à votre installation. Vous avez été priée de venir avec vos bagages, j'espère que c'est bien le cas ?

— Bien sûr, mes valises sont dans la voiture, affirma-t-elle.

— Je pense que le salaire proposé compense les petits inconvénients de la mission, enchaîna-t-il alors.

Comme elle hochait la tête, il ajouta :

— Nigel est l'homme à tout faire de cette maison. Il joue aussi bien les majordomes que les assistants ou les comptables. J'emploie également d'autres personnes qui résident sur la propriété, dans leur propre maison.

Regardant autour d'elle, elle déclara alors :

— Si votre maison est aussi vaste que votre ranch, je me demande comment je vais faire pour m'y retrouver.

— Nigel vous dessinera un plan, soyez sans crainte. Nous possédons par ailleurs deux piscines, une intérieure et une extérieure. Vous pouvez tout à fait nager en dehors de vos heures de travail, si le cœur vous en dit. Nous avons aussi une salle de gym.

— Ce n'est vraiment pas un ranch traditionnel ! s'exclama-t-elle en riant.

— Il a été régulièrement réaménagé, au fil des années. Le salon constituait au départ la maison originale, construite au début du XIXe siècle. Mais cela remonte à si longtemps… Depuis, mon grand-père a fait installer un ascenseur, que je prends d'ailleurs de temps en temps. Vous pouvez tout à fait l'emprunter, si vous êtes fatiguée.

— Merci, mais je n'en aurai pas besoin, répliqua-t-elle avec un sourire. Comme je tiens à faire de l'exercice, les escaliers me conviendront parfaitement.

— Comme vous voudrez. Est-ce que nous pourrons nous mettre au travail dès ce matin ? Dans une heure, par exemple ?

— Pas de problème.

Il se leva et elle l'imita.

— Bienvenue au ranch Delaney, Emma, déclara-t-il avec solennité, en lui tendant la main.

Sa voix ensorcelante l'enveloppa immédiatement, comme une couverture bien chaude. Elle lui serra la main et, rivant les yeux aux siens, sentit un courant électrique traverser tout son être. Les prunelles de Zach Delaney étaient d'un bleu incroyable, serties dans des cils noirs et épais.

— J'espère que vous vous plairez, ici, ajouta-t-il.

Ce timbre sensuel, ces yeux troublants, ces mains dans les siennes éveillèrent soudain en elle l'envie d'un baiser extraordinaire.

Se rendant soudain compte que son regard insistant et songeur pouvait prêter à confusion, elle retira sa main et recula d'un pas. Sans attendre, il sortit du salon et appela Nigel à qui il la confiait, quelques secondes plus tard, avant de s'éloigner.

Elle passa l'heure suivante à s'installer dans la chambre qu'on lui avait attribuée, ou plus exactement la suite, car elle disposait non seulement d'une chambre à coucher fort bien meublée, mais aussi d'une salle de bains vaste comme son propre appartement à Dallas, avec baignoire, plantes, miroirs et lumière extérieure, et d'un dressing de rêve. Elle prit des photos pour les envoyer à ses sœurs, imaginant leurs exclamations de surprise quand elles les découvriraient. Mais en dépit de ce luxe, elle était préoccupée : comment allait-elle pouvoir se concentrer en présence de Zach Delaney ? Ce qui la tracassait aussi, c'était ce qu'elle avait entendu sur lui. Elle avait en effet discuté avec une secrétaire qui avait travaillé deux jours avec lui et qui le tenait pour un véritable monstre : selon elle, Delaney lui avait donné tant de travail qu'il lui avait été impossible de le réaliser. Une autre s'était plainte de son silence et de son côté revêche.

Comme l'heure de le retrouver approchait, elle se lissa les cheveux et se fit un chignon, puis elle regagna le salon où ils devaient se retrouver, tout en essayant de se familiariser avec cette impressionnante demeure.

Zach se leva dès qu'elle franchit le seuil. Encore une fois, elle fut troublée en le voyant. Exception faite de sa cheville bandée, il respirait la santé et la vitalité. Et les boucles rebelles qui dansaient autour de son visage en adoucissaient les traits nettement dessinés.

— Allons dans mon bureau, dit-il.

Côte à côte, ils traversèrent un vaste couloir rempli de peintures, de plantes, de guéridons et de chaises. Puis ils pénétrèrent dans une pièce fort spacieuse, dont la vue lui coupa le souffle : c'était un bureau de rêve, avec deux tables de travail à chaque extrémité. Des étagères s'alignaient sur trois murs tandis que le quatrième, entièrement vitré, offrait une vue imprenable sur un charmant petit étang et une pelouse fort bien entretenue, bordée par une clôture blanche. Au-delà, il y avait des écuries, un corral et une prairie. La lumière se déversait à flots dans la pièce, qui était équipée par ailleurs du matériel informatique le plus moderne : ordinateurs, imprimantes, télécopies…

— Voici mon bureau, déclara-t-il en désignant le plus large, de bois sculpté.

Une table était disposée à côté, qui formait un L avec le bureau, et chacun comportait un ordinateur doté d'un immense écran, d'un portable et d'un iPad.

L'autre bureau était de verre et semblait flambant neuf. Des placards, intégrés dans les murs, n'étaient visibles qu'après un examen attentif de la pièce.

Zach prit place derrière son bureau et lui indiqua le siège qui se trouvait en face de lui. Elle s'assit, croisa les jambes et, quand elle releva la tête, surprit le regard de Zach sur ses cuisses. Elle prit une profonde mais discrète inspiration : il percevait certainement lui aussi la tension électrique qui flottait dans l'air. Voilà qui n'était pas prévu et qui la tracassait au plus haut point : une attirance entre eux pouvait compromettre son poste ! Or, cette mission était des plus importantes pour elle. Etant très bien rémunérée, elle lui permettrait d'épargner pour reprendre ses études et devenir enseignante : c'était le rêve de sa vie.

— Comme il n'y a que vous, le personnel et moi, ici, vous pourrez vous habiller de façon décontractée. En jean, si vous en avez envie, cela ne posera aucun problème.

Elle hocha la tête.

— Parfait.

— Ce bureau de verre sera le vôtre. J'y ai déjà disposé une pile de documents à photocopier et à mettre au courrier.

S'adossant à son fauteuil, il allongea les jambes.

Elle allait devoir fournir un effort permanent pour écouter ce qu'il lui disait, parce que dès qu'elle le regardait, son esprit s'envolait au pays des fantasmes.

— J'espère que vous pourrez déchiffrer mon écriture, car j'ai là un document que je voudrais que vous tapiez, avant que je ne le signe. Sur votre bureau, il y a également une deuxième pile de documents à classer. Si vous avez des questions, n'hésitez pas à me les poser. Prenez une pause quand vous en avez envie et allez vous servir directement dans la cuisine, si vous avez faim ou soif. Est-ce que Nigel vous a montré où elle se trouvait ?

— Oui, il m'a fait visiter la maison.

— Vous avez fait la connaissance de mon excellente cuisinière, alors ? demanda-t-il en souriant.

Elle lui rendit son sourire.

— J'ai effectivement rencontré Rosie, reconnut-elle.

— Très bien ! Vous pouvez commencer à 8 heures et terminer à 16 heures, ou bien commencer à 9 heures et terminer à 17 heures. Nous ne prenons pas en compte la pause-déjeuner puisque que vous ne quittez pas le ranch.

— Je préfère 8 heures, lui répondit-elle alors.

— Entendu. Des questions ? ajouta-t-il.

Comme il la regarda droit dans les yeux en disant cela, elle sentit son cœur faire un bond dans sa poitrine.

— Oui, une. Où dois-je déposer le courrier ?

— Il y a une boîte étiquetée « Courrier » sur une étagère, près de votre bureau. L'un de mes employés viendra chaque soir récupérer son contenu pour le mettre dans la boîte aux lettres.

Elle hocha la tête et se dirigea alors vers son bureau, mal à l'aise : Zach avait très certainement les yeux rivés sur elle. Puis, face aux piles de documents qui se dressaient devant elle, elle se rappela les doléances de Brenna au sujet des montagnes de travail que lui donnait Zach Delaney. Cela semblait effectivement énorme, mais à la fin de la journée, les piles auraient largement diminué. Il avait choisi de ne pas lui confier d'emblée la correspondance familiale, sans doute désireux de la tester avant.

Consciente de la présence de Zach à l'autre bout de la pièce, elle prit la lettre manuscrite qu'elle devait taper pour lui, et la concentration requise pour déchiffrer son écriture lui permit peu à peu de l'oublier.

Après quoi, elle passa à ses autres tâches et au bout d'un moment, quand elle releva la tête, elle constata que Zach lui tournait le dos, penché sur son écran. Elle put alors admirer de dos sa belle tête bouclée.

Elle ne s'était pas attendue à travailler dans la même pièce que lui. Qui plus est, elle n'avait pas pensé que son employeur serait un homme d'une beauté aussi frappante, et que la seule vue de ses yeux azur suffirait à lui chavirer le cœur !

Poussant un soupir, elle plaça les lettres dans la boîte prévue à cet effet et commença le tri.

Mais, alors qu'elle lui jetait un dernier coup d'œil, son regard croisa le sien. Elle détourna vivement la tête, tentant de se concentrer de nouveau sur son travail, tout en ayant la sensation qu'il l'observait. Quand elle eut fini son tri, elle lui apporta les documents.

— Vous travaillez vite, lâcha-t-il. Et bien.

— Merci, dit-elle. Je fais de mon mieux.

— J'imagine qu'avec tout le travail dont je vous ai accablé, vous n'allez pas rester très longtemps ici, vous non plus, lui assena-t-il.

— Détrompez-vous, j'ai la ferme intention de rester, répliqua-t-elle.

Sur quoi, elle regagna son bureau, frémissante, certaine qu'il avait encore les yeux braqués sur elle.

Une fois assise, elle risqua un œil dans sa direction. Il était en train de relire la lettre qu'elle avait tapée. Après quoi, il la plaça sur la pile qui se trouvait à côté de lui.

Pour quel genre d'homme travaillait-elle ? Lorsqu'elle

avait été embauchée par Z.A.D. Enterprises, elle n'avait pas vraiment pensé à son P.-D.G. dans la mesure où il était rarement à Dallas et qu'une employée de son rang n'aurait jamais affaire à lui. Elle savait que la société possédait des filiales à l'étranger et que Zach Delaney voyageait en permanence d'un site à un autre, ce qu'elle aurait personnellement détesté. A part cela et les lamentations de Brenna, elle ne connaissait rien de lui. Aucune des secrétaires qui l'avaient précédée n'avait évoqué son charme dévastateur, juste la difficulté de travailler avec lui. Maya, tout comme Brenna, avait estimé qu'il était peu réceptif et peu communicatif, et toutes deux s'étaient bien sûr plaintes de la quantité de travail qu'il leur donnait. Pour sa part, cela ne la gênait pas : au contraire, le temps passait ainsi plus vite.

Lasse de ses propres réflexions, elle se remit au travail jusqu'à ce qu'elle entende la chaise de Zach grincer.

Il s'était levé et s'étirait les bras. Lorsqu'il tourna la tête dans sa direction, elle fut embarrassée qu'il surprenne de nouveau le regard qu'elle posait sur lui.

— Vous voulez déjeuner ? demanda-t-il, avant d'enchaîner, sans attendre sa réponse : Allez, venez ! Rosie nous aura certainement préparé quelque chose à manger.

— Merci, répondit-elle, mais j'ai encore des lettres à trier.

— Vous le ferez plus tard. Vous allez adorer la cuisine de Rosie et elle serait vraiment déçue si vous ne veniez pas manger. Ces lettres ne sont pas urgentes.

— Très bien, c'est vous le chef, après tout, et je serais désolée de vexer Rosie.

Regardant sa montre, elle fut étonnée de constater qu'il était déjà 12 h 30.

— Je ne m'étais pas rendu compte qu'il était si tard, ajouta-t-elle.

— Le temps passe vite lorsqu'on prend plaisir à ce que l'on fait, lui fit-il remarquer en souriant.

A cet instant, elle entrevit les fossettes qui creusaient ses joues et elle ne put s'empêcher de lui sourire en retour.

— Eh bien, Emma, lâcha-t-il, comme nous allons

travailler ensemble pendant un mois ou un peu plus, parlez-moi un peu de vous.

Un sentiment de satisfaction la traversa, car cela voulait dire qu'elle allait rester.

— Il n'y a pas grand-chose à dire sur moi, vous savez. Cela fait maintenant deux ans que je travaille pour Z.A.D. J'ai un appartement à Dallas, deux sœurs et deux frères. Mes sœurs, Sierra et Mary Kate sont mariées, tout comme mon frère aîné Connor. Bobby et moi sommes célibataires. Et vous ?

— J'ai deux frères. J'en avais trois, mais l'un est décédé. C'est mon frère aîné qui est devenu le tuteur de notre petite nièce, Caroline.

— Comme c'est triste ! Est-ce que la mère de votre nièce est morte, elle aussi ?

— Non, mais elle avait déserté le foyer familial alors que Caroline était encore bébé. Elle ne voulait pas être entravée par des responsabilités, même si elle avait une nourrice, une cuisinière et une femme de ménage.

— Une telle attitude m'échappe complètement, déclara-t-elle, songeuse.

Il haussa les épaules.

— Et moi, cela me rend encore plus hostile au mariage. Remarquez, mon frère aîné partageait cet avis jusqu'à ce qu'il se marie en septembre dernier.

— Vous ne voulez pas vous marier et fonder une famille ? s'étonna-t-elle alors.

Il lui adressa un sourire en coin.

— Certainement pas ! En ce moment, je suis pour ainsi dire prisonnier au ranch, mais il y a une éternité que je ne suis pas resté aussi longtemps au Texas ! Je suis un perpétuel voyageur.

— Oui, j'ai entendu dire que vous parcouriez le monde et je sais que Z.A.D. a des filiales partout sur la planète. Pour ma part, je mène une vite complètement différente de la vôtre. Je ne manquerai pour rien au monde un week-end en famille.

— Effectivement, nous sommes aux antipodes, concéda-t-il avec un sourire.

D'un geste de la main, il la pria d'entrer dans la cuisine qui s'ouvrait sur une salle à manger ; outre une table et des chaises, la pièce possédait aussi une cheminée, et des fauteuils confortables.

— Qu'y a-t-il pour déjeuner, Rosie ? lança-t-il à la personne qui se trouvait dans la cuisine. L'odeur est bien alléchante.

Et sur ces mots, il souleva le couvercle d'une casserole qui mijotait sur le feu.

Une femme trapue en uniforme de cuisinière s'affairait dans la cuisine. Sa chevelure grisonnante était ramenée dans un chignon bas et elle portait des lunettes.

— Ici, c'est du bouillon de poule au tapioca, et j'ai également préparé des galettes de maïs au poulet et des sandwichs à la dinde. A vous de choisir, répondit-elle.

— Je prendrai volontiers de la soupe et des galettes de maïs. Et vous, Emma ?

— La même chose, cela semble si appétissant !

— Vous avez fait le bon choix ! Les galettes au maïs de Rosie et sa soupe de poule sont réputées, dans la région.

— N'exagérons rien, fit cette dernière en riant.

Puis elle posa des bols et des assiettes sur le comptoir. Emme se servit alors de la soupe et fut surprise lorsque Zach tira une chaise pour l'inviter à s'asseoir. Ce simple geste modifia radicalement l'atmosphère : elle eut soudain l'impression de déjeuner en compagnie d'un homme qui lui avait donné rendez-vous, pas avec son chef.

Rosie vint alors leur proposer du thé en accompagnement. Une fois que Zach se fut assis à son tour, elle lui demanda :

— Je suis certaine que tout le monde vous pose cette question, mais qu'est-ce qui vous a attiré dans le monde de la démolition ?

— Une passion d'enfant, sans doute. Petit garçon, j'adorais construire des tours en Lego pour les démolir ensuite. J'ai un diplôme d'ingénieur et j'ai également étudié l'architecture. Plusieurs architectes travaillent pour moi, de sorte que nous reconstruisons là où nous démolissons. Il nous arrive aussi de construire sur des terrains nus. Mon travail me fascine complètement, vous savez ?

— Et il vous permet de parcourir le monde, en plus, admit-elle.

Elle savait aussi qu'il était assez riche pour vivre de ses rentes sans travailler, mais elle se garda de le lui dire. Les Delaney étaient extrêmement fortunés, tout le monde le savait.

L'homme qui se tenait devant elle vivait dans un univers qui lui était complètement étranger, à commencer par son amour pour les voyages, son dédain ouvert pour la famille et le mariage, sans parler de l'indifférence qu'il affichait pour l'histoire de ses ancêtres. Elle ne pouvait s'imaginer mener une vie pareille, mais il était vrai que la fonction de Zach à la tête de Z.A.D. était à des années-lumière de son humble poste de secrétaire — qui lui procurait, cela étant, une façon tout à fait honorable d'épargner de l'argent pour terminer ses études.

— Quel est votre endroit au monde préféré, Zach ? reprit-elle tandis que Rosie posait des galettes toutes chaudes sur la table.

— Il y en a bien trop pour que je les énumère tous ! J'adore Paris, Torres del Paine, au Chili, les chutes d'Iguazu, New York… Ce sont tous des endroits merveilleux. Et vous, lequel préférez-vous ?

— Mon foyer, avec les miens, lui répondit-elle en souriant.

Il secoua la tête.

— Très bien, je reformule ma question. Quel est votre endroit préféré, en dehors du Texas ?

Elle posa sa fourchette.

— Je n'ai jamais quitté le Texas, répondit-elle.

Il fronça les sourcils.

— C'est vrai ?

Elle était devenue une extraterrestre à ses yeux en lui confiant qu'elle n'avait jamais voyagé !

— Tout à fait, et je suis pleinement heureuse ici, au Texas.

— Laissez-moi vous dire que vous manquez beaucoup de choses, lui dit-il en la dévisageant avec une curiosité évidente.

— Je ne pense pas, mais pour vous, il n'y a que les voyages qui comptent, si je comprends bien ?

Il était certain, désormais, qu'elle ne présentait plus le moindre intérêt à ses yeux et qu'il ne l'inviterait plus à manger avec lui.

— Il existe des lieux merveilleux sur cette Terre et vous ne le savez même pas !

De nouveau, elle lui sourit. Il ignorait ce qu'il manquait en se privant d'un lien fort avec sa famille.

— Tant que ma vie me plaît, cela n'a aucune importance, rétorqua-t-elle.

— Parlez-moi de votre famille et de ce que chacun fait, enchaîna-t-il.

— Ma famille vit près de Dallas, mon père est comptable et ma mère secrétaire. Mon plus jeune frère travaille à mi-temps et étudie à l'université de North Texas. Et moi, j'ai suivi des cours pour devenir enseignante, mais ce semestre, je n'ai pas pu m'inscrire, même si j'espère pouvoir bientôt reprendre mes cours.

— Où en êtes-vous ?

— A la moitié du cursus… Bon, pour revenir à ma famille, outre mes frères et sœurs, j'ai cinq nièces et trois neveux, sans compter mes grands-parents, mes tantes et oncles qui vivent dans la région.

— Quelle grande famille !

— Mes frères, mes sœurs et moi, nous rendons visite tous les week-ends à mes parents, et mes tantes et oncles se joignent souvent à nous. Quand nous sommes tous rassemblés, nous sommes quarante. Cela dit, nous ne sommes que vingt le plus souvent.

Alors qu'il s'apprêtait à boire de l'eau, il arrêta son geste et lui adressa un sourire poli, mais il était manifeste que ses propos l'avaient stupéfié. C'était comme si elle venait de lui dire qu'elle passait tous ses week-ends au parc avec sa famille, à faire de la balançoire et du toboggan !

— Ma famille ne ressemble pas du tout à la vôtre, déclara-t-il alors. Chacun mène sa propre vie. Mon père est mort et ma mère a disparu de nos vies depuis que nous sommes enfants.

— Nos styles de vie sont effectivement très différents, concéda-t-elle alors.

Zach Delaney était un homme dont elle ne pourrait jamais se sentir proche. Leur monde était aux antipodes, et leurs familles si différentes ! La sienne occupait une grande place dans sa vie, alors qu'elle n'existait quasiment pas pour lui. Le fait que son père soit mort et que sa mère les ait quittés des années plus tôt expliquait sans doute en partie l'attitude de Zach, ayant forgé l'homme qu'il était aujourd'hui. Elle se dit également que ce travail était temporaire et bref, et qu'une fois la mission terminée, elle ne le reverrait probablement jamais.

— Les galettes de maïs sont une vraie réussite, déclara-t-elle alors.

— Je vous avais bien dit que Rosie était une excellente cuisinière. Et à part votre famille, y a-t-il quelqu'un dans votre vie ?

Comme son silence menaçait de s'éterniser, il enchaîna tout de suite :

— Je suppose que personne ne s'est opposé à ce que vous acceptiez cette mission ?

— Bien vu ! Comme je vous l'ai dit, tant que je peux disposer de mes week-ends et de vacances pour Noël, tout va bien pour moi.

— Vous savez, je crois que c'est la première fois que je rencontre une personne aussi attachée à sa famille et à sa maison.

— Je suis votre secrétaire, pas l'une de vos amies, c'est sans doute pour cela.

— Nous pouvons quand même être amis, reprit-il alors d'un air amusé.

Un léger frisson la traversa. De façon subtile, il était en train de faire glisser leur relation du terrain professionnel au terrain personnel, alors qu'elle n'en avait pas envie. A mesure qu'elle découvrait qui il était et quelle était sa façon de vivre, elle se rendait compte du gouffre toujours plus profond qui les séparait. Zach Delaney n'était pas un homme qui pourrait s'intégrer à son monde, et elle-même ne se fondrait jamais dans le sien.

Elle était toutefois étonnée de son ultime remarque puisqu'elle n'avait jamais entendu dire qu'il ait déjà essayé de séduire ses employées. Bien au contraire, on recommandait aux jeunes femmes célibataires de Z.A.D. de ne surtout pas fantasmer sur lui quand il arrivait que, pour une raison exceptionnelle, elles le rencontrent.

— Nous pouvons être amis dans le cadre professionnel, reprit-elle alors tout en se demandant si elle n'allait pas lui paraître un peu collet monté.

— Emma, répliqua-t-il, nous allons vivre et travailler sous le même toit pendant plusieurs semaines, alors détendez-vous. Nous ne sommes pas au bureau, c'est beaucoup moins formel. Notre échange sera bien plus direct.

— Bien sûr, répondit-elle.

Etait-ce elle qui se faisait de fausses idées parce qu'elle le trouvait physiquement attirant ?

— Donc, si je résume, répondit-elle très vite, pour masquer sa gêne, vous ne voyez pas souvent votre famille, vous voyagez beaucoup… Et quoi d'autre encore ?

— Je consacre la plupart de mon temps au travail. Je possède un yacht que j'utilise rarement, je skie, j'ai une villa en Italie, un appartement à New York et un autre à Chicago, mais je passe la plupart de mon temps entre New York et Paris, où ma société est également implantée. D'une manière générale, j'aime les villes, je suis un citadin.

Posant sa fourchette près de son assiette, elle se leva et déclara :

— Ce déjeuner était délicieux. Et maintenant, excusez-moi, mais je dois me remettre au travail.

— Rasseyez-vous, Emma, ces lettres n'ont aucun caractère d'urgence, et elles seront toujours là après le déjeuner ! lui ordonna-t-il tout à trac. J'aime beaucoup discuter avec vous, et il n'y a aucune raison de se presser. D'autant que si mon intuition ne me trompe pas, Rosie nous a préparé un bon dessert.

Surprise, elle se rassit.

— Je n'ai pas l'habitude de contredire mon employeur, mais je ne vois vraiment pas comment je pourrais avaler un morceau de plus. En général, je ne mange pas autant, au déjeuner.

— Il faut savoir s'accorder quelques petits plaisirs, de temps en temps, objecta-t-il.

Puis, repoussant son assiette, il plaça les bras sur la table et se pencha vers elle.

— Emma, nous ne sommes pas en train de travailler, mais de manger. Alors oubliez la relation professionnelle, ça ne peut pas être le cas vingt-quatre heures sur vingt-quatre ! Nous sommes juste deux personnes en train de déjeuner, d'accord ?

Sa voix profonde était aussi douce que de la fourrure, et les yeux intenses que Zach dardait sur elle rendaient l'atmosphère encore plus intime.

— Vous avez de beaux yeux verts, une superbe chevelure rousse, un physique qui fait rêver et oublier le travail…

— Nous sommes en train de franchir une limite que nous ne devrions pas dépasser, l'avertit-elle immédiatement, le cœur battant.

— Cette ligne a déjà été franchie dès que tu es apparue sur le seuil de ma porte, répliqua-t-il.

- 2 -

Son cœur cognait comme un oiseau fou dans sa poitrine car les paroles qu'il avait prononcées venaient de modifier leur relation. Elle eut soudain conscience que c'était à elle de redresser la barre, même si l'espace d'une seconde, elle fut tenter de flirter elle aussi avec lui, de lui donner la réplique sensuelle qui lui brûlait les lèvres. Si seulement il n'avait pas été son chef !

Optant toutefois pour la raison et la prudence, elle se mit à rire et secoua la tête, afin de chasser la tension électrique qui avait jailli entre eux.

— Non, je ne pense pas, fit-elle sur le ton de la légèreté. Ce n'est pas possible. Je suis ici en tant que secrétaire, ce qui pose des limites bien précises entre nous, que je ne franchirai pas. Mais si vous estimez que cela fait partie du travail, alors dites-le-moi tout de suite, je serais fixée !

— Absolument pas, lui assura-t-il en s'adossant à sa chaise, tandis qu'un éclat amusé dansait dans ses yeux clairs. Cette situation est aussi inhabituelle pour moi que pour vous. Car il ne va pas être facile de faire abstraction de notre attirance mutuelle, et ça le sera d'autant moins que ni vous ni moi ne l'avons cherché. C'est toute la différence, et c'est ce qui rend la situation encore plus fascinante.

— Il faudra pourtant que nous en restions là, insista-t-elle.

A cet instant, Rosie apparut en poussant le chariot des desserts qui offraient quatre choix.

— Qu'est-ce qui vous ferait plaisir, mademoiselle Hillman ? lui demanda-t-elle.

— Je vous en prie, appelez-moi simplement Emma, dit-elle en scrutant les desserts qui semblaient succulents.

Elle n'avait vraiment plus faim, mais Rosie, qui se tenait devant elle avec un large sourire, lui rappelait sa mère attendant de chacun qu'il prenne du dessert lorsqu'elle l'apportait. Elle choisit alors une petite part de gâteau au fromage blanc.

Zach se servit une énorme portion de glace à la vanille qu'il recouvrit de chocolat fondu, avec des brownies en accompagnement.

— Vous devez faire beaucoup d'exercices pour transformer tout cela en muscles, assura-t-elle alors.

Bon sang, elle n'avait pas pu s'empêcher de ramener la conversation sur le plan personnel.

— Il y a tant de nourriture, s'empressa-t-elle d'ajouter, désireuse de revenir à des banalités. Que va faire Rosie de tous ces restes ? Elle les garde pour le dîner ?

Il lui adressa un petit sourire en secouant la tête.

— Je fais beaucoup de musculation, effectivement, d'autant qu'avec mon pied, j'ai tout le temps que je veux pour pratiquer des exercices. Quant aux « restes », il y a beaucoup de gens à nourrir, sur le ranch. Vous croyez que mes cow-boys font la fine bouche devant la nourriture de Rosie ? Ils la dévorent, oui !

Elle sourit, soulagée qu'ils soient revenus à un sujet neutre.

— Ce gâteau est exquis en effet, dit-elle après en avoir avalé une bouchée.

A ces mots, elle leva les yeux, et croisa son regard. Elle sentit alors son ventre se contracter.

— Rosie sera heureuse de savoir que vous aimez sa cuisine. Elle travaille pour nous depuis que je suis enfant.

Elle lui sourit et ils dégustèrent tranquillement leur dessert.

— Est-ce que cela vous ennuie si je mets des photos de ma famille sur mon bureau ? demanda-t-elle au bout d'un moment.

— Pas du tout. Vous pouvez mettre toutes les photos que vous voulez sur votre bureau et dans votre chambre, dans les limites du raisonnable, bien sûr, mais je ne me fais pas de souci de ce côté-là. Vous pouvez même changer les meubles de place si vous le souhaitez. Faites ce qui vous plaira, à part repeindre un mur ou casser une cloison sans m'en avertir, bien évidemment.

— Pas de danger, le rassura-t-elle en riant. Et maintenant, si vous voulez bien m'excuser, je vais me remettre au travail.

Elle plia alors sa serviette et se leva. Mais quand elle voulut prendre son assiette, il lui saisit gentiment le poignet.

— Si vous débarrassez la table, vous allez avoir affaire à Rosie ! la prévint-il à mi-voix. C'est elle qui s'occupe de la cuisine, et elle tient à faire les choses à sa façon.

L'ayant relâchée, il se leva à son tour.

— Je comprends, dit-elle avec un sourire aux lèvres. Ma mère et l'une de mes sœurs sont comme ça, elles nous font parfois sortir de la cuisine pour être tranquilles et faire les choses à leur façon, comme vous dites.

Comme elle prononçait ces mots, il la considéra d'un air songeur.

— Vous êtes sûre que vous allez supporter d'être aussi loin de votre famille pendant plus d'un mois ?

— J'ai bien réfléchi à la question, et je pense que oui, dans la mesure où cette mission est temporaire et où elle est très bien payée, elle me permettra de terminer mes études. Et puis de toute façon, je rentrerai tous les week-ends.

— J'espère en tout cas que ce ne sera pas trop dur pour vous. Pour tout vous dire, je ne m'attendais pas à ce que vous teniez une matinée, mais je suis agréablement surpris.

— Ravie d'entendre que je fais l'affaire, répondit-elle. Jusque-là, tout va bien de mon côté également.

Il fronça les sourcils.

— Vous vous attendiez à trouver un ogre ? C'est ce que vous ont raconté celles qui vous ont précédée ?

Un sourire toujours aux lèvres, elle hocha la tête.

Une fois dans le bureau, elle se replongea dans la correspondance et le tri. Il lui était toutefois difficile d'oublier la présence de Zach. Chaque fois qu'elle lui apportait des documents, leurs regards se croisaient — même s'il était en train de téléphoner —, ce qui la faisait systématiquement frissonner, comme s'il s'était agi d'un contact physique.

Le bon sens lui disait que cette mission ne serait pas aussi simple et facile qu'elle l'avait cru. Quand il s'entretenait au téléphone, il s'exprimait sur un ton suffisamment bas pour qu'elle n'entende pas sa conversation, mais il lui arrivait d'en percevoir des bribes lui indiquant qu'il s'agissait de conversations professionnelles.

Alors qu'elle plaçait une lettre dans la boîte destinée au courrier, Zach raccrocha soudain et déclara :

— Emma, faites une pause. La première moitié de l'après-midi touche à sa fin.

— C'est inutile, répondit-elle.

— J'insiste ! Allez faire un tour, à l'extérieur ou dans la cuisine, bref comme vous voulez, mais si vous n'obéissez pas, je vous accompagne, et nous allons faire une promenade. Et avec mon pied, je vous préviens, nous n'allons pas courir !

Elle se mit à rire.

— Quelle menace !

Elle sortit malgré tout du bureau, priant pour qu'il ne se rende pas compte à quel point il la troublait, quand il adoptait ce genre d'attitude amicale.

Une fois seule dans le vestibule, elle faillit revenir sur ses pas pour lui demander de l'accompagner, mais elle décida qu'il était plus sage d'aller prendre un thé.

— Coucou, Emma, fit Rosie.

— Comme ça sent bon, ici ! s'exclama-t-elle.

— Je prépare un rôti pour ce soir. Vous désirez quelque chose ?

— Oui, je boirai volontiers un thé, s'il vous plaît.

— Tout de suite, répondit Rosie. J'ai comme l'impression que vous allez rester, non ?

— Je l'espère !

Rosie se mit à rire.

— Les autres semblaient exténuées et malheureuses dès la première matinée. D'ailleurs, il y en a même eu une que j'aurais moi-même renvoyée plus vite que Zach ne l'a fait ! Asseyez-vous, je vous prépare votre thé. Si vous souhaitez le prendre sur la terrasse, n'hésitez pas, je vous l'apporterai.

— C'est une bonne idée. Merci, Rosie.

— Vous pouvez aussi le boire à votre bureau, Zach n'a rien contre le fait qu'on boive ou mange dans la pièce où l'on travaille, à condition bien sûr que l'on ne mette pas des miettes partout et que l'on ne renverse rien.

— Je préfère aller prendre l'air, répondit-elle avec un sourire.

Puis elle sortit dans le patio avant d'aller contempler l'eau cristalline de la piscine, presque aussi bleue que les yeux de Zach.

Une fois son thé terminé, elle se rendit dans sa chambre pour y prendre la petite boîte contenant ses photos. Elle en avait déjà placé quelques-unes sur la table de chevet et la commode. Et elle regarda autour d'elle, de nouveau fascinée par le luxe de sa suite.

Quand elle revint dans le bureau, Zach était au téléphone et une nouvelle pile de documents l'attendait. Elle disposa quelques photos sur sa table, puis se remit au travail.

Elle était tellement concentrée, qu'elle sursauta lorsque Zach, debout près de la porte, déclara :

— Il est 17 h 30, Emma ! Ce n'est pas parce que le bureau est à la maison que vous devez faire des heures supplémentaires. Nous allons fermer ! Je dînerai tard, mais n'hésitez pas à prendre votre repas quand vous aurez faim. Rosie est dans la cuisine jusqu'à 20 heures. Après quoi, vous pouvez manger froid ou réchauffer vos plats au micro-ondes.

— Merci, dit-elle.

Peut-être que le déjeuner serait le premier et dernier repas qu'ils prendraient ensemble. Tant mieux si tel était le cas, mais elle ne pouvait s'empêcher de ressentir une légère déception.

— Vous avez fait du bon travail, Emma. J'espère que le poste vous plaît.

Elle faillit éclater de rire et lui faire remarquer qu'il en paraissait presque surpris, mais, se ravisant, elle se contenta de hocher la tête.

— Merci. Je pense en effet que tout va bien se dérouler.

Il lui adressa un long regard qui anéantit alors le semblant de relation neutre qu'ils étaient parvenus à instaurer. Encore une fois, des étincelles invisibles dansaient tout à coup dans l'air alors qu'une onde de chaleur la submergeait. Contre toute logique, elle n'avait pas envie qu'il s'en aille.

Pourtant, tournant les talons, il sortit du bureau sans ajouter un mot. Songeuse, elle fixa la porte par laquelle il avait disparu. Tout comme elle, il paraissait lutter contre l'alchimie tangible qui vibrait entre eux, et cette pensée la rassura un peu.

Les jours suivants, Zach continua à lui donner beaucoup de travail, mais la quantité fut moins impressionnante que lors de la première matinée. Elle devait rédiger des lettres, vérifier des documents, prendre des rendez-vous, passer des coups de téléphone et effectuer des tâches variées. Le temps passait très rapidement tandis qu'elle travaillait avec diligence, pour ne pas prendre de retard. Ils ne déjeunaient plus ensemble : parfois, Zach travaillait sans s'arrêter jusqu'à 16 heures, parfois il mangeait sur place. Il s'arrangeait pour que leur relation demeure impersonnelle, ce qui lui convenait parfaitement, même si elle ne pouvait faire abstraction de la séduction que Zach exerçait sur elle.

Le jeudi, quand elle revint de déjeuner, elle le trouva assis près d'un immense carton rempli de papiers.

— Vous voulez vous attaquer à la correspondance et aux souvenirs de ma famille ? demanda-t-il.

— Bien sûr, répondit-elle.

Tirant une chaise, il l'invita à s'asseoir près de lui.

— Beaucoup de lettres ont été écrites par mon arrière-arrière-grand-père à sa sœur, son frère, puis sa femme, l'informa-t-il. Elles ont toutes été sauvegardées et sont revenues aux mains de notre famille.

— C'est merveilleux, Zach, lui fit-elle remarquer. Vous n'avez pas envie de les lire toutes ?

— Ah non, alors ! Ce sont les lettres d'un drôle de vieux bonhomme qui a lutté durement pour s'en sortir et qui devait être aussi aimable qu'un porc-épic ! Je pense que vous imaginez en lui un homme romanesque qu'il n'était absolument pas. Installez-vous à côté de moi, ce sera plus facile si vous avez la moindre question pour le déchiffrage. Vous voulez boire quelque chose, avant que nous ne nous mettions au travail ?

— Non, merci, je n'ai besoin de rien.

Il lui lança alors un coup d'œil en coin, avant de laisser glisser son regard sur son pull bleu marine, son jean et sa queue-de-cheval…

Prenant une profonde inspiration parfumée des effluves de son eau de toilette, elle s'assit à côté de lui.

— Dans cette corbeille, nous mettrons les lettres et les documents destinés à la déchiqueteuse, lui indiqua-t-il.

Comme il la dévisageait, elle éprouvait des difficultés à se concentrer sur ce qu'il lui disait. Ils étaient tout proches, et cela la troublait au-delà de toute mesure.

— En ce qui me concerne, je pense que l'on rendrait un fier service à ma famille en détruisant tous les documents qui ne contiennent pas des informations pertinentes et susceptibles d'affecter nos vies actuelles.

La voix de Zach s'était faite plus rauque et il avait ralenti sa diction. Sa proximité exerçait-elle sur lui la même confusion que sur elle ?

Perdue dans les profondeurs bleues de ses yeux, elle était comme hypnotisée. Soudain, elle retint sa respiration : il s'était penché un peu vers elle. Dans un ultime effort, elle parvint à détourner la tête, désireuse de revenir à une relation normale. S'écartant un peu de lui, elle toucha les enveloppes jaunies qui se trouvaient dans le carton tandis qu'elle essayait d'assimiler ses instructions.

— S'il y a des informations concernant l'argent, les limites de terrain, les droits relatifs à l'eau ou ce genre de choses, placez les documents afférents dans la boîte étiquetée « A prendre en compte » et je les lirai. Si vous trouvez des cartes, des dessins, etc., placez-les dans la boîte « Divers ».

Soudain, apercevant une lettre dans la boîte destinée à la déchiqueteuse, elle s'en saisit.

— Elle date des années 1800 ! déclara-t-elle. Regardez l'adresse : il y a simplement un nom et une région. Vous voulez le détruire ?

— Oui, je l'ai lue, elle ne contient aucune information pertinente concernant les titres de propriété, ou les autres questions que je vous ai énumérées. Elle n'a aucune valeur.

— Mais si voyons, elle en a dans la mesure où elle a été écrite par vos ancêtres ! se récria-t-elle. Et il est merveilleux de posséder de si vieilles lettres.

Elle leva les yeux vers lui, toujours aussi surprise qu'il accorde si peu d'intérêt à l'histoire de sa famille.

— Je ne comprends pas votre attitude, ajouta-t-elle.

Un sourire aux lèvres, il secoua la tête.

— C'est du passé, c'est révolu.

— Vous avez une formation d'architecte, vous devriez donc apprécier les constructions anciennes, non ?

— Tout à fait, car elles sont plus fiables que les gens. Eux, ils changent constamment, et l'on ne peut pas toujours compter dessus, tandis qu'un édifice bien construit peut en revanche tenir des siècles et des siècles.

Elle le considéra, tout en se demandant ce qui avait pu conduire Zach à estimer que les gens étaient peu fiables. Etait-ce le départ de sa mère ? Elle frissonna, incapable de se représenter une mère abandonnant ses fils pour mener une vie libre et indépendante loin d'eux. C'était sans doute pour cette raison que Zach refoulait ses sentiments.

— Ces lettres, c'est ce qui vous relie au passé, argua-t-elle. Et vos ancêtres étaient des êtres fiables, sans quoi vous ne seriez même pas là aujourd'hui.

— Très bien, si vous le dites ! En tout cas, ne placez dans la corbeille « A prendre en compte » que celles qui comportent les informations que je vous ai spécifiées. Si vous en jugez certaines particulièrement intéressantes pour d'autres raisons, mettez-les de côté, et je les lirai plus tard, pour voir si elles peuvent être utiles en quoi que ce soit. Cela dit, je pense que lorsque vous en aurez lu quelques-unes, vous comprendrez mieux mon point de vue. Je n'ai pas envie de garder des lettres qui parlent de fuites dans la toiture, du beurre qui a tourné ou d'un chariot qui a besoin d'un nouvel essieu.

— Ce sont pourtant des détails extrêmement intéressants à mon sens, répliqua-t-elle en sourcillant. La famille ne présente donc aucun intérêt pour vous ?

Un sourire éclaira le visage de Zach.

— Bien sûr que si ! Je suis proche de mes frères, mais cela ne signifie pas pour autant que je veuille garder des liasses de vieilles lettres que personne ne lira plus. Elles sont moisies et n'ont aucune valeur.

Et soudain, il se pencha de nouveau vers elle, si près que sa bouche était à deux centimètres de la sienne, comme une invitation au baiser.

— Vous me regardez comme s'il venait de me pousser des crocs, fit-il observer en riant.

Incapable de reprendre son souffle pour lui répondre, elle le vit plisser des yeux tandis que son sourire disparaissait. Son regard se modifia alors imperceptiblement pour se faire plus intense. Elle sentit son pouls s'accélérer, battre affreusement dans ses oreilles.

— Je ne comprends pas votre attitude, déclara-t-elle enfin.

— Eh bien, nous nous ressemblons au moins sur ce point : moi non plus je ne comprends pas la vôtre, répondit-il d'un ton léger.

Un lourd silence s'abattit alors entre eux, et elle en oublia les lettres, tout comme leur sujet de conversation, ou ce qu'il venait de dire. La seule chose qui l'obsédait désormais, c'était sa bouche à quelques centimètres de la sienne.

Se rendant compte que ces moments lourds de désir revenaient un peu trop souvent à son goût, elle recula et détourna les yeux, bien décidée à en revenir aux lettres et au travail.

— Je vais chercher un stylo et du papier au cas où j'aurais besoin de prendre des notes, décréta-t-elle en se levant brusquement.

— Je vous aiderai à trier certaines liasses, lui promit-il en la couvant du regard tandis qu'elle se réfugiait à l'autre bout de la pièce.

Elle aurait aimé lui dire que son aide ne serait pas nécessaire, qu'elle n'en voulait d'ailleurs pas, car elle avait besoin d'une certaine distance entre eux. D'une grande distance, de grands espaces, même ! Mais elle ne pouvait se permettre de proférer ce genre de choses. Elle n'avait été attirée jusque-là par aucun de ses collègues à Dallas, pourquoi fallait-il qu'une telle mésaventure lui arrive précisément avec Zach Delaney ?

Si sa beauté était indéniable et frappante, il n'était pas particulièrement drôle, et ils n'avaient que peu de choses en commun. Une seule, en fait : ils vivaient tous les deux au Texas et travaillaient dans la même entreprise. Il était donc impératif qu'elle reprenne le contrôle de ses émotions.

En aucun cas, elle ne pouvait se permettre d'être attirée par lui. Zach Delaney était son chef et, qui plus est, un globe-trotter. A cela venait s'ajouter le fait qu'il ne s'intéressait pas à ce qui avait de l'importance pour elle, notamment la famille.

S'emparant d'un carnet et d'un stylo, elle revint s'asseoir vers lui, éloignant sa chaise de quelques centimètres.

Quand elle se saisit de la première enveloppe, une légère odeur de moisissure monta des minces feuilles jaunies couvertes d'une écriture serrée. C'était la lettre d'un homme qui parlait de sa vie de pionnier dans l'ouest des Etats-Unis, évoquant les bœufs qu'il comptait aller vendre dans le Nord.

— Zach, vous devriez lire cette lettre pour vous rendre compte de la vie que menait votre arrière-arrière-grand-père, s'écria-t-elle, enthousiaste. C'est réellement fascinant.

Il décrit un convoi de chariots qui a traversé ses terres et y a campé. Est-ce que c'est de ce ranch qu'il parle ?

— Oui, c'est le seul qui ait jamais appartenu à la famille, répliqua-t-il d'un ton à la fois sec et amusé.

— Ecoutez ça… « Leur chef s'appelait Samuel Worthington. Il m'a demandé s'il pouvait camper, précisant qu'il venait de Virginie et qu'il comptait se rendre encore plus à l'Ouest. Ils ont perdu quatre personnes, au cours du voyage. Les malheureux se sont noyés alors qu'ils traversaient une rivière en crue, à cause des pluies. Je leur ai donné de la farine et de la viande pour qu'ils puissent se nourrir pendant quelque temps. Il s'inquiétait aussi pour l'eau potable, alors je lui ai dessiné une carte de la région en lui indiquant où ils pourraient en trouver quand ils auraient quitté mon ranch. Ils attendaient beaucoup de leur voyage. »

Baissant la lettre, elle tourna les yeux vers Zach.

— C'est plutôt extraordinaire, comme témoignage, déclara-t-elle. Vous n'avez pas l'impression de mieux connaître votre aïeul ? Il était accueillant et généreux envers les étrangers. Je serais tellement excitée si je découvrais de telles lettres de la main de mon arrière-arrière-grand-père.

Zach lui sourit comme s'il se trouvait en face d'une enfant joyeuse et naïve.

— Je vous l'accorde, c'était sans doute un homme bon qui était sympathique avec les autres pionniers. Mais je ne me sens pas plus proche de lui pour autant. Il a vécu à une époque difficile et il a mené une vie dure. Il a beaucoup travaillé, a gagné de l'argent dont la génération suivante a hérité, et cependant, je n'ai pas besoin de perdre mon temps avec ces lettres qui évoquent la vie dans les Grandes Plaines.

Elle inclina légèrement la tête, à la fois agacée par son attitude et fascinée par son sourire.

— Est-ce que vos frères partagent cet avis ? ajouta-t-elle alors.

— Je ne sais pas, nous n'en avons jamais parlé. Mais il est possible que Will et Ryan soient curieux de lire ces lettres.

Elle secoua la tête.

— Franchement, je ne comprends pas votre famille, poursuivit-elle. Vous ne deviez pas être très unis.

Il haussa les épaules.

— Quand notre mère a quitté le foyer et a demandé le divorce, mon père nous a envoyés dans des pensionnats différents, mes frères et moi. J'imagine qu'il avait une bonne raison de nous disperser… Toujours est-il que si nous sommes proches les uns des autres aujourd'hui, nous avons vécu séparés pendant de longues années, cela crée forcément une différence avec des frères et sœurs qui ont toujours vécu ensemble.

— C'est terrifiant, marmonna-t-elle.

De nouveau, il lui adressa un sourire à couper le souffle.

— Ne soyez pas trop désolée pour nous. Notre père a dépensé des fortunes pour que nous étudiions dans les meilleurs établissements.

— L'argent ne compense pas tout.

— Vaste débat, éluda-t-il.

A cet instant, il plaça les mains derrière la tête, de sorte que son T-shirt épouse étroitement son torse musclé quand il s'étirait. Devant le spectacle qu'il lui offrait, elle se troubla de nouveau et des pensées lascives l'assaillirent. Elle se rendit alors compte qu'un lourd silence s'était encore installé et qu'il la considérait d'un air… intéressé. Il fallait à tout prix qu'elle trouve un sujet de conversation pour faire diversion !

— Cet arrière-arrière-grand-père, je me demande si l'un de ses descendants lui ressemble, fit-elle alors.

— Il y a un portrait de lui dans la bibliothèque. Quelqu'un l'a peint dans les dernières années de sa vie. Venez, je vais vous le montrer.

— Non, pas maintenant, ce n'est pas la peine, avec votre pied. Il faut le ménager, si j'ai bien compris ?

— Par chance, je me déplace sans peine avec ma béquille. J'ai rendez-vous chez le docteur la semaine prochaine, et j'espère qu'il va me dire de ne plus m'en servir et me prescrire à la place une chaussure orthopédique ou quelque chose du genre, pour que je n'aie plus besoin de cette maudite béquille… Allons admirer mon ancêtre ! Je suis sûr que c'était un vieux renard rusé. Mon père l'était lui aussi, à sa façon. Ça me surprend, d'ailleurs, qu'il ait conservé toute cette correspondance. Il n'était pas du tout sentimental, du moins jusqu'à la naissance de Caroline. Sa petite-fille l'a transformé.

— C'est ça, la famille : les enfants vous mènent par le bout du cœur, lança-t-elle d'un air de défi.

A ces mots, il lui adressa un large sourire.

— Vous m'avez tout l'air d'être une vraie sentimentale, Emma.

— Oui, tout à fait, répondit-elle d'un ton enjoué.

Il la conduisit alors à la bibliothèque qui débordait de livres du sol au plafond. Un grand portrait trônait au-dessus de la cheminée, dans un cadre doré : il représentait un homme à l'expression sérieuse, doté de hautes pommettes, d'une barbe, d'une moustache et de cheveux gris.

— Je ne vois aucune ressemblance avec vous, déclara-t-elle.

— Moi non plus, répondit-il.

Puis il lui désigna l'autre extrémité de la pièce.

— Là-bas, il y a des portraits de mon grand-père paternel et de mon père.

Elle traversa la bibliothèque.

— Vous ne leur ressemblez pas davantage, affirma-t-elle.

— Si je ressemble à quelqu'un de ma famille, c'est à mon grand-père maternel, du moins c'est ce que les gens disent. Pour ma part, je ne vois pas vraiment la ressemblance non plus, à part les cheveux. Mais vous ne pourrez pas vérifier puisque je n'ai pas de photos de lui.

Sans émettre de commentaire, elle revint près de la cheminée pour contempler de nouveau le tableau qui se trouvait au-dessus.

— Je n'arrive pas à croire que vous ne vous vouliez pas lire ses lettres.

— Je vous en laisse la primeur.

En se retournant vers lui, elle se heurta à l'impact de

son regard indéniablement rempli de désir. Aussitôt, son cœur s'emballa. En dépit de son pied blessé, il paraissait vigoureux et en pleine forme, avec ses bras musclés, ses larges épaules, son ventre plat. Elle fit un pas en direction de la porte.

— Nous ferions mieux de retourner au bureau, pour que je reprenne ma lecture, dit-elle. Est-ce que vos frères possèdent eux aussi des ranchs, ou bien habitez-vous tous dans la propriété familiale ? ajouta-t-elle en voyant qu'il lui emboîtait le pas.

— Mon frère Will possède un ranch tout près d'ici, et comme Caroline adore cet endroit, ils y séjournent souvent. Le ranch de Ryan est un peu plus éloigné. De nous trois, c'est lui qui a le plus l'étoffe d'un cow-boy, peut-être parce qu'il a passé beaucoup de temps sur la propriété, avec notre grand-père. Moi, je n'ai pas du tout l'âme d'un fermier, et je suis rarement au ranch, mais j'y ai grandi.

— Alors vos frères viendront passer Thanksgiving ici ? demanda-t-elle d'un ton distrait, tout en pensant qu'elle avait promis à sa mère de préparer un dessert pour cette fête.

— Non. Ryan sera avec son amie, et Will et sa famille vont dans le Colorado.

— Je ne peux pas imaginer de passer les fêtes sans ma famille, mais je suppose que de votre côté, vous serez avec des amis proches, pour Thanksgiving ? dit-elle. Ah non ! s'exclama-t-elle aussitôt, en découvrant son petit sourire narquois. Ne me dites pas que vous serez tout seul !

Cela dépassait son entendement : comment ses frères pouvaient-ils l'abandonner pour cette fête familiale ? Elle éprouva la subite et folle envie de l'inviter, mais elle se ravisa à temps.

— Je vois bien que vous avez pitié de moi, Emma, reprit-il. Et je dois vous avouer que c'est une expérience nouvelle dans ma vie d'adulte. Je ne me rappelle pas avoir déjà éveillé la pitié de qui que ce soit.

Se sentant rougir, elle s'efforça de sourire.

Ils avaient cessé de discuter et se regardaient attentivement. Et soudain, il posa la main sur son épaule. Avec n'importe quel autre homme, ce geste aurait été anodin, mais avec Zach, la sensation était saisissante.

— C'est un choix, lui dit-il. Ne vous en faites pas pour moi.

— Zach, vous pouvez tout à faire venir chez moi ! s'écria-t-elle alors.

Elle avait finalement surmonté ses réticences, estimant trop triste l'idée qu'il passe Thanksgiving tout seul au ranch.

— Ma famille sera ravie de vous accueillir, poursuivit-elle. Nous invitons toujours des amis, cela ne posera donc aucun problème.

Il lui adressa un large sourire.

— Merci pour cette charmante invitation, mais les fêtes sont pour moi des jours comme les autres.

— C'est le côté religieux qui vous dérange ? demanda-t-elle.

— Non, c'est personnel. Comme je vous l'ai dit, mes frères et moi, nous avons grandi dans des pensionnats, et parfois nous y restions même pour les vacances, quand mon père était en Europe, ou je ne sais où.

Il avait toujours la main sur son épaule. Et quand son regard bleu glissa vers ses lèvres, elle retint sa respiration, fournissant un gros effort pour se concentrer sur ce qu'il lui disait.

— Aucun de nous n'accorde d'importance aux vacances, même si Will est en train de changer à cause de Caroline et de sa femme, Ava. En général, je ne suis pas aux Etats-Unis pour Thanksgiving, mais cette année, j'ai choisi de le passer au ranch, tout seul. C'est moi qui le souhaite ainsi. Mais, encore une fois, merci pour votre invitation.

Sur quoi, il se remit à marcher et elle lui emboîta automatiquement le pas, subissant toujours son emprise. L'attirance qu'elle éprouvait pour lui allait forcément avoir des incidences sur son travail. Combien de temps encore pourrait-elle jouer les indifférentes ? Elle n'aurait jamais cru que cela lui poserait problème.

Outre le fait qu'il était son chef, ce solitaire était bien le dernier des hommes qui aurait dû l'attirer. Comment était-il possible de vouloir passer Thanksgiving tout seul ? Même s'il venait d'une famille extrêmement fortunée, il n'avait pas dû connaître beaucoup de chaleur, dans son enfance. C'était un véritable ermite qui se tenait hors des feux de la rampe et qui travaillait dans des endroits reculés, où il pouvait passer incognito. Elle avait déjà vu des photos de son frère dans les journaux et dans des magazines régionaux, mais jamais de Zach. Il était donc manifeste qu'il préférait l'anonymat.

Une fois de retour dans le bureau, elle s'efforça de se concentrer sur son travail.

Une heure plus tard, Zach reçut un coup de téléphone, puis un deuxième, puis un troisième. Il devait y avoir un problème quelque part. Comme il lui tournait le dos et que la pièce était grande, elle n'entendait que quelques mots ici et là, mais elle comprit qu'il s'exprimait en allemand.

Il était toujours pendu au téléphone quand elle éteignit son ordinateur, à 17 heures, et sortit du bureau. Elle se rendit alors dans sa chambre où elle passa une bonne heure à lire, puis elle entreprit de répondre à ses e-mails avant d'aller dîner.

Et pendant tout ce temps, Zach le solitaire n'avait pas quitté un seul instant ses pensées.

Zach avait fait pivoter son fauteuil et regardé Emma sortir du bureau, tout en continuant à téléphoner.

— Je les appellerai demain à la première heure et je verrai ce qu'on peut faire pour accélérer le processus, disait-il à présent à son interlocuteur. Entendu, Todd, je te tiens au courant. Il est trop tard maintenant pour joindre qui que ce soit.

A peine avait-il raccroché que son portable se mit à sonner. Il regarda le numéro : c'était Will.

— Est-ce que tu as du temps pour qu'on parle ? lui demanda ce dernier dès qu'il eut pris la communication.

— Tout à fait, répondit-il avec entrain. Il y avait un problème sur un chantier et je suis resté au téléphone pendant au moins deux heures.

— Je comprends mieux pourquoi ça sonnait toujours occupé. Alors, comment est-ce que ça se passe avec ta nouvelle secrétaire ? A moins qu'il ne soit trop tôt pour en discuter.

Zach regarda la lettre qu'elle avait tapée et laissée sur son bureau avant de partir.

— Emma est compétente, mais elle est complètement obnubilée par sa famille qui habite à Dallas, répondit-il. Elle rentre tous les week-ends et le trajet représente plusieurs heures de route. Donc je ne suis pas sûr qu'elle tienne, même si je l'espère, car elle est efficace. On dirait qu'ils ne se quittent jamais, dans cette famille.

— Il suffit que tu me fasses signe et je t'envoie quelqu'un d'autre, lui rappela son frère.

— Pour l'instant, ça va, le rassura Zach en pensant aux magnifiques yeux verts d'Emma. Et puis elle n'est pas seulement très efficace, elle est aussi sentimentale : à l'entendre, ces vieilles lettres familiales valent des millions.

Will se mit à rire.

— Encore une qui te dit ce que tu as à faire ?

— Non, elle n'est pas comme la première. Celle-ci est tellement famille qu'elle ne comprend pas pourquoi je ne considère pas ces traces écrites de notre ancêtre comme un trésor. Alors que moi, je ne vois vraiment pas pourquoi je les vénérerais! Notre arrière-arrière-grand-père était sans doute un homme dur, encore plus dur que papa. Pourquoi est-ce que je devrais vénérer ses paroles ?

— Tu es tout de même un peu irrespectueux ! Pour ma part, j'aimerais bien jeter un coup d'œil à ces fameuses lettres et voir ce qu'il y a dans les cartons.

— Tu peux les prendre et t'en charger, si tu veux.

— Je n'ai pas le temps, tu le sais bien, et puis vu que tu t'es porté volontaire et que tu emploies les services d'une secrétaire à cet effet… Seulement, j'ai l'impression que tu n'as pas encore trouvé la bonne.

— Mais si, je t'assure qu'Emma est excellente. Je lui ai donné beaucoup de travail, pour la tester, et elle s'en est acquittée sans le moindre problème. Je ne peux quand même pas la renvoyer parce qu'elle estime que le contenu de ces boîtes a de la valeur.

— C'est vrai. Et au moins, tu es sûre qu'elle les lira vraiment.

— Pas d'inquiétude de ce côté-là ! fit Zach, un sourire aux lèvres en se rappelant la lettre qu'Emma avait tenu à lui lire à voix haute.

Il revoyait sa tête penchée sur le papier jauni, l'éclat qui brillait dans ses yeux, et ses cheveux roux illuminés de mèches dorées. Des boucles rebelles s'étaient échappées de son chignon, et la longueur de ses cheveux lui avait alors rappelé celle de ses jambes.

— Nous partons dans quelques semaines pour le Colorado. Si tu changes d'avis et que tu veux te joindre à nous, ou si tu veux passer Thanksgiving avec nous, appelle-moi, nous t'accueillerons avec plaisir.

— Merci, mais ce que j'ai prévu me convient tout à fait, répondit-il avant d'ajouter avec un petit rire : Ma nouvelle secrétaire était choquée d'apprendre que je comptais passer les vacances tout seul. Elle m'a même invité à venir dans sa famille.

— Je vois que vous êtes en train de faire connaissance, tous les deux, déclara Will après quelques secondes de silence.

— Comment pourrait-il en aller autrement ? Je te rappelle que nous travaillons toute la journée dans la même pièce et qu'elle séjourne au ranch ! A part Rosie et Nigel, il n'y a que nous deux.

— Si tu étais Ryan, je te demanderais si elle est jolie, mais je sais que toi, tu évites toute familiarité avec tes employées.

— Et pour cause ! Cela complique toujours les choses ! Et franchement, je n'ai pas envie de m'attirer des ennuis, déclara-t-il tout en repensant à la bouche appétissante d'Emma.

— Je te trouve bien catégorique, renchérit Will. Prends mon exemple avec Ava : il contredit ta théorie.

— Oui, mais dans votre cas, c'était différent : tu l'avais employée pour qu'elle s'occupe de Caroline. Ce n'est pas comme au bureau, tu le sais bien. Il ne va rien se passer entre Emma et moi, je te rassure. D'ailleurs, elle pense que je suis un extraterrestre en raison de mes positions sur les vacances, la famille et les souvenirs.

Will se mit à rire.

— Je la comprends. Moi aussi j'ai parfois l'impression que tu viens d'une autre planète.

— Pourtant, tu me ressembles beaucoup pour ce qui est des sentiments ! Même si tu as changé depuis qu'Ava et Caroline font partie de ta vie. Elles t'ont transformé au point que parfois je ne te reconnais pas.

— Tu devrais tenter l'expérience, répondit Will d'un ton léger. Bon, je te rappelle bientôt.

— Au revoir, et merci encore pour l'invitation. N'oublie pas non plus de remercier Ava de ma part.

Une fois qu'il eut raccroché, Zach tourna son fauteuil vers la fenêtre sans vraiment voir le paysage. C'était Emma qui habitait ses pensées, elle qu'il avait envie de voir. Il n'avait pas été raisonnable en refusant que son frère lui envoie une autre secrétaire, mais pour quel motif aurait-il renvoyé Emma ? Elle était très compétente dans son domaine et tenait à ce poste. Il ne pouvait tout de même pas lui donner congé à cause de l'alchimie bouillonnante qui agissait entre eux.

Il devait s'en tenir au strict domaine professionnel. Finis les déjeuners ou les dîners en tête à tête.

Mais quand il voulut se replonger dans son projet du Maine et les problèmes afférents, le visage d'Emma s'imposa de nouveau à lui. Il aurait tant aimé dîner avec elle. De nouveau, il se rappela à l'ordre : ne venait-il pas justement de prendre une sage résolution, quelques minutes plus tôt ? Comment pouvait-il imaginer avoir une relation avec une employée, casanière et sentimentale par-dessus le marché, qui ne pouvait vivre sans sa famille et qui, de surcroît, habitait sous le même toit que lui pour des raisons professionnelles ? Cela lui compliquerait la vie au-delà de l'imaginable, sans compter les rumeurs qui courraient au bureau. Il refusait les larmes et les scènes d'adieux, rien que cette pensée l'horrifiait.

Et pourtant physiquement, elle ne correspondait pas du tout à l'idée qu'il se faisait d'une femme à la fois casanière et sentimentale. Ses lèvres rouges et pulpeuses, la masse imposante de sa chevelure cuivrée lui donnaient plutôt l'allure d'une aventurière qui aimait faire la fête. Et à la façon dont elle réagissait quand il lui lançait un simple regard, il l'imaginait en amante sensuelle et passionnée.

— Nom d'un chien, marmonna-t-il.

Poussant un soupir, il voulut étudier les documents étalés devant lui, mais comprit bien vite que c'était au-dessus de ses forces. Après tout, un petit dîner de plus ou de moins, qu'est-ce que cela allait changer ?

Il regarda alors sa montre, et songea aussitôt qu'il l'avait probablement manquée. Irrité à l'idée de devoir manger seul, il se dirigea pourtant vers la cuisine, priant pour qu'Emma y soit encore.

La déception qu'il ressentit quand il s'aperçut que la cuisine était déserte l'agaça bien plus que son absence. Depuis quand avait-il tellement envie de partager des moments avec quelqu'un ?

- 3 -

Après dîner, Emma passa tranquillement la soirée dans sa chambre. Elle avait mangé seule, à la fois soulagée et déçue que Zach ne se soit pas joint à elle, même s'il était naturellement plus sage qu'ils n'aient pas mangé en tête à tête. Moins ils passaient de temps ensemble en dehors des heures de travail, mieux ce serait, même si une partie d'elle-même avait très envie de le voir.

Le vendredi, il garda ses distances, accaparé par ses affaires. Et en début d'après-midi, il lui indiqua qu'elle pouvait partir à 13 heures afin d'éviter les embouteillages.

— Merci, répondit-elle avec un large sourire. J'accepte volontiers.

Refermant son ordinateur, elle se mit en route vingt minutes plus tard. Ils avaient tenu une semaine ensemble, elle en concluait donc qu'elle faisait l'affaire, même si elle avait la nette sensation qu'il luttait pour limiter leur relation au plan professionnel : une attirance existait entre eux, c'était certain. Chaque fois que leurs regards se croisaient, elle sentait bien que le feu couvait. La tentation flottait constamment dans l'air !

Et pourtant, elle savait qu'il ne sortait jamais avec ses employées et c'était préférable, de toute façon : elle aussi entendait bien s'en tenir à son travail, qui serait un atout sur son C.V.

Si seulement elle avait pu arrêter de rêver à lui, la nuit ! Dans un soupir, elle se concentra sur sa conduite et tenta de ne plus penser à Zach Delaney. A la place, elle se mit à anticiper le week-end de divertissements qui l'attendait en compagnie des siens, de ses nièces et neveux.

Le lundi, quand elle retourna au travail, elle portait un jean, un T-shirt et des baskets. Le collier de perles qui ornait son cou lui donnait un petit air distingué, en dépit de sa tenue décontractée. Pourquoi avait-elle éprouvé le besoin de mettre ce bijou, d'ailleurs ?

Quand elle entra dans le bureau, Zach la jaugea de pied en cap.

— Vous m'avez bien dit que je pouvais porter un jean, n'est-ce pas ? s'enquit-elle.

— Bien sûr ! D'autant que ce jean est parfait, dit-il avec une note personnelle dans la voix. Vous êtes magnifique.

— Merci, répondit-elle en s'asseyant derrière son bureau.

— Cet après-midi, je dois aller à Dallas, voir mon médecin. J'espère qu'il m'autorisera à me débarrasser de cette béquille !

— Vous pensez que vous pourrez vous remettre à voyager ?

— Hélas, non ! Il m'a déjà prévenu qu'ensuite, je devrais porter une chaussure orthopédique et continuer à éviter de faire peser tout mon poids sur ce pied. Mais sans la béquille, ce sera déjà une amélioration.

— C'est sûr, dit-elle.

Il se remit au travail et la matinée passa tranquillement. Quand elle alla déjeuner, il continua à travailler et, dans l'après-midi, elle lut de nouvelles lettres de son ancêtre, lui lançant de temps en temps des coups d'œil, toujours étonnée du peu d'intérêt qu'il manifestait pour sa propre histoire.

Le lendemain matin suivant, il n'avait plus sa béquille, mais il ne fit aucun commentaire. Elle nota qu'il boitillait un peu et qu'assis il maintenait son pied surélevé.

Le jeudi après-midi, elle fouilla dans l'un des cartons de souvenirs et en retira une petite boîte qu'elle ouvrit. A l'intérieur, il y avait du papier de soie jauni et, dessous, une belle montre de poche.

— Zach, regardez, lui dit-elle en lui apportant la boîte.

Il se tenait alors près d'un placard. Il portait un T-shirt bleu marine moulant à manches courtes, qui soulignait sa belle musculature. Ses boucles brunes lui tombaient sur le front. Quand elle lui tendit la boîte, leurs doigts s'effleurèrent, ce qui la fit frissonner de la tête aux pieds.

— C'est beau, lui murmura-t-elle.

Au même instant, il leva les yeux. Son regard était d'une telle intensité qu'elle en eut le souffle coupé : il était manifeste qu'il ressentait la même attirance qu'elle. Ses prunelles glissèrent d'ailleurs vers ses lèvres, et sans le vouloir, elle entrouvrit la bouche, tandis que son imagination s'affolait. Allait-il l'embrasser ?

— Zach, chuchota-t-elle, dans l'intention de briser le sortilège.

Mais elle oublia tout à coup ce qu'elle voulait car il se rapprochait d'elle. Dans ses yeux de cristal crépitaient les flammes du désir.

Une vague de chaleur la submergea au moment où sa bouche recouvrit la sienne. Elle ferma les yeux, la respiration saccadée. Alors il l'enlaça par la taille, et lui donna un baiser impérieux, tout en la maintenant étroitement contre lui.

C'était un baiser de rêve, sauf qu'il était bel et bien réel, brûlant. Son cœur cognait violemment dans sa poitrine tandis que leurs langues dansaient la même sarabande. La passion ayant effacé toute notion de prudence, elle noua les bras autour de son cou et lui rendit son baiser torride, tandis qu'il l'embrassait de façon possessive, au point de lui donner le vertige…

Zach Delaney est en train de t'embrasser !

Peu à peu, sa raison reprit le dessus et, détachant sa bouche de la sienne, elle leva un regard timide vers lui. A ses yeux mi-clos, elle comprit que la faim sourdait toujours en lui.

— Avoue que cela t'a plu, Emma, dit-il en glissant les mains dans sa chevelure.

Alors sans réfléchir, ils s'étreignirent et s'embrassèrent de nouveau. La tête lui tournait de s'abandonner enfin à des désirs qui couvaient en elle depuis qu'elle l'avait rencontré même si elle avait bien conscience qu'ils avaient tort.

Reprenant le contrôle d'elle-même, elle releva la tête.

— Nous n'aurions pas dû, murmura-t-elle.

— J'en avais envie depuis que mes yeux se sont posés sur toi, avoua-t-il d'une voix rauque.

Son regard était devenu plus sombre, plus sensuel. Elle aurait voulu l'embrasser encore et toujours, mais elle jugea plus prudent de reculer un peu.

— Je suis venue ici pour le travail, protesta-t-elle.

Leurs yeux étaient rivés l'un à l'autre ; elle n'avait jamais éprouvé un désir aussi vif pour un homme et il était de toute évidence aussi surpris qu'elle par le baiser dévastateur qu'ils venaient de partager.

— Zach, je devrais te présenter ma démission, dit-elle à voix basse.

Devant l'air étonné qu'il arbora, elle se sentit rougir.

— Pour quelques baisers sans importance ? fit-il.

Elle hésita.

— Ce n'étaient pas des baisers comme les autres. Il y a quelque chose entre nous qui… La raison me dit que je devrais partir sur-le-champ, reprit-elle, levant les mains en signe d'impuissance. Tu as la réputation de ne jamais sortir avec ton personnel.

— Eh bien, il faut croire que l'occasion ne s'était jamais présentée ! Ne démissionne pas, Emma, je t'en prie. Tu tiens à ce poste, et moi j'ai besoin de tes services.

Mais elle secoua la tête, désemparée par cet homme si beau, qui la troublait tellement.

— Je ne peux pas rester… Tu me trouveras facilement une remplaçante efficace.

— Pas question ! décréta-t-il en fourrant ses mains dans ses poches. Je double ton salaire !

— Tu doubles mon salaire ? répéta-t-elle sans y croire.

— Nous sommes des adultes, Emma. Un baiser, ce n'est pas grand-chose. Si tu ne tiens pas à ce qu'on aille plus loin, nous nous efforcerons de nous contrôler et il n'y aura rien de plus entre nous… Et grâce à mon offre, cette mission va te rapporter deux fois plus. Ce serait vraiment un gâchis à tous les points de vue, si tu partais.

Exaspérée, elle était également piquée par le fait qu'il souligne pour la deuxième fois que ces baisers qui l'avaient dévastée n'étaient pas grand-chose, pour lui.

— Entendu, répondit-elle, il n'y aura rien de plus entre nous. Mais il n'empêche que ces baisers n'étaient pas anodins.

Et, sur cette affirmation, elle s'approcha de lui, noua les bras autour de son cou et lui planta un baiser sur la bouche. Elle l'embrassa avec fouge et colère pour venger le peu de cas qu'il avait fait de leurs baisers précédents. Au bout de quelques secondes, s'étant sans doute remis de sa stupeur, il l'enlaça à son tour par la taille pour lui rendre son baiser. De nouveau, la passion jaillit entre eux, et ce fut elle encore une fois qui y mit fin.

— La façon dont ton corps réagit n'est pas « anodine », décréta-t-elle alors.

Elle vit les yeux de Zach changer de couleur et nota que son souffle s'était accéléré. Elle sentait maintenant l'érection qu'il appuyait contre son ventre, percevait les battements fous de son cœur !

— O.K., ce n'étaient pas des baisers tout à fait ordinaires, concéda-t-il, mais il faut que nous nous reprenions.

Un muscle de sa mâchoire tressaillit alors qu'il fixait de nouveau dangereusement ses lèvres, contredisant les paroles qu'il venait de prononcer.

— Tu veux toujours doubler mon salaire, ou tu préfères que je m'en aille ?

— Je double ton salaire, dit-il en détachant chaque syllabe.

— Tu sais très bien que je ne peux pas décliner une telle offre.

— J'espère bien que non, car tu es une excellente secrétaire, répondit-il sur un ton un peu plus normal.

Prenant une large inspiration et se promettant de mieux contrôler ses pulsions à l'avenir, elle déclara :

— Même si je sais que c'est une erreur, je vais rester.

Je ne peux pas refuser le salaire que tu me proposes, j'ai besoin d'argent pour terminer mes études.

— Marché conclu, dit-il en soutenant son regard.

Détournant alors les yeux, elle déclara :

— J'étais venue pour autre chose, en fait.

Regardant autour d'elle, toujours à cran et dans la crainte de retomber dans ses bras, elle avisa enfin ce qu'elle cherchait : la petite boîte qu'elle avait retirée du carton et qui attendait à présent tranquillement sur le bureau de Zach.

— Regarde plutôt ça, ajouta-t-elle.

Comme il ne bougeait pas, elle tourna la tête vers lui. Il la fixait avec un air de prédateur, mais finit tout de même par baisser les yeux vers ce qu'elle lui présentait.

— C'est une trouvaille, dit-il d'une voix rauque. Nous allons la garder.

Elle était certaine que le timbre de sa voix n'était pas dû à l'émotion suscitée par cette montre, mais elle ne fit pas le moindre commentaire.

Prenant l'objet dans sa main, il l'observa plus attentivement.

— Elle porte les initiales de mon arrière-arrière-grand-père, ajouta-t-il, W. I. D., Warner Irwin Delaney. Regarde…

Elle se pencha à son tour sur la montre.

— Elle est très belle. Je suis heureuse que tu ne la mettes pas dans les affaires à jeter. Je ferai des recherches sur internet pour savoir quelle est sa valeur. Bon, je vais reprendre mes recherches.

— Laisse-moi t'aider. Finalement, il y a des choses intéressantes dans ces cartons.

Ils se remirent au travail, mais elle n'arrivait malheureusement plus à se concentrer. Toutes ses pensées la ramenaient à Zach et aux baisers fantastiques qu'il lui avait donnés. Elle avait envie qu'il l'embrasse de nouveau, en fait, envie d'aller plus loin avec lui. A cette pensée, elle se figea, choquée. Les hommes qu'elle avait connus jusque-là avaient toujours été des amis, des personnes qui partageaient les mêmes valeurs qu'elle et avec qui elle se sentait à l'aise, même si elle n'avait eu de relation sérieuse avec aucun. Pourquoi fallait-il que Zach Delaney possède autant de charme ?

Il l'obsédait tant qu'elle n'arrivait même pas à se réjouir de l'augmentation de salaire promise, alors que normalement, elle aurait dû en être tout excitée.

C'est qu'il aurait été bien plus sage de faire ses valises et de partir, or elle ne le pouvait pas. Elle avait besoin de cet argent : la faculté coûtait cher, tout comme les cours par correspondance qu'elle devait prendre pour garder son niveau. Le doublement de son salaire représentait un atout indéniable. Involontairement, elle regarda dans sa direction, et croisa son regard. Se sentant aussitôt rougir, elle détourna les yeux.

Ils travaillaient à présent en silence, l'un à côté de l'autre. A la façon dont il prenait les lettres et les posait à côté du carton, elle avait l'impression qu'il cherchait quelque chose de précis. Au bout d'un moment, elle parvint à reprendre une lecture plus concentrée des lettres.

— J'ai désormais l'impression de connaître une partie de ta famille, déclara-t-elle en repliant une missive. Après la guerre de Sécession, Warner Delaney a construit ce ranch, puis il y a fait venir sa famille. Quelques années plus tôt, il avait rencontré celle qui devait devenir sa femme, à Kansas City.

— Autrement dit mon arrière-arrière-grand-mère, déclara-t-il. Elle s'appelait Tabitha, je crois.

A cet instant, ils entendirent du bruit dans le couloir et, quelques instants plus tard, un homme de haute stature, portant un jean, un pull bleu marine, des bottes et un Stetson fit irruption dans le bureau. Il tenait une petite fille brune par la main, qui adressa un grand sourire à Zach et un regard timide à Emma.

— Caroline ! s'écria Zach. Comment va ma petite nièce préférée ?

Sur ces mots, il la prit dans ses bras et lui donna un baiser sur la joue. Elle se mit à glousser tandis qu'il la reposait à terre.

— Bonjour, Will, reprit-il en se tournant vers l'homme. Où est Ava ?

— Elle s'est arrêtée dans la cuisine, pour discuter avec Rosie et lui confier Muffy. C'est notre chien, expliqua-t-il alors à son adresse.

— Emma, renchérit Zach, je te présente mon frère Will et ma nièce Caroline. Ah, et voici Ava ! Bonjour, Ava !

Désignant Emma, il ajouta :

— Je vous présente Emma Hillman, ma secrétaire.

Elles se serrèrent la main, et le regard chaleureux et bienveillant d'Ava la frappa.

— Allons dans le salon, ce sera plus confortable, suggéra Zach. Caroline pourra jouer pendant que nous parlons.

Will lui sourit.

— Nous sommes en route pour Dallas, nous nous sommes juste arrêtés quelques minutes, le temps de te saluer.

— Eh bien, passons-les tranquillement dans le salon ! insista Zach.

— Moi, je reste ici pour travailler, prévint alors Emma.

— Non, tu viens aussi ! fit Zach. Sinon, nous allons devoir nous asseoir sur ces chaises et elles sont nettement moins confortables que les canapés.

— Oh oui, Emma, venez ! renchérit Ava. Ne me laissez pas seule avec ces deux types-là.

Emma lui sourit, sachant qu'elle plaisantait et que c'était une façon amicale de l'inclure. Will était lui aussi très beau, mais il ne possédait pas le côté mystérieux de son frère. Les deux hommes ne se ressemblaient guère, Will ayant les yeux très noirs.

— Notre offre pour Thanksgiving tient toujours, déclara Will.

— Je sais, merci, mais je vais rester ici, comme je te l'ai dit. Rosie va me préparer une de ces savoureuses dindes dont elle a le secret.

— Tu devrais venir avec nous, Zach, renchérit Ada. Il y aura beaucoup de neige et nous allons bien nous amuser.

— Merci, Ava, mais ce sera parfait ici, répondit-il sans regarder Emma.

Comme ils pénétraient dans le salon, elle se demanda pourquoi il tenait tellement à passer Thanksgiving seul. Comment pouvait-il refuser l'invitation de son frère et préférer rester tout seul dans ce ranch isolé ? Elle ne comprenait pas pourquoi il s'infligeait ce qui était au fond une véritable pénitence. Etait-ce le résultat de ses blessures d'enfance ? Recherchait-il la solitude comme un rempart contre les souvenirs d'antan, pour se faire croire que passer Thanksgiving tout seul était la chose la plus naturelle au monde ?

— Alors, avez-vous trouvé des trésors, dans les cartons ? demanda Will d'un ton enjoué.

— Tu ne crois pas si bien dire ! répondit Zach. Aujourd'hui, nous avons effectivement trouvé quelque chose de valeur.

— Je vais la chercher, déclara Emma.

Et avant qu'il n'ait eu le temps de protester, elle s'éclipsa pour revenir avec la boîte qu'elle tendit à Zach.

Celui-ci la brandit alors sous les yeux de son frère et de sa belle-sœur.

— Regardez-moi ça ! dit-il.

— C'est une belle montre, tu as raison, et elle l'est d'autant plus qu'elle a appartenu à l'un de nos ancêtres, déclara Will. Nous devons la garder précieusement.

Caroline s'était elle aussi approchée pour admirer le « trésor ».

— Si tu veux mon avis, papa l'avait déjà vue, lui aussi, mais il l'a remise dans le carton avec les lettres, décréta Zach.

— Tu crois ? Moi, j'ai l'impression qu'il n'a jamais fouillé dans ces cartons, lâcha Will.

— Peut-être que tu as raison, au fond. Qui sait ce que l'on va encore trouver ?

— J'ai cru comprendre que c'est vous qui lisiez les lettres, Emma, reprit Will.

— Oui, pour la plupart.

— Cette correspondance l'intéresse bien plus que moi,

précisa Zach, car elle estime que ces lettres sont des trésors sacrés sur l'histoire de notre famille et celle du Texas. C'est pour ma part un genre de vénération que je n'arrive pas à éprouver.

Chacun reprit sa place et Zach rangea la montre dans sa boîte. A l'entendre discuter avec son frère, elle se rendit compte que les deux hommes étaient proches et appréciaient de se trouver en compagnie l'un de l'autre, ce qui ne fit que renforcer sa perplexité concernant le goût de Zach pour la solitude. elle constata par ailleurs qu'il était fort gentil avec Caroline, se montrant un oncle des plus attentionnés, vers qui la fillette allait spontanément.

Tout à coup, l'enfant glissa pourtant des genoux de Zach pour aller se réfugier sur ceux de Will et lui murmurer quelques mots à l'oreille.

— Caroline a une nouvelle à t'annoncer, lança-t-il alors.

La fillette se tortilla un peu, un grand sourire aux lèvres. Puis elle descendit du giron de son père pour aller se planter devant Zach. Elle jeta de nouveau un regard timide à Emma et celle-ci eut la sensation d'être une intruse. Elle aurait voulu les laisser en famille, mais une sortie maintenant aurait perturbé l'atmosphère. Mieux valait rester tranquille.

— Oncle Zach, je vais devenir grande sœur, déclara-t-elle d'un ton solennel.

— Oh ! Comme je suis content ! s'exclama-t-il. Et félicitations ! ajouta-t-il en regardant son frère par-dessus la tête de la fillette.

— C'est un peu tôt pour l'annoncer, mais comme nous allons faire des aménagements à la maison, au ranch et dans le Colorado, nous avons préféré le dire dès maintenant à Caroline, expliqua Will.

— C'est vraiment une grande nouvelle, Caroline ! reprit Zach. Toi tu vas devenir grande sœur, et moi je serai de nouveau oncle.

Elle se mit à rire et à tourner en rond tandis que Zach se levait pour embrasser Ava.

— Félicitations, c'est merveilleux !

— Oui, nous sommes très heureux, dit-elle les yeux brillants.

Radieuse, elle échangea alors un regard avec son mari. Ils semblaient tellement épris l'un de l'autre qu'Emma se sentit soudain légèrement envieuse. Puis Ava se pencha pour prendre Caroline dans ses bras.

— Félicitations à vous tous ! s'exclama Emma. Caroline, tu vas bien t'amuser avec ton futur petit frère ou ta future petite sœur.

La fillette hocha la tête, tout sourire.

— Bon, à présent, nous allons vous laisser travailler, déclara Will, d'autant que nous devons aller aux écuries : nous avons promis à Caroline qu'elle ferait du poney avant de repartir.

— Ravie de vous avoir rencontrée, dit Ava à Emma. Nous sommes heureux que Zach ait enfin quelqu'un pour l'aider à trier les cartons.

— Faites en sorte qu'il ne jette pas tout à la poubelle, ajouta Will. Mon frère n'est pas un grand sentimental.

— Je ferai de mon mieux car je trouve ces lettres fascinantes, répondit-elle. J'ai l'impression de commencer à connaître Warner Delaney, maintenant. Et tout le plaisir de notre rencontre a été pour moi.

Ils sortirent du salon et Emma regagna le bureau. Elle ne se remit pas tout de suite au travail, repensant à Zach. Pourquoi ne comprenait-il donc pas qu'il se gâchait la vie à refuser de partager des moments fabuleux comme Thanksgiving avec sa famille ? Son choix de la solitude était vraiment triste.

Finalement, elle reprit sa lecture et sursauta quand il la rejoignit. Il représentait un danger permanent pour sa tranquillité d'esprit. Et elle ne parvenait toujours pas à contrôler les réactions impulsives qu'il lui inspirait !

— J'ai été enchantée de rencontrer ta famille. Ils sont tous supers. Et je ne te parle même pas de la grande nouvelle qu'ils t'ont apprise…

— Mon frère m'étonne. Il était aussi opposé au mariage

que nous tous jusqu'à ce qu'il tombe amoureux d'Ava. C'est incroyable. Et il est si affectueux avec Caroline ! Aucun de nous n'était habitué aux enfants, et ça n'a pas été facile pour lui de devenir son tuteur.

— D'après ce que j'ai pu en voir, Caroline est une petite fille très heureuse.

— Ava et Will ont vraiment été merveilleux avec elle. C'est Ava qui a eu l'idée d'offrir Muffy à Caroline et ce petit animal a véritablement aidé ma nièce à surmonter la perte de son père.

— Je me trompe ou bien elle appelle réellement Will « papa numéro deux » ?

— Non, c'est exact, nous nous y sommes habitués, maintenant. Et je ne sais pas si tu as remarqué, mais elle appelle Ava « maman ».

— Effectivement… Mais ils ont l'air si heureux, si sympathique que je ne comprends toujours pas pourquoi tu ne veux pas passer Thanksgiving avec eux.

— Je préfère être seul, c'est comme ça.

— Excuse-moi, mais c'est incompréhensible. Et pour Noël, vous vous retrouvez tous ici ?

Il lui adressa un petit sourire en coin, et elle devina tout de suite la réponse.

— Quoi ? Tu veux dire que tu passes aussi Noël tout seul ? Ce n'est pas possible…

— Mais bien sûr que si ! répondit-il en riant.

— Je pensais que vous vous retrouviez tous ici, dans la mesure où c'est le ranch familial ! N'est-ce pas là que vous fêtiez Noël, autrefois ?

— Du vivant de mon grand-père, nous avons peut-être passé deux Noël ici. Ma mère détestait le ranch. Tous les ranchs, d'ailleurs. Nous fêtions Noël à Dallas, jusqu'à ce qu'elle parte. Après, de toute façon, nous ne sommes plus rentrés à la maison pour Noël.

— Zach…

Elle le vit serrer les mâchoires et comprit qu'elle ne devait pas insister. C'était sa vie, et cela ne la regardait pas. Haussant les épaules, elle se remit au travail sans rien ajouter, mais elle n'arrivait toujours pas à comprendre. Comment pouvait-il passer Noël tout seul ? Personne ne faisait un tel choix délibérément.

Ils travaillèrent une heure encore, puis Zach se leva et s'étira.

— Arrêtons-nous pour aujourd'hui. Je vais aller soulever des poids dans la salle de gym et faire des exercices qui ne requièrent pas l'utilisation des pieds. Tu peux venir me rejoindre, tu sais ? Tu pourras faire du tapis de jogging, si tu veux. Mais tu préfères peut-être aller te promener dehors ou siroter tout simplement un thé sur la terrasse.

— Je vais me changer : un peu de tapis de jogging me fera le plus grand bien, décréta-t-elle, même si elle aurait préféré en réalité se détendre sur la terrasse.

— Parfait ! A tout à l'heure.

Zach soulevait un poids quand Emma entra dans la salle de gym. Tout en la regardant, il reposa son haltère sur le sol et s'essuya le front avec une serviette blanche. Elle portait un short bleu vif et un T-shirt de même couleur qui mettait ses formes en valeur et soulignait sa taille fine, tout comme la longueur fascinante de ses jambes.

Elle lui sourit et lui fit un petit signe de la main avant de se diriger vers le tapis de jogging.

Il aurait dû la laisser repartir à Dallas. C'était certes une secrétaire très compétente, mais il pressentait que ça allait mal finir. Leurs baisers avaient été de la dynamite et le dernier, celui par lequel elle avait voulu lui démontrer qu'entre eux il n'y avait rien de banal, avait mis le feu à tout son être. Il ne l'aurait jamais crue capable de relever un défi aussi osé. Quand il y repensait, c'était vraiment un baiser dévastateur et inoubliable — ce dont elle devait bien avoir conscience, elle aussi. Elle lui avait largement démontré qu'elle avait raison, et il avait eu l'impression de recevoir un boomerang en plein cœur.

Elle avait du cran, c'était indéniable, et il la suspectait d'être aussi déterminée que lui. Autrement dit, elle n'était pas du tout son type de femme, si l'on exceptait son physique, bien sûr. Elle avait exprimé sa profonde surprise quant à ses projets de passer Noël en solitaire et il aurait parié le ranch qu'il allait encore en entendre parler ! Elle allait insister pour qu'il passe Noël chez elle. Après tout, son insistance était amusante et il pourrait tout à fait la prendre sur le mode humoristique et en rester là. Le problème, c'était qu'il n'arrivait pas à faire abstraction de ce qu'elle lui disait. Les fameux baisers dans lesquels il n'avait rien voulu voir d'extraordinaire avaient fait voler en éclats la paix de son esprit et chauffé à blanc son imagination : il ne rêvait plus que de lui faire l'amour.

Avant même qu'ils échangent ces baisers, il n'arrivait plus à se concentrer vraiment sur son travail, et il devait vraiment fournir de gros efforts pour ne plus déjeuner ni dîner avec elle. C'était sur une impulsion qu'il l'avait invitée dans la salle de gym, mais c'était une erreur bien embêtante. De deux choses l'une : soit il apprenait à mieux se maîtriser, soit il se débarrassait d'elle.

Frustré, il reprit ses exercices.

Quand il refit une pause, il risqua un coup d'œil dans sa direction. Elle s'exerçait toujours sur le tapis de jogging et avançait à une bonne vitesse ; on aurait pu croire qu'elle s'y exerçait tous les jours. Elle avait l'air en forme, en effet, et offrait l'image d'une femme fort séduisante, avec son T-shirt qui lui collait à la peau à cause de la transpiration. Elle n'en était que plus sexy.

Dans un soupir, il reprit ses poids.

Quand il s'arrêta, elle avait déjà terminé et passé une serviette autour de son cou. Nigel étant venu s'assurer que tout allait bien pour lui, comme il en avait l'habitude depuis qu'il s'était cassé la cheville, elle discutait avec lui. Nigel leva les yeux vers lui, et il lui fit alors signe qu'il pouvait disposer. Emma emboîta le pas du vieux majordome.

Zach se rendit alors à la douche en boitillant, tout en priant pour que son pied se rétablisse le plus vite possible : il pourrait ainsi l'inviter à sortir, la porter jusqu'à son lit, lui…

Stop ! S'il ne voulait pas que sa vie devienne compliquée, il ne devait pas céder à ses pulsions. Car Emma était le genre de femme à s'engager passionnément dans une relation, ce qu'il ne voulait en aucun cas. Et pourtant, ce fut plus fort que lui : il ne put s'empêcher de fantasmer sur elle pendant qu'il se douchait !

Des images érotiques d'Emma étendue sur son lit ne cessèrent de le tourmenter, c'était la première fois qu'une femme le troublait à ce point. Il était prêt à tout pour ne pas la perdre, même doubler son salaire. Et d'ailleurs, elle avait tout de suite accepté ! Etait-ce vraiment, comme elle l'affirmait, pour épargner de l'argent en vue de terminer ses études, ou bien parce qu'une part d'elle-même avait envie de rester ici avec lui ?

Une fois hors de la douche, il décida de s'isoler dans sa chambre, d'où il pouvait tout à fait continuer à travailler sur son portable. Puis il dîna seul, comme il en avait l'habitude depuis qu'il était adulte. Il avait bien sûr eu des liaisons, mais jamais de relation durable, son métier représentant un facteur supplémentaire de solitude, dans la mesure où il voyageait sans arrêt et ne restait jamais bien longtemps au même endroit.

Mais ce soir, il était si agité, si obsédé par la pensée d'Emma qu'il partit à sa recherche. Malheureusement, elle avait déjà regagné sa chambre.

Au fond, c'était préférable. Cela lui permettrait de s'en tenir à sa résolution de ne rien entreprendre. Mais combien de temps encore allait-il tenir ?

- 4 -

Le lundi, ils reprirent leur routine.

Dans la soirée, la météo mit en garde la population contre une grosse tempête en provenance de l'ouest, censée atteindre le Texas le jeudi ou le vendredi. Dès lors, ils regardèrent chaque jour ensemble la météo à la télévision tout comme, au grand étonnement d'Emma, ils déjeunèrent et dînèrent en tête à tête. Zach était des plus charmants, et elle avait même l'impression qu'il flirtait avec elle. Etait-il conscient qu'il attisait son désir ?

Le jeudi, on montra des images de l'Ouest recouvert de neige.

— Nous sommes prêts à affronter la neige, ici, au ranch, déclara-t-il. Nous avons toutes sortes de réserves et assez de nourritures pour tenir des semaines. Je pense que tu vas malheureusement rester bloquée ici, Emma, sauf si tu veux rentrer dès cet après-midi à Dallas.

Elle ne répondit pas, et ils écoutèrent de nouveau la télévision qui montrait New Mexico recouverte de neige, ainsi que l'autoroute 40.

— Maintenant, ils prévoient la neige pour vendredi, poursuivit Zach. Si tu es coincée ici pendant le week-end, cela ne me pose aucun problème, au contraire.

— Pourquoi pas ? répondit-elle alors. D'ailleurs, cela me permettra d'avancer dans mon travail, de lire encore plus de lettres.

— Tu es certaine ? insista-t-il.

Elle hocha la tête.

— Ce ne serait pas très raisonnable de s'aventurer sur les routes par ce temps. Et puis, d'après les prévisions météo, le temps sera de nouveau clair pour Thanksgiving, le week-end prochain.

— Si tu restes, je te paierai tes heures supplémentaires.

— Ce n'est pas nécessaire, je suis contente de ne pas avoir à affronter la tempête. Ma mère m'a déjà appelée pour me dire qu'elle s'inquiétait à l'idée que je prenne le volant, demain.

— Rappelle-la pour lui annoncer qu'elle n'aura pas de souci à se faire.

— Merci, Zach.

— J'aurais aimé t'emmener danser, samedi soir, mais je ne pense pas que ce sera possible, à cause de mon pied et de la neige. Mais je pourrai cuisiner pour toi, et nous ferons la fête à la maison.

Elle se mit à rire.

— Le programme me va, mais rien ne t'oblige à te mettre en quatre pour me distraire.

La voix de Zach s'était voilée et une lueur s'était allumée dans ses yeux quand il répondit :

— Je sais, mais j'en ai envie. Passer une soirée cosy auprès du feu pendant que la neige tombe à l'extérieur, ça me semble très excitant. J'ai hâte que tombent les premiers flocons.

Secouant la tête, elle lui sourit pour masquer le trouble qui s'était emparé d'elle à l'idée de passer le samedi soir avec lui.

— En attendant, remettons-nous au travail ! dit-elle.

Ce jour-là, elle reprit la lecture des lettres : certaines avaient été écrites par l'arrière-grand-père de Zach, d'autres par le père du premier. Elle les rangeait dans des dossiers en fonction de la génération, dossiers à l'intérieur desquels elle avait créé des sous-dossiers relatifs aux titres de propriétés, aux disputes concernant le terrain, l'accès à l'eau… Elle s'efforçait d'être le plus méthodique possible.

Soudain, alors qu'elle prenait une nouvelle lettre dans

le carton, elle sentit sous sa main quelque chose de dur, qui ne ressemblait pas à une liasse de lettres. Il s'agissait de deux objets enveloppés dans du tissu.

— Zach, regarde ce que j'ai trouvé dans ce carton !

Il s'approcha et plongea la main dedans.

— Zach ! Attention aux lettres ! le prévint-elle.

— Voyons, Emma, ces lettres ne sont pas des trésors sans prix, tout de même !

— Peut-être qu'elles le sont pour certains membres de ta famille.

— Ça m'étonnerait ! marmonna-t-il, tout en sortant un premier objet du carton. C'est un Colt, annonça-t-il après avoir retiré le tissu qui l'enveloppait. Il est remarquable ! C'est fantastique, ajouta-t-il après avoir vérifié que l'arme n'était pas chargée.

Il reposa le Colt et s'empara du deuxième objet.

— C'est un fusil, déclara-t-il quelques instants plus tard.

Cette fois encore, il vérifia qu'il n'était pas chargé.

— Il s'agit d'un henry ! constata-t-il. Mes ancêtres s'y connaissaient en armes !

Tout en parlant, il fit mine de viser le patio avec le fusil.

— Ça, c'est une trouvaille ! Quelle idée de l'avoir mis dans un carton rempli de lettres. Si j'avais été le seul descendant, ce carton serait parti depuis longtemps à la poubelle.

— Par chance, tu n'es pas le seul à décider du sort de l'héritage familial, fit-elle observer alors d'un ton amusé.

Il lui sourit.

— Le Henry est un fusil à répétition qui a été conçu au début de la guerre de Sécession. Il est merveilleux, dit-il en passant la main dessus. Grâce à ces deux armes, je me sens désormais plus proche de mes ancêtres. Ryan va être ravi, et Will encore plus.

— A t'entendre, on croirait que vous êtes une bande de cow-boys fous de la gâchette ! Heureusement que je sais que ce n'est pas du tout le cas. C'est même plutôt le contraire. Tu es un citadin pur jus.

— Peut-être, mais cela ne m'empêche pas d'admirer

ce fusil. Et je suis sûr que Garrett, le mari de Sophia, va l'adorer lui aussi, même si c'est un citadin pur et dur. Nous avons tous été étonnés que notre père lui lègue finalement ce ranch, et ne le destine pas à l'un de ses fils. Mais cela explique aussi pourquoi Garrett n'est pas pressé de le réclamer. En tout cas, ce Henry, c'est quelque chose !

A cet instant, Emma s'empara d'une nouvelle lettre.

— Si cela ne te gêne pas, je vais continuer ma lecture, pendant que tu t'extasies sur tes armes, dit-elle, un peu agacée. Tu veux que je lise à voix haute ?

— Non, ce n'est pas la peine, répondit-il en souriant.

Puis il se dirigea vers son bureau sur lequel il posa les armes, avant de décrocher son téléphone pour appeler Will et lui annoncer la découverte.

Ils discutèrent un petit moment, puis il téléphona à Ryan. Drôle d'attitude, tout de même ! Les lettres avaient bien plus de valeur que ces deux armes, aussi belles soient-elles.

Quand Zach en eut fini avec ces frères, il revint vers elle.

— Je me demande si chaque carton recèle un trésor, dit-il, mains sur les hanches. Je vais regarder dans celui-ci qui n'a pas encore été du tout ouvert.

Et il mit ses paroles à exécution, s'emparant des lettres du dessus pour les jeter sans ménagement par terre.

— Eh, attention ! s'écria-t-elle. N'abîme pas la correspondance. Dépose les lettres dans cette corbeille, s'il te plaît.

— O.K., marmonna-t-il.

Quand la boîte fut presque vide, la corbeille débordait, et Zach, lui, n'avait rien trouvé de précieux au sens où il l'entendait.

Il sourcilla.

— Il n'y a rien, à part ces lettres.

— Lis-en au moins une !

— Inutile !

— Tu me donnes envie de sauter dans ma voiture et de partir, tu sais !

— Tu as pris la décision de rester, alors tu restes !

décréta-t-il en haussant le ton. De toute façon, il est trop tard maintenant, tu risquerais d'être coincée dans la neige.

Le vendredi, la tempête de neige arriva comme prévu, les premiers flocons commençant à tomber en fin de matinée. Emma s'approcha de la baie vitrée.

— C'est beau, Zach ! Il faut que je sorte voir la neige de plus près.

Et elle se rendit effectivement sur la terrasse pour admirer les gros flocons qui tournoyaient avant de s'écraser au sol. Elle tira la langue pour que des cristaux de neige tombent dessus puis, tendant les paumes, elle observa la façon dont les flocons s'y transformaient en eau glacée.

Quelques secondes plus tard, la porte claqua derrière elle et, se retournant, elle vit Zach courir dans sa direction, une couverture sur les épaules.

— Tu vas avoir froid ! dit-il.

Et il la recouvrit elle aussi du plaid.

Gagnée par le froid, elle se rapprocha de lui, appréciant la chaleur de son corps solide contre le sien.

— N'est-ce pas magnifique ? demanda-t-elle. J'adore la neige, et c'est si amusant d'avoir un Noël blanc. A condition bien sûr que cela n'empêche pas les familles de se réunir.

— Je suppose que ce week-end, ta famille va construire des forts et des bonshommes de neige.

Elle sourit.

— Notre cour sera effectivement remplie de sculptures de toutes sortes. Une année, le journal local était même venu photographier nos œuvres ! précisa-t-elle en riant avant d'ajouter avec une légère nostalgie : Nous avons aussi des luges, et tout le monde fait des glissades.

— A sa façon, ta famille profite vraiment de la vie, lâcha-t-il alors.

— Elle profite pleinement de la vie, oui, précisa-t-elle avant de lever les yeux vers lui. Rentrons à présent.

Et ils se réfugièrent à la maison, toujours sous la couverture.

— Veux-tu une boisson chaude pour te réchauffer ?

demanda Zach une fois qu'ils eurent ôté leurs chaussures. Un café, un thé, un chocolat chaud ?

— Un chocolat chaud, avec plaisir, répondit-elle.

Quelques minutes plus tard, il déposait une tasse fumante sur son bureau, tandis qu'elle essayait de travailler et de ne pas penser à Zach sous la neige, des flocons de neige s'emmêlant dans ses boucles et ses sourcils.

— Emma, fit-il au bout d'un moment. Regarde dehors…

Elle sursauta : accaparée par ses pensées, elle en avait oublié la tempête imminente.

Elle poussa un cri : le vent s'était levé et la neige paraissait tomber à l'horizontale, à présent. Tout avait blanchi, à l'exception des grands arbres qui s'élevaient, semblables à des ombres, tandis que le blizzard soufflait avec rage.

— Je n'avais pas remarqué, dit-elle. C'est incroyable. Heureusement que je ne suis pas sur la route !

Elle s'approcha de la fenêtre et entendit qu'il la rejoignait. Il posa alors la main sur son épaule.

— Ce soir, après le dîner, lâcha-t-il en posant une main sur son épaule, nous pourrons nous installer confortablement devant la cheminée et jouer aux échecs ou bien regarder un film. Ou encore opter pour une tout autre activité, précisa-t-il d'une voix plus rauque.

— Les échecs et un DVD, cela me paraît parfait ! trancha-t-elle.

— Nous verrons vers quoi la soirée nous porte, dit-il en lui caressant légèrement le bras.

— Heureusement que Nigel et Rosie sont rentrés chez eux, fit-elle alors, pour changer de sujet de conversation. Bon, je vais me remettre au travail.

A 17 heures, Zach se leva et s'étira.

— La journée est terminée, décréta-t-il.

— Cela ne me gêne pas de continuer encore un peu.

— Moi si ! On se donne rendez-vous à 18 heures pour prendre l'apéritif et dîner ?

— Entendu, répondit-elle.

Peu de temps après qu'il fut sorti du bureau, elle éteignit son ordinateur et monta prendre une douche, puis se changer. Elle opta pour un pull rouge et un pantalon de cuir, rouge lui aussi, puis elle se brossa les cheveux avant de les attacher derrière sa nuque avec un foulard. Elle enfila des mocassins pour finir.

Après quoi, elle redescendit au rez-de-chaussée pour rejoindre Zach. Se laissant guider par les odeurs en provenance de la cuisine, elle le trouva près des fourneaux. Et dès qu'elle le vit, elle en oublia le dîner. Il portait un pull bleu marine qui soulignait sa carrure et un jean délavé qui renforçait l'étroitesse de ses hanches et ses longues jambes. Ses boucles étaient légèrement désordonnées, ce qui lui donnait un air touchant, tout comme sa chaussure orthopédique à un pied et une tennis à l'autre. Il tourna la tête vers elle, et elle sentit sa bouche s'assécher… Captive de son regard, elle resta quelques secondes immobile tandis que, posant la cuillère avec laquelle il remuait le contenu de la casserole qui réchauffait, il s'avança vers elle d'un air déterminé.

Son cœur battait si fort qu'elle craignait qu'il ne l'entende cogner.

— Zach, murmura-t-elle ne sachant elle-même si c'était une invitation ou une protestation.

L'instant d'après, il capturait sa bouche.

Tremblante, elle lui rendit son baiser, abandonnant peu à peu toute réserve. Il sentait bon la menthe et les fougères, et la sensation de son corps souple contre le sien était éminemment excitante…

Soudain, il passa la main sous son pull et, d'un geste sûr, dégrafa son soutien-gorge avant de caresser ses seins. Quand le pouce trouva les tétons et commença à les caresser, une vague de plaisir la traversa. Elle finit par détacher sa bouche de la sienne et le regarda.

— Zach, c'était exactement ce que je cherchais à éviter, déclara-t-elle alors.

— Moi aussi, répondit-il dans un murmure. Mais c'est impossible, c'est tout simplement impossible !

Et sur cette affirmation répétée, il l'embrassa de nouveau.

Gémissante, elle se pressa contre lui, et sentit qu'il était très excité. En un rien de temps, il avait déboutonné son pantalon de cuir.

— Zach, nous franchissons une limite…

— Je t'ai déjà dit que nous l'avons franchie dès le premier jour. Dès le premier regard. Ce qui arrive était inévitable.

— Mais nous n'allons pas du tout ensemble, et ce n'est pas ce que je veux. Nous courons à la catastrophe, essaya-t-elle encore de protester.

— Ne mens pas, Emma, tu le souhaites de tout ton être. C'est plus fort que toi, plus fort que nous. Notre désir nous dépasse.

Sachant parfaitement qu'il avait raison, elle cessa de le contredire et lui rendit son baiser avec une ardeur d'autant plus forte qu'elle avait conscience d'aller droit dans le mur.

Quelques secondes plus tard, il lui retirait son pull, et son soutien-gorge dégrafé vint avec. Tout de suite le regard de Zach glissa sur ses seins.

— Tu es très belle, murmura-t-il en lui caressant la poitrine.

A son tour, il enleva son pull et elle eut le souffle coupé de découvrir un torse aussi parfait.

Il dénoua alors son foulard, faisant tomber ses cheveux en pluie sur ses épaules et ses seins. Il glissa aussitôt ses doigts dedans…

— On dirait un nuage de soie, dit-il comme il la contemplait, je rêvais de les toucher depuis la seconde où je t'ai vue descendre de voiture.

— Zach, fit-elle en tentant de se rapprocher de lui.

Mais il continuait tranquillement à l'examiner, à la caresser, à la soumettre à une douce torture. Après ses cheveux, il promena les doigts sur sa nuque, puis ses seins…

— Zach ! marmonna-t-elle, cette fois sur le ton de l'urgence.

Elle avait envie de se presser contre lui, de le toucher elle aussi. Quand il glissa la main dans son entrecuisse, elle poussa un petit cri, et des frissons la parcoururent lorsqu'il se mit à lui prodiguer des caresses intimes. Fébrile, elle déboutonna son jean.

— Et ton pied ? s'inquiéta-t-elle soudain.

— Ne t'en préoccupe pas ! Le médecin ne m'a pas prescrit l'abstinence.

La prenant alors dans ses bras, il la porta au coin du feu et la déposa sur le tapis. Puis il s'agenouilla et lui fit pleuvoir mille baisers sur le corps…

Désormais, elle ne pouvait plus arrêter le processus, même si elle avait la sensation que la tempête qui faisait rage à l'extérieur était une métaphore pour ce qui leur arrivait. Les mains de Zach exerçaient un réel sortilège sur son corps, aiguisaient tant et si bien son désir que pour un peu, elle l'aurait dévoré tout cru !

Soudain, elle se cambra contre lui, redessinant avec ses doigts les muscles de son dos, le couvrant elle aussi de baisers.

— Zach, je ne prends pas la pilule, lui dit-elle alors.

— Je reviens, répondit-il tandis qu'il était affairé à lécher le lobe de son oreille, ce qui la faisait gentiment frissonner.

Quelques secondes plus tard, il se levait pour aller chercher un étui dans son jean, puis revint s'allonger sur elle. Il reprit alors ses caresses, ses baisers, et quand il enfila enfin son préservatif, elle ne put quitter des yeux le spectacle qu'il lui offrait. Elle ne pensait plus du tout à invoquer la raison, le désirant de toutes ses forces.

Il la pénétra doucement, mettant ses nerfs à rude épreuve. Consumée par la passion, elle avait envie qu'il accélère le cours des événements. Elle voulait aussi se donner à lui tout entière, car il n'existait plus au monde que le corps de Zach et l'amour qu'il lui faisait.

Il se mit alors à aller et venir en elle, toujours maître de la situation, tandis qu'elle se cambrait, gémissait. Recouvrant soudain sa bouche de la sienne, il étouffa ses petits cris.

Elle vit de la sueur perler à ses sourcils tandis qu'il continuait à se dominer et que son désir à elle ne cessait de s'amplifier. Et tout à coup, alors qu'elle allait s'abandonner aux griffes du plaisir, elle pensa qu'elle se serait unie à lui par une nuit de neige et qu'elle n'oublierait jamais ce moment magique, qui resterait à jamais gravé en elle, quoi qu'il arrive, et quoi qu'il puisse ressentir pour elle.

Elle se mit alors à ondoyer avec plus de vigueur sous lui, et il accéléra subitement le rythme jusqu'à lui arracher un premier cri. Elle s'agrippa alors à lui, aux prises avec un formidable orgasme avant de le sentir à son tour frémir dans ses bras.

Alors que l'un et l'autre reprenaient leur souffle, elle tourna les yeux vers lui.

— Comment en sommes-nous arrivés là ? demanda-t-elle.

— Les yeux grands ouverts, répliqua-t-il avec un petit sourire. Nous sommes là où nous désirions être tous les deux. Tu ne peux pas le nier !

Elle déposa un bref baiser sur son épaule.

— Je ne le nie pas, répondit-elle en lui souriant à son tour.

Désormais, il occuperait une part importante dans sa vie, et elle n'aurait sans doute pas dû lui accorder ce rôle…

— Nous ne pouvions pas être à un meilleur endroit, ajouta-t-il en lui caressant les cheveux. Il y a de la neige à l'extérieur, un feu à l'intérieur, toi dans mes bras, de la passion, du sexe. Quoi demander de plus ?

— En ce moment, je ne peux pas te contredire.

— Pour la première fois depuis mon accident, je suis content de m'être blessé, parce que sans cela, nos chemins ne se seraient jamais croisés. Si je t'avais aperçue dans mes bureaux de Dallas, je t'aurais bien sûr remarquée, mais je n'aurais rien entrepris.

— Je ne sais pas si nous avons eu raison, Zach…

— Bien sûr que oui ! trancha-t-il d'un ton assuré avant d'ajouter d'une voix plein de sous-entendus : Et si on prenait un bain bien chaud ?

— C'est une très bonne idée, mais je te rappelle que tu ne dois pas mettre ton pied dans l'eau…

— Je pourrai le maintenir surélevé sur le bord de la baignoire…

— Mais tu ne pourras pas entrer dedans !

— Alors on peut prendre une douche, si tu préfères.

Et sur ces mots, il se leva et la souleva dans ses bras.

C'était la deuxième fois de la soirée, et cette fois-ci, elle s'alarma.

— Zach, ton pied ! Franchement, ce n'est pas raisonnable ! Repose-moi.

— Curieux, tu n'as pas protesté tout à l'heure. Je me demande bien pourquoi ! ironisa-t-il, avant de l'embrasser pour mettre fin à la discussion.

A minuit passé, alors qu'ils étaient encore enlacés dans les bras l'un de l'autre dans le lit de Zach, ce dernier déclara :

— Prête à manger le chili que Rosie nous avait préparé ?

Elle s'étira avec paresse.

— Je crois que je n'en ai plus le courage.

— Ah bon ? Mais moi je meurs de faim ! Allons dans la cuisine, je suis sûr que l'appétit va te revenir. Et puis on pourra prendre un petit verre de vin.

— On revient au point de départ, alors ? dit-elle en souriant.

Ce soir, elle avait pris le parti de ne pas réfléchir aux conséquences de cette formidable soirée, même si elle savait que les retombées seraient compliquées. Mais il serait bien assez tôt demain pour s'en inquiéter.

— Exactement, admit-il.

Il sortit alors un peignoir d'un placard et le lui tendit.

— Voilà pour toi, même si je préférerais te voir dîner nue.

— Zach ! s'indigna-t-elle.

Une fois dans la cuisine, il prit les choses en main, lui servant un verre de vin et lui conseillant d'aller s'installer au coin du feu pendant qu'il s'occupait du chili.

Quelques minutes plus tard, tandis que le chili réchauffait, il la rejoignit et éteignit les lumières, avec le rougeoiement du feu et le blanc extérieur pour seul éclairage.

Elle s'approcha alors de la fenêtre.

— C'est encore plus beau que ce matin, déclara-t-elle. Demain, nous pourrons faire un bonhomme de neige, si la neige est encore poudreuse.

— Par ce froid ? Ne compte pas sur moi !

— Depuis combien de temps n'as-tu pas fait de bonhomme de neige ? demanda-t-elle en souriant.

— Cela se compte en décennies, j'imagine. Mais quand nous étions petits garçons, nous en faisions, mes frères et moi, c'est vrai. A la meilleure soirée de ma vie ! ajouta-t-il en levant son verre.

Surprise, elle heurta doucement son verre contre le sien.

— Entièrement d'accord avec ce toast, dit-elle en avalant une gorgée de vin.

— Allons près du feu, c'est plus cosy, fit-il alors.

Jetant des coussins sur le tapis, tout près de l'âtre, il s'assit par terre et la prit dans ses bras.

— C'est merveilleux, Zach, dit-elle tout en se lovant contre lui.

Il enroula alors une de ses mèches rousses autour de son doigt et demanda :

— Quand est-ce que tu as l'intention de reprendre tes études ?

— Pour l'instant, j'épargne, mais ce sera probablement au septembre prochain.

— Tu peux attendre si longtemps ?

— Oui, bien sûr, j'entretiens mes acquis par des cours du soir, ou sur internet.

Au bout d'un moment, il reprit :

— Cela doit te coûter une fortune si tu fais des cadeaux à tous les membres de ta famille, pour Noël ! Vous êtes tellement nombreux.

— Nous gâtons surtout les enfants. Entre adultes, nous nous offrons un cadeau à plusieurs.

Il lui prit soudain son verre et le posa sur la table basse : il avait suffi d'un regard pour que le désir renaisse instantanément en elle.

— Zach, murmura-t-elle avec langueur tandis qu'il la faisait basculer sur les coussins.

Le lendemain, en fin de matinée, Zach sortit de la salle de bains et regagna la cuisine. Emma ne s'y trouvait pas et le feu se mourait dans l'âtre.

— Emma ? appela-t-il.

Ils avaient passé une nuit à s'aimer et il n'arrivait toujours pas à se rassasier d'elle. Il avait transgressé tous ses principes en se liant physiquement et émotionnellement à une employée. Mais il était trop tard pour faire marche arrière et il n'en avait d'ailleurs aucune envie. La nuit dernière avait été grandiose, inoubliable, et son seul souvenir suffisait à fouetter son désir : elle l'excitait au-delà de toute mesure tant elle était sexy. Il espérait toutefois qu'elle n'attendait pas de lui plus qu'il ne pouvait lui donner, car il savait que c'était une sentimentale. En d'autres termes, c'était le genre de femme que d'ordinaire il refusait catégoriquement de fréquenter.

Il fallait cependant reconnaître qu'ils avaient été piégés par les circonstances, à savoir une proximité de tous les instants. Et étant donné les étincelles qui jaillissaient entre eux chaque fois qu'ils se trouvaient l'un à côté de l'autre, il était normal qu'ils n'aient pas pu éviter l'embrasement des corps. mais tout de même, depuis quand n'était-il plus capable de résister à la tentation ?

— Je suis ici, dit-elle en sortant de sa chambre.

— Ah, tu t'es changée ! Le bleu te va également très bien.

— J'allais précisément te complimenter sur tes vêtements, répliqua-t-elle en riant.

— C'est l'heure du déjeuner, déclara-t-il alors. Si nous goûtions enfin ce chili ? Il a tellement mijoté qu'il doit être délicieux. Tu veux un verre de vin ?

— Non merci, sans quoi, je sens que nous n'allons jamais le manger, ce chili, et Rosie en serait fort vexée.

— Du thé alors ?

— Avec plaisir.

Une fois qu'ils furent rassasiés, il l'entraîna dans le salon.

— Avant que j'oublie… C'est arrivé ce matin au courrier, dit-il en lui tendant un colis.

— Qu'est-ce que c'est ?

— Comme je sais que tu es très famille, je suppose que tu seras ravie de voir les photos du mariage de ma demi-sœur Sophia, avec Garrett, notre directeur financier et ami de longue date de la famille.

Elle s'assit sur le canapé et il prit place tout près d'elle pour ouvrir l'album qui se trouvait dans le colis.

— Nous ne savions pas que nous avions une demi-sœur jusqu'à ce que nous lisions le testament de papa, lança-t-il. Tu imagines le choc ! Mon père n'a jamais épousé la mère de Sophia, mais celle-ci a visiblement fait partie de sa vie jusqu'à la fin.

— C'est triste que nous n'ayez pas été mis au courant plus tôt.

— Ah non, ne commence pas à t'apitoyer sur moi à cause de mon père ! Nous avons tous été ravis d'accueillir Sophia dans notre famille, même si au départ, elle en voulait tellement à notre père qu'elle ne souhaitait pas entendre parler de nous !

— Ah bon ?

— Oui, mais heureusement, c'est là que Garrett est intervenu, et tu peux voir le résultat dans cet album.

Ils le feuilletèrent en silence, puis Emma déclara :

— Elle est magnifique, et tous les deux ont l'air très heureux.

— Je reconnais bien là ton côté romantique !

Elle lui tira la langue, ce qui le fit sourire.

Pendant qu'elle regardait de nouveau l'album, il en profita pour étudier son profil. Son grain de peau était parfait, ses cils épais, et ses cheveux semblaient tout droit sortis d'un fantasme.

Sur une impulsion, il l'attira à lui et l'embrassa.

Sa bouche était aussi veloutée qu'un pétale de rose, et le

désir s'empara de nouveau de lui. Il avait soudain une folle envie de caresser ses courbes parfaites, de se noyer dans sa douceur. Elle l'enlaça à son tour, et une fois encore, il en oublia tout le reste.

- 5 -

Le lundi matin, un soleil éclatant faisait briller la neige qui commençait à fondre. Lorsque Emma entra dans le bureau, elle vérifia que le bonhomme de neige qu'ils avaient construit le dimanche après-midi, et près duquel elle avait photographié Zach en train de faire le pitre, était toujours bien là.

A ce souvenir, un sourire lui vint aux lèvres.

Le lundi se déroula sans événement particulier, à part le fait qu'elle ne pouvait s'empêcher de penser à lui qui travaillait à quelques mètres d'elle. Elle se rendait compte que sa compagnie lui procurait de plus en plus de plaisir, sans doute un peu trop pour sa tranquillité d'esprit. Une intimité était née entre eux durant le week-end, tout comme un lien émotionnel, encore qu'à bien y réfléchir, il était possible qu'elle soit la seule à le ressentir. Cela étant, comme son travail finirait bientôt, elle ne verrait plus Zach, ce qui résoudrait le problème.

En dépit de ce merveilleux week-end, il était plus sage de mettre un frein à leur relation. Que recherchait-elle, au juste ? Ils étaient si différents l'un de l'autre, avec des priorités et des styles de vie tellement aux antipodes que toute notion d'avenir était inenvisageable. Le week-end avait été magique, parce qu'ils avaient été complètement isolés du monde, transportés dans un univers de rêve par l'intervention de la neige. Mais ce n'était pas la réalité, aussi devait-elle développer en elle une forme de résistance pour ne pas tomber éperdument amoureuse. Elle devrait pour commencer éviter de passer un nouveau week-end en tête à tête avec lui au ranch.

Ce soir-là, il se retira dans sa chambre et, si elle en ressentit une certaine déception, elle savait aussi que c'était bien mieux ainsi. Comme elle se servait une portion de lasagnes dans la cuisine, elle s'enquit auprès de Rosie sur la façon dont Zach passait ses vacances de fin d'année, et celle-ci lui livra une version identique en tout point à celle qu'elle avait reçue de l'intéressé.

— Les décorations de Noël sont toujours au grenier, mais personne ne les en a sorties depuis des années. Il y a si longtemps que la famille ne passe plus Noël ici.

Emma commença à manger, tandis que Rosie, debout près du comptoir, épluchait des carottes qu'elle coupait ensuite en petits cubes.

— Quand Adam, le frère aîné de Zach, est né, poursuivit-elle, Mme Delaney était ravie et lui accordait toute son attention. Il avait une nourrice, et Nigel et moi travaillions pour eux, à Dallas. A l'époque où Will est né, Mme Delaney commençait à moins s'intéresser aux enfants, et à la naissance de Zach, elle m'a dit ce qu'elle avait sur le cœur : elle ne voulait plus d'enfant, la famille était suffisamment grande, selon elle.

Rosie poussa un soupir et poursuivit :

— Quand elle est tombée enceinte de Ryan, elle a fait une dépression nerveuse. Elle ne voulait pas de quatrième enfant, et elle ne s'est pas privée de le dire. Ses fils ne l'intéressaient plus.

— C'est difficile à comprendre, lâcha Emma, perdue dans ses pensées.

— D'autant que c'étaient de gentils garçons, renchérit Rosie. Adam avait huit ans, Will sept et Zach cinq quand elle a commencé à envisager de les placer en pensionnat. C'est bien sûr Adam qui y a été expédié le premier cette année-là, suivi un an après par Will, puis deux ans plus tard par Zach.

— Huit ans ? C'est vraiment jeune pour aller en pension ! s'écria Emma.

— Zach n'a plus jamais été le même après. Il s'est renfermé sur lui-même. Enfant, il s'accrochait toujours à moi et venait sur mes genoux. Tout cela s'est arrêté net. Il était bien sûr devenu trop grand pour venir sur mes genoux, mais il refusait désormais aussi que je le prenne dans mes bras.

— Nigel et vous semblez pourtant très proches de lui.

— Je l'aime comme un fils, mais il est extrêmement secret. Si une femme pense un jour qu'elle pourra le changer, elle va au-devant de profondes déceptions, à mon avis.

— Je n'arrive pas à imaginer qu'il puisse aimer une vie aussi solitaire, déclara Emma. Ma famille est comme la vôtre, nous nous réunissons tous à Noël.

— Mme Delaney a retiré son amour à ses fils, si tant est qu'elle les ait aimés un jour, et cela les a tous meurtris. Peut-être qu'Adam et Will n'ont pas été aussi affectés que Zach, parce qu'ils étaient plus grands. Quant à Ryan, il était sans doute trop petit.

— Je ne comprends pas que l'on puisse abandonner ses propres enfants.

— C'est une femme qui ne pense qu'à elle… Tenez, elle n'a jamais pris sa petite-fille dans ses bras ! Mais Caroline reçoit tellement d'amour par ailleurs que je ne pense pas qu'elle en souffre. Du moins pour l'instant, mais quand elle grandira, elle verra bien que sa grand-mère ne s'intéresse absolument pas à elle. Tout cela pour dire qu'il n'y a rien d'étonnant à ce que Zach soit indifférent à Noël.

— Peut-être, mais je n'arrive pas à comprendre cet entêtement à rester seul. Pour Noël, le seul endroit où j'ai envie d'être, c'est à la maison.

— Moi aussi, reconnut Rosie, un grand sourire aux lèvres. Tenez, ouvrez le placard, là…

Elle obtempéra et découvrit à l'intérieur toute une série de photos montrant des enfants, des bébés, des adolescents, des adultes.

— Je vous présente ma famille, déclara Rosie avec

fierté. Je suis en congé pour Noël et je vais passer les fêtes avec eux.

S'essuyant les mains, elle se rapprocha d'Emma pour lui indiquer le nom de chaque personne et sa parenté avec elle.

— C'est merveilleux, Rosie. J'imagine que vous devez être impatiente de les voir.

— La plupart d'entre eux habitent à Fort Worth, d'autres sont établis dans différentes villes du Texas comme Dallas, San Antonio, Fredericksburg. Je serai en vacances pour trois semaines.

— Vous allez passer un beau Noël, alors, dit Emma, songeuse, se demandant si Zach serait aussi heureux qu'il le prétendait, reclus dans sa solitude, pour les fêtes.

Plus tard dans la soirée, alors qu'elle s'entraînait sur le tapis de jogging, elle se dit que cette année non plus, Zach ne décorerait pas la maison pour Noël. Elle jeta un coup d'œil au plafond, pensant à l'escalier qui menait au grenier… C'était décidé : elle allait décorer la maison pour Zach !

Chaque soir, Nigel partait à 18 heures, et étant donné qu'il était plus de 20 heures, Rosie devait elle aussi avoir quitté le ranch. Dès qu'elle eut fini son jogging et se fut douchée, elle se précipita au grenier, où elle découvrit les boîtes remplies de décorations, soigneusement rangées et étiquetées.

Elle emporta une première boîte dans le salon et se mit à décorer la pièce. Puis elle jeta un coup d'œil vers le bureau de Zach et, après quelques instants de réflexion, décida de n'y placer qu'un petit arbre de Noël tout blanc.

Tout en se demandant ce qui se passerait si elle croisait Zach, elle descendit une deuxième boîte du grenier et entreprit cette fois la décoration de la salle à manger. Peut-être que l'atmosphère de Noël inciterait Zach à changer d'avis et lui donnerait envie de prendre part aux festivités.

Dans la salle à manger, elle plaça des branches de houx artificiels sur le manteau de la cheminée, ainsi que des boules colorées et des fruits en plastique recouverts d'un glaçage brillant. Elle était en train de visser des bougies rouges dans un chandelier quand un crissement de chaussures l'incita à se retourner : Zach se tenait sur le seuil de la pièce.

— Qu'est-ce que tu fais ? demanda-t-il sèchement en la regardant droit dans les yeux.

Il portait un jean délavé et un T-shirt noir.

— Je décore un peu le ranch, puisque Noël approche.

— Tu peux décorer ta chambre et ton coin bureau si tu en as envie, répondit-il en pénétrant dans la pièce, mais ne mets aucune décoration dans le reste de la maison, s'il te plaît ! Tes intentions sont sans doute bonnes, mais rappelle-toi que ce n'est pas pour tes talents de décoratrice que je t'emploie.

— Je fais cela en dehors de mes heures de travail ! se défendit-elle. Et je pensais que cela te plairait.

— Non, je ne veux pas de toute cette pagaille ! Ce sont de vieilles décorations et elles ne me rappellent pas de bons souvenirs. Je demanderai à Nigel de les enlever.

— Je vais le faire moi-même, répondit-elle alors. Je suis désolée, je ne pensais pas que cela serait douloureux pour toi.

— Ce n'est pas « douloureux », dit-il avec une certaine dureté. C'est juste que je n'ai pas envie de voir ces décorations ! Et puis à quoi ça sert de les mettre, puis de les enlever ? On perd son temps, c'est tout, avec de telles futilités. En plus, tu ne devrais pas porter des boîtes aussi lourdes. Ce sont de vieilles décorations qui auraient dû être mises à la poubelle depuis longtemps.

— Tu ne crois pas que cela ferait plaisir à ta famille, et notamment à Caroline ? questionna-t-elle tout à trac.

Il plissa les yeux.

— Non mais je rêve ! s'écria-t-il, irrité. Je suis en train de me disputer avec toi à cause des décorations de Noël ! La maison de Caroline est à Dallas, reprit-il après une pause qui lui permit de respirer à fond et de parler sur un ton plus calme, et comme celle du Colorado d'ailleurs, elle doit crouler sous les décorations de Noël. Je pense que cela doit amplement lui suffire.

— Tu n'as pas peur qu'elle te prenne pour un Harpagon ?

— Un Harpagon ? Mais quel rapport ? Je vais lui offrir des cadeaux et de toute façon, elle est si excitée par la naissance du futur bébé que ce qui se passe ici lui est tout à fait égal. Elle est redevenue la petite fille joyeuse qu'elle était avant de perdre son père. Ces décorations, elle s'en fiche, et quand elle sera plus grande, elle m'acceptera comme je suis. Elle me considérera sans doute comme son oncle excentrique.

— Très bien, fit tranquillement Emma.

— Noël ne me pose pas de problème, je m'en fiche, c'est tout, aussi arrête de me regarder comme si je venais de perdre toute ma fortune et qu'il m'était arrivé un grand malheur.

— Je ne pense pas que, si tu perdais tout ton argent, ce serait aussi grave que ce dont tu te prives, rétorqua-t-elle. Et il ne s'agit pas des décorations en soi… Tu n'as pas à porter toute ta vie les blessures de l'enfance.

— Cesse de te faire du souci pour moi parce que je veux être seul à Noël, dit-il soudain d'une voix plus douce.

Il posa alors ses mains sur ses épaules, et ses yeux toujours aussi bleus croisèrent les siens. Elle sentit son cœur se mettre à battre plus fort et éprouva tout de suite une forte nostalgie de leurs baisers.

— D'accord ? insista-t-il.

Elle hocha la tête, et il s'éloigna d'elle, visiblement animé par d'autres projets que celui de l'embrasser. De fait, il se mit tout de suite à fouiller dans le contenu de la boîte.

— Qu'est-ce que tu cherches ? demanda-t-elle, intriguée.

— Ce que tu voulais. Je vais tout de même me plier à l'une des coutumes de Noël… Ah voilà ! dit-il enfin.

Et il sortit de la boîte une cage décorative remplie de brins de gui artificiel.

— Je vais mettre du gui dans toute cette partie de la maison. Tu peux m'aider, si tu veux.

— Non, Zach, je ne pense pas que ce soit une bonne idée, finalement.

— Mais si, c'est fantastique !

Et sans l'écouter, il attacha une décoration à un crochet en haut de la porte et se plaça dessous.

— Tu voulais que je réintroduise des traditions de Noël dans ma vie. En voici une, déclara-t-il en l'enlaçant par la taille pour l'attirer contre lui.

Son cœur battait à tout rompre désormais, et elle entendit bientôt celui de Zach qui cognait fort, lui aussi. Le désir la submergea comme une vague chaude.

Elle s'était pourtant promis d'éviter ce genre de moments et de rester désormais à bonne distance de lui. Et voilà qu'elle se transformait instantanément en une boule de feu, dans ses bras !

Ils s'embrassèrent passionnément, à en perdre haleine, chacun s'accrochant à l'autre tandis que le monde et le temps disparaissaient peu à peu.

Comment était-il possible qu'elle se trouve aussi bien dans ses bras, alors qu'il était si différent d'elle ? Et pourtant, ses baisers lui étaient devenus vitaux, tout comme l'air qu'elle respirait.

Finalement, ce fut elle qui se détacha de lui.

— Zach, ce n'est pas ce que j'avais prévu…

Il leva les yeux vers elle, des yeux affamés, puis il regarda le haut de la porte.

— Je suis surpris que le gui n'ait pas pris feu, déclara-t-il avec un petit sourire entendu. Finalement, je suis heureux que tu aies descendu cette boîte. Je vais vérifier s'il n'y a pas d'autre brin de gui.

Sa voix rauque vibrait de désir tout comme ses yeux où dansaient des flammes.

— Regarde ! Voici encore trois autres bouquets ! Aide-moi à les installer.

— Zach, je persiste à penser que ce n'est pas une bonne idée. Nous fonçons tout droit là où nous ne voulions pas aller.

— C'est toi qui as commencé, il est trop tard pour faire demi-tour. Viens !

Sortant de la salle à manger, il se dirigea vers le bureau et lui tendit deux bouquets de gui.

— Attends-moi ici, je vais chercher le marteau, lui dit-il.

Une fois qu'il eut disparu, la raison reprit le dessus et elle regretta sincèrement d'être allée fouiller dans le grenier. Mais il revint rapidement et, impuissante, elle le regarda clouer une pointe au mur pour y accrocher ce satané gui.

Elle repensa à sa première réaction, quand il avait découvert les décorations. Avait-il refoulé les vieilles blessures, au lieu de se résoudre à les affronter ? Avec sa famille, ainsi qu'elle avait pu le constater, il était chaleureux et convivial. Pourtant, ces meurtrissures de l'enfance ne l'empêchaient-elles pas de partager une vie normale avec ceux qui lui étaient le plus proches ?

Une fois le gui accroché, il se plaça dessous.

— Viens ici, Emma, lui ordonna-t-il.

— Ne sois pas ridicule, dit-elle, partagée entre le rire et l'émotion.

— Emma, viens, s'il te plaît ! répéta-t-il d'une voix de velours.

Ce fut alors qu'elle répondit :

— Très bien, je viens, mais à une condition : que tu ailles quelque part avec moi, cette semaine.

— Marché conclu, assura-t-il sans faire manifestement attention à ce qu'elle lui avait dit.

Quand elle fut à sa portée, il la prit par le poignet pour l'attirer à lui.

— Testons celui-ci, déclara-t-il alors.

Puis, lui enserrant le visage de ses mains, il l'embrassa de nouveau.

Sa bouche avait le goût de la menthe, tandis que son après-rasage évoquait l'odeur des fougères. Glissant ses mains autour de sa taille, il approfondit alors leur baiser.

Lorsqu'il détacha sa bouche de la sienne, elle prit le temps de retrouver sa respiration avant de lui assener :

— Je te rappelle que nous avons conclu un marché, Zach. Je t'explique en quoi il consiste : tu dois venir chez moi ce week-end, afin de découvrir à quoi ressemble la vie d'une famille qui a envie d'être ensemble.

Elle nourrissait l'envie sincère qu'il découvre ce qu'étaient les joies familiales. Milliardaire ou pas, cela ne changeait rien à l'affaire : elle ressentait une grande tristesse pour lui à l'idée qu'il manquait le meilleur de la vie en se privant de famille. Peut-être que la vue de la sienne serait une incitation.

— Quand tu verras ce que tu manques, reprit-elle, tu accepteras les invitations de tes frères à passer les fêtes en famille.

— Tu m'as pris au dépourvu.

— Oh ! s'il te plaît, Zach !

— Et puis je ne suis pas censé quitter le ranch avant que ma cheville ne soit complètement rétablie, argua-t-il encore. C'est pour cette raison que je me suis enfermé ici, pour n'avoir aucune tentation.

En prononçant ces ultimes mots, sa voix se fit plus rauque et, dans son regard, il était facile de reconnaître l'éclat d'un désir qu'il ne cherchait même pas à dissimuler. Elle aurait juré que, alors même qu'ils en discutaient, il ne pensait pas le moins du monde au marché qu'ils avaient conclu.

— C'est moi qui conduirai. Comme cela, tu pourras maintenir ton pied surélevé dans la voiture, reprit-elle, imperturbable. Et chez mes parents, tu pourras le surélever dès que tu en auras envie. Tous seront ravis de te rencontrer.

— Emma, je ne veux pas aller chez mes frères pour Noël. Pourquoi est-ce que j'irai chez tes parents, dans un endroit où je ne connais personne, à part toi ? demanda-t-il.

— Parce que tu viens de me dire que tu étais d'accord.

Il se mit à la fixer et elle devina clairement la bataille intérieure qu'il menait.

— Si je vais chez toi, ta famille ne va-t-elle pas penser qu'il y a quelque chose de sérieux entre nous ?

Elle lui sourit.

— Non. Il arrive souvent que l'un d'entre nous amène des amis. Il y a toujours au moins une personne qui ne fait pas partie de la famille à table.

— Ah bon ? Et combien d'hommes as-tu ramenés chez tes parents ?

— Aucun jusque-là, admit-elle. En l'occurrence, ils penseront que je souhaitais leur présenter mon patron, rien de plus.

— Franchement, Emma, qui amène son patron chez ses parents, pendant le week-end ?

A cette question, elle se troubla légèrement, mais ne renonça pas pour autant, car il était nécessaire que Zach voie comment vivait une famille digne de ce nom.

— Et comme ce week-end, c'est précisément Thanksgiving, nous ferons d'une pierre deux coups, assura-t-elle.

— Tu ne trouves pas que tu exagères ?

— Non, pourquoi ? Tu pourras t'isoler chaque fois que tu en auras envie, tu sais ?

— Tu es décidément infernale ! marmonna-t-il.

Mâchoires serrées, il la fixa de nouveau, et à cet instant, elle eut l'impression qu'il allait refuser pour de bon. Elle se sentit soudain idiote d'avoir tenté de le convaincre de l'accompagner. Son globe-trotter de patron millionnaire vivait à des années-lumière d'une famille ordinaire.

— Très bien, trancha-t-il soudain. Mais si je viens chez toi pour Thanksgiving, cela mérite plus qu'un baiser ! Bien plus…

Surprise, elle se figea quelques secondes avant de se presser contre lui. Alors il fit glisser ses mains sur ses reins, et elle sentit la brûlure de sa caresse à travers le tissu de son jean.

Elle lui rendit la pareille tandis qu'il dégrafait son soutien-gorge, et la sensation des doigts chauds de Zach sur sa peau lui arracha bientôt un petit gémissement. Elle perçut nettement le désir s'emparer de tout son être et elle prit peur soudain.

— Zach, nous devrions en rester là. Je ne peux pas…

— Mais si, tu peux ! trancha-t-il doucement en la couvrant de baisers.

Alors elle oublia ses protestations et s'abandonna à ses caresses tandis qu'il l'entraînait dans sa chambre.

Durant la nuit, elle se glissa pourtant hors de son lit et, rassemblant ses affaires, regagna sa chambre. Elle avait besoin d'espace et de solitude pour réfléchir. Elle se rendait compte que leurs étreintes l'enchaînaient chaque fois un peu plus étroitement à lui, et que lorsque le lien se romprait, elle en souffrirait amèrement. Zach prenait une importance de plus en plus grande dans sa vie, elle le trouvait chaque jour plus séduisant, plus excitant. Etait-elle en train de tomber éperdument amoureuse ? Elle savait pourtant que cet amour ne serait jamais payé de retour. Au cours du dernier week-end, Zach était devenu un danger encore plus grand pour sa tranquillité d'esprit et pour son cœur. Ils avaient connu trois nuits de passion, en plus de celle-ci. Combien de temps lui faudrait-il pour se remettre des sentiments qu'elle éprouvait déjà pour lui ?

Quand elle s'endormit enfin, ce fut pour rêver de lui, de sorte que lorsqu'elle se réveilla, le lendemain, elle eut tout de suite envie d'aller le retrouver. Mais, une fois debout, elle décida d'être raisonnable et se prépara pour la journée de travail qui l'attendait.

Tous deux devaient reprendre le contrôle de la situation. Il n'en restait pas moins qu'elle était toujours aussi étonnée qu'il ait accepté de venir chez ses parents, et ce qui lui avait paru sur le moment une excellente idée, lui paraissait maintenant très compliqué. Mais elle repensa soudain aux lettres de l'arrière-arrière-grand-père de Zach et au peu d'intérêt qu'il leur accordait. C'était une bonne chose que de maintenir son invitation ! Elle voulait qu'il voie de près ce qu'était le bonheur familial et lui donner l'envie de passer les fêtes avec ses frères.

Touchant ses lèvres, elle se rappela ses baisers. Après Noël, elle reprendrait son travail à Dallas et il disparaîtrait de sa vie. Ils n'auraient passé en tout qu'un mois ensemble, était-ce suffisant pour assombrir toute une vie ? Elle préjugeait peut-être de sa souffrance. Certes, l'attraction physique indéniable qu'il exerçait sur elle était indéniable, mais elle n'aimait pas son style de vie, ni son dédain pour les valeurs qu'elle chérissait. Dans un soupir, elle sortit son téléphone portable pour envoyer un SMS à sa mère, lui indiquant qu'elle viendrait accompagnée, et que la personne en question avait le pied blessé.

L'après-midi de Thanksgiving, Zach se demanda comment il avait fait pour se laisser embarquer dans cette situation. Depuis l'âge de douze ans, il avait été capable de refuser ou d'esquiver tout ce dont il ne voulait pas, sauf lorsqu'elles impliquaient son père. Et à vingt et un ans, il avait eu assez d'assurance pour échapper aussi aux projets de ce dernier.

Il se retrouvait actuellement au sein d'un véritable tourbillon. Il avait rencontré quatre générations de Hillman, dont l'âge allait de deux à quatre-vingt-dix ans et des poussières. Brody, le père d'Emma, l'avait reçu avec chaleur, ainsi que Camilla, sa mère.

Il s'était efforcé de retenir du premier coup le nom des parents et des frères et sœurs. Connor était l'aîné de la fratrie et il était marié avec Lynne ; Sierra était la sœur aînée, et Mary Kate la plus jeune sœur, tandis que Bonny était le benjamin. Les deux sœurs étaient mariées.

Alors qu'autour de la table, tous les convives dégustaient la dinde, il passa les prénoms en revue, sans pouvoir ignorer les regards intrigués que lui lançait Connor. De toute évidence, il prenait son rôle de grand frère au sérieux et s'était érigé en protecteur d'Emma, même s'il était à l'autre bout de la table.

Celle-ci ne pouvait contenir dix-huit places, aussi d'autres tables avaient-elles été dressées pour accueillir toute la famille au grand complet en ce jour de fête.

Au cours du repas, il apprit que, selon la tradition familiale, on décorait la maison pour les fêtes de Noël juste après le repas de Thanksgiving — ce qu'Emma s'était bien gardée de lui dire. Ainsi, pendant que certains se mettaient à débarrasser les tables, d'autres allèrent chercher les sapins, car on en mettait dans plusieurs pièces.

Une fois les arbres calés, avec une étoile ou bien un ange fixés en haut de chacun, les femmes et les enfants prirent en main les décorations intérieures, tandis que les hommes s'occupaient d'orner la terrasse de guirlandes lumineuses.

Zach voulut se joindre à eux, mais Emma passa gentiment son bras sous le sien et le guida vers le salon.

— Assieds-toi et surélève ton pied, lui dit-elle. Tu pourras toujours aider les enfants pour les boules de Noël. Parfois ils n'arrivent pas à passer le crochet dedans, ou ce genre de petites choses.

— Mais je peux aussi rendre de menus services à l'extérieur, protesta-t-il.

— Non, tu nous seras plus utile ici, et de toute façon, tu dois reposer ton pied, répliqua-t-elle en dardant sur lui ses grands yeux verts.

Il baissa le regard vers sa bouche, et il regretta subitement de ne pas être seul avec elle, ne voyant aucun espoir de voir son vœu exaucé avant leur retour à Dallas.

Il aida donc les enfants à fixer des crochets aux boules, tout en maintenant son pied surélevé. Des boîtes au contenu scintillant emplissaient à présent la salle à manger, où se dressait un énorme arbre de Noël.

— Tout va bien ? lui demanda-t-elle un peu plus tard, en s'arrêtant à côté de lui.

— N'oublie pas que maintenant, tu es mon obligée ! Et j'ai bien l'intention de percevoir ce qui m'est dû, chuchota-t-il en retour.

Il la vit rougir et il se rappela leurs nuits d'amour.

Comme il aurait aimé être au ranch, en tête à tête avec elle ! Au lieu de quoi, il se trouvait dans un endroit où des dizaines d'adultes et d'enfants bourdonnaient autour de lui ! Il reconnaissait qu'elle avait une famille charmante et qu'il avait passé un excellent moment, autour de la table. Toutefois, l'instant qu'il avait préféré, c'était quand elle était descendue de sa chambre pour le repas de Thanksgiving car, comme elle l'avait prévenu avant leur départ du ranch, chez les Hillman, pour le repas de Thanksgiving, on se mettait sur son trente et un. Il se tenait alors dans le vestibule et le spectacle l'avait complètement ravi. Elle portait une robe d'un beau vert émeraude qui lui arrivait aux genoux, tandis que ses cheveux auburn étaient retenus par une pince qui laissait retomber ses boucles dans le dos. Elle était époustouflante, et il avait eu envie de la prendre dans ses bras et de l'embrasser.

Au bout d'un moment, Emma ajouta :

— Tu peux aller regarder le match de foot, si tu en as envie. Les hommes ont fini la décoration de la terrasse et ils ont mis un match, à la télé. Je vais te remplacer auprès des enfants.

— Je peux tout à fait continuer à les aider.

— Va plutôt voir le foot avec les autres.

— Dans ces conditions, je ne vais pas me faire prier.

Il lui sourit en se levant, toujours torturé par l'envie de l'embrasser. Immédiatement, elle se glissa à sa place.

Durant la seconde partie du match, son téléphone sonna et il s'excusa pour prendre l'appel de Will.

— Joyeux Thanksgiving, Zach ! lui lança son frère.

— Joyeux Thanksgiving à toi aussi, à Ava et à Caroline, répondit-il. Passe-moi Caroline, s'il te plaît.

Il recula au fond du vestibule, afin que le match n'interfère pas avec sa conversation. Il échangea quelques mots avec sa nièce, puis Will reprit la communication.

Un but fut alors marqué, ce qui déclencha des hourras et des applaudissements bruyants, chez les Hillman.

— Où est-ce que tu le trouves ? s'enquit Will. On dirait que tu assistes à un match.

— Je suis chez Emma, à Dallas, fut-il contraint d'avouer.

Il y avait bien trop de bruit pour mentir à Will et prétendre qu'il était tout seul au ranch. Son frère n'allait pas tarder à l'assaillir de questions.

— Tu es où ? reprit Will.

— Tu m'as très bien entendu. J'ai été un peu pris au piège, répondit-il tranquillement.

— Je n'en crois pas mes oreilles ! Tu es dans la famille de ta secrétaire ?

— Oui, c'est bien ça, Will. Et maintenant, je dois raccrocher. Encore un très bon Thanksgiving à vous tous !

Il raccrocha, se doutant bien qu'il n'avait pas fini d'en entendre parler ! Will ne manquerait pas de le cuisiner, la prochaine fois qu'ils se verraient. Revenant à sa place, il regarda la pièce remplie des hommes et des garçons les plus âgés de la famille, puis l'arbre qui y avait été installé et qui était tout blanc. Leur grenier devait à peine pouvoir contenir toutes ces décorations !

Retenant un soupir, il s'assit pour regarder la suite du match. Il devait admettre que les Hillman avaient le sens de l'humour et qu'ils aimaient visiblement être ensemble. Rien d'étonnant à cela, vu que lui-même s'amusait beaucoup en leur compagnie, aussi surprenant cela soit-il. Emma avait finalement raison, il avait passé un bien meilleur moment ici avec sa famille que tout seul au ranch. Vers la fin du match, les femmes vinrent rejoindre les hommes, et quand il entendit Emma rire après que sa sœur lui eut murmuré quelques mots à l'oreille, il sentit son estomac se contracter : il aurait tellement voulu être seul avec elle !

Une fois le match terminé, Mary Kate s'installa au piano pour jouer des chants de Noël dont chacun reprit les paroles en chœur. A son grand étonnement, Emma vint s'asseoir à côté de lui, tandis que les enfants se serraient des deux côtés, sur le canapé. Il put ainsi passer le bras autour de ses épaules sans se faire spécialement remarquer. Il fut surpris de constater qu'il se rappelait les chants de Noël de son enfance. Après avoir bien chanté, ils enfilèrent leur manteau pour se rendre dehors.

— Papa va allumer les guirlandes lumineuses de la terrasse, l'informa Emma. Une tradition qui signifie que la saison de Noël a officiellement commencé, chez les Hillman.

Zach se mit à rire.

— Je me demande encore comment tu as pu m'entraîner dans tout cela.

— Moi, je sais exactement comment, rétorqua-t-elle en lui décochant un regard sensuel.

— Emma…

Un sourire aux lèvres, elle s'éloigna et il fixa ses hanches moulées par la robe alors qu'elle allait prendre sa veste.

La famille entière ainsi que les chiens se rassemblèrent sur la pelouse et attendirent la cérémonie de la lumière. Les guirlandes s'allumèrent une à une, et il fit soudain grand jour, comme à midi. Debout tout près d'Emma, il applaudit en même temps que les autres lorsque les lumières brillèrent de tous leurs feux.

— J'ai l'impression d'être entré dans la quatrième dimension, dit-il d'un air taquin.

Elle se mit à rire.

— Mon père adore Noël et il nous a transmis sa passion. C'est merveilleux, non ?

Ils fêtèrent encore Thanksgiving jusqu'à minuit, heure à laquelle une première personne se leva pour prendre congé. Tout le monde l'imita bientôt.

Emma possédait un appartement à deux pas d'ici, mais elle l'avait prévenu qu'ils dormiraient chez ses parents, dans des chambres séparées, ce qui lui avait causé une vive déception. Quand il la raccompagna jusqu'à sa chambre, il en profita, sur le seuil de la porte, pour l'attirer à lui et l'embrasser. Dès l'instant où sa bouche effleura la sienne, il sentit le désir s'emparer de lui et il la serra plus étroitement contre lui.

— J'ai envie de toi, Emma, murmura-t-il.

Le regard qu'elle lui renvoya accéléra les pulsations de son sang dans ses veines. Il reprit sa respiration, luttant contre ses pulsions. Ce n'était ni l'heure ni l'endroit, aussi se contenta-t-il de lui dire bonne nuit avant de regagner la chambre qu'on lui avait attribuée pour le week-end.

Le samedi, le temps s'était réchauffé, et la famille se retrouva dans un parc ensoleillé, tout près de la maison familiale. Tout le monde s'installa à une grande table de pique-nique, composée de cinq tables assemblées. Zach était à un bout, son pied posé sur une boîte de bois, Emma à sa gauche et sa mère à sa droite. Le père d'Emma était assis à l'autre extrémité de la table.

Il était facile de voir d'où Emma tenait sa beauté. Sa mère avait les mêmes cheveux qu'elle et était une très belle femme, qui ne paraissait pas du tout son âge. Si Brody, son père, l'avait accueilli avec convivialité, il n'en lisait pas moins nombre de questions dans son regard. Quant aux yeux de son frère Connor, ils exprimaient avant tout de la curiosité. Le frère d'Emma ne cessait de l'étudier et il avait la sensation que Connor n'approuvait pas sa présence. Il n'avait pas été discourtois avec lui, mais Zach se doutait qu'il allait à un moment ou à un autre lui poser des questions sur la nature exacte de sa relation avec sa sœur.

D'une manière générale, tout le monde avait posé sur lui un regard étonné, Emma n'ayant pas l'habitude d'amener des hommes chez ses parents pour le week-end. Plus d'une fois, durant son séjour, il avait regretté d'avoir accepté l'invitation, mais il lui faudrait coûte que coûte tenir jusqu'au dimanche après-midi.

— Zach, déclara Emma, tu impressionnes mes nièces ! Je leur ai dit que tu étais un globe-trotter, et elles veulent savoir durant quel voyage ou dans quel endroit tu as eu le plus peur.

Il sourit et, tandis qu'une rangée de petites filles ouvrait grand les oreilles, il raconta comment, un jour, il s'était réveillé avec un serpent dans sa tente, mais il ajouta que le plus effrayant avait été la fois où, nageant tranquillement dans la mer, il avait vu un requin s'approcher de lui. Peu à peu, les garçons s'étaient eux aussi rassemblés autour de lui.

— Un jour, dit-il, je campais non loin d'une ville, en Afrique, et je me suis rendu compte que toutes mes affaires avaient disparu. Je pensais qu'un des hommes qui travaillaient pour moi les avait prises pour les mettre je ne sais où quand je me suis aperçu que j'avais été, en réalité, victime d'un petit singe facétieux. Nous avons retrouvé sa cachette et j'ai pu récupérer mes affaires à l'exception d'une casquette de golf que je lui ai laissée, en espérant qu'il la porterait. Malheureusement, je ne l'ai jamais vu avec.

Les petites filles éclatèrent de rire et il jeta un regard à Emma qui souriait en regardant ses nièces.

Il sortit alors son téléphone.

— J'ai des photos, si vous voulez les voir.

Les enfants se rassemblèrent autour de lui, imités par Emma qui poussa un petit cri quand il montra la photo d'un énorme serpent, maintenu par quatre hommes.

— Est-ce qu'il était vivant ? demanda-t-elle.

— Oui, mais il avait bien mangé avant, de sorte que personne ne risquait rien.

Elle lui jeta un drôle de regard. Il avait dû descendre d'un cran dans son estime, vu qu'elle devait préférer les hommes casaniers qui passaient tranquillement leur week-end à jouer avec leurs enfants plutôt que des casse-cou allant à la rencontre des serpents et des dangers.

Après le déjeuner, ils débarrassèrent la table et une partie de football fut organisée.

— Zach, tu peux être marqueur, si tu veux, déclara Brody. En général, nous en avons plusieurs et nous ne sommes jamais d'accord sur les résultats.

Il accepta la mission et s'assit sur la ligne de touche, son pied blessé posé sur la glacière. La sœur de Brody, Beth, vint bientôt le rejoindre, ainsi que sa mère, grand-mère Kate. La grand-mère maternelle d'Emma, Nan, était en revanche sur le terrain. Elle paraissait bien jeune pour une grand-mère ! Le plus âgé des neveux ayant six ans, tout le monde jouait en fonction des enfants. Lorsque le petit de trois ans, Willie, s'empara du ballon et essaya de le pousser vers le but, toute la famille l'encouragea et Zach se joignit aux clameurs.

Il jeta alors un coup d'œil en direction d'Emma. Elle portait un T-shirt rose vif avec un jean, et des feuilles étaient venues se poser dans ses cheveux. Leurs regards se croisèrent et un élan de désir le traversa, incontrôlable et inattendu comme la première fois qu'il l'avait vue, derrière sa fenêtre, alors qu'elle descendait de voiture. Encore une fois, il regretta qu'ils ne soient pas seuls, mais quelqu'un entra dans son champ de vision, et la tension diminua, sans disparaître pour autant.

Les petites cabrioles des enfants provoquaient le rire de tous, et il comprenait à présent pourquoi elle aimait tant rentrer chez elle, le week-end. Ils étaient tous heureux en compagnie les uns des autres et s'amusaient réellement. Enfant, il avait aimé, lui aussi, jouer avec ses frères, mais dès que leurs parents étaient présents, l'atmosphère se tendait. Cela n'avait rien à voir avec l'ambiance dans la famille Hillman, où l'amour et la joie régnaient en maîtres.

Il saisissait aussi pourquoi Emma pensait qu'il manquait quelque chose en s'isolant. A observer ses parents, il songea qu'ils étaient complètement différents des siens : l'amour qu'ils se portaient l'un à l'autre était presque tangible et dégageait une chaleur qu'il n'avait jamais perçue entre son père et sa mère. Il tourna les yeux vers Emma, qui était en train de rire avec l'une de ses petites nièces. Finalement, d'eux deux, c'était sans doute elle la plus fortunée, au bout du compte.

Un petit garçon d'environ cinq ans l'interrompit bientôt dans ses pensées.

— Est-ce que tu as donné un point à mon équipe ? lui demanda-t-il.

Il ne savait plus très bien de quel enfant il s'agissait. Jake peut-être ?

— Oui, j'ai donné un gros point à ton équipe, répondit-il, amusé que l'enfant vienne vérifier.

— Merci, fit ce dernier.

Le petit se tourna alors vers sa grand-mère, à qui il posa également la question. Elle lui répondit de la même façon avant de le prendre dans ses bras.

— Tu joues très bien, lui dit-elle.

— Merci, répondit le bambin, un grand sourire aux lèvres.

Et il courut rejoindre les autres sur le terrain.

Brusquement, Zach envia le gamin : il en avait assez de rester immobile, sur la ligne de touche !

— J'ai envie de jouer, moi aussi, lança-t-il à l'adresse d'Emma.

— Tu n'y penses pas ! Avec ton pied…

— J'ai une chaussure de protection, protesta-t-il. Je n'ai vraiment pas l'habitude d'être spectateur. Si j'ai mal, j'arrêterai.

— Très bien, dans ces conditions, viens dans mon équipe pour que je te surveille.

— Pas de trop près, sinon ta famille va devenir suspicieuse, répondit-il à voix basse en se rapprochant d'elle.

Il prit part à la partie, sachant tout de même qu'il courait un certain risque, mais il ne supportait plus de rester inactif, lui qui d'ordinaire était toujours au cœur de l'action. De toute façon le jeu n'était guère violent étant donné que c'était un enfant de trois ans qui donnait le ton.

Avant le dîner, ils ramassèrent du bois pour faire un grand feu de camp, mais quand il voulut se joindre aux autres, Emma l'en empêcha.

— Non, cette fois, va t'asseoir.

— Juste quelques branches et je rentre.

Alors qu'il venait de se pencher pour ramasser une branche, il se retrouva nez à nez avec Connor.

— Tu as parcouru le monde, tu as beaucoup d'expérience, lui déclara ce dernier sans ambages. Ce n'est pas le cas d'Emma. Est-ce qu'elle t'a dit qu'elle n'avait encore jamais amené quelqu'un à la maison ?

Il perçut tout de suite de la colère dans sa voix.

— Nous travaillons ensemble, répondit-il. Je ne sais pas ce qu'elle t'a dit, mais elle m'a invité parce qu'elle a eu pitié de moi.

— Oui, elle nous a dit que tu étais seul pour Thanksgiving,

mais moi, il n'y a qu'une chose qui m'importe : que ma sœur ne souffre pas.

— Nous sommes donc sur la même longueur d'ondes.

— Zach, appela alors Emma, qui se dépêchait de les rejoindre, donne ces branches à Connor et viens t'asseoir. Tu ne dois pas rester debout aussi longtemps.

Il sentait toujours le regard menaçant de Connor posé sur lui, mais comme Emma le prenait par le bras, il la suivit.

— J'ai l'impression que Connor jouait les grands frères protecteurs après avoir tiré quelques conclusions hâtives, dit-elle promptement. Ne fais pas attention à lui.

— C'est plus facile à dire qu'à faire, étant donné sa taille.

— Allez, oublie l'incident ! On va manger, puis chanter au coin du feu et raconter des histoires.

Amusé, il la suivit.

Emma, qui venait de déposer un plat brûlant sur la table, se retrouva face à Connor.

— Sois prudente, lui dit-il à brûle-pourpoint, je n'ai pas envie qu'il te fasse du mal.

— J'espère que tu ne l'as pas menacé, rétorqua-t-elle. Je te rappelle que c'est mon patron.

— Si son rôle se cantonne à cela, alors c'est parfait. Les types comme Zach Delaney ne se marient pas avec les membres d'une famille comme celle des Hillman.

— Je lui ai proposé de passer le week-end chez nous parce que cela m'attristait de le voir rester seul pour Thanksgiving. Nous avons l'habitude d'inviter des gens seuls pour cette fête, non ? Il n'y a rien de plus à voir dans cette invitation.

— Ce n'est pas l'impression que j'en ai, répondit Connor en fronçant les sourcils.

— Il s'agit d'une mission qui prendra bientôt fin, après quoi, je ne le reverrai jamais plus. Il est en déplacement à l'étranger, la plupart du temps, il n'y a aucune raison pour que tu t'inquiètes.

— Je l'espère. Sois prudente, en tout cas.

Elle lui sourit.

— Ne crains rien, je le serai.

Elle regarda son frère s'éloigner et hocha la tête : Connor la considérerait décidément toujours comme sa petite sœur.

Alors qu'elle apportait un nouveau plat sur la table, Mary Kate s'approcha d'elle à son tour, portant elle-même une casserole sentant extrêmement bon.

— Connor joue les protecteurs ? lui demanda-t-elle.

— Comme d'habitude, répondit Emma en roulant des yeux.

— A-t-il des raisons de l'être ?

— Mais non, enfin ! Je ne voulais pas que Zach passe Thanksgiving tout seul au ranch, c'est pour cela que je l'ai invité. Et vous en auriez tous fait autant à ma place !

— Vraiment ? demanda Mary Kate en inclinant la tête de côté pour mieux étudier sa sœur. Tiens, quand on parle du loup…

Et elle s'éloigna avant qu'Emma puisse répondre.

A l'approche de Zach, elle en oublia ses frères et sœurs. Il était désormais la seule personne qui retenait son attention.

Après le dîner, ils s'installèrent autour du feu et jouèrent à des jeux d'imitation avant de chanter de vieilles ballades. Quand le soleil se coucha et que l'air devint plus frais, elle se rapprocha de lui, et il dut faire de gros efforts pour se retenir de passer un bras autour de ses épaules : le geste aurait paru trop familier entre une secrétaire et son patron. Les flammes orangées qui dansaient devant eux mettaient des reflets dorés dans les cheveux d'Emma. A présent, chacun tapait dans ses mains en cadence, et il remarqua que le père d'Emma tenait sa femme par les épaules.

A part au cinéma, il n'avait jamais vu de famille comme celle-ci et, jusqu'à ce jour, il avait même cru qu'elles n'existaient pas dans la réalité. Petit garçon, il aurait adoré baigner dans une telle ambiance familiale, mais il était arrivé à la conclusion que la famille rêvée n'existait pas. Emma venait de lui prouver le contraire.

Alors qu'elle était en train de chanter, elle lui lança un coup d'œil en coin et lui sourit. Il aurait tant aimé passer son bras autour de sa taille, ou simplement la toucher, mais il savait que ce n'était pas possible pour l'instant. S'il n'était pas prudent, sa famille aurait tôt fait de les marier !

Une fois les invités partis, ils rentrèrent dans le salon où Emma discuta avec Bobby du déroulement de ses études, tandis que Zach admirait l'arbre de Noël. Il en avait compté huit en tout, de différents types et tailles, disséminés à travers la maison.

Outre Thanksgiving, il était plongé dans l'atmosphère de Noël, par-dessus le marché. Le manteau de la cheminée était couvert de verdure et de nœuds rouges, et où qu'il pose le regard, il tombait sur une décoration. Rien d'étonnant à ce qu'Emma ait essayé de décorer le ranch ! Ses yeux se fixèrent soudain sur elle et il éprouva de nouveau le besoin aigu d'être seul avec elle.

Quand Bobby alla se coucher, elle vint s'asseoir tout contre lui et il put enfin l'enlacer, car ils étaient seuls dans la pièce.

— J'ai passé une excellente journée, Emma. Ta famille est merveilleuse.

— Tu le penses vraiment ? demanda-t-elle en tournant son visage vers lui avant d'ajouter avec enthousiasme : J'adore Thanksgiving, j'adore Noël ! Regarde cet arbre : n'est-il pas magnifique ? Je ne pourrai pas concevoir Noël sans un sapin.

Il se contenta de sourire.

— Tu devrais te laisser porter par l'atmosphère et fêter Noël ! lança-t-elle. Tu verras qu'ensuite, tu ne voudras plus jamais le passer seul.

Soudain, elle bâilla.

— Il est temps d'aller se coucher, je suis épuisée, ajouta-t-elle en s'excusant.

Alors elle se leva et, l'imitant, il l'attira à lui pour l'embrasser. Elle frissonna, mais détacha sa bouche de la sienne.

— Allons au lit, chuchota-t-elle.

— Comme j'aimerais t'entendre prononcer les mêmes mots, au ranch, répondit-il d'un air entendu.

Il lui sourit puis, le bras toujours autour de sa taille, il l'accompagna en haut de l'escalier. A l'étage, elle disparut bien vite dans sa chambre.

Allongé sur son lit, mains croisées derrière la tête, il repensa à la journée qui venait de s'écouler. Il ne concevait pas de passer tous ses week-ends de cette façon-là, mais de temps à autre, c'était effectivement amusant. Quant à Emma, elle manquait beaucoup de choses, en ne quittant jamais le Texas. Quand il serait complètement guéri, il l'emmènerait au-delà des frontières de l'Etat, il se le promettait ! Mais il se dit aussitôt que cela n'arriverait jamais, puisque lorsque sa mission serait terminée, elle reprendrait le cours habituel de sa vie. Elle avait tout à fait raison d'affirmer que leurs styles de vie étaient aux antipodes et qu'ils n'étaient pas du tout faits l'un pour l'autre : tout ce qu'ils pouvaient partager, c'était une liaison passagère.

Et malgré tout, il était incapable de la sortir de ses pensées. Il finit d'ailleurs par s'endormir, regrettant l'absence de sa chaleur dans son lit.

Le dimanche, en début de soirée, Zach et Emma repartirent pour le ranch. De nouveau, ce fut elle qui conduisit tandis qu'il était installé sur la banquette arrière, un pied sur une valise.

— Tu as une famille très sympathique, lui dit-il. Je comprends pourquoi tes week-ends sont sacrés. On voit que vous adorez passer du temps ensemble.

— Merci. Toi aussi, tu as l'air d'aimer retrouver les tiens.

— C'est vrai, mais je ne pense pas que l'on soit aussi proches.

Elle lui jeta un coup d'œil dans le rétroviseur.

— Il ne tient qu'à toi de faire en sorte que vous le soyez plus, répliqua-t-elle. Mais pour cela, il faudrait que tu sortes de ta réserve, Zach. Je sais que tes souvenirs d'enfance sont lourds, mais ils sont loin également. La vie est différente, aujourd'hui. Tu pourrais tout à fait profiter davantage de tes frères et de ta demi-sœur. D'ailleurs, vous paraissez plutôt intimes, Will et toi.

Il demeura d'abord silencieux, et elle dut jeter un coup d'œil par-dessus son épaule pour obtenir son attention.

— Tu as peut-être raison, dit-il finalement. Je suis sur mes gardes à cause des blessures de mon enfance.

— Mais à présent, tu n'as plus de raison d'être seul, renchérit-elle en souriant.

— J'admets que je suis heureux quand je retrouve mes frères. Et maintenant, avec la présence de Caroline et d'Ava, c'est sans doute encore plus plaisant… En tout cas, il ne fait aucun doute que dans ta famille, on adore se retrouver.

— C'est vrai, et l'on peut aussi compter les uns sur les autres. Je suis heureuse que tu sois venu.

— Ce week-end m'a beaucoup plu. En revanche, je ne crois pas que tes frères aient vraiment apprécié ma présence. S'ils voulaient m'envoyer des avertissements, ils ont réussi.

— Ne fais pas attention à eux ! D'ailleurs, tu ne les reverras plus jamais.

A cet instant, Zach croisa son regard dans le rétroviseur.

— J'en déduis donc que je ne serai pas invité une deuxième fois ?

Elle se sentit rougir.

— Bien sûr que si ! Tu peux venir à la maison quand tu le veux. Simplement, je pensais que tu n'en aurais pas envie… Je t'ai tout de même un peu piégé, cette fois.

— Je plaisantais, dit-il en souriant.

— Zach, est-ce que tu voudrais passer Noël en famille avec moi ? lui demanda-t-elle alors. Nous serions tous là et je suis certaine que chacun serait ravi de te revoir.

— Non, je ne crois pas qu'ils seraient ravis, mais merci pour l'invitation.

— Je t'assure que tous seraient heureux de te revoir, à l'exception de Connor, peut-être, je te l'accorde, mais tu peux tout à fait l'ignorer.

— N'insiste pas, Emma, tu connais mon besoin de solitude.

Une fois qu'ils furent arrivés, il s'empara des valises et les déposa à l'intérieur. Comme elle saisissait son bagage pour regagner sa chambre, il le lui prit des mains, puis, l'ayant reposé par terre, il l'attira à lui.

— Et maintenant, voici le moment que j'ai attendu toute la journée, dit-il d'une voix rauque. Tu me dois bien ça.

- 6 -

Quand ses lèvres recouvrirent la sienne, elle sentit son cœur flancher et fut incapable de lui opposer la moindre résistance. Alors, nouant les mains autour de son cou, elle pressa son corps contre le sien. La bouche de Zach était chaude, impérieuse, et elle l'embrassa avec ardeur. Comment pouvait-il la faire fondre en quelques secondes ? Pourquoi exerçait-il un tel sortilège sur elle ? A cet instant, elle se fichait de la sagesse et de la prudence, tout ce qui comptait, c'était d'être dans ses bras.

— Emma, j'ai envie de toi, lui murmura-t-il.

Alors, l'entraînant sur le canapé, il s'y assit et l'attira sur ses genoux. Son cœur battait à tout rompre, elle était si heureuse qu'ils soient de nouveau seuls ! Glissant les doigts dans ses cheveux, il l'embrassa de nouveau. D'où venait ce sentiment de nécessité ? Pourquoi la façon dont il la touchait et la caressait lui semblait-elle si évidente et spéciale à la fois ? Mais toutes ces questions furent bientôt balayées par le vent de la passion.

Leurs vêtements volèrent bien vite et ils purent enfin donner libre cours à la faim qui les tenaillait. De ses mains à la fois calleuses et brûlantes, Zach titillait son désir, tandis qu'elle se tenait sur lui, au comble de l'excitation. Soudain, elle vit les yeux de Zach s'assombrir, aux prises avec la même urgence.

Elle se pencha alors vers lui et, quand leurs bouches s'unirent, elle dut lutter pour garder le contrôle d'elle-même. Sans le vouloir, elle pensa à la souffrance qu'elle se préparait, une fois que sa mission serait terminée, et qu'il sortirait pour toujours de sa vie. Que lui arrivait-il ? Etait-elle en train de tomber amoureuse de lui ? Ou bien était-elle déjà amoureuse ?

Alors, enserrant la tête de Zach entre ses mains, elle darda les yeux sur lui.

— Nous allons droit dans le mur si nous continuons comme ça.

— J'ai envie de toi, Emma, répliqua-t-il alors. Je veux te faire l'amour toute la nuit.

— Moi aussi, j'en ai envie, mais je sais aussi que c'est de la folie. Si je passe toutes les nuits dans ton lit, je ne voudrais plus partir.

— Concentrons-nous sur nos désirs actuels, sur le présent. Nous ne savons pas ce que l'avenir nous réserve. La preuve ? Je n'avais pas l'intention de te garder comme secrétaire, quand tu es arrivée, mais tu m'as démontré que tu excellais dans ton travail. Emma, j'ai passé ces trois jours à te désirer follement en silence.

Ces mots trouvèrent un profond écho en elle. Elle n'avait pas non plus cessé, durant ce week-end, de lui lancer des regards en coin, de nourrir le rêve de se retrouver seule avec lui et de s'abandonner à lui... Pourtant, elle avait conscience que cette relation ne les mènerait nulle part.

— Zach, nous sommes trop différents pour envisager un futur ensemble. Peut-être que tu peux avoir une liaison sans te poser de questions, mais pas moi. Tu as vu ma famille. Nous venons d'un milieu aux antipodes l'un de l'autre ! Je ne peux pas continuer à coucher avec toi sans m'impliquer sur le plan émotionnel. Je n'arrive pas à séparer le physique des sentiments.

— Alors voici ce que je te propose : on s'embrasse et c'est toi qui me dis d'arrêter quand tu le souhaites, d'accord ?

— Tu sais très bien qu'à ce petit jeu-là, je vais perdre...

— Je te rappelle aussi que parfois, tel est pris qui croyait prendre...

Et sur ces mots, il captura sa bouche, mettant fin à leur discussion.

Le week-end avait été un chaînon qui la reliait plus étroitement à lui. Et elle ne pipa mot lorsqu'il l'entraîna dans sa chambre pour lui faire l'amour.

A l'aube, elle roula sur le côté pour regarder Zach qui dormait près d'elle. Se dressant sur un coude, elle repoussa la boucle qui lui tombait sur le front. Elle avait beau le trouver de jour en jour de plus en plus séduisant, il n'était pas un homme fait pour elle, et même si tous les deux tombaient follement amoureux l'un de l'autre, elle ne pourrait jamais supporter sa vie de nomade.

Bien que le week-end en famille lui ait plu, elle ne se faisait aucune illusion sur ses envies de se fixer quelque part pour fonder une famille : elles étaient inexistantes.

Maintenant qu'il avait rencontré sa famille, il devait savoir à quoi s'en tenir avec elle. Par ailleurs, il avait de nouveau rendez-vous chez le médecin, cette semaine, et comme il ne boitait presque plus, il reprendrait bientôt ses voyages au bout du monde et mettrait fin à sa mission.

Poussant un soupir, elle scruta les longs cils de Zach, sa bouche ferme. Et soudain, incapable de résister à la tentation, elle y déposa un baiser. Comme par magie, il plaqua alors la main sur sa hanche et darda sur elle un regard sensuel. Cessant de penser, elle s'abandonna de nouveau à leurs étreintes.

Alors que la lumière inondait la chambre, elle se redressa et attrapa son portable pour regarder l'heure.

— Zach, il est 9 heures. Nous devons…

— Rien ne nous oblige à nous lever, tu sais ?

— Oh que si ! dit-elle en se levant et en enfilant son peignoir. Il faut que nos relations redeviennent professionnelles et que nous refrénions notre relation personnelle.

Plaçant les mains derrière sa tête, il se contenta de lui sourire, l'air amusé.

— A tout à l'heure, au bureau, lança-t-elle.

Et elle sortit de sa chambre afin de regagner ses appartements, en priant pour ne pas croiser Nigel.

Une heure plus tard, elle entrait dans le bureau et fut surprise d'y trouver Zach qui lui sourit en l'entendant entrer. Il avait l'air plus séduisant que jamais dans son pull et son jean noirs, et elle crut manquer d'oxygène quand il la prit dans ses bras pour l'embrasser.

— Bonjour, dit-il ensuite d'une voix profonde qui l'enveloppa comme une brume.

— Bonjour, murmura-t-elle, consciente qu'elle était irrémédiablement amoureuse de lui, même s'il n'était pas l'homme qu'il lui fallait. Nous ne pouvons pas nous embrasser à chaque instant, il faut que tu reprennes le contrôle de toi-même ! ajouta-t-elle alors d'un ton léger, pour dissiper la tension qui l'habitait.

— Nous verrons, éluda-t-il en se rasseyant devant son écran.

Elle remarqua alors qu'il ne boitait plus du tout, de sorte qu'il allait très prochainement reprendre une vie normale. A la pensée de leurs adieux, son cœur se serra. Elle allait terriblement souffrir.

A midi, il déjeuna avec elle, ce dont elle se réjouit. Le compte à rebours ayant commencé, elle souhaitait passer le plus de temps possible avec lui, désormais.

Assis devant son écran, Zach avait du mal à se concentrer, ne cessant de jeter des coups d'œil à Emma qui travaillait à l'autre bout de la pièce. Son jean étroit épousait sensuellement ses hanches et ses cuisses, et elle avait attaché ses cheveux avec un ruban qu'il avait eu envie de défaire pendant tout le déjeuner.

Il n'aurait pas dû manger avec elle. Puis il repensa à son frère Connor, et à la promesse qu'il lui avait faite de ne pas la blesser. Le problème serait vite réglé, puisqu'il allait demain chez le médecin et que celui-ci lui donnerait le feu vert pour reprendre ses activités, il en était certain. Il mettrait donc très bientôt un terme à la mission d'Emma.

Si on lui avait dit qu'il éprouverait un jour une folle passion pour l'une de ses secrétaires, il aurait parié le contraire et aurait perdu. En dépit de ses meilleures résolutions, il n'arrivait pas à lui résister.

Il se rappela ce qu'elle lui avait dit dans la voiture concernant sa façon d'être avec ses frères. Choisissait-il la solitude parce qu'il ne savait pas comment s'ouvrir aux autres ou redoutait-il de souffrir en se laissant aller aux émotions ?

Balayant ses interrogations, il prit la ferme décision de quitter le ranch et les Etats-Unis dès qu'il le pourrait. Il passerait comme prévu Noël en Italie, tandis qu'Emma s'amuserait en famille. Mais soudain, sa belle demeure italienne ne lui parut plus aussi attirante qu'un mois plus tôt.

De nouveau, un désir fou le saisit et il se dit que cette nuit encore, il ferait l'amour à Emma. A quoi ressemblerait sa vie s'il épousait Emma et partageait toutes ses nuits ? Cette question le prit au dépourvu et le choqua, car c'était la première fois qu'il pensait au mariage. Où en était-il exactement sur le plan sentimental avec Emma ? Elle éveillait en lui des questionnements et des émotions comme nulle autre avant elle. Pourtant, il ne pouvait pas avoir une relation durable avec elle.

Chacun reprendrait bientôt le cours de sa vie, et il serait parfaitement insensé qu'il la revoie après. Elle n'était pas la femme qu'il lui fallait — à part au lit… A la pensée du corps d'Emma, il se sentit brusquement tout excité.

Il devait se ressaisir et se concentrer plutôt sur la lecture de son courrier.

Il était presque 16 heures lorsque son téléphone sonna. Emma fermait son ordinateur et s'apprêtait à sortir du bureau. Quand il décrocha, ce fut la voix de Will qui retentit dans l'appareil.

En entendant les paroles de son frère, il se glaça, puis poussa un juron, de sorte qu'Emma se retourna.

— Très bien, j'arrive le plus vite possible. Caroline a disparu, dit-il en raccrochant.

Prenant son portable, il appela un numéro, tout en sortant du bureau.

— Oh non ! Depuis quand ? s'écria-t-elle alors qu'elle lui emboîtait le pas. Qu'est-ce qui s'est passé ? Qu'est-ce que tu vas faire ?

— Essayer de la retrouver. Tu peux rester au ranch ou m'accompagner, c'est comme tu veux.

Soudain, il s'interrompit pour parler à son correspondant. Il s'agissait du contremaître.

— Carl, c'est Zach. Le chien de Caroline lui a échappé et elle s'est mise à courir derrière lui. On ne sait pas où elle est maintenant. Rassemble les gars et conduis-les au ranch de Will pour qu'ils nous aident dans nos recherches. Je m'y rends tout de suite.

Après quoi, il attrapa une veste accrochée au portemanteau et la lui tendit avant d'en prendre une autre pour lui.

— Enfile-la si tu viens avec moi.

Elle obtempéra, courant à moitié pour suivre son rythme.

— Will et Ava étaient à Dallas, ils se rendaient à la Philharmonie, lui expliqua-t-il tandis qu'ils se dirigeaient vers le garage. Ils sont à présent dans l'hélicoptère qui les ramène chez eux.

— Comment Caroline a-t-elle disparu ?

— Muffy s'est échappé et elle a couru derrière lui. Rosalyn, sa nounou, s'est élancée derrière, elle a glissé et est tombée. Elle est restée quelques secondes inconsciente car, dans sa chute, sa tête a heurté une pierre. Quand elle est revenue à elle, Caroline avait disparu. Will a aussi appelé Ryan et le shérif, ajouta-t-il.

Il avait hâte d'être chez Will et de commencer les recherches. Il imaginait mille scénarios terribles. Combien de temps faudrait-il à Caroline pour atteindre l'autoroute ? D'après ce que Will lui avait dit, la scène s'était passée près de la maison, de sorte qu'il lui faudrait entre quarante minutes et une heure pour arriver au niveau de l'autoroute. Il regarda le ciel. Dans deux heures, la nuit tomberait.

— Il y a des ravins et des bois dans la propriété de Will, dit-il. Et Caroline est si petite.

Il monta dans l'un des pick-up, Emma s'installant promptement sur le siège passager, et il démarra en trombe. Heureusement que Will n'habitait pas très loin.

— Depuis combien de temps Caroline a-t-elle disparu ?

— Pas très longtemps. Dès qu'elle a repris conscience, Rosalyn a appelé Will sur son portable, ce qui me laisse supposer que peu de temps s'est écoulé. Le problème, c'est que Rosalyn n'a aucune idée de la direction que Caroline a prise.

— Elle n'a pas dû s'éloigner beaucoup de la maison, il est possible qu'elle rentre bientôt.

— Elle courait derrière son chien, lui rappela-t-il. Les petits enfants peuvent courir très vite et s'éloigner rapidement.

— Peut-être, mais elle n'a pas pu aller bien loin. Nous allons la retrouver.

— Il y a un ruisseau qui traverse la propriété et qui est profond à certains endroits. Elle sait nager, mais l'eau est froide et je ne sais pas ce qu'elle fera, en cas de panique. Et puis il y a aussi beaucoup de crotales dans la propriété. Heureusement que c'est l'hiver, comme ça, ils sont moins nombreux.

Caroline était si petite, tellement protégée qu'il ignorait si elle serait capable de se débrouiller par elle-même.

— Calme-toi, je suis sûre que nous allons la retrouver, lui répéta Emma.

Il serra les dents. Il ne comprenait pas qu'elle puisse en être aussi certaine. Pour sa part, il avait rarement été aussi terrifié.

Tant qu'ils roulèrent sur le chemin de petits cailloux blancs, la voiture souleva un nuage de poussière, puis ils regagnèrent l'autoroute en un rien de temps. Il était surpris qu'elle n'ait pas peur, étant donné la vitesse à laquelle il roulait, mains crispées sur le volant.

— Lorsque nous arriverons aux abords de la propriété,

est-ce que tu pourras ralentir pour que nous puissions scruter les environs ?

— Je vais aller directement à la maison, pour que Rosalyn me dise où elle l'a vue exactement pour la dernière fois. Il faut la retrouver avant la tombée de la nuit : il y a des coyotes dans la montagne, elle ne peut pas rester toute seule dans le noir.

— Nous allons la retrouver avant la nuit, affirma-t-elle encore une fois, sur un ton déterminé et positif. Nous nous séparerons pour la chercher. Et puis peut-être que Muffy est déjà rentré à la maison.

— Je ne crois pas, dit-il, agacé par cet optimisme permanent. Le chiot n'est pas plus habitué que Caroline à sortir tout seul. Il ne saura pas rentrer à la maison. Bon sang, je ne me suis jamais senti aussi impuissant !

— C'est la première fois que tu es aussi paniqué ?

— Et comment ne pas l'être ? Caroline est si vulnérable.

— Tu vas te mettre à sa recherche, moi aussi, et de nombreuses autres personnes à nos côtés. Nous allons forcément la retrouver.

— Emma, je ne vois pas comment tu peux en être aussi certaine, déclara-t-il en s'efforçant de ne pas s'énerver contre elle. Tout laisse penser le contraire.

Jamais il n'avait été plus conscient de leur différence qu'en cet instant. Il lui jeta un coup d'œil et vit qu'elle scrutait le paysage au-delà de l'autoroute.

— Elle n'a pas pu aller bien loin en si peu de temps, insista-t-elle.

Elle avait peut-être raison, mais le ranch était immense et rempli de dangers pour une enfant. Et puis le comportement de Caroline était complètement imprévisible, car elle ne s'était jamais retrouvée seule jusque-là. Elle-même devait être terrifiée de s'être perdue.

Un silence pesant s'ensuivit, jusqu'à ce qu'il annonce :

— Nous sommes environ à un kilomètre et demi du ranch, maintenant. On aperçoit son toit d'ici.

Le terrain était plus plat désormais, et l'endroit était planté de prosopis. Peu après, il repéra le portail et, au-delà, un gros bosquet. Après, il y avait un grand virage, bordé de peupliers de Virginie.

— Dépose-moi ici, Zach, lui dit soudain Emma.

— Je ne pense pas qu'elle ait eu le temps d'aller jusque-là. Je ne l'espère pas, en tout cas !

— Je vais marcher à pied jusqu'à la maison, peut-être que je la croiserai, dit-elle en posant la main sur son bras. Ne t'inquiète pas tant qu'il n'y a pas vraiment matière à se faire du souci.

— Arrête de me dire de ne pas m'inquiéter ! Je m'inquiète parce qu'il y a de quoi ! s'insurgea-t-il alors.

L'attitude positive d'Emma lui était devenue insupportable.

— Laisse-moi ici, s'il te plaît, Zach, lui répéta-t-elle.

— Ecoute, je n'ai pas envie de me tracasser pour toi aussi…

— Ne sois pas ridicule ! J'ai un téléphone. Arrête-toi, s'il te plaît. Je continue à pied !

Il ralentit alors et se gara sur le bas-côté.

— Reste optimiste, Zach, nous allons la retrouver, lui dit-elle une dernière fois, juste avant de descendre de la voiture.

Quand il redémarra, il pensa qu'au moins, elle avait un téléphone et savait s'en servir. En revanche, elle ne connaissait pas plus la propriété que Caroline, mais c'était une adulte, elle saurait s'orienter et s'en sortir. Et puis elle était tellement « positive » que rien ne pourrait lui arriver !

Il amorça un virage et Emma disparut du rétroviseur.

Emma scruta l'obscurité du bois. Il était presque 17 heures et le jour déclinait rapidement. Elle passa alors derrière la barrière de la propriété. Elle avait dit à Zach qu'elle rentrerait directement, mais elle tenait malgré tout à se rendre du côté de l'autoroute. Elle comprenait les inquiétudes de Zach concernant cet endroit. Pourtant, tout était calme. Si un enfant et un chien avaient été dans les environs, ils auraient forcément fait du bruit.

— Caroline, appela-t-elle.

Et son cri sembla se perdre dans l'immensité qui l'entourait.

Elle marcha d'un pas rapide pendant dix minutes, suivant le chemin sinueux, tendant l'oreille. Soudain, elle entendit des voix.

Elle se mit alors à courir et aperçut soudain un pick-up garé sur le bas-côté. A cet instant, un profond soulagement l'envahit : elle venait de reconnaître la petite Caroline en compagnie d'un couple. La fillette tenait un chien blanc dans ses bras.

— Caroline ! s'écria Emma tout en continuant à courir. Caroline, tout le monde est à ta recherche.

Arrivée à la hauteur de l'enfant, elle la serra dans ses bras, puis elle leva les yeux vers le couple qui se tenait devant elle. Elle leur tendit la main.

— Je suis Emma Hillman, dit-elle.

— Nous sommes Pete et Hazel Tanner, répondit l'homme à la chevelure blanche et au teint basané. Nous avons d'abord vu le chien, alors nous nous sommes arrêtés, et quelques instants après, la petite fille arrivait en courant. Elle nous a donné un numéro à appeler, ce que nous avons fait et, maintenant, nous attendons les personnes.

— Merci beaucoup ! leur dit Emma. Je vais appeler son oncle, au cas où il ne serait pas encore à la maison.

Et elle s'éloigna un peu pour téléphoner à Zach.

— C'est moi qui viens la chercher, lui dit aussitôt Zach. Je descendais de voiture quand la nounou m'a dit que les Tanner venaient d'appeler. Je suis soulagé que tu sois avec elle. J'arrive dans quelques minutes.

— Elle va bien, Zach. Et le chien est avec elle. Les Tanner se sont arrêtés parce qu'ils ont d'abord vu Muffy, puis Caroline est arrivée. Ce sont des personnes très sympathiques.

— Attendez-moi, je n'en ai pas pour longtemps.

— Je suis sûre que non, dit-elle en souriant et en repensant à la vitesse à laquelle il avait roulé, sur l'autoroute.

Tout en caressant la tête de Muffy, que Caroline tenait toujours dans ses bras, elle s'entretint pendant quelques minutes avec le couple. Elle tenait le chiot à l'œil pour qu'il ne réitère pas son exploit.

— Caroline nous a dit que son chien s'était enfui et qu'elle n'avait pas pu le rattraper, expliqua Hazel Tanner. Elle nous a dit aussi que sa nounou devait la chercher et s'inquiéter.

— Beaucoup de personnes se sont en effet inquiétées pour Caroline, renchérit Emma en adressant un beau sourire à la petite fille.

Elle entendit la voiture de Zach avant de la voir. Il en descendit, une laisse à la main, qu'il accrocha bien vite au collier de Muffy, après avoir serré très fort la petite fille contre son cœur. La prenant ensuite dans ses bras, il tendit la laisse à Emma.

— Je vous remercie infiniment pour votre aide, dit-il aux Tanner en leur serrant la main.

Ils échangèrent quelques paroles, puis chacun regagna son véhicule. Caroline s'attacha à l'arrière tandis que Zach plaçait Muffy sur les genoux de l'enfant. Il déposa alors un baiser sur son front.

— Tu nous as fait une sacrée peur, Caroline, lui dit-il avec douceur.

— Je suis désolée, répondit-elle en souriant.

Il se glissa ensuite derrière le volant et jeta un coup d'œil à Emma, qui lui adressa un sourire qu'il lui rendit, visiblement soulagé.

Quand ils arrivèrent à la maison, Rosalyn, qui les attendait sur la terrasse, vint tout de suite à leur rencontre. Fort pâle, elle avait un bandage autour du front et se déplaçait lentement.

— Rosalyn n'a pas l'air en grande forme, lâcha Zach.

Une fois qu'ils furent descendus de voiture, Caroline se précipita dans les bras de sa nourrice.

— Vous devriez rester allongée, Rosalyn, lui dit Zach en arrivant à sa hauteur.

— Je tenais à venir embrasser Caroline. Elle ne sait pas que je suis tombée. Je n'ai jamais eu aussi peur de ma vie.

— Tout est rentré dans l'ordre à présent, mais il va falloir prendre soin de vous, déclara Zach.

A cet instant, une voiture se fit entendre dans l'allée, et Will et Ava en sortirent précipitamment. Quand Caroline les vit, elle s'élança vers eux, les bras grands ouverts.

Will la souleva de terre et la serra très fort contre lui.

— Bon, nous allons vous laisser entre vous, dit Zach.

Will se tourna vers lui et lui serra chaleureusement la main.

— Merci d'être venus, et merci, Emma, d'avoir trouvé les Tanner. Je n'arrive pas à croire qu'en si peu de temps, Caroline ait presque atteint l'autoroute.

— Allons, tout est bien qui finit bien, l'interrompit Zach qui ajouta, en se tournant vers sa nièce : Bonne soirée, ma chérie.

Il lui donna un baiser sur la joue et l'enfant le lui rendit. Puis, prenant Emma par le bras, il l'entraîna à grands pas vers la voiture, et quelques minutes plus tard, ils se trouvaient sur la route qui les ramenait au ranch.

— J'ai hâte d'être à la maison pour boire une bonne bière. J'en suis encore tout chamboulé, déclara-t-il en lui jetant un regard en biais, avant d'ajouter : Je me demande comment tu fais pour rester si calme.

— J'essaie de positiver, et de me persuader que l'issue sera forcément heureuse.

— Tu es une optimiste invétérée, reprit-il. Hélas, moi, j'en ai trop vu pour croire aux incantations !

— Il ne faut jamais perdre espoir. Mais toute cette histoire n'a fait que nous démontrer, une fois de plus, à quel point nous sommes différents.

— Effectivement ! C'est la seule chose sur laquelle nous soyons d'accord.

Dès qu'ils furent au ranch, Zach alluma un feu, lui versa un verre de vin et se servit une bière. Tandis qu'elle sirotait sa boisson sur le canapé, il s'était étendu sur le tapis, fixant les flammes, de sorte qu'elle avait tout loisir de l'observer. La lumière du feu se reflétait sur lui et renforçait sa beauté virile. Elle imagina qu'elle s'allongeait auprès de lui, mais cela aurait entraîné de nouvelles complications.

— Comment les gens qui ont des enfants font-ils pour ne pas avoir des crises de nerf quand surviennent des incidents comme celui que nous a fait vivre Caroline, aujourd'hui ?

— Ils font face, comme vous, Ava, Will et toi, aujourd'hui. Et puis tu vois, nous l'avons retrouvée !

— Ce n'était pas forcément gagné d'avance ! Honnêtement, ton optimisme me dépasse.

Se laissant glisser à terre sans même y penser, elle répondit :

— J'essaie juste de me focaliser sur ce qui est positif, Zach. Caroline n'avait pas disparu depuis très longtemps, lorsqu'on s'en est aperçu.

— Il n'empêche qu'elle était tout près de l'autoroute et que si les Tanner n'étaient pas passés à cet instant…

— Peut-être, mais il se trouve qu'ils étaient là, alors à quoi bon te torturer avec ce qui aurait pu se passer si…

Avant qu'elle termine sa phrase, il l'attira à lui et tous deux se retrouvèrent étendus sur le tapis. Elle aussi avait eu très peur, mais elle avait toujours été persuadée qu'ils la retrouveraient. Et maintenant, la pensée que Caroline était en sécurité avec Will et Ava était pour elle un superbe cadeau de Noël, avec un peu d'avance.

Mue par un élan d'allégresse, elle enlaça Zach et l'embrassa avec ferveur.

— J'ai besoin de toi, cette nuit, lui dit-il alors d'une voix rauque, en levant vers elle ses beaux yeux bleus aux profondeurs mystérieuses. Il faut nous prouver que nous sommes en vie et que tout va bien dans notre monde.

- 7 -

Faire l'amour avec Zach était un réel hymne à la vie, pensa-t-elle alors.

Le feu la réchauffait, mais ce fut le corps de Zach qui fit monter pour de bon sa température interne. Avec lui, elle avait la certitude d'être en vie, elle vibrait d'émotions ; frémissante, elle enfouit ses doigts dans les épais cheveux bouclés.

Nul doute qu'il éprouvait le même tumulte émotionnel qu'elle, à la fois soulagé et désireux de célébrer la vie, car ses caresses étaient encore plus passionnées que d'ordinaire.

Le souffle court, ils s'embrassèrent à pleine bouche et s'étreignirent avec une telle ardeur qu'une vague de plaisir souleva rapidement leur corps. Dans l'abandon, elle cria alors son prénom, puis…

— Zach, mon amour, murmura-t-elle quelques instants plus tard, encore sous le sortilège.

Mais elle se mordit aussitôt la langue, espérant qu'il n'avait rien entendu. Elle aurait aimé retenir ce moment d'union totale, mais elle savait que sa durée était aussi éphémère que les flocons de neige qui avaient fondu dans sa paume.

Quand ils reprirent tous les deux leurs esprits, il l'enlaça et lui donna mille petits baisers. Elle lui sourit.

— Ce n'était pas vraiment ainsi que la soirée était censée se dérouler, déclara-t-elle.

— Prenons la vie comme elle vient, répliqua-t-il. Et j'espère que la semaine prochaine, nous aurons encore quelque chose à fêter puisque je vais chez le médecin, et que je compte bien pouvoir remettre une chaussure normale.

— Ce sera alors la fin, pour nous, fit-elle songeuse avant d'ajouter : Zach, encore une fois, je te supplie de conserver ces lettres. Il se peut tout à fait que Caroline veuille les lire, un jour. Si tu les détruis, elles seront perdues à jamais.

— Je sais que tu as scanné la plupart d'entre elles. Nous en avons donc maintenant des copies électroniques.

— Les originales sont de loin plus précieuses.

Il lui sourit.

— Tu es une incorrigible romantique, Emma.

— Peut-être, mais j'ai vraiment l'impression de connaître tes ancêtres. Ils étaient courageux, intelligents, et ton arrière-arrière-grand-père avait un réel sens de l'humour. J'ai lu aussi des lettres très touchantes écrites par ton arrière-arrière-grand-mère. Je te le répète, elles sont sans prix. Les copies ont beaucoup moins de valeur.

— Je pense que tu accordes trop d'importance à ces vieux papiers. En revanche, les objets que nous avons trouvés, la montre, le Colt, le Henry, eux, ils ont de la valeur. Je ne comprends pas pourquoi on les a mis dans ces boîtes.

— Parce que les lettres aussi étaient importantes à leurs yeux !

— Elles ne valent rien comparées au Colt.

— En dollars sans doute, et pourtant, elles ont bien plus de valeur que le Colt. Elles représentent des fenêtres ouvrant sur les pensées, les rêves et la vie de tes ancêtres.

— Nous n'avons décidément rien en commun, quel que soit le domaine, déclara-t-il en se redressant sur un coude. Comment pouvons-nous être attirés à ce point l'un par l'autre ?

— Sans doute parce que tu es extrêmement sexy…

— Et que tu l'es tout autant ! C'est bien la réplique que tu attendais, non ?

Et sur ces mots, il l'attira contre lui pour, fermant les paupières, dévorer de nouveau sa bouche. Il avait l'air si passionné, comment se faisait-il que, le concernant, son éternel optimisme ne fonctionne pas ?

Ils se levèrent tard, ce matin-là, et après s'être préparés, prirent leur petit déjeuner ensemble. Alors que Zach discutait au téléphone avec Will, elle fixait la piscine, assise à la table de la cuisine. Elle pensait à tout ce qu'elle aimait et admirait en lui, notamment sa générosité, son attention envers Caroline et sa famille. Même s'il ne voulait pas passer beaucoup de temps avec eux, il était évident qu'il les aimait. Et puis il était si intelligent, talentueux, capable de gérer un empire.

— Zach, dit-elle d'un ton décidé au moment où il raccrochait, je vais travailler.

Il hocha la tête et elle se leva, regrettant soudain son initiative, qui l'éloignait de lui. Pourtant, elle savait bien que, dans peu de temps, ils seraient séparés pour toujours.

Cette semaine-là, elle passa ses journées à lire les lettres des Delaney. Lorsqu'elle revint le dimanche soir, après son week-end auprès des siens, elle était certaine que ce serait la dernière qu'elle passerait au ranch. Par ailleurs, un nouveau sujet de préoccupation ne la lâchait plus : pour la première fois de sa vie, ses règles étaient en retard. Et comme ils avaient toujours eu des rapports protégés, il n'était pas possible qu'elle soit enceinte. Que lui arrivait-il donc ? Le mardi matin, elle prit rendez-vous avec le médecin de famille pour la semaine suivante, quand elle serait de retour à Dallas.

Plus tard ce jour-là, elle se plongea dans la lecture d'une lettre toute fine, qui se craquelait.

— Zach, tu as un instant ? lui demanda-t-elle.

Il releva la tête.

— Ecoute ça, poursuivit-elle. Elle a été écrite par ton arrière-grand-père à la naissance de son premier enfant. Ton grand-père était bien leur fils aîné ?

— Oui, répondit Zach en s'adossant à son siège.

Elle se pencha alors sur la lettre qu'elle avait dépliée sur ses genoux et commença à lire à voix haute :

— « Ma chère sœur, Lenore m'a donné un fils, aujourd'hui. C'est un beau bébé solide, et je suis heureux. Il a mes yeux, et les cheveux clairs de sa mère. Il est en pleine forme et pousse des cris que l'on entend, à mon avis, jusqu'à la crique. Avec ses longs cheveux, Lenore est très belle. Elle m'a fait le don le plus précieux au monde, et je ne pourrai jamais lui offrir de cadeau équivalent. Mais je lui ai acheté quelque chose qui, j'espère, la comblera de joie : un piano. Il sera livré à Saint Joseph, dans le Missouri, par le train. J'enverrai alors quatre de mes hommes avec un chariot pour le réceptionner. Il faudra qu'ils en prennent grand soin et le protègent des intempéries, des voleurs et de tous les risques possibles, car ils devront notamment traverser des rivières. Mais ils m'ont promis de le rapporter intact. »

S'arrêtant dans sa lecture, elle leva les yeux vers Zach.

— Ne me dis pas que cette lettre te laisse indifférent !

A cet instant, il s'agenouilla à côté d'elle, et lui prit la lettre pour la replacer dans la boîte.

— Incorrigible romantique ! dit-il en riant.

Puis il l'enlaça par la taille.

— Si tu les détruis, tu le regretteras toute ta vie.

— Tu crois ? fit-il d'un ton léger. Aujourd'hui, je me sens porté par des ondes positives, car j'attends de bonnes nouvelles du médecin, cet après-midi. Tu verras, après Noël, je pourrai t'emmener danser.

A ces mots, son cœur fit un bond dans sa poitrine : il comptait la garder jusque-là ?

— Nous aviserons le moment venu, éluda-t-elle en posant ses mains sur le torse de Zach.

Elle sentait son cœur battre assez vite sous ses paumes, et elle se demanda alors si elle avait au moins sur lui la moitié de l'effet qu'il avait sur elle. Elle vit justement son regard s'assombrir.

— Tu ne pourras peut-être pas danser aussi rapidement que tu l'espères, poursuivit-elle. Et puis de toute façon, après Noël, tu seras sans doute au bout du monde.

— Je ne crois pas que c'est ce qui te fait décliner la proposition…

— Tu as raison… Notre relation n'a pas d'avenir, Zach. Et je pense que lorsque tu auras complètement récupéré, tu t'envoleras vers d'autres horizons. Tu reprendras la vie que tu as toujours menée. Ne me dis pas le contraire.

— Il se peut que je reste encore quelque temps au Texas. J'ai des choses à y faire. Et puis où que je sois, je peux toujours rentrer en avion à la maison, dès que j'en ai envie.

— Le ranch n'est pas à proprement parler ta maison puisqu'il appartient à Garrett, non ? Et comme tu n'es jamais à Dallas, tu ne peux pas non plus dire que cette maison-là est ton foyer.

Il lui sourit.

— Je te referai ma proposition un peu plus tard, dit-il.

Des étincelles crépitèrent alors dans l'air. L'attirance était toujours intacte, comme lors de leur première rencontre.

— Zach, murmura-t-elle en nouant les bras autour de son cou.

Il l'embrassa, et tout son être frissonna.

S'accrochant à lui, elle refusa de penser à l'avenir, à sa mission qui se terminerait sous peu, à l'au revoir. Chaque jour, elle se sentait un peu plus amoureuse de lui, et quand il l'embrassait, plus rien ne comptait à part Zach.

Elle se cambra contre lui, prenant désespérément ce qu'il lui accordait encore, avant de se volatiliser pour toujours. Finalement, elle se rappela où ils étaient et l'heure qu'il était.

— Zach, nous ne sommes pas tout seuls dans la maison, lui chuchota-t-elle.

Mais il ne sembla pas l'entendre et, capturant sa bouche, il l'embrassa de nouveau. Quand il voulut lui enlever son pull, elle le saisit tout de même par les poignets. Haletant, il leva les yeux tandis qu'elle secouait la tête.

— Nous sommes au rez-de-chaussée, Nigel et Rosie aussi. Dans une heure, tu dois être parti pour prendre ton avion afin d'aller voir le docteur à Dallas. Il faut que nous nous ressaisissions !

Repoussant les mèches qui tombaient sur son visage, Zach regarda sa bouche.

— Tu es belle, et nous reprendrons là où nous en étions, quand je reviendrai, ce soir.

— Nous verrons, chuchota-t-elle. Et maintenant, il faut que tu ailles déjeuner avant de partir.

— Je n'ai pas très faim, je préférerais faire autre chose à la place.

Elle secoua la tête.

— Non, c'est l'heure de déjeuner, dit-elle d'un ton ferme.

— Alors viens partager ce repas avec moi.

Elle hocha la tête et lui emboîta le pas, incapable de résister. Il fut charmant pendant tout le déjeuner, de sorte qu'elle était impatiente qu'il revienne, alors même qu'il n'était pas parti.

Tard dans l'après-midi, comme les ombres s'allongeaient, elle ajouta une bûche dans le feu. C'était l'hiver et les jours raccourcissaient. Elle entendit son pas avant de le voir et, dès qu'il fut dans le bureau, il referma la porte derrière lui. Son cœur battait à présent très fort dans sa poitrine : levant les yeux vers lui, elle comprit que sa mission était terminée.

Il irradiait de vitalité comme si sa visite à Dallas lui avait insufflé une énergie folle. Il était inutile qu'elle lui demande ce que le docteur avait dit, cela se lisait sur son visage. S'avançant vers elle, il l'embrassa avec chaleur.

Quelques minutes plus tard, leurs vêtements volaient au sol. Le feu illuminait la pièce de ses braises orangées. Aucune autre lumière n'était allumée tandis que le crépuscule tombait doucement.

— Zach, nous sommes au rez-de-chaussée, et nous ne sommes pas seuls dans la maison, lui rappela-t-elle.

— La porte est fermée, personne ne viendra nous déranger, lui assura-t-il entre deux baisers.

Alors, devant le feu crépitant, ils s'aimèrent de nouveau passionnément, au milieu des ombres qui dansaient sur leurs corps et des étincelles qui les illuminaient parfois. Et encore une fois, entre ses bras virils, elle perdit toute notion du temps. Le lien physique qui les unissait était si fort qu'il charriait forcément en lui une puissance émotionnelle. De ses jambes semblables à des lianes, elle entoura les hanches de Zach, s'accrochant à lui comme si elle voulait que l'instant magique dure toujours. Cet homme si différent d'elle lui était devenu vital, et elle ne pouvait pas imaginer que tout serait bientôt fini entre eux.

Une fois qu'ils furent revenus sur terre, elle s'efforça de retrouver son souffle, tout en promenant distraitement les mains sur le corps de Zach. Il roula alors sur le dos et l'entraîna tendrement dans son geste.

— Le docteur a dit que ton pied était guéri, n'est-ce pas ? demanda-t-elle.

— Oui, c'est exact, reconnut-il en souriant. Je peux enfin mettre ma chaussure orthopédique à la poubelle.

— J'en conclus que ma mission s'arrête à la fin de la semaine. Cela tombe bien finalement, vu que c'est bientôt Noël et que je voulais être en vacances pendant les fêtes.

— Je ne serai pas ici non plus pour Noël, mais je reviendrai ensuite au Texas, et nous nous reverrons.

Elle croisa son regard : elle ne croyait pas du tout à sa promesse de se revoir après Noël. Et pourquoi était-elle si meurtrie, alors qu'elle savait depuis le début que les choses finiraient ainsi ?

— Nous resterons en contact, ajouta-t-il.

A ces mots, il se mit à lui caresser les cheveux et elle sentit son cœur s'emballer, comme de coutume.

— Avec toi, c'est le paradis, Emma.

Comme elle aurait aimé l'entendre prononcer des mots d'amour ! Mais elle savait bien que cela n'arriverait jamais, qu'elle se laissait juste griser par ses bras vigoureux.

Le feu craqua et elle se rendit compte que le corps de Zach baignait à présent dans une lumière orangée. Comme il était beau, on aurait dit un dieu grec !

— Tu es bien calme, lâcha-t-il.

— Je savoure le moment.

Ils finirent par rassembler leur courage pour ramasser

leurs vêtements et aller prendre une douche. Puis ils dînèrent devant le feu avant de monter dans la chambre de Zach.

Elle consacra tout son mercredi aux lettres. Elle espérait vivement que, dans la famille Delaney, certains souhaiteraient les récupérer, car celles qu'elle avait lues à voix haute à Zach ou celles qu'il avait accepté de lire ne l'avaient visiblement pas fait changer d'avis.

Le vendredi, la tension qui montait en elle depuis le début de la semaine atteignit un point culminant. Elle devait se rendre à Dallas, et sa vie redeviendrait ce qu'elle était avant sa rencontre avec Zach, car même s'il lui avait promis qu'ils se reverraient après Noël, elle ne le croyait pas.

Tôt le matin, alors qu'elle prenait son petit déjeuner, à côté de Rosie déjà en train de cuisiner, elle eut soudain très mal au cœur et se précipita vers la salle de bains. Quand elle revint, elle repoussa son assiette pas encore terminée.

— Rosie, je n'ai plus faim, déclara-t-elle. J'ai la nausée.

La cuisinière leva les yeux vers elle et, s'essuyant les mains, s'approcha pour débarrasser son assiette.

— Vous étiez malade hier matin aussi, dit-elle.

Elle leva les yeux vers Rosie et devina les pensés qui l'agitaient.

— J'ai du retard, confessa-t-elle avant d'essayer de se rattraper : Je ne comprends pas pourquoi j'ai mal au cœur, mais c'est ainsi.

Rosie lui adressa alors un regard appuyé, puis elle lui sourit en la prenant dans ses bras.

Emma se figea et accepta enfin de considérer l'éventualité qu'elle repoussait depuis une semaine. Trop de jours s'étaient écoulés à présent pour qu'elle pense encore être l'objet de son imagination. Et les nausées matinales étaient des plus suspectes.

— Rosie, j'ai deux sœurs mariées et une belle-sœur. Elles ont toutes des bébés et ont toutes eu des nausées, le matin… Ce n'était pas prévu, ajouta-t-elle d'une voix tremblante.

— Vous n'en êtes pas certaine, n'est-ce pas ?

— Non. Je ferai un test la semaine prochaine, à Dallas. J'ai déjà pris rendez-vous avec mon médecin.

Rosie plaqua alors les mains sur ses hanches et la regarda droit dans les yeux.

— Combien de retard avez-vous ?

— Une semaine.

— Ce n'est pas énorme…

Emma secoua la tête.

— Je suis réglée comme du papier à musique, presque à l'heure près, répondit-elle. C'est vraiment la première fois que j'ai du retard.

Et soudain, prise de la certitude qu'elle était enceinte de Zach, elle ressentit comme un léger vertige. Elle s'appuya au comptoir tandis que Rosie la retenait par le bras.

— Tout va bien ?

La cuisinière lui adressa un regard inquiet.

— Rosie, promettez-moi de n'en parler à personne tant que je ne suis sûre de rien.

— Vous pouvez compter sur ma discrétion ! lui assura celle-ci avec vigueur.

— Je n'ai pas l'habitude de paniquer, reprit Emma, mais en l'occurrence, je me sens très impuissante, c'est comme si je ne contrôlais plus rien.

— Attendez de voir un médecin et d'en être sûre, lui conseilla Rosie avec sollicitude.

— Ce n'était pas censé arriver, murmura-t-elle encore, plus à son attention qu'à celle de Rosie.

— Parfois, les choses nous échappent, déclara Rosie en serrant sa main glacée dans la sienne. Allez vous reposer dans votre chambre. Vous avez une grande famille aimante. Elle prendra soin de vous et du petit.

Le petit. Emma retira sa main et serra les dents. Rosie n'avait pas du tout fait allusion à un éventuel soutien de Zach. Est-ce que cela allait être un immense choc pour lui ainsi qu'une nouvelle très déplaisante ? Refuserait-il une telle responsabilité ? Il avait souligné que Will avait été pris au dépourvu quand il avait dû s'occuper de Caroline, mais lui-même semblait réellement attaché à la petite fille, la disparition de l'enfant lui en avait apporté une preuve supplémentaire. Mais pourquoi avait-il fallu qu'elle tombe précisément enceinte d'un homme qui menait une vie à l'opposé de la sienne ?

— Je vais suivre votre conseil et monter dans ma chambre pour me reposer, dit-elle enfin. C'est mon dernier jour, Zach n'a pas besoin d'apprendre quoi que ce soit tant que rien n'est certain.

— Absolument. Et soyez sans crainte, je garderai le secret, déclara Rosie.

Sur ces mots, elle retourna à ses fourneaux tandis qu'Emma se précipitait à l'étage.

Une fois dans sa suite, elle se regarda longuement dans le miroir, de profil, et passa la main sur son ventre. Il y avait de nombreux enfants dans la famille, mais aucun n'était né hors des liens du mariage.

Comment pourrait-elle annoncer à un homme qui ne voulait même pas passer Noël en famille qu'il allait devenir père ?

- 8 -

Elle s'étudiait encore dans le miroir quand elle fut prise d'une nouvelle nausée.

Elle pensa à son frère Connor, à sa volonté de fer. Nul doute qu'il ferait tout ce qui était en son pouvoir pour obliger Zach à l'épouser. Mais ce dernier ne voudrait certainement pas entendre parler de mariage et il disparaîtrait à l'étranger.

Elle secoua la tête, frissonnante alors qu'il faisait très doux. Elle passa ensuite un gant mouillé sur son visage, puis revint s'asseoir sur le lit, serrant les poings et réfléchissant à la marche à suivre.

Et si elle s'enfuyait sans que Zach s'en aperçoive ? Elle l'appellerait ensuite de Dallas pour lui dire au revoir.

Elle poussa un lourd soupir. Son avenir venait de basculer dans l'incertitude et le chaos. Pourquoi avait-il fallu qu'elle vienne travailler au ranch pour lui ? Et surtout, pourquoi avait-elle fait l'amour avec lui ? Elle savait pourtant qu'il était vain et sans espoir de tomber amoureuse d'un célibataire endurci comme Zach. Enfin, mais le plus étrange, c'était que leur protection n'avait pas fonctionné.

Elle pensa alors qu'elle pouvait aussi faire une croix sur son poste de Dallas. Si elle restait, la nouvelle de sa grossesse parviendrait tôt ou tard aux oreilles de Zach. Elle serait donc contrainte de quitter la société et de chercher un nouveau travail !

Elle jeta encore une fois un regard à son reflet dans le miroir. Les fêtes pourraient passer sans que personne ne suspecte quoi que ce soit. Si seulement elle avait pu arrêter de penser à Zach et juste se focaliser sur l'enfant, elle aurait été beaucoup moins agitée. Hélas, cela relevait de l'impossible !

Zach la soutiendrait sans doute financièrement, mais elle ne devait rien attendre de plus de lui. Un homme qui avait consacré sa vie aux voyages et à son métier ne pouvait pas accepter de voir sa liberté entravée par une famille.

En proie à une nouvelle vague d'inquiétude, elle se frotta la nuque pour s'apaiser un peu. Mary Kate était la sœur dont elle était le plus proche, elle pourrait se confier à elle. A la pensée du soutien que celle-ci lui apporterait, elle éprouva un léger apaisement. Sa sœur serait une fidèle alliée, tout comme elle savait que sa mère accepterait sa grossesse. Elle espérait juste de pouvoir empêcher Connor de faire des sottises, comme aller casser la figure à Zach.

Elle se rappela Will et Ava, l'amour manifeste qu'ils se portaient, le bébé dont la venue les réjouissait et son cœur se serra tandis que les larmes menaçaient. Ce qui lui arrivait, ce n'était pas du tout la façon dont elle avait imaginé fonder une famille. Elle avait toujours rêvé d'un amour comme celui qu'elle avait constaté entre Will et Ava.

Elle s'essuya les yeux et se leva, se mettant à faire les cent pas dans sa chambre. Si seulement elle avait pu revenir en arrière ! Mais elle ne pouvait blâmer personne à part elle-même.

Puis elle pensa au bébé et posa une main protectrice sur son ventre. C'était son bébé. Sa famille serait choquée, bouleversée, furieuse, mais dès que le bébé arriverait, tout le monde l'accepterait et l'aimerait. Il aurait sa place dans le clan Hillman et ils seraient comblés d'amour, tous les deux.

Elle s'allongea sur son lit, repensant à tous les soucis qui l'accablaient.

Le premier obstacle à franchir, c'était cette journée. Elle avait déjà bouclé ses bagages et était prête à partir. Il fallait à présent qu'elle trouve la force de faire ses adieux à Zach.

Une heure plus tard, elle descendit au bureau. Zach était au téléphone, les pieds sur le rebord de sa table de travail.

Elle s'assit à sa place, mais s'avéra incapable de travailler, se contentant de le regarder et de penser à l'avenir.

Quand elle comprit qu'il allait bientôt raccrocher, elle fit appel à tout son courage pour se pencher sur une boîte et prendre une lettre.

Elle sentit alors que l'enveloppe contenait autre chose qu'une lettre. Elle l'ouvrit et la retourna : un cœur accroché à une chaîne tomba dans sa paume. Au milieu du cœur en or brillait une pierre verte.

Elle retira la lettre et déclara alors :

— Zach, écoute cette lettre : « C'était le médaillon de ma grand-mère, il contient le portrait de mes arrière-grands-parents. Je veux te le donner car je tiens à ce qu'il reste dans la famille et qu'il passe de génération en génération. » Cette lettre est signée de ton arrière-grand-père. Autrement dit, ce médaillon est extrêmement vieux puisqu'il appartenait à sa grand-mère.

Elle s'interrompit et mit la lettre de côté.

— Regarde ce magnifique médaillon. Il y avait deux portraits, à l'intérieur. Ils sont minuscules.

Elle s'approcha du bureau de Zach pour lui montrer sa découverte. Il examina alors le bijou.

— Emma, je veux que tu le gardes, déclara-t-il, sur une impulsion.

— Zach, c'est impossible, voyons ! Tu as une famille et certains voudront certainement le récupérer. C'est un héritage et, d'ailleurs, ton arrière-grand-père souhaitait qu'il reste dans la famille.

— Tu as dit que tu avais l'impression de faire partie des Delaney, quand tu lisais ces lettres. Je te le donne comme bonus pour ton travail et comme souvenir de toute cette histoire avec laquelle tu es devenue familière. Tiens…

A ces mots, il lui prit la chaîne des mains et la lui attacha autour du cou.

— Je crois vraiment que ce médaillon devrait rester dans la famille, déclara-t-elle.

Et tout à coup, elle se rendit compte qu'involontairement,

elle était entrée dans l'histoire de cette famille. Elle plaça instinctivement la main sur son ventre.

— Je tiens à te le donner, insista-t-il.

Puis la prenant par les épaules, il la fit pivoter pour juger de l'effet du médaillon sur elle.

— C'est très joli, ajouta-t-il d'une voix tremblante de désir.

Il croisa alors son regard, et elle sentit les battements de son cœur s'accélérer : elle aurait aimé rester pour toujours dans ses bras vigoureux. Alors, comme s'il lisait dans ses pensées, il l'attira à lui et lui donna un baiser passionné, possessif.

Elle le lui rendit sans réserve, avec un profond amour, consciente qu'elle embrassait peut-être pour la dernière fois le père de son enfant.

— Zach, lâcha-t-elle.

Puis, sur le point de lui dire qu'il allait lui manquer, elle se ravisa et poursuivit :

— Merci pour le médaillon, mais je ne sais pas si tes frères et ta sœur apprécieraient que tu dilapides l'héritage familial.

— Je suis certain que mes frères seraient ravis que tu le portes. Quant à Sophia, je ne sais pas, mais je n'ai pas à lui demander son avis. Et puis ce n'est pas non plus un cadeau d'une très grande valeur.

— Il l'est bien plus que tu ne le crois, répondit-elle, bouleversée.

La gorge serrée, elle pensa que ce médaillon reviendrait de toute façon à un Delaney. Et comme il lui soulevait le menton, elle se hissa sur la pointe des pieds pour lui donner un bref baiser, gênée de ne pouvoir masquer son émotion.

Il la retint dans ses bras, et quand il détacha sa bouche de la sienne, elle espéra qu'il avait oublié sa réaction pour le médaillon.

— Tu vas me manquer, Emma.

— Dans ces conditions, viens passer Noël avec nous, dit-elle.

Il lui sourit.

— Merci, mais j'ai déjà tout organisé. Je serai dans la villa italienne dont j'ai hérité. Mon père l'appelait toujours sa résidence d'été.

Ces paroles la ramèrent à la réalité. Il était nécessaire qu'ils se séparent maintenant, même si elle savait qu'elle allait terriblement souffrir.

— Je penserai à toi pour Noël, quand tu seras dans ta villa italienne.

— Tu seras sans doute la seule personne au monde à te faire du souci pour moi à Noël, dit-il en lui souriant.

— Parce que je sais ce que tu vas manquer.

— Et pourquoi est-ce que tu ne viendrais pas en Italie avec moi ?

— Merci, mais tu sais que je passe les fêtes au Texas… Zach, tu devrais tout de même te rapprocher des tiens, apprécier les trésors que tu possèdes. Tu te protèges car tu as trop souffert enfant, mais tu as une famille merveilleuse et des ancêtres fascinants. Ne l'oublie pas. Essaie un jour de passer Noël en famille, invite Will, Ava et leurs enfants, ainsi que Ryan, Sophia et Garrett, et tu verras bien.

— Quelle rêveuse tu fais ! répondit-il. Je vais adorer mon séjour en Italie, tu sais ? Il fera beau, il n'y aura personne, pas de contraintes. Tu ne veux pas te laisser tenter ?

Elle secoua la tête.

— Merci. Nous irons chacun où notre cœur nous porte. Seulement, je pense que le tien se conforme plutôt à une vieille habitude qu'à une réelle envie.

— J'essaierai de réfléchir à la leçon.

Reculant, elle regarda sa montre.

— Il faut que je prenne la route. Ce travail m'a énormément plu.

En disant ces mots, elle dut fournir un gros effort pour retenir ses larmes. De nouveau, il la prit dans ses bras et l'embrassa avec impétuosité. Finalement, il détacha sa bouche de la sienne et lui dit :

— Tu peux passer le week-end ici, si tu veux.

— J'ai déjà prévu des choses, à Dallas, répondit-elle, redoutant un week-end d'adieux.

Il était temps pour elle de partir. Elle avait déjà pris congé de Rosie et de Nigel, et ce dernier avait mis ses bagages dans sa voiture.

Zach l'accompagna à la porte.

— Je te donnerai de mes nouvelles, lui dit-il.

— Peut-être qu'on se croisera un de ces jours dans les bureaux de Dallas, répliqua-t-elle d'un ton léger en se glissant derrière le volant.

Refermant la portière, il recula et elle démarra la voiture. Comme elle s'éloignait, elle regarda dans le rétroviseur : il se tenait dans l'allée, fixant sa voiture.

Elle repensa à son invitation en Italie. Sa villa devait s'apparenter à un petit paradis sur Terre, surtout en sa compagnie, mais elle ne pouvait pas y aller à Noël. C'était un moment que l'on passait en famille.

Et tout à coup, elle eut envie de pleurer. Quand et comment allait-elle annoncer la nouvelle de sa grossesse à sa famille ? Il était sans doute préférable d'attendre que les fêtes soient passées, car elle ne savait pas du tout comme ils prendraient la nouvelle.

Zach semblait sincèrement attaché à sa nièce et elle se demanda alors comment il réagirait avec son propre enfant. Il lui avait également raconté leur bataille pour inclure Sophia dans la famille : s'il s'était battu pour sa demi-sœur, nul doute qu'il ne rejetterait pas son enfant.

Mais elle devait avant tout se procurer un test de grossesse, car si elle n'était pas enceinte, toutes ces inquiétudes et tous ces questionnements étaient ridicules.

Tout de même, elle n'aurait jamais cru se retrouver dans une telle situation. Elle avait toujours imaginé qu'elle aurait des enfants, mais dans le cadre d'un mariage et avec un époux ! Elle s'accrocha cependant à la pensée qu'elle n'était pas seule au monde, que toute sa famille l'aiderait à élever l'enfant et cela l'apaisa.

Noël avec un bébé dans le ventre, ce serait tout à fait

inédit pour elle. Cette époque de l'année était toujours magique, mais ce Noël-là serait complètement différent. Elle se promit d'acheter un cadeau pour son bébé et de réfléchir à un prénom qui s'accorderait au nom des Hillman, puisqu'il ne porterait pas le nom des Delaney.

Zach lui manquait déjà, en fait. Elle reprendrait contact avec lui quand elle jugerait que le temps était venu de lui annoncer sa grossesse et qu'elle aurait trouvé la meilleure façon de s'y prendre.

Machinalement, elle toucha son médaillon. C'était un superbe cadeau et elle en prendrait grand soin. Son bébé en hériterait un jour.

Elle espérait que Will parviendrait à convaincre Zach de conserver les lettres, car il aurait été vraiment triste de les détruire. Et elle songea soudain que si elle devenait mère d'un Delaney, elle aurait aussi son mot à dire, au nom de son enfant, et cela la rassura.

Chaque kilomètre l'éloignait un peu plus de Zach et renforçait la nostalgie qu'elle avait de lui. Mais dans quelques heures, elle serait à Dallas, et la chaleur de sa famille apaiserait un peu le manque.

Le lundi, Emma manqua à Zach bien plus qu'il ne l'aurait cru possible. Il avait l'intention de partir en Italie le mardi, mais il avait perdu tout enthousiasme pour le voyage. Devait-il changer ses plans pour Noël ? Il soupira, conscient d'être complètement obsédé par cette femme. Il se rappela les moments de son enfance où il aurait tant aimé être avec sa famille, mais où on les laissait au pensionnat, ses frères et lui, pendant les vacances. C'était alors qu'il avait commencé à ne compter que sur sa propre compagnie.

Il serait heureux en Italie, une fois qu'il y aurait atterri.

Tôt ce matin-là, Will l'avait appelé pour lui signaler que la famille au complet passerait déjeuner au ranch, comme convenu. Ils échangeraient aussi les cadeaux de Noël, de sorte qu'il aurait bien une petite fête de Noël en famille, lui aussi. Emma aurait été soulagée de l'apprendre, mais maintenant, elle était loin et devait être accaparée par ses activités familiales.

Au début de son immobilisation, Zach avait demandé à sa secrétaire de Dallas de s'occuper des cadeaux pour toute sa famille, et ils lui avaient été livrés tout emballés.

Posté derrière la fenêtre, il admirait le paysage qui se déclinait dans les tons de jaune et d'ocre, au-delà de la cour. Pourquoi la vie était-elle devenue si vide sans Emma ? Il ne s'était écoulé qu'un week-end depuis son départ, mais c'était déjà une éternité. Alors qu'elle n'était pas du tout une femme pour lui !

Il se mit à faire les cent pas dans la pièce, se répétant qu'il ne devait rien changer à ses plans, partir pour l'Italie et l'oublier.

Pourtant, les souvenirs ne voulaient pas le lâcher. Il se rappelait leurs baisers, les nuits passées à s'aimer, son rire, ses yeux verts lumineux tournés vers lui… Est-ce qu'il refusait la vie dans ce qu'elle avait de meilleur, comme elle l'insinuait ? Etait-ce l'armure qu'il s'était forgée durant l'enfance qui l'empêchait encore d'aimer et d'être aimé aujourd'hui ?

Cette année, il redoutait de se morfondre dans sa villa italienne, alors qu'il n'avait jamais accordé la moindre importance aux fêtes de fin d'année.

Soudain, il vit trois limousines remonter l'allée les unes derrière les autres, tel un cortège solennel, et il se dirigea vers la porte d'entrée pour accueillir ses invités.

Will, Ava et Caroline descendirent de la première, Ryan émergea de la deuxième tandis que Garrett et Sophia sortaient de la troisième. Les chauffeurs s'avancèrent avec des boîtes remplies de cadeaux et il leur indiqua où les déposer, avant d'aller saluer sa famille.

— Ne me dites pas que tous ces cadeaux sont pour moi ! lança Zach.

— Et pour qui d'autre seraient-ils ? plaisanta Ryan avec un sourire effronté. Il est vrai qu'il y en a un pour Nigel et

Rosie, même si je sais qu'ils sont partis en vacances dans leur famille.

— Entrez, leur dit Zach en prenant Caroline dans ses bras.

Il les conduisit dans la salle à manger où les chauffeurs avaient déposé les cadeaux. De son côté, il avait empilé les présents qu'il destinait aux siens sur un des canapés.

— Tu aurais dû demander à Nigel de descendre l'arbre de Noël du grenier, fit observer Will.

— Par pitié ! Emma avait mis des décorations, mais je les ai enlevées.

— Tu es incorrigible, fit Will en riant. Mais j'ai quand même vu du gui sur la porte, ce qui est, entre nous soit dit, une décoration bien étrange pour un homme vivant seul…

— N'insiste pas, Will, le prévint Zach.

— J'aurais dû venir la semaine dernière, comme ça j'aurais rencontré ta secrétaire dont j'ai beaucoup entendu parler, renchérit Ryan.

— Est-ce qu'une bière vous fera taire ? demanda alors Zach. Pendant que vous la sirotez, je vais voir si vos chauffeurs veulent manger ou boire quelque chose, puis nous pourrons commencer les festivités entre nous.

Il revint quelques minutes plus tard avec un plateau d'amuse-gueules préparés à l'avance par Rosie et qu'il lui avait suffi de faire réchauffer.

Ryan brandit alors une bouteille de champagne.

— Joyeux Noël à vous tous ! claironna-t-il.

Puis il remplit les coupes de chacun, et Will leva son verre.

— Je propose de porter un toast à notre petite Caroline dont la présence illumine chaque jour notre vie, à Sophia qui a accepté de faire partie de notre famille et à Ava, sans qui je ne serai rien. Nous avons de la chance de les avoir, tous les quatre.

— Entièrement d'accord, répondirent en chœur Zach, Ryan et Garrett.

Quelques minutes plus tard, ce fut à Ryan de lever sa coupe.

— Trinquons aussi aux deux derniers célibataires de la

famille, dit-il. Personne ne sait combien de temps encore nous allons tenir.

— Nous verrons bien, lâcha Zach en repensant à Emma.

— Il faudrait pour cela que tu cesses de voyager sans arrêt, et que tu prennes le temps de tomber amoureux, objecta Will en le regardant avec insistance.

Sans répondre, Zach les invita à se rendre en cuisine où des côtes de porc caramélisées chauffaient au four. C'était lui qui les avait préparées, ainsi que des haricots qui mijotaient depuis des heures. Il sortit la salade aux pommes de terre confectionnée par Rosie, déboucha une bouteille de vin et tout le monde prit place autour de la table. Si Emma l'avait vu, elle aurait compris que lui aussi appréciait les joies familiales, la seule différence, c'était qu'il ne voyait pas sa famille aussi souvent qu'elle.

— Quand est-ce que tu t'envoles pour l'Italie ? demanda Will.

— Demain. Les prévisions météorologiques sont bonnes. Et vous tous, où allez-vous, finalement ?

— Nous partons demain pour le Colorado, annonça Will. Caroline ne tient plus en place à cette idée.

— Et toi, Garrett ?

— Nous allons chez mes parents jeudi, puis nous passerons le vendredi chez des amis de Sophia.

— Pour ma part, certifia Ryan, je retourne à Huston, il faut que je conclue une affaire là-bas, et à partir de vendredi, je ferai la fête trois soirs d'affilée. Meg adore sortir.

— Meg ? reprit Zach. Qui est Meg ?

— C'est sa dernière petite amie en date, indiqua Will. Et toi, Zach, quelle belle femme t'attend en Italie ?

— Je serai seul à la villa, et cela me convient tout à fait.

— Ah ! soupira son frère. Vous devriez tous venir dans le Colorado, c'est là qu'on fête le mieux Noël. Nous avons même un costume de Père Noël pour Muffy, puisque Caroline est persuadée qu'il adore le porter. Si l'un de vous veut nous rejoindre après Noël pour faire du ski et profiter de la beauté du Colorado, il sera le bienvenu.

— Je viendrai, décréta alors Ryan. Juste après la Saint-Sylvestre, si vous y êtes encore.

— Bien sûr. Prenez exemple sur Ryan ! lança Will. Et vous pouvez amener qui vous voulez.

— Je verrai comment cela se passe en Italie, dit alors Zach, mais je doute de pouvoir revenir aussi tôt.

— Tu es vraiment un bourreau de travail ! lança Ryan. Il y a des choses qui ne changeront jamais.

Ils finirent de dîner, puis ils ouvrirent les cadeaux. Le premier fut bien sûr remis à Caroline dont les yeux se mirent à briller quand elle aperçut la nouvelle poupée que contenait son paquet. Elle se précipita dans les bras de Zach.

— Bon Noël, ma chérie, lui dit-il.

Et à cet instant, il regretta vraiment qu'Emma ne soit pas à ses côtés.

Une fois tous les cadeaux ouverts, il déclara qu'il avait encore des surprises et sortit du salon. Quelques instants plus tard, il revenait avec la montre de poche en or, le Colt et le fusil Henry.

— Nous avons trié l'essentiel des fameuses boîtes, avec ma secrétaire, et nous avons trouvé ces trois objets curieusement enfouis avec les lettres. Prenez ce qui vous fera plaisir. Sophia, ajouta-t-il après une pause, il y avait un médaillon mais je l'ai donné à ma secrétaire. Désolé de ne pas t'avoir demandé ta permission, mais elle a passé tellement de temps à lire ces lettres qu'elle se sentait très proche de nos ancêtres.

— Tu as eu raison, Zach, répondit Sophia.

— Considérez donc que j'ai eu ma part, et faites votre choix. Quant à moi, je me fiche de ces lettres et des souvenirs. Tout cela appartient à l'histoire.

— Nos parents n'étaient pas sentimentaux et on peut dire que tu as hérité d'eux, assura Will.

— Je peux me passer de cette comparaison, tu sais, répliqua-t-il. Alors comment procède-t-on ? Par tirage au sort ? Par âge ? Par concertation ?

— D'accord, écris le nom des objets sur un bout de

papier et chacun en tirera un, répondit Will. Je ne crois pas que l'on se dispute étant donné les objets et nos goûts.

Et quelques instants plus tard, il héritait du Henry, Ryan du Colt et Sophia de la montre de poche.

— Bon, est-ce que tout le monde est satisfait de ce qu'il a eu ?

— Moi oui, affirma Ryan, en caressant son Colt. Il est magnifique.

— J'adore cette montre, renchérit Sophia. Elle me plaît bien plus que le fusil ou le revolver. Et je prendrai volontiers une lettre.

— Va te servir dans mon bureau. On peut aussi partager toute cette correspondance en trois paquets, proposa Zach.

— Ces souvenirs sont de vrais trésors, dit Ryan en contemplant toujours son Colt.

— Tu as raison, ce Henry est fantastique, je suis vraiment heureux d'en avoir hérité, répliqua Will.

Plus tard dans l'après-midi, Garrett se leva.

— Nous devons reprendre notre vol pour Dallas, déclara-t-il.

Ryan l'imita et rassembla ses cadeaux.

— Moi aussi. Et dans quelques jours, je m'envolerai vers un paradis tropical, entouré de palmiers, d'une brise chaude et d'une belle femme.

— Voilà qui n'a pas grand-chose à voir avec Noël, déclara Will. Je suis sûr que tu auras envie de Colorado avant la Saint-Sylvestre.

— Ce n'est pas exclu, répliqua Ryan en riant.

— Tu pourras venir avec ton amie, je te l'ai déjà dit.

— Je préfère venir seul, et voir si je peux en trouver une nouvelle sur place. Zach, nous nous reverrons cet été, n'est-ce pas ? Merci pour la petite réception.

— C'était avec plaisir. Je vais avertir vos chauffeurs que vous partez.

Quand il revint, Will et Ava étaient toujours assis sur le canapé et Caroline jouait sans se lasser avec sa nouvelle poupée.

— Un dernier verre ? Un petit lait de poule au rhum ? suggéra-t-il.

— Avec plaisir ! répondit Will. Comment va ton pied ? Tu ne souffres plus ?

— Non, c'est complètement guéri.

— Pourtant, tu n'as pas l'air en grande forme. Quelque chose te tracasse ?

— Non, vous savez bien que ce n'est pas moi, mais Ryan, le joyeux luron de la famille.

— Il n'empêche que tu n'es pas comme d'habitude.

— Je n'aime pas Noël, ce n'est pas nouveau. A propos, que penses-tu des projets des Cow-boys, pour l'année qui vient ?

La conversation roula alors sur le sport, puis sur les affaires. Au moment où il prenait congé, Will lui demanda :

— Tu reviendras au Texas après l'Italie, ou bien tu partiras directement sur un nouveau chantier ?

— Je rejoindrai probablement le chantier sans passer par la case départ, déclara-t-il. Cela fait trop longtemps que je suis séquestré ici pour avoir envie d'y revenir de si tôt. En ce qui concerne les boîtes, nous n'avons pas tout à fait terminé, avec Emma, je vous laisse prendre la relève.

— Tu as donc renvoyé ta secrétaire à son poste de Dallas ?

— Oui. Elle a accompli un travail très efficace, mais elle a manqué de temps, étant donné les montagnes de lettres qu'il y avait dans ces fichues boîtes.

— Il ne faut pas les détruire, Emma a raison, elles nous relient au passé, déclara Will avec gravité.

— Avec le temps, elles finiront par se désagréger, tu sais, mais Emma en a scanné beaucoup, et elle les a placées dans un album, entre des feuilles de papier spéciales, sans acide.

— Je suis très étonné que ces missives soient passées entre les mains de nos parents sans qu'ils les aient détruites, argua Will.

— Ils l'auraient fait que je ne leur en aurais pas voulu, répondit Zach.

Will se mit à rire.

— Dis-moi, comment s'y est prise Emma pour t'emmener chez elle, à Thanksgiving ? Est-ce que l'on m'aurait caché quelque chose ?

— Will, ne sois pas indiscret, c'est la vie privée de ton frère, pria alors Ava en souriant. Nous allons prendre congé de toi, maintenant, Zach. Ton repas était savoureux, merci pour les cadeaux. Ils nous ont beaucoup plu.

— Joyeux Noël, Ava ! répondit Zach en les raccompagnant vers la porte. Et prends soin de toi.

— Joyeux Noël à toi aussi, Zach ! renchérit-elle.

Puis ils s'embrassèrent, et une fois qu'Ava et Caroline se furent engouffrées dans la limousine, Will le regarda dans les yeux.

— J'aimerais vraiment savoir comment ta secrétaire a pu te convaincre de passer Thanksgiving dans sa famille, insista-t-il.

— Je crois qu'elle a essayé de me secourir. Elle était si triste pour moi que je reste seul. J'ai eu droit à toute sa sympathie.

— Sa sympathie ?

Will éclata de rire.

— Je me demande bien comment elle a pu te motiver…

— Elle a trouvé la meilleure motivation du monde.

— Ah, je vois ! Je n'aurais jamais cru que ce jour viendrait.

— Ecoute, Will, mêle-toi de tes affaires, il n'y a rien de sérieux entre elle et moi. C'est une casanière achevée, alors que je ne peux pas tenir en place. Nous ne sommes pas faits l'un pour l'autre, et nous en sommes conscients.

— Tu ne m'avais pas dit qu'elle était aussi belle. Je comprends pourquoi tu l'as embauchée au premier coup d'œil.

— Elle est très compétente, se défendit Zach.

— Et c'est un vrai canon, ce qui ne gâche rien. Allez, joyeux Noël, frérot !

Sur ces paroles, il le serra contre son cœur.

— J'ai l'impression que Caroline et Ava ont une très bonne influence sur toi, Will, et je m'en réjouis. Personne ne voudrait finir comme papa, lui souffla alors Zach.

— Tu es un peu sévère. Grâce à Caroline, il avait beaucoup changé, à la fin de sa vie. Elle ne saura jamais à quel point son arrivée a transformé notre famille.

— Et aujourd'hui, elle opère des merveilles avec toi. Tu es formidable quand tu t'occupes d'elle.

— Je ne suis pas le seul à m'en occuper. C'est à Ava que je dois tout.

— Ne te sous-estime pas ! lui conseilla Zach. Et joyeux Noël !

Will s'engouffra à son tour dans la limousine et il les regarda s'éloigner, perdu dans ses pensées. Des pensées qui le ramenaient inévitablement à Emma. Il était censé partir le lendemain, mais il n'avait aucune envie de quitter le Texas. Il se sentait bien ici, chez lui. Et puis il était beaucoup plus près d'Emma au ranch, qu'en Italie. En quelques heures, si l'envie le prenait, il pouvait la rejoindre.

Fourrant les mains dans ses poches, il rentra dans sa maison. Elle lui semblait si immense et si vide, maintenant qu'Emma était partie. Que faisait-elle en ce moment ? Est-ce qu'il lui manquait aussi ?

Il hésita à l'appeler. Cela ne rimait à rien, mieux valait s'occuper plutôt à décrocher le gui. Mais une fois qu'il l'eut dans la main, il se rappela les baisers qu'ils avaient échangés dessous. Puis le souvenir du corps magnifique d'Emma lui revint. Jamais une femme ne l'avait excitée à ce point-là, tout comme aucune autre n'avait été capable de l'attirer dans sa famille. Et c'était aussi la première qui lui manquait tant !

Dans un soupir, il posa le gui sur la table, tout en pensant qu'elle ne reviendrait sans doute jamais au ranch.

Il n'avait aucune envie de se rendre à New York le lendemain, pour prendre ensuite son vol pour l'Italie. Après tout, rien ne l'obligeait à partir mardi… Il appela sur-le-champ son pilote privé pour le prévenir qu'il retardait son voyage.

*
* *

Le mardi après-midi, il n'était pas plus motivé que la veille. Sans Emma, il préférait encore être au ranch plutôt que dans sa villa italienne. Et puis cela permettrait à son pilote de passer Noël en famille. Il lui téléphona de nouveau pour lui faire part de ses nouvelles dispositions : il resterait finalement au Texas pendant les vacances. Et s'il en avait envie, il pourrait toujours prendre un vol commercial et passer les fêtes de fin d'année à New York.

Envahi soudain par un cafard monstrueux, il prit son téléphone pour appeler Emma, puis renonça finalement, comme chaque fois depuis son départ.

Il était agité et n'arrivait à se concentrer sur rien. Emma occupait toutes ses pensées quand il était éveillé et ses rêves quand il dormait.

Soudain, son portable le fit sursauter. Il fut tenté de ne pas répondre mais c'était le numéro de Will qui s'affichait. Craignant qu'il ne soit arrivé un malheur, il prit la communication.

— Zach, c'est Will. Où es-tu ? En Italie ou au Texas ?

Il serra les dents. D'ordinaire, son frère n'appelait pas avant Noël.

— Je suis toujours au Texas, j'ai reporté mon voyage.

— Je m'en doutais. Bon, qu'est-ce qui ne va pas ?

— Rien. C'est moins compliqué de rester ici pendant les fêtes et de partir après, c'est tout.

— Bien. Se pourrait-il qu'Emma te manque ? J'imagine qu'elle a dû t'inviter à passer les fêtes dans sa famille. Il n'est pas trop tard pour la rejoindre à Dallas.

— Je ne passerai pas Noël avec Emma et soixante autres Hillman, martela-t-il alors.

— Alors fais tes bagages et va en Italie ! Comme ça, tu l'oublieras.

— Merci, j'ai effectivement l'intention d'y aller, mais je ne suis pas pressé, c'est tout, répondit-il tout en pensant que ce n'était pas ce voyage qui allait lui faire oublier Emma.

— Très bien. Tu peux toujours nous rejoindre, si tu veux,

Caroline te fera oublier Emma. Avec elle, Noël prend des dimensions magiques.

— Je m'en réjouis, Will, dit-il d'un ton sincère. A bientôt.

Ayant raccroché, il revint s'asseoir devant les flammes de la cheminée, l'humeur très sombre, et soudain, n'y tenant plus, il s'empara de son portable et l'appela.

— Zach ! Tu appelles d'Italie ?

Son cœur fit un bond dans sa poitrine quand la voix d'Emma résonna dans l'appareil.

— Je ne suis pas encore parti, répondit-il. Et toi, tu es prête pour Noël ?

— Pas tout à fait. Il y a toujours des choses à faire et je suis très occupée. Est-ce que tu as eu des nouvelles de Will ou de Ryan ?

— Will m'a appelé aujourd'hui, ils s'amusent bien dans le Colorado, répondit-il avant d'ajouter, sur une impulsion : Tu sais, Emma, le ranch me semble bien vide sans toi.

Il y eut quelques secondes de silence, puis elle reprit :

— Le ranch me manque aussi.

— Non, tu n'es pas sincère, dit-il en souriant.

— C'est vrai, c'est toi qui me manques, Zach, avoua-t-elle.

— Est-ce que tu veux passer la Saint-Sylvestre avec moi ? demanda-t-il à brûle-pourpoint.

Le silence qui s'ensuivit fut plus long que d'habitude, et il retint son souffle.

— Oui, finit-elle par répondre. Même si nous savons tous deux que ce n'est pas raisonnable.

— Nous allons bien nous amuser, promit-il d'un ton léger.

La perspective de la revoir lui donnait soudain des ailes. Il s'adossa au canapé et prit des nouvelles de sa famille, ravi de l'entendre parler, de sentir le lien ténu qui la reliait à lui.

Leur conversation dura une heure avant qu'Emma n'y mette fin.

— Zach, on m'appelle, lui dit-elle. J'ai promis d'aller faire des courses avec ma mère et mes sœurs.

— Pas de problème. On se voit pour la Saint-Sylvestre alors. Au revoir, Emma.

Après qu'il eut raccroché, il sentit une immense solitude s'abattre sur lui. Comment était-il possible qu'Emma ait pris une place si importante dans sa vie, au point qu'il ne soit plus capable de vivre sans elle ?

La Saint-Sylvestre lui paraissait si loin ! Il se leva et se remit à faire les cent pas. Puis il décida d'aller se détendre dans la salle de gym, toujours tourmenté par la pensée d'Emma.

Emma se précipita hors de chez elle pour rejoindre sa mère et ses sœurs afin de faire du shopping de dernière minute, mais son esprit était entièrement accaparé par Zach. Il venait de l'inviter à passer la Saint-Sylvestre avec lui ! Elle avait été abasourdie par la proposition, qui signifiait qu'il voulait poursuivre leur relation. Elle avait toutefois hésité un instant, car maintenant qu'elle était enceinte, tout avait changé : que cela plaise à Zach ou non, ils seraient liés pendant des années, sauf s'il rejetait totalement l'enfant, ce dont elle ne le croyait pas capable. Elle appréhendait néanmoins sa réaction, et cette perspective assombrissait la joie qu'elle avait de le revoir : il pouvait désormais lui briser le cœur tout à fait.

Vers 17 heures, épuisée, elle n'avait plus qu'une envie : rentrer pour faire la sieste, mais il était quasiment 18 heures lorsqu'elles revinrent enfin à la maison familiale. Emma regagna immédiatement sa chambre et, posant ses paquets non déballés par terre, s'étendit sur son lit où elle s'assoupit rapidement.

Mais cinq minutes plus tard, on frappait à sa porte et Mary Kate entra dans la chambre.

— Je peux te parler une minute ? demanda-t-elle.

Elle referma la porte derrière elle et, repoussant ses cheveux en arrière, s'avança vers le lit. Son pull foncé faisait ressortir l'éclat doré de ses yeux noisette.

— Bien sûr, répondit Emma en se redressant. Qu'y a-t-il ? maman a besoin d'aide.

— Non, elle se repose, elle aussi. Comment te sens-tu ?

— Fatiguée. Le shopping, les préparations, le contrecoup de ma mission, tout cela me rattrape.

— Tu as vomi, ce matin, déclara alors sa sœur.

Emma tressaillit légèrement.

— C'est passé.

— Emma, tu sais, je serai toujours là pour toi, lui assura soudain Mary Kate, le regard soucieux.

— Comment est-ce que tu sais ? s'enquit alors Emma, certaine que sa sœur avait deviné qu'elle était enceinte.

- 9 -

Mary Kate haussa les épaules.

— Je suis passée par là, tu sais ?

— Non, tu n'étais pas mère célibataire quand tu étais enceinte, M.K., répondit-elle en employant le surnom d'enfant de sa sœur, sans même s'en rendre compte. Je ne sais pas ce que je vais faire…

Les larmes menaçaient et elle s'efforçait de reprendre le contrôle de ses émotions.

Mary Kate la serra affectueusement dans ses bras, et quand elle la relâcha, Emma s'essuya les yeux. Sa sœur avait toujours été si prévenante !

— Ce n'était pas prévu, et ça n'aurait jamais dû se produire. Je suis enceinte de Zach.

Elle en avait désormais la confirmation, même si elle n'en avait guère douté, en fait.

— Zach Delaney, rien que ça ! C'était bien ce que je redoutais. Est-ce qu'il est au courant ?

— Non, pas encore.

— Et tu as au moins une petite idée de la façon dont il va réagir ?

— Pas vraiment. Il semble fou de sa nièce, mais elle ne relève pas de sa responsabilité. Quand son père est mort, le frère aîné de Zach est devenu son tuteur. Zach, lui, est un solitaire et il reste rarement longtemps au même endroit. La plupart du temps, il travaille à l'étranger, et cela lui plaît de voyager sans cesse. Je ne vois pas comment il pourrait se réjouir de cette grossesse, ajouta-t-elle en soupirant. Il n'a jamais eu de relation suivie avec une femme. Tu te rends compte qu'il passe toujours Noël seul ?

— Quoi ? De son propre choix ?

— Oui.

Sa sœur fronça les sourcils, tout aussi étonnée qu'elle l'avait été quand Zach lui avait parlé de la façon dont il concevait les fêtes de fin d'année.

— Bon, reprit Mary Kate, s'il ne veut pas entendre parler du bébé, tu sais de toute façon que tu peux compter sur ta famille.

— J'ai peur que Connor ne lui casse la figure.

Sa sœur se mit à rire.

— Allons, il aboie, mais il ne mord pas, tu le sais bien ! Et puis c'est un pacifiste, comme papa, je ne le vois vraiment pas en venir aux mains ! Tu penses que Zach te soutiendra financièrement ?

— J'imagine que oui. Mais s'il ne me fait aucune proposition spontanée, je ne le poursuivrai pas en justice. Je m'en sortirai toute seule.

— Je n'en doute pas un instant, mais… Que comptes-tu faire pour tes études ?

— Je les remettrai à plus tard, déclara-t-elle.

— J'espère que Zach Delaney fera ce qu'il a à faire, même si, effectivement, le mariage me semble improbable.

— Exclu, tu veux dire ! Je me demande comment papa et maman vont le prendre. J'ai peur que cela ne brise le cœur de papa. Je sais, je sais, j'aurais dû y penser plus tôt…

— Je suis sûre que papa s'en remettra et t'aidera. Cela te fait bizarre, j'en suis certaine, mais ne t'inquiète pas. Les choses ne sont pas aussi terribles qu'on se les imagine parfois.

— Je leur annoncerai la nouvelle après Noël. De ton côté, tu promets de ne rien dire, n'est-ce pas ?

Mary Kate mit un doigt sur ses lèvres.

— Absolument, dit-elle. C'est à toi de mettre la famille au courant, pas à moi. Mais n'attends pas trop, cela dit, car maman va finir par le deviner. Elle connaît les symptômes, je te rappelle qu'elle a été cinq fois enceinte.

— Tu as raison.

— Bon, je vais voir ce que font les gosses. Bobby les surveille, mais comme c'est lui-même un grand enfant…

— Merci, M.K., dit-elle alors, reconnaissante à sa sœur de sa capacité d'écoute.

— C'est normal.

Elle s'adossa aux oreillers et regarda M.K. sortir de la chambre. Elle pourrait compter sur sa sœur, c'était certain, ainsi que sur le reste de toute la famille. Le seul facteur inconnu, c'était Zach.

La veille de Noël, Zach était assis à son bureau, incapable de se concentrer sur son travail. Emma dominait toujours ses pensées. Soudain, il posa son stylo et passa une main dans ses cheveux. Il n'en pouvait plus d'être loin d'elle. Son téléphone sonna juste à ce moment : Will.

Prenant sa respiration, il décrocha.

— Oui, Will, je suis au ranch, j'ai décidé de rester au Texas ! déclara-t-il tout de go.

— Tu es malade ?

— Non.

— Rosie est au ranch ?

— Non, tu sais que je lui ai donné trois semaines de congés, ainsi qu'à Nigel. Je vais bien, ne t'inquiète pas. Tu peux me passer Caroline ?

Il échangea quelques mots avec l'enfant qui lui repassa bientôt Will.

— Nous avons de la neige, lui dit son frère. Quel temps fait-il, chez toi ?

— Bon, écoute, Will, je sais que tu ne m'as pas appelé pour me parler de la pluie et du beau temps, alors que veux-tu, au juste ?

— Je prenais juste le temps de m'éloigner dans une pièce à part… Voilà qui est fait. Et maintenant, écoute-moi bien : si tu es amoureux d'Emma, réagis ! Tu dois mener une vie un peu moins retirée, de toute façon. Viens donc nous rejoindre dans le Colorado !

— Merci, monsieur le Psy, mais je suis très bien tout seul au ranch. J'aime la solitude, ce n'est pas nouveau.

Pourtant, pour la première fois, il venait de considérer l'idée d'accepter l'invitation de son frère, mais ce voyage l'éloignerait encore plus d'Emma.

— Il arrive que l'on change, Zach, et j'ai l'impression que tu n'es plus tout à fait le même depuis que tu as rencontré Emma Hillman. Cela dit, je ne voulais surtout pas te faire la morale, juste te rappeler que tu peux encore nous rejoindre pour Noël.

— Merci, Will, c'est très gentil à toi, et je suis sincère en te disant cela. Au revoir et joyeux Noël.

Il raccrocha, et ne put s'empêcher de sourire en repensant à cet appel un peu ridicule. Il se mit à arpenter son bureau, et son regard se porta soudain sur un grand carton qui était resté intact. Prenant une chaise, il s'assit alors devant et s'empara d'une des lettres qu'il contenait.

— Très bien, Emma, marmonna-t-il, je vais essayer de trouver des choses fascinantes dans la vie de mes ancêtres…

Il s'agissait d'une lettre écrite par son arrière-arrière-grand-père, pendant la guerre de Sécession.

« Ma chère Tabitha,

« Nous avons parcouru vingt miles sous la pluie aujourd'hui, mon amour. Il fait nuit et froid maintenant, et je t'écris à la lumière du feu. Je suis soulagé que nous n'ayons croisé aucun ennemi, car nos munitions diminuent, tout comme nos provisions. J'ai de la chance d'avoir mon fusil et mon revolver, d'autres sont moins fortunés. Cette guerre qui divise notre pays est affreuse. Ma chérie, comme tu me manques ! Si seulement je pouvais te serrer contre mon cœur, ainsi que notre fils…

On se sent seul et si désespéré au cœur des combats. Comme j'aimerais être à tes côtés cette nuit et voir ton sourire, ce serait le plus beau cadeau de Noël de ma vie. Je t'envoie tout mon amour en cette nuit de Noël. Toi et notre enfant, vous êtes la part la plus importante de ma vie, et c'est en pensant à vous que je me bats. Je rêve de paix pour notre bébé et ses descendants. Comme j'aimerais voir notre fils si précieux ! Mon cœur souffre de ne pas être auprès de vous, ce soir. Vous seuls comptez pour moi, et je me bats pour que vous puissiez vivre en paix. »

L'émotion le saisit malgré lui et, pour la première fois, il ressentit une affinité avec son ancêtre. Il reprit sa lecture.

« Je ferme les yeux et j'imagine que je te tiens dans mes bras et que je te souris. Un jour, ma douce, nous serons de nouveau réunis. Je t'envoie tout mon amour ainsi qu'à notre fils, en cette nuit de Noël. »

S'adossant à son siège, il pensa à Emma. Elle lui manquait terriblement et il aurait pu lui dire la même chose. Il pouvait tout à fait se mettre à la place de son aïeul qui avait ainsi passé une nuit de Noël solitaire et froide.

Il reprit la lettre.

« Tu sais que tu es toute ma vie et que je vous aimerai toujours, le bébé et toi. Je veux que cette terre soit pacifiée pour que notre fils et les siens puissent y vivre. Ma famille est mon trésor le plus cher, je rêve du moment où je reviendrai et où nous serons tous réunis. Je te serrerai alors très fort et très longtemps contre moi, ma belle. Encore, une fois, reçois tout mon amour. Ton mari qui t'adore, Warner Irwin Delaney. »

Il sentit soudain un élancement du côté du cœur et il replaça la lettre dans la boîte avec les autres. Si Emma l'avait lue, elle en aurait été émue aux larmes.

Passait-il à côté de la vie, comme elle lui en avait fait le reproche ? Se privait-il vraiment d'un trésor, en refusant l'amour d'une femme et d'une famille ?

Il n'avait jamais cru que le mariage puisse le rendre heureux, jusqu'à ce qu'il rencontre la famille d'Emma. Tous irradiaient de bonheur, et ses parents semblaient aussi amoureux qu'au premier jour.

Quant à Will, même si son mariage était récent, il devait admettre qu'il paraissait plongé dans une euphorie perpétuelle. Il n'avait jamais envisagé le mariage ou la paternité, et pourtant, il adorait la petite Caroline. Qu'en serait-il alors de ses propres enfants, s'il en avait un jour ? Il leur vouerait sans aucun doute un profond amour, et leur consacrerait tout son temps et toute son attention.

Emma exerçait une influence apaisante sur lui, sa foi en l'amour, sa gaieté, son optimisme étaient peut-être ce dont il avait désespérément besoin. Il fallait à tout prix qu'il la voie ! On était à la veille de Noël et il pouvait tout à fait prendre un avion pour Dallas. Il décrocha son téléphone.

A 16 heures, le 24 décembre, Emma rentra précipitamment chez elle. Le ciel s'était assombri et l'on annonçait de la neige. Quand elle pénétra dans son immeuble, les bras chargés de paquets, le gardien l'interpella.

— Mademoiselle Hillman, on vous a livré un colis.

Surprise, elle attendit pendant qu'il rentrait dans sa loge, pour en ressortir avec un énorme bouquet de belles roses rouges.

— C'est pour moi ? fit-elle, étonnée. Je vais poser mes paquets et je reviens.

— Je vous le monte.

— Merci.

Une fois devant son appartement, elle ouvrit la porte et laissa passer le gardien pour qu'il dépose les roses.

— Joyeux Noël, mademoiselle Hillman ! Ce sont de magnifiques fleurs.

— Merci, et joyeux Noël à vous, monsieur Willburton.

Refermant la porte derrière lui, elle déposa ses paquets. Ce devait être Zach qui lui envoyait ces roses. Elle s'empara de la carte qui les accompagnait et l'écriture familière confirma ce qu'elle pensait :

« Joyeux Noël, Emma. Zach. »

Elle sentit brusquement un nœud lui contracter la gorge. Comme elle aurait aimé qu'il soit à ses côtés ! Il lui manquait chaque jour davantage. Elle regarda sa montre. Elle ne devait pas tarder à se préparer pour aller rejoindre sa famille.

Otant son manteau, elle appuya sur un interrupteur et son petit arbre de Noël se mit à scintiller. Elle avait disposé des branches de sapin et des bougies sur le manteau de la cheminée du salon, une couronne de houx sur sa porte d'entrée et un poinsettia sur la table basse. Cette année, elle avait également accroché du gui à la porte du salon. En le regardant, elle repensa à Zach et à leurs baisers sous le gui. S'amusait-il bien en Italie ? Il ne devait pas y être tout seul.

En général, la veille de Noël, elle était tout excitée, mais cette année, Zach lui manquait trop et puis elle était inquiète à l'idée d'annoncer sa grossesse à la famille. En dépit des assurances de sa sœur, elle savait que ce serait une épreuve, sans compter qu'elle redoutait plus encore la réaction de Zach.

Emportant tous ses paquets dans sa chambre, elle prit le temps de les ouvrir. Elle n'avait pas pu s'empêcher d'acheter des vêtements pour le bébé qu'elle étala sur le lit pour les admirer : des brassières, des pyjamas, des socquettes ainsi qu'une petite couverture en mohair, d'un beau jaune clair.

Elle fit courir ses doigts dessus. Même si Zach voulait l'épouser, ce qui était une hypothèse bien fantasque, elle ne pourrait pas accepter son style de vie. Jamais il ne ferait une priorité de sa famille. A cette pensée, un sentiment de tristesse l'envahit.

Elle devait se préparer, au lieu de se morfondre ! Toute la famille dînerait ensemble, puis se rendrait à la messe de minuit. Ce soir, elle porterait une robe en crêpe rouge avec un grand décolleté et de longues manches, qui lui arrivait aux genoux. Et elle avait choisi des escarpins rouges assortis.

Elle se doucha, passa sa robe, puis releva ses cheveux de chaque côté de son visage, avec des pinces dorées. Enfin, elle mit le médaillon de Zach sur lequel elle passa le doigt en se fixant dans le miroir, comme si, par ce geste, elle avait pu le faire apparaître.

Soudain, elle sursauta. L'Interphone venait de sonner.

— Mademoiselle Hillman, est-ce que je peux monter ? lui demanda alors M. Willburton. J'ai encore quelque chose pour vous.

— Bien sûr, je vous ouvre la porte, dit-elle, intriguée.

Quelques secondes plus tard, sa sonnette retentissait.

Elle ne vit d'abord qu'une pile de cadeaux et elle se demanda comment le gardien avait pu oublier de les lui remettre, tout à l'heure.

— Entrez, lui dit-elle.

Alors il dut se mettre de profil pour passer, et elle se retrouva devant Zach.

— C'est toi ? Tu n'es pas en Italie ? Mais où est M. Willburton ?

Zach éclata de rire.

— Ces paquets commencent à être lourds. Je peux entrer ?

- 10 -

— Bien sûr, dit-elle le cœur battant, en prenant quelques cadeaux sur le dessus pour le soulager.

Il se précipita alors vers le canapé où il laissa tomber le reste. Refermant la porte derrière lui, elle le rejoignit. Il portait un long pardessus noir sur un costume gris anthracite. Ils échangèrent un regard et elle s'élança dans ses bras ! Il avait fait entrer un courant d'air froid et son manteau, tout frais, sentait l'extérieur, mais quand elle glissa ses mains dessous, elle retrouva sa chaleur. Quelques secondes plus tard, ils s'embrassaient avidement.

Son cœur débordait de joie, et elle était également abasourdie, n'arrivant pas à croire qu'il était vraiment chez elle. Mais le désir était plus fort que tout et elle lui enleva bien vite son manteau, puis sa veste, avant de commencer à défaire les boutons de sa chemise. Soudain, il l'écarta de lui, admira sa robe rouge et l'embrassa de nouveau avec fougue. Après quoi, il la souleva de terre et l'entraîna dans sa chambre qu'il trouva sans problème, tandis qu'elle se lovait contre lui et continuait à l'embrasser. Il la reposa alors par terre et posa sa main sur la fermeture Eclair de sa robe, prêt à l'ouvrir, lorsque que ses doigts s'immobilisèrent.

— L'une de tes sœurs est enceinte ? demanda-t-il.

Elle sursauta.

— Non, aucune…

Il lui désigna alors le lit.

— Qu'est-ce que c'est que tous ces vêtements de nourrisson ?

Son cœur se mit soudain à battre très fort et ses mains devinrent moites. Ne s'attendant bien évidemment pas à une visite de Zach, elle avait laissé traîner les vêtements du bébé sur le lit.

— Je crois qu'il n'y a pas trente-six manières de te le dire, répondit-elle alors, je suis enceinte.

— Enceinte ? répéta-t-il, stupéfait. Mais tu n'as pas du tout l'air enceinte. Tu es sûre ? Pourquoi est-ce que tu as déjà acheté des vêtements ? La date d'accouchement est prévue pour quand ?

— Je suis allée chez le docteur, il a confirmé ma grossesse. Je sais qu'il est un peu prématuré d'acheter des habits, mais j'en avais tellement envie. Je suis si excitée à l'idée d'avoir un bébé ! Ce n'est pas de cette façon que j'avais l'intention de te l'annoncer. Je sais que tu as ta vie et que tu n'es pas du genre à pouponner et…

— Et je sais que tu n'es pas du genre à être mère célibataire, trancha-t-il. Ça alors ! Je vais être père !

Un long silence s'ensuivit puis, l'attrapant par la taille, il poussa un cri de joie.

— Un père, Emma, répéta-t-il. Oh ! mon amour !

Et il l'embrassa avec passion.

Abasourdie par sa réaction — la dernière à laquelle elle se serait attendue —, elle resta quelques instants immobile dans ses bras, le temps de recouvrer ses esprits.

Décollant soudain sa bouche de la sienne, il demanda :

— Tu en es bien sûre ?

— Absolument, j'ai vu un médecin, je te dis. Et puis Rosie et Mary Kate l'avaient deviné.

— Rosie ? Tu le savais déjà avant de quitter le ranch ?

— J'avais des soupçons, mais ce n'étaient que des soupçons, à ce moment-là.

Il se mit à rire.

— Emma, c'est fantastique, nous allons être parents. Mon précieux amour, j'étais justement venu pour te demander en mariage.

Alors, posant un genou à terre, il lui prit la main et déclara :

— Emma Hillman, je t'aime et je veux que tu sois ma femme. Est-ce que tu acceptes de m'épouser ?

— Zach, relève-toi ! lui dit-elle, quasiment choquée.

Son sourire s'effaça, et elle sentit son cœur se serrer douloureusement. Il avait prononcé les mots dont elle n'avait même pas osé rêver, et pourtant…

— Zach, moi aussi, je t'aime, et je suis très heureuse d'attendre un enfant de toi, mais nous ne pouvons pas nous marier. Nous menons des vies tellement opposées ! Tu ne serais pas heureux, et moi, je me morfondrai tout le temps de te savoir loin de moi.

— Emma, nous surmonterons ces problèmes, c'est une question d'organisation. Je serais bien trop malheureux sans toi. Et tu m'as prouvé que l'on pouvait être heureux en famille, et s'aimer.

— C'est impossible, Zach, je ne pourrais pas supporter tes absences, j'aurais toujours peur qu'il t'arrive quelque chose. Et puis tu ne serais pas auprès de nous pour jouer ton rôle de père.

— Si, répliqua-t-il patiemment. L'amour n'a rien à avoir avec les lieux, c'est une affaire entre deux personnes. Tes parents se seraient aimés de la même façon, si ton père avait voyagé, tu ne peux tout de même pas dire le contraire ?

— Sans doute, mais moi je ne veux pas d'un mari tout le temps absent.

— Ce ne sera pas le cas, Emma, je te le promets. Je passerai plus de temps à Dallas, je déléguerai pour les chantiers à l'étranger. Aujourd'hui, avec les téléconférences, les voyages ne sont plus indispensables…

Elle n'arrivait pas à reprendre sa respiration tant elle était troublée.

— Tu t'ennuieras à rester toujours derrière un bureau.

— Je ne veux pas être séparé de toi !

— Tu es sincère ?

— Bien sûr, Emma. Tu m'as ouvert les yeux, le cœur, tu m'as redonné confiance en l'amour et en son prochain, ne te détourne pas de moi maintenant ! Je t'aime et je veux t'épouser. Ma vie est un enfer sans toi.

Elle tremblait, si désireuse de le croire, mais si effrayée aussi.

— Rosie a dit que tu ne changerais jamais.

— Il y a des aspects de ma personnalité que Rosie ne connaît pas ! Elle ne sait pas que je suis tombé amoureux de la femme la plus merveilleuse du monde.

Figée, elle le regarda droit dans les yeux. L'amour était un trésor trop précieux pour le rejeter quand il venait à vous. Elle aspira profondément : sa décision était prise !

— Oui, dit-elle, je t'épouserai.

Et elle se jeta dans ses bras tandis que des larmes de joie coulaient sur ses joues.

— Je t'en prie, ne pleure pas, mon amour, souffla-t-il. Le mariage sera ce qui pouvait m'arriver de mieux, et cela, grâce à toi… A combien de mois en es-tu ?

— Je suis tout juste enceinte, chuchota-t-elle.

— Et ta famille ? J'imagine qu'ils ne doivent pas être très contents de moi, mais quand ils apprendront que nous allons nous marier, tout va rentrer dans l'ordre, tu ne crois pas ?

— Ils ne savent rien encore, j'attendais que Noël passe. Seule Mary Kate est au courant, mais parce qu'elle l'avait deviné.

— Dans ces conditions, annonçons notre mariage ce soir et marions-nous le jour de Noël. Je ne pourrai pas attendre plus longtemps.

— Mais ce n'est pas possible, Zach. Noël, c'est demain.

— Merci, je le sais. A moins que tu tiennes absolument à ce que nous fassions un mariage en grandes pompes, nous pouvons tout à fait nous marier demain, juste avec ta famille. Cela fera assez de monde pour remplir l'église.

— Mais… tes frères ?

— Voici ce que je te propose : nous nous marions demain, puis je te fais sortir du Texas pour la première fois de ta vie et nous partons en voyage de noces en Italie, à Paris, aux chutes du Niagara, puis à New York. Ensuite nous revenons à la maison où nous faisons une grande fête à laquelle nous convions aussi ma famille. Qu'est-ce que tu en dis ?

— C'est impossible.

— Pas du tout. C'est tout à fait réalisable. Pour demain, nous avons l'église, ta famille… Et pour le bébé, nous l'annoncerons quand tu te sentiras prête.

Que tout cela était grisant ! Mais n'était-ce pas trop beau pour être vrai ? Elle se mit à rire nerveusement, tâchant de revenir aux choses concrètes, car tous ces projets la dépassaient.

— Ecoute, il faut que je sois chez mes parents à 18 heures et il est déjà 17 heures. Nous mangeons tous ensemble, puis nous irons à la messe de minuit. Tu viendras avec moi ?

— Evidemment, dit-il en déposant un baiser sur son front.

Elle lui sourit.

— Pourquoi est-ce que tu ne m'as pas appelée ?

— J'aurais dû, je sais, mais j'ai pris ma décision ce matin même.

— Tu es allé en Italie ?

— Non, j'avais trop peur de me retrouver à des milliers de kilomètres de toi. Mon cœur était ici, au Texas.

Elle sentit que le sien s'était arrêté un instant de battre, et elle leva les yeux vers lui.

— J'ai l'impression que je ne t'ai pas vu depuis une éternité, murmura-t-elle.

— Moi aussi. Je ne pouvais pas attendre le nouvel an.

Une vague de bonheur la submergea, et elle déposa un baiser sur sa bouche.

— Zach, s'inquiéta-t-elle soudain, personne ne nous mariera dans un délai si court !

— Où est passé ton optimisme légendaire ? Si ton pasteur s'y oppose, je convoquerai le mien. Cela ne posera aucun problème.

— Alors appelle-le ! Car le mien n'acceptera pas un mariage aussi précipité. C'est insensé, Zach ! Et puis nous n'avons même pas les papiers nécessaires.

— Je vais téléphoner à mes avocats et ils régleront le tout en un rien de temps. Je les paie assez cher. Je t'assure que nous pourrons nous marier demain à l'église.

— C'est complètement fou, dit-elle en éclatant de rire. Et qu'est-ce que je vais mettre ?

— Tu es magnifique dans cette robe, mais nous pouvons aller acheter une robe de mariée avant d'aller chez tes parents, si tu y tiens.

Il prit alors son portable pour appeler son avocat. L'impossible devenait possible et ce Noël se changeait en un vrai conte. Elle allait devenir Mme Zachary Delaney… Elle n'arrivait toujours pas à le croire.

— Le magasin est encore ouvert, lui annonça-t-il après son cinquième coup de téléphone. Prends tes affaires, on file ! En fait, ils allaient fermer, mais ils nous attendent.

— Zach, tu es bien sûr ?

— Emma ! s'écria-t-il, indigné. Oh ! j'allais oublier…

Fouillant parmi tous les cadeaux, il retira une petite boîte emballée dans du papier de soie et surmontée de ruban doré et de jolis brins de gui.

— C'est si beau que je n'ai pas envie de l'ouvrir.

— Tu verras, il se peut que ce qui est à l'intérieur soit plus beau encore.

Les mains tremblantes, elle retira le papier. Il lui prit alors la boîte des mains.

— Tu trembles…

— Je suis si excitée, heureuse et amoureuse ! Toute ma vie est en train de changer et… j'ai peur.

Il la serra contre lui.

— Je t'aime, Emma. Tu crois que je vais aller sur des chantiers situés au bout du monde alors que je pourrai être avec toi, à la maison ?

Elle se mit à rire et à pleurer en même temps.

— Ne pleure pas, mon amour, je t'aime, et je ne te ferai jamais de mal, lui promit-il.

— Ce sont des larmes de joie… Voyons voir ce qu'il y a dans cette boîte, ajouta-t-elle en se ressaisissant.

Elle l'ouvrit et fut éblouie : un diamant magnifique y brillait de tous ses feux sur le velours violet foncé.

— Zach, c'est superbe…

Retirant la bague, il la lui passa au doigt.

— Emma, veux-tu m'épouser ?

— Oui, Zach, souffla-t-elle avant de l'embrasser.

— Et maintenant, allons dare-dare acheter ta robe ! lança-t-il, un large sourire aux lèvres.

— Attends, une seconde. Je ne dois pas oublier le gâteau. Il est dans le réfrigérateur.

Elle se précipita dans la cuisine et, quand elle revint dans le salon, elle regarda tout à coup le canapé.

— Et les cadeaux, qu'est-ce qu'on en fait ?

— Tous ceux-là sont à toi. Ceux qui étaient destinés à ta famille ont été directement livrés chez tes parents.

— Comment savais-tu que tu serais invité ?

Il lui sourit.

— Dépêchons-nous ! éluda-t-il. Quelqu'un n'a pas encore pu fermer sa boutique à cause de nous.

Il porta prudemment le gâteau qu'elle avait placé dans une boîte en plastique. Une limousine les attendait au bas de l'immeuble et ils s'y engouffrèrent.

— Tu n'as pas de garde du corps ? lui demanda-t-elle.

— Cela m'arrive de temps en temps, mais je n'ai pas la popularité de Will. Et puis je ne me sens pas menacé. Quand notre bébé sera né, ce sera différent. Nous aurons plusieurs gardes du corps.

Elle le considéra un instant, songeant que sa vie allait vraiment basculer dans un autre univers, mais elle aimait tellement son fiancé ! Elle sortit alors son portable.

— Je vais appeler mes parents pour leur dire que tu viens.

— Parfait. Mes cadeaux ne devraient d'ailleurs pas tarder à arriver.

Une fois passé le coup de téléphone, elle regarda sa bague.

— Je n'ai jamais vu un diamant aussi énorme, s'extasia-t-elle.

— Je suis heureux qu'il te plaise.

Lui passant un bras autour des épaules, il ajouta :

— Emma, j'ai lu certaines des lettres, et notamment une, particulièrement touchante, que je te montrerai. J'ai enfin compris ce que tu éprouvais, et grâce à cette lettre, je me suis senti des affinités avec mon arrière-arrière-grand-père.

— Cela me fait un immense plaisir. Et plus question maintenant de détruire ces lettres ! En tant que future mère d'un Delaney, je m'y oppose formellement.

Il se mit à rire.

— Entendu. Tu me fais le plus beau cadeau de Noël avec ce bébé, Emma… Ce Noël me fait oublier tous les tristes Noëls de mon enfance, ajouta-t-il en lui enserrant le visage entre ses mains.

Et comme la limousine s'arrêta à cet instant devant la boutique, il l'entraîna rapidement à l'extérieur.

— Choisis celle qui te plaît, sans te préoccuper du prix.

Elle fut complètement séduite par le deuxième modèle qu'on lui présenta et son choix fut arrêté. C'était une robe de soie sauvage blanche, avec de fines bretelles et une courte veste. La jupe était légèrement évasée et s'arrêtait à mi-mollets.

S'enfermant dans la cabine d'essayage, elle pria Zach de ne surtout pas entrer.

— Tu ne dois pas me voir dedans avant demain.

— Quoi, tu as déjà choisi ? Tu devrais figurer dans le *Livre Guinness des records* ! Je n'ai jamais vu une femme aussi rapide.

Elle se mit à rire, tout en se demandant au passage combien de femmes il avait emmenées faire du shopping. Un quart d'heure plus tard, ils arrivaient chez ses parents.

— Je me demande comment nous parviendrons à rivaliser avec leur décoration, l'année prochaine, marmonna Zach. Heureusement que j'ai du personnel !

Elle se mit à rire et, comme ils montaient les marches qui menaient à la porte d'entrée, elle sentit son estomac se contracter.

— Zach, j'ai le trac. Je n'arrive pas à croire que je me marie demain.

— Ta famille va accepter nos projets, ne t'inquiète pas.

— C'est juste que tout se précipite et que je n'aurais jamais cru que cela arriverait. Mais je suis tout excitée à l'idée de me marier demain !

— Alors, allons leur annoncer la nouvelle. Attends-toi à des explosions de joie !

— Tu as raison !

Quand ils entrèrent dans la maison, son père vint les accueillir.

— Papa, va chercher maman, déclara-t-elle aussitôt, c'est important.

Brody lança un coup d'œil à Zach et obtempéra. Il revint en compagnie de plusieurs membres de la famille.

— Voilà, déclara-t-elle, Zach m'a demandé en mariage et j'ai accepté.

Sa mère se jeta tout de suite dans ses bras tandis que son père serrait chaleureusement la main de Zach. A partir de là, elle eut la sensation d'évoluer dans un rêve. Elle passa plusieurs coups de téléphone pour régler des détails liés au lendemain, puis le dîner se déroula dans une brume de bonheur qui ne la quitta pas de la soirée.

A minuit, ils se rendirent à l'église, et tous les enfants s'entassèrent dans la limousine.

— Ta vie va sacrément changer, dit Emma à Zach, l'air songeur.

— Ç'a déjà commencé, répondit-il en regardant les enfants autour d'eux.

Après l'office, quand tout le monde a pris congé, il déclara :

— Emma, tu n'es jamais venue dans ma maison à Dallas. J'aimerais que l'on y dorme, cette nuit.

— Entendu. Est-ce là que nous allons nous installer, ensuite ?

— Comme tu voudras, nous pourrons tout à fait acheter un autre appartement, si tu en as envie.

Elle lui sourit, toujours sur un petit nuage.

Un quart d'heure plus tard, la limousine pénétrait dans une résidence avec gardien. Ils serpentèrent à travers les pins et des maisons illuminées avant d'attendre sa villa, elle-même entourée de grilles.

— Je crois que je n'ai pas de souci à me faire pour ma sécurité, dit-elle.

— Au ranch aussi, c'est très sécurisé, mais tu ne t'en es sans doute pas aperçue.

— J'ai l'impression d'être Cendrillon, dit-elle alors.

— Si l'endroit ne te plaît pas, nous déménagerons. Mais tu vas voir, c'est très confortable, à l'intérieur. J'ai appelé les domestiques, ils nous attendent.

— Zach, nous nous connaissons si peu…

— Suffisamment pour savoir que notre bonheur dépend de l'autre. Tu as fait de moi l'homme le plus heureux de la Terre en acceptant de m'épouser. Cette maison est sans doute impressionnante, mais c'est juste une maison. Et puis tu connais ma famille, mes secrets, mon travail. Rosie et Nigel viendront s'installer ici, quand ils seront de retour de vacances.

Elle lui sourit, convaincue par son plaidoyer.

Le rêve continuait. La cuisine était immense, avec des comptoirs en granit et des appareils ménagers dissimulés derrière de grands panneaux de bois. Quant à la salle à manger, elle était plus spacieuse encore.

Zach lui prit la main.

— Par ici.

Ils montèrent un escalier et se retrouvèrent sur un vaste palier recouvert d'une moquette épaisse, gris clair.

La chambre de Zach était une immense suite au mobilier moderne, de bois clair, mais elle eut à peine le temps de la visiter qu'il la faisait basculer sur son immense lit à baldaquin. Ce fut quand il s'approcha d'elle pour l'embrasser qu'elle remarqua le gui qui y était suspendu…

Épilogue

— Zach, j'ai encore l'impression que tout ce qui m'arrive est irréel, dit-elle en repensant à leur incroyable lune de miel.

Elle se regarda dans le miroir et croisa le regard de Zach, qui se trouvait derrière elle. Il était incroyablement séduisant dans son costume bleu marine.

— Mon amour est bien réel, Emma, dit-il en lui donnant un baiser dans la nuque.

— Toutes ces villes en France, en Italie, en Suisse… Elles étaient si belles et les gens tellement accueillants ! C'est grâce à toi que j'ai découvert toutes ces merveilles. J'en garderai le souvenir à jamais. C'était formidable de partir, mais c'est aussi génial de rentrer à la maison.

— Notre prochain grand voyage se déroulera à l'intérieur de nos frontières, je veux te montrer des endroits bien spéciaux.

Elle lui sourit.

— Je suis nerveuse à l'idée de rencontrer Ryan, ce soir.

Zach se mit à rire.

— Tu n'as franchement aucune raison de l'être. C'est un homme tout ce qu'il y a de plus normal, très terre à terre. Et puis il y aura Sophia, qui est nouvelle dans la famille, elle aussi. Je pense que vous deviendrez vite amies, toutes les deux.

— Est-ce que tu veux toujours annoncer ma grossesse quand nous irons dîner dans ma famille, dimanche soir ?

— Oui, ne changeons pas nos plans. Après, je le dirai

à Rosie, enfin, je le lui confirmerai, puis à Nigel et à tout le reste du personnel, afin qu'on prenne bien soin de toi.

Elle se mit à rire.

— Ne fais pas de moi une invalide, s'il te plaît.

— Je t'aime, mon adorable épouse, se contenta-t-il de répondre en l'embrassant.

Et quelques secondes plus tard, leur baiser devint si ardent qu'il commença à faire glisser la fermeture Eclair de sa robe.

— Zach, on nous attend pour une réception de mariage !

Il poussa un long soupir et se résigna.

— Très bien, je t'attends en bas, alors. Mais dis-moi pourquoi il faut que tu sois si belle.

— Tu n'es pas mal non plus, tu sais ? lui dit-elle.

Puis elle éclata de rire.

Une heure plus tard, elle se trouvait dans la salle de bal d'un hôtel select, en compagnie de Sophia et d'Ava, lorsque Zach et son frère Ryan s'approchèrent d'elles. De haute stature et fort bel homme, Ryan était vêtu d'un costume noir et de santiags de même couleur.

— Emma, je te présente enfin mon frère, Ryan, dit Zach. Ryan, voici ma femme, Emma.

Ce dernier la prit aussitôt dans ses bras, puis lui donna un baiser sur la joue.

— Bienvenue chez les Delaney ! lui dit-il.

— Merci, répondit-elle. Vous m'avez tous si chaleureusement accueillie.

Zach tapa alors sur l'épaule de son frère.

— Mesdames, vous pouvez féliciter un champion : il vient de remporter un rodéo.

Ryan accepta en souriant les félicitations, et elle trouva qu'il ressemblait énormément à Will, mais constata une fois de plus que Zach n'avait pas les traits des Delaney.

Will et Garrett les rejoignirent bientôt. Le premier enlaça aussitôt Ava par les épaules.

— Caroline est en train de jouer avec tes neveux et nièces, déclara-t-il à Emma, et c'est Mary Kate qui les surveille. Je lui ai dit de m'appeler quand elle en aurait assez.

— Ne t'inquiète pas pour elle, elle adore les enfants.

L'orchestre entama alors un nouveau morceau et Ryan se tourna vers Emma.

— M'accorderas-tu cette danse ? Ce serait une bonne façon de faire connaissance.

Elle se mit à rire et ils gagnèrent la piste.

— Tu as réussi un miracle sur mon frère, lui dit-il comme ils commençaient à danser. Nous sommes vraiment ravis, Will et moi. Il a tellement changé.

— J'aime Zach et je veux le rendre heureux, c'est tout.

— Tu lui procures un grand bonheur, tu peux me croire. Nous n'aurions jamais cru possible qu'il se marie. Quant à toi, tu as une famille formidable. J'ai invité tes frères et sœurs sur mon ranch pour que leurs enfants puissent faire du cheval.

— Merci beaucoup, je suis sûr qu'ils seront ravis.

Ils continuèrent à évoluer quelques instants sur la piste de danse, et elle se rendit compte que Zach ne les quittait pas des yeux. A peine le morceau fini, il s'avança vers eux.

— Je crois que tu as passé assez de temps avec elle, déclara-t-il à son frère. A mon tour, à présent.

Ryan se mit à rire.

— Merci pour la danse, dit-il à Emma. Et surtout, ne te laisse pas mener par le bout du nez.

— Pas de problème, répliqua-t-elle en riant.

— J'ai hâte que cette soirée se termine, chuchota Zach une fois qu'ils furent seuls.

— Moi aussi, avoua-t-elle avant de lever les yeux vers les siens. Je t'aime tant, Zach.

Il la serra alors étroitement contre lui et ils se mirent à danser avec une lenteur sensuelle, enveloppés dans leur bulle de bonheur. Elle avait un mari merveilleux, dont elle aurait bientôt un bébé… Que pouvait-elle demander de plus ? Une bouffée de joie la submergea et elle se pressa contre lui.

— Zach, souffla-t-elle, je suis au paradis.

Il se contenta de lui sourire, les yeux remplis de chaleur et d'amour.

Retrouvez en janvier 2020,
dans votre collection

Passions

Vengeance et plus si affinité, de Cat Schield - N°839

La mission de Zoe pour honorer le pacte qu'elle a conclu avec deux amies : faire souffrir le sulfureux Ryan Dailey en sabotant la campagne politique de sa sœur jumelle. Aussi Zoe est-elle troublée lorsque Ryan l'invite au restaurant, alors qu'ils viennent à peine de se rencontrer dans l'antichambre du quartier général du parti de sa sœur. Refuser ferait échouer son plan, mais risquer d'être séduite ne serait-il pas pire encore ?

Une affaire d'amour, de Rochelle Alers

Fermer temporairement son bed & breakfast ? Viviana ne décolère pas en apprenant de la bouche si tentatrice de Noah Wainwright que son avenir est compromis. Si elle s'est résolue à vendre une partie de son domaine à ce promoteur immobilier, c'était parce qu'elle avait urgemment besoin d'argent. Et non pour que ce fils à papa pourtant si charmant lui dicte sa loi.

Un bébé dans le Colorado, de Michelle Major - N°840

Alors qu'elle s'était préparée à haïr de tout son être Shep Bennett, l'homme à qui sa mère a vendu l'hôtel familial qu'elle voulait restaurer, Paige est décontenancée par le marché qu'il lui propose. Emménager sous le même toit durant un mois pour lui apprendre à s'occuper de Rosie, sa fille d'un an, dont il vient de découvrir l'existence. En échange de quoi, Paige pourrait continuer à gérer l'hôtel familial, même s'il ne lui appartient plus…

Retrouvailles mouvementées, de Joss Wood

Vivi manque de faire un malaise en apercevant Camden McNeal à son chevet. Comme si survivre à un accident de voiture au cœur d'une tempête ne suffisait pas… Bien sûr, Vivi n'avait d'autre choix que de le désigner comme contact en cas d'urgence. Mais, désormais qu'il lui fait face, comment peut-elle lui annoncer après trois ans de silence, qu'il est le père de son enfant ?

Impossible adieu, de Catherine Mann - N°841

Naomi tient pour la première fois ses adorables jumelles dans ses bras. Un sentiment inédit gonfle son cœur. Tout cela, elle le doit à Royce Miller, l'éminent scientifique qui l'a aidée à accoucher dans sa voiture alors qu'elle était bloquée au cœur d'une tempête en Alaska. Royce, l'homme torturé avec qui elle a vécu une passion dévastatrice quelques mois plus tôt. Un impossible amour, alors qu'elle le voudrait pour époux et père de ses petites filles.

Sulfureux arrangement de Joanne Rock

Lorsque James Harris, le président du club des éleveurs du Texas, lui a proposé un accord, Lydia n'était pas en mesure de refuser. Pour effacer l'ardoise de sa sœur – qui a enchéri 100 000 dollars pour passer la soirée avec un homme lors d'une vente caritative organisée par ce club –, elle accepte de garder à titre gracieux le bambin dont James est devenu tuteur. Un marché qui lui permettra d'annuler la note familiale tout en côtoyant le séduisant célibataire...

Un héros pour elles, de Sarah M. Anderson - N°842

Jeannie est abasourdie. Non seulement le Dr Robert Wyatt – un client régulier du bar où elle exerçait – vient de lui dérober un baiser, mais encore semble-t-il déçu par cette parenthèse voluptueuse. Comment a-t-il trouvé son adresse et pourquoi, alors qu'elle le connaît à peine, se propose-t-il de l'aider à assumer la garde de sa nièce, depuis peu orpheline ?

Leçon de séduction, de Marie Ferrarella

Bourru, têtu, désagréable, Clint Washburn a tout pour déplaire au point que leur première rencontre est explosive. Car, de son côté, Wynona est déterminée à protéger son élève contre le cow-boy qui lui sert de père. Peut-être pourrait-elle aussi mettre à profit ses compétences pour sauver Clint des démons qui semblent l'habiter, même s'il s'en défend ?

Un patron pour amant, de Teri Wilson - N°843

SÉRIE: IDYLLES À NEW YORK

Entre luxe et volupté, l'incroyable destin d'une famille...

Oublie ta nuit de passion avec Ryan. Evangeline n'a de cesse de se le répéter en passant l'examen pour devenir sommelière dans l'hôtel de luxe Bennigton. Pourtant, être de nouveau sous le regard de Ryan, directeur financier de l'établissement, la déstabilise au plus haut point. Décrocher ce travail serait pour elle salvateur même si cela implique d'avoir Ryan pour nouveau patron, alors qu'elle lui cache un terrible secret...

Un Fortune pour espoir, de Nancy Robards Thompson

Felicity doit partir. Remettre sa démission aujourd'hui. Pour son propre bien, elle ne peut plus fantasmer sur son séduisant patron, Austin Fortune, et gaspiller ainsi son temps. Cela fait cinq ans qu'elle le seconde et met sa vie en pause en espérant secrètement qu'il la considère davantage que comme une simple secrétaire. Alors, quoi qu'Austin puisse lui proposer, sa décision sera sans appel...

La tentation d'un homme, de Emily McKay - N°844

Cooper Larson pensait ne jamais plus avoir affaire aux Cain – en tant que fils illégitime de cette illustre et richissime famille, il n'y a jamais été le bienvenu. Pourtant, quand Portia, son ex-belle-sœur, sollicite son aide pour tirer au clair un secret de famille, il accepte de lui prêter secours. Non pas en raison de son attachement pour les Cain, mais bien de l'intérêt qu'il porte à Portia, cette reine de glace de la haute société qui, depuis qu'ils se sont rencontrés, éveille en lui un désir brûlant...

Le plus précieux des secrets, de Tracy Madison

Nous nous marierons, que tu le veuilles ou non. Face à la colère de Seth Foster, Rebecca frémit. Certes, elle n'avait pas imaginé revoir celui à qui elle s'est offerte, quelques mois plus tôt, et encore moins recevoir une telle injonction de sa part. Mais, au fond, comment pourrait-elle lui en vouloir ? Si Seth s'est présenté chez elle aujourd'hui, c'est qu'elle a brutalement rompu tout contact avec lui. S'il lui en veut tant, c'est qu'elle lui a caché son précieux secret...

Composé et édité par HarperCollins France.

Achevé d'imprimer en novembre 2019.

CPi
BLACK PRINT

Barcelone

Dépôt légal : décembre 2019.

MIXTE
Papier issu de sources responsables
FSC® C108412
FSC www.fsc.org

Pour limiter l'empreinte environnementale de ses livres, HarperCollins France s'engage à n'utiliser que du papier fabriqué à partir de bois provenant de forêts gérées durablement et de manière responsable.

Imprimé en Espagne.